D1492679

Dieper

Roderick Gordon &
Brian Williams

the house of books

Oorspronkelijke titel: Deeper
Oorspronkelijke uitgave: Chicken House
Copyright © 2008 Tekst Roderick Gordon & Brian Williams en Chicken House
Copyright voor het Nederlandse taalgebied © 2009 The House of Books,
Vianen/Antwerpen

Vertaling: Valérie Janssen
Vormgeving omslag: Studio Jan de Boer
Omslagillustratie: David Wyatt
Binnenwerk: ZetSpiegel, Best
Illustraties binnenwerk: Brian Williams

ISBN 978 90 443 2185 2
NUR 284
D/2009/8899/28

www.tunnelshetboek.nl
www.tunnelshetboek.be
www.tunnelsthebook.com
www.thehouseofbooks.com

En ik luisterde en hoorde
Hamers kloppen, dag en nacht,
En het nieuw gebouwd paleis
Werd tot stof en klei teruggebracht:
Andere hamers, gedempte hamers,
Stille hamers van verval.

The Hammers, Ralph Hodgson (1871-1962)

DEEL I

Onbeschut

I

De deuren klapten sissend met een doffe dreun dicht en lieten de vrouw achter bij de bushalte. Ogenschijnlijk ongevoelig voor de geselende wind en striemende regen keek ze het voertuig na dat zich kreunend weer in beweging zette en zwoegend met knarsende versnellingen langs de heuvel naar beneden reed. Pas toen het eindelijk helemaal aan het zicht werd onttrokken door een haag doornstruiken richtte ze haar blik op de met gras begroeide hellingen die aan weerszijden van de weg oprezen. Vanwege de stortbui gingen ze bijna helemaal op in het bleke grijs van de lucht zelf, zodat het moeilijk te zeggen was waar de een begon en de ander ophield.

Met de kraag van haar jas stevig dichtgeklemd stapte ze over de plassen regenwater in het afbrokkelende asfalt aan de kant van de weg en ging ze op pad. Hoewel het gebied verlaten was, had de manier waarop ze de weg vóór haar bekeek en af en toe een blik over haar schouder wierp iets behoedzaams. Er was niets echt stiekems aan – iedere andere jonge vrouw zou op een dergelijke uitgestorven plek waarschijnlijk even voorzichtig te werk gaan.

Aan haar uiterlijk was niet af te lezen wie ze was. De wind joeg haar bruine haar voortdurend in verwarde plukken over het gezicht met de brede kaken, waardoor haar gelaatstrekken steeds door een soort sluier van haar werden verborgen, en haar kleding was onopvallend. Als er toevallig iemand langs

9

was gelopen, had deze haar vermoedelijk voor een buurtbewoonster aangezien die gewoon op weg naar huis was.

In werkelijkheid hadden ze er niet verder naast kunnen zitten. De vrouw was Sarah Jerome, een ontsnapte Kolonist die op de vlucht was en haar leven niet zeker was.

Nadat ze een stukje langs de weg had gelopen, stapte ze plotseling in de berm en wierp ze zichzelf door een opening in de haag van doornstruiken. Ze kwam in een uitholling aan de andere kant weer tevoorschijn en draaide zich gebukt om, zodat ze de weg goed kon zien. Zo bleef ze vijf minuten waakzaam als een wild dier staan luisteren en kijken. Afgezien van de roffelende regen en de gierende wind in haar oren hoorde ze niets. Ze was helemaal alleen.

Ze bond een sjaal om haar hoofd en klauterde uit de holte. Ze verwijderde zich snel van de weg en stak in de luwte van een muur vol loszittende stenen het veld over. Vervolgens beklom ze een steile helling en bereikte ze in rap tempo de top van de heuvel. Daar stond ze scherp afgetekend tegen de lucht. Sarah besefte dat ze zo erg kwetsbaar was en bleef niet stilstaan, maar liep aan de andere kant onmiddellijk naar beneden naar het dal dat zich daar voor haar uitstrekte.

Om haar heen gierde de wind over het heuvelachtige landschap en veranderde de regen in wervelende draaikolken: ze leken net miniatuurorkanen. Te midden van dit alles ving ze vanuit een ooghoek iets op wat niet klopte. Ze verstijfde. Ze draaide zich om en haar oog viel heel even op een bleke gedaante. Een kille rilling trok langs haar ruggengraat... de beweging maakte geen deel uit van de golvende heidestruiken of het wuivende gras... ze had een heel eigen ritme.

Ze staarde net zolang naar de plek tot ze wist wat het was. Daar, op de heuvelhelling, verscheen een jong lammetje in beeld dat huppelend grillige luchtsprongen maakte tussen de plukken zwenkgras. Terwijl ze stond toe te kijken, dook het opeens weg achter een groepje onvolgroeide bomen alsof het van iets was geschrokken. Het werkte op Sarahs zenuwen. *Wat had het dier verjaagd? Was er iemand anders in de buurt – een ander mens?* Sarahs spieren verstrakten, maar ontspanden zich weer toen ze het lam weer tevoorschijn zag komen, deze keer onder begeleiding van zijn moeder, die wezenloos stond te kauwen, terwijl het jong haar besnuffelde.

Het was vals alarm geweest, maar op Sarahs gezicht was geen spoor te bekennen van opluchting of vermaak. Het lammetje, waarvan de vacht nog zo nieuw was als helderwit katoenpluis, in tegenstelling tot de grove, met modderspatten bevlekte woljas van de moeder, dartelde al snel weer in het rond, maar haar ogen volgden het niet langer. Er was in Sarahs leven geen plek voor dergelijke afleidingen, nu niet, eigenlijk nóóit. Ze liet haar blik langs de overkant van de vallei glijden, op zoek naar dingen die er niet thuishoorden.

Toen vervolgde ze haar tocht. Ze zocht haar weg door de Keltische onbeweeglijkheid van de weelderige groene begroeiing en over gladde stukken steen totdat ze bij een stroompje aankwam dat zich in de knik op de valleibodem had genesteld. Zonder te aarzelen waadde ze pardoes het kristalheldere water in. Ze paste haar looprichting aan aan die van de stroming en gebruikte zo nu en dan met mos bedekte rotsen als opstapje wanneer deze haar doortocht konden vergemakkelijken.

Toen het waterpeil steeg en over de rand van haar schoenen dreigde te stromen, sprong ze terug op de oever, die was bekleed met een verend groen dek van door schapen kaalgegraasd gras. Ze hield nog steeds een straf tempo aan en al snel verscheen er in de verte een roestig metalen hek, gevolgd door het verhoogde landweggetje dat erachter moest lopen.

Haar oog viel op datgene waarvoor ze kwam. Op de plek waar de landweg het stroompje kruiste, stond een primitieve stenen brug die aan de zijkanten langzaam afbrokkelde en nodig moest worden gerepareerd. Haar route langs het stroompje voerde er rechtstreeks naartoe en in haar haast om er te komen zette ze het op een hollen. Binnen een paar minuten had ze haar bestemming bereikt.

Ze dook gebukt onder de brug en bleef staan om het vocht uit haar ogen te wrijven. Toen liep ze door naar de andere kant, waar ze roerloos bleef staan en naar de horizon tuurde. De avond viel al en de roze gloed van net ontstoken straatlantaarns sijpelde voorzichtig door een rij eiken die de spits van de kerktoren in het dorp in de verte bijna helemaal aan het oog onttrokken.

Ze keerde terug naar een plek ongeveer halverwege de onderkant van de brug en boog zich een stukje voorover toen haar haren aan de ruwe steen boven haar bleven haken. Ze zocht en vond het onregelmatige blok graniet dat een klein stukje uitstak. Ze begon het met beide handen los te wrikken, en bewoog het heen en weer en toen op en neer totdat het losliet. Het blok had de vorm en het gewicht van een paar bakstenen, en ze kreunde van inspanning toen ze zich vooroverboog om het naast haar voeten op de grond te leggen.

Ze rechtte haar rug, staarde even in het gat, stak haar arm er toen tot aan haar schouder in en tastte in het rond. Met haar gezicht tegen de stenen gedrukt vond ze een ketting, die ze omlaag probeerde te trekken. Hij zat muurvast. Hoe ze ook haar best deed, er was geen beweging in te krijgen. Ze vloekte, haalde diep adem en zette zich schrap voor een nieuwe poging. Deze keer gaf hij wél mee.

Ze trok met één hand aan de ketting, maar er gebeurde niet meteen iets. Even later hoorde ze echter diep vanuit het binnenste van de brug een geluid komen dat aan onweer in de verte deed denken.

Voor haar klapten zich tot op dat moment onzichtbare scharnieren open in een regen van verkruimelde specie en opgedroogd korstmos, en toen een deel van de muur naar achteren en vervolgens naar boven schoof, opende zich een ongelijkmatig gat ter grootte van een deur voor haar. Na een laatste dreun die de hele brug deed schudden werd het weer stil, op het geklater van het stroompje en het getik van de regen na. Ze stapte in het donkere gat, haalde een kleine zaklampsleutelhanger uit haar jaszak en knipte hem aan. In de gedempte lichtcirkel zag ze dat ze zich in een ruimte bevond van ongeveer vijftien vierkante meter groot met een plafond dat net hoog genoeg was om rechtop onder te kunnen staan. Ze keek om zich heen. Stofdeeltjes zweefden traag door de lucht en boven aan de muren hingen slingers van spinnenwebben zo dik als vergane wandkleden.

De kamer was gebouwd door Sarahs betovergrootvader in het jaar voordat hij zijn gezin mee onder de grond had genomen om een nieuw leven te beginnen in de Kolonie. Hij was metselaar van beroep geweest en had al zijn vakmanschap aangewend bij de bouw van de verborgen kamer in de afbrokkelende, bouwvallige brug, waarvoor hij bewust een plek had uitgekozen die kilometers van alles verwijderd aan de zelden gebruikte landweg stond. Waarom hij al die moeite had gedaan, hadden Sarahs ouders haar niet kunnen vertellen. Wat het doel ervan ook was geweest, nu vormde het een van de weinige plekken waar ze zich echt veilig voelde. Ze geloofde, terecht of onterecht, dat niemand haar hier ooit zou vinden. Ze trok de sjaal los, schudde haar haren uit en ontspande zich.

Ze liep naar de smalle stenen plank aan de muur tegenover de ingang en haar voetstappen op de met gruis bezaaide vloer verbraken de doodse stilte. Aan weerszijden van de plank zaten twee verroeste, verticale ijzeren staven waarvan de punt was bedekt met een dikke hoes van dierenhuid. 'Laat er licht zijn,' zei ze zachtjes. Ze stak haar handen uit en

13

trok beide hoezen tegelijkertijd weg, waardoor op de punt van elke staaf een lichtgevende bol zichtbaar werd die op zijn plek werd gehouden door afbladderende rode, ijzeren klauwen.

De glazen bollen waren niet groter dan nectarines en het spookachtige groene licht dat eruit straalde scheen zo fel dat ze haar ogen moest afschermen. Het was net of hun kracht zich onder de leren hoezen had opgehoopt en ze nu volop genoten van hun herwonnen vrijheid. Ze streelde een van de bollen met haar vingertoppen, voelde het ijskoude oppervlak en rilde even, alsof de aanraking een soort verbinding vormde met de verborgen stad waar ze heel veel voorkwamen.

Ze had in dit licht veel verdriet en leed moeten verdragen.

Ze liet haar hand op de plank zakken en voelde in de dikke laag modder die erop lag.

Zoals ze al had gehoopt, sloot haar hand zich om een klein plastic zakje. Ze glimlachte, greep het stevig vast en schudde het vuil eraf. Het zakje was dichtgeknoopt en haar koude vingers peuterden snel de knoop los. Ze haalde er een netjes opgevouwen stukje papier uit en hield dit bij haar neus om eraan te ruiken. Het was vochtig en muf. Ze begreep dat het bericht er al een paar maanden moest hebben gelegen.

Hoewel er niet altijd iets lag te wachten wanneer ze langskwam, kon ze zich wel voor haar hoofd slaan dat ze niet eerder was gekomen. Maar ze liet bijna altijd minstens zes maanden voorbijgaan voor ze weer kwam kijken, omdat deze 'dode brievenbus'-procedure voor alle betrokkenen gevaar met zich meebracht. Dit waren de enige keren dat ze indirect contact had met mensen uit haar vroegere leven. Ze liepen altijd het risico, hoe klein ook, dat de bezorger van het bericht werd gevolgd wanneer hij uit de Kolonie ontsnapte en in Highfield opdook. Ook mocht ze de mogelijkheid dat hij misschien tijdens de reis vanuit Londen zelf was gezien niet uit het oog verliezen. Niets was vanzelfsprekend. De vijand was geduldig, ongelooflijk geduldig en berekenend, en Sarah wist dat ze hun pogingen om haar te vangen en te doden nooit zouden staken. Ze moest hen op hun eigen terrein verslaan. Ze keek op haar horloge. Ze koos altijd een andere route naar en van de brug, en ze had niet veel tijd uitgetrokken voor de wandeling door de velden naar het dichtstbijzijnde dorp, waar ze de bus terug zou nemen.

Ze moest nu eigenlijk vertrekken, maar haar verlangen naar nieuws over haar familie was gewoon te sterk. Dit stukje papier vormde de enige band met haar moeder, broer en twee zonen – voor haar was het een belangrijke reddingslijn.

Ze móést weten wat erin stond. Ze rook nogmaals aan het briefje.

Naast de behoefte aan informatie over hen was er nog iets anders wat haar ertoe aanzette te breken met de zorgvuldig uitgestippelde werkwijze die ze altijd volgde wanneer ze een bezoekje bracht aan de brug.

Het was alsof er een opvallende, onwelkome geur aan het papier hing die sterker was dan de walm van schimmel vermengd met verrotting in de vochtige ruimte. Het rook bitter en onaangenaam – het was de stank van slecht nieuws. Haar voorgevoelens hadden haar al eens eerder gewaarschuwd en ze was niet van plan ze nu te negeren.

Met een groeiend gevoel van onrust staarde ze diep in het licht van de dichtstbijzijnde lichtgevende bol terwijl ze zich, nerveus plukkend aan het stukje papier, probeerde te verzetten tegen de aandrang om het te lezen. Vol afschuw over haar eigen zwakheid vertrok ze haar gezicht en vouwde ze het open. Staand voor de stenen plank in het groengekleurde lichtschijnsel bekeek ze het aandachtig.

Ze fronste haar wenkbrauwen. De eerste verrassing was dat het bericht niet in haar broers handschrift was geschreven. De kinderlijke krabbels kwamen haar niet bekend voor. Tam schreef de briefjes altíjd. Haar voorgevoel was juist geweest – ze wist meteen dat er iets aan de hand was. Ze keerde het briefje om en keek of er onderaan een naam stond geschreven. 'Joe Waites,' zei ze hardop en ze werd steeds ongeruster. Dat kon niet kloppen; Joe fungeerde af en toe als bezorger, maar het berichtje behoorde afkomstig te zijn van Tam.

Ze beet angstig op haar lip en begon te lezen. Haar ogen vlogen over de eerste regels.

'O, mijn God,' stamelde ze en ze schudde haar hoofd.

Ze las de voorkant van de brief nogmaals, maar was niet in staat te accepteren wat er stond en hield zichzelf voor dat ze het beslist verkeerd had begrepen of dat het een vergissing moest zijn. De boodschap was echter zo helder als glas en de eenvoudig geformuleerde zinnen lieten geen ruimte over voor twijfel. Ze had ook geen enkele reden om te twijfelen aan wat er stond – deze berichten waren het enige waarop ze vertrouwde, het enige constante in haar rusteloze, voortdurend veranderende leven. Ze gaven haar een reden om verder te gaan.

'Nee, niet Tam... níét Tam,' jammerde ze.

Ze viel tegen de stenen plank alsof ze een duw had gekregen en leunde er zwaar op om te blijven staan.

Ze haalde bevend diep adem en dwong zichzelf om de brief om te draaien en verder te lezen. Al die tijd schudde ze heftig haar hoofd en mompelde ze: 'Nee, nee, nee, nee... dat kan niet...'

Alsof de voorkant al niet erg genoeg was geweest, was wat op de achterkant stond echt te veel voor haar. Snikkend zette ze zich af tegen de plank en liep naar het midden van de kamer. Heen en weer wiegend en met haar armen om zichzelf heen geslagen hief ze haar hoofd op om met niets ziende ogen naar het plafond te staren.

Plotseling kon ze er geen seconde langer blijven. Ze rende in paniekerige haast door het gat naar buiten. Zelfs toen de brug al ver achter haar lag, bleef ze niet stilstaan. In de snel toenemende duisternis en de nog altijd gestaag vallende regen strompelde ze blindelings langs het stroompje. Ze wist niet waar ze naartoe liep en het kon haar ook niet schelen. Ze glibberde en gleed over het natte gras.

Ze was nog niet heel ver gekomen toen ze van de oever weggleed en met een plons in het water belandde. Ze liet zich op haar hurken zakken en het heldere water sloot zich om haar middel. Haar verdriet was zo overweldigend dat ze de kou niet eens opmerkte. Haar hoofd tolde op haar schouders, alsof ze door een intense pijn werd gekweld.

Toen deed ze iets wat ze sinds de dag waarop ze naar Bovengrond was gevlucht, de dag waarop ze haar twee jonge kinderen en haar man in de steek had gelaten, niet meer had gedaan. Ze begon te huilen, eerst een paar tranen, maar toen kon ze zich niet meer inhouden en stroomden ze kolkend over haar wangen alsof er een dam was doorgebroken.

Ze huilde door tot er niets meer over was. Toen zette ze zich schrap tegen de dwingende stroom van het water en stond ze langzaam op met een gezicht dat gevuld was met kille woede. Haar druipende handen balden zich tot vuisten waarmee ze naar de lucht uithaalde en ze schreeuwde zo hard ze kon, een rauw, primitief geluid dat door de lege vallei rolde.

2

'We hoeven morgen dus niet naar school,' schreeuwde Will tegen Chester toen de mijnwerkerstrein hen wegvoerde van de Kolonie, steeds dieper de ingewanden van de Aarde in.

Ze begonnen hysterisch te lachen, maar dat was maar van korte duur en al snel zwegen ze, blij dat ze in elk geval weer bij elkaar waren. Terwijl de stoomlocomotief over de rails verder denderde, bleven ze roerloos op de bodem van de enorme open wagon liggen waar Will Chester verstopt onder een stuk zeildoek had aangetroffen. Na een paar minuten trok Will zijn benen op en wreef hij over de knie die nog steeds pijn deed van de nogal lukrake sprong die hij een paar kilometer eerder op de trein had gemaakt. Chester zag dit en keek hem vragend aan, waarop Will zijn vriend een opgestoken duim liet zien en enthousiast knikte.

'Hoe ben je hier gekomen?' schreeuwde Chester, die probeerde zich verstaanbaar te maken boven het lawaai van de trein.

'Cal en ik,' gilde Will terug; hij wees over zijn schouder naar het begin van de trein waar hij zijn broer had achtergelaten en wuifde vervolgens naar het dak van de tunnel dat boven hen voorbijflitste, '... zijn gesprongen... Imago heeft ons geholpen.'

'Hè?'

'Imago heeft ons geholpen,' herhaalde Will.

'Imago? Wat is dat?' gilde Chester nog harder en hij hield een hand achter zijn oor.

'Laat maar,' gebaarde Will. Hij schudde langzaam zijn hoofd en wilde maar dat ze allebei konden liplezen. Hij grijnsde naar zijn vriend en riep: 'Top dat alles met jou oké is!'

Hij wilde Chester het idee geven dat er niets was om zich zorgen over te maken, hoewel hij inwendig bang was voor wat er komen ging. Hij vroeg zich af of zijn vriend wel doorhad dat ze onderweg waren naar het Onderdiep, een plek waarover de mensen uit de Kolonie met angst en beven spraken.

Will draaide zijn hoofd om en tuurde naar de wagonwand achter hem. Uit wat hij tot dusver had gezien leek deze complete trein vele malen groter dan alles wat hij ooit Bovengronds had gezien. Hij zag op tegen de tocht terug naar de plek waar zijn broer zat te wachten. De heenweg was bepaald niet gemakkelijk geweest. Will besefte dat zelfs de kleinste verkeerde inschatting ertoe had kunnen leiden dat hij op de rails onder hen was getuimeld en waarschijnlijk zou zijn verpletterd door de reusachtige wielen die knarsend en soms vonkend over de brede rails ratelden. Hij wilde er liever niet aan denken, en haalde diep adem.

'Zullen we gaan?' riep hij tegen Chester.

Zijn vriend knikte en kwam wankel overeind. Hij klemde zich vast aan de achterwand van de wagon en zette zich schrap tegen het onophoudelijke gezigzag van de trein die door de bochtige tunnel slalomde.

Hij droeg de korte jas en dikke broek die de standaarduitrusting vormden in de Kolonie, maar toen het jasje openviel, was Will ontzet over wat hij zag.

Chester had op school de bijnaam 'Commode' gekregen vanwege zijn indrukwekkende bouw, maar als je hem nu zag leek het wel alsof hij was weggeteerd. Misschien kwam het door de lichtval, maar zijn gezicht leek wel uitgemergeld en zijn lijf veel minder omvangrijk. Het was ongelooflijk, maar Chester zag er nu bijna tenger uit. Will maakte zich geen illusies over de werkelijk afgrijselijke leefomstandigheden in de Bunker. Al vrij snel nadat Chester en hij op de ondergrondse wereld waren gestuit, waren ze opgepakt door een politieagent van de Kolonie en in een van de bedompte, donkere gevangeniscellen gegooid. Will had daar maar een week of twee gezeten – Chesters beproeving had aanzienlijk langer geduurd. Maanden, zelfs.

Will betrapte zichzelf erop dat hij naar zijn vriend zat te staren en wendde snel zijn blik af. Hij werd verteerd door schuldgevoel, omdat hij wist dat alles wat Chester had moeten doorstaan zíjn schuld was. Hij, en alleen hij met zijn impulsieve gedrag en onbesuisde vastberadenheid om zijn vermiste vader op te sporen, was er verantwoordelijk voor dat Chester hierbij betrokken was geraakt.

Chester zei iets, maar Will verstond er geen woord van. Hij bekeek zijn vriend aandachtig in het schijnsel van de lichtbol in zijn hand en probeerde zijn gedachten te raden. Elke zichtbare vierkante centimeter van zijn gezicht zat onder een dikke korst aangekoekt vuil van de zwavelhoudende rook die voortdurend langs hen golfde. De korst was zo dik dat het net één grote vlek leek die alleen werd onderbroken door het wit van zijn ogen.

Uit het kleine beetje dat Will wél van zijn gezicht kon zien, bleek dat Chester er niet bepaald gezond uitzag. Tussen het vuil zaten opgezwollen, paarse vlekken met hier en daar een vleugje rood waar de huid openlag. Zijn haar, dat inmiddels zo lang was dat het aan het uiteinde omkrulde, was vet en plakte tegen zijn hoofd. Uit de blik die Chester hém toewierp, maakte Will trouwens op dat hij er zelf al even schrikbarend uitzag.

Onbehaaglijk streek hij met een hand door zijn spierwitte, vieze haar dat al in geen maanden was geknipt.

Hij had nu echter wel belangrijkere dingen aan zijn hoofd.

Will liep naar het achterste deel van de wagon en wilde zichzelf al omhoogtrekken, maar bleef staan om zijn vriend aan te kijken. Chester wankelde op zijn benen, hoewel het moeilijk te zeggen was in hoeverre dit werd veroorzaakt door het onregelmatige geslinger van de trein.

'Denk je dat je dit aankunt?' riep Will.

Chester knikte aarzelend.

'Zeker weten?' riep Will nogmaals.

'Ja!' schreeuwde Chester terug en ditmaal knikte hij iets levendiger.

De tocht van wagon naar wagon was er op zijn zachtst gezegd een met hindernissen en na elk ervan had Chester een steeds langere pauze nodig om bij te komen. De hele onderneming werd er niet gemakkelijker op toen de trein ook nog sneller ging rijden. Het leek wel alsof de jongens het moesten opnemen tegen een storm met windkracht tien: hun gezicht werd platgedrukt en hun longen vulden zich bij het ademhalen met smerige rook. De situatie werd nog verergerd door de stukjes brandende as die als vuurvliegjes vlak boven hun hoofd oplichtten. Er bleven er zelfs zoveel hangen in het kielzog van de nog altijd in snelheid toenemende trein dat er een oranje gloed door de ondoordringbare duisternis om hen heen drong. Dat hield in elk geval in dat Will zijn lichtbol niet hoefde te gebruiken.

Ze zetten hun tocht over de wagons voort, maar boekten heel langzaam vooruitgang. Ze liepen nog meer vertraging op omdat het Chester steeds meer moeite kostte om te blijven staan, ondanks de steun die hij tijdens het lopen telkens bij de zijkanten van de wagons zocht om zijn evenwicht te bewaren.

Het werd al snel duidelijk dat hij het niet ging halen. Hij liet zich op zijn handen en knieën zakken en kroop traag met gebogen hoofd verder achter Will aan. Will was niet van plan zijn vriend zo te laten worstelen. Zonder aandacht te schenken aan Chesters protesten sloeg hij een arm om zijn middel en hees hem overeind.

Het kostte heel veel energie om Chester over de resterende wagons te krijgen en Will moest hem voortdurend helpen. Eén misrekening en een van hen, of allebei, zou onder de gigantische wielen belanden.

Tot zijn grote opluchting zag Will dat ze nog maar één wagon te gaan hadden – hij betwijfelde ten zeerste of hij nog genoeg kracht had om zijn vriend veel verder te slepen. Hij hield Chester stevig vast en samen bereikten ze de achterwand van de laatste wagon. Ze klemden zich er goed aan vast.

Will haalde een paar keer diep adem ter voorbereiding. Chester bewoog zwakjes zijn armen en benen, alsof hij er nauwelijks controle over had. Inmiddels leunde hij met zijn volle gewicht op Will, die dit amper kon tillen. De klim alleen was al zwaar genoeg, maar met het equivalent van een enorme zak aardappels onder zijn arm was het echt te veel gevraagd. Will verzamelde alle kracht die hij nog in zich had en sleurde zijn vriend met zich mee. Luid kreunend en met tot het uiterste getergde spieren tuimelden ze uiteindelijk over de wand heen en vielen ze krachteloos op de bodem van de volgende wagon.

Deze baadde onmiddellijk in overvloedig licht. Talloze lichtbollen ter grootte van flinke knikkers rolden chaotisch over de vloer. Ze waren afkomstig uit de krakkemikkige kist die Wills val had gebroken toen hij op de trein was gesprongen. Hoewel Will al een aantal ervan in zijn zakken had gestopt, besefte hij nu dat hij ook iets met de rest moest doen – het laatste wat hij wilde was dat de Kolonisten in de trein het lichtschijnsel opmerkten en kwamen kijken wat het was.

Op dit moment had hij echter zijn handen vol aan zijn zieke vriend. Hij hees hem overeind. Met één arm om Chester heen geslagen schopte Will alle bollen uit de weg, zodat hij er niet over zou struikelen. Ze vlogen wild alle kanten op, lichtten fel op en botsten tegen andere bollen aan die ook weer in beweging kwamen alsof er een kettingreactie was gestart.

Will haalde hijgend adem en begon het effect van de lichamelijke inspanning te voelen. Ze hadden nog maar een klein stukje te gaan. Ook al was Chester afgevallen, hij vormde nog altijd een vrij zware last. Strompelend en half struikelend in het felle, bewegende licht leek Will sprekend op een soldaat die zijn gewonde makker onder vijandelijk vuur uit het niemandsland hielp terug te keren naar de eigen troepen.

Chester had zo te zien totaal niet in de gaten wat er om hem heen gebeurde. Zweet stroomde in straaltjes van zijn voorhoofd en trok strepen in de laag vuil op zijn gezicht. Will voelde dat zijn lichaam trilde en hoorde hem hijgend en raspend ademhalen.

'Het is niet ver meer,' zei hij in Chesters oor om hem aan te moedigen om door te gaan. Ze hadden nu een deel van de wagon bereikt waar houten kisten stonden opgestapeld. 'Cal zit daar.'

Ze naderden een jongen die met zijn rug naar hen toe zat. Hij zat nog steeds op de plek tussen de kapotte kisten waar Will hem had achtergelaten. Wills broer, die hij pas kortgeleden voor het eerst had ontmoet, was een paar jaar jonger dan Will en vertoonde een buitengewone gelijkenis met hem. Cal was ook een albino en had hetzelfde spierwitte haar en de brede jukbeenderen die ze allebei hadden geërfd van de moeder die ze geen van tweeën hadden gekend. Cal zat voorovergebogen, waardoor zijn gelaatstrekken verborgen waren, en wreef voorzichtig over zijn nek. Hij had minder geluk gehad dan Will toen hij op de rijdende trein terechtkwam.

Will bracht Chester naar een kist en zijn vriend liet zich er moeizaam op zakken. Toen liep Will naar zijn broer toe en tikte hem op zijn schouder in de hoop dat hij niet al te erg zou schrikken. Imago had hun gezegd dat ze onder alle omstandigheden heel alert moesten blijven, omdat er Kolonisten op de trein aanwezig waren. Uiteindelijk bleek dat Will niet bang had hoeven zijn dat hij zijn broer zou laten schrikken; Cal werd zo in beslag genomen door zijn stijfheid en pijn dat hij amper reageerde. Pas na een paar seconden en wat onverstaanbaar gebrom draaide hij zich eindelijk met zijn hand in zijn nek om.

'Cal, ik heb hem gevonden! Ik heb Chester gevonden!' schreeuwde Will, maar zijn woorden waren nauwelijks te verstaan. Cal en Chester keken elkaar aan, maar zeiden geen van beiden iets, omdat ze te ver bij elkaar vandaan waren. Ze hadden elkaar al eens eerder heel kort ontmoet, maar onder verschrikkelijke omstandigheden, terwijl de Styx hen op de hielen zaten. Er was toen geen tijd geweest om beleefd kennis te maken.

Ze wendden allebei hun blik af en Chester liet zich van de kist op de bodem van de wagon zakken, waar hij met zijn hoofd in zijn handen bleef zitten. De tocht die Will en hij zojuist door de trein hadden gemaakt, had blijkbaar al zijn resterende energie opgebruikt. Cal ging verder met het masseren van zijn nek. Hij wekte de indruk totaal niet verbaasd te zijn over Chesters aanwezigheid in de trein of misschien kon het hem gewoon niets schelen.

Will haalde zijn schouders op. 'God, wat een stelletje zwakkelingen!' zei hij op normale toon, zodat geen van tweeën hem boven het geraas van de trein uit kon horen. Zodra hij echter weer nadacht over wat er voor hen lag, stak zijn bezorgdheid onmiddellijk weer de kop op en kreeg hij het gevoel alsof er binnen in hem iets aan zijn ingewanden knaagde.

Als hij de verhalen moest geloven, waren ze op weg naar een plek waarover zelfs de Kolonisten met heilig ontzag spraken. Het werd door de Kolonisten dan ook als de ergst denkbare straf beschouwd om te worden verbannen naar die ruwe woestenij.

De Kolonisten waren nota bene een ontzettend gehard volk dat onder de zwaarste omstandigheden eeuwenlang had overleefd in hun onderaardse wereld. Als de plek waar de trein hen nu naartoe bracht inderdaad zo verschrikkelijk was, hoe zouden zíj het er dan van afbrengen? Hij twijfelde er geen moment aan dat ze alle drie weer zwaar op de proef zouden worden gesteld. Het was overduidelijk dat noch zijn broer noch zijn vriend tegen dergelijke uitdagingen was opgewassen. Niet nu.

Will strekte zijn arm en toen hij voelde dat deze stijf was, stak hij zijn hand onder zijn jas om zijn gewonde schouder te masseren. Hij was toegetakeld door een speurhond, een van de agressieve politiehonden van de Styx, en hoewel de verwondingen waren verzorgd, was ook hij er niet al te best aan toe. Hij wierp onbewust een blik op de kisten met vers fruit om hen heen. Ze hadden in elk geval voldoende voedsel om weer aan te sterken. Verder waren ze echter amper voorbereid op wat er komen ging.

De verantwoordelijkheid drukte enorm op hem, alsof er loodzware gewichten aan zijn schouders waren gehangen en hij deze met geen mogelijkheid kon afschudden. Hij had Chester en Cal betrokken bij deze dwaze, wilde zoektocht naar zijn vader, die zich ergens in het onbekende gebied bevond dat zij met elke bocht en wending van deze kronkelende tunnels dichter naderden. Dat wilde zeggen: als dr. Burrows tenminste nog leefde... Will schudde zijn hoofd.

Nee!

Zo mocht hij niet denken. Hij moest blijven geloven dat hij zijn vader zou terugzien en dat alles dan goed kwam, precies zoals hij had gedroomd. Met hun vieren – dr. Burrows, Chester, Cal en hij – zouden ze als team samenwerken en onvoorstelbare, wonderbaarlijke dingen ontdekken... verloren beschavingen... misschien wel nieuwe levensvormen... en dan... ja, wat dan?

Hij had werkelijk geen flauw idee.

Zo ver kon hij niet vooruitkijken. Hoe hij het ook probeerde, hij wist echt niet wat er allemaal ging komen. Hij wist alleen dat alles op een of andere manier goed zou aflopen, maar dan moest hij wel zijn vader zien te vinden. Dat móést gewoon.

Sir Gabriel had zijn gewillige volgelingen verteld dat de corrupte wereld op een niet nader aangeduide dag in de toekomst zou worden schoongeveegd door een boze, wraakzuchtige God. Alle mensen die aan de buitenkant woonden, de Bovengronders, zouden worden uitgeroeid en vervolgens zou zijn kudde, de zuivere mensen, terugkeren naar hun rechtmatige woningen.

Sarah was bang geweest voor hetzelfde waarvoor al deze mensen bang waren – de Styx. Deze religieuze politie handhaafde met wrede hand de orde in de Kolonie. Tegen alle verwachtingen in was het Sarah gelukt uit de Kolonie te ontkomen en de Styx zouden er alles aan doen om haar te vangen en als voorbeeld te stellen voor de rest.

Ze liep een plein op en wandelde er helemaal omheen om zich ervan te vergewissen dat ze niet werd gevolgd. Voordat ze terugging naar de hoofdweg, verstopte ze zich achter een bestelbusje dat daar stond geparkeerd.

Even later stapte een totaal andere gedaante achter het busje vandaan. Ze had haar jas binnenstebuiten gekeerd en veranderd van een groene ruit in een saaie grijze stof, en een zwarte sjaal om haar hoofd gebonden. Toen ze de resterende afstand naar het treinstation aflegde, was ze in haar kleding vrijwel onzichtbaar tegen de groezelige gevels van de kantoren en winkels waar ze langsliep, alsof ze een menselijke kameleon was.

Ze ving het geluid op van een naderende trein en keek op. Ze glimlachte – haar timing was perfect.

4

Terwijl Chester en Cal sliepen, nam Will de situatie in zich op. Hij liet zijn blik door de wagon glijden en besefte dat het vinden van een schuilplek het belangrijkste was. Zolang de trein in beweging was, leek het hem hoogst onwaarschijnlijk dat iemand van de Kolonisten op onderzoek zou uitgaan. Zodra de trein echter tot stilstand kwam, moesten Chester, Cal en hij op het ergste zijn voorbereid. *Maar wat kon hij doen?* Hij had weinig materiaal tot zijn beschikking, maar bedacht dat een andere opstelling van de onbeschadigde kratten hun in elk geval meer bescherming zou bieden. Hij sleepte ze om de slapende gedaanten van Cal en Chester heen en stapelde ze op elkaar tot een soort schuilhut met in het midden voldoende ruimte voor hen alle drie.

Al doende viel het Will op dat de wagon voor hen hogere wanden had dan die waarin zij zich bevonden en ook dan alle andere wagons waar hij tijdens zijn speurtocht naar Chester overheen was geklauterd. Imago had hen toevallig of misschien juist wel bewust op een redelijk afgeschermde plek doen belanden waar ze enigszins beschut zaten tegen de rook en het roet die door de locomotief werden uitgespuugd.

Hij tilde het laatste krat op zijn plek en deed een stap naar achteren om zijn werk te bewonderen, maar was in gedachten alweer bezig met een volgend belangrijk punt: water. Wat eten betreft zouden ze zich voorlopig met het fruit wel redden, maar ze hadden echt snel iets te drinken nodig, en daarnaast moesten ze het proviand zien te vinden dat Cal en hij op Bovengrond hadden ingeslagen. Dat betekende dat iemand zich naar het voorste deel van de trein moest wagen om hun rugzakken te halen die Imago in een van de eerste wagons had gegooid. Hij besefte dat hij zelf die iemand zou zijn. Met gestrekte armen om zijn evenwicht te bewaren, alsof hij op het dek van een schip in bijzonder woelig water stond, staarde hij naar de muur van ijzer die hij moest beklimmen. Hij hief zijn ogen op naar de bovenste rand, die duidelijk zichtbaar was in de oranje gloed van de kleine stukjes brandende as die boven hen voorbijvlogen. Hij schatte dat het een meter of vier, vijf hoog was – bijna twee keer zo hoog als de wagonwanden waar hij eerder overheen was geklommen.

'Vooruit, watje, gewoon doen,' zei hij. Hij sprintte ernaartoe, sprong op de wand van de wagon waarin hij stond en greep de hogere wand van de volgende wagon vast.

Heel even was hij bang dat hij het verkeerd had ingeschat en eraf zou glijden. Met zijn handen zo stevig mogelijk om de rand van de voorste wagon geklemd verschoof hij zijn voeten tot ze goed stonden.

Hij stond even uit te hijgen, maar toen drong het tot hem door dat het niet bepaald een veilige plek was om lang te blijven staan. Beide wagons schommelden wild en hij werd voortdurend heen en weer geslingerd, waardoor hij het risico liep van de trein te vallen. Hij durfde niet omlaag te kijken naar de rails die onder hem voorbijvlogen, want anders zou de moed hem weleens in de schoenen kunnen zakken.

'Wie niet waagt...' riep hij; hij spande de spieren van zijn armen en benen en hees zichzelf op de rand. Hij liet zich aan de andere kant van de wagonwand naar beneden zakken en landde in een vormloze hoop op de vloer. Het was hem gelukt, hij had het gehaald.

Nadat hij zijn lichtbol tevoorschijn had gehaald om goed om zich heen te kunnen kijken, zag hij tot zijn teleurstelling dat de wagon leeg was, op een paar bergjes kolen na. Hij liep naar voren en deed dankbaar een schietgebedje toen hij helemaal aan het uiteinde de twee rugzakken zag liggen. Hij tilde ze op, nam ze mee terug en gooide ze zo nauwkeurig mogelijk in de wagon erachter.

Toen hij weer bij Chester en Cal aankwam, waren deze nog steeds in diepe slaap. Ze hadden zelfs de twee rugzakken niet opgemerkt die als bij toverslag net buiten hun schuilplek waren opgedoken. Omdat hij wist dat Chester ernstig was verzwakt, verspilde hij geen seconde en maakte hij onmiddellijk een broodje voor hem klaar.

Will moest Chester stevig door elkaar schudden, maar slaagde er uiteindelijk in hem zo wakker te krijgen dat hij doorkreeg wat hem werd voorgehouden en hij viel uitgehongerd op het broodje aan. Tussen de enorme happen door, die hij wegspoelde met wat water uit een van de veldflessen, grijnsde hij naar Will en daarna viel hij meteen weer in slaap.

Zo hielden ze zich in de uren die volgden bezig – met slapen en eten. Ze maakten bizarre broodjes van dikke plakken wit brood met gedroogde repen rattenvlees en koolsla als vulling. Ze gebruikten zelfs de nogal onappetijtelijk uitziende plakken paddenstoel (die het hoofdbestanddeel vormden van de maaltijden van de Kolonisten – reusachtige paddenstoelen die 'stuiverzwammen' werden genoemd) die ze op dik beboterde wafels legden. Na elk maal aten ze zoveel fruit dat ze al snel alles uit de gebarsten kisten hadden opgegeten en gedwongen waren om nieuwe open te maken.

Intussen raasde de trein voort en drongen ze steeds dieper in de korst van de Aarde door. Will begreep dat het zinloos was om te proberen met de anderen te praten en ging in plaats daarvan op zijn rug liggen om de tunnel te bestuderen. De trein passeerde verschillende lagen en hij bleef het een fascinerend schouwspel vinden. Hij tuurde naar de diverse lagen metamorf gesteente waar ze doorheen kwamen en legde al zijn bevindingen nauwgezet in beverige hanenpoten vast in zijn aantekenboekje. Dit werd een geografieverslag dat alle andere geografieverslagen overbodig zou maken. Zijn eigen opgravingen in Highfield zonken er in elk geval bij in het niet; daar was hij amper door de korst van de Aarde heen gekomen.

Het viel hem ook op dat de hellingshoek van de tunnel zelf aanzienlijk varieerde – er waren overduidelijk door mensenhanden aangelegde stukken van enkele kilometers lang waar de trein veel geleidelijker afdaalde. Zo nu en dan bereikte het spoor een vlak stuk en reden ze voorbij door de natuur gevormde grotten waarin ze hoog oprijzende pieken druipsteen zagen. De enorme omvang van deze bouwsels benam Will de adem – hij vond dat ze wonderbaarlijk veel weg hadden van gesmolten kathedralen. Soms werden ze omringd door een gracht vol donker water dat over de treinrails klotste. Daarna volgden dan weer achtbaanachtige delen van de tunnel die zo steil waren dat de jongens in hun slaap tegen elkaar aan rolden en hardhandig wakker werden geschud.

Plotseling klonk er een knarsende, schurende klap alsof de trein van een richel was gereden. De jongens schoten allemaal overeind en keken met verbijsterde gezichten om zich heen toen een stortvloed van water op hen neerplensde. Het warme water vulde de wagon en doorweekte hen volkomen alsof ze onder een waterval waren geduwd. Ze lachten door de slagregens naar elkaar en zwaaiden met hun armen totdat de heftige waterstroom net zo plotseling stopte als hij was begonnen; toen zwegen ze allemaal.

Er rees een dunne nevel van stoom op van hun lijven en de

wagonbodem, die onmiddellijk werd weggezogen door de slipstream van de trein. Deze scheurde voort en Will merkte dat het voelbaar warmer werd. In het begin was dit niet direct merkbaar geweest, maar inmiddels steeg de temperatuur schrikbarend snel.

Na een tijdje maakten ze hun hemden los en trokken ze hun laarzen en sokken uit. De lucht was zo zwaar en droog dat ze om beurten op de onbeschadigde kisten fruit klommen in een poging iets meer van de bries op te vangen. Will vroeg zich af of het vanaf nu zo zou blijven. Was het ondraaglijk warm in het Onderdiep, als een luchtstroom die door een openstaande ovendeur naar buiten werd geblazen? Het voelde aan alsof ze op de snelweg naar de hel zelf zaten.

Hij werd al snel gestoord in zijn gepeins toen de remmen zo heftig piepten dat ze hun oren moesten bedekken. De trein ging langzamer rijden en kwam ten slotte schokkerig tot stilstand. Enkele minuten later hoorden ze ergens boven hen een rammelend geluid, gevolgd door het weergalmende gekletter van metaal op steen. Will trok vlug zijn laarzen aan en liep naar de voorkant van de wagon. Hij trok zich op en keek over de rand om te zien wat er aan de hand was.

Maar hij zag weinig – verderop in de tunnel scheen een doffe rode gloed, maar verder werd alles door trage rookwolken aan het oog onttrokken. Chester en Cal kwamen bij Will staan en rekten hun hals uit om over de bovenkant van de wagons heen te kunnen kijken. Nu het geraas van de trein was gestopt en de locomotief alleen nog een tikkend geluid maakte, klonk elk geluid dat ze zelf maakten, elk kuchje of geschuifel van een laars, veraf en vaag. Hoewel ze nu de gelegenheid hadden om met elkaar te praten, staarden ze elkaar aan en wist niemand van hen goed wat hij moest zeggen. Uiteindelijk was Chester de eerste die zijn mond opendeed.

'Zie je iets?' vroeg hij.

'Je ziet er stukken beter uit!' zei Will tegen hem. Zijn vriend bewoog zich zelfverzekerder en was soepeltjes naast Will omhooggeklommen.

'Ik had gewoon honger,' mompelde Chester nonchalant en hij drukte de palm van zijn hand tegen een oor alsof hij probeerde de druk van de ongewone stilte te verlichten.

Ergens recht voor hen klonk een kreet van een zware, dreunende mannenstem en ze verstarden alle drie. Het was een duidelijke waarschuwing dat ze inderdaad niet alleen waren in de trein. Er was natuurlijk een machinist – vermoedelijk vergezeld van een maat, zo had Imago hun verteld – en er zat ook een Kolonist in de conducteurswagon achteraan. Hoewel deze mannen ervan op de hoogte waren dat Chester aan boord was en het hun taak was hem weg te sturen zodra ze op het mijnstation arriveerden, waren Cal en Will verstekelingen en stond er waarschijnlijk een beloning op hun hoofd. Ze moesten tegen elke prijs zien te voorkomen dat ze werden ontdekt. De jongens keken elkaar zenuwachtig aan en toen trok Cal zichzelf hoger op aan de achterwand van de wagon.

'Ik kan niets zien,' zei hij.

'Ik ga het vanaf daar proberen,' meldde Will. Hij schoof voetje voor voetje naar de hoek van de wagon om te kijken of hij daar beter zicht had. Hij kneep zijn ogen tot spleetjes en gluurde langs de zijkant van de trein, maar kon door de rook en het duister vrijwel niets zien. Hij keerde terug naar de plek waar de anderen op de uitkijk stonden. 'Denk je dat ze de trein doorzoeken?' vroeg hij aan Cal, die alleen zijn schouders ophaalde en ongerust omkeek.

'Allemachtig, wat is het heet,' fluisterde Chester en hij ademde zwaar uit. Hij had gelijk – de warmte was bijna ondraaglijk nu de slipstream niet langer voor verkoeling zorgde.

'Dat is nog het minst erge van onze problemen,' mompelde Will.

Toen zette de locomotief zich trillend in beweging en slingerde hij zich schokkerig vooruit totdat hij weer vaart had. De
jongens bleven waar ze waren; ze klemden zich goed vast aan
de hoge zijwand van de wagon en werden ogenblikkelijk opnieuw overspoeld door het bonkende tumult van lawaai en de
met roetdeeltjes doorspekte rook.

Ze kregen er al snel genoeg van, sprongen naar beneden en
keerden terug naar hun schuilplek, maar wierpen wel voortdurend waakzaam een blik over de bovenkant van de kisten.
Will was degene die ontdekte waarom de trein had stilgestaan.

'Daar!' schreeuwde hij en hij wees opzij, terwijl de trein verder tufte. Twee grote ijzeren deuren waren opengeklapt tegen
de muren van de tunnel. Ze stonden allemaal op om het beter
te kunnen zien.

'Stormdeuren,' riep Cal tegen hen. 'Zodra we erdoor zijn,
gaan ze vast weer dicht. Let maar op.'

Voordat hij was uitgesproken, knarsten de remmen alweer en
begon de trein vaart te minderen. Hij kwam opnieuw hortend
en stotend tot stilstand en de jongens tuimelden omver. Even
bleef het stil, maar toen hoorden ze opnieuw het kletterende
geluid, deze keer achter hen. Het eindigde in een dreunende
bons waarvan hun tanden klapperden en de tunnel trilde,
alsof er een kleine ontploffing had plaatsgevonden.

'Ik zei het toch?' merkte Cal zelfvoldaan op in de stilte. 'Het
zijn stormdeuren.'

'Waar zijn die dan voor?' vroeg Chester hem.

'Ze moeten voorkomen dat de Levantwind de Kolonie bereikt.'
Chester staarde hem niet-begrijpend aan.

'Je weet wel, de stormwind die vanuit het Binnenste komt
aanwaaien,' antwoordde Cal. Hij voegde eraan toe: 'Dat lijkt
me toch wel duidelijk.' Hij rolde met zijn ogen alsof hij
Chesters vraag belachelijk vond.

'Hij heeft er waarschijnlijk nog nooit een gezien,' kwam Will snel tussenbeide. 'Chester, het is een soort dikke stofwind die afkomstig is van de plek waar wij nu naartoe gaan, vanuit het Onderdiep.'

'O, op die manier,' antwoordde zijn vriend. Hij draaide zich om. Will zag nog net de geërgerde blik die over zijn gezicht trok. Op dat moment begon Will in de gaten te krijgen dat het leven met Chester en Cal beslist niet mee zou vallen wanneer ze bij elkaar waren.

Toen de trein op volle toeren verder reed, namen de jongens hun plaatsen tussen de kisten weer in. In de twaalf uur die volgden, passeerden ze nog veel meer van dergelijke storm-deuren. Elke keer stonden ze op de uitkijk voor het geval een van de Kolonisten het in zijn hoofd haalde om een kijkje bij Chester te nemen. Er kwam echter niemand en na elke on-derbreking hervatten de jongens hun vaste patroon van eten en slapen. Will besefte dat ze binnen niet al te lange tijd het eind van de rit zouden bereiken en begon voorzorgsmaatre-gelen te treffen. Naast alle losse lichtbollen die hij al in de twee rugzakken had opgeborgen, pakte hij ook zoveel moge-lijk fruit in. Hij had geen flauw idee waar of wanneer ze weer voedsel zouden vinden zodra ze eenmaal in het Onderdiep waren en was vastbesloten dat ze zoveel zouden meenemen als ze konden dragen.

Hij was diep in slaap toen hij ruw werd gewekt door het ge-luid van een bel. Verdwaasd nam hij heel even aan dat het zijn wekker was die hem wekte om naar school te gaan. Hij tastte op de automatische piloot naar de plek waar zijn nacht-kastje behoorde te staan, maar in plaats van de wekker voelde zijn vingers de met gruis bedekte bodem van de wagon. Door het dwingende, mechanische getimmer van de bel was hij al snel klaarwakker. Hij sprong overeind en wreef de slaap uit zijn ogen. Het eerste wat hij zag was Cal, die jachtig zijn sokken en laarzen aantrok, terwijl Chester hem verbijsterd aanstaarde. Het schelle gerinkel hield niet op en weerkaatste tegen de muren en in de tunnel achter hen.

'Opschieten, jongens!' brulde Cal zo hard hij kon.

'Waarom?' gebaarde Chester naar Will, die de gekwelde uitdrukking op het gezicht van zijn vriend zag.

'We zijn er! Zorg dat je klaarstaat!' zei Cal, terwijl hij de klep van zijn rugzak vastmaakte.

Chester keek hem vragend aan.

'We moeten maken dat we wegkomen!' riep de jongen naar hem. Hij wees naar de voorkant van de trein. 'Vóórdat we bij het station zijn.'

5

Op een heel andere trein dan die waarop haar twee zonen zich bevonden was Sarah onderweg naar Londen. Ze mocht van zichzelf niet slapen, maar deed een groot deel van de tijd met halfgesloten ogen alsof om contact met de andere passagiers te vermijden. De wagon werd steeds voller, want de trein stopte op het laatste stuk om de haverklap. Ze voelde zich niet op haar gemak. Bij een van de laatste haltes was een man met een schurftige baard ingestapt, een zwerver in een Schots geruite overjas met een bonte verzameling plastic tassen in zijn handen geklemd.

Ze moest voorzichtig zijn. *Zij* deden zich soms voor als daklozen en armoedzaaiers. Het enige wat het ingevallen gezicht van de doorsnee-Styx nodig had om sprekend op die arme pechvogels te lijken die je in alle hoeken en gaten van elke stad aantrof, waren de haargroei van enkele maanden en een flinke laag vuil.

Het was een slimme truc. In deze vermomming konden de Styx zich vrijwel overal ongemerkt tussen mengen zonder de aandacht van de Bovengronders te trekken. Het mooiste was nog wel dat ze op die manier in staat waren om dagenlang de wacht te houden op drukke treinstations en zo de passagiers konden controleren.

Sarah kon niet zeggen hoe vaak ze al bedelaars in portieken had zien rondhangen die haar met hun glazige ogen van onder samengeklit haar doorboorden en hun allesziende zwarte pupillen in haar richting draaiden.

Was deze zwerver een van hen? Toen hij uit een groezelige tas een blikje bier opdiepte, bekeek ze stiekem zijn weerspiegeling in het raam. Hij trok het open en begon te drinken, waarbij er een grote hoeveelheid op zijn baard droop. Ze betrapte hem er verschillende keren op dat hij naar haar zat te kijken. Het leek alsof hij haar peinzend aanstaarde en ze had iets tegen zijn ogen – ze waren gitzwart en hij kneep ze steeds halfdicht alsof hij niet aan daglicht gewend was. Allemaal onheilspellende signalen, maar hoe graag ze het ook wilde, ze durfde niet naar een andere zitplaats te lopen. Het laatste wat ze wilde was de aandacht op zichzelf vestigen.

Ze vermande zich dus en bleef zitten tot de trein eindelijk station St. Pancras binnen reed. Ze was een van de eerste passagiers die uitstapten en zodra ze door het hekje was, wandelde ze rustig naar de winkeltjes in het station. Ze hield haar hoofd gebogen om de beveiligingscamera's te ontwijken die overal hingen en hield een zakdoek voor haar gezicht wanneer ze dacht dat ze misschien binnen het bereik van een ervan was. Bij een winkeletalage bleef ze staan en volgde ze vanuit een ooghoek de zwerver die door de stationshal slenterde.

Als hij inderdaad een Styx was of een van hun agenten, was het beter als ze zich tussen andere mensen bevond. Ze schatte haar kansen op ontsnapping in en overwoog net om op een vertrekkende trein te springen toen hij op nog geen vijftien meter bij haar vandaan bleef staan om in zijn tassen te rommelen. Een man liep per ongeluk tegen hem aan, waarop hij onsamenhangend begon te schelden; vervolgens liep hij aarzelend en een beetje wankel, met zijn armen voor zich uitgestrekt alsof hij een onzichtbaar winkelwagentje voor zich uit duwde, naar de hoofduitgang van het station. Sarah keek hem na totdat hij het station had verlaten.

Ze was er inmiddels vrij zeker van dat hij echt een zwerver was en wilde nu alleen maar zo snel mogelijk weg zien te komen. Ze sloeg een willekeurige richting in, mengde zich tussen de mensen en glipte via een zijuitgang het station uit. Buiten was het prachtig weer en het was druk in de straten van Londen. Perfect. Precies zoals ze het graag zag. Het was beter om een flinke mensenmassa om zich heen te hebben – hoe drukker het was, des te veiliger ze zich voelde. Het was niet echt waarschijnlijk dat de Styx in het bijzijn van talloze ooggetuigen iets zouden uithalen.

Ze zette er stevig de pas in en liep in noordelijke richting naar Highfield. Het geroezemoes van het drukke verkeer leek samen te smelten in één regelmatig ritme dat via het trottoir tegen haar voetzolen klopte totdat ze het diep in haar buik voelde weerkaatsen. Gek genoeg kalmeerde ze hierdoor. Het was een rustgevende, constante trilling, alsof de stad zelf leefde.

Tijdens de wandeling keek ze naar de nieuwe gebouwen en zodra haar oog op een van de vele beveiligingscamera's viel die eraan waren bevestigd, draaide ze haar hoofd weg. Ze keek ervan op hoeveel er was veranderd sinds haar eerste bezoek aan Londen. *Hoe lang was dat al geleden – bijna twaalf jaar?*

Er werd wel gezegd dat de tijd alle wonden heelt. Maar dat hangt er helemaal van af wat er in de tussentijd is gebeurd.

Sarahs leven was al heel lang kleurloos en troosteloos: ze had het gevoel dat ze niet echt had geleefd. Hoewel het al heel wat jaren geleden was gebeurd, stond haar vlucht uit de Kolonie nog altijd pijnlijk helder in haar geheugen gegrift.

Ze merkte dat ze de herinneringen die zich tijdens het lopen aan haar opdrongen niet kon onderdrukken. Ze voelde opnieuw de verpletterende onzekerheid die haar had overmand toen ze uit de ene nachtmerrie was ontsnapt en onmiddellijk terechtkwam in een andere in dit vreemde, onbekende land, waar het felle zonlicht een marteling was en alles zo anders en helemaal niet vertrouwd aanvoelde. Het ergste was dat ze inwendig werd verteerd door schuldgevoel, omdat ze haar kinderen, haar twee zonen, had achtergelaten.

Ze had echter geen keus gehad, ze moest weg. Haar baby van nog geen week oud had koorts gekregen, een afschuwelijke, verterende koorts die heftige rillingen door het kleine lijfje joeg dat langzaam aan de ziekte ten onder ging. Zelfs nu nog kon Sarah het onophoudelijke gehuil van het kind horen en ze herinnerde zich hoe hulpeloos haar man en zij zich hadden gevoeld. Ze hadden de dokter om medicijnen gesmeekt, maar hij zei dat hij niets in zijn zwarte koffertje had wat hij hun kon geven. Ze was hysterisch geworden, maar de dokter had alleen maar stug zijn hoofd geschud en haar niet aangekeken. Ze wist wat dat hoofdgebaar inhield. Ze kende de waarheid. In de Kolonie was een groot gebrek aan medicijnen als antibiotica. Het kleine beetje dat op voorraad was, was puur en alleen voor de heersende klassen bestemd: de Styx en wellicht een heel select groepje binnen de Raad van Gouverneurs zelf. Er was nog een andere optie geweest: ze had voorgesteld om wat penicilline te kopen op de zwarte markt en wilde haar broer Tam vragen om die voor haar te zoeken. Sarahs man had echter dwarsgelegen. 'Dat kan ik niet toestaan,' had hij gezegd, terwijl hij somber naar het zieke kleintje staarde dat met het uur zwakker werd. Vervolgens had hij een tijdlang staan wauwelen over zijn positie in de gemeenschap en dat het hun plicht was om de daar geldende waarden hoog te houden. Het kon Sarah allemaal niets schelen; zij wilde alleen maar dat haar baby beter werd.

Ze kon niet veel anders doen dan het knalrode gezichtje van het jammerende kind voortdurend deppen in een poging de temperatuur omlaag te brengen en te bidden. Na vierentwintig uur was het gehuil van de baby afgezwakt tot een zacht, onregelmatig gehijg, alsof ademhalen de grootste moeite kostte. Het had geen zin te proberen het te voeden; het kind deed geen enkele moeite om melk te drinken. De baby ontglipte haar langzaam maar zeker en zij kon er niets tegen doen.

Ze dacht dat ze gek zou worden.

Ze viel ten prooi aan nauwelijks te onderdrukken woedeaanvallen en deinsde achteruit van de wieg naar een hoek van de kamer, waar ze probeerde zichzelf te verwonden door verwoed met haar nagels over haar onderarmen te krabben, terwijl ze op haar tong beet om te voorkomen dat ze begon te gillen en het bijna bewusteloze kindje zou storen. Soms zakte ze als een zoutzak op de vloer en werd ze overmand door zo'n diepe wanhoop dat ze bad of ze niet samen met haar baby kon sterven.

In het laatste uur stonden de kleine, lichte ogen glazig en lusteloos. Opeens werd Sarah, die naast de wieg in de donkere kamer zat, uit haar verdriet opgeschrikt door een geluid. Het leek op een zachte fluistering, alsof iemand haar aan iets wilde herinneren. Ze boog zich over de wieg. Intuïtief wist ze dat ze de laatste ademtocht tussen de droge lippen van de baby had horen wegzweven. Het kind lag roerloos. Het was voorbij. Ze had een armpje van de baby opgetild en weer op de matras laten vallen. Het was alsof ze een prachtige, verfijnde pop aanraakte.

Ze huilde niet. Haar ogen waren droog en haar blik was vastberaden. Op dat moment verdween op slag alle loyaliteit die ze ooit had gevoeld jegens de Kolonie, haar man en de maatschappij waarin ze haar hele leven had doorgebracht. Op dat moment zag ze alles ook heel helder, alsof er in haar hoofd een schijnwerper was aangegaan. Ze wist zo zeker wat ze moest doen dat ze zich door niets of niemand zou laten tegenhouden. Ze moest haar andere twee kinderen koste wat het kost eenzelfde lot besparen.

Diezelfde avond nog, terwijl het lichaam van de dode, naamloze baby in de wieg lag af te koelen, had ze een paar dingen in een schoudertas gepropt en had ze haar twee zonen meegenomen. Zodra haar man het huis had verlaten om een aantal zaken te regelen voor de begrafenis, was ze met haar beide zonen vertrokken en naar een van de ontsnappingsroutes gegaan waarover haar broer haar ooit had verteld.

Het was alsof de Styx volledig op de hoogte waren van haar plannen, want het was al snel verkeerd gelopen en in een kat-en-muisspel veranderd. Tijdens de moeizame tocht door het doolhof van ventilatietunnels hadden ze haar continu op de hielen gezeten. Ze herinnerde zich dat ze even was blijven staan om op adem te komen. Met onder elke arm een kind geklemd had ze in het donker in elkaar gedoken tegen de muur geleund en al hun bewegingen gevoeld. Diep in haar hart wist ze dat ze geen keus had en dat ze een van hen moest achterlaten. Ze zou het niet halen, niet met hen allebei. Ze dacht terug aan de martelende beslissing die ze toen moest nemen.

Kort daarna was ze op een Kolonist gestuit, een van haar eigen mensen. In de wilde worsteling die daarop volgde had ze de man van zich afgeslagen en met een woeste klap verdoofd. Haar arm was echter zwaar verwond geraakt en daarmee was de beslissing haar uit handen genomen.

Ze wist wat ze moest doen.

Ze liet Cal achter. Hij was net een jaar oud. Ze had het beweeglijke bundeltje voorzichtig tussen twee rotsen op de met grind bedekte bodem van de tunnel gelegd. Het beeld van de coconachtige, met haar eigen bloed besmeurde wikkeldoeken stond onuitwisbaar in haar geheugen gegrift. Net als het geluid dat hij maakte, het gekir. Ze wist dat het niet lang zou duren voordat hij werd ontdekt en naar haar man teruggebracht, en dat deze voor hem zou zorgen. Een schrale troost.

Ze was verder gevlucht met haar andere zoon, wist meer door geluk dan wijsheid uit handen van de Styx te blijven en had uiteindelijk de bovenwereld bereikt.

In de vroege uren van de ochtend had ze met haar zoon, een kleuter die nog niet al te goed kon lopen, op de stoep naast haar door Highfield High Street gelopen. Hij was haar oudste kind, was tweeënhalf jaar oud en heette Seth. Hij keek onwennig om zich heen en staarde met wijd opengesperde, angstige ogen naar de onbekende gebouwen.

Ze had geen geld en kon nergens naartoe, en al snel drong het tot haar door dat zelfs de zorg voor slechts één kind haar al zwaar zou vallen. Alsof dat nog niet erg genoeg was, begon ze zich door het bloedverlies uit haar gewonde arm ook steeds duizeliger te voelen.

Toen ze in de verte mensen hoorde, verliet ze met Seth de brede doorgaande weg en zwierf ze door verschillende zijstraatjes totdat ze een kerk ontdekte. Ze zochten beschutting op de overwoekerde begraafplaats, waar ze op een bemost graf gingen zitten, voor het eerst in hun leven de nachtlucht opsnoven en vol ontzag naar de met natrium doordrenkte hemel staarden. Ze had graag heel even haar ogen dichtgedaan, maar was bang dat ze niet meer zou opstaan als ze te lang bleef liggen. Ondanks haar duizelende hoofd verzamelde ze al haar energie en stond ze op met als doel een plek te vinden waar ze zich konden verstoppen en met een beetje geluk ook wat te eten en te drinken.

Ze probeerde haar zoon uit te leggen wat ze van plan was, maar hij wilde per se met haar mee. Die arme, kleine, verwarde Seth. Ze kon de uitdrukking op zijn gezicht en het hartverscheurende onbegrip amper verdragen en liet hem snel alleen achter. Hij klemde zich vast aan de reling rond de grootste, indrukwekkendste grafsteen op de begraafplaats, waar bizar genoeg twee kleine stenen figuren met een pikhouweel en een spade op stonden. Seth riep haar na toen ze wegliep, maar ze durfde niet achterom te kijken, omdat haar intuïtie haar pijnlijk duidelijk voorhield dat ze niet moest weggaan.

Ze verliet de begraafplaats zonder te weten waar ze naartoe ging en probeerde de duizeligheid te negeren die haar met elke stap die ze zette het gevoel gaf dat ze op een cakewalk op een kermis liep.

Van wat er daarna was gebeurd, kon Sarah zich weinig herinneren.

Ze was bijgekomen omdat iets haar wakker porde. Toen ze haar ogen opendeed, was het licht onverdraaglijk. Het scheen zo oogverblindend fel dat ze de bezorgde vrouw die over haar heen gebogen stond en vroeg wat haar mankeerde nauwelijks kon onderscheiden. Sarah begreep dat ze tussen twee geparkeerde auto's was flauwgevallen. Ze schermde haar ogen af met haar handen, schoot overeind en ging ervandoor.

Uiteindelijk had ze de weg terug naar Seth gevonden, maar ze was blijven staan toen ze in het zwart geklede gedaanten om hem heen zag krioelen. Ze had eerst gedacht dat het Styx waren, maar al snel had ze met haar tranende ogen op de auto het woord 'politie' gelezen. Ze was stilletjes weggelopen.

Sinds die dag had ze zichzelf al honderden keren verteld dat het misschien maar beter was zo, dat ze niet in staat was geweest om voor een jong kind te zorgen, laat staan dat ze met een kind voor de Styx op de vlucht moest. Die gedachte verdreef echter niet het beeld van de betraande ogen van de kleine jongen die met uitgestrekte hand telkens opnieuw om haar riep, terwijl zij in de nacht wegsloop.

De kleine hand die aarzelend in het licht van de straatlampen naar haar werd uitgestoken.

Er hoopte zich iets pijnlijks op in haar hoofd, als een zwaargewond dier dat zichzelf oprolt.

Haar herinneringen waren zo levensecht en zo helder dat ze zich afvroeg of ze per ongeluk hardop had lopen praten toen een voorbijganger op de stoep haar een onderzoekende blik toewierp.

'Beheers je,' sprak ze zichzelf vermanend toe. Ze moest scherp blijven. Ze schudde haar hoofd om het beeld van het kleine gezicht uit haar hoofd te verjagen. Ach, dat was allemaal al zo lang geleden en net als de gebouwen om haar heen was alles veranderd, onherroepelijk veranderd. Als het bericht in de dode brievenbus de waarheid had verteld – iets wat ze amper durfde geloven – dan was Seth Will geworden, dan was hij iets totaal anders geworden.

Na een paar kilometer bereikte Sarah een drukke straat met winkels en een kolossale, bakstenen supermarkt. Ze mopperde binnensmonds toen ze te midden van een kleine groep mensen moest wachten bij een zebrapad tot het verkeerslicht op groen sprong. Ze voelde zich niet op haar gemak en dook diep weg in haar jas. Toen het mannetje begeleid door gepiep op groen sprong, stak ze de weg over en liep ze snel voor de mensen met hun zware boodschappentassen uit.

Het aantal winkels nam af, het begon te regenen en de meeste mensen zochten een plek om te schuilen of renden terug naar hun auto, waardoor het veel minder druk werd op straat. Ze liep verder en liet haar geoefende blik over de voorbijgangers glijden die haar niet eens opmerkten. Ze hoorde Tams stem zo duidelijk alsof hij naast haar liep.

'Zien zonder gezien te worden.'

Dat was iets wat hij haar had geleerd. Als kleine kinderen waren ze vaak tegen de regels van hun ouders in brutaalweg het huis uit geslopen. Ze hadden vermomd in vodden en met hun met verbrande kurk zwart gemaakte gezichten hun leven op het spel gezet en waren tot het hart doorgedrongen van een van de meest barbaarse, gevaarlijkste plekken in de hele Kolonie – de Sloppen. Zelfs nu nog zag ze Tam weer voor zich zoals hij toen was geweest, met zijn grijnzende jonge gelaat vol zwarte strepen en zijn ogen die opgewonden schitterden wanneer ze na voor de zoveelste keer in een netelige situatie te zijn beland op het nippertje waren weggekomen. Ze miste hem enorm.

Ze werd in haar gepeins gestoord doordat haar zintuigen alarm sloegen als een wekker die afliep. Uit tegengestelde richting kwam een magere jongen in een vies, verkreukeld legerjack aanslenteren. Hij liep recht op haar af. Sarah ging niet opzij en op het allerlaatste moment week hij voor haar uit, waarbij hij haar keihard met zijn elleboog in haar zij raakte en in haar gezicht hoestte. Ze bleef stokstijf staan en haar ogen smeulden alsof er vlammen achter brandden. Hij mompelde binnensmonds iets hatelijks en liep verder. Op de rug van zijn jack stond in grote, gebarsten letters I HATE U gekalkt. Na een paar stappen drong het waarschijnlijk opeens tot hem door dat ze hem nakeek, want hij draaide zich half om en keek haar kwaad aan.

'Trut,' snauwde hij.

Haar hele lichaam spande zich als een panter die op het punt staat te springen.

Vuile hufter, dacht ze bij zichzelf, maar ze zei niets.

Hij had werkelijk geen flauw idee wie ze was of waartoe ze in staat was. Hij had zojuist zijn leven geriskeerd. Haar bloeddorst zwol aan en ze had hem graag een lesje geleerd dat hij niet snel zou vergeten – zo graag dat het bijna pijn deed – maar ze kon het zich niet veroorloven, niet nu.

'Als ik je ooit nog eens ergens tegenkom...' mompelde ze zacht toen hij arrogant verder sjokte en met zijn sjofele sportschoenen over de stoep sleepte. Hij keek niet nogmaals achterom en was zich er totaal niet van bewust dat hij op het nippertje was ontkomen.

Ze bleef even staan waar ze stond om zichzelf onder controle te krijgen en nam intussen de natte straat en het voorbijrazende verkeer in zich op. Ze keek op haar horloge. Het was nog vroeg – ze had te snel gelopen.

Haar aandacht werd getrokken door een op luide toon gevoerd gesprek in een taal die ze niet verstond. Even verderop kwamen twee arbeiders uit een café met beslagen ramen die van binnenuit door tl-buizen werden verlicht. Zonder er verder over na te denken liep ze ernaartoe en ging naar binnen.

Aan de bar bestelde ze een kop koffie, die ze meteen afrekende en ze ging ermee aan een tafeltje bij het raam zitten. Ze nam een slokje van de waterige, smakeloze drank, haalde het verkreukelde briefje uit haar zak en herlas langzaam het ongeoefende handschrift. Ze kon nog altijd niet accepteren wat er stond. *Hoe kon Tam nu dood zijn? Hoe was dat in vredesnaam mogelijk?* Hoe erg het in deze Bovengrondse wereld ook was, ze had altijd een beetje troost geput uit de wetenschap dat haar broer nog steeds gezond en wel in de Kolonie leefde. De hoop dat ze hem op een goede dag zou terugzien, was als een flakkerende kaars aan het eind van een ongelooflijk lange tunnel. Nu was hij dus dood en was zelfs dat beetje hoop haar ontnomen.

Ze draaide het briefje om, las de achterkant en herlas alles hoofdschuddend opnieuw.

Het bericht kon gewoon niet kloppen. Joe Waites moest zich hebben vergist toen hij het schreef. Hoe kon haar eigen zoon, Seth, haar eerste kind dat haar grote trots was geweest, Tam aan de Styx hebben verraden? Haar eigen vlees en bloed had haar broer vermoord. *Als dat echt zo was, hoe kon hij dan zo zijn ontaard? Wat had hem ertoe gedreven?* De laatste alinea bevatte nog meer schokkend nieuws. Ze las keer op keer de re-

gels die vertelden hoe Seth haar jongste zoon Cal had ontvoerd en hem had gedwongen om met hem mee te gaan.

'Nee,' zei ze hardop. Ze schudde haar hoofd en weigerde gewoon te accepteren dat Seth hiervoor verantwoordelijk was.
Daar had je het weer: haar zoon heette Seth, geen Will, en hij
kon dit eenvoudigweg niet hebben gedaan. Hoewel het briefje
afkomstig was van iemand die ze als volledig betrouwbaar beschouwde, kon het best zijn dat iemand ermee had geknoeid.
Misschien was iemand anders op de hoogte van de dode brievenbus. Maar hoe dan, en waarom, en wat hadden ze eraan
om een vals berichtje voor haar achter te laten? Ze begreep er
helemaal niets van.

Ze besefte dat ze zwaar ademhaalde en dat haar handen beefden. Ze drukte ze stevig tegen het tafelblad en verfrommelde
de brief tot een prop onder haar hand. Ze probeerde uit alle
macht haar emoties te beteugelen en keek steels om zich
heen naar de andere bezoekers van het café, bang dat iemand
naar haar had zitten kijken. De andere aanwezigen, afgaand
op hun kleding voornamelijk bouwvakkers, werden echter zo
in beslag genomen door de stevige maaltijd op hun borden
dat ze geen aandacht aan haar schonken en de eigenaar stond
achter de bar een deuntje te neuriën.

Ze leunde achterover en liet haar blik door de ruimte dwalen
alsof ze deze nu pas voor het eerst zag. Ze bestudeerde de
nephouten lambrisering tegen de muren en de vergeelde pos-
ter van een jonge Marilyn Monroe die tegen een grote Amerikaanse wagen stond geleund. Op de radio was een praatpro-
gramma aan de gang, maar zij vond het alleen maar een
irritant achtergrondgeluid en luisterde er niet naar.

Ze veegde een kleine cirkel schoon op de binnenkant van het
beslagen caféraam en tuurde erdoor naar buiten. Het was nog
steeds te vroeg en dus te licht, dus besloot ze nog even te blijven zitten. Ze draaide een punt aan een papieren servetje,

doopte dat in wat koffie die ze op het rode kunststof tafelblad had gemorst en begon te tekenen. Toen de koffie verdampte en ze dus niets meer had om mee te tekenen, staarde ze omlaag alsof ze in een trance was verzonken. Even later schrok ze op en ze ontdekte dat een van de knopen van haar jas aan een draadje bungelde. Ze trok eraan en hij liet los. Zonder na te denken liet ze hem in haar lege kopje vallen en ze staarde met niets ziende ogen naar de beslagen ramen en de vage gedaanten van mensen die snel voorbijliepen.

Na een tijdje kwam de eigenaar naar haar toe. Onderweg haalde hij terloops zijn smoezelige theedoek over lege tafeltjes en zette hij hier en daar een stoel recht. Bij het raam bleef hij staan om net als Sarah even naar buiten te turen en toen vroeg hij haar op achteloze toon of ze misschien nog iets wilde bestellen. Ze stond op zonder hierop te reageren en liep naar de deur. Woedend griste hij haar lege koffiekop van de tafel en toen viel zijn oog op de weggegooide knoop die ze op de bodem ervan had achtergelaten.

Dat was de laatste druppel. Ze was geen vaste klant en hij had geen behoefte aan eenmalige bezoekers die zijn tafels bezet hielden en vrijwel niets uitgaven.

'Kre...' riep hij haar na, maar het woord 'krent' stierf weg op zijn lippen voordat hij meer dan de eerste letters had uitgesproken.

Bij toeval was zijn blik op het tafelblad gevallen. Hij knipperde met zijn ogen en bewoog zijn hoofd, alsof hij dacht het licht hem een poets bakte. Van het rode tafelblad staarde een opmerkelijk fraai, levensecht portret hem aan.

Het was een gezicht dat de gehele tafel besloeg, opgebouwd uit vele laagjes opgedroogde koffie alsof het met tempera was geschilderd. De man bleef als aan de grond genageld staan, niet omdat de tekening zo fraai was, maar vanwege de mond die was opengesperd in een verwrongen grimas. Hij knipperde met zijn ogen; het was zo verontrustend en onverwacht dat hij een paar tellen onbeweeglijk bleef staan en alleen maar naar de tekening staarde. Het was onmogelijk deze schokkende verbeelding van diepe smart in verband te brengen met de stille, vrij timide vrouw die zojuist zijn café had verlaten. Hij had er geen goed gevoel bij en veegde de tekening snel weg met zijn theedoek.

Buiten op straat moest Sarah haar best doen om niet te snel te lopen, want ze zat ruim in de tijd. Voordat ze in Highfield aankwam, onderbrak ze haar tocht en nam ze een kamer in een pension. Ze koos een onopvallend pension in een sjofel, victoriaans rijtjeshuis. Zo moest ze het aanpakken als ze wilde overleven.

Nooit twee keer hetzelfde.

Nooit hetzelfde twee keer.

Ze was ervan overtuigd dat de Styx haar binnen een mum van tijd zouden vinden als ze in een bepaalde vaste routine verviel.

Ze gaf een valse naam en adres op, en betaalde contant vooruit voor één nacht. Ze pakte de sleutel aan van de bedrijfsleider, een gerimpelde oude man met een zure adem en sluik, grijs haar; op weg naar haar kamer keek ze meteen waar de brandtrap zat en prentte ze ook een tweede deur die vermoedelijk toegang gaf tot het dak in haar geheugen. *Voor het geval dat.* Ze deed haar kamerdeur dicht, draaide hem op slot en zette een stoel tegen de deurkruk. Toen trok ze de door de zon gebleekte gordijnen dicht en ging op de rand van het bed zitten om haar gedachten te ordenen.

Ze werd afgeleid toen er op straat een nasale lach klonk. Ze stond direct op, schoof de gordijnen een klein stukje open, liet haar blik links en rechts door de straat glijden en bekeek ook de dicht op elkaar geparkeerde auto's aandachtig. Weer hoorde ze het gelach en nu zag ze een paar in T-shirt en spijkerbroek geklede mannen naar de brede doorgaande weg slenteren. Zo te zien hadden ze geen kwaad in de zin.

Ze liep terug naar het bed, ging erop liggen en schopte haar schoenen uit. Ze gaapte en voelde dat ze erg doezelig was. Ze mocht echter niet in slaap vallen en om zichzelf bezig te houden, sloeg ze het exemplaar van de *Highfield Bugle* open, de krant die ze bij de receptie van het pension had gepakt. Zoals altijd haalde ze een pen tevoorschijn en bladerde direct door naar de personeelsadvertenties achterin, waar ze tijdelijke baantjes omcirkelde die haar wel wat leken. Toen ze daarmee klaar was, bladerde ze terug naar het begin van de krant en liet ze haar ogen ongeïnteresseerd over de artikelen glijden.

Tussen de kolommen waarin de voor- en nadelen werden besproken van een voetgangersgebied op het oude marktplein en de voorstellen voor nieuwe verkeersdrempels en nóg een busbaan, trok één artikel haar aandacht.

HET BEEST VAN HIGHFIELD?

Van onze verslaggever T.K. Martin

Dit weekend is in het stadspark van Highfield opnieuw een geheimzinnig hondachtig dier waargenomen. Op zaterdagavond ontdekte mevrouw Croft-Hardinge uit de wijk Clockdown het dier tijdens het uitlaten van haar basset Goldy op de onderste takken van een boom.

'Het kauwde op iets waarvan ik dacht dat het de kop van een pluchen stuk kinderspeelgoed was, totdat ik besefte dat het een konijn was en overal bloed zag,' vertelde ze de Bugle. 'Het was reusachtig met afgrijselijke ogen en akelige tanden. Toen het me zag, spuugde het de kop uit en ik had durven zweren dat het me recht aankeek.'

De meldingen over het dier spreken elkaar tegen; soms wordt het omschreven als een jaguar of panter, vergelijkbaar met de grote katachtige die sinds het begin van de jaren tachtig op Bodmin Moor is waargenomen, maar anderen beweren dat het meer weg heeft van een hond. De parkopzichter van Highfield, meneer Kenneth Wood, heeft onlangs een zoektocht georganiseerd nadat een buurtbewoner beweerde dat het dier de riem van zijn dwergpoedel uit zijn hand had gerukt en er met het beestje vandoor was gegaan. Andere bewoners van Highfield en omgeving meldden de afgelopen maanden eveneens dat hun hond is verdwenen.

Het mysterie duurt voort...

Met felle bewegingen krabbelde ze doelloos in de marge naast het artikel over het wilde dier. Hoewel ze alleen een pen gebruikte, had ze al snel een ingewikkelde, gedetailleerde afbeelding gemaakt van een in maanlicht gehulde begraafplaats die wel iets weg had van de begraafplaats in Highfield waar ze als eerste haar toevlucht had gezocht na haar vlucht naar boven. De gelijkenis hield echter op toen ze op de voorgrond een grote, blanco grafsteen schetste. Ze keek er even naar en schreef er uiteindelijk zijn naam als Bovengronder in: Will Burrows, gevolgd door een vraagteken.

Sarah fronste haar wenkbrauwen. De woede over de dood van haar broer die in haar opwelde was zo heftig dat ze het gevoel had alsof ze door een golf werd meegesleurd en straks ergens zou worden neergesmeten. Zodra ze de plek bereikte waar ze naar onderweg was, had ze een zondebok nodig. Natuurlijk waren de Styx de werkelijke oorzaak, maar nu stond ze zichzelf voor het eerst toe het ondenkbare te denken: als het nieuws over Seth écht waar was, dan moest hij daarvoor boeten, zwaar boeten.

Starend naar de tekening spande ze de spieren van haar hand, waardoor de pen brak en scherfjes doorzichtig plastic op het bed neerdaalden.

6

Met grimmige gezichten hielden de jongens zich vast aan de zijkant van de wagon. De tunnelmuur flitste in een angstaanjagend waas voorbij, hoewel de trein nu vaart minderde vanwege een scherpe bocht.

Ze hadden de rugzakken al uit de trein gegooid en Chester had zich als laatste op de rand gehesen en zich bij de andere twee gevoegd. Hij liet zijn voeten zakken tot hij een richel voelde en klampte zich zo stevig mogelijk vast. Will wilde net iets tegen de twee andere jongens roepen toen zijn broer opeens bedacht dat hij als eerste zou springen.

'NU!' gilde Cal en hij zette zich met een luide brul tegen de wagonwand af. Will zag hem in de duisternis verdwijnen en keek toen naar Chesters silhouet, in de wetenschap dat zijn vriend huizenhoog tegen dit moment opzag.

Will had geen keus en moest het voorbeeld van zijn broer volgen. Hij klemde zijn kiezen op elkaar en sprong, waarbij hij zich een halve slag omdraaide. Een fractie van een seconde leek hij in de wind te blijven hangen. Toen landde hij met een knoertharde klap op beide voeten en werd hij in een stuurloze sprint vooruitgedreven; met wijd gespreide armen om zijn evenwicht niet te verliezen rende hij als een bezetene door.

De reusachtige wielen maalden knarsend verder op enkele meters bij hem vandaan en alles werd in een bittere rookwolk gehuld. Hij liep zo ongelooflijk snel dat zijn voeten al na een paar stappen met elkaar in de knoop raakten en hij struikelde. Hij vloog door de lucht, landde op één knie en tuimelde vervolgens voorover. Hij schoot liggend op zijn borstkas nog een stukje door en zijn lichaam wierp een enorme wolk stof op. Toen hij eindelijk stillag, rolde hij zich langzaam op zijn rug en ging hoestend en een mondvol stof uitspugend overeind zitten. De immense wielen rolden verder en hij dankte zijn gelukkige gesternte dat hij er niet onder was gevallen. Hij haalde een lichtbol uit zijn zak om de anderen te zoeken.

Na een tijdje hoorde hij verderop langs het spoor luid gekreun. Hij tuurde in het met rook gevulde donker en zag Chester kruipend op handen en knieën opduiken. Chester hief als een chagrijnige schildpad zijn hoofd op en toen hij Will zag bewoog hij zich iets sneller voort.

'Alles oké?' riep Will tegen hem.

'O, met mij gaat alles fantastisch,' schreeuwde Chester en hij plofte naast Will neer.

Will haalde zijn schouders op en wreef over het been dat tijdens de val de ergste klap had opgevangen.

'Cal?' vroeg Chester.

'Weet ik niet. Laten we hier maar op hem wachten.' Will wist niet of Chester hem had gehoord, maar zijn vriend maakte in elk geval geen aanstalten om naar de jongen te gaan zoeken. De trein ratelde onafgebroken langs hen verder en na een paar minuten verscheen Wills broer uit het rokerige duister met aan elke schouder een rugzak. Hij wandelde vrolijk alsof hij niets had om zich druk over te maken. Hij hurkte naast Will neer.

'Ik heb de spullen. Iedereen nog heel?' riep hij. Op zijn voorhoofd zat een flinke schram en er stroomden bloeddruppeltjes langs zijn neus naar beneden.

Will knikte en keek over Cals schouder. 'Bukken! De conducteurswagon!' waarschuwde hij en hij trok zijn broer tegen zich aan.

In elkaar gedoken tegen de muur van de tunnel zagen ze het licht opdoemen. Het scheen door de ramen van de conducteurswagon en vormde brede rechthoeken op de tunnelmuren. De wagon schoot langs hen heen en overspoelde hen een fractie van een seconde met helder licht. Toen verdween de trein in de tunnel en vervaagde het licht tot steeds kleinere straaltjes totdat er uiteindelijk helemaal niets meer van te zien was. Will werd plotseling overvallen door het gevoel dat er iets onontkoombaars was gebeurd.

In de vreemde nieuwe stilte stond hij op om zijn benen te strekken. Hij was zo gewend geraakt aan het geschommel van de trein dat het vreemd aanvoelde om weer vaste grond onder zijn voeten te hebben.

Will haalde zijn neus op en wilde net iets tegen de anderen zeggen toen in de verte een paar keer de fluit van de trein klonk.

'Wat betekent dat?' vroeg hij ten slotte.

'Ze zijn bijna bij het station,' antwoordde Cal, die nog altijd naar de plek in het duister tuurde waar ze de trein voor het laatst hadden gezien.

'Hoe weet je dat?' vroeg Chester aan hem.

'Dat heeft mijn... onze oom me verteld.'

'Jullie oom? Kan hij ons helpen? Waar is hij?' Chester vuurde de vragen in rap tempo op Cal af met een hoopvolle uitdrukking op zijn gezicht bij de gedachte dat er misschien iemand was die hen te hulp zou schieten.

'Nee,' snauwde Cal en hij keek Chester dreigend aan.

'Waarom niet? Ik begrijp niet...'

'Nee, Chester,' onderbrak Will hem nu op snijdende toon. Hij schudde nadrukkelijk zijn hoofd en zijn vriend begreep dat hij zijn mond moest houden.

Will keek naar zijn broer. 'Wat doen we nu? Zodra de trein stilstaat, merken ze natuurlijk dat Chester is verdwenen. Wat gebeurt er dan?'

'Niets,' zei Cal schokschouderend. 'Hun werk zit erop. Ze zullen gewoon denken dat hij ertussenuit is geknepen. Ze weten dat hij het in zijn eentje toch niet lang zal overleven... hij is tenslotte een Bovengronder.' Hij lachte vreugdeloos en praatte verder alsof Chester er niet bij was. 'Ze sturen er heus geen reddingsteam op uit, hoor.'

'Hoe weet je dat zo zeker?' informeerde Will. 'Denken ze dan niet dat hij regelrecht zal teruggaan naar de Kolonie?'

'Leuk bedacht, maar zelfs als hij dat hele eind – te voet – weet te overbruggen, dan pakken de Zwartkoppen hem meteen op zodra hij zijn gezicht laat zien,' zei Cal.

'Zwartkoppen?' vroeg Chester nieuwsgierig.

'Styx – zo noemen de Kolonisten hen achter hun rug,' legde Will uit.

'O, ik snap hem,' zei Chester. 'Nou ja, ik ga hoe dan ook nooit meer terug naar die walgelijke plek. Nooit van mijn leven!' voegde hij er ferm aan toe tegen Cal.

Cal ging er niet op in en deed zijn rugzak om. Will tilde de andere aan de schouderbanden op om te voelen hoeveel hij woog. Hij was zwaar, want hij zat tot de rand toe volgepropt met hun eigen spullen, de extra voorraad eten en de lichtbollen. Hij hing hem op zijn rug en trok een pijnlijk gezicht toen de band in zijn gewonde schouder sneed. Het kompres dat Imago hem had gegeven had wonderen verricht, maar zodra er druk op werd uitgeoefend, deed het ontzettend zeer. Hij probeerde de rugzak zo te verschuiven dat het grootste deel van het gewicht aan zijn gezonde schouder hing en toen gingen ze op pad.

Al snel ging Cal er op een drafje vandoor en liet hij Will en Chester ver achter zich. Ze zagen zijn deinende gedaante in de onheilspellende schemering voor hen voortbewegen. Zelf kuierden ze rustig over de gigantische metalen dwarsliggers van het treinspoor.

Er waren zo veel dingen die ze tegen elkaar wilden zeggen, maar nu ze alleen waren, leek het wel alsof ze geen van tween wisten waar ze moesten beginnen. Ten slotte schraapte Will zijn keel.

'We hebben het een en ander bij te praten,' zei hij onbeholpen. 'Er is in de tijd dat jij in de Bunker zat heel veel gebeurd.'

Will begon te vertellen over zijn familie, zijn échte familie met wie hij in de Kolonie voor het eerst kennis had gemaakt, en hoe het leven bij hen was geweest. Daarna beschreef hij hoe oom Tam en hij Chesters ontsnapping hadden gepland. 'Het was afschuwelijk toen het misliep. Ik kon het gewoon niet geloven toen ik Rebecca bij de St...'

'Die akelige rotmeid!' ontplofte Chester. 'Heb je dan nooit gedacht dat er iets geks met haar aan de hand was? In al die jaren dat jullie samen opgroeiden?'

'Nou ja, ik vond haar wel een beetje raar, maar ik dacht eigenlijk dat alle kleine zusjes zo waren,' zei Will.

'Een beetje raar?' echode Chester. 'Ze is hartstikke geschift. Je wist toch zeker wel dat ze niet je échte zus was?'

'Nee, waarom zou ik ook? Ik... ik wist niet eens dat ik zelf was geadopteerd of waar ik vandaan kwam.'

'Herinner je je dan niet de eerste keer dat je ouders haar mee naar huis brachten?' zei Chester en hij klonk een tikje verwonderd.

'Nee,' antwoordde Will peinzend. 'Ik moet toen een jaar of vier zijn geweest, denk ik. Hoeveel herinner jij je nog van toen je zo oud was?'

Chester maakte een geluid dat erop duidde dat hij niet helemaal overtuigd was, maar Will zette zijn samenvatting van de reeks recente gebeurtenissen voort. Chester ploeterde naast

Will verder en luisterde intussen aandachtig. Will eindigde met zijn gesprek met Imago, waarin Cal en hij moesten beslissen of ze naar Bovengrond zouden terugkeren of naar het Onderdiep zouden gaan.

Chester knikte.

'Zo kwamen we dus bij jou op de mijnwerkerstrein terecht,' besloot Will zijn betoog.

'Nou, ik ben blij dat je dat hebt gedaan,' zei zijn vriend glimlachend.

'Ik kon je niet achterlaten,' zei Will. 'Ik wilde zeker weten dat alles goed met je was. Dat was wel het laatste wat ik...'

Wills stem brak. Het kostte hem moeite om zijn emoties en zijn spijt over alles wat Chester had moeten doorstaan in woorden uit te drukken.

'Ze hebben me geslagen, weet je,' zei Chester opeens.

'Wat?'

'Nadat ze me opnieuw te pakken hadden gekregen,' zei hij zo zachtjes dat Will hem amper kon verstaan. 'Ze gooiden me weer in de Bunker en sloegen me met knuppels... heel vaak,' ging hij verder. 'Soms kwam Rebecca ernaar kijken.'

'Nee toch?' mompelde Will ontzet.

Ze liepen een tijdje zwijgend verder over de kolossale spoorbielzen.

'Hebben ze je erg veel pijn gedaan?' vroeg Will ten slotte, doodsbenauwd voor het antwoord.

Chester gaf niet meteen antwoord. 'Ze waren heel kwaad op ons... vooral op jou. Toen ze me sloegen, hadden ze het voortdurend over jou en schreeuwden ze dat je hen voor schut had gezet.' Chester schraapte zwakjes zijn keel en slikte iets weg. Hij klonk een beetje verward. 'Het was... ik... zij...' Hij ademde diep via een mondhoek in. 'Ze sloegen me nooit echt lang achter elkaar en het enige wat ik kon bedenken was dat ze nog iets ergers voor me in petto hadden.' Hij zweeg en veegde zijn neus schoon. 'Toen veroordeelde een oude Styx me tot verbanning, wat nog enger was. Ik was zo bang dat ik helemaal instortte.' Chester tuurde naar de grond alsof hij iets verkeerds had gedaan, alsof hij iets had gedaan waarvoor hij zich schaamde.

Toen hij verderging, klonken er een kille, beheerste woede en vastberadenheid door in zijn stem. 'Weet je, Will, als ik had gekund, had ik hen vermoord... de Styx. Dat wilde ik nog het liefst van alles. Het zijn kwaadaardige schurken... allemaal. Ik wílde hen vermoorden en Rebecca ook.' Hij keek Will nu zo ingespannen aan dat deze het er koud van kreeg. Will huiverde – hij kreeg nu een kant van Chester te zien waarvan hij het bestaan niet had vermoed.

'O, ik vind het zo erg voor je, Chester.'

Chester had echter net iets bedacht wat even belangrijk was, waardoor zijn gedachten afdwaalden. Hij bleef wankelend staan alsof hij een klap in zijn gezicht had gekregen. 'Wat zei je daarstraks nou over de Styx en hun... hoe noemde je hen ook alweer... hun mensen boven?'

'Agenten,' zei Will.

'Precies... hun agenten...' Hij kneep zijn ogen tot spleetjes. 'Zelfs als het me lukt om weer boven te komen, dan nog kan ik niet terug naar huis, hè?'

Will wist niet wat hij hierop moest antwoorden.

'Als ik dat wel doe, worden mijn ouders ontvoerd, net als dat gezin waarover jij het had, de familie Watkins. Die verrekte, ellendige Styx hebben het dan niet alleen meer op mij gemunt. Ze nemen ook mijn ouders mee en maken slaven van hen of vermoorden hen. Zo is het toch?'

Will keek Chester alleen maar aan, maar dat was genoeg.

'Wat kan ik doen? Als ik probeer mijn vader en moeder te waarschuwen, zouden zij me dan geloven, denk je? Zou de politie me geloven? Die denken vast en zeker dat ik drugs heb gebruikt of zoiets.' Hij liet zijn hoofd hangen en slaakte een zucht. 'Al die tijd dat ik in de Bunker vastzat heb ik er alleen maar aan gedacht hoe jij en ik weer thuis konden komen. Ik wilde gewoon naar huis. Dat heeft me al die maanden op de been gehouden.' Hij begon te kuchen, hoewel dat misschien bedoeld was om een snik te verbergen, maar Will wist het niet zeker. Chester greep Wills arm vast en staarde recht in zijn ogen. Er lag een diep wanhopige uitdrukking op zijn gezicht. 'Ik zal nooit meer het daglicht zien, hè?'

Will zei niets.

'Hoe je het ook wendt of keert, we zitten hier voorgoed vast. We kunnen nergens meer naartoe. Nooit meer. Will, wat moeten we in vredesnaam doen?' zei Chester.

'Het spijt me echt vreselijk,' herhaalde Will met verstikte stem.

Cals opgewonden kreten weergalmden boven hun hoofden.

'Hé!' riep hij verschillende keren.

'Nee!' riep Will gefrustreerd terug. 'Nu even niet!' Hij zwaaide plotseling geïrriteerd met zijn lichtbol. Hij had meer tijd nodig met zijn vriend en was razend over de onderbreking. 'Je wacht maar even!'

''k Heb iets gevonden!' blèrde Cal, die kennelijk Wills reactie niet had gehoord of niet had willen horen, nog harder dan daarvoor.

Chester keek in de richting waaruit de stem van de jongen had geklonken en zei resoluut: 'Als het maar niet het station is. Ik laat me echt niet nog een keer oppakken.' Hij zette een stap voorwaarts op het spoor.

'Nee, Chester,' begon Will, 'blijf even staan. Ik wil nog iets zeggen.'

Chesters ogen waren roodomrand van vermoeidheid. Will speelde nerveus met de lichtbol in zijn handen en in het schijnsel zag Chester duidelijk aan het met viezigheid bedekte gezicht van zijn vriend welke innerlijke strijd deze leverde.

'Ik weet precies wat je wilt zeggen,' zei hij. 'Het is niet jouw schuld.'

'Jawel,' riep Will. 'Het is wél mijn schuld... Het was niet mijn bedoeling je hierbij te betrekken. Jij hebt een échte familie, maar ik... ik... ik heb niemand om voor terug te gaan. Ik heb niets te verliezen.'

Chester wilde iets zeggen en stak al een hand uit, maar zijn vriend probeerde de emoties en spijtgevoelens die de afgelopen maanden aan hem hadden geknaagd onder woorden te brengen en vervolgde onsamenhangend: 'Ik had je nooit moeten meenemen... je wilde me alleen maar helpen...'

'Luister nou eens...' zei Chester in een poging zijn vriend gerust te stellen.

'Mijn vader zal er heus voor zorgen dat alles weer goed komt, maar als we hem niet vinden... ik...'

'Will,' probeerde Chester hem nogmaals te onderbreken, maar toen gaf hij het op en liet hij Will uitspreken.

'Ik weet niet wat we moeten doen of wat er met ons gaat gebeuren... misschien komen we wel nooit meer... misschien gaan we wel dood...'

'Het is al goed, joh,' zei Chester zachtjes toen Wills stem wegstierf. 'We wisten geen van tweeën dat het zo zou lopen en trouwens,' Will zag dat een brede grijns zich op het gezicht van zijn vriend uitspreidde, 'veel erger dan dit kan het toch niet worden?' Chester stompte Will speels op zijn schouder en raakte onbedoeld precies de plek waar de speurhond Will had gebeten tijdens de aanval in de Eeuwige Stad.

'Dank je, Chester,' zei Will kreunend. Hij klemde zijn kaken op elkaar om te voorkomen dat hij het uitschreeuwde van pijn en droogde met zijn onderarm de opkomende tranen in zijn ogen.

'Schiet eens op!' klonk Cals stem weer. 'Ik heb een doorgang gevonden. Kom nou!'

'Waar heeft hij het over?' vroeg Chester.

Will deed zijn best om zich te vermannen. 'Dat doet hij steeds. Hij gaat er telkens vandoor,' zei hij. Hij draaide zijn hoofd naar de plek waar zijn broer zich bevond en rolde met zijn ogen.

'Je meent het. Doet dat je niet aan iemand denken?' zei Chester met een opgetrokken wenkbrauw.

Will knikte een beetje beteuterd. 'Ja... een beetje wel.' Hij beantwoordde Chesters glimlach, hoewel dat eigenlijk het laatste was wat hij op dat moment wilde.

Ze haalden Cal in, die letterlijk trilde van opwinding en iets wauwelde over een licht.

'Ik zei het toch! Kijk dan daarbeneden!' Hij sprong op en neer en wees naar een lange gang die haaks op de treintunnel stond. Will tuurde er ingespannen in en ontdekte een zachte blauwe, flakkerende gloed die zo te zien een aardig eind bij hen vandaan was.

'Blijf bij me in de buurt,' commandeerde Cal en zonder een antwoord van Will of Chester af te wachten ging hij er als een speer vandoor.

Will wilde hem iets naroepen, maar Cal hield zijn pas niet in. 'Wie denkt hij wel dat hij is?' zei Chester met een blik op Will, die alleen maar zijn schouders ophaalde. Ze gingen achter hem aan. 'Ik kan bijna niet geloven dat ik me door zo'n miezerig klein opdondertje laat vertellen wat ik moet doen,' klaagde Chester binnensmonds.

Ze merkten dat de temperatuur opeens omhoogvloog, waardoor ze al snel begonnen te hijgen. De lucht was zo verzengend droog en schraal dat het zweet op hun huid bijna direct verdampte.

'Allemachtig, wat is het hier bloedheet. Het lijkt wel alsof we in Spanje zijn,' jammerde Chester tijdens het lopen. Hij maakte een paar knopen van zijn hemd los en wreef over zijn borst.

'Tja, als je de geologen moet geloven, stijgt de temperatuur één graad met elke twintig meter die je dichter bij de kern van de Aarde komt,' merkte Will op.

'Wat houdt dat in?' vroeg Chester.

'Nou, dat we inmiddels ongeveer aardig doorbakken zouden moeten zijn.'

Terwijl Will en Chester in het spoor van Cal volgden en zich ondertussen afvroegen waar ze nu weer in verzeild zouden raken, nam de intensiteit van het licht toe. Het leek wel alsof het pulseerde; af en toe liet het de oneffen wanden om hen heen in helder licht baden en dan weer nam het geleidelijk in kracht af, zodat er slechts een blauwachtig waas overbleef.

Ze haalden Cal vlak bij het eind van de gang in. Ze stapten door de uitgang een grote ruimte in.

Eén enkele vlam van ongeveer twee meter hoog spoot omhoog uit een gat in het midden van de ruimte. Terwijl ze ernaar stonden te kijken, nam de vlam luid sissend toe in omvang: de blauwe pluim rekte zich uit tot hij vier keer zo hoog was en schoot omhoog door een ronde opening in het dak erboven. De hitte van de vlam was ondraaglijk en ze waren gedwongen een paar stappen naar achteren te doen en hun gezicht met hun armen te bedekken.

'Wat is dat?' vroeg Will, maar de twee anderen gaven geen antwoord en tuurden als betoverd naar het prachtige tafereel voor hen. De vlam, die uit zwartgeblakerde steen oprees, was onderaan bijna doorzichtig, maar doorliep een heel spectrum aan kleuren, van glinsterende geel- en roodtinten via een verbluffende verscheidenheid aan soorten groen naar donker karmozijnrood helemaal bovenaan. De optelsom van al die kleuren was het blauwe schijnsel dat om hen heen straalde en hen naar die plek had gelokt. Ze stonden naast elkaar en hun ogen weerkaatsten het regenboogkleurige schouwspel totdat het gesis afnam en de vlam kromp tot hij zijn oorspronkelijke hoogte weer terug had.

Het leek wel alsof ze alle drie tegelijk uit de betovering ontwaakten en ze draaiden zich als één man om om te kijken wat er om hen heen te zien was. In de muren van de kamer ontdekten ze een paar schemerige openingen.

Will en Chester begaven zich naar de opening die het dichtstbij was. Toen ze er voorzichtig binnen liepen, vermengde het licht van de bollen in hun handen zich met het blauw van de vlam en konden ze goed zien wat zich daar bevond. Overal waar ze keken leunden bundels ter grootte van een mensenlichaam tegen de muren, op sommige plekken wel twee of drie tegen elkaar.

Ze waren in stoffige doeken gewikkeld en om elke bundel zat halverwege een stuk touw of garen gedraaid. Sommige bundels zagen er nieuwer uit dan andere en de stof waarin ze waren gehuld was ook veel minder vuil. De oudere waren zo smerig dat ze bijna niet meer van de rotsen achter hen waren te onderscheiden. Met Chester op zijn hielen liep Will naar een ervan toe en hij hield zijn lichtbol er vlakbij. Hele stroken stof waren verteerd en weggezakt, waardoor de jongens konden zien wat erin zat.

'O, mijn God,' zei Chester zo snel dat het als één woord klonk en Will hield abrupt zijn adem in.

De opgedroogde huid zat strak om een skeletachtig gezicht getrokken dat met lege oogkassen terugstaarde. Hier en daar was de doffe ivoorkleur van kale botten zichtbaar door de barsten in de donkere huid. Toen Will zijn lichtstraal verplaatste, zagen ze ook andere delen van het skelet: ribben die door de stof heen staken en een spichtige hand die op een heup rustte die was bedekt met een stuk huid dat zo strakgespannen stond als een stuk oud perkament.

'Ik neem aan dat dit dode Coprolieten zijn,' mompelde Will. Hij liep met Chester langs de muur om de andere bundels te bekijken.

'O, mijn God,' zei Chester weer, deze keer iets rustiger. 'Het zijn er honderden.'

'Dit is vast een soort kerkhof,' merkte Will met zachte stem op, alsof hij de verzameling lichamen op die manier respect betoonde. 'Net als Amerikaanse indianen. Die lieten hun doden achter op een houten verhoging op een berghelling in plaats van hen te begraven.'

'Als dit inderdaad een gewijde plek is, moeten we dan niet maken dat we hier wegkomen? We willen natuurlijk niet dat deze mensen, die Copiloten of hoe ze ook heten, overstuur raken,' drong Chester aan.

'Coprolieten,' verbeterde Will.

'Coprolieten.' Chester sprak het woord voorzichtig uit. 'Precies.'

'Dat is ook weer zoiets,' zei Will.

'Wat dan?' vroeg Chester en hij keek hem aan.

'De naam Coprolieten,' vervolgde Will en hij onderdrukte met moeite een grijns. 'Je beseft toch hoop ik wel dat dát de naam is die de Kolonisten voor hen gebruiken, hè? Als je ooit een Coproliet tegenkomt, gebruik die naam dan alsjeblieft niet.'

'Waarom niet?'

'Het is niet echt een vleiende benaming. Het zijn dinosaurus-uitwerpselen. Het betekent versteende dinosauruspoep.' Will liep grinnikend verder langs de muur met gemummificeerde lichamen, totdat zijn aandacht werd getrokken door een bundel waarvan de lijkwade vrijwel volledig was vergaan.

Hij scheen met zijn lichtbol op het lijk en liet de straal langzaam omlaagglijden naar de voeten en vervolgens weer omhoog naar het hoofd. Hoewel het lichaam langer was dan Will of Chester was het zo gekrompen dat het erg klein leek en totaal niet op het lichaam van een volgroeide volwassene. Om de knokige pols zat een brede, gouden armband waarin grove stukken rode, groene, donkerblauwe en zelfs kleurloze edelsteen waren gezet. Het ruwe oppervlak ervan glinsterde dof als oude winegums.

'Ik durf te wedden dat hij van goud is en volgens mij zijn die edelstenen robijnen, smaragden en saffieren... en zelfs diamanten,' zei Will met ingehouden adem. 'Is het niet prachtig?'

'Ja, hoor,' antwoordde Chester zonder overtuiging.

'Hier moet ik een foto van maken.'

'Kunnen we alsjeblieft nu weg?' vroeg Chester dringend, maar Will liet de rugzak van zijn schouders zakken en haalde er zijn fototoestel uit. Chester zag dat Will een hand uitstak naar de pols met de armband.

'Waar denk jij dat je mee bezig bent, Will?'

'Ik moet hem even een stukje opschuiven,' zei Will, 'dan kan ik hem beter zien.'

'Will!'

Will luisterde niet. Hij had de armband tussen duim en wijsvinger beetgepakt en draaide hem voorzichtig om en om.

'Niet doen, Will! Will! Allemachtig! Dat moet je niet...'

Het hele lijf bibberde en stortte toen in een wolk van stof op de grond.

'Oeps!' zei Will.

'Nee, nou wordt-ie helemaal mooi! Dat meen je toch niet!' gooide Chester eruit. Ze deden allebei haastig een stap naar achteren. 'Kijk nou wat je hebt gedaan!'

Toen de stofwolk was gaan liggen, gluurde Will beschaamd naar de rommelige hoop botten en grauwe as voor hem – het leek net een stapel oude takken en twijgjes na afloop van een kampvuur. Het lichaam was eenvoudigweg tot stof vergaan.

'Sorry,' zei hij tegen het hoopje. Huiverend kwam hij tot de ontdekking dat hij de armband nog steeds in zijn hand had en hij liet hem boven op het bergje beenderen vallen.

Will liet het plan om foto's te nemen varen en hurkte naast de rugzak neer om het toestel weer op te bergen. Hij had het zijvak net dichtgedaan toen hij stof op zijn handen voelde. Hij bekeek onmiddellijk de grond om hem heen waarop Chester en hij stonden. Met een vies gezicht stond hij op en veegde zijn handen af aan zijn broek. Het drong tot hem door dat ze op een centimeters dikke laag stof en botdeeltjes van verteerde lijken stonden. *Ze beenden rond op de overblijfselen van heel veel dode lichamen.*

'Laten we maar iets naar achteren gaan,' stelde hij voor, want hij wilde zijn vriend niet onnodig bang maken. 'Weg van dit alles.'

'Mij best,' antwoordde Chester dankbaar zonder te vragen waarom. 'Dit is allemaal erg griezelig.'

Ze deden allebei een paar passen achteruit en bleven toen staan, omdat Will de zwijgende rijen tegen de muur wilde bekijken.

'Er moeten er hier duizenden zijn begraven. Hele generaties,' zei hij nadenkend.

'We moeten echt...'

Chester maakte zijn zin niet af en Will rukte onwillig zijn blik los van de gemummificeerde lichamen om naar het bezorgde gezicht van zijn vriend te kijken.

'Heb je gezien waar Cal naartoe is gegaan?' vroeg Chester.

'Nee,' zei Will, die meteen ongerust werd.

Ze holden terug naar de centrale ruimte en keken in alle hoeken. De vlam begon weer luid te sissen en strekte zijn sliertige punt uit naar het dak. Ze schuifelden voorzichtig een stukje verder totdat ze om de vlam heen naar de andere kant konden kijken.

'Daar is hij!' riep Will opgelucht uit toen hij het eenzame figuurtje in het oog kreeg dat vastberaden op weg was naar een hoek in de verte. 'Waarom blijft hij nou nooit eens gewoon staan?'

'Weet je, ik ken je broer... wat zal het zijn... achtenveertig uur en ik kan je wel zeggen dat ik nu al schoon genoeg van hem begin te krijgen,' zei Chester klaaglijk en hij lette goed op Wills reactie om te zien of hij beledigd was.

Will leek zich er echter totaal niet aan te storen.

'Kunnen we hem niet aan de ketting leggen of zo?' Chester glimlachte wrang.

Will aarzelde even. 'Moet je horen, we kunnen maar beter achter hem aan gaan. Hij heeft beslist iets gevonden... misschien wel een andere uitgang,' zei hij en hij liep in de richting van zijn broer. Chester keek opzij in de ruimte met de talloze rijen met lichamen. 'Prima idee,' mompelde hij en na een onwillekeurige zucht volgde hij Will.

Ze liepen op een drafje met een wijde boog om de vlam heen, die net op dat moment zijn hoogste punt had bereikt en een immense hitte afgaf. Ze zagen nog net dat Cal de andere kant van de ruimte had bereikt en onder een enorme, ruw uitgehakte poort verdween. Ze deden hetzelfde en zagen toen dat de ruimte erachter niet de zoveelste begraafplaats was, maar iets totaal anders. Ze bevonden zich op een stuk grond ter grootte van een voetbalveld onder een hoog gewelf. Cal stond met zijn rug naar hen toe en was duidelijk op zoek naar iets.

'Je moet er niet steeds in je eentje vandoor gaan,' sprak Will hem bestraffend toe.

'Het is een rivier,' zei Cal, die zijn broers ergernis blijkbaar niet opmerkte.

Voor hen stroomde een brede rivier zo razendsnel voorbij dat het water een dunne nevel van warme druppeltjes opwierp. Hoewel ze nog vrij ver van de oever vandaan stonden, voelden ze de spettertjes op hun gezicht.

'Hé! Kijk daar eens!' gebaarde Cal naar Will en Chester.

Een steiger van een meter of twintig lang stak boven het water uit. Hij bestond uit verroeste metalen liggers die er erg ongelijk uitzagen, alsof ze met de hand waren gemaakt. Hoewel het geheel niet echt stevig leek, voelde het toch vrij degelijk aan onder hun voeten en ze liepen onmiddellijk door naar het uiteinde, waar een rond platform was, omheind met een reling die van vreemdsoortige stukken metaal aan elkaar hing. In het schijnsel van hun lichtbollen, dat nauwelijks de overkant van de rivier haalde, lichtten de witte plukken schuim op het zwarte, kolkende water fel op; hun gevoel hield hen voor de gek en gaf hun de indruk dat zij zélf verder raceten. Af en toe werden ze overspoeld door een hoog opspringende plens water wanneer het snelstromende water tegen de stutten aan de onderkant van het platform botste.

Cal boog zich over de reling.

'Ik kan de oever niet zien...' begon hij.

'Voorzichtig,' waarschuwde Will hem. 'Val er niet in.'

'... en ook geen geschikte plek om over te steken,' maakte Cal zijn zin af.

'Nee!' riep Chester meteen. 'Ik zet absoluut geen voet in de buurt van dat water. De stroming is veel en veel te sterk.'

Niemand sprak hem tegen en ze genoten alle drie van de warme nevel die zich op hun gezicht en in hun hals vlijde.

Will deed zijn ogen dicht en luisterde naar het geluid van het water. Achter zijn rustige uiterlijk worstelde hij met zijn emoties. Een deel van hem zei dat hij erop moest aandringen dat ze de rivier overstaken en hun tocht aan de overkant voortzetten, ook al hadden ze geen flauw benul hoe diep hij was of wat er aan de andere kant lag.

Wat had het echter voor zin? Ze hadden geen idee waar ze naartoe gingen en hoefden nergens naartoe. Op dit moment bevond hij zich diep in de korst van de Aarde, waarschijnlijk dieper dan wie ook van boven ooit was geweest, en waarom? Vanwege zijn vader, die voor zover hij wist best dood kon zijn. Hoe moeilijk hij het ook vond, hij moest rekening houden met de mogelijkheid dat hij wellicht ieders tijd verspilde en spoken najaagde.

Will voelde een zachte bries door zijn haar waaien en deed zijn ogen open. Hij keek naar zijn vriend Chester en zijn broer Cal, en zag dat hun lichte ogen in de groezelige gezichten straalden bij het zien van de ondergrondse rivier onder hen. Hij had hen geen van beiden ooit levendiger gezien dan op dat moment. Ondanks alle ontberingen die ze hadden doorstaan, zagen ze er gelukkig uit. Alle twijfel viel van hem af en hij had het gevoel dat hij zichzelf weer onder controle had. Hij begreep dat het dit op een of andere manier allemaal waard moest zijn.

'We steken hem niet over,' kondigde hij aan. 'We gaan terug naar het treinspoor.'

'Goed,' antwoordden Chester en Cal direct.

'Mooi. Dat is dus afgesproken,' zei hij en hij knikte in zichzelf toen ze zich gezamenlijk omdraaiden en naast elkaar de steiger verlieten.

7

Sarah slenterde nonchalant en ogenschijnlijk op haar dooie gemak door High Street. Ze wist niet waarom, maar de gedachte dat ze terugkeerde naar de plek waar ze voor het eerst boven was gekomen, had iets bijzonder geruststellends.

Het was net alsof ze daarmee bevestigde dat het schrikbeeld waarvoor ze nu al zo lang op de vlucht was, de Kolonie die beneden verstopt lag, écht bestond. Er waren in het verleden momenten geweest waarop ze zich had afgevraagd of ze het zich eigenlijk niet allemaal had ingebeeld en of haar leven niet volledig was gebaseerd op een zeer ingewikkelde waanvoorstelling.

Het was net zeven uur geweest en de binnenkant van het tamelijk saaie victoriaanse gebouw dat volgens het bord het Highfield Museum moest zijn was in duisternis gehuld. Een stukje verderop zag ze tot haar verbazing dat Clarke's, de kruidenierswinkel, blijkbaar was opgeheven. De luiken, die met heel veel lagen kleverige geelgroene beits waren behandeld, zaten dicht. Dat was waarschijnlijk al een hele tijd zo, want er zat inmiddels een flinke laag reclameposters op geplakt, waarvan de opvallendste een of ander recentelijk opgerichte boyband aankondigde en een rommelmarkt die op nieuwjaarsdag werd gehouden. Ze bleef staan en bekeek de winkel. Generaties lang was de bevolking van de Kolonie afhankelijk geweest van de gebroeders Clarke voor de regelmatige aanlevering van fruit en groenten. Er waren natuur-lijk ook andere leveranciers, maar de broers en hun voorva-deren vormden al sinds mensenheugenis betrouwbare bondgenoten. Ze wist dat ze nooit vrijwillig hun winkel kon-den hebben gesloten, tenzij ze natuurlijk allebei waren ge-storven.

Ze wierp nog een laatste blik op de dichte luiken aan de voor-gevel van de winkel en vervolgde toen haar weg. De gesloten winkel bevestigde wat het berichtje uit de dode brievenbus had gemeld: de Kolonie was compleet afgesloten en het groot-ste gedeelte van de Bovengronderse toevoerwegen was ge-blokkeerd. Het onderstreepte hoe erg de situatie daar bene-den was.

Een paar kilometer verderop sloeg ze de hoek om naar Broad-lands Avenue. Toen ze het huis van de Burrows naderde, ont-dekte ze dat de gordijnen dicht waren en dat er in het hele pand geen teken van leven te bespeuren was. Integendeel: een onder het afdak achtergelaten verhuisdoos en de onverzorgde voortuin waren voor haar een teken van maandenlange ver-waarlozing. Ze hield haar pas niet in toen ze er langsliep, maar zag vanuit een ooghoek een omvergegooid makelaars-bord in het lange gras achter het hek van gaas liggen. Ze wan-delde verder langs de rij identieke huizen tot het eind van de laan en liep daar een steegje in dat haar naar het stadspark zou brengen.

Sarah boog haar hoofd achterover, sperde haar neusvleugels en snoof de lucht op, een mengeling van stads- en platte-landsgeuren. Uitlaatgassen en de wat zurige walm van mas-sa's mensen streden om voorrang met het natte gras en de jonge beplanting om haar heen.

Het was nog te licht, dus doodde ze de tijd met een wandeling naar het midden van het park. Ze was amper op weg toen dikke grijze wolken langs de hemel schoven en een vroege schemering inzetten. Ze glimlachte en keerde terug naar het pad dat langs de buitenkant van het park voerde.

Ze legde een paar honderd meter af en dook toen in de begroeiing aan de rand van het pad. Ze baande zich een weg tussen de bomen en struiken door tot ze de achtergevels van de huizen aan Broadlands Avenue zag liggen. Ze sloop van het ene naar het andere huis en begluurde de bewoners vanaf het uiteinde van hun tuinen. In één huis zat een ouder echtpaar stijfjes aan de eettafel soep te eten. In een ander las een veel te dikke man in zijn hemd en onderbroek rokend de krant.

De bewoners van de volgende twee huizen bleven onzichtbaar, want in beide gevallen waren de gordijnen dichtgetrokken, maar in het huis daarna stond een jonge vrouw bij het raam met een baby te spelen die ze op haar arm op en neer liet dansen. Sarah bleef staan en staarde gebiologeerd naar het gezicht van de vrouw. Toen ze merkte dat haar emoties en een gevoel van gemis haar dreigden te overmeesteren, rukte Sarah haar blik los van moeder en kind en ging ze verder.

Ten slotte bereikte ze haar bestemming. Sarah bevond zich nu op de plek achter het huis van de Burrows waar ze in het verleden zo vaak had gestaan in de hoop een glimp op te vangen van haar ver bij haar vandaan opgroeiende zoon.

Nadat ze hem noodgedwongen op het kerkhof had achtergelaten, had ze overal in Highfield naar hem gezocht. De eerste tweeënhalf jaar had ze, met een zonnebril op totdat haar ogen aan het kwellende daglicht waren gewend, de straten uitgekamd en bij scholen in de buurt rondgehangen wanneer deze uitgingen. Er was echter nergens een spoor van hem te bekennen. Ze had het gebied waarin ze zocht telkens uitgebreid, totdat ze in de buitenwijken van Londen was beland.

Toen ze kort na de vijfde verjaardag van haar zoontje op een dag toevallig weer in Highfield was, zag ze hem buiten het hoofdpostkantoor lopen. Hij stond stabiel op zijn beentjes en rende als een wildeman in het rond met een speelgoeddinosaurus. Het was een heel ander kind dan het jongetje dat zij had achtergelaten. Desondanks had ze hem meteen herkend aan de opvallende bos warrig, spierwit haar dat zoveel op het hare leek, hoewel ze het hare nu moest verven om niet op te vallen.

Ze had Seth en zijn moeder vanaf de winkels naar huis gevolgd om erachter te komen waar ze woonden. Aanvankelijk was ze van plan geweest om hem stiekem mee te nemen. Dat was echter veel te gevaarlijk, omdat de Styx nog altijd op haar jaagden. Dus keerde ze elk seizoen verlangend terug naar Highfield, al was het maar voor een ochtend of middag, om hem even, hoe kort ook, te zien. Dan tuurde ze naar hem vanaf de andere kant van de tuin, die net een onoverbrugbare kloof leek. Hij werd langer en zijn gezicht iets ronder, en begon zoveel op haar te lijken dat ze soms dacht dat ze haar eigen spiegelbeeld in het glas van de openslaande tuindeuren zag.

Tijdens deze bezoekjes verlangde ze er hevig naar hem over de verleidelijk kleine afstand te roepen, maar ze had het nooit gedaan. Ze kon het niet. Ze had zich vaak afgevraagd hoe hij zou reageren als ze door de tuin de woonkamer in wandelde en hem daar tegen zich aan drukte. Haar keel werd altijd dichtgeknepen wanneer ze dit denkbeeldige tafereel in haar gedachten zag als de aankondiging van een of ander melodramatisch televisieprogramma waarin ze elkaar tot hun stomme verwondering herkenden en met betraande ogen aankeken. Zijn mond vormde steeds opnieuw de woorden: 'Mama, mama.'

Dat was allemaal verleden tijd.

Als ze het briefje van Joe Waites moest geloven, was het kind een moordenaar en moest hij boeten voor zijn daden.

Ze werd inwendig zo verscheurd tussen de liefde die ze voor haar zoon voelde en de pure haat die aan de randen daarvan oplaaide, twee extremen die allebei onbarmhartig aan haar trokken, dat het net was alsof ze op een pijnbank lag. Beide emoties waren zo krachtig dat ze ertussen bekneld zat, en in diepe verwarring en een overweldigende verdoving werd gestort.

Hou op! Laat het in vredesnaam los! Wat mankeerde haar toch? Haar leven, dat al die jaren zo beheerst en gedisciplineerd was geweest, dreigde weg te zakken in een moeras van wanorde. Ze moest zichzelf vermannen. Ze kraste met de nagels van haar ene hand over de rug van de andere en herhaalde dit verschillende keren, waarbij ze telkens iets harder drukte totdat ze de huid openkrabde en de bijtende pijn tot haar verbitterde opluchting voor afleiding zorgde.

Haar zoon had in de Kolonie de naam Seth gekregen, maar op Bovengrond had iemand hem een nieuwe naam gegeven: Will. Hij was geadopteerd door een echtpaar uit de buurt dat Burrows heette. De moeder, mevrouw Burrows, was een schim van een vrouw die haar leven voor de televisie doorbracht, maar Will was duidelijk helemaal in de ban geraakt van zijn stiefvader, die als conservator bij het plaatselijke museum werkte.

Sarah was Will diverse malen gevolgd wanneer hij met een glimmende schep op zijn rug gebonden op zijn fiets wegreed. Ze had het eenzame figuurtje met een honkbalpetje op zijn opmerkelijke witte haren zien zwoegen op braakliggende stukken terrein aan de rand van de stad of bij de gemeentelijke vuilstortplaats. Ze was er getuige van geweest dat hij, ongetwijfeld gestuurd en aangemoedigd door dr. Burrows, een aantal verbazingwekkend diepe gaten had gegraven. Dat was wel héél ironisch, vond ze. Nadat hij aan de tirannie van de Kolonie was ontkomen, leek het nu wel alsof hij probeerde ernaar terug te keren.

Zijn naam was dus veranderd, maar wat was er met Will gebeurd? Net als bij haar broer Tam en haar stroomde er Macaulaybloed door zijn aderen en stamde hij af van een van de oudste families en stichters van de Kolonie. Hoe kon hij in die jaren boven zo enorm in zijn nadeel zijn veranderd? Wat had dat veroorzaakt? Als het briefje klopte, dan was Will blijkbaar gek geworden, als een ongehoorzame hond die zich tegen zijn baasje keert.

Hoog boven haar krijste een vogel. Sarah schrok en kroop uit zelfbescherming ogenblikkelijk weg onder de lage takken van een conifeer. Ze luisterde aandachtig, maar hoorde alleen de wind die door de bomen sloop en een autoalarm dat enkele straten verderop met tussenpozen klonk. Na een laatste blik op het park achter haar schuifelde ze behoedzaam langs de rand van de tuin van de Burrows. Plotseling bleef ze staan, omdat ze meende tussen de dichtgetrokken gordijnen van de woonkamer licht te zien schijnen. Toen ze zeker wist dat het alleen maar een straal maanlicht was geweest die door de wolken heen was gebroken, tuurde ze naar de ramen op de bovenverdieping, waarvan een van Wills slaapkamer moest zijn geweest. Ze was ervan overtuigd dat het pand verlaten was.

Ze glipte door een gat in de heg waar ooit een tuinhekje had gezeten en stak het grasveld over naar de achterdeur. Ze bleef opnieuw even staan om te luisteren en schopte toen met haar voet een baksteen weg die naast de deurmat lag. Het verbaasde haar totaal niet dat de reservesleutel daar nog altijd lag – de familie Burrows was in dat opzicht altijd erg achteloos geweest. Ze liet zichzelf binnen.

Ze deed de deur achter zich dicht en hief haar hoofd op om

de lucht op te snuiven; die rook muf, alsof er al in geen tijden iemand was geweest. Nee, hier woonde al maandenlang niemand meer. Ze deed de lampen niet aan, ook al kostte het haar gevoelige ogen de grootste moeite om in het schemerige huis iets te onderscheiden. Het licht aandoen was gewoon te riskant.

Ze sloop door de gang naar de voorkant van het huis en ging de keuken binnen. Ze tastte met haar handen om zich heen en kwam erachter dat het aanrecht kaal was en de keukenkastjes allemaal leeg waren. Toen keerde ze om en liep naar de woonkamer. Haar voet kwam tegen iets aan: een rol bubbeltjesplastic. Alles was weggehaald. Het huis was helemaal leeg.

Het was dus écht zo. In het briefje stond dat alles faliekant was misgelopen en hier, in het gitzwarte duister, vond ze het bewijs dat het gezin inderdaad uit elkaar was gevallen. Ze had gelezen dat dr. Burrows onder Highfield per ongeluk op de Kolonie was gestuit en vervolgens door de Styx naar het Onderdiep was afgevoerd. Daar was hij vermoedelijk omgekomen. Niemand die zo diep in het Binnenste was doorgedrongen overleefde het. Sarah had geen idee waar mevrouw Burrows of haar dochter Rebecca naartoe was gegaan en het kon haar ook niets schelen. Het was haar om Will te doen en alleen om Will.

Haar oog viel op iets op de vloer bij de voordeur en ze knielde neer. Op de deurmat lag een stapel brieven die ze direct oppakte en in haar schoudertas propte. Halverwege dacht ze dat ze iets hoorde... een autoportier dat werd dichtgegooid... doffe voetstappen... en het geluid van een zachte stem.

Haar zenuwen gierden door haar keel. Ze bleef roerloos zitten. De geluiden hadden gedempt geklonken – ze kon niet zeggen hoe ver ze bij haar vandaan waren geweest, maar ze kon geen enkel risico nemen. Ze spitste haar oren, maar nu hing er alleen maar een diepe stilte. Ze hield zichzelf voor dat het iemand moest zijn geweest die aan de voorkant langs het huis was gelopen of misschien een van de buren en raapte de laatste brieven op. Ze moest maken dat ze wegkwam.

Ze liep op een holletje terug door de gang, stapte door de achterdeur naar buiten en had zich net omgedraaid om deze achter zich dicht te trekken toen op een paar centimeter van haar oor een zelfverzekerde, beschuldigende mannenstem klonk.

'Betrapt!' zei hij.

Een grote hand klampte zich om haar linkerschouder en sleurde haar weg bij de deur. Ze draaide met een ruk haar hoofd om in een poging een glimp van de aanvaller op te vangen. In het zwakke licht zag ze een driehoekig stuk van een magere, gespierde wang en iets waardoor haar hart in haar keel bonkte: een deel van een witte kraag en een in donkere stof gehulde schouder.

Eén enkele misselijkmakende gedachte maalde door haar hoofd: Styx!

Hij was sterk en had het voordeel van een verrassingsaanval, maar ze reageerde bliksemsnel. Ze maaide met haar arm tegen de zijne en veegde zijn hand van haar schouder. Ze hield niet in, maar sloeg haar arm in een vloeiende beweging om de zijne, zodat ze hem in een pijnlijke greep vasthad. Ze hoorde dat hij abrupt zijn adem inhield toen hij besefte dat dit niet helemaal verliep zoals hij het had gepland.

Ze kromde haar rug om haar greep op hem te verstevigen, terwijl hij zich juist voorover wilde buigen om de druk op zijn elleboog te verlichten. Daardoor kwam zijn hoofd binnen haar bereik. Hij had net zijn mond opengedaan en wilde al om hulp roepen, maar Sarah legde hem met één klap tegen zijn slaap het zwijgen op. Hij zakte bewusteloos neer op het terras. Ze had de aanvaller met primitieve precisie en vernietigende snelheid uitgeschakeld, maar was niet van plan te blijven om haar werk te bewonderen; er bestond een vrij grote kans dat er nog meer Styx in de buurt waren. Ze moest hier weg.

Ze rende pijlsnel door de tuin en zocht in haar schoudertas naar haar mes. Toen ze bij de opening in de heg aankwam, geloofde ze dat ze veilig was en ze stippelde in gedachten haar vluchtroute door het park al uit.

'WAT HEB JE MET HEM GEDAAN?' krijste een woedende stem en voor haar op het pad dook een enorme schaduw op.

Ze haalde het mes uit haar tas en alle brieven die ze uit het huis had meegenomen vlogen als een hagelbui door de lucht. Er zwaaide iets over haar hand en het mes werd uit haar vingers geslagen.

In het maanlicht zag ze de zilveren gloed van het insigne en de cijfers en letters op het uniform van de man, en ze kwam te laat tot de ontdekking dat dit helemaal geen Styx waren. Het waren politiemannen. Bovengrondse politiemannen. Ze had een van hen al buiten westen geslagen. Jammer dan. Hij had in de weg gestaan en haar lijfsbehoud ging boven alles. Zelfs als ze het van tevoren had geweten, had ze waarschijnlijk niet anders gehandeld.

Ze probeerde weg te duiken voor de tweede man, maar hij bewoog zich snel en verhinderde dat. Ze haalde onmiddellijk uit met haar vuist, maar daar was hij op voorbereid.

'Verzet tegen arrestatie,' gromde hij en hij sloeg weer met iets op haar in. Vlak voordat hij haar raakte, zag ze dat hij een wapenstok in zijn hand had. Deze trof haar vol op haar voorhoofd en opeens zweefden er felverlichte vlekken voor haar ogen. Ze viel niet, maar de wapenstok kwam meteen opnieuw haar kant op en klapte tegen haar mond. Deze keer zakte ze wél op de grond.

'Genoeg gehad, stuk tuig?' beet hij haar witheet van woede toe en zijn verwrongen mond spuugde de woorden in haar gezicht, omdat hij over haar heen gebogen stond. Ze probeerde nogmaals hem met haar vuist te raken. Het was een ontzettend zwakke poging en hij weerde de klap moeiteloos af.

'Is dat het enige wat je nog kunt?' lachte hij ruw. Hij liet zich op haar zakken en duwde haar met een knie tegen haar borst gedrukt omlaag. Ze had geen kracht meer om zich te verzetten en de politieman was gewoon veel te razend en te zwaar. Het voelde alsof een mannetjesolifant haar als voetenbank gebruikte.

Ze probeerde zich onder hem vandaan te wurmen, maar dat lukte niet. Ze voelde een soort verdoving over zich heen komen en balanceerde op het randje van bewusteloosheid. Alles om haar heen veranderde in een scheve caleidoscoop: de glans van de metalen wapenstok tegen de loodgrijze wolken en indigoblauwe lucht, en de wazige cirkel van de maan die werd verduisterd door zijn gezicht, een gruwelijk vertrokken masker. Ze dacht dat ze zou flauwvallen en dat was niet per se een onaangenaam gevoel. Het betekende een ontsnapping aan de pijn en het geweld, een veilige plek waar niets van dit alles er nog toe deed.

Ze schrok op.

Nee, ze mocht niet opgeven. Niet nu.

De gewonde politieman op het terras kreunde en Sarahs aanvaller werd heel even afgeleid. Met zijn arm boven zijn hoofd geheven voor de volgende mep wierp hij snel een blik op zijn partner en door die beweging verschoof zijn knie een stukje op Sarahs borstkas. Het verpletterende gewicht werd een fractie van een seconde minder, waardoor ze een mondvol lucht kreeg en haar zintuigen weer tot leven werden gewekt.

Haar handen graaiden over de grond aan weerszijden van haar lichaam, op zoek naar haar mes, een steen, een stok, iets wat ze als wapen kon gebruiken. Het enige wat ze vonden, was het lange gras. Er was niets waarmee ze zichzelf kon redden. De politieman richtte zijn aandacht weer op haar. Hij schreeuwde en vloekte tegen haar, en hief de wapenstok nog hoger boven zijn hoofd. Ze zette zich schrap en bereidde zich op het ergste voor, want ze begreep dat het voorbij was.

Ze was verslagen.

Plotseling klemde een vormloze, vage gedaante zich razendsnel om de arm van de man. Sarah knipperde met haar ogen en voordat ze doorhad wat er gebeurde, bevond de arm zich niet langer boven haar en drukte de knie van de politieman minder zwaar op haar lichaam. Er viel een vreemde stilte, omdat hij blijkbaar was opgehouden met schreeuwen.

Het was net alsof de tijd stilstond.

Ze begreep er niets van. Ze vroeg zich af of ze misschien het bewustzijn was verloren. Toen zag ze twee gigantische ogen en een rij blinkende, scherpgepunte tanden. Ze knipperde nogmaals met haar ogen, omdat ze dacht dat ze het na al die klappen tegen haar hoofd niet goed had gezien.

De tijd begon weer te lopen. De politieman krijste doordringend en gleed van haar af. Hij kroop onhandig overeind; zijn ene arm bungelde nutteloos langs zijn lijf en met zijn andere probeerde hij zichzelf te verdedigen. Ze kon zijn gezicht niet zien. Datgene wat hem had aangevallen, had zich in een wervelwind van klauwen en onbehaarde poten om zijn hoofd en schouders gewikkeld. Ze zag dat lange, pezige achterpoten over het gezicht en de nek van de man krabden, die door de felheid van de aanval al snel als een kegel omviel.

Sarah onderdrukte haar duizeligheid en ging rechtop zitten. Ze veegde haar met bloed doordrenkte haar uit haar ogen, kneep deze tot spleetjes en probeerde uit alle macht te zien wat er gebeurde.

Het wolkendek brak open en de maan wierp een zwak licht op het tafereel. Ze ontwaarde een vage vorm.

NEE, DAT KON NIET!

Ze keek nog eens goed en durfde bijna niet te geloven wat ze zag.

Het was een Jager, een groot kattenras dat speciaal in de Kolonie werd gefokt.

WAT DEED DAT BEEST IN VREDESNAAM HIER?

Met een haast bovenmenselijke inspanning kroop ze naar de dichtstbijzijnde paal van het hek en trok zichzelf daaraan omhoog. Toen ze eenmaal rechtop stond, voelde ze zich zo versuft en verward dat ze even wachtte en probeerde zichzelf onder controle te krijgen.

'Hier heb ik dus geen tijd voor,' sprak ze zichzelf bestraffend toe toen de ernst van de situatie eenmaal tot haar was doorgedrongen. 'Doe normaal.'

Zonder aandacht te schenken aan het gekreun en de verstikte smeekbeden van de politieman die samen met de Jager over de grond rolde, strompelde ze naar de plek in de tuin waar haar mes ongeveer moest zijn terechtgekomen. Ze vond hem terug en raapte ook de brieven op. Hoewel het niet meeviel om zich te concentreren, was ze vastbesloten om niets achter te laten. Toen ze iets steviger op haar benen stond, draaide ze zich om naar de eerste politieman om te kijken hoe het met hem ging. Hij lag heel stil op het terras waar ze hem had laten vallen en vormde duidelijk geen bedreiging voor haar.

Aan de andere kant van de tuin lag de tweede politieman met zijn handen tegen zijn gezicht gedrukt op zijn zij en zijn gekreun ging door merg en been. De Jager had zich van hen losgemaakt en zat nu naast hem zijn poot te likken. Hij verstijfde toen Sarah dichterbij kwam, sloeg zijn staart netjes rond zijn poten en staarde haar ingespannen aan. Hij liet zijn enorme ogen over de kreunende man glijden alsof hij niets te maken had gehad met de toestand waarin die verkeerde.

Sarah moest snel beslissen wat ze zou doen. Het feit dat beide politiemannen gewond waren en hulp nodig hadden, telde totaal niet mee. Ze voelde geen medelijden of spijt over wat hun was overkomen; ze waren het slachtoffer van haar eigen overlevingsdrang, niet meer en niet minder. Ze liep naar de politieman die nog bij bewustzijn was en bukte zich om de radio van zijn jasje te trekken.

Met een snelheid die haar overrompelde, greep hij haar pols vast. Hij was echter erg verzwakt en kon maar één arm gebruiken. Ze trok zich eenvoudig los uit zijn greep en rukte toen de radio van zijn jas – zijn verzet was gebroken en deze keer deed hij geen moeite om haar tegen te houden. Ze smeet de radio op de grond en stampte er hard met haar hiel op tot het plastic krakend versplinterde.

Een tikje nerveus zette ze een stap in de richting van de Jager. Hoewel ze geboren waren met het instinct om te doden, kwam het zelden voor dat ze mensen aanvielen. Er waren wel voorbeelden van Jagers die tegen hun natuur waren ingegaan en zich tegen hun baasjes en iedereen die ze toevallig op hun weg vonden keerden. Na wat deze Jager de politieman had aangedaan, wist ze niet of hij nog wel te vertrouwen was. Aan de kale huid te zien die als een slecht opgezette tent om zijn ribbenkast gespannen zat was hij ondervoed en bepaald niet in een goede conditie. Ze vroeg zich af hoe lang hij al hierboven voor zichzelf zorgde.

'Waar kom je vandaan?' vroeg ze zachtjes vanaf een veilige afstand.

Het dier keek haar met een scheve kop aan, alsof het probeerde te begrijpen wat ze zei en knipperde eenmaal met zijn ogen. Ze waagde zich iets dichterbij en hield het voorzichtig een hand voor. De Jager stak zijn snuit uit om aan haar vingertoppen te ruiken. De bovenkant van zijn kop reikte tot haar heup – ze was vergeten hoe groot die dieren werden. Toen boog het zich onverwacht naar haar toe. Ze verstijfde en verwachtte niet veel goeds, maar het dier schurkte slechts lief-kozend met zijn kop langs haar hand. Ze hoorde dat het begon te spinnen en het zware gebrom klonk bijna net zo hard als de buitenboordmotor van een rubberboot. Zulk vriendelijk gedrag was helemaal niets voor een Jager. Het dier was blijkbaar een beetje van slag door het leven op Boven-grond of anders dacht het om een of andere reden beslist dat het haar kende. Ze had geen tijd om daar dieper over na te denken – ze moest beslissen wat ze nu ging doen.

Ze moest zien dat ze zo ver mogelijk van deze plek vandaan kwam. Ze wreef nadenkend over de schilferige huid vol korst-jes onder de gigantisch brede bek van de kat en erkende dat ze flink bij het dier in het krijt stond. Als het haar niet te hulp was geschoten, was ze vrijwel zeker opgepakt. Ze kon het niet achterlaten – ze twijfelde er niet aan dat het zou worden ge-vangen in de grootscheepse jacht die op haar zou worden ge-maakt.

'Kom mee,' zei ze tegen de kat en ze liep naar het park. Haar pijnlijk kloppende hoofd werd al iets helderder toen ze het pad voor zich zag opdoemen. De Jager glipte langs haar heen en ze zag dat hij een beetje hinkte. Ze vroeg zich net af waar-door hij gewond was geraakt toen ze harde stemmen hoorde en in de verte een groepje mensen zag lopen. Ze verliet met-een het pad en dook weg achter een paar flinke rododendron-struiken, zich verbijtend tegen de stekende pijn in haar zij en nek.

De mensen kwamen dichterbij. Ze drukte zich tegen de grond en vlijde haar beurse hoofd in het vochtige gras. Ze voelde een golf van misselijkheid in zich opwellen en hoopte maar dat ze niet hoefde over te geven. Ze kon niet zien waar de Jager naartoe was gegaan, maar nam aan dat hij wel zo ver-standig was geweest om haar voorbeeld te volgen en zich te verstoppen.

De seconden verstreken en al snel kon ze de stemmen duidelijker horen. Ze waren jong, waarschijnlijk pubers. Een aluminium blikje stuiterde ratelend vlak voor haar over het pad en ze hoorde een doffe tik toen ertegen werd geschopt. Ze voelde een kleine windvlaag toen het op enkele centimeters van haar hoofd voorbijsuisde en in de struiken direct achter haar belandde. Ze durfde geen spier te verroeren en hoopte maar dat de jongeren het niet zouden komen zoeken. Dat gebeurde niet. Ze luisterde naar de plagende opmerkingen die het groepje met elkaar uitwisselde totdat het geluid langzaam wegstierf toen ze verder liepen.

Ze wachtte tot ze helemaal uit het zicht waren verdwenen en maakte intussen van de gelegenheid gebruik om haar sjaal uit haar tas te halen en er de wonden in haar gezicht mee schoon te deppen. Ze staakte haar pogingen al snel, omdat er steeds nieuw bloed uit opwelde. Ze controleerde de rest van haar lichaam: een paar bulten op haar hoofd en een stekende pijn in haar zij wanneer ze diep ademhaalde. Ze maakte zich er geen al te grote zorgen over – ze wist uit ervaring dat er geen ribben waren gebroken.

Ze gluurde vanaf haar schuilplaats naar het pad en vroeg zich af of een van de politiemannen er al in zou zijn geslaagd de weg op te kruipen. Als er alarm was geslagen, had ze meer tijd nodig. De jongeren waren verdwenen en verder was alles rustig.

Zodra ze achter de rododendronstruiken vandaan durfde te komen, dook de Jager geluidloos als een spook aan haar zijde op. Ze renden samen over het pad naar de metalen poort die de ingang van het stadspark vormde. Sarah wilde de weg oversteken in de richting van High Street, maar bleef staan toen ze toevallig over haar schouder keek om er zeker van te zijn dat de kat nog steeds bij haar was. Hij zat nog steeds op de stoep bij de toegangspoort en staarde naar de weg die naar rechts liep alsof hij haar iets wilde duidelijk maken.

'Kom nou! Hierheen!' zei ze ongeduldig en ze wees met een vinger in de richting van het centrum van de stad en haar pension. 'Hier hebben we geen tijd voor,' zei ze ook nog, maar ze begreep wel dat het erg moeilijk zou worden om het dier door de straten te loodsen en in haar kamer te krijgen zonder dat iemand haar zag.

Het dier bleef onbewogen naar rechts kijken, precies zoals het zou hebben gedaan wanneer het zijn baas wilde waarschuwen dat het een prooi had geroken. 'Wat is er? Wat is daar dan?' zei ze. Ze holde terug naar het dier en voelde zich een beetje belachelijk omdat ze met de kat probeerde te praten.

Ze keek op haar horloge en ging in gedachten haar opties na. Aan de ene kant zou het niet lang duren voordat iemand het tafereel bij het huis van de Burrows ontdekte; dan zou het binnen een mum van tijd wemelen van de politie in het stadspark en heel Highfield. Aan de andere kant kwam het haar goed van pas dat de avond net was gevallen. Ze voelde zich in haar element en kon het donker in haar voordeel gebruiken. Haar grootste zorg was echter dat ze zo ver mogelijk bij het huis weg moest zien te komen en het was misschien niet verstandig door de drukkere straten te lopen. Het was haar wel duidelijk dat haar gehavende gezicht daar enorm zou opvallen.

Ze tuurde in de richting waarin de kat gebaarde: het kon misschien geen kwaad om een vals spoor uit te zetten en als dat nodig was met een flinke omweg naar het pension terug te keren. Terwijl ze zo stond te weifelen, krabde de Jager ongeduldig met zijn poot over de stoeptegels ten teken dat hij weg wilde. Ze keek naar de kat en bedacht dat het misschien maar beter was als ze hem onderweg ergens loosde. Hij zou alleen maar de aandacht trekken en haar kansen op ontsnapping verkleinen.

'Goed dan – jij je zin,' zei ze plotseling. Ze had durven zweren dat de kat naar haar grijnsde voordat hij er zo razendsnel vandoor ging dat ze hem nauwelijks kon bijhouden. Ze had het idee dat ze naar de grens van het oude gedeelte van de stad gingen.

Twintig minuten later sloegen ze een straat in die ze niet kende en op een bordje las ze dat ze naar een gemeentelijke vuilstortplaats liepen. Bij de ingang aan het eind van een lange rij reclameborden hield de kat even de pas in, maar toen ging hij ernaar binnen. Sarah volgde hem en zag in het schemerige licht een braakliggend terrein vol onkruid liggen dat werd omringd door lage struiken.

De kat draafde langs een half gesloopte auto naar een van de verste hoeken. Blijkbaar wist hij precies waar hij naartoe ging. Hij kwam slippend tot stilstand en bleef snuivend met opgeheven snuit op Sarah wachten.

Ze was vlak bij hem en keek voor alle zekerheid om zich heen om te zien of ze niet werden gevolgd. Toen ze zich weer omdraaide, was de kat spoorloos verdwenen. Hoe goed ze ook in het donker kon zien, ze had geen flauw idee waar het dier was gebleven. Het enige wat ze zag, waren kleine groepjes struiken die uit de modderige grond omhoogstaken. Ze haalde haar zaklampsleutelhanger uit haar tas en scheen om haar heen. Een paar meter verderop ontdekte ze opeens de kop van de kat, die nogal grappig uit de grond opdook.

Hij schoot direct omlaag en verdween uit het zicht. Ze liep ernaartoe om de plek te inspecteren en zag toen dat er een soort greppel lag die grotendeels was afgedekt met een plaat van multiplex. Ze stak een hand uit om te voelen wat zich onder het multiplex bevond – het bleek een vrij grote holte te zijn. Kreunend vanwege haar pijnlijke ribben tilde ze de plaat op om een opening te maken die groot genoeg was om doorheen te kruipen.

Ze stak aarzelend een been in het duister en verloor op de rulle aarde haar evenwicht. Met hulpeloos maaiende armen probeerde ze iets vast te grijpen om haar tuimeling te stoppen, maar ze voelde niets. Ze viel bijna acht meter omlaag en kwam met een harde, krakende dreun op haar achterste terecht. Ze vloekte inwendig, wachtte tot de pijn was gezakt en deed haar zaklampsleutelhanger weer aan.

Tot haar stomme verbazing was ze in een kuil vol met botten terechtgekomen. De vloer was ermee bezaaid. Ze waren allemaal kaal gekloven en glansden wit in het schijnsel van haar lampje. Ze raapte een handjevol op, pikte er een dijbeenbot uit en bekeek het aandachtig. Daarna keek ze om zich heen en zag ze diverse kleine schedels liggen. Ze vertoonden allemaal bijtsporen en aan de grootte te zien waren het vermoedelijk konijnen of eekhoorns geweest. Toen viel haar oog op een veel grotere schedel met opvallende hoektanden.

'Hond,' zei ze, want ze herkende het meteen. Aan de schedel zat een brede, leren halsband vastgeplakt die donker zag van opgedroogd bloed.

Ze bevond zich in het hol van de kat!

Ze moest opeens terugdenken aan het krantenartikel dat ze in het pension had gelezen.

'Jij hebt die honden dus gegrepen!' zei ze. 'Jíj bent het beest uit het stadspark van Highfield,' ging ze grinnikend verder tegen de duisternis waaruit de regelmatige ademhaling van de kat opklonk.

Ze stond op. De skeletten onder haar voeten braken knarsend onder haar voeten. Ze liep door een gangetje dat van de bottenkuil wegvoerde. De zijwanden van de gang waren versterkt met houten latten die er in haar geoefende oog niet al te stevig uitzagen – ze zag natte, rottende stukken en heel veel groene

91

schimmelplekken. Het ergste was nog wel dat er niet genoeg stutten waren om het dak te steunen, alsof iemand er willekeurig een paar had weggehaald zonder erbij stil te staan wat de gevolgen daarvan zouden zijn. Ze schudde haar bonkende hoofd. Dit was beslist geen veilig onderkomen, maar dat was op dit moment nog wel de minste van haar zorgen. Ze moest een plekje hebben om te kunnen herstellen van haar verwondingen.

Het gangetje liep langzaam omlaag en leidde haar naar een veel grotere ruimte. Hier en daar lagen loopplanken op de grond die waren bedekt met plukken witte schimmel. Op de loopplanken stonden een paar vervallen stoelen naast elkaar en op een ervan zat de kat, roerloos, alsof hij al een tijdje op haar wachtte.

Ze scheen met het lampje om zich heen en hapte verrast naar adem. Op de breedste plek was de aarden ruimte ongeveer vijftien meter breed, maar de muur aan het andere uiteinde was blijkbaar ingestort en het puin was tot vlak bij de stoelen terechtgekomen. Uit het dak druppelde gestaag water en toen ze langs de muur liep, stapte ze pardoes in een diepe plas. Hij was dieper dan ze had gedacht en ze verloor haar evenwicht. Mopperend omdat haar voet kletsnat was geworden van het modderige water greep ze de stutbalken vast die het dichtst bij haar in de buurt was. Haar hand sloot zich echter niet om massief hout, zoals ze had gehoopt, maar trok een kluit doorweekte houtsnippers los. Haar been zakte nog dieper weg in de plas en ze viel tegen de muur. Wat nog erger was, was dat de stut die ze had vastgegrepen van zijn plaats was verschoven, waardoor er een gat was ontstaan in de gebogen houten latten die het dak op zijn plek hielden. Een lawine van aarde stortte zich over haar heen. Ze probeerde zichzelf overeind te hijsen en opzij te duiken.

'Verdorie!' riep Sarah nijdig. 'Welke idioot heeft dit gebouwd?'

Ze klauterde uit de plas en veegde de aarde uit haar ogen. Gelukkig had ze de zaklamp niet laten vallen en nu bekeek ze in het licht ervan haar omgeving eens goed. Ze wandelde met een boogje om het ingestorte gedeelte heen en inspecteerde de stutbalken, die allemaal in meer of mindere mate verrot bleken te zijn.

Met getuite lippen vroeg ze zich af wat haar had bezield om hier te komen. Ze keek naar de kat, die zich tijdens haar ongelukkige val niet had verroerd. Hij zat geduldig op de stoel en bekeek haar met opgeheven kop. Ze had durven zweren dat er een bepaalde uitdrukking op zijn kop lag – alsof hij zich stiekem verkneukelde over haar capriolen met de waterplas en de verrotte stut.

'Wanneer je me nog eens ergens mee naartoe wilt lokken, zal ik me wel twee keer bedenken!' zei ze kwaad.

Voorzichtig! Ze beet op haar lip toen ze zich herinnerde wat ze hier voor zich had. Hoewel de kat heel vreedzaam oogde, konden Jagers erg lichtgeraakt zijn, zeker wanneer ze verwilderd waren, en ze moest voorkomen dat ze iets deed waardoor hij zou schrikken. Ze schuifelde naar de lege stoel en paste er goed op dat ze geen onverwachte bewegingen maakte.

'Mag ik even gaan zitten?' vroeg ze vriendelijk en ze hield haar modderige handpalmen omhoog om de kat te laten zien dat ze geen kwaad in de zin had.

Ze liet zich voorzichtig in de stoel zakken en besefte dat iets haar dwarszat. Ze liet haar blik door de uitgegraven kamer glijden en probeerde erachter te komen wat dat precies was.

Plotseling sprong de kat op haar af. Omdat ze nog steeds niet wist of ze het dier wel helemaal kon vertrouwen, deinsde Sarah achteruit, maar ze ontspande zich toen ze zag dat het met zijn snuit langs de rug van haar stoel wreef.

Sarah zag dat er iets aan hing en strekte behoedzaam haar arm om het te pakken. Het was een stuk klamme stof. Ze leunde achterover en vouwde het open. Het was een met modder besmeurd rugbyshirt met zwarte en gele strepen. Ze rook eraan.

Ondanks de doordringende geur van schimmel en vocht die in de ruimte hing, pikte ze een andere, nauwelijks waarneembare geur op. Ze snoof er nogmaals aan om er zeker van te zijn dat ze zich niet vergiste en staarde toen vragend naar de kat. Ze fronste haar voorhoofd toen de gedachte, die in het begin onduidelijk en onscherp was geweest, vastere vorm begon te krijgen. Hij werd steeds groter en spatte opeens uit elkaar als een luchtbel die naar het wateroppervlak opstijgt.

'Dit was van hém, hè?' zei ze. Ze hield het shirt bij de met littekens bedekte snuit van de kat. 'Mijn zoon Seth heeft dit gedragen... dus moet hij... dus moet hij deze kamer hebben gegraven! Mijn hemel, ik wist helemaal niet dat hij zo ver was gekomen!'

Ze tuurde even met hernieuwde belangstelling om zich heen. Toen werd ze overvallen door een storm van tegenstrijdige emoties. Voordat ze het briefje had gevonden, zou ze in jubelstemming zijn geweest wanneer ze had ontdekt dat ze zich in een door haar zoon gegraven ruimte bevond, alsof hij daardoor dichter bij haar stond. Nu kon ze echter niet van de ontdekking genieten – ze voelde zich zelfs ongemakkelijk in de kamer, omdat ze twijfelde aan het karakter van degene die hem had gecreëerd.

Ze rilde toen er een nieuwe gedachte bij haar opkwam. Ze keek naar het dier, dat zijn opengesperde ogen geen seconde van haar had afgewend. 'Cal? Ben jij Cals Jager?'

Bij het horen van de naam trilde er een spiertje in de wang van het dier en in het licht van haar zaklamp glinsterden vochtdruppels op zijn lange snorharen.

Ze trok haar wenkbrauwen op. 'Lieve help,' stamelde ze. 'Je bent het echt.'

Met een diepe rimpel op haar voorhoofd bleef ze even in gedachten verzonken zitten. Als het dier inderdaad van Cal was, bevestigde dit eigenlijk wat Joe Waites in zijn berichtje had geschreven: dat Seth Cal had gedwongen met hem naar Bovengrond te gaan voordat hij hem had meegenomen naar het Onderdiep. Dat verklaarde de aanwezigheid van de kat hierboven – hij was met Cal meegekomen toen deze naar boven was ontsnapt.

'Je bent dus op een of andere manier uit de Kolonie gevlucht met... met Seth?' dacht ze hardop. 'Jij kent hem natuurlijk alleen maar als Will.' Ze herhaalde de naam Will nog een keer nadrukkelijk en keek hoe de kat erop reageerde. Deze keer was er echter geen spoortje van herkenning waarneembaar.

Ze zweeg. *Als het echt waar was dat Cal hierboven was geweest, was alles over Seth dan ook waar?* Het werd haar allemaal iets te veel. Het was alsof haar diepste gevoelens, al haar liefde voor haar oudste zoon, langzaam uit haar werden weggezogen om plaats te maken voor iets akeligs en wraakzuchtigs.

'Cal,' zei ze, omdat ze de reactie van het dier nog een keer wilde zien. Het keek haar met een schuin gehouden kop aan en liet zijn blik toen weer naar de ingang van de afgraving dwalen.

Ze bedacht dat het bijzonder prettig zou zijn geweest als de kat de honderden vragen die nu in haar verwarde hoofd rondtolden had kunnen beantwoorden en liet haar hoofd achterover tegen de rugleuning van de stoel vallen. Ze kon het even niet bevatten en merkte dat ze langzaam maar zeker toegaf aan de dodelijke vermoeidheid.

Ze luisterde naar het geschuif en gekreun van de houten balken om haar heen en het getik wanneer er wat aarde omlaagviel, en tuurde heel even naar de wortels die uit het dak boven haar bungelden, maar al snel werden haar oogleden zwaar.

Haar vinger glipte van de knop op haar zaklamp, waardoor de kamer in duisternis werd gehuld, en ze viel bijna onmiddellijk in slaap.

8

De jongens keerden langs de zacht gloeiende blauwe vlam terug naar de spoortunnel. In nog geen twintig minuten hadden ze de plek bereikt waar de trein tot stilstand was gekomen.

Ze doken in elkaar naast de conducteurswagon, waarvan de stoffige ramen niet langer verlicht waren en staarden langs de lange rij wagons naar de locomotief. Er was niemand te bekennen – blijkbaar werd de trein niet bewaakt.

Ze richtten hun aandacht op de rest van de ruimte; voor zover zij de grot konden zien, was deze minstens een paar honderd meter breed en lang.

'Dit is dus het mijnstation,' zei Will zachtjes en hij richtte zijn blik op de linkerhelft van de grot waar een rij lichtjes twinkelde. Veel stelde het niet voor: er stond alleen maar een rij eenvoudige, één verdieping tellende keten.

'Niet bepaald Harry Potters perron 9³/₄, hè?' mompelde Chester.

'Nee... ik had eigenlijk verwacht dat het veel groter zou zijn,' zei Will teleurgesteld. 'Niet bijzonder opmerkelijk,' voegde hij eraan toe, een uitdrukking die zijn vader altijd gebruikte wanneer hij niet onder de indruk was.

'Niemand blijft hier lang rondhangen,' zei Cal.

Chester voelde zich duidelijk niet op zijn gemak. 'Dan moesten wij dat ook maar niet doen,' fluisterde hij zenuwachtig.

'Waar is iedereen? De bewaker en de machinist van de trein?'
'Waarschijnlijk in een van die gebouwen,' zei Cal tegen hem.
Er klonk een gedempt gerommel, alsof het in de verte onweerde, gevolgd door een doordringend gekletter.
'Wat is dat in vredesnaam?' riep Chester uit. Ze schoten de tunnel weer in.
Cal wees naar een plek boven de trein. 'Kijk, ze zijn gewoon aan het inladen voor de terugtocht.'
Ze zagen dat er boven de wagons met de hogere wanden stortkokers hingen. Die hadden op zijn minst de doorsnee van een gemiddelde vuilnisbak, waren cilindervormig en bestonden zo te zien uit metalen platen die aan elkaar waren vastgeklonken. Er kwam iets pijlsnel door de opening naar buiten gutsen wat met een hels kabaal op de metalen bodem van de wagons viel.
'Dit is onze kans!' spoorde Cal de anderen aan. Voordat Will hem kon tegenhouden, was hij opgestaan. Hij rende om de achterkant van de conducteurswagon heen en holde langs de zijkant van de trein verder.
'Hij is er weer eens vandoor,' jammerde Chester, maar toch vlogen Will en hij net als Cal in de luwte van de trein achter de jongen aan.
Ze draafden langs de rij lagere wagons, kwamen voorbij de wagon waarin ze de reis hadden afgelegd en passeerden toen de hogere exemplaren. Stof en puin vlogen om hun oren en ze moesten verscheidene keren blijven staan om hun ogen schoon te vegen. Het kostte de jongens een minuut om langs de hele trein te lopen en in die tijd werd het laden afgerond. Er vielen nog een paar laatste stukken van de onbekende lading uit de rij kokers en de lucht was gevuld met korrelige stof.
De stoomlocomotief was van de rest van de trein losgekoppeld en stond iets verderop op de rails, maar Cal zat gehurkt

naast de laatste van de hoge wagons. Toen Will en Chester hem bereikten, haalde Will uit en gaf zijn broer een tik tegen zijn hoofd.

'Hé!' siste Cal. Hij hief zijn vuisten op alsof hij wilde terugslaan. 'Waarom doe je dat?'

'Omdat je er weer eens in je eentje tussenuit bent geknepen, stomme sukkel die je bent,' beet Will hem woedend met zachte stem toe. 'Als je zo doorgaat, krijgen ze ons nog te pakken.'

'Nou, ze hebben ons toch niet gezien... en hoe moeten we hier anders uit komen?' verdedigde zijn broer zich fel.

Will gaf geen antwoord.

Cal knipperde één keer langzaam met zijn ogen alsof hij daarmee wilde aangeven dat zijn broer vervelend was en draaide toen zijn hoofd weg. 'We moeten die kant ui...'

'Echt niet,' zei Will. 'Chester en ik controleren alles eerst voordat we iets ondernemen. Jij blijft zolang hier!'

Cal gehoorzaamde onwillig en liet zich met een chagrijnige grom op de grond zakken.

'Alles oké?' vroeg Will aan Chester, toen hij een luid gesnuif opving. Hij keerde zich om en keek hem aan.

'Dat spul zit werkelijk overal,' klaagde Chester. Hij snoot zijn neus door zijn neusgaten om beurten met zijn vingers dicht te drukken en dan hard te blazen om het stof weg te krijgen.

'Gadver,' zei Will binnensmonds, toen Chester een sliert snot afkneep en op de grond mikte. 'Moet dat nou écht?'

Chester schonk geen aandacht aan de afschuw van zijn vriend. Hij staarde hem aan en bekeek toen zijn eigen handen en armen. 'We zijn in elk geval mooi gecamoufleerd,' merkte hij op.

Hun gezichten en kleren, die al aardig vuil waren geworden van de voortdurende stroom roetzwarte rook van de trein, waren tijdens het laden van de wagons nog smeriger geworden.

'Zeg, als je eindelijk zover bent,' zei Will, 'kunnen we dan nu misschien het station verkennen?' Chester en hij kropen op hun ellebogen om de wagon heen totdat ze de gebouwen helemaal in het vizier hadden. Er was geen teken van leven te bespeuren.

Cal, die werkelijk totaal geen moeite deed om gebukt te blijven, hield zich uiteraard niet aan Wills opdracht en voegde zich bij hen. Hij kon geen seconde stilzitten en trilde letterlijk van ongeduld. 'Luister, die stationsmedewerkers zitten allemaal binnen, maar kunnen elk ogenblik naar buiten komen. We moeten maken dat we hier wegkomen voordat dat gebeurt,' drong hij aan.

Will tuurde ingespannen naar de gebouwen. 'Nou, vooruit dan maar, maar we blijven wel bij elkaar en gaan niet verder dan de locomotief. Heb je me gehoord, Cal?'

Ze slopen razendsnel uit de dekking van de wagon weg en renden gebukt verder tot ze naast de reusachtige locomotief stonden. Zo nu en dan spuwde deze een sissende straal stoom uit als een draak die in een diepe slaap lag verzonken. Ze voelden dat er nog steeds warmte van de gigantische stoomketel af kwam. Chester was zo dom om zijn hand op een van de dikke platen gebutst metaal aan de onderkant te leggen en trok hem snel terug. 'Au!' zei hij. 'Ze zijn gloeiend heet.'

'Goh, wat een verrassing,' mompelde Cal sarcastisch. Ze liepen voorzichtig naar de kop van de kolossale machine.

'Fantastisch! Het lijkt wel een tank,' zei Chester bewonderend als een schooljongetje. Met de stevige, elkaar overlappende gepantserde platen en koevanger had hij inderdaad heel veel weg van een militair voertuig, een oude gevechtstank of zoiets.

'Chester, we hebben nu echt geen tijd om de tjoektjoek te bekijken!' riep Will.

'Dat was ik ook niet van plan,' mompelde hij terug zonder zijn ogen van de locomotief los te rukken.

Ze bespraken wat ze nu zouden doen.

'We moeten daarheen,' zei Cal zelfverzekerd en hij wees met zijn duim.

'Blablabla,' mompelde Chester binnensmonds en hij staarde Cal verachtelijk aan. 'Daar gáán we weer.'

Will staarde naar het deel van de grot dat zijn broer had aangewezen. Na een open vlakte van ongeveer vijftig meter zag hij in de wand iets wat heel goed een opening zou kunnen zijn met aan weerszijden metalen balken van een of ander bouwsel erboven. Will kon in het schemerige donker niet goed zien of het een uitgang was.

'Ik kan niet zien wat daar is,' zei hij tegen Cal. 'Te donker.'

'Dat is nou juist precies waarom we erheen moeten,' antwoordde zijn broer.

'Stel nou dat de Kolonisten naar buiten komen voordat we daar zijn?' vroeg Will. 'Dan zien ze ons geheid.'

'Die zitten net lekker achter een kop koffie,' zei Cal hoofdschuddend tegen Will. 'Als we meteen gaan, halen we het gemakkelijk.'

Chester deed nu ook een duit in het zakje: 'We kunnen natuurlijk ook de tunnel weer in gaan... en wachten tot de trein weg is.'

'Dat kan nog uren duren. We moeten nú weg,' zei Cal geërgerd. 'Nu krijgen we de kans.'

'Wacht eens even,' sputterde Chester meteen tegen en hij keerde zich om naar Cal.

'Laten we gaan,' herhaalde Cal geprikkeld.

'Nee, we...' begon Chester, maar Cal verhief zijn stem en liet hem niet uitpraten.

'Wat weet jij er nou van?' zei hij spottend.

'Wie heeft gezegd dat jij de baas bent?' Chester draaide zich om naar zijn vriend om hem om steun te vragen. 'Je luistert toch niet naar hem, Will? Naar die domme, eigenwijze dreumes?'

'Hou je kop,' siste Will knarsetandend tegen niemand in het bijzonder met zijn ogen op het station gericht.

'Ik vind dat we...' verkondigde Cal luidkeels.

Wills hand schoot naar voren en bedekte met een felle pets de mond van zijn broer. 'Ik zei: hou je kop, Cal. Twee man. Daarginds,' fluisterde hij nadrukkelijk in Cals oor. Hij haalde zijn hand weer weg.

Cal en Chester bekeken de twee stationsmedewerkers die onder een afdakje stonden dat over de breedte van een aantal gebouwen liep. Blijkbaar waren ze net uit een van de keten tevoorschijn gekomen. Door de openstaande deur klonk bizarre muziek.

De mannen droegen een dik, blauw uniform en hadden ademhalingsapparatuur over hun hoofd. Terwijl de jongens hen gadesloegen, maakten ze deze los om iets te drinken uit de grote kroezen die ze ieder in een hand hielden. Vanaf de plek waar de jongens zaten, hoorden ze de brommende klank van de stemmen van de mannen, die nu een paar stappen naar voren deden en bleven staan om even naar de trein te kijken, en vervolgens naar iets hoog boven de trein gebaarden.

Na een paar minuten draaiden ze zich op hun hakken om en liepen ze weer een van de keten binnen. De deur viel met een klap achter hen dicht.

'Oké! Nu kunnen we!' zei Cal. Hij keek alleen naar Will en vermeed opzettelijk Chesters blik.

'Hou nou eens op,' bromde Will. 'We gaan pas wanneer we het er allemaal mee eens zijn. We zitten allemaal in hetzelfde schuitje.'

Cal wilde nog iets zeggen en zijn bovenlip krulde zich al om in een onaangename grimas.

'Dit is verdorie geen spelletje,' snauwde Will hem toe.

De jongere knul snoof luid, maar in plaats van het tegen Will op te nemen richtte hij zijn vlammende blik op Chester.

'Ellendige... Bovengronder die je bent!' siste Cal woedend.

Chester was totaal overrompeld en keek met een opgetrokken wenkbrauw schouderophalend naar Will.

Ze bleven dus waar ze zaten. Will en Chester hielden de voorkant van het station voortdurend in de gaten, terwijl Cal in het stof tekeningetjes maakte van gedrongen lijfjes met vierkante hoofden die opmerkelijk veel overeenkomsten vertoonden met Chester. Af en toe veegde hij kwaadaardig grinnikend een tekening uit, om vervolgens meteen met een nieuwe te maken.

Toen er na vijf minuten nog steeds taal noch teken van de spoorwegmedewerkers te zien was, zei Will: 'Goed, volgens mij zitten ze daar nog wel even. Ik denk dat het veilig is om te gaan. Akkoord, Chester?'

Chester keek erg ongelukkig, maar knikte kort.

'Hèhè,' zei Cal. Hij sprong overeind en wreef zijn handen over elkaar om het stof weg te krijgen. Hij beende direct brutaal in het schelle licht van de lampen weg over de open vlakte.

'Waarom doet hij zo moeilijk?' zei Chester tegen Will. 'Straks zijn we er door zijn toedoen allemaal geweest.'

Ze klommen in de schaduw bij de muren van de grot over de metalen balken en kwamen tot de ontdekking dat er inderdaad een flinke kloof in de muur zat waar ze doorheen konden. Cals voorstel had toevallig goed uitgepakt en dat wilde hij weten ook.

'Ik had gel...' begon hij.

'Ja, dat weten we nou wel,' onderbrak Will hem. 'Deze keer toevallig wel.'

'Wat zijn dat?' vroeg Chester. In een nieuw deel van de tunnel stonden verschillende grote bouwsels. Ze stonden bedekt on-

der een dikke laag slik tegen een muur. Sommige waren vierkant van vorm en andere rond. Op de vloer eromheen lagen
vreemdsoortige stukjes metaal en ander afval. De jongens liepen naar een van de bouwsels toe dat er van dichtbij uitzag als
een reusachtige honingraat van grijze baksteen. Toen Will er
door het slik naartoe waadde, trapte hij ergens op. Hij bukte
zich om het op te rapen. Het voorwerp was zo groot als zijn
hand, voelde stevig en onbuigzaam aan en had een gekartelde rand. Hij liep met het ding in zijn hand naar het honing-
raatbouwwerk.

'Er moet daarbeneden ergens een luik zitten,' zei Cal. Hij
drong zich langs zijn broer. Met zijn laars veegde hij het slik
weg dat zich aan de voet van het gevaarte had opgehoopt.
Daar zat inderdaad een klein luik van ongeveer een meter bij
een meter groot en toen hij ernaast neerhurkte en het een
klein stukje opentrok, piepten de droge scharnieren oorverdovend. Er viel donkere as naar buiten.

'Hoe wist je dat?' vroeg Will.

Cal stond op, griste het voorwerp uit de hand van zijn broer
en tikte er hard mee tegen de ronde buitenkant van het bouwsel naast hem. Er klonk een dof, glasachtig geluid af en er braken stukjes van het voorwerp af. 'Dit is een stuk sintel.' Hij
haalde met zijn voet uit naar een hoopje vuil dat alle kanten
op vloog. 'Ik durf te wedden dat hieronder ook ergens steen-
kool ligt.'

'Wat wil dat zeggen?' informeerde Chester.

'Dat wil zeggen dat dit ovens zijn,' antwoordde Cal zelfvoldaan.

'Echt?' zei Will. Hij bukte zich om door het luik te turen.

'Ja, ik heb ze al eens eerder gezien in de metaalgieterijen in
de Zuid-Grot.' Cal keek Chester strijdlustig met opgeheven
kin aan, alsof hij daarmee had bewezen dat hij beter was dan
de oudere jongen. 'De Coprolieten hebben ze vast en zeker
gebruikt om piekijzer te smelten.'

'Dat moet dan zo te zien wel heel lang geleden zijn geweest,' merkte Will op. Hij tuurde om zich heen.

Cal knikte. Omdat er verder niets te zien was, wandelden ze zwijgend de tunnel in.

'Wat een wijsneus,' zei Chester zodra Cal zich buiten gehoorsafstand bevond.

'Luister, Chester,' antwoordde Will rustig. 'Waarschijnlijk is hij doodsbenauwd voor deze plek, net als alle andere Kolonisten. Je moet ook niet vergeten dat hij een stuk jonger is dan wij. Hij is nog maar een kind.'

'Dat is geen excuus.'

'Nee, dat is het ook niet, maar het kan geen kwaad om iets toegeeflijker te zijn,' opperde Will.

'Daar schieten we hierbeneden totaal niets mee op, Will, dat weet je best!' antwoordde Chester nijdig. Toen hij zag dat Cal zijn uitbarsting blijkbaar had gehoord en zich omdraaide om nieuwsgierig naar hen te kijken, ging hij iets zachter verder: 'We kunnen ons geen fouten veroorloven. Dacht je soms dat we de Styx om een tweede kans konden vragen, als een nieuw leven in zo'n stom videospelletje? Denk toch eens na, man.'

'Hij laat ons heus niet stikken,' zei Will.

'Durf je je leven daaronder te verwedden?' vroeg Chester hem. Will zei niets en ploeterde hoofdschuddend verder. Hij wist dat hij zijn vriend met geen mogelijkheid van mening kon doen veranderen en misschien had Chester ook wel gelijk.

Ze hadden de ovens en bergen slik achter zich gelaten en merkten nu pas dat de bodem van de tunnel stevig was aangetrapt, alsof er talloze voeten overheen waren gelopen. Ze bleven de grote tunnel volgen, ook al passeerden ze af en toe een kleinere zijtunnel. Sommige waren hoog genoeg om rechtop in te kunnen staan, maar de meeste waren slechts kruipgangetjes. De jongens waren niet van plan de grote tunnel te verlaten – het idee een van de kleinere tunnels in te gaan trok hen totaal niet aan en bovendien wisten ze niet waar ze allemaal op uitkwamen. Ten slotte kwamen ze aan bij een T-splitsing.

'Welke kant gaan we nu op?' vroeg Chester toen Will en hij vlak bij Cal waren, die was blijven stilstaan. De jongen had iets op de grond bij de muur zien liggen en liep ernaartoe om er met de neus van zijn laars tegenaan te porren. Het was een wegwijzer van gebleekt, versplinterd hout met boven aan de afgebroken paal twee bordjes die als twee vingers in tegengestelde richting wezen. In elk bordje stond iets gekerfd wat vrijwel onleesbaar was geworden. Cal tilde de paal op en hield hem zo dat Will het kon lezen.

'Op deze staat Kloofstad; dat zal de rechtertunnel wel zijn. Op de andere...' hij zweeg even, 'ik kan het niet goed zien... het uiteinde is er afgebeten... volgens mij staat er De Grote en dan nog iets.'

'De Grote Vlakte,' vulde Cal onmiddellijk aan.

Will en Chester staarden hem stomverbaasd aan.

'Ik heb de vrienden van mijn oom er weleens over horen praten,' legde hij uit.

'Oké, wat heb je nog meer gehoord? En wat voor stad is het? Wonen daar Coprolieten?' vroeg Will.

'Dat weet ik niet.'

'Nou, vertel, welke kant moeten we uit?' drong Will aan.

'Dat is echt alles wat ik weet,' antwoordde Cal onverschillig. Hij liet het bord op de grond vallen.

'Nou, ik vind de stad wel goed klinken. Ik denk dat mijn vader daarheen is gegaan. Wat vind jij ervan, Chester, zullen we die kant uit gaan?'

'Ik vind alles best,' antwoordde Chester, die nog steeds wantrouwend naar Cal staarde.

Het werd hun na een paar uur lopen duidelijk dat de route die ze hadden gekozen bepaald geen brede doorgangsweg was zoals de tunnel die ze hadden verlaten. De bodem was ruwer, rulle aarde bezaaid met flinke stukken steen, en dit deel van de tunnel werd waarschijnlijk niet vaak gebruikt. Hier en daar waren het dak en de muren zelfs gedeeltelijk ingestort en moesten ze over enorme rotsblokken klimmen om verder te kunnen.

Er werd al voorzichtig geopperd dat het misschien beter was om terug te keren, maar toen kwamen ze een hoek om en viel het schijnsel van hun lichtbollen op een hindernis in het donker voor hen op het pad. Deze was gelijkmatig van vorm en duidelijk door mensenhanden gebouwd.

'Er is dus toch iets,' zei Will opgelucht.

Toen ze dichter bij het bouwwerk kwamen, bleek de tunnel daarachter uit te monden in een veel grotere holte. Hun licht onthulde een soort hoog hek met twee torens die elk zo'n tien meter hoog waren en samen een poort vormden. Ze liepen er-naartoe en zagen dat er tussen de torens een metalen plaat hing waarop in grof uitgehakte letters Kloofstad stond ge-schreven.

Ze vervolgden voorzichtig hun weg. Hun voetstappen knars-ten op de sintels en kiezels. Aan weerszijden liep het hoge hek over de hele breedte van de grot door. Ze hadden geen keus en moesten wel onder de poort door. Ze knikten naar el-kaar en slopen eronderdoor. Eenmaal binnen ontdekten ze dat er allerlei verschillende gebouwen stonden.

'Het lijkt wel een spookstad,' zei Chester, die naar de rijen hutten staarde die stonden opgesteld aan beide zijden van de hoofdweg waarop zij nu liepen. 'Hier woont vast niemand,' ging hij hoopvol verder.

Als de jongens bang waren dat er misschien mensen in de hutten woonden, dan konden ze opgelucht ademhalen toen ze zagen in welke staat de hutten verkeerden. De meeste wa-ren ingestort. Van de hutten die nog overeind stonden, waren de deuren wagenwijd opengegooid of compleet verdwenen, en alle ramen waren kapot.

'Ik ga heel even binnen kijken,' zei Will. Chester bleef zenuwachtig staan wachten, terwijl Will zich een weg baande langs de stapel hout op de drempel en zich daarbij goed vasthield aan de deurpost om niet te vallen. Het pand kraakte en wiebelde onheilspellend.

'Voorzichtig, Will!' waarschuwde Chester hem. Hij deed een paar stappen achteruit voor het geval de hut in elkaar zou zakken. 'Het ziet er niet al te stevig uit.'

'Ja,' mompelde Will, maar hij liet zich niet van zijn voornemen afbrengen. Hij ging naar binnen en scheen met zijn lichtbol voor zich uit, zodat hij zag waar hij het beste zijn voeten kon neerzetten op de met puin bezaaide vloer.

'Het staat hier vol stapelbedden,' riep hij naar de anderen.

'Stapelbedden?' herhaalde Chester nieuwsgierig. Will schuifelde verder. Zijn voet zakte met een krakende klap door de vloer.

'Verdorie!' Hij trok zijn voet los en begon voorzichtig aan de terugtocht. Hij bleef even staan om iets te bekijken wat in een donkere hoek stond, zo te zien een soort fornuis. Hij kwam tot de conclusie dat hij, zeker gezien de slechte conditie van de vloer, wel genoeg had gezien. 'Niets bijzonders,' schreeuwde hij naar de anderen en hij ging weer naar buiten.

Ze liepen zwijgend verder over de weg, totdat Cal de stilte verbrak.

'Ruik je dat?' vroeg hij opeens aan Will. 'Het is iets bitters, net...'

'Ammoniak. Ja,' onderbrak Will hem. Hij scheen met de lichtbol op de grond vlak voor zijn voeten. 'Het lijkt wel alsof het uit... uit de grond komt. Het voelt ook vochtig aan,' merkte hij op. Hij wreef met zijn voet over de bodem van de grot en ging toen op zijn hurken zitten. Hij pakte wat aarde op en hield die onder zijn neus. 'Jakkes, het komt inderdaad hiervandaan. Wat een stank. Het lijkt wel opgedroogde vogelpoep. Noemen ze dat niet "guano"?'

'Vogels. Dan is het niet zo erg,' zei Chester opgelucht en hij dacht terug aan de ongevaarlijke zwerm die ze in de Kolonie waren tegengekomen.

'Nee, geen vogels, het is iets anders,' verbeterde Will zichzelf onmiddellijk. 'Dit spul is nog vers. Het voelt heel drassig aan.'

'Lieve help,' siste Chester en hij staarde verwoed om zich heen.

'Getverdemme! Er zitten dingetjes in,' zei Will. Hij verplaatste zijn gewicht van zijn ene voet op zijn andere, maar bleef wel gehurkt zitten.

'Wat voor dingetjes?' Chester maakte bijna een sprong van schrik.

'Insecten. Kijk maar.'

Chester en Cal richtten hun lichtstraal op hun voeten en zagen wat Will bedoelde. Kevers met de omvang van weldoorvoede kakkerlakken krioelden traag over het slijmerige oppervlak van de opgehoopte uitwerpselen. Ze hadden een roomwit pantser en hun voelsprieten, die dezelfde kleur hadden, trilden onophoudelijk tijdens het lopen. Er waren ook andere, donkergekleurde insecten, maar die waren moeilijker te zien, omdat ze waarschijnlijk minder goed tegen het licht bestand waren en snel wegkropen.

De jongens zagen hoe een grote kever in het schijnsel van hun lichtbollen zijn pantser openklapte. Will grinnikte gefascineerd toen zijn vleugels met het geluid van opwindspeelgoed in beweging kwamen en het dier als een flink uit de kluiten gewassen hommel onhandig het luchtruim koos. In de lucht zwabberde het onbeholpen heen en weer tot het door de schemering aan het oog werd onttrokken.

'Er is hier een compleet eigen ecosysteem,' zei Will, wiens

aandacht volledig werd opgeslokt door de verschillende insecten die hij om zich heen zag. Hij groef wat in de uitwerpselen en trof een grote, bleke, opgezwollen larve aan die zo groot was als zijn duim.

'Neem mee. Misschien is hij eetbaar,' zei Cal.

'Oooh!' rilde Chester stampvoetend. 'Doe niet zo goor!'

'Nee, hij meent het serieus,' zei Will op vlakke toon.

'Kunnen we alsjeblieft verdergaan?' smeekte Chester.

Will liet de insecten met grote tegenzin achter en ze vervolgden hun weg. Bij de laatste hutten gebaarde Will dat ze weer moesten blijven staan. De geur werd sterker. Hij wees naar boven en tegelijkertijd voelden de anderen een zachte bries langs hun gezicht strijken.

'Voelen jullie dat? Volgens mij komt het daarvandaan,' zei Will. 'Er hangen allemaal netten over de stad. Moet je die gaten eens zien.'

Ze tuurden naar de bovenkant van de hutten, waar inderdaad grof gemaasde netten waren gespannen die ze in eerste instantie voor het dak van de grot hadden aangezien. Er lag zoveel puin in dat ze hier en daar doorbogen en op sommige plaatsen zelfs bijna de daken van de hutten aanraakten; op andere plekken waren de netten vrijwel verdwenen. Ze richtten hun lichtstralen langs de rafelig afgeknapte draden door een van de gaten in de duisternis hoog boven hen. Het schijnsel was echter te zwak en ze zagen niets, alleen een dreigend donker gat.

'Zou dat de kloof zijn waar deze stad naar is vernoemd?' vroeg Will zich hardop af.

'HALLO!' riep Cal zo hard dat de andere twee ervan schrokken. Ze hoorden een zachte echo van zijn kreet door het zwarte gat weergalmen. 'Groot,' zei hij tamelijk overbodig.

Toen hoorden ze iets. Eerst zachtjes, vergelijkbaar met het geritsel van de bladzijden van een boek waardoorheen wordt gebladerd, maar het geluid nam razendsnel in volume toe. Het was alsof iets zich traag bewoog en langzaam wakker werd.

'Nog meer kevers?' vroeg Chester in de hoop dat het niets ergers was.

'Ehm, nou nee, dat lijkt me niet,' zei Will, die nu speurend naar de ruimte boven hun hoofden tuurde. 'Dat was misschien niet zo slim van je, Cal.'

Chester viel Cal onmiddellijk aan. 'Wat heb je nou weer gedaan, ettertje?' fluisterde hij kwaad.

Cal trok een gezicht.

Ze vingen nu duidelijk een zacht geruis op en plotseling schoten door de gaten in het net donkere gedaanten naar beneden. Hun vleugelwijdte was enorm en hun gekrijs weerkaatste tegen de muren en was zo schril dat het pijn aan hun oren deed.

'Vleermuizen!' gilde Cal, die het geluid onmiddellijk herkende. Chester jammerde angstig, en Will en hij bleven als vastgenageld aan de grond staan, helemaal in de ban van het schouwspel van de langs hen scherende, snel zwenkende dieren.

'Maak dat je wegkomt!' snauwde Cal hun toe en hij zette het op een lopen.

Het waren er onnoemelijk veel en binnen een seconde waren ze echt overal, als een zwerm boze, wraaklustige wespen. Ze vlogen zo snel voorbij dat Will er niet in slaagde er ook maar een met zijn ogen te blijven volgen.

'Dit is niet zo best!' riep hij toen de leerachtige vleugels gortdroge luchtstromen om hun hoofden lieten wapperen. De vleermuizen doken nu recht op de jongens af en weken pas op het allerlaatste moment uit.

Will en Chester draafden zonder na te denken over de weg achter Cal aan. Het kon hun niets schelen waar ze naartoe gingen, zolang ze maar ver uit de buurt van de gevaarlijke groep vliegende monsters kwamen. Ze wisten niet of de vleermuizen echt een bedreiging vormden of niet, en werden voortgedreven door slechts één gedachte, een soort oerangst bijna, en dat was dat ze hoe dan ook uit de klauwen van deze reusachtige, helse beesten moesten zien te blijven.

Het had er veel van weg dat hun smeekbeden werden verhoord, want opeens doemde er voor hen in het donker een huis op. Het telde twee verdiepingen en de grimmige voorgevel torende hoog boven de lage hutten uit. Het was van lichte steen en voor alle ramen zaten luiken. Aan beide kanten stonden bijgebouwen, waar Cal als een razende omheen rende, op zoek naar een plek waar ze konden schuilen.

'Snel! Hierheen!' riep hij toen hij zag dat de voordeur van het huis op een kier stond.

Te midden van de nachtmerrieachtige chaos keek Will nog één keer om en zo zag hij net op tijd dat een bijzonder grote vleermuis recht op Chesters achterhoofd afvloog. Er klonk een doffe tik toen hij hem raakte. Het zwarte, gedrongen lijf van het beest had de omvang van een rugbybal. Door de klap viel Chester plat op zijn buik. Met een arm beschermend voor zijn gezicht geslagen rende Will naar zijn vriend toe om hem te helpen.

Hij trok Chester luid brullend overeind en leidde de duizelige, half struikelende jongen snel naar het vreemde huis. Will maaide wild met zijn arm in een poging de beesten op een afstand te houden. Een ervan kwam met een harde bons tegen zijn rugzak aan. Hij werd opzijgeduwd, maar wist zijn evenwicht te bewaren door zich aan de nog steeds erg verwarde Chester vast te klampen.

Will zag dat de vleermuis op de grond was gevallen en hulpeloos met een verdraaide vleugel klapperde. Binnen een paar seconden dook een andere vleermuis erbovenop. Er

kwam er nog een omlaaggesuisd, die naast de eerste ging zitten. Er kwamen er steeds meer, totdat het gewonde exemplaar vrijwel helemaal aan het zicht werd onttrokken door
zich verdringende vleermuizen, waarvan sommige boosaar-
dig krijsten alsof ze met elkaar aan het knokken waren. De
neergestorte vleermuis probeerde tevergeefs weg te komen
en onder de andere vleermuizen vandaan te kruipen. Will zag
dat ze vinnig naar hem hapten en hun kleine, spitse tandjes
kleurden al snel rood van het bloed. Ze vielen het dier, waarvan het gegil door merg en been ging, meedogenloos aan en
beten in zijn borst en buik.

In elkaar gedoken legden Will en Chester strompelend het
laatste stuk naar het huis af. Will hees Chester de traptreden
naar het huis op, sleepte hem over de veranda en duwde hem
voor zich uit naar binnen door de deur die Cal wijd had opengegooid. Zodra ze allemaal veilig waren, smeet Cal de deur
dicht. Er klonken een paar harde bonzen van vleermuizen die
ertegenaan smakten, gevolgd door het geritsel van de vleugels
van andere die erlangs streken. Het hield al snel op en toen
hoorden ze alleen nog hol geroep dat zo zacht klonk dat het
bijna niet hoorbaar was.

In de stilte die daarop volgde probeerden de jongens op adem
te komen. Ze keken om zich heen en ontdekten dat ze in een
indrukwekkende hal stonden, compleet met een gigantische,
ingewikkelde kroonluchter die schuilging onder een dikke
laag grijs, pluizig stof. Aan beide zijden van de hal was een
sierlijke, gebogen trap die uitkwam op een overloop. Het
pand voelde onbewoond aan; er stonden geen meubels en aan
de donkere muren hing alleen hier en daar nog een flard om-
krullend behang. Zo te zien stond het al vele jaren leeg.

Will en Cal ploegden door het stof, dat als een dichte laag op-
gewaaide sneeuw op de vloer lag. Chester rilde nog na van de
schrik en stond zwaar hijgend tegen de voordeur geleund.

'Gaat het?' riep Will tegen hem; zijn stem klonk zwak en onderdrukt in het vreemde huis.

'Ja, hoor.' Chester rechtte zijn rug, hief zijn hoofd op en wreef over zijn nek om de pijn te verzachten. 'Het voelt aan alsof ik door een hockeybal ben geraakt.' Hij boog zijn hoofd weer voorover en zag toen iets.

'Hé, Will, kom eens kijken.'

'Wat is er dan?'

'Volgens mij heeft iemand hier ingebroken,' antwoordde Chester ongerust.

9

Het kleine vuurtje danste sierlijk over de blokken hout en vulde de aarden ruimte met flakkerend licht. Boven de vlammen draaide Sarah een geïmproviseerd spit rond waaraan twee kleine lijfjes waren gespietst. De aanblik van het langzaam bruin kleurende vlees en de geur deden haar beseffen dat ze flinke trek had. De kat dacht er blijkbaar precies zo over, als ze tenminste mocht afgaan op de slierten melkwit speeksel die aan weerszijden van zijn snuit hingen.

'Goed gedaan,' zei ze met een zijdelingse blik op het dier, dat weinig aansporing nodig had gehad om eropuit te trekken en voor hen beiden iets te eten te zoeken. Eigenlijk had het dier juist opgelucht geleken toen het kon doen waarvoor het was getraind. In de Kolonie had hij als Jager de taak om ongedierte te vangen, met name oogloze ratten, die als een zeldzame lekkernij werden beschouwd.

Bij het schijnsel van het vuur had Sarah kans gezien om de kat, die naast haar op de stoel zat, iets beter te bekijken. De haarloze huid, die wel wat op een oude, gedeeltelijk leeggelopen ballon leek, zat onder de wonden en om zijn nek zag ze er een paar die knalpaars waren en duidelijk flink ontstoken. Op een van zijn schouders zat een akelige snee waarin viesgele vlekken zaten. Het was duidelijk dat het dier last had van de wond, want het probeerde de plek telkens schoon te wassen met zijn poot. Sarah begreep dat ze de wond snel moest verzorgen – hij was nu al erg ontstoken. Dat wilde zeggen: als ze tenminste wilde dat het dier bleef leven, een beslissing die ze nog altijd niet had genomen. Zolang er een mogelijkheid bestond dat het op een of andere manier met haar familie was verbonden, kon ze het in elk geval niet aan zijn lot overlaten, vond ze.

'Bij wie hoorde je nu precies? Bij Cal of mijn... mijn... echtgenoot?' vroeg ze. Het laatste woord kreeg ze maar met moeite over haar lippen. Ze streelde zacht over de wang van de kat, die gebiologeerd naar het vlees staarde dat boven het vuur werd geroosterd. Hij had geen halsband om met een naamplaatje of iets dergelijks, maar dat verbaasde haar niet. Dat was in de Kolonie niet gebruikelijk, omdat Jagers zich door smalle doorgangen en langs kruipweggetjes moesten persen, en een halsband kon gemakkelijk achter een rots blijven haken en het dier in de weg zitten bij de jacht.

Sarah hoestte en wreef in haar ogen. Een vuurtje ondergronds stoken was niet echt ideaal; het aanmaakhout, dat van zichzelf al veel te nat was, moest ook nog eens uit de buurt van de waterplassen op de vloer van de kamer worden gehouden door een verhoging die ze van een stapel stenen had gebouwd. Aangezien de rook nergens naartoe kon, bleef deze in zo'n dichte wolk in de ruimte hangen dat haar ogen continu traanden.

Verder hoopte ze maar dat ze ver genoeg van de bewoonde wereld verwijderd waren en dat niemand de geur van gebraden vlees zou opvangen. Ze keek op haar horloge. Er was bijna vierentwintig uur verstreken sinds de gebeurtenissen bij het huis van de Burrows en het was niet echt waarschijnlijk dat de zoektocht zich helemaal tot aan het braakliggende stuk grond zou uitbreiden, zeker wanneer er honden werden ingezet. De politie concentreerde zich vermoedelijk op de directe omgeving van het misdrijf en het stadspark zelf.

Nee, ze geloofde niet dat ze bang hoefde te zijn dat ze hier zou worden ontdekt – niemand bij de politie bezat de uitstekend ontwikkelde reukzin die de meeste Kolonisten wél hadden. Het verwonderde haar dat ze zich hier in de opgraving zo veilig voelde – ze besefte echter wel dat het feit dat ze onder de grond verbleef daar in grote mate aan bijdroeg. Dit aarden hol voelde bijna als thuis aan.

Ze haalde haar mes tevoorschijn en prikte met de punt in beide lijfjes aan het spit.

'Mooi, het eten is klaar,' zei ze tegen de kat naast haar. Hij keek met de regelmaat van een metronoom verwachtingsvol van haar naar het eten en terug. Ze haalde het eerste lijfje, de duif, van het spit en legde het op een opgevouwen krant op haar schoot.

'Voorzichtig. Het is warm,' waarschuwde ze, terwijl ze de nog altijd aan het spit geregen eekhoorn voor de neus van de kat hield. Het was echter tevergeefs, want de kat dook naar voren, klemde zijn kaken om het vlees en rukte het los. Hij kroop onmiddellijk woest spinnend weg in een schemerig hoekje, waar ze hem luidruchtig hoorde knagen.

Ze gooide de duif van haar ene hand in haar andere en blies erop alsof het een hete aardappel was. Zodra het vlees een beetje was afgekoeld, viel ze aan op een vleugel, die ze met kleine hapjes afkloof. Ze ging verder met de borst en beet er brokken vlees af die ze smakelijk oppeuzelde. Tijdens het eten dacht ze na over haar situatie.

De belangrijkste regel om te overleven was dat ze nooit langer ergens bleef dan strikt noodzakelijk, vooral wanneer ze zo dicht op de hielen werd gezeten. Hoewel haar gezicht er na het gevecht met de politieagenten verschrikkelijk uitzag, had ze het bloed weggewassen en haar best gedaan om de ergste blauwe plekken te maskeren. Daarvoor had ze het voorraadje make-up aangesproken dat ze altijd en overal bij zich had, omdat het gebrek aan pigment in haar albinohuid haar ertoe dwong altijd een mengeling van zonnebrandcrème en gekleurde gezichtscrème te gebruiken ter bescherming tegen de zon. Ze was er dan ook van overtuigd dat niemand aandacht aan haar uiterlijk zou schenken, mocht ze besluiten om uit haar schuilplek tevoorschijn te komen.

Ze zoog nadenkend op een botje en herinnerde zich opeens de brieven die ze van de mat uit het huis van de Burrows had meegenomen. Ze veegde met een zakdoek het vet van haar vingers en haalde de stapel brieven uit haar tas. Ze kwam de gebruikelijke folders tegen van loodgieters en eenmansschildersbedrijfjes, die ze stuk voor stuk bekeek in het licht van het smeulende vuur voordat ze ze in de vlammen mikte. Toen stuitte ze op iets veel interessanters, een bruine envelop met een gebrekkig getypte adressticker. Hij was aan mevrouw Burrows gericht en was afkomstig van het maatschappelijk werk.

Sarah scheurde hem meteen open. Al lezend hoorde ze een fel, krakend geluid: de kat had de schedel van de eekhoorn tussen zijn kaken opengebeten en likte nu gretig met raspende tong over de blootgelegde hersens van het dier.

Sarah keek op van de brief. Ze wist opeens wat ze ging doen.

10

Will en Cal waadden door het stof naar de voordeur en richtten hun lichtstraal op de plek die Chester aanwees. Hij had gelijk – de rand was van de deur afgebroken en afgaand op de lichtere kleur van het hout eronder was dat niet al te lang geleden gebeurd.

'Het ziet er vrij recent uit,' merkte Chester op.

'Dat hebben wij toch niet gedaan, hè?' vroeg Will aan Cal. Die schudde zijn hoofd. 'Dan lijkt het me verstandig om het huis uit te kammen, gewoon voor het geval dat,' zei hij.

Ze liepen op een kluitje door de hal naar een paar grote deuren en duwden ze open. Het stof waaide in flinke golven voor hen uit als een zichtbare aankondiging van wat hun volgende beweging zou zijn. Nog voordat het weer was gaan liggen hadden ze de grootte van de kamer en de indrukwekkende kenmerken al in zich opgenomen. De hoogte van de plinten en de verfijnde afwerking van de sierlijsten aan het plafond – een gedetailleerd raamwerk met ingewikkelde figuren van pleisterwerk boven hen – getuigden van de vroegere grandeur. Gezien de afmetingen en de positie in het huis was het ongetwijfeld een balzaal of eetzaal geweest. Ze stonden midden in de kamer en keken grijnzend om zich heen, omdat het allemaal zo totaal onverwacht en onverklaarbaar was.

Het stof kriebelde in Wills neus en hij niesde een paar keer.

'Eén ding staat in elk geval vast,' zei hij. Hij snoof luidruchtig en veegde zijn neus af.

'Wat dan?' vroeg Chester.

'Het is hier een enorme smeerboel. Dit huis is nog erger dan mijn slaapkamer thuis.'

'Wat je zegt. De schoonmaakster heeft deze kamer absoluut overgeslagen,' lachte Chester. Hij deed net alsof hij een stofzuiger over de grond haalde. Will en hij brulden van het lachen.

Cal wierp hun een meewarige blik toe alsof ze niet goed bij hun hoofd waren. De jongens zetten hun zoektocht voort. Ze wandelden rustig door het stof en controleerden de aangrenzende kamers. Dat waren voornamelijk kleine kamertjes, een bijkeuken en voorraadruimtes, die eveneens helemaal leeg waren, dus keerden ze terug naar de hal. Daar deed Will een deur aan de voet van een van de trappen open.

'Hé! Boeken!' riep hij. 'Het is een bibliotheek.'

Afgezien van twee grote ramen met gesloten luiken waren de muren van vloer tot plafond bedekt met planken vol boeken. De kamer was ongeveer dertig meter lang en evenzo breed en aan het eind stond een tafel met daaromheen een paar omvergegooide stoelen.

Ze zagen de voetafdrukken vrijwel tegelijkertijd. Ze waren ook moeilijk over het hoofd te zien op de verder onaangeroerde laag stof. Cal zette zijn laars in een ervan om te kijken hoe groot hij was. Tussen zijn tenen en de neus van de afdruk zaten enkele centimeters. Will en hij keken elkaar veelbetekenend aan. Will knikte en ze gluurden nerveus in de schimmige hoeken van de kamer.

'Ze gaan daarnaartoe,' fluisterde Chester. 'In de richting van de tafel.'

De voetafdrukken begonnen bij de deur, op de plek waar de jongens nu zelf stonden, liepen langs de boekenplanken, cirkelden een paar keer rond de tafel en gingen toen op in een verwarde kluwen daarachter.

'Wie het ook was,' merkte Cal op, 'hij is ook weer vertrokken.' Hij stond voorovergebogen bij een reeks andere, minder in het oog springende voetstappen die langs een muur met planken terugliepen naar de deur.

Will was de kamer binnen gegaan en hield zijn licht omhoog om de hoeken te inspecteren. 'Klopt. Er is hier niemand,' zei hij bevestigend toen de anderen naast hem bij de grote tafel kwamen staan.

Ze zwegen even en luisterden naar het geklapwiek en de hoge roep van de vleermuizen die af en toe achter de luiken hoorbaar waren.

'Ik ga pas weer naar buiten als die verrekte beesten weg zijn,' zei Chester, die tegen de tafel leunde. Zijn schouders hingen omlaag en hij ademde vermoeid door zijn mond.

'Ja, het lijkt me een goed idee om hier een tijdje te blijven,' beaamde Will. Hij deed zijn rugzak af en zette hem naast Chester op tafel.

'Gaan we de rest van het huis nog bekijken of hoe zit het?' wilde Cal van Will weten.

'Ik weet niet hoe het met jullie twee zit, maar ik moet eerst iets eten,' kwam Chester tussenbeide.

Het viel Will op dat Chester opeens begon te brabbelen en dat zijn bewegingen lusteloos werden. De lange tocht en de vlucht voor de vleermuizen hadden blijkbaar hun tol geëist. Will hield zichzelf voor dat zijn vriend waarschijnlijk nog steeds leed onder de naweeën van de ruwe behandeling in de Bunker. Op weg naar de deur draaide Will zich om naar Chester en hij zei: 'Waarom blijf jij niet hier om op de spullen te passen, dan gaan Cal en ik...' Zijn stem stierf weg toen zijn oog op de boeken op de planken viel. 'Die banden zijn werkelijk prachtig,' zei hij en hij bescheen ze met zijn lichtbol. 'Ze zijn stokoud.'

'Je meent het,' zei Chester ongeïnteresseerd. Hij maakte de klep van Wills rugzak open en haalde er een appel uit.

'Serieus. Dit is een boeiende titel. *Oorsprong en voortgang van waare godsdienstigheid in 's menschen ziele* door... ehm...' Hij veegde wat stof weg en boog zich dieper over de rest van de vergulde letters op de rug van donker leer. 'Door de eerwaarde Philip Doddridge.'

'Klinkt fascinerend,' mompelde Chester met een mond vol appel.

Will trok het boek voorzichtig tussen de andere plechtig uitziende boeken uit en sloeg het open. Stukjes van de bladzijden stoven omhoog in zijn gezicht en de rest van het papier was tot een poederachtig stof vergaan dat nu op de vloer naast zijn voeten dwarrelde.

'Verdikkeme!' zei hij. Hij hield met een diep teleurgestelde uitdrukking op zijn gezicht de lege band omhoog. 'Wat zonde. Het zal wel door de warmte komen.'

'En je had nog wel zo'n zin om te lezen,' grinnikte Chester. Hij smeet het klokhuis weg over zijn schouder en zocht in de rugzak naar iets anders eetbaars.

'Haha. Heel grappig,' reageerde Will.

'Kunnen we dan nu eindelijk gaan?' zei Cal ongeduldig.

Will trok met zijn broer naar boven om te kijken of de rest van het huis inderdaad verlaten was. In een van de lege kamers ontdekte Cal een leeg washok. Uit de muur stak een met kalksteen aangekoekte kraan met daaronder een oude koperen kom op een houten plank. Hij duwde de hendel boven op de kraan naar beneden. Er ontsnapte sissend wat lucht en na enkele seconden klonk er een oorverdovend gebons dat uit de muren leek te komen.

Het lawaai hield aan en ging langzaam over in een zacht, gierend getril. Will schoot uit de kamer die hij had bekeken en beende door de lange gang naar de overloop. Daar bleef hij staan om over de vergane balustrade een blik in de hal te werpen. Toen vloog hij terug door de gang naar de plek waar hij Cal naartoe had zien lopen. Hij riep Cals naam en stak zijn hoofd om de hoek van elke deur totdat hij de kleine kamer helemaal aan het eind bereikte en daar zijn broer aantrof.

'Wat gebeurt er? Wat heb je gedaan?' vroeg hij streng.

Cal gaf geen antwoord. Hij tuurde in opperste concentratie naar de kraan. Terwijl Will toekeek, druppelde er een donkere, stroperige vloeistof uit en daarna hield het gierende geluid gelukkig helemaal op. Even gebeurde er niets, maar toen gutste er tot grote verwondering en vreugde van de jongens een stroom helder water uit.

'Denk je dat het veilig is om het te drinken?' vroeg Will.

Cal hield zijn mond onmiddellijk onder de stroom om te proeven.

'Hmm, heerlijk. Niets mis mee. Komt vast uit een natuurlijke bron.'

'Mooi, dan is dat probleem in elk geval opgelost,' zei Will dankbaar.

Nadat hij zijn buik rond had gegeten, viel Chester op de tafel in de bibliotheek in slaap. Toen hij na een paar uur eindelijk wakker werd en Will hem vertelde van hun ontdekking glipte hij weg om zelf een kijkje te gaan nemen en het duurde vrij lang voordat hij terug was.

Toen hij terugkeerde, was de huid op zijn gezicht en in zijn nek rood en vlekkerig; blijkbaar had hij in een poging het aangekoekte vuil weg te boenen zijn eczeem verergerd. Zijn haar was nat en naar achteren gekamd. De aanblik van deze schone, frisgewassen Chester deed Will terugdenken aan hoe het vroeger was geweest. Het riep herinneringen op aan de tijd vóórdat ze op de Kolonie waren gestuit en aan hun oude leventje in Highfield.

'Zo, dat is een stuk beter,' mompelde Chester verlegen en hij vermeed de blikken van de anderen. Cal, die op de vloer een dutje had gedaan, was slaperig overeind gaan zitten en bekeek Chester nu geamuseerd.

'Waarom heb je dat gedaan?' vroeg hij spottend.

'Heb je jezelf de laatste tijd weleens geroken?' kaatste Chester terug.

'Nee.'

'Ik wel,' zei Chester met opgetrokken neus. 'Dat was echt geen pretje!'

'Nou, ik vind het een uitstekend idee,' zei Will meteen om Chester nog meer schaamte te besparen, maar zo te zien deden Cals opmerkingen hem niets. Chester staarde gefascineerd naar de punt van zijn pink, waarmee hij net enthousiast in zijn oor had staan wroeten.

'Ik ga hetzelfde doen,' kondigde Will aan. Chester ging aan de slag met zijn andere oor en ramde zijn vinger er een paar maal in. Will schudde zijn hoofd en zocht in zijn rugzak naar schone kleren.

Nadat hij die had klaargelegd, nam hij even de tijd om zijn schouder te bekijken en hij vroeg zich af of het misschien tijd werd om er een schoon kompres op te leggen. Door de scheuren in zijn hemd porde hij behoedzaam in het gebied rond het verband, maar om echt te kunnen zien hoe de wond eraan toe was, moest hij het hemd uittrekken.

'Allemachtig, Will, wat is er met jou gebeurd?' vroeg Chester. Hij liet zijn oor even voor wat het was en trok wit weg. Hij had de grote, donkerrode plek gezien die door het verband om Wills schouder schemerde.

'De aanval door de speurhond,' zei Will. Hij beet op zijn lip en trok kreunend het verband los om eronder te kunnen kijken. 'Getver!' riep hij uit. 'Ik kan denk ik wel een nieuw kompres gebruiken.' Hij zocht in de zijvakken van zijn rugzak naar het reserveverband en de kleine pakketjes poeder die Imago hem had meegegeven.

'Ik wist niet dat het zo erg was,' zei Chester. 'Heb je hulp nodig?'

'Nee, echt niet... het voelt al veel beter,' antwoordde Will, die loog alsof het gedrukt stond.

'Oké,' zei Chester. Hij probeerde te glimlachen, maar zijn gezicht was nog steeds vertrokken van afschuw, dus verder dan een grimas kwam hij niet.

Ondanks zijn eerste reactie op Chesters pogingen om zichzelf te fatsoeneren, glipte Cal na Wills terugkeer ook de kamer uit om zichzelf met het lauwe water te wassen.

Het leek wel of de uren in het huis veel langzamer voorbijgingen, alsof ze op een of andere manier losstonden van alles wat buitenshuis was. Door de zware stilte die in het huis heerste, leek het wel of het zelf ook sliep. De stilte had de drie jongens ook in haar greep; ze probeerden met de rugzakken onder hun hoofd bij wijze van kussen wat te slapen op de lange bibliotheektafel en deden geen moeite om een gesprek gaande te houden.

Will werd echter rusteloos en merkte dat hij niet echt in slaap kon komen. Om de tijd te doden zette hij zijn inspectie van de bibliotheek voort. Hij vroeg zich af wie er in het huis had gewoond. Hij liep van plank naar plank en las de titels op de oeroude, met de hand gebonden ruggen. De boeken gingen voornamelijk over geheime en religieuze onderwerpen, en waren ongetwijfeld eeuwen geleden geschreven. Het was bijzonder frustrerend, omdat hij wist dat de bladzijden allemaal tot piepkleine stukjes en stof waren verkruimeld, maar desondanks vond hij het intrigerend om de onbekende namen van de auteurs en de belachelijk lange titels te lezen. Hij was eigenlijk van plan net zolang te zoeken totdat hij in elk geval één boek had gevonden waarover hij weleens had gehoord, maar toen stuitte hij op iets merkwaardigs.

Op een van de onderste planken stond een serie boeken die geen van alle een titel hadden. Will boende het vuil weg en zag dat de omslagen donkerrood waren, met op de rug drie minuscuul kleine vergulde sterren die op gelijke afstand van elkaar stonden.

Hij wilde een van de boeken pakken, maar in tegenstelling tot de andere boeken die hem allemaal hadden teleurgesteld met hun waterval van stof van verteerde bladzijden bood dit boek weerstand, alsof het op een of andere manier aan zijn plek was vastgenageld. Wat ook gek was, was dat het boek heel onbuigzaam aanvoelde. Hij trok er nogmaals aan, maar er was geen beweging in te krijgen, dus probeerde hij een ander exemplaar uit de serie van de plank te halen, maar ook daarmee had hij geen succes.

Het viel hem echter wel op dat de complete serie, die bijna een halve meter plankruimte in beslag nam, een heel klein stukje was verschoven toen hij wat meer kracht zette. Hij was opgetogen omdat hij dacht dat hij eindelijk iets had gevonden wat hij misschien wel kon lezen, maar ook verbijsterd omdat het net leek of de boeken aan elkaar waren gelijmd en rukte er nu met twee handen tegelijk aan.

De delen gleden als één groot blok van de plank en hij zette het naast zijn voeten neer op de vloer. Hij bekeek ze verrukt – ze voelden zwaar aan en toen hij iets beter keek meende hij te zien dat de bladzijden nog intact waren. Hij begreep echter niet waarom hij de boeken niet van elkaar kon krijgen. Hij voelde aan de bovenkant van de bladzijden en probeerde er een nagel tussen te duwen om te zien of de bladzijden zich lieten openslaan, maar dat mislukte. Hij tikte erop met een knokkel. Ze klonken hol – eindelijk viel het kwartje en hij begreep dat ze helemaal niet van papier waren, maar van hout dat zo was bewerkt dat het net op de kartelig gesneden bladzijden van oude boeken leek. Hij liet zijn hand over de achterkant glijden en voelde een hendeltje, waar hij op drukte. Krakend klapte de bovenkant open. Het was een deksel met een onzichtbaar scharnier. Het waren helemaal geen boeken. *Het was een kistje.*

Opgewonden trok hij de lappen weg die erin gepropt zaten en toen bekeek hij de inhoud. De donkere, eikenhouten kist bevatte vreemdsoortige voorwerpen. Hij haalde er een uit en bekeek het aandachtig.

Het was zo te zien een soort lamp. Hij was cilindervormig, ongeveer acht centimeter lang en er zat een ronde houder aan vastgemaakt met daarin een dikke glazen lens. Aan het uiteinde van de cilinder zat een geknikte arm met een veer en achter de lens zat ook een soort knop.

Het deed hem denken aan een fietslamp, maar dan van veel sterker materiaal (koper, gokte hij, vanwege de groene uitslag aan de buitenkant). Hij drukte op de knop, maar er gebeurde niets. Toen trok hij aan het uiteinde van de cilinder waar twee kleine inkepingen zaten. Dat liet met een knal los en hij zag dat er een kleine holte achter zat. Als het inderdaad een lamp was, zouden er wel batterijen in moeten, maar hij begreep niet dat zo'n kleine batterij krachtig genoeg kon zijn om voldoende licht te geven en hij kon ook al niet ontdekken waar de draden liepen.

Hij stond voor een raadsel en riep zijn broer erbij. 'Zeg, Cal. Jij weet zeker ook niet wat dit is, hè? Waarschijnlijk gewoon waardeloze troep.'

Cal slenterde slaapdronken naar hem toe. Toen hij het ding zag, begon hij te stralen.

Hij griste het uit Wills handen.

'Man, wat gaaf!' riep hij. 'Heb je een lichtbol voor me?'

'Hier,' zei Chester. Hij zwaaide zijn benen over de rand van de tafel en sprong eraf.

'Bedankt,' zei Cal. Hij nam de lichtbol van Chester aan. Hij verwijderde alle stof uit het apparaatje, zette het op zijn kop, tikte ertegen en blies er flink doorheen.

'Let goed op.'

Hij liet de bol in de holte achter in het voorwerp zakken en duwde erop tot hij een klikje hoorde.

'Geef me de bovenkant eens aan.'

Will deed wat hij vroeg en Cal zette hem weer op de cilinder. Toen wreef hij de lens over zijn broek om hem schoon te maken.

'Deze hendel,' zei hij tegen Chester en Will, 'gebruik je om de grootte van de opening aan te passen en de lichtstraal te richten.' Hij hield het ding zo dat zij konden meekijken terwijl hij probeerde een hendeltje dat achter de lenshouder zat te verschuiven. 'Hij zit een beetje klem,' zei hij. Hij duwde er zo hard mogelijk op met beide duimen. Toen het hendeltje verschoof, grinnikte hij. 'Hebbes!'

Er scheen nu een felle lichtstraal door de lens die hij over de muren liet glijden. Hoewel de ruimte redelijk goed verlicht werd door de lichtbollen die ze her en der op de planken hadden gezet, zagen ze wel dat het licht van de lantaarn in vergelijking daarmee veel helderder was.

'Geweldig,' zei Chester.

'Precies. Dit zijn Styx Lantaarns – heel zeldzaam. Dit is nog wel het mooiste,' zei hij. Hij trok het koperen klepje dat met een veer aan de achterkant van de lamp vastzat een stukje open en klemde het over de rand van zijn borstzak. Hij haalde zijn handen weg en bewoog zijn romp van Will naar Chester, waardoor het schijnsel van de stevig vastzittende lantaarn over hun gezichten flitste en ze met hun ogen knipperden.

'Zonder handen,' merkte Will op.

'Inderdaad. Heel handig voor onderweg.' Hij boog zich over de inhoud van het kistje. 'Er zijn er nog meer! Als ze allemaal zo zijn als deze, kan ik er voor ieder van ons een in elkaar zetten.'

'Top,' zei Chester.

'Dus...' zei Will, die zich opeens iets bedacht, 'dus dit huis was voor de Styx!'

'Precies,' antwoordde Cal. 'Ik dacht dat je dat allang wist!' Hij trok een gezicht alsof dat vanaf het begin overduidelijk was geweest. 'Zij woonden hier. In de hutten buiten zaten Coprolieten opgesloten.'

Will en Chester keken elkaar aan.

'Opgesloten? Waarom dan?' vroeg Will.

'Slaven. Ze werden een paar eeuwen lang gedwongen om het spul uit de mijnen te halen dat de Kolonie nodig had. Tegenwoordig is het anders – nu doen ze het in ruil voor het eten en de lichtbollen die ze nodig hebben om te overleven. De Styx dwingen hen niet langer om voor hen te werken, zoals vroeger.'

'Goh, da's toch aardig van hen,' zei Will droog.

II

Mevrouw Burrows zat in het dagverblijf van Humphrey House, een instelling die zichzelf omschreef als vredig herstellingsoord voor mensen die een kleine adempauze van de dagelijkse zorgen en conflicten nodig hadden, als je de brochure mocht geloven. Het dagverblijf was haar domein. Ze had beslag gelegd op de grootste, comfortabelste leunstoel en de enige voetenbank die de instelling rijk was, en zat met een zak zuurtjes naast zich klaar voor haar vaste televisiemiddag. Een van de verpleeghulpen van de instelling had zich laten overhalen om regelmatig snoepgoed uit de stad mee te nemen, maar dat werd zelden met de andere patiënten gedeeld. *Neighbours* was net afgelopen en ze zapte nu gejaagd langs de andere zenders. Ze herhaalde dit verschillende keren, maar kwam tot de ontdekking dat er niets op was wat haar ook maar een beetje interesseerde. Gefrustreerd tot in de punten van haar tenen zette ze het geluid uit en leunde ze achterover in haar stoel. Ze miste haar uitgebreide videocollectie met films en lievelingsprogramma's net zo intens als iemand anders om een verloren arm of been zou treuren.

Ze slaakte een lange, trieste zucht en de irritatie maakte langzaam plaats voor een vaag gevoel van hulpeloosheid. Ze neuriede bedroefd en wanhopig de herkenningsmelodie van *Casualty* totdat de deur met een harde bons openvloog.

'Daar gáán we weer,' mompelde mevrouw Burrows binnens-

monds, want de directrice kwam de kamer binnen zeilen.
'Wat zei u daar, mevrouwtje?' informeerde de directrice, een graatmagere vrouw wier grijze haar in een strakke knot was gedraaid.
'Och, niets,' antwoordde mevrouw Burrows onschuldig.
'U hebt bezoek.' De directrice liep linea recta naar de ramen en schoof de gordijnen weg, zodat de kamer opeens baadde in het zonlicht.
'Bezoek? Ik?' zei mevrouw Burrows ongeïnteresseerd. Ze schermde haar ogen af tegen het felle licht. Zonder uit de stoel op te staan zocht ze met haar voeten haar pantoffels, een paar opzichtige, bevlekte exemplaren van nepsuède die bij de hiel helemaal waren platgetrapt. 'Dat zal dan wel geen familie van me zijn – niet dat ik daar nog veel van heb, trouwens. Niet meer,' zei ze een tikje emotioneel. 'Ik geloof echt niet dat Jean de moeite heeft genomen om mijn dochter helemaal hierheen te brengen... ik heb van hen allebei sinds de kerst geen woord meer vernomen.'
'Het is ook geen familie van u...' begon de directrice, maar mevrouw Burrows luisterde niet naar haar en sprak gewoon verder. 'En wat mijn andere zus Bessie betreft, nou ja, we praten niet meer met elkaar...'
'Het is geen familie, maar iemand van het maatschappelijk werk.' De directrice wist zich eindelijk verstaanbaar te maken en opende nu een van de openslaande ramen onder het slaken van kreten als: 'Dit is veel beter.'
Mevrouw Burrows reageerde niet op het nieuws. De directrice rangschikte de bloemen die in een vaas op de vensterbank stonden, raapte een paar gevallen blaadjes op en zei toen tegen haar: 'Hoe voelen we ons vandaag?'
'Ach, niet zo best,' antwoordde mevrouw Burrows, die een overdreven jammerende, verdrietige toon aansloeg en haar zin met een kreuntje afsloot.

'Dat verbaast me niets. Het is helemaal niet gezond om de hele dag maar binnen te blijven – u hebt frisse lucht nodig. Waarom gaat u na het bezoek niet even een stukje buiten wandelen?'

De directrice bleef plotseling stilstaan en draaide zich om naar het raam om een blik op de tuin te werpen, alsof ze iets zocht. Mevrouw Burrows merkte dit onmiddellijk op en haar nieuwsgierigheid was gewekt. De directrice was de hele dag aan één stuk door bezig met het organiseren van mensen of dingen, alsof het haar roeping was om een soort orde op te leggen aan een onvolmaakte wereld. Een menselijke dynamo die nóóit stilstond – in feite het tegenovergestelde van mevrouw Burrows, die haar strijd met een onwillige pantoffel tijdelijk had gestaakt om naar de onbeweeglijke directrice te kijken.

'Is er iets?' vroeg mevrouw Burrows, die haar mond niet langer kon houden.

'Ach, nee... alleen beweert mevrouw Perkins dat ze die man weer heeft gezien. Ze was helemaal over haar toeren.'

'Aha,' knikte mevrouw Burrows veelbetekenend. 'Wanneer was dit?'

'Vanochtend vroeg.' De directrice draaide zich weer om. 'Ik snap er helemaal niets van. Het ging juist zo goed met haar en nu heeft ze opeens last van die rare aanvallen.' Ze staarde met een diepe frons naar mevrouw Burrows. 'Uw kamer ligt pal onder de hare – u hebt buiten toch niemand gezien?'

'Nee, en dat zal ook niet gebeuren.'

'Hoe bedoelt u?' vroeg de directrice.

'Nou, dat lijkt me verdorie toch overduidelijk,' antwoordde mevrouw Burrows bot. Ze was er eindelijk in geslaagd haar voet in de pantoffel te duwen. 'Het is de persoon die we diep vanbinnen allemaal het meest vrezen... het laatste optreden... de eeuwige slaap... of hoe u het ook wilt noemen. Het zwaard van Damocles hangt al zo lang boven haar hoofd... arm mens.'

'U wilt dus zeggen...' begon de directrice, die eindelijk snapte waar mevrouw Burrows naartoe wilde. Ze liet er een laatdunkend 'huh' op volgen om aan te geven wat ze van haar theorie vond.

Mevrouw Burrows liet zich niet door de reactie van de directrice afschrikken. 'Let op mijn woorden, dat zit er beslist achter,' zei ze zelfverzekerd. Haar ogen dwaalden nu af naar het zwijgende televisiescherm, want ze had net bedacht dat *Lingo* elk moment kon beginnen.

De directrice twijfelde duidelijk aan haar woorden.

'Sinds wanneer ziet de dood eruit als een man met een zwarte hoed op?' vroeg ze. Ze nam haar gebruikelijke zakelijke houding weer aan en wierp een blik op haar horloge. 'Is het al zo laat? Ik moet nodig verder.' Ze staarde mevrouw Burrows streng aan. 'Laat uw bezoek niet wachten. Na afloop wil ik graag dat u een stevige wandeling door de tuin maakt.'

'Natuurlijk,' zei mevrouw Burrows instemmend en ze knikte enthousiast, hoewel ze het hele idee van lichamelijke inspanning eigenlijk maar iets onsmakelijks vond. Ze was echt niet van plan om 'een stevige wandeling' te maken, maar zou zich straks met veel drukte en rumoer klaarmaken om naar buiten te gaan, hooguit één rondje rond het huis wandelen en zich dan een tijdje in de keuken verstoppen. Als ze geluk had kreeg ze misschien wel een kop thee en wat vanillekoekjes van de kok.

'Mooi,' zei de directrice. Ze keek de kamer door om te zien of er nog meer dingen van hun plek waren gehaald.

Mevrouw Burrows glimlachte liefjes naar haar. Ze had al snel na haar aankomst in het tehuis begrepen dat ze heel gemakkelijk haar zin kon krijgen, nou ja, meestal dan, zolang ze maar net deed alsof ze braaf deed wat de directrice en haar personeel van haar wilden, helemaal omdat mevrouw Burrows beduidend minder lastig was dan een heleboel andere inwonende patiënten.

Het was een bont gezelschap en mevrouw Burrows behandelde hen allemaal met dezelfde minachting. Humphrey House telde een aanzienlijk aantal Snuivers, zoals zij hen noemde. Er was een karrenvracht vol van deze zeurpieten die zich, zodra ze ook maar een seconde uit het oog worden verloren, als verdwaalde, eenzame verschoppelingen over het hele pand verspreidden en zich meestal ophielden in stille hoekjes waar ze urenlang onafgebroken konden zitten kniezen. Mevrouw Burrows had echter ook de tamelijk verbijsterende verandering meegemaakt die deze types vaak 's avonds laat ondergingen. Zonder enige waarschuwing vooraf transformeerden ze zich na de aankondiging 'lichten uit' als een rups die zichzelf in een donzen cocon wikkelt en kwamen ze in de kleine uurtjes weer tevoorschijn als een totaal ander wezen, een Krijser.

Dan jankte en jammerde deze gewoonlijk helemaal niet gewelddadige soort en sloegen ze alles in hun kamer kapot, totdat een van de personeelsleden hen had gekalmeerd of hun een pil of twee had toegediend. De volgende dag veranderden ze tegen zonsopgang op wonderbaarlijke wijze weer in Snuivers.

Verder waren er nog de Zombies, die als dwaze figuranten op een filmset ronddwaalden zonder te weten wat ze moesten doen of waar ze eigenlijk naartoe moesten en al helemaal nooit hun tekst konden onthouden (ze waren totaal niet in staat tot een fatsoenlijk gesprek). Mevrouw Burrows negeerde deze doelloos door het huis slenterende mensen meestal.

De ergste bewoners vond zij de Aktetassen, een afschuwelijke groep hoogopgeleiden van middelbare leeftijd die waren opgebrand door hun jachtige bestaan als accountant, bankmanager of ander, vergelijkbaar en, wat mevrouw Burrows betreft, onbelangrijk beroep.

Ze had een bloedhekel aan deze slachtoffers van het krijtstreepwereldje – soms dacht ze dat dit kwam doordat ze haar met hun gedrag en wezenloze gezichtsuitdrukkingen zo enorm aan haar man, Roger Burrows, deden denken. Vlak voordat hij er stiekem tussenuit was geknepen, had ze waarschuwende signalen opgepikt dat hij die kant op ging.

Mevrouw Burrows haatte haar man hartgrondig.

Zelfs in de eerste jaren van haar huwelijk was het niet van een leien dakje gegaan. Toen bleek dat ze samen geen kinderen konden krijgen, had dit een smet geworpen op hun relatie. Het hele gedoe rond adoptie hield in dat ze zich niet op haar werk had kunnen concentreren en ze was gedwongen geweest om het op te geven. Weer een droom die niet tot bloei mocht komen. Nadat ze zich met succes hadden aangemeld voor de adoptie van twee jonge kinderen, een jongen en een meisje, had ze haar uiterste best gedaan om hun alles te geven wat zij in haar jeugd ook had gehad, zoals mooie kleding en de juiste vrienden.

Het was echter onmogelijk gebleken; nadat ze jarenlang had geprobeerd haar gezin om te vormen tot iets wat het nooit zou worden – niet met het schamele salaris van meneer Burrows – gaf ze het op. Mevrouw Burrows had zich afgesloten van haar omgeving en haar leven, en troost gezocht in de wereld aan de andere kant van het televisiescherm. In deze kortzichtige, onwerkelijke toestand had ze het moederschap afgelegd en de verantwoordelijkheid over het huis, de was, het koken en noem maar op, aan haar dochter Rebecca overgedragen, die alles met verbazingwekkend gemak op zich had genomen, zeker wanneer je bedacht dat ze indertijd pas zeven jaar oud was.

Mevrouw Burrows voelde absoluut geen wroeging of schuld over haar keuze, omdat haar man zijn aandeel van de afspraak in het begin van hun huwelijk ook niet was nagekomen. Alsof dat allemaal nog niet erg genoeg was, had dr. Bur-

rows, de eeuwige sukkel, bovendien het lef gehad om haar te
verlaten en had hij alles meegenomen waar zij iets om gaf.
Hij had haar leven verpest.
Ze verachtte hem erom en al deze verachting lag nu vlak onder de oppervlakte in haar binnenste te borrelen.
'Uw bezoek,' drong de directrice aan.
Mevrouw Burrows trok met een kort knikje haar blik los van
het scherm en stond tegen haar zin op uit de stoel. Ze schuifelde de kamer uit en liet de directrice, die een paar dozen
met puzzels op het dressoir rechtzette, alleen achter. Mevrouw Burrows had helemaal geen zin om met wie dan ook te
praten, al helemaal niet met een maatschappelijk werker die
misschien ongewenste herinneringen met zich meebracht
aan haar gezin en het leven dat ze achter zich had gelaten.
Ze had dan ook geen haast en slofte onwillig over het geluid-
dempende linoleum langs de 'oude' mevrouw L., die met haar
zesentwintig jaar weliswaar tien jaar jonger was dan mevrouw Burrows, maar schrikbarend weinig haar had. Ze zat
in haar gebruikelijke houding te slapen op een stoel in de
gang. Haar mond hing zo wijd open dat het net leek of iemand had geprobeerd haar hoofd in tweeën te zagen, en haar
enorme strottenhoofd en amandelen waren in al hun pracht
en praal te zien.
Er ontsnapte een stevige ademstoot uit de openhangende
mond van de vrouw, die een beetje klonk alsof er lucht uit een
kapotte vrachtwagenband weglekte. 'Schandalig!' zei mevrouw
Burrows hardop en ze vervolgde haar tocht door de gang. Ten
slotte bereikte ze een deur met een groot zwart-wit plastic bord
waarop 'De Blijde Kamer' stond gekalkt en duwde hem open.
De kamer lag op een hoek van het gebouw en had in twee
muren ramen die uitkeken op de rozentuin. Een bijdehand
personeelslid had ooit bedacht dat het misschien wel leuk was
om de twee andere muren door patiënten te laten beschilde-

ren, hoewel het uiteindelijke resultaat niet helemaal was wat men zich ervan had voorgesteld.

Een twee meter brede regenboog met banen in verschillende bruintinten kromde zich over een bizarre mengeling mensachtige gedaanten. Het ene uiteinde van de regenboog eindigde in zee, waar een grijnzende man met uitgestrekte armen bij wijze van clownsgroet op een surfplank dreef terwijl een reusachtige haaienvin in het water om hem heen cirkelde. In de lucht boven de grijsbruine regenboog klapwiekten talloze zeemeeuwen, die in dezelfde naïeve stijl waren geschilderd als de rest van het tafereel. Ze hadden iets sierlijks, totdat je erachter kwam dat er uit hun achterste een stippellijn van uitwerpselen spoot, een beetje zoals een kind geweerschoten afbeeldt in een oorlogstafereel, waarmee ze de hoofden van een groep wezens met opgezwollen menselijke lijven en muizenkoppen bombardeerden.

Mevrouw Burrows voelde zich niet op haar gemak in die kamer, want ze had het idee dat de vreemde, geheimzinnige afbeeldingen verborgen boodschappen aan haar wilden overbrengen en ze kon zich echt met geen mogelijkheid voorstellen waarom uitgerekend hier bezoekers werden ontvangen.

Ze richtte haar aandacht op de ongewenste bezoeker en staarde minachtend naar de vrouw in de onopvallende kleren die een map op haar schoot had liggen. De vrouw stond meteen op en keek met haar lichte ogen naar mevrouw Burrows.

'Ik ben Kate O'Leary,' zei Sarah.

'Dat zie ik,' zei mevrouw Burrows met een blik op het bezoekerspasje dat aan Sarahs trui hing.

'Prettig om kennis met u te maken, mevrouw Burrows,' ging Sarah onverstoorbaar verder, terwijl ze met een plichtmatige glimlach haar hand uitstak.

Mevrouw Burrows mompelde een begroeting, maar maakte geen aanstalten om de uitgestoken hand vast te pakken.

'Zullen we even gaan zitten?' stelde Sarah voor. Ze nam weer plaats op haar stoel. Mevrouw Burrows liet haar blik over de plastic stoelen glijden en koos er opzettelijk een uit die niet bij Sarah in de buurt stond, maar vlak bij de deur, alsof ze elk moment kon vertrekken.

'Wie ben jij?' vroeg mevrouw Burrows kortaf. Ze bekeek Sarah van top tot teen. 'Ik ken jou helemaal niet.'

'Nee, ik ben van het maatschappelijk werk,' antwoordde Sarah. Ze hield de brief in de lucht die ze op de deurmat in het huis van de Burrows had gevonden. Mevrouw Burrows strekte haar hals en probeerde te lezen wat erin stond. 'We hebben u op de vijftiende over deze afspraak aangeschreven,' zei Sarah, die de verkreukte brief snel in de map op haar schoot legde.

'Niemand heeft mij iets over een afspraak verteld. Laat eens zien,' eiste mevrouw Burrows en ze wilde al met een uitgestrekte hand opstaan om de brief te pakken.

'Nee... nee, dat doet er nu niet meer toe. Ik vermoed dat de leiding van het tehuis is vergeten u in te lichten, maar het duurt niet lang. Ik wilde er alleen zeker van zijn dat u het goed maakt en...'

'Dit gaat toch niet over de tarieven, hè?' onderbrak mevrouw Burrows haar. Ze ging weer zitten en sloeg haar ene been over het andere. 'Bij mijn weten betaalt de verzekering een extra bedrag boven op de bijdrage van de overheid en zodra het verzekeringsgeld op is, moet het geld dat de verkoop van het huis heeft opgebracht genoeg zijn om de kosten te dekken.'

'Ik weet zeker dat dát allemaal goed is geregeld, maar dat is niet mijn afdeling, vrees ik,' zei Sarah met weer zo'n vluchtige glimlach. Ze sloeg de map op haar knieën open, haalde er een schrijfblok uit en trok net de dop van haar pen toen haar oog op de afbeelding van een koffiekleurige beer viel die net boven het hoofd van mevrouw Burrows op de muur stond geschilderd. Rondom de beer waren gedetailleerde dobbelstenen aangebracht in diverse felle kleuren, rood, oranje, helblauw, met verschillende getallen erop. Sarah schudde haar hoofd en richtte met de pen boven het papier haar aandacht weer op mevrouw Burrows.

'Vertel me eens wanneer je hiernaartoe bent gekomen, Celia? Vind je het goed als ik je Celia noem?'

'Natuurlijk, ga je gang. Vorig jaar november.'

'Hoe gaat het sindsdien met je?' vroeg Sarah, die net deed alsof ze aantekeningen maakte.

'Heel goed, dank je,' zei mevrouw Burrows en ze voegde er een beetje verdedigend aan toe: 'Maar ik ben nog niet helemaal hersteld na mijn... ehm... traumatische ervaring... en ik zal hier nog wel een tijd moeten blijven. Om uit te rusten.'

'Ja,' zei Sarah op neutrale toon. 'En je gezin? Heb je al nieuws over hen?'

'Nee, helemaal niets. De politie beweert dat ze hun verdwijning onderzoeken, maar ik heb geen moer aan hen.'

'De politie?'

Mevrouw Burrows antwoordde toonloos: 'Ze zijn zelfs zo brutaal geweest om me gisteren hier lastig te komen vallen. Waarschijnlijk heb je wel gehoord wat er een paar dagen geleden is voorgevallen... dat incident bij mijn huis?' Ze keek Sarah ongeïnteresseerd aan.

'Ja, daar heb ik inderdaad iets over gelezen,' merkte Sarah op.

'Vervelende kwestie.'

'Zeg dat wel. Twee politiemannen die surveilleerden betrapten buiten bij mijn huis een bende en er is flink gevochten. Beide agenten zijn afgetuigd en een van hen is zelfs door een hond aangevallen.' Ze kuchte en trok een groezelige zakdoek uit haar mouw. 'Ik durf te wedden dat het van die jeugdige crimineeltjes waren. Het zijn net wilde beesten!' verkondigde mevrouw Burrows.

139

Ze moest eens weten, dacht Sarah bij zichzelf. Ze knikte om aan te geven dat ze het helemaal met mevrouw Burrows eens was, maar zag in gedachten het beeld weer voor zich van de agent die bewusteloos op het terras lag nadat ze hem had gevloerd. Mevrouw Burrows blies luidruchtig haar neus en stopte de zakdoek terug in haar mouw. 'Ik weet echt niet waar het met dit land naartoe gaat. Nou, deze keer hadden ze toevallig het verkeerde huis uitgekozen. Er valt daar niets meer te jatten... alles staat in de opslag, omdat het te koop staat.'

Sarah knikte weer en mevrouw Burrows vervolgde: 'De politie is trouwens geen haar beter. Ze laten me maar niet met rust. Mijn therapeut probeert hen bij me weg te houden, maar ze staan erop me steeds opnieuw te ondervragen. Ze doen net alsof alles mijn schuld is... de verdwijning van mijn gezin... zelfs die aanval op de agenten... Nu vraag ik je! Alsof ik daar ook maar iets mee te maken kan hebben – ik word hier nota bene vierentwintig uur per dag in de gaten gehouden!' Ze zette haar benen naast elkaar, verschoof een stukje op haar stoel en sloeg toen het ene been weer over het andere. 'Zo krijgt een mens toch geen rust? Het is allemaal erg verwarrend voor me, begrijp je?'

'Ja. Ja, dat kan ik me heel goed indenken,' beaamde Sarah snel. 'Je hebt ook zoveel meegemaakt.'

Mevrouw Burrows knikte even en hief haar hoofd op om door de ramen naar buiten te kijken.

'De politie zoekt dus nog steeds naar je man en zoon?' vroeg Sarah zacht. 'Is er helemaal geen nieuws over hen?'

'Nee, blijkbaar heeft niemand ook maar enig idee waar ze naartoe zijn gegaan. Ik neem aan dat je weet dat mijn man me heeft verlaten en dat mijn zoon kort daarna van de aardbodem is verdwenen,' zei ze somber. 'Hij is op diverse plekken gesignaleerd – zelfs een paar keer in Highfield. Er zijn opnamen van een beveiligingscamera van het metrostation van iemand die een beetje op Will lijkt, samen met een andere jongen... en een grote hond.'

'Een grote hond?' herhaalde Sarah.

'Ja, een herdershond of iets dergelijks.' Mevrouw Burrows schudde haar hoofd. 'De politie zegt echter dat ze het niet kunnen natrekken.' Ze slaakte een luide zucht. 'Mijn dochter Rebecca logeert bij mijn zus, maar ik heb al in geen maanden iets van haar gehoord.' Mevrouw Burrows ging met een uitdrukkingsloos gezicht op fluistertoon verder: 'Iedereen die ik ken gaat weg... misschien hebben ze allemaal wel een fijnere plek gevonden om te wonen.'

'Ik kan niet zeggen hoe erg ik het voor je vind,' zei Sarah op een zachte, meelevende toon. 'Je zoon – denk je dat hij misschien op zoek is gegaan naar zijn vader? Ik las in het verslag van de agent die de zaak onderzoekt dat het een mogelijkheid is?'

'Bij Will is alles mogelijk,' zei mevrouw Burrows. Ze tuurde nog steeds naar buiten, waar iemand een halfslachtige poging had gedaan om vlak bij het raam een paar ongezond ogende klimrozen aan een goedkope, plastic pergola op te binden. 'Het zou me niets verbazen.'

'Je hebt dus sinds... wanneer zei je dat het was... november... helemaal niets meer van je zoon gehoord?'

'Nee, dat was daarvóór al, en nee, dat klopt,' zuchtte mevrouw Burrows.

'Was hij... hoe was hij er geestelijk aan toe voordat hij verdween?'

'Dat zou ik je niet kunnen zeggen – het ging in die tijd niet zo best met me en ik had geen...' Mevrouw Burrows maakte haar zin niet af en keek van de rozentuin naar Sarah. 'Zeg, je hebt vast en zeker mijn dossier wel gelezen. Waarom vraag je me dit dan allemaal?' Haar houding was opeens als een blad aan de boom omgedraaid, alsof er een vuurtje was aangewak-

kerd. In haar stem lag nu de gebruikelijke ongeduldige, snau-
werige klank. Ze schoot overeind in haar stoel, rechtte haar
schouders en keek Sarah onderzoekend aan.

De verandering die zich in de vrouw had voltrokken, ontging
Sarah niet; ze wendde onmiddellijk haar blik af en deed net
of ze iets opzocht in de betekenisloze krabbels die ze op het
schrijfblok op haar schoot had gemaakt. Sarah wachtte even
voordat ze met vlakke, rustige stem verderging: 'Het is echt
heel eenvoudig. Jouw dossier is nieuw voor me en het is vaak
handig om wat achtergrondinformatie te hebben. Het spijt
me als dit pijnlijk voor je is.'

Sarah voelde dat mevrouw Burrows' ogen zich in haar boor-
den en haar als twee röntgenstralen probeerden te analyse-
ren. Sarah leunde voorzichtig naar achteren. Uiterlijk was ze
ontspannen, maar inwendig zette ze zich schrap voor de aanval die ongetwijfeld ging komen. Even later was het zover.

'O'Leary... Iers, dus? Je hebt niet echt een accent.'

'Nee, mijn familie is in de jaren zestig naar Londen verhuisd.
Ik ga er in de vakantie nog wel regelmatig naartoe...'

Mevrouw Burrows' gezicht klaarde op en haar ogen fonkel-
den; ze liet Sarah niet uitpraten.

'Dat is niet je eigen haarkleur, want ik kan de wortels zien,'
merkte ze op. 'Zo te zien zijn ze wit. Je verft je haar zeker?'

'Ehm... ja, dat klopt. Hoezo?'

'Is er trouwens iets met je oog – is dat een blauwe plek? En je
lip – die lijkt wel een beetje dik. Heeft iemand je geslagen?'

'Nee, ik ben van de trap gevallen,' antwoordde Sarah kortaf;
ze probeerde zowel verontwaardigd als verveeld te klinken om
haar antwoord geloofwaardig te laten overkomen.

'Wat een uitgekauwde smoes! Als ik me niet vergis, heb je
heel veel make-up gebruikt om te verbergen dat je een heel
lichte huid hebt, klopt dat?'

'Ehm... dat klopt inderdaad,' stamelde Sarah. Mevrouw Bur-

rows' observatievermogen overrompelde haar. Sarahs vermomming werd langzaam maar zeker ontmanteld, als blaadjes van een bloem die een voor een worden losgetrokken om
te zien wat eronder verborgen zit.

Ze zat zich af te vragen hoe ze mevrouw Burrows' kruisver-
hoor, dat duidelijk nog lang niet ten einde was, in een andere
richting kon sturen. Toen ontdekte ze een tros ballonnen die
net boven de schouder van de vrouw op de muur was getekend. Een stuk blauwe lucht hing over de ballonnen heen gedrapeerd; het slokte ze op, onttrok ze bijna volledig aan het
zicht en legde een doffe glans over de levendige kleuren.
Sarah haalde oppervlakkig adem, schraapte haar keel en zei:
'Ik heb nog maar een paar vragen voor je, Celia.' Ze hoestte
om haar ongemak te verbergen. 'Ik vind wel dat je een beetje... ehm... te persoonlijk wordt...'

'Een beetje te persoonlijk?' Mevrouw Burrows lachte schor.
'Vind je je eigen stomme vragen dan niet een beetje té persoonlijk?'

'Ik wil...'

'Je hebt een erg opvallend gezicht, Kate, hoe hard je ook je
best doet om het te vermommen. Nu ik erover nadenk, heb je
ook een heel bekénd gezicht. Waar heb ik jou nou toch eerder
gezien?' Mevrouw Burrows fronste haar wenkbrauwen en
hield haar hoofd scheef, alsof ze probeerde het zich te herinneren. Haar gedrag had iets theatraals – ze genoot duidelijk
met volle teugen.

'Dit heeft helemaal niets te maken met...'

'Wie ben je, Kate?' onderbrak mevrouw Burrows haar scherp.
'Jij kunt onmogelijk van het maatschappelijk werk zijn. Ik ken
die types en jij bent heel anders. Vertel op: wie ben je dan wél?'

'Ik denk dat ik voorlopig wel genoeg weet. Ik stap maar eens
op.' Sarah besloot het gesprek te beëindigen en schoof haar
papieren terug in de map. Ze sprong haastig op en wilde haar

jas al van de rugleuning van haar stoel trekken, maar mevrouw Burrows stond verbazingwekkend kwiek op en ging voor de deur staan om Sarah de weg te versperren.

'Niet zo snel!' riep mevrouw Burrows. 'Ik heb ook een paar vragen voor jou.'

'Ik begrijp dat het een vergissing van me was om hier te komen, Celia,' zei Sarah vastberaden. Ze hing haar jas over haar arm en zette een stap in de richting van mevrouw Burrows, die echter geen centimeter opzijging, waardoor ze als kemphanen tegenover elkaar stonden en elkaar dreigend aankeken. Sarah had genoeg van het toneelspelen – bovendien bleek mevrouw Burrows net zomin iets van Wills verblijfplaats af te weten als zij zelf. Of misschien wist ze het wel, maar weigerde ze gewoon iets te zeggen.

'We ronden dit gesprek een andere keer wel af,' zei Sarah met een grimmige glimlach tegen haar en ze draaide zich een kwartslag om alsof ze zich tussen mevrouw Burrows en de muur door wilde persen.

'Blijf waar je bent,' zei mevrouw Burrows gebiedend. 'Je denkt zeker dat ik gek ben, hè? Je komt hier in slonzige kleren om je als iemand anders voor te doen, maakt er een armzalige vertoning van en verwacht dan ook nog dat ik erin trap?' Haar ogen vernauwden zich tot twee kwaadaardige spleetjes en straalden tevreden uit dat ze haar doorhadden. 'Dacht je nu echt dat ik niet door zou hebben wie je werkelijk bent? Je hebt Wills gezicht; die haarverf en dat dwaze toneelstukje dat je net hebt opgevoerd...' ze sloeg met de rug van haar hand tegen de map in Sarahs armen, '... kunnen dat echt niet verhullen.' Ze knikte sluw. 'Jij bent zijn moeder, hè?'

Dat was wel het laatste wat Sarah had verwacht. De vrouw voor haar bezat een angstaanjagend scherp observatievermogen. 'Ik weet niet waarover je het hebt,' antwoordde Sarah zo koelbloedig mogelijk.

'Wills biologische moeder.'

'Dat is belachelijk. Ik...'

'Onder welke steen kom jij vandaan gekropen?' spotte mevrouw Burrows sarcastisch.

Sarah schudde haar hoofd.

'Waarom heb je zo lang gewacht voordat je terugkwam? En waarom nu?' ging mevrouw Burrows verder.

Sarah zei niets en staarde de rood aangelopen vrouw vernietigend aan.

'Je hebt je kind in de steek gelaten. Je hebt hem opgegeven voor adoptie... Waarom denk je dan dat je nu het recht hebt om hier te komen rondneuzen?' zei mevrouw Burrows.

Sarah ademde krachtig uit. Ze had de vrij dikke, luie vrouw zonder veel moeite uit de weg kunnen duwen, maar koos ervoor om dat nog niet te doen. Zo bleven ze even gespannen zwijgend staan: Wills adoptiemoeder en zijn echte moeder, onlosmakelijk met elkaar verbonden en intuïtief aanvoelend wie de ander was.

Mevrouw Burrows verbrak de stilte. 'Ik neem aan dat je hem zoekt, want anders was je hier niet,' zei ze kokend van woede. Ze trok haar wenkbrauwen op als een inspecteur uit een televisieserie die de doorslaggevende aanwijzing in een zaak heeft gevonden. 'Of misschien zit jij wel achter zijn verdwijning?'

'Ik heb totaal niets te maken met zijn verdwijning. Je bent hartstikke gestoord.'

Mevrouw Burrows snoof. 'O ja... hartstikke gestoord, zeg je? Is dat soms waarom in ik dit afschuwelijke tehuis opgesloten zit?' zei ze melodramatisch en ze rolde als een doodsbenauwde heldin in een stomme film met haar ogen. 'Ach gut.'

'Laat me er alsjeblieft langs,' zei Sarah met beleefde vastberadenheid en ze deed een stapje naar voren.

'Nog niet,' zei mevrouw Burrows. 'Misschien heb je wel bedacht dat je Will terug wilde hebben?'

'Nee...'

'Misschien ben jíj wel degene die hem heeft meegenomen?' zei mevrouw Burrows beschuldigend.

'Welnee, ik...'

'Nou, volgens mij ben je er hoe dan ook bij betrokken. Bemoei je verdorie met je eigen zaken. Het is mijn gezin!' zei mevrouw Burrows kwaad. 'Moet je jezelf nou eens zien. Je bent totaal niet geschikt om moeder te zijn.'

Sarah was het spuugzat.

'O, nee?' kaatste ze knarsetandend terug. 'Wat heb jíj dan allemaal voor hem gedaan?'

Er vloog een triomfantelijke blik over mevrouw Burrows' gezicht. Ze had Sarah zover gekregen dat ze haar dekmantel liet varen. 'Wat ík voor hem heb gedaan? Ik heb mijn best voor hem gedaan. Jij hebt hem nota bene gedumpt,' antwoordde ze nijdig. Ze was zich er in het geheel niet van bewust dat Sarah worstelde met een bijna onverdraaglijk verlangen om haar te doden. 'Waarom ben je hem niet eerder komen opzoeken? Waar heb je al die jaren verstopt gezeten?'

'In de hel,' barstte Sarah los. Alle woede en verachting die ze jegens de andere vrouw voelde kwamen er nu uit en aan haar gezicht was af te lezen tot welk gewelddadig gedrag ze in staat was. Mevrouw Burrows liet zich hierdoor niet in het minst van de wijs brengen. Ze liep een stukje bij de deur vandaan, niet omdat ze het opgaf, maar om een hand op de grote rode alarmknop op de muur te leggen. Sarah kon de kamer nu ongestoord verlaten. Ze liep naar de deur, draaide voorzichtig aan de deurknop en opende hem een stukje. Terwijl ze dit deed, klonk er vanuit de gang een enorm kabaal – oorverdovend gestommel en hysterisch gegil. Mevrouw Burrows besefte meteen dat de biologische klok van een van de Krijsers waarschijnlijk van slag was. Dat was raar – meestal bewaarden ze hun aanstellerij voor 's nachts.

Sarah liet zich heel kort afleiden door het lawaai, maar concentreerde zich toen weer volledig op mevrouw Burrows, die haar hand nog altijd boven de knop hield.

Sarah staarde haar agressief aan en schudde haar hoofd. 'Dat zou ik niet doen als ik jou was,' zei ze dreigend.

Mevrouw Burrows lachte een akelig lachje. 'O nee? Nou, als je niet maakt dat je hier wegkomt...' zei ze.

'Laat ik dat nou net van plan zijn,' snauwde Sarah ruw.

'Ik wil je hier nooit meer zien. Nóóit meer!'

'Wees maar niet bang... ik heb alles gezien wat ik wilde zien,' antwoordde Sarah bijtend. Ze rukte de deur zo wild open dat hij tegen de muur met bizarre schilderingen klapte en de deurpost kraakte. Ze deed een stap naar voren, maar bleef op de drempel staan, omdat ze besefte dat ze nog niet alles had gezegd wat ze wilde zeggen nu ze toch eenmaal alle voorzichtigheid had laten varen. Op dat moment voelde ze dat ze eindelijk durfde toe te geven wat ze al die tijd had onderdrukt – dat het berichtje van Joe Waites wel eens wáár kon zijn.

'Vertel me wat je met Seth hebt gedaan...'

'Seth?' onderbrak mevrouw Burrows haar fel.

'Seth of Will – het maakt mij niet uit hoe je hem noemen wilt. Jíj hebt ervoor gezorgd dat hij een akelige, kwaadaardige bedrieger is geworden!' schreeuwde ze in het gezicht van mevrouw Burrows. 'Een smerige moordenaar!'

'Een moordenaar?' vroeg mevrouw Burrows, die nu heel wat minder zelfverzekerd klonk. 'Wat bedoel je in vredesnaam?'

'Mijn broer is dood! Will heeft hem vermoord!' brulde Sarah met tranen in haar ogen. Op dat moment durfde ze eindelijk te accepteren dat de gebeurtenissen die Joe Waites in zijn brief had beschreven inderdaad echt zo konden zijn gegaan. Het was net alsof de ontmoeting met mevrouw Burrows het laatste stukje van de legpuzzel vormde die, nu hij eindelijk compleet was, de akeligst mogelijke afbeelding vertoonde die je je kon indenken. Sarahs onthulling kwam met zoveel overtuiging en rauwe emotie dat mevrouw Burrows er geen seconde aan twijfelde dat het waar was. Dat wilde zeggen: dat Sarah gelóófde dat het waar was.

Mevrouw Burrows begon te beven – voor het eerst was ze volkomen van slag. *Waarom beschuldigde deze vrouw Will van moord? Wat bedoelde ze met de opmerking dat hij eigenlijk Seth heette?* Dit was een veel grotere schok dan een veelbelovende, spannende nieuwe soap die na één seizoen al van de televisie werd gehaald. *Het was ontzettend onlogisch.* Met een verwarde uitdrukking op haar gezicht haalde ze haar hand weg van de knop en stak ze hem smekend uit naar Sarah.

'Will heeft... jouw broer... vermoord? Wat...?' stamelde mevrouw Burrows, terwijl ze probeerde wijs te worden uit Sarahs woorden. Sarah wierp de vrouw nog een laatste vernietigende blik toe en verliet de kamer. Toen ze door de gang wegrende, kwamen twee gedrongen verplegers haar vanuit tegengestelde richting tegemoet.

Ze waren op weg naar de plek waar het schrille gejammer vandaan kwam, maar kwamen slippend tot stilstand toen ze Sarah zagen rennen en aarzelden of ze haar misschien moesten tegenhouden.

Sarah gaf hun echter geen tijd om de knoop door te hakken en verdween half struikelend op piepende schoenzolen vanwege het veel te glad geboende linoleum om een hoek – ze was niet van plan voor iets of iemand te blijven staan. De verplegers haalden hun schouders op en liepen verder naar hun oorspronkelijke bestemming.

Sarah trok de glazen deur naar de foyer open. Ze liep naar binnen en ontdekte dat aan een van de muren een beveiligingscamera hing – die recht op haar was gericht. *Verdorie!* Ze boog haar hoofd, maar besefte dat het te laat was. Daar kon ze nu niets meer aan doen.

De receptioniste achter de balie was dezelfde die Sarah ook had zien binnenkomen. Ze was aan het telefoneren, maar liet de hoorn onmiddellijk vallen en riep: 'Hallo, is alles goed met u? Juffrouw O'Leary, is er wat?'

Sarah schonk geen aandacht aan haar, waardoor de receptioniste begreep dat er iets mis was. Ze sprong op van haar stoel en schreeuwde naar Sarah dat ze moest blijven staan.

Met het gegil van de receptioniste nog in haar oren sprintte Sarah weg over het parkeerterrein en de oprijlaan naar de openbare weg. Ze minderde pas vaart toen ze de hoofdweg had bereikt. Ze zag een bus aankomen en stapte snel in. Ze moest hier zo snel mogelijk zien weg te komen, voor het geval de politie was gewaarschuwd.

Ze ging zo ver mogelijk bij de andere passagiers vandaan op het achterste bankje zitten en probeerde haar ademhaling onder controle te krijgen. Ze worstelde met een wervelwind aan gedachten en emoties. In al die jaren dat ze op Bovengrond leefde, had ze zichzelf nog nooit blootgegeven tegenover iemand, laat staan iemand als mevrouw Burrows. Ze had haar dekmantel niet mogen prijsgeven. Ze had kalm moeten blijven. Het was helemaal verkeerd gelopen. Waar had ze in vredesnaam met haar gedachten gezeten?

Toen ze de gebeurtenissen nog eens naging, klopte haar hart in haar keel. Ze was razend op zichzelf vanwege haar gebrek aan zelfbeheersing en enorm overstuur vanwege het gesprek met die belachelijke, incapabele vrouw die zo'n belangrijk deel van het leven van haar zoon had uitgemaakt... die het voorrecht had gehad hem te mogen zien opgroeien... en die de verantwoordelijkheid droeg voor wat hij was geworden. Ze had dingen tegen mevrouw Burrows gezegd die ze daarvóór zelf niet had durven geloven: dat Will mogelijk een verrader was, een bedrieger en een moordenaar.

Toen ze weer in Highfield was, legde ze op een drafje de resterende afstand naar het braakliggende terrein af. Tegen de tijd dat ze het luik van multiplex opentrok en door de ingang op de botjes in de kuil sprong, die haar met een troostend gekraak verwelkomden, had ze zichzelf weer min of meer onder controle.

Ze zocht in haar zak naar het lampje, maar toen ze het had gevonden, knipte ze het niet meteen aan; ze koos ervoor op de tast door de dichte duisternis in de tunnel te lopen totdat ze de grote ruimte bereikte.

'Kat, ben je daar?' zei ze, terwijl ze eindelijk het zaklampje aandeed.

'Sarah Jerome, neem ik aan?' zei een stem. Tegelijkertijd werd de kamer in een oogverblindend licht gehuld, veel sterker dan Sarahs zaklampje kon bieden. Ze schermde verdwaasd haar ogen af en deinsde achteruit vanwege de aanblik voor haar.

Ze probeerde zich wanhopig te concentreren op de bron van de stem.

'Wie...?' zei ze, terwijl ze achteruitdeinsde.

Wat was dit?

Een meisje van een jaar of twaalf, dertien zat met keurig over elkaar geslagen benen en een behaagzieke glimlach op haar knappe gezichtje op een van de stoelen. Wat Sarah echter het meest opviel en haar maag van angst in allerlei knopen en bochten vouwde, was het feit dat het meisje als een Styx was gekleed.

Een brede, witte kraag op een zwarte jurk.

Een Styxkind?

Naast het meisje stond een Kolonist, een grote, barse vechtjas. Hij had een wurgkoord om de nek van de kat gebonden en hield het dier, dat zich heftig verzette, in bedwang.

Instinct nam het over van haar denkvermogen. Sarah trok woest haar tas open en haalde pijlsnel haar mes tevoorschijn, dat glinsterde in het felle licht. Ze liet de tas vallen, dook in elkaar en kroop zwaaiend met het mes steeds verder achteruit. Ze staarde verwilderd om zich heen en zag toen waar al dat licht vandaan kwam. Tientallen lichtbollen – hoeveel precies kon ze niet zien – werden door andere Kolonisten bij de muren van de ruimte omhooggehouden. De gedrongen, gespierde mannen stonden als onbeweeglijke beelden, als bewakers, naast elkaar opgesteld.

Ze ving het krassende, hoge, piepende geluid van het onverstaanbare taaltje van de Styx op en tuurde naar de tunnel waar ze zelf uit was gekomen. Een rij Styx in hun uniform van zwarte jassen met witte hemden had zich achter haar opgesteld en versperde de enige uitweg. De 'Witnekken' waren in groten getale aanwezig.

Ze was aan alle kanten omsingeld. Het was onmogelijk zich vechtend een weg naar buiten te banen. Ze was veel te haastig geweest – ze was de uitgegraven kamer binnen gegaan zonder de gebruikelijke voorzorgsmaatregelen te treffen, omdat ze met haar gedachten ergens anders had gezeten.

Stomme, stomme trut.

Nu moest ze voor haar fout boeten. Zwaar boeten.

Ze liet de zaklamp vallen, hief het mes op en drukte het lemmet hard tegen haar hals. Ze had nog genoeg tijd. Ze konden haar niet tegenhouden.

Toen sprak het meisje met de vriendelijke stem weer: 'Doe dat maar niet.'

Sarah brabbelde schor iets onverstaanbaars, want haar keel werd van angst dichtgeknepen.

'Je kent me. Ik ben Rebecca.'

Sarah schudde met bedroefde ogen haar hoofd. Ergens in een afgelegen deel van haar hersenen vormde zich de vraag waarom het Styxmeisje een Bovengrondse naam gebruikte. Niemand wist wat hun echte namen waren.

'Je hebt me vaak bij Will thuis gezien.'

Sarah schudde nogmaals haar hoofd, maar verstijfde opeens. Het kind kwam haar inderdaad bekend voor. Sarah begreep dat ze zich als Wills zusje had voorgedaan. *Hoe was dat mogelijk?*

'Het mes,' verzocht Rebecca dwingend. 'Leg het neer.'

'Nee,' wilde Sarah zeggen, maar het klonk als een grom.

'We hebben zóveel met elkaar gemeen. We hebben een gemeenschappelijk belang. Luister alsjeblieft naar wat ik te zeggen heb.'

'Er valt niets te zeggen,' riep Sarah, die eindelijk haar stem had teruggevonden.

'Vertel het haar, Joe,' zei het meisje en ze draaide zich half om.

Iemand maakte zich los van de muur en deed een paar stappen naar voren. Het was de man die het briefje had geschreven, Joe Waites, een van de vrienden van haar broer Tam. Joe was als familie geweest voor haar broer en haar, een trouwe kameraad die Tam overal naartoe zou zijn gevolgd.

'Toe dan,' gebood Rebecca. 'Vertel het haar.'

'Sarah, ik ben het,' zei Joe Waites. 'Joe Waites,' voegde hij er haastig aan toe, omdat ze niet liet merken dat ze hem had herkend. Hij schuifelde voetje voor voetje vooruit, hief zijn bevende handpalmen naar haar op en gooide er met een hysterisch overslaande stem een stortvloed van woorden uit: 'Sarah,' smeekte hij, 'alsjeblieft... leg het alsjeblieft neer... leg het mes neer... doe het omwille van je zoon... doe het voor Cal... je hebt mijn berichtje vast wel gelezen... het is echt waar... het is Gods eigen...'

Sarah stak het lemmet iets dieper in het vlees boven haar halsader en hij bleef roerloos staan. Hij had zijn handen nog steeds opgeheven, maar spreidde nu zijn vingers en zijn hele lichaam trilde zo hard dat Sarah dacht dat hij elk moment kon flauwvallen. 'Nee, nee, niet doen, niet doen, niet doen... luister naar haar... je moet naar haar luisteren. Rebecca kan je helpen.'

'Niemand zal je iets aandoen, Sarah. Dat beloof ik je,' zei het meisje rustig. 'Luister dan in elk geval naar wat ik je te zeggen heb.' Ze schokschouderde licht en hield haar hoofd een tikje scheef. 'Als je er echt op staat, moet je het natuurlijk gewoon doen... je keel doorsnijden... ik kan je niet tegenhouden.' Ze slaakte een lange zucht. 'Het zou wel jammer zijn, ongelooflijk jammer en diep triest. Wil je Cal dan niet redden? Hij heeft je nodig.'

Sarah draaide haar hoofd van links naar rechts en haalde hortend en stotend adem als een in de hoek gedreven wild dier. Ze staarde naar Joe Waites en knipperde verward met haar ogen bij het zien van het vertrouwde gezicht van de oude man met de enige overgebleven tand in de bovenkaak en het strakke petje.

'Joe?' fluisterde ze hees met de stille berusting van iemand die klaar was om te sterven.

Ze duwde het lemmet nog iets dieper in haar hals. Joe Waites zwaaide wild met zijn armen en schreeuwde toen de eerste bloeddruppels over haar bleke hals dropen.

'SARAH! ALSJEBLIEFT!' riep hij. 'NEE! NIET DOEN! NIET DOEN! NIET DOEN!'

153

12

Will had aangeboden om als eerste de wacht te houden, zodat de anderen konden uitrusten. Hij probeerde wat in zijn dagboek te schrijven, maar merkte dat hij zich moeilijk kon concentreren en legde het na een tijdje weg. Hij ijsbeerde even rond de tafel en luisterde naar Chesters regelmatige gesnurk, maar besloot toen om de tijd te gebruiken om het huis grondiger te verkennen. Bovendien wilde hij ontzettend graag de nieuwe lantaarn uitproberen die Cal voor hem in elkaar had gezet. Hij hing het ding trots over de rand van zijn borstzak, zoals zijn broer hem had voorgedaan, en stelde de kracht van de straal wat bij. Met een laatste blik op zijn slapende reisgenoten deed hij de deur open en verliet de bibliotheek.

De eerste halte was de kamer aan de andere kant van de hal, die Cal en hij tijdens hun eerdere speurtocht door het huis ook al even heel kort hadden bekeken. Hij sloop voorzichtig door het stof naar de deur en ging naar binnen.

De kamer was even groot als de bibliotheek, maar bevatte geen meubels of boekenplanken. Hij liep langs de muren de ruimte rond en tuurde naar de kleine stukjes lichtgroen behang bij de hoge plinten waarmee de muren ooit bekleed moesten zijn geweest.

Hij wandelde naar de ramen met de dichte luiken, verzette zich tegen de impulsieve gedachte om ze open te gooien en slenterde in plaats daarvan nog een paar keer in de felle lichtstraal van zijn lantaarn door de donkere kamer. Omdat hij niets interessants had ontdekt, wilde hij de kamer alweer verlaten, maar toen viel zijn oog op iets. Het was hem tijdens het eerdere bezoek met alleen de lichtbollen niet opgevallen, maar met zijn veel sterkere lichtbron kon hij het haast niet missen.

Ter hoogte van zijn hoofd stonden op de muur naast de deur de volgende woorden gekrast:

IK CLAIM DIT HUIS ALS MIJN VONDST
DR. ROGER BURROWS

Daaronder een dag en een getal ernaast die Will niets zeiden en de tekst:

PS WAARSCHUWING – LOOD OP MUREN –
HOGE MATE VAN RADIOACTIVITEIT
BUITEN!?

Will stak verbijsterd zijn hand uit en streek met zijn vingers over de woorden die zijn lichtbundel weerkaatsten alsof ze in metaal waren gekerfd.

'Papa! Papa is hier geweest!' riep hij uit. Hij was zo opgetogen dat hij compleet vergat dat ze juist zo stil mogelijk probeerden te zijn in het huis. 'Mijn vader is hier geweest!'

Chester en Cal waren allebei wakker geworden van zijn geschreeuw en renden naar de hal.

'Will? Wat is er, Will?' riep Chester bezorgd vanuit de deuropening naar zijn vriend.

'Kijk dan! Hij is hier geweest!' ratelde Will opgewonden.

Ze lazen de inscriptie, maar Cal was niet echt onder de indruk en liet zich al na een paar woorden tegen de muur zakken. Hij geeuwde en wreef de slaap uit zijn ogen.

'Ik vraag me af hoe lang het geleden is dat hij dat heeft geschreven,' zei Will.

'Niet te geloven!' zei Chester toen hij het hele berichtje had gelezen. 'Echt helemaal te gek!' Hij grijnsde breeduit naar Will en was net zo blij als zijn vriend. Toen verscheen er een kleine rimpel op zijn voorhoofd. 'Denk je dat de voetafdrukken in de bibliotheek van hem zijn?'

'Ik durf te wedden van wel,' zei Will ademloos. 'Is het niet bizar? Over toeval gesproken – we hebben precies dezelfde route gevolgd als hij.'

'Zo vader, zo zoon.' Chester gaf Will een klapje op zijn schouder.

'Alleen is het zijn vader niet,' klonk een verontwaardigde stem uit de schaduwen achter Chester. Cal schudde verwoed zijn hoofd. 'Niet zijn échte vader,' zei hij knorrig. 'Maar dát durfde hij je niet te vertellen, hè, Will?'

Will zei niets; hij wilde het moment niet door zijn broer laten verpesten. 'Tja, als papa gelijk heeft over die radioactiviteit,' – hij benadrukte het woord 'papa' zonder Cal aan te kijken – 'en de muren echt allemaal met lood zijn bedekt, kunnen we hier maar beter niet al te lang blijven. Ik geloof dat hij inderdaad gelijk heeft – voel dit maar eens.' Hij raakte het stuk muur onder de tekst aan en Chester volgde zijn voorbeeld. 'Dat zal wel als schild dienen.'

'Ja, het voelt koud aan, net lood. Dat zal in de rest van het huis ook wel zo zijn,' zei Chester instemmend en hij keek door de kamer.

'Dat is toch duidelijk? Ik heb jullie al verteld dat de lucht in het Onderdiep niet gezond is, stelletje mafkezen,' siste Cal verachtelijk. Hij liep stampvoetend weg door het stof en liet de andere twee samen achter.

'Net nu ik begon te denken dat hij misschien toch niet zo'n ellendig stuk vreten is,' mopperde Chester hoofdschuddend, 'doet hij weer zoiets.'

'Gewoon negeren,' zei Will.

'Hij mag er dan net zo uitzien als jij, maar daar houdt elke gelijkenis dan ook wel op,' zei Chester ziedend. Het gedrag van de jongste maakte hem razend. 'Die peuter denkt maar aan één persoon en dat is hijzelf! Ik weet heus wel waarmee hij bezig is; hij loopt mij gewoon te stangen... hij eet alleen maar met open mond om...' Chester hield halverwege de zin op, omdat hij de afwezige blik op het gezicht van zijn vriend had gezien. Will luisterde helemaal niet, maar staarde naar de letters op de muur en werd volkomen in beslag genomen door de gedachte aan zijn vader.

De volgende vierentwintig uur deden de jongens het rustig aan; ze sliepen wat op de bibliotheektafel en zwierven door het grote huis. Tijdens een inspectietocht door de andere kamers werd Will overvallen door het ongemakkelijke gevoel dat hier ooit Styx hadden gewoond, ook al was dat heel lang geleden geweest. Hoewel hij overal zocht, vond hij geen andere sporen die zijn vader had nagelaten en hij kon bijna niet wachten tot ze zouden vertrekken – hij werd gedreven door de gedachte dat dr. Burrows misschien nog steeds in de buurt was en wilde hem wanhopig graag vinden. Met elk uur dat verstreek werd hij rustelozer, totdat hij het niet langer kon verdragen. Hij riep de anderen bij elkaar, droeg hun op al hun spullen in te pakken en liep de bibliotheek uit om in de hal op hen te wachten.

'Ik weet niet wat het is, maar er is echt iets met deze plek aan de hand,' merkte Will op toen Chester zich bij de voordeur bij hem voegde. Terwijl ze op Cal stonden te wachten, trok Will de deur een klein stukje open en ze richtten de lichtstralen van hun lantaarns op de deerniswekkende vierkante hutjes. Na Cals uitbarsting over Wills vader was hij somber en weinig spraakzaam geweest, en zowel Will als Chester had hem grotendeels aan zijn lot overgelaten.

'Ik vind het eerlijk gezegd geen prettig idee,' zei Will. 'Al die hutten buiten en de wetenschap dat de Styx de Coprolieten dwongen daar als slaven te wonen. Ik vermoed dat ze erg slecht werden behandeld.'

'De Styx zijn de grootste ellendelingen die je je kunt voorstellen,' zei Chester. Hij blies verbitterd door zijn tanden en schudde zijn hoofd. 'Nee, Will, ik ben hier ook niet graag. Het is wel vreemd...' zei hij peinzend.

'Wat?'

'Nou ja, dat het huis jarenlang heeft leeggestaan, misschien wel eeuwenlang, totdat je vader hier inbrak. Afgesloten, alsof niemand er een voet in dúrfde te zetten.'

'Ja, daar zeg je zowat,' zei Will nadenkend.

'Denk je dat de mensen hier wegblijven, omdat het zo afschuwelijk is?' vroeg Chester.

'Nou ja, die vleermuizen zijn natuurlijk wel vleeseters – ik heb ze een gewonde soortgenoot zien aanvallen – maar verder vormen ze volgens mij geen echt gevaar,' antwoordde Will.

'Hè?' zei Chester geschrokken en zijn gezicht werd krijtwit. 'Wíj zijn anders ook van vlees, hoor.'

'Jawel, maar ik denk dat ze toch meer belangstelling hebben voor insecten,' zei Will. 'Of dieren die zich niet kunnen verzetten.' Hij schudde zijn hoofd. 'Je hebt gelijk – ik geloof ook niet dat de vleermuizen de enige reden zijn dat hier geen mensen meer komen,' zei hij.

Tijdens hun gesprek was Cal chagrijnig door de laag stof aan komen lopen. Hij had zijn rugzak neergesmeten en was erbovenop gaan zitten.

'Ja, die vleermuizen,' onderbrak hij hen nors. 'Hoe komen we daar eigenlijk langs?'

'Ze zijn op dit moment nergens te bekennen,' zei Will.

'Heel fijn,' zei Cal smalend. 'Je hebt dus eigenlijk geen plan.'

Will weigerde zich door de kritiek van zijn broer op stang te laten jagen en antwoordde rustig: 'Goed, deze keer doen we onze lampen uit en we maken geen enkel geluid, dus gaan we ook niet schreeuwen of zo – begrepen, Cal? Uit voorzorg heb ik wat vuurwerk bij de hand voor het geval ze alsnog opduiken. Dat zou die verrekte krengen wel moeten verjagen.' Will trok een zijvak van zijn rugzak open waarin een paar Romeinse kaarsen zaten die over waren van de voorraad die hij in de Eeuwige Stad had afgestoken.

'Is dat alles? Dat is het plan?' wilde Cal agressief weten.

'Ja,' zei Will nog steeds heel beheerst.

'Waterdicht, hoor!' bromde Cal.

Will wierp hem een dodelijke blik toe en trok de deur behoedzaam verder open.

Cal en Chester kropen allebei naar buiten, gevolgd door Will, die een paar stukken vuurwerk in zijn ene hand hield en een aansteker in de andere. Zo nu en dan hoorden ze het gekrijs van vleermuizen, maar het klonk zo ver weg dat ze er niet echt bang voor waren. De jongens liepen stilletjes zo snel mogelijk weg en gebruikten zo min mogelijk licht om te kijken waar ze naartoe gingen. In de schaduw rond hun voeten testten zacht fladderende, krabbelende geluidjes hun vastberadenheid en hun verbeelding ging op de loop met de gedachte aan wat daar allemaal rondkroop.

Ze lieten de poort achter zich en liepen een flink stuk terug door de tunnel. Plotseling bleef Cal staan en hij wees naar een zijgang. Zoals gewoonlijk was hij weer eens in zijn eentje vooruitgelopen en nu stond hij zwijgend te wijzen.

'Wil de peuter ons soms iets duidelijk maken?' vroeg Chester sarcastisch aan Will toen ze vlak bij diens nukkige broer waren. Will liep door tot zijn gezicht dicht bij dat van Cal was. 'Allemachtig, gedraag je toch eens normaal, joh! We zullen het met elkaar moeten doen.'

'Een bord,' zei Cal alleen maar.

'Voor je kop?' informeerde Chester onmiddellijk.

Cal deed zonder een woord te zeggen een stap opzij, zodat ze de houten wegwijzer konden zien die een meter boven de grond uitstak. Hij was pikzwart en zat vol barsten alsof hij was verbrand; aan de bovenkant stond een pijl in het hout gesneden die naar de zijtunnel wees. Ze hadden hem op de heenweg niet gezien, omdat hij een klein stukje in de tunnel stond.

'Ik denk dat we hierlangs moeten om bij de Grote Vlakte te komen,' merkte Cal op tegen Will en hij ontweek met opzet Chesters strijdlustige blik.

'Waarom zouden we daarnaartoe gaan?' vroeg Will. 'Wat is daar zo bijzonder aan?'

'Waarschijnlijk is jouw vader daar ook heen gegaan,' antwoordde Cal.

'Dan doen wij dat ook,' zei Will. Hij draaide zich om en liep zonder iets te zeggen de tunnel in.

De tocht door de tunnel viel best mee – hij was vrij ruim en de bodem was vlak, maar de hitte nam met elke stap die ze zetten toe. Net als Chester en Cal had ook Will zijn jas uitgetrokken, maar onder de rugzak gutste het zweet over zijn rug. 'We gaan toch zeker wel in de góéde richting, hè?' zei hij tegen Cal, die voor de verandering nu eens niet voor hen uit liep.

'Ik hoop van wel, jij niet?' antwoordde de jongen brutaal en hij spuugde op de grond.

Er veranderde meteen iets. Er verscheen een lichtflits die veel feller was dan de gloed van de lantaarns die de jongens alle drie in hun borstzak hadden gehaakt. Het leek wel alsof alle rotsblokken en ook de bodem zelf een heldergeel licht verspreidden. Het bleef ook niet beperkt tot de plek waar zij zich

bevonden, maar golfde in beide richtingen door de tunnel en
bescheen werkelijk alles alsof er een lichtknop was ingedrukt.
Het was net of iemand of iets het pad voor hen verlichtte.
Ze bleven stomverwonderd staan kijken.
'Ik vind het eng, Will,' bibberde Chester.
Will pakte zijn jas die over zijn rugzak hing, zocht naar zijn
handschoenen en trok er een aan.
'Wat ga je doen?' vroeg Cal.
'Even iets uitproberen,' antwoordde Will. Hij bukte zich en
raapte een fel schitterende steen op ter grootte van een biljart-
bal. Hij vouwde zijn hand eromheen en het zacht gloeiende
schijnsel stroomde door de gaten tussen zijn vingers naar
buiten. Hij deed zijn hand weer open en bestudeerde de steen
in zijn palm aandachtig.
'Moet je kijken,' zei hij. 'Hij is helemaal bedekt met een laagje
begroeiing, een soort korstmos of zo.' Hij spuugde erop.
'Will?' riep Chester uit.
De steen glansde nu nog feller. Will tuurde er gefascineerd
naar en zijn hersens maalden op volle toeren. 'Hij voelt warm
aan. Vocht activeert dus het organisme, wat het ook moge zijn
– waarschijnlijk een bacterie – en geeft licht af. Afgezien van
dat spul dat je in sommige oceanen aantreft, heb ik nog nooit
van zoiets gehoord.' Hij spuugde nogmaals, deze keer op de
muur van de tunnel.
Op de plekken waar zijn speeksel was terechtgekomen, schit-
terde de muur nog stralender, alsof er lichtgevende verf op
was gespetterd.
'Verdorie, Will!' zei Chester dwingend en zijn stem beefde
van angst. 'Het kan levensgevaarlijk zijn!'
Will negeerde hem. 'Je kunt zien wat voor invloed water
heeft. Het is net een zaadje dat nog niet is ontkiemd... totdat
het nat wordt.' Hij keek de twee andere jongens aan. 'Pas
maar op dat het niet op je huid komt – ik moet er niet aan

denken wat er dan kan gebeuren. Straks zuigt het al het vocht...'

'Zo kan-ie wel weer, meneer de professor. Zullen we weer verdergaan?' merkte Chester geërgerd op.

'Prima, ik ben toch klaar,' zei Will en hij gooide de steen weg.

De rest van de tocht verliep zonder problemen en ze sloften urenlang verveeld verder totdat er eindelijk een eind aan de tunnel kwam en ze in een holte belandden die Will in eerste instantie voor de zoveelste grot aanzag.

Ze wandelden voorzichtig naar binnen en het werd al snel duidelijk dat het iets totaal anders was dan de weidse ruimtes waar ze eerder in waren terechtgekomen.

'Wacht even, Will! Volgens mij zie ik lichtjes,' zei Cal.

'Waar?' vroeg Chester.

'Dáár... en daar ook. Zie je ze?'

Will en Chester tuurden allebei ingespannen in het ogenschijnlijk ondoordringbare duister.

Je kon ze zien door er nét langs te kijken – er rechtstreeks naar kijken had geen enkele zin en onttrok de vaag knipperende lichtvlekjes aan het gezicht.

Zwijgend bewogen ze hun hoofden langzaam van links naar rechts om naar de kleine lichtpuntjes te kijken die her en der langs de horizon waren gestrooid. Ze waren zo ver weg en zo onscherp dat het net was alsof ze zacht pulserend door een sluier van kleuren verschoven en ze deden denken aan sterren in een zomerse nacht.

'Dat moet de Grote Vlakte haast wel zijn,' kondigde Cal onverwacht aan.

Will deed onwillekeurig een stap naar achteren. Het drong tot hem door dat het gebied voor hen enorm uitgestrekt was. Het was angstaanjagend, want de duisternis hield zijn ogen voor de gek, waardoor hij niet durfde te zeggen of de lichten zich op een grote afstand van hen bevonden of juist heel dichtbij waren.

De jongens liepen samen verder. Zelfs Cal, die zijn hele leven in de immense grotten van de Kolonie had doorgebracht, was nog nooit op iets van dergelijke afmetingen gestuit. Hoewel het dak op redelijk gelijke hoogte bleef, zo'n vijftien meter boven de grond, was de rest – een eindeloos gapend gat – zelfs in de grootste straal van hun lantaarns niet zichtbaar. Het terrein strekte zich voor hen uit als een continue zwarte leegte die niet één keer werd onderbroken door een pilaar, stalagmiet of stalactiet. Het opvallendste was nog wel dat er zachte windvlagen om hen heen waaiden die hun een beetje verkoeling boden.

'Het ziet er echt ontzettend groot uit!' verwoordde Chester Wills gedachten.

'Ja, het gaat maar door en door,' zei Cal onverschillig.

Chester draaide zich naar hem om. 'Wat bedoel je met "het gaat maar door en door"? Hoe groot is het dan?'

'Ongeveer honderd mijl naar de overkant,' antwoordde Cal vlak. Hij beende weg en liet de andere twee naast elkaar achter.

'Honderd mijl!' herhaalde Will.

'Hoeveel kilometer is dat?' vroeg Chester, maar hij kreeg geen antwoord, want Will keek met zo veel ontzag naar de grot dat hij geen aandacht schonk aan wat zijn vriend zei.

Chester werd opeens razend. 'Nou, dat is verdorie allemaal mooi en prachtig, maar waarom vertelt die broer van je ons niet gewoon alles wat hij weet? Deze plek gaat heus niet "maar door en door". Wat is het toch een vreselijk irritant rotjoch! Óf hij overdrijft alles, óf hij vertelt ons niet alles,' ging hij tekeer. Met een narrige blik hield hij zijn hoofd schuin opzij en deed hij Cal na: 'Dit is Kloofstad... blabla... hier hebben we dus de Grote Vlakte... blablabla...' Hij spuugde de woorden afgebeten van kwaadheid uit. 'Ik zal je eens wat zeggen, Will: volgens mij houdt hij een heleboel dingen voor ons achter, puur en alleen om mij te treiteren.'

'Om óns te treiteren,' zei Will. 'Moet je deze plek toch eens zien. Is het niet fantastisch?' Will deed zijn best om het gesprek op een ander onderwerp te brengen en Chester af te leiden van het pad dat uiteindelijk zonder enige twijfel tot een gewelddadige botsing met zijn broer zou leiden.

'Ja, nou, helemaal te gek,' antwoordde Chester sarcastisch. Hij prikte met zijn lantaarn in het donker alsof hij Cals ongelijk wilde bewijzen.

Het had er echter veel van weg dat de vlakte inderdaad maar door en door ging. Will kwam onmiddellijk met allerlei theorieën over het ontstaan ervan. 'Stel dat er druk staat op twee losjes met elkaar verbonden strata vanwege... vanwege een tektonische verschuiving,' zei hij en hij hield zijn ene hand boven zijn andere om Chester te laten zien wat hij bedoelde, 'dan bestaat er een kans dat een ervan gewoon over de andere schuift.' Hij kromde de bovenste hand. 'Dan krijg je dus zoiets. Net als hout dat splijt wanneer het nat wordt.'

'Ja, dat klinkt prachtig,' zei Chester. 'Maar wat als het geheel weer dichtklapt? Wat gebeurt er dan?'

'Dat zou best kunnen – duizenden jaren later.'

'Gezien de gigantisch vette pech die ik de laatste tijd heb gehad, zal dat dan wel net vandaag gebeuren,' mompelde Chester zwaarmoedig, 'en word ik als een mier platgewalst.'

'Ach, kom op, joh, de kans dat het vandaag gebeurt is echt ontzettend klein.'

Chester liet al grommend zijn twijfel blijken.

13

In een ingenieus vermomde ingang in een lege kelder van een oud arbeiderswoninkje vlak bij High Street in Highfield stapte Sarah in een lift. Ze zette haar tas bij haar voeten, sloeg haar armen om zichzelf heen en maakte zich zo klein mogelijk. Ze dook zo diep mogelijk weg in een hoek en staarde met een belabberd gevoel om zich heen. Ze vond het afschuwelijk om in zo'n kleine, benauwde ruimte zonder vluchtroute te zijn. De liftkooi was ongeveer vier bij vier meter groot, de wanden en het dak bestonden uit panelen van loodzwaar ijzeren traliewerk en de binnenkant ging schuil onder een dikke vettige laag, doorspekt met vuil en stof.

Ze ving een korte, onderdrukte woordenwisseling op tussen de Styx en de Kolonisten die in de bakstenen kamer buiten de lift waren blijven staan, en toen wandelde Rebecca in haar eentje naar binnen. Het meisje draaide zich op haar hakken om zonder Sarah een blik waardig te keuren en een van de Styx gooide de liftdeur achter haar dicht. Rebecca drukte de koperen hendel naast de deur omlaag en de lift zakte schokkend met een knarsend geluid naar beneden.

Tijdens de tocht bonkte de zware kooi van traliewerk krakend en ratelend tegen de zijkanten van de schacht, een geluid dat af en toe werd onderbroken door het schurende gepiep van metaal op metaal.

Ze daalden langzaam af naar de Kolonie.

Hoewel Sarah probeerde er niet op te letten, kwam er een nieuw gevoel in haar op dat zich naast haar angst en onrust vlijde. Hoopvolle verwachting. *Ze ging terug naar de Kolonie! Haar geboorteplaats!* Het was alsof ze de gave had gekregen om terug te gaan in de tijd. Met elke meter die de lift omlaagzakte vloog de klok achteruit en herwon ze uur na uur, jaar na jaar. Zelfs in haar stoutste dromen had ze nooit durven geloven dat ze de plek ooit nog zou terugzien. Ze had die mogelijkheid als uitgesloten beschouwd en het kostte haar moeite tot zich te laten doordringen wat er nu gebeurde.

Ze haalde een paar keer diep adem, ontspande haar armen en rechtte haar rug.

Ze had over het bestaan van deze liften gehoord, maar had er nog nooit een gezien, laat staan gebruikt.

Sarah leunde met haar hoofd tegen het traliewerk van de schommelende lift en staarde naar de schacht die voorbijvloog. Het schijnsel van Rebecca's lamp viel op de wanden en onthulde dat deze vol zaten met regelmatig uitgehakte voren. Het waren de stille getuigen van de grote groepen arbeiders die bijna drie eeuwen geleden met amper ontwikkeld handgereedschap een weg omlaag hadden gegraven naar de Kolonie. Terwijl de verschillende steenlagen in hun bruine, rode en grijze tinten voorbijschoten dacht Sarah aan het bloed en zweet dat in de oprichting van de Kolonie was gaan zitten. Talloze mensen hadden generaties lang hun hele leven gezwoegd om alles op te bouwen en zíj had die wereld afgewezen en was naar Bovengrond gevlucht.

Helemaal boven aan de schacht, inmiddels een paar honderd meter boven haar, maakte de takel een gierend geluid omdat er naar een hogere versnelling werd geschakeld en het tempo waarin de lift omlaagsuisde nam toe.

Deze manier om de Kolonie in en uit te komen was een wereld van verschil met de route die zij twaalf jaar geleden had genomen om te ontsnappen. Toen was ze gedwongen geweest de hele weg klimmend af te leggen via een stenen wenteltrap die door een reusachtige bakstenen schacht naar boven liep. Het was een lange, inspannende tocht geweest, helemaal omdat ze de kleine Will achter zich aan omhoog had moeten trekken. Het laatste deel was het ergste geweest: via de binnenkant van een stokoude schoorsteen was ze op een dak in de buitenlucht uitgekomen. Met het jengelende, gedesoriënteerde kind achter zich aan was ze tastend naar steun voor haar handen en voeten tegen de afbrokkelende, met roet besmeurde muur omhooggeklauterd, en ze had het laatste restje energie moeten aanboren om zich vast te houden en te voorkomen dat ze uitgleed en naar beneden zou kletteren.

Niet aan denken, sprak Sarah zichzelf in gedachten bestraffend toe en ze schudde haar hoofd. Ze besefte nu pas hoe uitgeput en leeg ze was van de gebeurtenissen van de afgelopen dag, maar ze moest zichzelf in de hand houden. De dag was nog lang niet voorbij. *Concentreer je,* droeg ze zichzelf op, terwijl ze een blik wierp op het Styxmeisje dat haar vergezelde.

Rebecca stond met haar gezicht van Sarah afgewend onbeweeglijk op de plek vlak bij de liftdeur. Af en toe wreef ze ongeduldig met haar schoen over de stalen plaat die de onderkant van de rammelde kooi vormde; ze kon blijkbaar niet wachten tot ze beneden waren.

Ik zou haar natuurlijk hier kunnen overmeesteren. De gedachte kwam onverwacht in Sarahs hoofd op. Het Styxmeisje had geen begeleider bij zich en er was niemand die Sarah kon tegenhouden. De gedachte zwol aan en Sarah wist dat ze over niet al te lange tijd de bodem zouden bereiken.

Het mes zat nog steeds in Sarahs tas – om een of andere reden hadden de Styx het haar niet afgenomen. Ze wierp een blik op de tas bij haar voeten en schatte in hoe lang ze nodig zou hebben om het mes te pakken. *Nee, veel te gevaarlijk. Een klap tegen haar hoofd was beter.* Ze balde haar vuisten, maar ontspande haar handen weer.

NEE!

Sarah hield zich in. Het feit dat de Styx haar alleen met het meisje hadden laten vertrekken was een teken dat ze haar vertrouwden en in haar geloofden. Alles wat Sarah te horen had gekregen leek te kloppen en kon heel goed waar zijn, en daarom had ze besloten voorlopig met hen mee te doen. Ze probeerde rustig te blijven en ademde weer een paar keer diep in en uit. Ze legde een hand in haar hals en voelde voorzichtig aan de zwelling rond de wond die ze zichzelf had toegebracht. Het was op het nippertje geweest – ze had op het punt gestaan het mes tot aan het heft in haar halsader te duwen. Joe's verwilderde kreten en smeekbeden hadden haar echter tegengehouden. Ze was bereid geweest om door te zetten: ze had al die tijd met de overtuiging geleefd dat de Styx haar op een bepaald moment te pakken zouden krijgen en had haar zelfmoord van tevoren al duizenden keren doorgenomen.

Ze had zichzelf voorgehouden dat een paar seconden toch niet meer uitmaakten voor iemand die al dood was en had met het mes tegen haar keel gedrukt in de aanwezigheid van de zwijgende Styx en Kolonisten langs de muren om haar heen geluisterd naar wat Joe en Rebecca haar te vertellen hadden.

Ze was ervan overtuigd dat ze niets te verliezen had omdat ze immers toch al dood was. Het had onvermijdelijk geleken. Het verhaal dat zij haar vertelden, was echter een bevestiging van het bericht in het briefje en klonk heel aannemelijk. De Styx hadden haar tenslotte ook gewoon kunnen executeren in de uitgegraven kamer. Waarom deden ze dan al die moeite om haar te redden?

Rebecca had haar verteld wat er was gebeurd op de noodlottige dag waarop Tam het leven had gelaten. Ze beschreef hoe de Eeuwige Stad in een ondoordringbare mist was gehuld en de boosaardige jongen Will vuurwerkachtige instrumenten had afgestoken om de aandacht van de Styxsoldaten te trekken. In de chaos was Tam in een hinderlaag verzeild geraakt en gedood, omdat hij voor een Bovengronder werd aangezien. Het werd nog erger toen Rebecca vertelde dat het heel goed mogelijk was dat Will Tam zelf had verwond met een kapmes met de bedoeling hem als lokaas achter te laten voor de Styxsoldaten. Sarahs bloed kookte toen ze dit hoorde. Wat er verder ook was gebeurd, Will had zijn eigen waardeloze leven gered en Cal gedwongen met hem mee te gaan.

Rebecca zei ook dat Imago Freebone, een jeugdvriend van Sarah en Tam, bij het incident aanwezig was geweest. Rebecca vertelde dat hij sindsdien werd vermist en ze ging ervan uit dat Will hier ook iets mee te maken had gehad. Tijdens Rebecca's relaas zag Sarah tranen opwellen in Joe Waites' ogen. Als lid van Tams vriendenkring was Imago ook Joe's kameraad geweest.

Sarah kon totaal geen begrip opbrengen voor Wills moordlustige gedrag, laat staan zijn harteloze gebrek aan respect voor het leven van zijn eigen broer. *Was hij echt zo'n kwaadaardig, bedrieglijk loeder?*

Nadat Rebecca verslag had gedaan van de reeks gebeurtenissen, had Sarah haar verzocht haar even alleen te laten met Joe Waites en tot Sarahs stomme verwondering had het Styxmeisje haar verzoek ingewilligd. Rebecca en het voltallige gezelschap van Styx en Kolonisten hadden zich gehoorzaam uit de ondergrondse ruimte teruggetrokken en hen samen achtergelaten.

Toen pas had Sarah het mes laten zakken. Ze was in de lege stoel naast Joe gaan zitten. Terwijl Rebecca en haar begeleiders in de tunnel naar de bottenkuil stonden te wachten, hadden ze razendsnel met elkaar gesproken. Joe was aan één stuk door aan het woord geweest. Hij had het verhaal nogmaals gejaagd fluisterend herhaald, en had alles wat in het berichtje stond én Rebecca's versie van de gebeurtenissen bevestigd. Sarah wilde het hele relaas nog een keer van begin tot eind horen en deze keer uit de mond van iemand die ze blindelings kon vertrouwen.

Toen Rebecca terugkeerde deed ze Sarah een voorstel. Als Sarah bereid was zich bij de Styx aan te sluiten, zou ze in de gelegenheid worden gesteld om Will op te sporen. Ze kreeg dan de kans om twee vliegen in één klap te slaan: ze kon de dood van haar broer wreken en Cal redden.

Het was een aanbod dat Sarah niet kon afslaan. Er moest nog zoveel worden gedaan.

Nu stond ze dus met haar gezworen vijand, de Styx, in een metalen liftkooi. Waar had ze in vredesnaam met haar gedachten gezeten?

Sarah probeerde zich voor te stellen wat Tam in haar plaats zou hebben gedaan. Ze schoot er niets mee op en pulkte onrustig aan het geronnen bloed in haar hals zonder erbij stil te staan dat de wond weer kon openbarsten en gaan bloeden.

Rebecca draaide haar hoofd een halve slag om, alsof ze de onrust in de oudere vrouw had opgemerkt, maar keek haar niet aan. Ze schraapte haar keel en vroeg zacht: 'Hoe gaat het met je, Sarah?'

Sarah staarde naar het achterhoofd van het Styxmeisje en het ravenzwarte haar dat over de smetteloos witte kraag lag gevlijd, en zei met een stem waarin nieuwe agressie doorklonk: 'O, geweldig, hoor. Dit soort dingen overkomen me zo vaak.'

'Ik weet dat het moeilijk voor je moet zijn,' zei Rebecca meelevend. 'Is er misschien iets waarover je wilt praten?'

'Ja,' antwoordde Sarah. 'Je bent bij de familie Burrows geïnfiltreerd. Je hebt al die jaren met mijn zoon in één huis gewoond.'

'Met Will – ja, dat klopt,' zei Rebecca zonder enige aarzeling, maar het gestage geschraap van haar schoen over de vloer van de lift hield op.

'Vertel me wat over hem,' zei Sarah gebiedend.

'Wie krom is, kan niet recht gaan,' zei het Styxmeisje. Ze liet haar woorden tijdens de trage afdaling even tussen hen in hangen. 'Er was vanaf het begin iets vreemds aan hem. Hij maakte moeilijk vriendjes en naarmate hij ouder werd, werd hij steeds eenzelviger en afstandelijker.'

'Hij was inderdaad een ontzettende individualist,' beaamde Sarah, die terugdacht aan de keren dat ze Will in zijn eentje bezig had gezien bij zijn opgravingen.

'Je weet nog niet eens de helft,' zei Rebecca. Haar stem trilde zacht. 'Hij kon echt heel angstaanjagend zijn.'

'Wat bedoel je?' vroeg Sarah.

'Nou, hij verwachtte bijvoorbeeld dat alles voor hem werd gedaan: zijn wasgoed, zijn eten... noem maar op. Als er ook maar iets was wat hem niet zinde, ging hij helemaal over de rooie. Je had hem moeten zien – het ene moment was alles nog prima, maar het volgende draaide hij compleet door. Dan werd hij razend, krijste hij als een gek en sloeg hij alles kort en klein. Hij had op school ook steeds problemen. Vorig jaar heeft hij tijdens een knokpartij een paar klasgenoten helemaal in elkaar getimmerd. Ze hadden niets gedaan. Will ging zomaar opeens door het lint en hakte met zijn schep op hen in. Een aantal van hen moest naar het ziekenhuis worden gebracht, maar hij had geen greintje spijt van wat hij had gedaan.'

Sarah zweeg en probeerde alles te laten bezinken.

'Nee, je hebt werkelijk geen idee waartoe hij allemaal in staat is,' zei Rebecca zacht. 'Zijn stiefmoeder wist best dat hij hulp nodig had, maar ze was aartslui en deed er niets aan.' Rebecca drukte een hand tegen haar voorhoofd alsof de pijnlijke herinneringen haar te veel werden. 'Misschien... misschien is hij door mevrouw Burrows wel zo geworden. Ze verwaarloosde hem.'

'En jij... waarom was jij daar? Om hem in de gaten te houden... of om mij te vangen?'

'Allebei,' zei Rebecca toonloos. Ze draaide haar bovenlichaam om en keek Sarah onbewogen aan. 'Onze eerste prioriteit was jou terugkrijgen. De Gouverneurs wilden dat we je tegenhielden – het was slecht voor de Kolonie dat we jou niet konden achterhalen. Een los eindje. Rommelig.'

'Het is je dus gelukt. Je hebt me zelfs levend en wel te pakken gekregen. Ze zullen wel verrekte blij met je zijn.'

'Zo werkt het niet. Bovendien heb je zelf besloten weer naar huis te komen.' Niets in Rebecca's houding wees erop dat ze zich verkneukelde over haar succes. Ze keerde zich weer om naar de liftdeur. Zo nu en dan flitste de schelle verlichting van de ingangen op andere verdiepingen voorbij, die werd weerkaatst in de diepe glans van haar gitzwarte haar.

Na een korte stilte zei ze: 'Het is heel bijzonder dat je het zo lang hebt overleefd, dat je ons telkens een stap voor wist te blijven en je je dag in, dag uit onder de Heidenen mengde.' Ze zweeg even. 'Dat is je vast zwaar gevallen, dat je zo ver van je vertrouwde omgeving was?'

'Ja, soms wel,' antwoordde Sarah. 'Er wordt wel gezegd dat vrijheid duur wordt betaald.' Ze wist dat ze beter niet zo openhartig kon zijn tegen het Styxmeisje, maar voelde onwillekeurig respect voor haar. Vanwege Sarah was Rebecca naar die vreemde plek gestuurd die Bovengrond heette. Op heel jonge leeftijd nog wel. Het meisje had vrijwel haar hele leven boven de grond in het huis van de Burrows doorgebracht; ze hadden wel degelijk iets met elkaar gemeen en dat was dan nog zacht uitgedrukt. 'Hoe zit het met jou?' vroeg Sarah aan haar. 'Hoe heb jij je erdoorheen geslagen?'

'Voor mij was het anders,' antwoordde Rebecca. 'Leven in ballingschap was een plicht. Het had veel weg van een spelletje, maar desondanks ben ik nooit vergeten aan wie ik trouw verschuldigd was.'

Sarah huiverde. Hoewel er geen verwijtende klank in haar stem had gelegen, kwam de opmerking toch als een klap in haar gezicht en troffen de woorden de kern van haar schuldgevoel. Ze liet zich tegen de wand in haar hoekje zakken en sloeg haar armen voor haar borst.

Een tijdlang zeiden ze geen van beiden iets en was het krakende geratel van de dalende lift het enige geluid.

'Het is niet ver meer,' kondigde Rebecca uiteindelijk aan.

'Ik heb nog één vraag,' merkte Sarah op.

'Ga je gang,' reageerde Rebecca afwezig. Ze wierp een blik op haar horloge.

'Wanneer dit allemaal achter de rug is... wanneer ik heb gedaan wat ik moet doen... laten jullie me dan leven?'

'Natuurlijk.' Rebecca draaide zich sierlijk om en richtte haar glinsterende ogen op Sarah. Ze glimlachte stralend. 'Je keert terug in de schoot van je familie, bij Cal en je moeder. Je bent belangrijk voor ons.'

'Waarom?' vroeg Sarah met een gefronst voorhoofd.

'Waarom? Begrijp je het dan niet, Sarah? Jij bent de verloren dochter.' Rebecca's glimlach verbreedde zich, maar Sarah lachte niet terug. In haar hoofd heerste opperste verwarring. Misschien wilde ze de woorden van het meisje net iets te graag geloven. Ergens in haar achterhoofd klonk een waarschuwend stemmetje dat haar zenuwen tergde. Ze deed geen moeite het te onderdrukken. Ze wist uit ervaring dat iets wat te mooi leek om waar te zijn dat vrijwel zeker ook was.

Eindelijk kwam de liftkooi met een harde bons tegen de blokken op de bodem van de schacht tot stilstand. De twee passagiers werden flink door elkaar geschud. Buiten bewogen allerlei schaduwen en Sarah zag dat een in een zwarte mouw gehulde arm de traliedeur opentrok. Rebecca beende resoluut naar buiten.

Is het een valstrik? Is dit het einde? ging er telkens opnieuw door Sarahs hoofd.

Sarah bleef in de lift staan en tuurde door de met metalen platen betimmerde gang naar de twee Styx in het donker op de achtergrond. Ze stonden aan weerszijden van een dikke metalen deur op zo'n tien meter bij haar vandaan. Rebecca hief haar lichtbol op en gebaarde dat Sarah haar moest volgen. De deur was de enige uitgang; hij was beschilderd met glanzende zwarte verf en er stond een flinke o op getekend. Sarah wist dat ze zich op de onderste verdieping bevonden en dat er aan de andere kant van de deur een luchtsluis lag, gevolgd door nog een deur met daarachter het Kwartier.

Dit was het dus, de laatste stap: als ze door de luchtsluis liep, was ze terug en hadden ze haar weer helemaal in hun greep. Een van de twee Styx, wiens enkellange leren jas kraakte toen hij zich bewoog, stapte in het licht, greep met zijn dunne, witte vingers de rand van de deur vast en trok hem naar achteren totdat hij met een harde bons tegen de muur dreunde. Het geluid echode om hen heen en niemand zei iets. Het zwarte haar van de Styx, dat strak naar achteren was getrokken, vertoonde bij de slapen grijze plukken, en zijn gezicht had een opvallend gele tint en zat vol rimpels. In zijn wangen zaten zulke diepe vouwen dat het net leek of zijn gezicht elk moment in elkaar kon klappen.

Rebecca sloeg Sarah gade en wachtte tot ze de luchtsluis in liep.

Sarah aarzelde, want haar intuïtie zei haar dat ze niet door de deur moest gaan.

De andere Styx was moeilijk te zien, omdat hij in de schaduw achter het meisje bleef staan. Toen het licht op hem viel, was

Sarahs eerste indruk dat hij veel jonger was dan de andere man, en een gladde huid en zwarter dan zwart haar had. Toen ze wat langer keek, ontdekte ze echter dat hij toch ouder moest zijn dan ze aanvankelijk had gedacht; zijn gezicht was zo mager en strak dat de wangen er een beetje ingevallen uitzagen en zijn ogen leken in het gedempte schijnsel net geheimzinnige grotten.

Rebecca stond nog steeds naar haar te kijken. 'Wij gaan vast. Kom maar wanneer je zover bent,' zei ze. 'Goed, Sarah?' voegde ze er zachtjes aan toe.

De oudste van de twee Styx wisselde een blik met Rebecca uit en toen ze met hun drieën de luchtsluis binnen gingen, knikte hij kort naar haar. Sarah hoorde hun voeten weerklinken op de geribbelde vloer van de cilindervormige kamer en het gesis van het zegel op de tweede deur dat werd verbroken. Ook voelde ze een warme luchtstroom langs haar gezicht strijken. Toen was alles stil.

Ze waren het Kwartier in gelopen, een serie grote grotten die via tunnels met elkaar waren verbonden, waar alleen de betrouwbaarste burgers mochten wonen. Slechts een handjevol van deze mensen had toestemming om onder het toeziend oog van de Styx handel te drijven met Bovengronders en zo beslag te leggen op spullen die niet in de Kolonie of in de laag daaronder, het gevreesde Onderdiep, konden worden gekweekt of gedolven. Het Kwartier vormde een soort grenspost en de leefomstandigheden waren er, met het altijd aanwezige gevaar van instortingen en overstromingen van Bovengronders rioolwater, niet bijzonder gezond.

Sarah hief haar hoofd op en tuurde met samengeknepen ogen in de donkere liftschacht boven haar. Ze besefte dat ze zichzelf voor de gek hield als ze dacht dat ze een keuze had. Ze kon nergens anders naartoe, zelfs niet als ze dat had gewild. Vanaf het moment dat ze het mes van haar hals weghaalde, had ze haar lot niet langer in eigen handen gehad, maar lag het in die van de Styx. Ze leefde in elk geval nog. Wat was het ergste wat ze haar konden aandoen? Haar aan een van hun allerergste martelingen onderwerpen en daarna doden? Uiteindelijk was de afloop hetzelfde. *Nu dood of straks dood.* Ze had niets te verliezen.

Ze liet haar blik nog een laatste keer door de liftkooi glijden en stapte toen de schemerige luchtsluis in. Deze was bijna vijf meter lang en ovaal van vorm met over de hele lengte diepe, horizontaal lopende ribbels op de wanden. Ze zocht aan de zijkant steun omdat haar voeten weggleden op de vettige metalen gleuven op de bodem en schuifelde langzaam met groeiende onrust naar de open deur aan het andere uiteinde.

Daar leunde ze een stukje naar buiten. Ze ving het weerzinwekkende taaltje van de Styx op: schrille, stotende klanken die wegstierven toen het drietal haar in het oog kreeg. Ze stonden een stukje verderop in de tunnel op haar te wachten. Voor zover Sarah in het schijnsel van Rebecca's lichtbol kon zien was de tunnel verlaten, en Rebecca en de andere Styx stonden op een stenen stoep langs een weg van klinkers. Er waren geen huizen te zien en Sarah begreep meteen dat het een snelwegtunnel was die waarschijnlijk op een van de spelonken met pakhuizen uitkwam die her en der aan de buitenste rand van het Kwartier stonden.

Ze tilde haar voet voorzichtig over de drempel van de luchtsluis en zette hem op de glimmende vochtige klinkers. Ze deed al even voorzichtig hetzelfde met haar andere voet en stond nu helemaal buiten de luchtsluis. Ze kon eigenlijk niet geloven dat ze echt terug was in de Kolonie. Ze wilde een stap zetten, maar bedacht zich. Ze keek over haar schouder naar de muur die in een sierlijke boog omhoogliep en zich uiteindelijk samenvoegde met de identieke muur ertegenover, ook al werd het hoogste punt aan het zicht onttrokken door het schemerdonker boven haar hoofd. Ze stak een hand uit om de muur naast de deur aan te raken en legde haar hand tegen een van de reusachtige, rechthoekige blokken secuur uitgehakte zandsteen. De zachte trillingen van de gigantische ventilatoren die de lucht door de tunnels circuleerden waren voelbaar onder haar hand. Het regelmatige ritme dat zo ontzettend verschilde van de vibraties in de Bovengronderse stad ver boven haar stelde haar als de hartslag van een moeder gerust.

Ze snoof de lucht op en herkende de vertrouwde muffe geur, een bundeling van alle mensen die in het Kwartier woonden en in het grotere gebied van de Kolonie daaronder. Hij was heel kenmerkend en ze had hem al heel lang niet geroken. *Ze was thuis.*

Ze werd in haar gepeins gestoord door Rebecca, die 'Klaar?' riep.

Sarah draaide met een ruk haar hoofd om naar de drie Styx. Ze knikte.

Rebecca knipte met haar vingers en uit de schaduw kwam een koets met ratelende ijzeren wielen tevoorschijn gerold. Dergelijke koetsen, zwart, hoekig en voortgetrokken door vier spierwitte paarden, waren een veelvoorkomend verschijnsel in de Kolonie.

Hij hield naast Rebecca stil. De paarden wachtten ongeduldig met stampende hoeven en opgeheven neuzen tot ze verder konden.

Het sobere rijtuig schommelde heen en weer toen de drie Styx erin klommen. Sarah liep er heel langzaam naartoe. Op de koetsiersplek aan de voorkant van het rijtuig zat een Kolonist, een oude man met een versleten slappe hoed die Sarah met verbeten kraaloogjes opnam. Verlegen onder zijn strenge blik liep ze langs de paarden. Ze wist intuïtief wat hij dacht; hij wist waarschijnlijk niet *wie* ze was, maar het was voor hem voldoende dat ze Bovengronderse kleding droeg en vergezeld werd door Styx – ze was de gehate vijand.

Toen Sarah de stoep had bereikt, schraapte hij overdreven rochelend zijn keel en boog hij zich voorover om te spugen, waarbij hij haar maar net miste. Ze bleef onmiddellijk staan en stapte toen doelbewust precies in de fluim die hij op de grond had gespuugd. Ze wreef even nadrukkelijk met haar voet over de plek alsof ze een insect verbrijzelde. Toen hief ze haar hoofd op en staarde hem uitdagend aan. Hun blikken kruisten elkaar en er verstreken enkele seconden. Er vloog een woedende uitdrukking over zijn gezicht, maar toen knipperde hij met zijn ogen en wendde zijn blik af.

'Goed, laat het spel maar beginnen,' zei ze hardop en ze klom in de koets.

14

'Zullen we iets drinken?' stelde Will voor. 'Ik ben uitgedroogd.'
'Prima idee,' grijnsde Chester en zijn humeur klaarde zichtbaar op. 'Laten we eerst die padvinder daar maar even inhalen.'
Ze naderden Cal, die nog steeds in rap tempo in de richting
van de lichtjes in de verte beende, maar zich nu omdraaide.
'Oom Tam zei dat de Coprolieten ín de grond wonen... als ratten in hun holen. Hij zei dat ze dorpen en voedselvoorraden
hebben die zijn ingegraven in...'
'Kijk uit!' gilde Will.
Cal hield net op tijd zijn pas in en bleef staan op de rand van
een strook duisternis waar de grond had moeten zijn. Hij wiebelde even heen en weer en viel toen achterover op de rulle
bodem. Zijn voeten joegen gruis over de rand voor hem en ze
hoorden het klotsend in water terechtkomen.
Terwijl Cal overeind kwam, liepen Will en Chester heel behoedzaam naar de rand om er overheen te turen. In het licht
van hun lantaarns zagen ze een meter of vier onder hen inktzwart water golven dat de stralen van hun lantaarns weerkaatste en lichtcirkels terugstuurde. Zo te zien stroomde het
water traag voort en deed het in niets denken aan de kolkende
massa van de ondergrondse rivier die ze eerder waren tegengekomen.
'Dit is door mensen aangelegd,' merkte Will op en hij wees op
de gelijkmatig gevormde platen langs de rand. Hij leunde zo

ver mogelijk voorover om te kijken wat eronder lag. De zijkant van het kanaal was eveneens met platen afgezet die tot aan het wateroppervlak doorliepen. Voor zover ze konden zien, was de oever aan de overkant op dezelfde manier gebouwd.

'Coprolieten,' zei Cal stilletjes bij zichzelf.

'Wat zeg je?' vroeg Will.

'Dit is door Coprolieten gemaakt,' zei Cal iets harder. 'Tam heeft me ooit verteld dat ze een wijdvertakt net van kanalen hebben om de spullen die ze delven te verplaatsen.'

'Zeer nuttige informatie. Hadden we dat maar van tevóren geweten...' mopperde Chester binnensmonds. 'Heb je nog meer verrassingen voor ons, Cal? Nog wijze raad bijvoorbeeld?'

Om te voorkomen dat er een scheldpartij tussen de twee zou losbarsten, kwam Will snel tussenbeide en hij zei dat ze hier even zouden blijven om wat te rusten. De dreigende crisis was weer even bezworen. Ze gingen tegen de rugzakken geleund aan de oever van het kanaal zitten en dronken wat uit hun veldflessen. Intussen bekeken ze het kanaal dat zich links en rechts van hen uitstrekte en ze dachten alle drie hetzelfde: zo te zien was er geen plek waar ze konden oversteken. Ze zouden de oever moeten volgen en dan maar kijken waar ze uitkwamen.

Ze zaten al een tijdje zwijgend bij elkaar toen ze opeens een zacht krakend geluid hoorden. Ze stonden zenuwachtig op, tuurden in de pikzwarte duisternis en richtten hun lantaarns op de plek waar het geluid vandaan was gekomen.

Als een spook dook aan de buitenste rand van hun gebundelde lichtstralen de boeg van een boot op. Afgezien van het gedempt klokkende water was het zo griezelig stil dat ze met hun ogen knipperden en zich afvroegen of ze het misschien verkeerd hadden gezien. Het vaartuig gleed langzaam dichterbij en al snel konden ze er meer van zien – het was een roestbruine, ontzettend brede sloep die diep in het water lag. Binnen enkele seconden zagen ze ook waarom. Hij was tot aan de rand toe geladen met iets wat in het midden hoog lag opgestapeld.

Will kon bijna niet geloven hoe lang het ding wel was – er kwam echt geen eind aan. De afstand van de oever waarop de jongens stonden tot de rand van de sloep was zo klein – hooguit een paar meter – dat ze deze gemakkelijk met een sprong konden overbruggen als ze dat hadden gewild. Ze bleven echter verstijfd met een mengeling van fascinatie en angst staan toekijken.

De achtersteven verscheen nu ook in beeld en ze ontdekten een stompe schoorsteenpijp waaruit dunne slierten rook omhoogkringelden; ook hoorden ze voor het eerst het zware, gedempte gebonk van de motor. Het geluid klonk zacht, als een versnelde, maar regelmatige hartslag, ergens onder de waterlijn. Toen viel hun oog op iets anders.

'Coprolieten,' fluisterde Cal.

Drie lompe gedaanten, van wie een de helmstok in de hand hield, stonden bewegingloos op de boeg. De jongens keken als betoverd toe hoe de roerloze gedaanten steeds dichterbij kwamen. Toen ze langs de plek op de oever dreven waar de jongens stonden, namen deze alle details in zich op van de opgezwollen, larvenachtige wezens met hun bolle lijven en kogelronde armen en benen. Hun pakken waren ivoorkleurig en de doffe buitenkant absorbeerde al het licht. Hun hoofden hadden de omvang van een kleine strandbal, maar het bizarste van alles was wel dat op de plek waar je hun ogen zou verwachten twee lampjes als dubbele spotjes straalden. Hierdoor kon je precies zien waar de vreemde wezens naar keken.

De jongens gaapten hen onwillekeurig aan, maar de drie Coprolieten schonken totaal geen aandacht aan hen. Aangezien de aanwezigheid van de jongens op de oever door hun fel oplichtende lantaarns werd verraden, was het absoluut onmogelijk dat de Coprolieten hen over het hoofd hadden gezien.

Niets wees er echter op dat ze hen in de gaten hadden. In plaats daarvan bewogen de Coprolieten zich traag als grazend vee voort en kropen hun oogstralen als lome vuurtorenlichten over de sloep zonder ook maar één keer op de jongens te vallen. Twee van de vreemde wezens draaiden zich log om, zodat hun lichten langs bak- en stuurboord van de boot gleden totdat ze de boeg bereikten, waar ze stilhielden.

De derde Coproliet keek de jongens opeens recht aan. Hij bewoog zich veel sneller dan zijn twee metgezellen en zijn oogstralen schoten een beetje onrustig van links naar rechts over de gezichten van de jongens. Will hoorde dat Cal sissend zijn adem inhield en iets mompelde toen de Coproliet een mollige hand boven zijn ogen hield en de andere ophief bij wijze van groet of wellicht een wenk. Het vreemde wezen hield zijn hoofd een tikje scheef alsof hij probeerde de jongens iets beter te zien, terwijl hij zijn oogstralen nog steeds over hen heen en weer liet glijden.

Het woordloze contact tussen de jongens en de Coproliet duurde maar kort, want de sloep zette zijn rustige koers in de richting van de rand van de schaduw kalm voort. De Coproliet bleef naar hen staan staren, maar door de groeiende afstand en de rookpluimen uit de schoorsteen werden de dubbele spotjes van zijn ogen steeds vager, totdat ze ten slotte helemaal door de duisternis werden opgeslokt.

'Moeten we er niet als een speer vandoor?' vroeg Chester. 'Straks slaan ze nog alarm of zo.'

Cal wuifde zijn opmerkingen luchtig weg. 'Nee, echt niet... ze letten nooit op buitenstaanders. Ze zijn oerdom... het enige wat ze doen is delven en de gedolven goederen ruilen met de Kolonie voor dingen als fruit en lichtbollen, zoals de lading van de trein waar we in zaten.'

'Wat gebeurt er als ze de Styx over ons vertellen?' hield Chester vol.

'Dat zeg ik net... ze zijn oerstom en zeggen nooit wat,' antwoordde Cal verveeld.

'Wát zijn het dan precies?' vroeg Will.

'Het zijn mensen... min of meer... ze dragen die stofpakken vanwege de hitte en de ongezonde lucht,' antwoordde Cal.

'Radioactiviteit,' verbeterde Will hem.

'Ook goed. Als je erop staat, wil ik het best zo noemen, hoor. Het zit in alle rotsen hier,' Cal wuifde met zijn hand om zich heen. 'Daarom blijft niemand van mijn volk hier lang hangen.'

'O, nou, dat is dan fraai. Het wordt steeds mooier,' klaagde Chester. 'We kunnen dus niet terug naar de Kolonie, maar we kunnen hier ook niet blijven. Radioactiviteit! Je vader had gelijk, Will, en we leggen straks gewoon het loodje op deze rotplek.'

'Ik weet zeker dat het zo'n vaart niet zal lopen,' zei Will, die zonder al te veel overtuiging probeerde de angst van zijn vriend weg te nemen.

'Fijn, fijn, héél fijn,' bromde Chester. Hij stormde mopperend naar de plek waar ze de rugzakken hadden achtergelaten.

'Er klopte iets niet,' zei Cal vertrouwelijk tegen Will toen ze alleen waren.

'Wat bedoel je?'

'Nou, zag je dan niet dat die laatste Coproliet ons in de gaten hield?' zei Cal. Hij schudde met een niet-begrijpende uitdrukking op zijn gezicht zijn hoofd.

'Ja, dat is mij ook opgevallen,' zei Will. 'Maar jij zei net dat ze nooit op buitenstaanders letten.'

'Dat ís ook zo... dat doen ze nooit. Ik ben ze in de Zuid-Grot duizenden keren tegengekomen en ze letten echt nooit op me. Ze kijken je ook nooit récht aan. Verder bewoog hij zich raar... veel te snel voor een Coproliet. Hij gedroeg zich helemaal een beetje vreemd.' Cal zweeg en wreef nadenkend over zijn voorhoofd. 'Misschien is het hier wel anders, want dit is hun land. Toch is het gek.'

'Dat is het zeker,' zei Will peinzend. Hij wist niet hoe dicht hij zojuist bij zijn vader was geweest.

15

Dr. Burrows bewoog omdat hij dacht dat hij het zachte, klingelende geluid had opgevangen dat elke ochtend als weksignaal door de nederzetting van de Coprolieten klonk. Hij luisterde aandachtig, maar fronste toen zijn wenkbrauwen. Er heerste een diepe stilte.

'Heb me zeker verslapen,' zei hij. Hij wreef over zijn kin en keek verbaasd op toen hij daar stoppels voelde. Hij was gehecht geraakt aan de verwilderde baard die hij heel lang had gehad en merkte dat hij hem miste nu hij hem had afgeschoren. Op een bepaalde manier was hij erg in zijn nopjes geweest met het beeld dat hij had uitgestraald. Hij had zichzelf voorgenomen hem weer te laten staan voor zijn glorieuze terugkeer, zijn herrijzenis in de wereld boven, wanneer dat ook mocht zijn. Hij zou een indrukwekkende verschijning vormen op de voorpagina's van alle kranten. De denkbeeldige krantenkoppen doemden al voor zijn geestesoog op: *De Robinson Crusoe van de wereld onder ons, De barbaar van het Onderdiep, Dr. Hades...*

'Zo kan-ie wel weer,' zei hij tegen zichzelf en hij verjoeg de bijzonder aangename dagdroom.

Hij schoof zijn ruwe deken opzij en ging rechtop zitten op de korte matras die met stroachtig materiaal was gevuld. Hij was te kort, zelfs voor een man met een doorsneelengte zoals hij, en zijn benen bungelden bijna een halve meter over de rand.

Hij zette zijn bril op en krabbelde woest door zijn haar. Hij had geprobeerd het zelf te knippen en dat was niet echt een succes geweest; op sommige plekken was het bijna gemillimeterd en op andere zaten plukken van een paar centimeter lang. Hij krabbelde nog woester over zijn hele hoofd en vervolgens over zijn borst en in zijn oksels. Met een geërgerde blik staarde hij wazig naar zijn vingertoppen.

'Dagboek!' zei hij opeens. 'Ik heb er gisteren niets in geschreven.' Hij was zo laat teruggekomen dat hij helemaal was vergeten een verslag van de gebeurtenissen van die dag neer te pennen. Hij klakte met zijn tong, haalde het notitieboek onder zijn bed vandaan en sloeg hem open op een bladzijde die leeg was, afgezien van de kop:

Dag 141

Daaronder begon hij te schrijven, terwijl hij een onsamenhangend deuntje floot: *Heb me vannacht halfdood gekrabd.*

Hij hield even op, likte nadenkend aan het uiteinde van zijn potloodstompje en ging toen verder: *De luizen zijn echt niet te harden en worden steeds erger.*

Hij liet zijn blik door de kleine, vrijwel ronde kamer glijden die een doorsnede had van vier meter en keek naar het boogplafond boven zijn hoofd. De muren waren oneffen, alsof het opdrogende pleisterwerk of de modder of wat het ook voor goedje was dat erop zat gesmeerd met de hand was aangebracht. Wat de vorm betreft had hij het gevoel dat hij in een grote glazen pot zat en hij vond het vermakelijk dat hij nu wist hoe een geest in de fles zich moest voelen. Dat gevoel werd nog eens versterkt door het feit dat de enige in- en uitgang zich midden in de vloer onder hem bevond. Hij werd bedekt door een stuk metaal dat wel iets weg had van een oud deksel van een vuilnisvat.

Hij keek naar zijn stofpak, dat als een afgeschudde hagedissenhuid aan een houten haak in de muur hing; uit de ooggaten waar lichtbollen in waren bevestigd straalde licht. Hij moest het pak eigenlijk aantrekken, maar voelde zich verplicht eerst zijn verslag over de vorige dag in zijn dagboek vast te leggen. Hij zette zich dus weer aan het schrijven: *Ik heb het idee dat het tijdstip is aangebroken om verder te gaan. De Coprolieten...* Hij aarzelde even en probeerde te beslissen of hij de naam zou gebruiken die hij zelf voor dit volk had bedacht, ervan uitgaand dat het een variant van de homo sapiens betrof, iets wat hij nog niet met zekerheid had kunnen vaststellen. '*Homo grotta,*' zei hij hardop, maar hij besloot hoofdschuddend het niet te doen. Hij wilde geen verwarring zaaien zolang hij zelf de feiten niet op een rijtje had. Hij schreef verder: *De Coprolieten proberen me volgens mij duidelijk te maken dat ze willen dat ik vertrek, ook al begrijp ik niet waarom.*

Ik denk niet dat het iets te maken heeft met mijzelf of, om iets preciezer te zijn, met iets wat ik heb gedaan. Misschien vergis ik me, maar ik ben ervan overtuigd dat de stemming in het kamp is omgeslagen. In de afgelopen vierentwintig uur zijn de bewoners veel actiever geweest dan ik in de afgelopen twee maanden heb meegemaakt. De extra voedselvoorraden die ik hen heb zien opslaan en de beperkingen die vrouwen en kinderen opgelegd hebben gekregen met betrekking tot het naar buiten gaan lijken erop te wijzen dat ze vrezen voor een belegering. Uiteraard zou het hier om maatregelen kunnen gaan die ze regelmatig treffen – maar ik geloof echt dat er iets op het punt staat te gebeuren.

Het moment om mijn reis voort te zetten lijkt dus aangebroken. Ik zal hen enorm gaan missen. Ze hebben me opgenomen in hun vreedzame maatschappij waarin ze zich volledig op hun gemak voelen met elkaar en, vreemd genoeg, ook met mij. Wellicht komt dit doordat ik geen Kolonist of Styx ben, en beseffen ze dat ik geen bedreiging vorm voor hen of hun kinderen.

Met name hun nageslacht vormt een voortdurende bron van fasci-
natie voor me, avontuurlijk en speels als ze zijn. Ik moet mezelf
voortdurend voorhouden dat de jongen niet tot een totaal ander ras
behoren dan de volwassenen.

Zijn gefluit maakte plaats voor gegrinnik toen hij zich herinnerde dat de volwassenen hem in het begin niet eens durfden
aan te kijken toen hij tevergeefs probeerde met hen te com-
municeren. Ze wendden hun nogal kleine, grijze ogen af en
hun lichaamstaal straalde onbeholpen onderdanigheid uit.
Het verschil in temperament tussen deze bescheiden mensen
en hemzelf was zelfs zo groot dat hij zichzelf af en toe als een
held uit een western zag, de eenzame revolverheld die over de
prairie naar een stadje vol onderdrukte boeren of mijnwerkers of noem maar op trok. In hun ogen was dr. Burrows een
machtige, alles overwinnende, stoere held. *Ha! Hij zeker!?*
'Schiet nou eens op,' zei hij tegen zichzelf en hij begon weer
te schrijven: *Over het geheel genomen zijn het bijzonder zacht-*
aardige, uitermate zwijgzame mensen en ik kan niet zeggen dat ik
hen goed heb leren kennen. Misschien zullen de zachtmoedigen in-
derdaad het land bezitten.
Ik zal het barmhartige gebaar dat ze maakten door me te redden
nooit vergeten. Ik heb er al eerder over geschreven, maar nu ik op
het punt sta te vertrekken denk ik er vaak aan.
Dr. Burrows hield opnieuw op en tuurde even voor zich uit
met de houding van iemand die probeert zich iets te herinneren, maar is vergeten waarom hij ook alweer probeert het zich
te herinneren.
Hij bladerde terug door de bladzijden van zijn dagboek tot hij
de notities had gevonden die hij had gemaakt toen hij net in
het Onderdiep was en las ze door.
De Kolonisten die me bij de mijnwerkerstrein weglokten en naar
iets brachten wat ze als een lavatunnel aanduidden, waren on-
vriendelijk en weinig mededeelzaam. Ze vertelden me dat ik de

tunnel moest volgen naar de Grote Vlakte en dat datgene wat ik
zocht zich op weg daarnaartoe bevond. Toen ik hun een paar din-
gen wilde vragen, gedroegen ze zich erg vijandig.
Ik had geen zin om ruzie met hen te krijgen, dus deed ik wat ze
zeiden. Ik liep van hen weg, aanvankelijk in een stevig tempo,
maar zodra ik uit het zicht was, bleef ik staan. Ik was er niet van
overtuigd dat ik in de juiste richting liep. Ik had het vermoeden dat
ze me in het doolhof van tunnels wilden laten verdwalen, dus ging
ik terug en toen...

Hier klakte dr. Burrows nogmaals met zijn tong en hij schudde zijn hoofd.

... ben ik hulpeloos verdwaald.

Hij sloeg geïrriteerd de bladzijde om alsof hij nog steeds
kwaad op zichzelf was en las vluchtig de beschrijving van het
lege huis met de omringende hutten waarop hij was gestuit.
Hij bladerde snel verder naar een smoezelige, vieze bladzijde
alsof dit deel hem niet echt boeide. Zijn handschrift, dat op
zijn best al nauwelijks leesbaar was, was hier nog veel slordi-
ger en de haastig neergekrabbelde zinnen slingerden schots
en scheef over het papier en negeerden vrolijk de voorge-
drukte lijntjes. Op een aantal plaatsen had hij zijn zinnen
zelfs boven op elkaar gekalkt als een soort literaire mikado.
Onder aan drie opeenvolgende bladzijden stond in grote,
steeds onregelmatiger hoofdletters het woord VERDWAALD.
'Slordig, erg slordig,' zei hij streng tegen zichzelf. 'Maar ja, ik
was er dan ook niet best aan toe.'
Zijn oog viel op een bepaalde alinea en hij las de tekst hardop
voor.

Ik kan met de beste wil van de wereld niet zeggen hoe lang ik door
dit netwerk van gangetjes heb rondgedwaald. Bij tijd en wijle had
ik alle hoop opgegeven en ik me verzoend met de gedachte dat ik
hier wellicht nooit meer uit zou komen, maar dat is het me nu al-
lemaal wel waard...

Direct daaronder meldde een subkopje vol trots DE STEENCIR-
KEL. Op de bladzijden erna stonden verschillende schetsen
van de stenen die samen het ondergrondse monument hadden gevormd dat hij had gevonden. Hij had niet alleen de precieze plek en vorm van de stenen zelf vastgelegd, maar ook in
de hoeken van elke bladzijde een cirkel getekend, als de aanblik door een vergrootglas, en de symbolen en vreemde lettertekens die erin waren gebeiteld tot in de allerkleinste details weergegeven. Zijn humeur was na de ontdekking van de
inscripties geweldig opgeklaard, ondanks zijn toenemende
honger en dorst. Omdat hij niet wist hoe lang hij met zijn
voedselvoorraad moest doen, had hij elke dag zo min mogelijk opgemaakt.

Met een voldane glimlach bekeek hij zijn werk bewonderend.
'Schitterend, werkelijk schitterend.'

Toen hij een nieuwe bladzijde omsloeg en de kop las, tuitte
hij zijn lippen in een geluidloos 'Ohhhh!'

DE GROTTABLETTEN

Daaronder had hij een paar regels geschreven: *Toen ik de
steencirkel had gevonden, dacht ik echt dat ik geluk had gehad.
Wat ik op dat moment nog niet besefte was dat ik daarna nóg iets
zou vinden wat, naar mijn mening, van even groot, zo niet veel
groter belang zou zijn. De grotten stonden vol met stenen tabletten, vele tientallen in totaal, die allemaal waren volgeschreven met
tekens die veel overeenkomsten vertoonden met de letters die in de
megalieten in de cirkel stonden gekerfd.*

Hierna volgden tientallen bladzijden met uiterst nauwkeurig
overgenomen tekeningen van de stenen tabletten en vakkun-
dige afbeeldingen van de teksten die erop stonden. Toen hij
echter enkele bladzijden omsloeg, zag hij dat ze steeds minder zorgvuldig werden en de laatste schetsen zagen eruit alsof
ze door een klein kind waren gemaakt.

IK MOET BLIJVEN DOORWERKEN was zo krachtig onder een van de

allerlaatste, nonchalante tekeningen geschreven dat de pot-loodlijnen diep in het papier stonden gegrift en het hier en daar zelfs kapot hadden gescheurd.

IK MOET DEZE TEKENS ONTCIJFEREN! ALLEEN ZO KOM IK ERACHTER WIE HIER BENEDEN HEEFT GELEEFD! IK MOET HET WETEN, IK MOET... Hij streek met een vinger over de ribbelige woorden op de bladzijden en probeerde zich voor de geest te halen in wat voor gemoedstoestand hij op dat moment had verkeerd. Het bleef allemaal vaag. Het eten was allang op en hij had koorts-achtig doorgewerkt zonder goed op zijn watervoorraad te let-ten. Toen hij erachter kwam dat ook die op was, kwam dat als een enorme verrassing voor hem.

Diep in gedachten verzonken staarde hij naar de opmerking die hij in een veel netter, bijna wanhopig handschrift midden in de omtrek van een nooit afgemaakte tablettekening had ge-schreven.

Ik moet doorwerken. Mijn energie raakt op. De stenen die ik van de stapels haal om te bestuderen, worden steeds zwaarder. Ik vrees voortdurend dat ik ze zal laten vallen. Ik moet... Daar hield het berichtje op. Hij kon zich met geen moge-lijkheid herinneren wat er daarna was gebeurd, behalve dan dat hij wankelend in een soort ijlkoorts was vertrokken om naar een waterbron te zoeken en toen hij die niet vond op een of andere manier weer naar de grottabletten was terug-gekeerd.

Na een blanco pagina stond er DAG? en de woorden: *Coprolie-ten. Ik ben er nog steeds niet uit of ik nog in leven zou zijn als die twee jongelingen me niet bij toeval hadden gevonden en er volwas-senen bij hadden gehaald. Waarschijnlijk niet. Ik was er beslist erg slecht aan toe. In mijn hoofd zie ik voor me hoe deze vreemde ge-daanten zich over mijn dagboek buigen en hun lichten kriskras over de bladzijden met mijn schetsen laten glijden, maar ik weet niet zeker of ik dit écht heb gezien of dat het slechts mijn geest is die me voorhoudt wat er kán zijn gebeurd.*

'Ik dwaal af. Dit is zinloos,' hield hij zichzelf streng voor en hij schudde zijn hoofd. 'Het verslag van gisteren! Ik moet het verslag van gísteren afmaken.' Hij bladerde door de bladzijden tot hij de plek had gevonden waar hij was begonnen met schrijven en zette zijn potlood weer op het papier.

Hij schreef: *Nadat ik 's ochtends mijn pak had aangetrokken en op weg was gegaan naar de voedselvoorraadkamers om mijn ontbijt op te halen, kwam ik langs de gemeenschappelijke ruimte waar een groep Coprolietenkinderen een spelletje deed dat wel iets weg had van knikkeren. Minstens tien kleintjes van verschillende leeftijden zaten op hun hurken en rolden grote knikkers, die zo te zien waren gemaakt van gepolijste leisteen, over een schoongeveegd stuk grond. Ze deden hun uiterste best om een uit steen gehakte kegel die in de verte deed denken aan een mens omver te werpen.*

Om beurten mikten ze hun knikkers op hem, maar toen ze allemaal waren geweest, stond de kegel nog steeds fier overeind. Een van de kleinste kinderen gaf me een knikker. Deze was lichter dan ik had verwacht en ik liet hem eerst een paar keer vallen (ben nog steeds niet aan die handschoenen gewend). Ten slotte lukte het me eindelijk om hem tussen mijn duim en wijsvinger op te pakken. Ik wilde er net onhandig mee gooien toen de grijze bol – tot mijn stomme verbazing – plotseling tot leven kwam! Hij ontrolde zich en scharrelde over mijn hand! Het was een gigantische pissebed, zoals ik ze werkelijk nog niet eerder had gezien.

Ik moet bekennen dat ik zo verbijsterd was dat ik hem liet vallen. Hij leek verbazingwekkend veel op een Armadillidium vulgare, een rolpissebed, maar dan wel een die steroïden had geslikt! Hij had verschrikkelijk veel gelede poten die hij zeer effectief gebruikte, want hij stoof met een snelheid van verschillende knopen weg en diverse kinderen probeerden hem te vangen. Ik hoorde de anderen giechelen in hun pakken; ze vonden het dolkomisch.

192

Later die dag zag ik dat een paar oudere bewoners van het kamp aanstalten maakten om te vertrekken. Ze hielden de hoofden van hun stofpakken tegen elkaar, hoogstwaarschijnlijk om met elkaar te converseren, ook al heb ik hun taal nog niet één keer gehoord. Voor zover ik weet, zou het zomaar Engels kunnen zijn.

Ik besloot hen te volgen en zij deden daar niet moeilijk over – dat doen ze nooit. We klommen het kamp uit en iemand rolde achter ons de rots weer op zijn plek om de toegang te versperren. Het feit dat hun kampen in de bodem van de Grote Vlakte zijn uitgegraven en in de gangen die er vanuit diverse richtingen op uitkomen of zelfs af en toe in het dak zijn uitgehold, zorgt ervoor dat ze voor de terloopse voorbijganger vrijwel onzichtbaar zijn. Ik liep enkele uren achter de twee Coprolieten aan. We verlieten de Grote Vlakte en namen een gang die steil omlaagliep; toen deze weer vlakker werd, merkte ik dat we in een soort havengebied waren aangekomen.

Het bestreek een flink terrein en er waren brede treinrails die langs een bassin vol water liepen. (Ik ben ervan overtuigd dat de Coprolieten verantwoordelijk zijn geweest voor de bouw van de spoorweg voor de mijnwerkerstrein en de aanleg van het kanalennet, twee bijzonder ontzagwekkende ondernemingen.) Aan de kade lagen drie kanaalboten aangemeerd en ik kon mijn geluk niet op toen de Coprolieten aan boord gingen van de dichtstbijzijnde. Ik was nog niet eerder op een dergelijk vaartuig geweest. De boot bevatte een lading recent gedolven kolen en werd aangedreven door een stoommachine – ik zag hoe ze kolen in de ketel schepten en deze met een tondeldoos aanstaken.

Toen er voldoende druk was opgebouwd, vertrokken we; we verlieten het bassin en legden mijl na mijl af op overdekte waterwegen. We stopten regelmatig om de sluizen die we onderweg tegenkwamen open te zetten – ik kon telkens van de boot afstappen en hen vanaf de oever gadeslaan terwijl zij de sluizen met de hand open-

draaiden.

Tijdens de tocht dacht ik na over het feit dat deze mensen en de Kolonisten eigenlijk erg afhankelijk zijn van elkaar, een soort stroeve symbiose, ook al moet ik zeggen dat het fruit en de licht-bollen schamele compensatie vormen voor de gigantische hoeveelheden kolen en ijzererts die de Kolonie in ruil daarvoor ontvangt. Deze mensen zijn werkelijk de beste mijnwerkers die je je kunt indenken en zwoegen wat af met hun zware, door stoom aangedreven graafmaterialen (zie mijn tekeningen in Appendix 2).

We kwamen langs enkele stukken waar de intense hitte hing die ik al eens eerder heb beschreven, waar waarschijnlijk direct achter de rotsen lava stroomt. Ik wilde er liever niet aan denken hoe hoog de temperatuur buiten mijn stofpak wel niet zou zijn en voelde me niet geneigd het aan den lijve te ondervinden. Na lange tijd bereikten we de Grote Vlakte; de ketel loeide, we hadden er aardig de vaart in, en ik begon net een beetje moe te worden (die pakken zijn verdraaid zwaar wanneer je ze een tijdje aanhebt) toen we op de oever van het kanaal een groepje met wat welhaast Kolonisten moesten zijn zagen.

Het waren in elk geval zeer zeker geen Styx en ik vermoed dat we hen de stuipen op het lijf hebben gejaagd. Ze waren met hun drieën, wel een beetje een zootje ongeregeld, en oogden een tikje verdwaasd en nerveus. Veel kon ik niet zien, want de combinatie van mijn brillenglazen en de lichtbollen rond de oogstukken van het pak veroorzaakt zo'n schittering dat mijn zicht aanzienlijk werd belemmerd.

Ze zagen er niet uit als volwassen Kolonisten, dus heb ik geen flauw idee wat ze zo ver bij de trein vandaan uitspookten. Ze staarden ons met open mond aan, maar de twee Coprolieten in mijn gezelschap besteedden zoals gewoonlijk hoegenaamd geen aandacht aan hen. Ik heb nog naar het drietal gewuifd, maar ze groetten niet terug – misschien waren zij ook uit de Kolonie verbannen, net als ik zou zijn geweest als ik niet uit mezelf naar het

Binnenste had willen gaan.

Dr. Burrows herlas de laatste alinea en begon met een afwezige blik in zijn ogen weer te dagdromen. Hij zag zijn gehavende dagboek al op deze bladzijde geopend in een glazen vitrinekast in een museum liggen.

'Geschiedenis,' zei hij trots tegen zichzelf. 'Je schrijft geschíedenis.'

Toen trok hij eindelijk zijn pak aan, schoof hij de dekselplaat opzij en liep hij de in de muur uitgehouwen traptreden af. Onder aan de trap bleef hij even op de keurig aangeveegde aarden vloer staan en keek hij met het harde geluid van zijn eigen ademhaling in zijn tuitende oren om zich heen.

Hij had gelijk gehad: er was inderdáád iets veranderd.

Het kamp was in tegenstelling tot anders vrijwel volkomen in duisternis gehuld en verlaten.

Midden in de gemeenschappelijke ruimte brandde één enkel, flakkerend lichtje. Dr. Burrows liep er langs de muur naartoe en tuurde naar het dakgewelf boven hem. In de dubbele lichtstralen uit zijn pak zag hij dat de luiken van de andere woonruimtes allemaal openstonden. De Coprolieten lieten ze normaal gesproken nooit zo achter.

Zijn voorgevoel klopte. Terwijl hij sliep, was het hele kamp geevacueerd.

Hij naderde het licht midden in de ruimte. Het was een olielamp die boven een tafelblad van gepolijst sneeuwvlokobsidiaan op een verroest ijzeren onderstel hing. Het keurig gepoetste zwarte blad met wazige witte vlekken weerkaatste het schijnsel als een spiegel en hij ontdekte dat er iets op lag wat spookachtig werd verlicht door de lichtstralen van onderaf. Op de tafel stond een rij rechthoekige pakketjes, netjes verpakt in wat zo te zien rijstpapier was. Hij pakte een ervan op en woog het in zijn hand. 'Ze hebben eten voor me achtergelaten,' zei hij. Hij werd overweldigd door de emoties die onverwacht in hem opwelden bij de gedachte aan de zachtaardige wezens bij wie hij zo lang had gewoond en wilde de tranen uit zijn ogen vegen. Zijn handschoen kwam echter niet verder dan de dikke lenzen in de ronde helm die hij ophad.

'Ik zal jullie missen,' zei hij. Zijn trillende stem werd tot een zacht gemompel vervormd door de dikke lagen van het pak. Hij schudde kort zijn hoofd en riep zijn emotionele gedrag een halt toe. Hij wantrouwde dergelijke sentimentele uitbarstingen. Als hij eraan toegaf, zou hij ook worden bedolven onder schuldgevoel jegens het gezin dat hij had verlaten: zijn vrouw Celia en zijn kinderen Will en Rebecca.

Nee. Emotie was een luxe die hij zich niet kon permitteren, zeker niet nu. Hij had een dóél en daar liet hij zich door niets of niemand van afhouden.

Hij verzamelde de pakketjes. Toen hij het laatste oppakte en in zijn armen klemde, zag hij dat er een rol perkament tussen had gelegen. Hij legde de pakketjes snel terug op de tafel en vouwde de rol open.

Het was onmiskenbaar een plattegrond, uitgevoerd in dikke lijnen met gestileerde symbolen eromheen. Hij bekeek het perkament van verschillende kanten in een poging te zien waar hij zich bevond. Met een triomfantelijk 'Ja!' herkende hij de nederzetting waarin hij nu stond en hij volgde met zijn vinger de dikste lijn op de kaart, die de grens van de Grote Vlakte aangaf. Aan de buitenkant hiervan liepen dunne, parallelle streepjes verder: overduidelijk de tunnels die erop uitkwamen. Daarnaast stonden nog veel meer symbolen die hij niet onmiddellijk begreep. Hij staarde met een diepe rimpel op zijn voorhoofd naar de plattegrond.

De onbeholpen, teruggetrokken wezens hadden ervoor gezorgd dat hij alles kreeg wat hij nodig had. Ze hadden hem de *weg* gewezen.

Hij sloeg zijn handen in elkaar en hield ze wringend in een

dankgebed voor zijn gezicht.

'Dank jullie wel, dank jullie wel,' zei hij, terwijl hij in gedachten al druk bezig was met de tocht die in het verschiet lag.

DEEL 2

De thuiskomst

16

Sarah schoof het leren scherm opzij en tuurde door het kleine raam in de deur van de koets naar buiten. De reis voerde het rijtuig door een lange reeks onverlichte tunnels, totdat het eindelijk een hoek omsloeg en ze voor zich een verlicht gebied zag liggen.

In het licht van de straatlantaarns ontdekte ze de eerste van vele rijen huizen. Toen ze er langsreden, zag ze dat de deuren van sommige openstonden, maar er was niemand te bekennen en de kleine gazonnetjes voor de huizen waren overwoekerd door dikke kluiten zwart korstmos en zichzelf voortplantende paddenstoelen. De stoepen waren bezaaid met voorwerpen uit de huizen: overal lagen potten, pannen en vernielde meubels.

De koets minderde vaart om een instorting in de tunnel te omzeilen. Het was vrij ernstig; een deel van de tunnel zelf was ingestort en enorme brokstukken kalksteen waren boven op een huis gevallen, waardoor het dak was vernield en vrijwel het hele gebouw verpletterd.

Sarah keek verbaasd naar Rebecca, die tegenover haar zat.

'Dit gebied wordt volgegooid, zodat we het aantal Bovengronderse portalen kunnen verkleinen. Dat is een van de gevolgen van de inbraak door jouw zoon in de Kolonie,' zei Rebecca zakelijk. Het rijtuig versnelde weer en door de beweging wiegden ze van links naar rechts.

'Dit komt dus allemaal door Will?' vroeg Sarah, die al voor zich zag hoe de mensen wreed uit hun huizen werden verjaagd.

'Ik heb het je toch gezegd – het kan hem niets schelen wie hij kwetst,' zei Rebecca. 'Je hebt geen flauw idee waartoe hij allemaal in staat is. Hij is totaal gestoord en iemand moet hem tegenhouden.'

De oude Styx naast Rebecca knikte hoopvol.

Ze reden door kronkelende tunnels en over klinkerweggetjes steeds verder omlaag en passeerden nu een rij winkels. Sarah zag aan de dichtgetimmerde gevels dat de meeste waren opgeheven.

Toen ze de laatste afdaling naar de Kolonie inzetten, viel er niets meer te zien en Sarah leunde achterover. Ze voelde zich ongemakkelijk en staarde naar haar schoot. Een van de wielen reed over iets heen en de koets wiebelde angstaanjagend, waardoor de passagiers ruw over de houten bankjes werden geslingerd. Sarah wierp een geschrokken blik op Rebecca, die haar een geruststellende glimlach schonk toen de koets zich luid krakend oprichtte. De andere twee Styx bleven onverstoorbaar voor zich uit kijken, zoals ze in feite de hele reis al hadden gedaan. Sarah gluurde steels naar hen en kon een huivering niet onderdrukken.

Denk je eens in.

De vijand die ze met hart en ziel had vervloekt zat op nog geen armlengte afstand bij haar vandaan. Ze waren haar reisgezellen. Zo dichtbij dat ze hen kon ruiken. Ze vroeg zich voor de honderdduizendste keer af wat ze nu echt van haar wilden. Misschien gooiden ze haar wel gewoon in een cel zodra ze hun bestemming eenmaal hadden bereikt om haar vervolgens te verbannen of executeren. Maar waarom zouden ze dan dit toneelstukje opvoeren? De aandrang om te ontsnappen en weg te vluchten werd sterker en liet zich niet onderdrukken. Haar hoofd schreeuwde dat ze moest maken dat ze wegkwam en ze probeerde in te schatten hoe ver ze zou komen. Ze keek met onrustig aan elkaar plukkende vingers naar de deur, maar Rebecca legde een hand op de hare om het onrustige gefriemel te stoppen.

'Het is nu niet ver meer.'

Sarah probeerde te glimlachen, maar ontdekte in het licht van een lantaarn waar ze langsreden dat de oude Styx naar haar zat te staren. Zijn pupillen waren iets minder gitzwart dan die van de andere Styx en het leek wel of er nog een andere tint in aanwezig was, een vage glimp van een kleur die ze niet kon benoemen – tussen rood en bruin in – en die op haar overkwam als donkerder en dieper dan het zwart zelf.

Onder zijn onderzoekende blik voelde ze zich erg onbehaaglijk, alsof hij op een of andere manier precies wist wat ze dacht. Hij keek echter alweer door het raam en bewoog de rest van de reis zijn ogen niet meer, zelfs niet toen hij iets zei. Dat gebeurde maar één keer tijdens de hele rit. Zijn houding was die van iemand met de wijsheid der jaren; het was niet het wraakzuchtige getier dat Sarah gewend was te horen van volwassen Styx. Hij woog zijn woorden zorgvuldig af alsof hij ze eerst naast elkaar in evenwicht bracht voordat hij ze over zijn dunne lippen liet glijden.

'Zo heel anders zijn we niet, Sarah.'

Ze draaide haar hoofd met een ruk naar hem om. Ze staarde gefascineerd naar het netwerk van diepe rimpels bij zijn ooghoeken, die soms omkrulden alsof hij elk moment kon gaan lachen – wat hij echter niet deed.

'Als we al een gebrek hebben, dan is dat wel dat we niet willen inzien dat een handjevol mensen hier beneden, een enkeling maar, niet zo heel anders is dan wij, de Styx.'

Hij knipperde langzaam met zijn ogen omdat ze onder een opmerkelijk grote lantaarn reden die zo fel in de koets scheen dat alle hoeken helder werden verlicht. Sarah merkte op dat geen van de twee andere aanwezigen naar de oude Styx keek en evenmin naar haar. Hij vervolgde: 'We hebben ons afgezonderd en zo nu en dan komen we iemand als jij tegen. Jij bezit een kracht die jou anders maakt dan de rest; je verzet je tegen ons met een hartstocht en felheid die we alleen van onze eigen mensen kennen. Je streeft slechts erkenning na en vecht voor iets waarin je gelooft – het doet er niet toe wat – maar wij luisteren niet.' Hij zweeg en haalde heel diep en nadenkend adem. 'En waarom niet? Omdat we de mensen van de Kolonie al zoveel jaren voor hun eigen bestwil overheersen en onder de duim houden dat we jullie allemaal hetzelfde behandelen. Jullie zijn echter níét allemaal uit hetzelfde hout gesneden. Je mag dan een Kolonist zijn, Sarah, maar je bent ook hartstochtelijk en toegewijd, en niet hetzelfde... bijlange na niet hetzelfde als de anderen. Misschien zou je alleen al vanwege je karakter moeten worden geduld.'

Sarah bleef nog heel lang nadat hij was uitgesproken naar hem staren en vroeg zich af of hij een reactie van haar had verwacht. Ze begreep totaal niet wat hij haar had willen zeggen. Was het soms zijn bedoeling om medeleven met haar te tonen? Was het de Styxmanier om iemand te charmeren?

Of was het een soort bizarre, unieke uitnodiging aan haar om zich bij de Styx aan te sluiten? *Dat kon toch niet.* Dat was onvoorstelbaar. Dat gebeurde nooit; de Styx en de Kolonisten waren twee totaal verschillende volkeren, de onderdrukkers en de onderdrukten, zoals de oude Styx zelf al had aangegeven. Twee uitersten die elkaar nooit zouden bereiken... zo was het altijd geweest en zo zou het altijd zijn, *tot het einde der dagen.*

Ze kon het echter niet loslaten en probeerde te begrijpen waarop hij had gedoeld. Toen doemde er een nieuwe mogelijkheid bij haar op. Vormden zijn woorden misschien een bekentenis dat de Styx hadden gefaald, een verlate verontschuldiging voor de manier waarop haar stervende baby en zij waren behandeld? Ze was er nog steeds niet over uit toen de koets stilhield voor de Schedelpoort.

Ze was er in haar leven maar een keer of tien onderdoor gekomen, alleen wanneer ze met haar man vanwege een zakelijke aangelegenheid in het Kwartier moest zijn, waar ze vervolgens buiten op straat had moeten wachten of, als ze wél bij de bijeenkomst aanwezig mocht zijn, haar mond diende te houden. Zo ging dat in de Kolonie: vrouwen werden niet als gelijken van mannen beschouwd en konden nooit een positie krijgen waarbij een bepaalde mate van verantwoordelijkheid hoorde.

Ze had horen vertellen dat het er bij de Styx anders aan toeging. Het levende bewijs hiervan zat nu trouwens tegenover haar in de gedaante van Rebecca. Sarah vond het maar moeilijk te geloven dat dit meisje, een kind nota bene, zoveel invloed had. Ze had, voornamelijk via Tam, ook verhalen gehoord over het bestaan van een kleine kring van vertrouwelingen, een soort koningshuis dat boven aan in de hiërarchie van de Styx stond, maar dat was puur giswerk van zijn kant geweest. De Styx woonden apart van de mensen in de Kolonie, dus wist niemand hoe het er echt aan toeging, hoewel geruchten over hun bizarre religieuze rituelen op zachte fluistertoon de ronde deden in de herbergen en elke keer werden aangedikt.

Sarah keek van het meisje naar de oude Styx en terug, en bedacht dat ze op een of andere manier best familie van elkaar konden zijn. Als de verhalen klopten, hadden de Styx geen traditionele gezinnen en werden de kinderen al op jonge leeftijd bij hun ouders weggehaald om door daarvoor aangewezen oppassers of meesters op privéscholen te worden onderwezen.

Sarah voelde echter dat er iets was tussen die twee zoals ze daar in het donker zaten. Ze vermoedde een soort band die veel verderging dan de gebruikelijke loyaliteit die de Styx jegens elkaar kenden. Ondanks zijn vergevorderde leeftijd en zijn ondoorgrondelijke gezicht had het gedrag van de oude Styx naar het meisje toe iets vaderlijks of beschermends.

Sarah werd abrupt gestoord in haar gedachten door een klop op de deur van het rijtuig, waarna de deur openvloog. Een oogverblindend hel oplichtende lantaarn scheen brutaal naar binnen en Sarah schermde haar ogen af tegen de felle gloed. Er volgde een schril klikkend gesprek tussen de jongere Styx naast haar en degene die de lantaarn vasthield. Het licht trok zich vrijwel onmiddellijk terug en Sarah ving het luide gekletter van een valhek op toen de Schedelpoort omhoog werd getakeld. Ze leunde niet door het raam om naar buiten te kijken, maar zag in gedachten het beeld van de piekijzeren poort die in de reusachtige, uit steen gehouwen schedel erboven verdween.

Het doel van de poort was om de bewoners van de gigantische grotten op hun plek te houden. Uiteraard had Tam onnoemelijk veel sluipwegen gevonden om dit grote obstakel te omzeilen. Voor hem was het net zoiets geweest als ganzenborden: telkens wanneer een van zijn smokkelroutes werd ontdekt, vond hij altijd wel weer een nieuwe waarlangs hij Bovengronds kon komen.

Zij had voor haar eigen ontsnapping een van zijn routes gebruikt die door een ventilatietunnel liep. Hoewel ze pijnlijk werd getroffen door haar verdriet om Tam, glimlachte Sarah bij de herinnering aan de grote man die met zijn flink uit de kluiten gewassen handen nauwgezet met bruine inkt op een vierkant stuk doek ter grootte van een kleine zakdoek een ingewikkelde plattegrond voor haar had getekend. Ze wist dat de route nu onbruikbaar was – die was binnen enkele uren nadat zij naar boven was gevlucht al met de typische doeltreffendheid van de Styx afgesloten.

De koets schoot in een ongelooflijk rap tempo vooruit en daalde steeds verder omlaag. Er veranderde iets in de lucht, een brandgeur drong door in haar neusgaten en alles begon met een indringend, zacht gerommel te trillen. Ze reden langs de grote ventilatiecentrales. Aan het zicht onttrokken in een kolossale uitgegraven holte hoog boven de Kolonie draaiden immense ventilatoren dag en nacht om de smog en de muffe lucht weg te zuigen.

Ze snoof diep. Hier rook alles veel sterker: de rook en damp van haardvuurtjes, kookgeuren, de stank van schimmel, verrotting en verval, en de opgehoopte walm van een massale hoeveelheid mensen die gescheiden van elkaar in grotere en kleinere met elkaar verbonden grotten woonden. Al deze geuren samen vormden hét aroma van het leven in de Kolonie.

De koets maakte een scherpe bocht. Sarah greep de rand van het houten bankje vast, zodat ze niet over de versleten zitting zou schuiven en tegen de jongere Styx naast haar botste.

Dichterbij.

Ze kwam steeds dichterbij.

Terwijl ze steeds verder langs de helling afdaalden, leunde ze verwachtingsvol uit het raam.

Ze kon het niet laten en staarde naar de schemerwereld die ooit de enige wereld was geweest die ze kende.

Vanaf deze afstand zagen de stenen huizen, werkplaatsen en winkels, de vierkante heiligdommen en solide officiële gebouwen waaruit de Zuid-Grot bestond er nog steeds hetzelfde uit als de laatste keer dat zij ze had gezien. Dat verbaasde haar niet. Het leven hier beneden was net zo onveranderlijk en constant als het bleke licht van de lichtbollen die de afgelopen drie eeuwen vierentwintig uur per dag, week in week uit hadden gebrand.

De koets ratelde met een noodgang over de voet van de helling en door de straten, en mensen sprongen uit de weg of duwden hun handkarren snel tegen de stoeprand om niet omver te worden gekegeld.

Sarah zag dat Kolonisten de voortstormende koets verwonderd nastaarden. Kinderen wezen, maar hun ouders trokken hen snel weg toen het tot hen doordrong dat het rijtuig Styx vervoerde. Het was onbeleefd om leden van de heersende klasse aan te staren.

'We zijn er,' kondigde Rebecca aan. Ze zwaaide de deur al open voordat de koets goed en wel tot stilstand was gekomen. Sarah voelde een schok toen ze de vertrouwde straat zag. Ze was thuis. Ze had haar gedachten nog niet geordend, ze was hier nog niet klaar voor. Bevend volgde ze Rebecca, die behendig uit het rijtuig op de stoep sprong.

Sarah wilde de koets eigenlijk niet verlaten en bleef in de deuropening staan.

'Kom maar,' zei Rebecca vriendelijk. 'Kom maar met mij mee.' Ze pakte Sarahs hand vast en leidde de trillende vrouw de donkere grot in. Sarah liet zich gedwee meevoeren en hief haar hoofd op om naar de immense rotsen te kijken die zich boven de onderaardse stad uitstrekten. Uit de schoorstenen stegen traag verticale rookpluimen op als wimpels die aan het stenen gewelf erboven waren gehangen en ze golfden zacht in de verse luchtstromen die door de gigantische ventilatoren de grot in werden gedreven.

Rebecca hield Sarahs hand stevig in de hare en trok haar mee. Er klonk geratel en een tweede rijtuig bleef pal achter het eerste staan waaruit zij waren gestapt. Sarah verzette zich tegen Rebecca en bleef staan om er over haar schouder naar te kijken. Door het raampje zag ze nog net Joe Waites zitten. Toen keek ze weer voor zich naar de rij identieke huizen die langs de straat stonden. Deze was helemaal verlaten, wat op dit tijdstip vrij ongebruikelijk was, en ze voelde dat de onrust onmiddellijk weer toenam.

'Ik dacht dat je het niet prettig zou vinden als mensen je aanstaarden,' merkte Rebecca op, alsof ze wist wat zich in Sarahs
hoofd afspeelde. 'Ik heb de wijk dus laten afzetten.'
'Aha,' zei Sarah rustig. 'Híj is er toch niet, hè?'
'We hebben precies gedaan wat je ons vroeg.'

In het aarden hol in Highfield had Sarah één voorwaarde gesteld: ze wilde haar echtgenoot niet zien, zelfs na al die tijd
niet. Ze kon niet zeggen of dat was omdat ze bang was te worden herinnerd aan de dode baby of omdat ze het feit dat ze
hem had verraden en in de steek gelaten niet onder ogen
durfde zien.

Ze haatte hem nog steeds, maar als ze volkomen eerlijk was,
hield ze ook nog steeds van hem.

Ze liepen naar haar huis toe. Ze had het gevoel dat ze droomde. De buitenkant was geen spat veranderd, alsof ze gisteren
was vertrokken en de twaalf tussenliggende jaren nooit waren
verstreken. Na al die tijd op de vlucht te zijn geweest en als
een dier van dag tot dag te hebben geleefd, was Sarah weer
thuis.

Ze voelde aan de diepe snede in haar hals.

'Het gaat wel, het ziet er niet heel erg uit,' zei Rebecca. Ze
kneep in Sarahs hand.

Daar had je het weer: het Styxkind, het gebroed van het ergst
denkbare uitschot, probeerde haar gerust te stellen! Ze hield
haar hand vast en gedroeg zich als een *vriendin*. Was de hele
wereld gek geworden?

'Klaar?' vroeg Rebecca. Sarah keek naar het huis. De laatste
keer dat ze het had gezien, had haar dode baby opgebaard gelegen – *in die kamer daar* – haar ogen gleden naar de slaapkamer op de eerste verdieping – de kamer van haar man en
haar, waar ze in die afschuwelijke nacht naast de wieg had gezeten. En *daarbeneden* – ze richtte haar blik op het raam van
de woonkamer – brokstukken van haar vroegere leven met

haar twee zonen flitsten voorbij: het herstelwerk aan hun kleding, het haardrooster dat elke ochtend moest worden leeggehaald, haar man die de krant zat te lezen en haar zijn thee liet brengen, en de zware stem van haar broer Tam alsof hij in een andere kamer was en zijn bulderende lach die de glazen deed rinkelen. *O, leefde hij nog maar. Lieve, lieve, lieve Tam.*

'Klaar?' vroeg Rebecca weer.

'Ja,' zei Sarah vastbesloten. 'Ik ben er klaar voor.'

Ze liepen langzaam het pad naar de voordeur op, maar toen ze daar waren aangekomen, deinsde Sarah achteruit.

'Het is goed,' kirde Rebecca troostend. 'Je moeder zit te wachten.' Ze ging door de deur naar binnen en Sarah volgde haar de hal in. 'Ze zit daar. Ga maar naar haar toe. Ik wacht wel buiten.'

Sarah keek naar het vertrouwde groengestreepte behang waar de strenge schilderijen van de voorvaderen van haar man hingen, vele generaties van mannen en vrouwen die nooit hadden gezien wat zij wel had gezien: de zon. Ze raakte even de grijsblauwe lampenkap aan van de lamp op de tafel in de hal, alsof ze zich ervan wilde vergewissen dat dit alles echt was en dat ze niet in de ban was van een of andere vreemde droom.

'Neem er gerust de tijd voor.' Met deze woorden draaide Rebecca zich om en verliet ze met nuffige pasjes het huis, Sarah alleen achterlatend.

Ze ademde diep in en wandelde stijfjes als een robot de woonkamer binnen.

Er brandde een vuurtje en de kamer zag er nog precies hetzelfde uit, misschien een beetje sjofeler en verkleurd door de rook, maar nog steeds warm en knus. Ze liep geluidloos naar het Perzische tapijt en de twee leren leunstoelen, en sloop er voorzichtig omheen om te zien wie erin zat. Ze was nog steeds bang dat ze elk ogenblik wakker kon worden en dat dit dan allemaal voorbij was en zoals elke droom vervaagde in haar herinnering.

'Mam?'

De oude vrouw hief aarzelend haar hoofd op, alsof ze had zitten dommelen, maar Sarah begreep dat dit niet zo was, want ze had de tranen op de gerimpelde wangen ontdekt. Haar moeders witte haar zat in een slordig knotje en ze had een zwarte jurk aan met een eenvoudige kanten kraag die aan de voorkant met een broche bij elkaar werd gehouden. Sarah voelde dat ze helemaal slap werd van de vele emoties die door haar heen schoten.

'Mam.' Haar stem begaf het en er kwam slechts wat schor gekraak uit.

'Sarah,' zei de oude dame. Ze kwam moeizaam overeind en strekte haar armen uit naar Sarah, die zag dat ze nog steeds huilde en het zelf ook niet droog hield. 'Ze hebben me verteld dat je zou komen, maar ik durfde het niet te geloven.'

Haar moeder omhelsde haar, maar het voelde breekbaar aan, niet de krachtige greep die ze zich herinnerde. Ze bleven met hun armen om elkaar heen geslagen staan totdat haar moeder weer iets zei.

'Ik moet even gaan zitten,' bracht ze ademloos uit.

Toen ze weer zat, knielde Sarah voor haar stoel neer met haar moeders handen in de hare.

'Je ziet er goed uit, kind,' zei haar moeder.

Er viel een stilte. Sarah zocht naar woorden, maar was zo nerveus en onrustig dat ze niets kon uitbrengen.

'Het leven daarboven bevalt je dus wel,' ging de oude vrouw verder. 'Is het daar echt zo verderfelijk als ze ons voorhouden?'

Sarah had haar mond al open om iets te zeggen, maar deed hem weer dicht. Ze kon het met geen mogelijkheid uitleggen en op dat moment was wat ze zeiden ook niet belangrijk. Het ging erom dat ze samen waren, met elkaar verenigd.

'Er is zoveel gebeurd, Sarah.' De oude vrouw aarzelde. 'De Styx zijn goed voor me geweest. Ze sturen elke dag iemand om me naar de kerk te brengen, zodat ik voor Tams ziel kan bidden.' Ze wendde haar ogen af naar het raam, alsof ze het te pijnlijk vond om naar Sarah te kijken. 'Ze zeiden dat jij naar huis zou komen, maar ik durfde hen niet echt te geloven. Het was gewoon te veel om te hopen dat ik je nog eens zou zien... nog een laatste keer... voordat ik doodga.'

'Zo moet je niet praten, mam, je hebt nog een paar mooie jaren voor de boeg,' zei Sarah heel zachtjes, terwijl ze haar moeders hand bestraffend heen en weer schudde. Toen haar moeder haar hoofd in haar richting draaide, staarde Sarah diep in haar ogen. De verandering die ze daar zag, was hartverscheurend; het was net of er een lichtje was gedoofd. Er had altijd een levendige fonkeling in gelegen, maar nu stonden ze mat en wezenloos. Sarah besefte dat dit niet alleen het gevolg was van het verstrijken van de tijd. Ze wist dat het deels haar schuld was en voelde zich verplicht verantwoording af te leggen voor haar daden.

'Ik heb erg veel ellende veroorzaakt, hè? Door mij is de familie verscheurd. Ik heb mijn zonen in gevaar gebracht...' zei Sarah met een trillende stem die steeds zwakker klonk. Ze haalde een paar keer diep adem. 'Ik heb ook geen flauw idee hoe mijn man... John... erover denkt.'

'Hij zorgt nu voor me,' zei haar moeder snel. 'Nu er niemand anders meer is.'

'O, mam,' zei Sarah hees en haar stem haperde. 'Het... het was niet mijn bedoeling dat jij alleen zou achterblijven... toen ik wegging... het spijt me echt verschrikkelijk...'

'Sarah,' onderbrak de oude dame haar. Terwijl de tranen over haar gerimpelde gezicht stroomden, kneep ze in de handen van haar dochter. 'Kwel jezelf niet zo. Je deed wat je volgens jou moest doen.'

'Maar Tam... Tam is dood... en ik kan het nog steeds niet geloven.'

'Nee,' zei de oude vrouw zo zacht dat het bijna niet boven het geknetter van het vuurtje in de haard uit kwam en ze boog haar van verdriet vertrokken gezicht. 'Ik ook niet.'

'Is het waar...?' Sarah zweeg even, maar stelde toen de vraag waar ze als een berg tegen op had gezien. 'Is het waar dat Seth daar iets mee te maken had?'

'Noem hem Will, geen Seth!' snauwde haar moeder, die haar hoofd met een ruk naar Sarah draaide. De uitbarsting kwam zo onverwacht dat Sarah ervan schrok. 'Hij is niet Seth, hij is niet langer jouw zoon,' zei haar moeder nu. Door haar plotseling opgelaaide woede verstrakten de pezen in haar hals en knepen haar ogen zich tot spleetjes. 'Niet na alle schade die hij heeft aangericht.'

'Weet je dat heel zeker?'

Haar moeder brabbelde nu onsamenhangend. 'Joe... de Styx... de politie... iedereen weet het zeker!' stotterde ze. 'Weet jíj dan niet wat er is gebeurd?'

Sarah werd heen en weer geslingerd tussen de behoefte om meer te weten en de wens om haar moeder niet nog erger van streek te maken. Ze wilde echter per se de waarheid weten. 'De Styx hebben me verteld dat Will Tam in een val heeft laten lopen,' zei Sarah. Ze drukte troostend haar moeders handen, die gespannen en verkrampt waren.

'Puur en alleen om zijn eigen vege lijf te redden,' grauwde haar moeder. 'Hoe kon hij dat in vredesnaam doen?' Ze liet haar hoofd hangen, maar haar ogen bleven op Sarah gericht. Heel even maakte haar boosheid plaats voor een blik van sprakeloos onbegrip en leek ze iets meer op degene die Sarah zich herinnerde, de vriendelijke, oude dame die haar hele leven lang keihard voor haar gezin had gewerkt.

'Ik weet het niet,' fluisterde Sarah. 'Ze zeggen dat hij Cal heeft gedwongen met hem mee te gaan.'

'Dat is ook zo!' Haar moeder nam onmiddellijk haar akelige,

wraakgierige houding weer aan, trok in een gebaar van kwaadheid haar gebogen schouders op en rukte haar handen uit die
van Sarah. 'We hebben Will met open armen ontvangen,
maar hij was in een valse, weerzinwekkende Bovengronder
veranderd.' Ze sloeg knarsetandend met een vuist op de leu-
ning van de stoel. 'Hij heeft ons voor de gek gehouden... ons
allemaal, en door hem is Tam om het leven gekomen.'

'Ik begrijp alleen niet hoe... waarom hij Tam dat heeft aangedaan. Waarom zou een zoon van mij dat willen doen?'

'Hij is jouw zoon niet meer, verdorie!' jammerde haar moeder en haar smalle borstkas ging hijgend op en neer.

Sarah deinsde achteruit – ze had haar moeder nog nooit
horen vloeken, haar hele leven niet. Ook vreesde ze voor haar
moeders gezondheid. Ze was er zo slecht aan toe dat Sarah
bang was dat ze er iets aan zou overhouden als ze zo overstuur bleef.

Toen de oude vrouw een beetje was gekalmeerd, smeekte ze:
'Wat je verder ook doet, red in elk geval Cal.' Ze leunde met
een betraand gezicht naar voren. 'Je zorgt er toch zeker wel
voor dat Cal terugkomt, Sarah?' zei haar moeder met een
harde, ijskoude ondertoon in haar stem. 'Je zult hem redden
– beloof het me.'

'Al is dat het laatste wat ik doe,' fluisterde Sarah. Ze tuurde in
de open haard.

Dit weerzien met haar moeder, waarover ze al zo lang en zo
vaak had gedroomd, was bezoedeld en verpest door Wills verraderlijke gedrag. Op dat moment verdreef de kracht van haar
moeders overtuiging dat hij verantwoordelijk was alle beden-
kingen die ze had gehad. Waar Sarah echter grote moeite mee
had, was dat de band die ze na twaalf lange jaren nu met haar
moeder had gebaseerd was op een allesoverheersende zucht
naar wraak.

Ze luisterden naar het knisperende vuurtje. Er viel niets meer te zeggen en ze werden zo verteerd door de woede en pure haat die ze beiden jegens Will voelden dat ze geen behoefte meer hadden om te praten.

Buiten voor het huis keek Rebecca naar de paarden, die ongeduldig trappelden en met schuddende hoofden aan hun tuig trokken. Ze stond tegen de deur van de tweede koets geleund, waarin Joe Waites zenuwachtig en omringd door verschillende Styx zat te wachten. Hij hield Rebecca met een verstrakt, verwrongen gezicht in de gaten en er lag een ongezond laagje zweet op zijn voorhoofd.

In de deuropening van het huis van de Jeromes dook een Styx op. Het was dezelfde Styx die tijdens de rit naar de Kolonie naast Sarah had gezeten en zonder medeweten van haar moeder en haar door de achterdeur het huis was binnen geslopen om vanuit de gang hun gesprek te volgen.

Hij hief zijn gezicht naar Rebecca op. Ze knikte één keer ten teken dat ze hem had gezien.

'Is dat goed?' vroeg Joe Waites snel en hij schoof iets dichter naar het raampje toe.

'Blijf zitten!' siste Rebecca met de heftigheid van een in zijn slaap gestoorde adder.

'Maar mijn vrouw en dochters dan?' zei hij schor met een trieste, wanhopige blik in zijn ogen. 'Krijg ik hen nu terug?'

'Misschien. Als je je als een brave, gehoorzame Kolonist gedraagt en blijft doen wat je wordt opgedragen,' beet Rebecca hem spottend toe. Ze richtte in de klakkende, nasale taal van de Styx het woord tot zijn begeleider in het rijtuig: 'Zodra we hier klaar zijn, kun je hem bij zijn gezin zetten. We rekenen wel in één keer met hen allemaal af wanneer de klus is geklaard.'

Joe Waites sloeg de Styx naast hem, die met een boosaardige grijns antwoordde, ongerust gade.

Rebecca slenterde terug naar de voorste koets en wiegde daarbij met haar heupen zoals ze vroegrijpe tienermeisjes Bovengronds had zien doen. Het was haar *overwinningsloopje*; ze genoot van haar succes. Het lag nu voor het grijpen, ze kon het bijna proeven en haar mond stroomde vol met plakkerig speeksel. Haar vader zou enorm trots op haar zijn. Ze had twee problemen, twee lastige elementen, aangepakt en tegen elkaar opgezet. De mooiste uitkomst zou natuurlijk zijn als ze elkaar uitschakelden, maar zelfs als er na afloop nog een van hen over was, kon ze die eenvoudig zelf afmaken. *Een perfect plan!*

Ze bleef naast de eerste koets staan, waar de oude Styx in zat. 'Vooruitgang?' vroeg hij.

'Ze heeft alles voor zoete koek geslikt.'

'Uitstekend,' zei de oude Styx tegen haar. 'En het losse eindje?' ging hij verder en hij gebaarde met zijn hoofd naar het rijtuig achter hen.

Rebecca glimlachte de zachtaardige glimlach waarmee ze zoveel succes had gehad bij Sarah.

'Zodra Sarah veilig en wel op de mijnwerkerstrein zit, versnipperen we Waites en zijn gezin, en strooien we hen uit over de velden in de West-Grot. Compost voor de stuiverzwammen.'

Ze snoof en trok een vies gezicht, alsof ze iets heel smerigs rook. 'Hetzelfde geldt voor dat nutteloze oude wijf daarbinnen,' zei ze en ze prikte met haar duim in de richting van het huis van de Jeromes.

De oude Styx knikte goedkeurend en ze giechelde.

17

'Eten... zeker weten... het is eten,' zei Cal. Hij boog zijn hoofd achterover en zijn neusvleugels sperden zich open toen hij de lucht opsnoof.

'Eten?' reageerde Chester meteen.

'Nou, ik ruik anders niets.' Will staarde naar zijn voeten, die almaar verder slenterden zonder eigenlijk te weten waar ze naartoe gingen of waarom. Het enige wat ze wisten was dat ze nu al vele kilometers langs het kanaal hadden afgelegd en nog steeds niets waren tegengekomen wat ook maar enigszins op een pad leek.

'Ik heb in dat oude huis toch ook water voor ons gevonden? Nu ga ik een verse voorraad eetwaar zoeken,' meldde Cal met zijn gebruikelijke eigengereidheid.

'We hebben nog wel het een en ander,' antwoordde Will. 'Is het niet beter als we naar dat licht daar in de verte lopen of een weg proberen te vinden of zoiets, in plaats van naar een plek te gaan waar misschien wel Kolonisten zijn? Ik vind dat we naar de volgende laag moeten zien te komen, waar mijn vader ongetwijfeld ook naartoe is.'

'Precies!' zei Chester instemmend. 'Zeker als we van deze afschuwelijke rotplek in het donker licht gaan geven.'

'Dat zou anders best handig zijn,' merkte Will op.

'Doe niet zo gek.' Chester keek zijn vriend grijnzend aan.

'Sorry, ben het niet met jullie eens,' kapte Cal hun gegrap af.

'Als dit een soort opslagplaats voor voedsel is, zijn we misschien dicht bij een Coprolietendorp.'

'Ja, dus?' zei Will uitdagend.

'Tja, die zogenaamde vader van je... die is natuurlijk ook op zoek naar eten,' redeneerde Cal.

'Zou heel goed kunnen,' beaamde Will.

Omringd door de stofwolken die hun voeten veroorzaakten liepen ze een stukje verder, totdat Cal zangerig aankondigde: 'Het wordt sterker.'

'Zal ik je eens wat zeggen? Volgens mij heb je gelijk. Er is inderdaad iets,' zei Will. Ze bleven staan om de geur op te snuiven.

'Hmmm, een hamburgertent misschien?' opperde Chester verlangend. 'Ik zou mijn pink willen geven voor een supersize Big Macmenu.'

'Het is iets... zoets,' zei Will, die met een zeer geconcentreerde blik nog een paar keer diep inademde.

'Ik stel voor dat we het lekker laten voor wat het is,' zei Chester. Hij werd zenuwachtig en wierp behoedzame blikken om zich heen, waardoor hij een beetje op een rondparaderende duif leek. 'Ik wil die Coprolietdingesen dus echt niet tegenkomen.'

Cal keek hem aan. 'Zeg, hoe vaak moet ik het je nou nog vertellen? Ze zijn totaal ongevaarlijk. Volgens de mensen in de Kolonie kun je alles van hen pakken wat je maar wilt, maar dan moet je hen natuurlijk wel eerst zien te vinden.'

Toen Chester hier niet op reageerde, vervolgde Cal: 'We moeten alles wat vreemd is onderzoeken. Als het ons opvalt, bestaat er een kans dat Wills vader het ook heeft opgemerkt en dat is toch eigenlijk de reden dat we hier zijn, nietwaar?' besloot hij sarcastisch. 'We zijn trouwens aan deze kant van het kanaal gebleven omdat jij per se geen natte voeten wilde krijgen.' Cal bukte zich om een steen op te rapen, die hij agressief wegsmeet. Hij viel met een luide plons in het water.

'Allemachtig, wat kun jij toch zaniken, man,' bromde Chester.

'O ja?' antwoordde Cal.

'Nou, gek genoeg heb ik jóú je ook niet zien uitkleden om erin te duiken.' Chester staarde de jongere jongen nijdig aan. 'Hoe luidt het gezegde ook alweer – goed voorbeeld doet goed volgen?'

'Waarom zou ik? Ik ben toch niet de baas, het was toch samen uit, samen thuis?'

'Je meent het.'

'Toe, jongens,' smeekte Will. 'Hou nou eens op. Dit kunnen we er echt niet bij hebben.'

Het drietal deed er geïrriteerd het zwijgen toe. Het gekibbel tussen Cal en Chester was weer even bezworen en ze liepen verder.

Op een gegeven moment liet Cal Will en Chester achter en volgde hij een route die haaks op het kanaal stond.

'Het komt hiervandaan.'

Toen de straal uit zijn lantaarn op een verzameling rotsblokken viel, bleef hij staan. Naast de rotsen was een opening, een door de natuur gevormde, brievenbusachtige spleet in de grond.

Terwijl de twee anderen door het gat tuurden, ontdekte Will een kruis dat naast de rotsblokken in de aarde was geplant. Het was gemaakt van twee stukken gebleekt wit hout die met het een of ander aan elkaar waren gebonden.

'Wat is dat?' vroeg hij aan Cal en hij wees ernaar.

'Waarschijnlijk een Coprolietenbord,' antwoordde zijn broer. Hij knikte enthousiast. 'Als we geluk hebben, ligt hieronder een nederzetting en daar hebben ze vast en zeker wel iets te eten. We kunnen meenemen wat we willen.'

'Ik weet het zo net nog niet.' Will schudde zijn hoofd.

'Will, laten we het niet doen en gewoon verdergaan,' zei Chester dringend tegen zijn vriend. Hij staarde angstig in het gat. 'Ik vind het er niet veilig uitzien.'

'Jij vindt níéts er veilig uitzien,' beet Cal hem toe. 'Blijven jullie maar even hier, dan neem ik wel een kijkje,' zei hij. Hij liet zich in de opening zakken. Na een paar seconden riep hij naar boven dat hij een doorgang had gevonden.

Will en Chester waren veel te moe om hem tegen te houden en beseften dat het anders toch alleen maar weer tot ruzie zou leiden. In plaats daarvan volgden ze met grote tegenzin zijn voorbeeld. Ze klommen omlaag en kwamen terecht in een vlakke galerij. Cal had niet op hen gewacht en was er al een stuk in gelopen. Ze liepen achter hem aan, maar erg gemakkelijk ging dat niet. Toen de galerij verderop overging in een smal gangetje, moest Will noodgedwongen zijn rugzak laten staan op de plek waar Cal de zijne ook had achtergelaten.

'Ik haat dit,' kreunde Chester. Zowel Will als hij zwoegde hijgend voort; af en toe moesten ze op hun buik gaan liggen om onder het laaghangende plafond van de gang door te kruipen. Chester had het erg zwaar. Will merkte dat het hem grote moeite kostte, want hij ving de zware ademhaling van zijn vriend op tijdens diens worsteling om vooruit te komen. Hij was ondanks de korte rustpauzes in de trein en het oude huis nog steeds niet volledig hersteld van de maandenlange gevangenschap in de Bunker.

'Waarom ga je niet terug? Dan zien we je straks bij de uitgang weer,' stelde Will voor.

'Nee hoor, nergens voor nodig,' pufte Chester en hij wurmde zich grommend van inspanning door een wel heel erg nauwe doorgang. 'Ik heb het tot hier toch ook gered?' voegde hij eraan toe.

'Oké. Als je het heel zeker weet...'

Hoewel Will graag sneller was gegaan zodat hij zijn broer kon inhalen, hield hij zich opzettelijk in om Chester niet alleen te laten. Na een paar minuten zag hij tot zijn opluchting dat het plafond weer hoger werd en ze weer rechtop konden staan.

Cal stond een meter of twintig stokstijf bij hen vandaan voor iets wat zo te zien een ingang naar een nieuwe, lange spelonk was. Terwijl Will en Chester hun ledematen strekten, wenkte hij hen. Toen verdween hij met zijn lantaarn voor zich uitgestoken weer uit het zicht. Will en Chester zagen hem verdwijnen.

'Hij is waanzinnig snel, dat moet ik eerlijk toegeven. Volgens mij heeft hij konijnenbloed in zich,' zei Chester, die alweer iets rustiger ademde.

'Gaat het weer een beetje?' vroeg Will, die zag dat Chester met een pijnlijk gezicht zijn armen masseerde en hoe het zweet over zijn gezicht omlaaggutste.

'Ja, hoor.'

'Laten we dan maar proberen hem in te halen,' zei Will. 'Die geur zint me helemaal niet. Veel te wee,' ging hij met opgetrokken neus verder.

Ze bereikten de plek waar ze Cal hadden zien staan en keken naar binnen.

De lucht was voelbaar droger en de geur werd steeds sterker. Het was geen aangename geur, hij had iets onechts en in Wills hoofd begonnen alarmbellen te rinkelen. Hij voelde instinctief aan dat het iets vals had, een lieflijkheid die nep was. Cal inspecteerde inmiddels een gedeelte van de bodem dat bezaaid was met grote, ronde rotsblokken. Op de blokken stonden groepjes pijpachtige uitstulpingen die omhoogwezen, waarvan sommige wel een paar meter hoog waren. Will kon met de beste wil van de wereld niet zeggen wat het voor dingen waren. Ze waren zo te zien niet door water gevormd, zoals stalagmieten; dat kon hij zien aan de manier waarop ze stonden opgesteld. Te netjes. Elke verzameling telde een paar grote pijpen van circa tien centimeter doorsnede in het midden met daaromheen groepjes kleinere pijpen die in een bepaald patroon stonden gegroepeerd en allemaal naar boven waren gericht.

De pijpen waren iets lichter van kleur dan de steen waar ze op stonden en vanaf de plek waar hij stond zag Will dat er aan de buitenkant van deze pijpen om de paar centimeter een ring omheen liep. Daaruit leidde hij af dat de voorwerpen hun omhulsels afwierpen tijdens de groei. Ook zag hij dat ze met een soort harsachtige afscheiding, een soort biologische lijm, aan de rotsblokken waren gehecht. *Het waren levende wezens.*

Hij deed gefascineerd een stap dichterbij.

'Will, zou je dat wel doen?' zei Chester en hij greep zijn arm vast om hem tegen te houden.

Will keek Chester schouderophalend aan en wilde net om zich heen kijken toen ze allebei zagen dat Cal zijn evenwicht verloor. Hij greep de bovenkant van een van de pijpen vast om niet te vallen. Er klonk een geluid alsof iemand met zijn vingers had geknipt, maar dan feller, en hij trok snel zijn hand terug. Hij hervond zijn balans en rechtte zijn rug.

'Au,' zei hij zacht en hij staarde met een verbijsterde uitdrukking op zijn gezicht naar zijn hand.

'Cal?' riep Will.

Hij keek nog een fractie van een seconde met zijn rug naar hen toe naar zijn hand. Toen viel hij opeens op de grond.

'CAL!'

Will en Chester keken elkaar geschokt aan en staarden toen onmiddellijk weer naar Cal, die roerloos op de grond lag. Will maakte aanstalten om ernaartoe te lopen, maar merkte dat Chester zijn arm nog steeds beet had.

'Laat me gaan!' zei hij en hij probeerde zijn arm los te rukken.

'Nee!' schreeuwde Chester tegen hem.

'Het moet!' zei Will worstelend.

Chester liet hem los, maar na een paar stappen bleef hij al staan. Er gebeurde iets. Ze hoorden het.

'Wat heeft dat in vredesnaam te bet...' Chester hapte naar adem, want ze hoorden nu nog meer geklik dat steeds harder en vaker klonk. Gedempte, schrille klikgeluiden die steeds sneller klonken totdat het één groot spervuur leek. De doodsbange jongens keken wild om zich heen in een poging te bepalen waar de oorverdovende, bonkende kakofonie vandaan kwam. Ze konden het echter niet zeggen; in de grot waar Cal lag was ogenschijnlijk niets veranderd.

'We moeten hem eruit halen!' gilde Will en hij kwam in beweging.

Ze holden allebei naar Cal toe en bereikten hem tegelijkertijd. Terwijl Will neerhurkte en de jongen op zijn rug rolde, hield Chester behoedzaam een oogje op de pijpen om hen heen gericht. Cals ogen waren open en staarden niets ziend voor zich uit, en hij was helemaal slap en reageerde niet.

In eerste instantie dachten ze nog dat hij gewoon was verdoofd, maar al snel zagen ze knalpaarse lijnen, die het netwerk van haarvaten onder zijn huid benadrukten, zich vanaf zijn ogen naar buiten toe verspreiden, een beetje zoals inkt zich door water verspreidt. In een angstaanjagend tempo werden de donkere plekken steeds groter totdat ze zijn wangen bereikten. Het leek net of hij twee reusachtige blauwe ogen had.

'Wat gebeurt er? Wat is er met hem aan de hand?' riep Will met een stem die hees was van paniek.

Chester keek hem verward aan. 'Ik weet het niet,' zei hij.

'Heeft hij zijn hoofd soms tegen iets gestoten?' schreeuwde Will.

Chester bekeek Cals hoofd en liet zijn hand van de kruin tot aan de onderkant van de nek glijden. Er was geen spoor te bekennen van een verwonding. 'Controleer zijn ademhaling,' mompelde hij half in zichzelf, terwijl hij zich de eerstehulp-lessen probeerde te herinneren. Hij boog Cals hoofd naar achteren, leunde over hem heen zodat hij zijn oor bij de neus en mond van de jongen kon houden en luisterde. Hij ging met een verdwaasde blik weer rechtop zitten. Hij boog zich nogmaals voorover, trok Cals kaak verder omlaag om te zien of zijn mond verstopt zat en hield zijn hoofd weer schuin opzij om te luisteren. Hij blies zijn adem door zijn mond uit, ging op zijn hurken zitten en legde een hand op de borst van de jongen.

'Allemachtig, Will! Volgens mij ademt hij niet meer!'

Will greep de slaphangende arm van zijn broer vast en trok eraan.

'Cal! Cal! Kom op nou! Wakker worden!' riep hij.

Hij drukte twee vingers tegen de hals van de jongen en pro-beerde een ader te vinden om zijn hartslag te controleren.

'Hier... nee... waar is hij nou?... Niets... WAAR ZIT DAT DING VERDORIE?' schreeuwde hij. 'Doe ik het zo goed?' Hij keek naar Chester. In zijn opengesperde ogen doemde het marte-lende, gierende besef op dat hij geen hartslag kon vinden.

Dat zijn broer dood was.

Precies op dat moment werd het geklik verdrongen door een ander geluid. Zachte plopgeluiden alsof er champagneflessen werden ontkurkt, maar dan gedempt, alsof het achter een muur gebeurde.

De lucht vulde zich onmiddellijk met een vloeiend bewegen-de stroom wit, een stortvloed die de lucht opslokte en de jon-gens overspoelde, in het schijnsel van hun lantaarns bleef hangen en de lucht in een vaste stof veranderde. De minus-cuul kleine deeltjes, net miljoenen kleine blaadjes, werden in reusachtige golven voortgestuwd. Het was best mogelijk dat

224

ze uit de pijpen afkomstig waren, maar de stroom was zo dicht dat het onmogelijk te zien was.

'Nee!' krijste Will.

Met een hand over zijn neus en mond geslagen probeerde hij zijn broer aan zijn arm over de bodem mee te slepen naar de ingang van de grot. Will kwam echter al snel tot de ontdekking dat hij geen adem kon halen; de deeltjes verstopten als zandkorrels zijn mond en neusgaten.

Hij kromde zijn rug en ademde een heel klein beetje lucht in, net voldoende om een paar woorden in Chesters richting te schreeuwen. 'Haal hem hieruit!' bulderde hij boven het onophoudelijke ploppende geluid uit.

Chester had geen aansporing nodig. Hij was al opgestaan, maar wankelde min of meer op de tast voort door de wervelstorm en moest zijn almaar knipperde ogen afschermen tegen het kurkdroge, sneeuwachtige spul dat voorbij bleef razen. De lucht was zo dicht en ondoordringbaar dat zijn arm kolkende bewegingen veroorzaakte toen hij ermee naar Will zwaaide.

Will gleed uit en viel verstikt kuchend op de grond. 'Geen lucht,' hijgde hij met het laatste restje lucht uit zijn longen. Hij rolde zich op zijn zij en probeerde zijn longen weer te vullen. Hij vloekte zacht toen hij terugdacht aan de zuurstofmaskers die Cal en hij in de Eeuwige Stad hadden gebruikt. Ze hadden ze achtergelaten, omdat ze dachten dat ze ze verder niet nodig zouden hebben. Dat hadden ze dus verkeerd gedacht.

Met één hand voor zijn gezicht bleef Will naar adem happend op zijn zij liggen, niet in staat om iets te doen. Door de vloedgolf heen zag hij dat Chester Cal meesleurde en het lichaam van de jongen liet een diep spoor achter in het wit.

Ondanks zijn pijnlijke longen vanwege het gebrek aan zuurstof en zijn tollende hoofd dwong Will zichzelf om verder te kruipen. Hij mocht niet aan zijn broer denken, want hij wist dat híj er zelf aan onderdoor zou gaan als hij niet maakte dat hij uit de grot kwam. Zijn keel en neusgaten zaten helemaal verstopt, alsof hij in meel was begraven. Met een bovenmenselijke inspanning kwam hij wiebelend overeind en zette een paar stappen. Hij probeerde nog naar Chester te roepen dat hij moest maken dat hij wegkwam, maar het had geen zin. Hij had niet voldoende lucht om te roepen en Chester stond met zijn rug naar Will toe nog steeds aan het levenloze lichaam te rukken en te sjorren.

Will dook naar voren, maar wist hooguit vijf meter te overbruggen voordat hij weer op de grond tuimelde. Het was voldoende. Hij was uit de buurt van de ergste kolkende maalstroom van het witte goedje en kreeg weer wat frisse lucht binnen.

Hij kroop traag verder, maar kwam niet heel ver: hij klapte dubbel en hoestte zo hard dat hij moest overgeven. Tot zijn afschuw zat zijn braaksel barstensvol piepkleine witte deeltjes en kleine slierten bloed. Overleven, dat was het enige waaraan hij kon denken, en hij dwong zichzelf op zijn handen en knieën door het gangetje verder te kruipen, trok zichzelf op de tast door het nauwe deel en hield pas stil toen hij de brievenbusopening had bereikt.

Hij hees zichzelf omhoog tot hij weer op de Grote Vlakte was, waar hij kuchend bleef liggen en een gespikkelde vloeistof ophoestte. De beproeving was echter nog niet voorbij. Op de plekken waar het witte goedje aan de blote huid van zijn nek en gezicht kleefde, begon het te jeuken en de jeuk veranderde pijlsnel in een afgrijselijk brandend gevoel. Hij probeerde de korreltjes met zijn handen weg te krabben, maar daardoor werd het alleen maar erger. De korreltjes die loslieten trokken een stuk van zijn huid mee en hij ontdekte dat zijn vingers helemaal onder het bloed zaten.

Omdat hij niet wist wat hij anders moest doen, raapte hij een paar handenvol zand op dat hij over zijn gezicht, hals en handen wreef. Het bleek te werken en de onverdraaglijke jeuk en pijn namen iets af. Zijn ogen brandden echter nog steeds en het duurde even voordat hij ze met de binnenkant van zijn mouw schoon had geboend.

Toen verscheen Chester. Hij klauterde door de opening en wankelde blindelings rond. Hij zakte op zijn handen en knieën en begon te hoesten en te kokhalzen. Will zag dat hij iets achter zich aan had gesleept. Vanwege zijn tranende ogen dacht hij eerst dat het Cal was. De moed zonk hem echter in de schoenen toen het tot hem doordrong dat het de rugzakken waren, die Chester uit het gangetje had opgehaald.

Chester brulde van de pijn en klauwde naar zijn gezicht en ogen. Will zag dat hij van top tot teen met witte korreltjes was bedekt; zijn haar zat er helemaal vol mee en op de bezwete plekken op zijn gezicht waar ze waren blijven plakken, zat een dikke donzige laag. Hij brulde nog een keer en krabde verwoed in zijn hals alsof hij de huid zelf probeerde weg te krabben. 'Rotspul!' riep hij met een verwrongen, gekwelde huilstem.

'Met zand wegwrijven!' schreeuwde Will tegen hem.

Chester deed onmiddellijk wat Will zei, graaide handenvol zand van de bodem en schuurde zijn gezicht ermee schoon.

'Zorg dat je het uit je ogen krijgt!'

Chester haalde uit zijn broekzak een zakdoek tevoorschijn waarmee hij haastig zijn ogen begon te deppen. Na een tijdje werden zijn bewegingen iets minder gejaagd. Er stroomde snot uit zijn neus, en zijn ogen traanden nog steeds en waren roodomrand. Zijn gezicht was een mengeling van vegen zand en bloed en het was net alsof hij een of ander afgrijselijk masker op had. Hij keek met gekwelde uitdrukking op zijn gezicht naar Will.

'Ik hield het niet langer uit,' zei hij schor. 'Ik kon er niet langer blijven... ik kreeg geen lucht.' Hij begon hol te hoesten en spuugde iets uit.

'Ik moet hem eruit halen,' zei Will en hij liep terug naar de opening. 'Ik ga terug.'

'Daar komt niets van in!' snauwde Chester. Hij sprong overeind en greep hem stevig vast.

'Het moet,' zei Will en hij probeerde zich los te trekken.

'Doe niet zo stom, Will! Stel dat die dingen je te grazen nemen en ik jou er niet uit krijg!' schreeuwde Chester.

Will verzette zich tegen zijn vriend en probeerde te ontsnappen, maar Chester was echt niet van plan hem te laten gaan. Uit pure frustratie deed Will zelfs een halfslachtige poging om Chester een klap te verkopen, maar toen begon hij te snikken. Hij wist dat Chester gelijk had. Zijn hele lijf verslapte, alsof al zijn kracht plotseling uit hem was weggesijpeld.

'Oké, oké,' zei Will met onvaste stem. Hij hield zijn handen op en Chester liet hem los. Hij kuchte en tuurde toen met een schuin hoofd omhoog alsof hij naar de hemel wilde kijken, ook al wist hij dat deze achter vele kilometers aardkorst verborgen was. Toen de realiteit tot hem doordrong, slaakte hij zo'n diepe zucht dat zijn hele lichaam trilde. 'Je hebt gelijk. Cal is dood,' zei hij.

Chester staarde Will aan en knikte.

'Het spijt me, Will, het spijt me echt verschrikkelijk.'

'Hij wilde alleen maar helpen. Hij was op zoek naar eten voor ons... en moet je zien wat er nu is gebeurd.' Will boog zijn hoofd en liet zijn schouders hangen.

Omdat zijn rauwe huid bleef branden, wreef Will in zijn nek. Zijn hand raakte de hanger van smaragd die daar hing en sloot zich er onwillekeurig omheen. Die had Tam hem gegeven, een paar minuten voordat hij door de Styx was afgemaakt. 'Ik heb oom Tam beloofd dat ik op Cal zou passen. Ik heb hem mijn woord gegeven,' zei hij somber en hij wendde zijn hoofd af. 'Wat doen we hier eigenlijk? Hoe is het zover gekomen?' Hij hoestte en ging zachtjes verder: 'Mijn vader is waarschijnlijk ook dood, en wij zijn niet goed snik en gaan er natuurlijk ook aan. Sorry, Chester – het spel is uit. We zijn er geweest.'

Hij liet zijn lantaarn staan en liep strompelend naar een rots. Daar ging hij in het donker zitten en staarde naar het zwarte gat voor hem, dat naar hem terugstaarde.

18

Met een luide knal van de zweep verliet het rijtuig het huis van de Jeromes. Een paar politiemannen haalden haastig een versperring weg waarna het langs de afzetting ratelde. Verderop op de weg had zich een kleine menigte mensen verzameld die net deden alsof hun dagelijkse bezigheden hen daarheen hadden gevoerd. Dat deden ze echter niet overtuigend, want ze staarden, net als de meeste politieagenten, met uitgerekte halzen naar de koets om te zien wie erin zat.

Sarah tuurde door het raampje naar een punt ergens in de verte en was zich niet bewust van de gezichten en nieuwsgierige blikken. Het weerzien met haar moeder had haar compleet uitgeput.

'Je beseft toch wel dat je een beroemdheid bent, hè?' zei Rebecca, die naast de oude Styx had plaatsgenomen; de jonge was bij het huis van de familie Jerome achtergebleven.

Sarah wierp Rebecca een glazige blik toe en wendde haar hoofd weer om naar het raam.

De koets reed door de straten naar de verst weg gelegen rand van de Zuid-Grot, waar het domein van de Styx lag. Het gebied was omheind met een gietijzeren hek van tien meter hoog en daarbinnen stond een hoog, grimmig gebouw. De zeven verdiepingen waren uit de rotsen zelf gehakt en de voorgevel werd geflankeerd door twee vierkante torens. Het gebouw, dat het Fort werd genoemd, was functioneel en strak met muren van ruwe steen; niets vrolijkte het geheel ook maar een klein beetje op. Er had nog nooit een Kolonist een voet in het gebouw gezet en niemand wist precies hoe groot het precies was of wat er zich daarbinnen eigenlijk afspeelde, want het bouwwerk zelf was diep in het gesteente geplaatst. Het gerucht ging dat het Fort via verschillende tunnels in contact stond met de wereld boven, zodat de Styx erheen konden wanneer ze maar wilden.

Naast het Fort en eveneens binnen de omheining stond nog een ander groot, maar veel vierkanter gebouw met rijen kleine, regelmatig verspreide raampjes op beide verdiepingen. Iedereen nam aan dat dit het hoofdkwartier was waar de militaire operaties van de Styx werden gepland – niemand kon echter met zekerheid zeggen of dit ook zo was, maar desondanks werd het meestal aangeduid als het Garnizoen. In tegenstelling tot het Fort werden Kolonisten in dit gebouw wél toegelaten en een aantal van hen werkte er zelfs in dienst van de Styx.

Dit laatste gebouw was de bestemming van het rijtuig. Nadat ze waren uitgestapt, volgde Sarah Rebecca gehoorzaam naar de ingang, waar een politieagent in een wachthuisje respectvol met afgewende ogen een hand naar de klep van zijn pet bracht. Binnen in het Garnizoen droeg Rebecca Sarah over aan een Kolonist, waarna ze prompt vertrok.

Sarah wierp met een hangend hoofd van vermoeidheid een korte blik op de man. De mouwen van zijn hemd waren opgerold en ontblootten ronde, gespierde onderarmen; net als de meeste mannen in de Kolonie was hij breed en gedrongen gebouwd. Hij droeg een lang, zwart rubberen schort met een klein wit kruis op de voorkant. Zijn schedel was vrijwel helemaal kaalgeschoren, maar hier en daar staken een paar witte stoppels de kop op, en zijn brede voorhoofd strekte zich uit boven twee heel lichtblauwe, heel kleine ogen. Aangezien hij dezelfde oog-, haar- en huidskleur had als Sarah, moest hij wel 'zuiver ras' zijn, de plaatselijke benaming voor albino's, de afstammelingen van een aantal van de oorspronkelijke stichters van de Kolonie. Net als de politieman had ook hij Rebecca zeer eerbiedig bejegend, maar nu wierp hij steeds verholen blikken op Sarah, die lusteloos achter hem aan sjokte. Hij voerde haar mee een trap op en door verschillende gangen waar hun voetstappen op de geboende stenen vloeren weergalmden. De muren waren eenvoudig en zonder opsmuk, en werden slechts onderbroken door vele deuren van donkergekleurd ijzer die allemaal dicht waren. Voor een ervan bleven ze staan en hij gooide hem voor haar open. De stenen vloer liep in de kamer door en ze zag dat er in een hoek onder een lang smal raam dat hoog in de muur zat een slaapmat lag. Bij het bed stond een met water gevulde kom van wit email en daarnaast een bijpassende emaillen mok en een bordje met een keurige stapel stuiverzwamplakken. De eenvoud en soberheid van de kamer riepen het beeld op van een klooster.

Ze bleef op de drempel staan en maakte geen aanstalten om naar binnen te gaan.

De man deed zijn mond open alsof hij iets wilde zeggen, maar deed hem snel weer dicht. Dit deed hij een paar keer, als een aan land gespoelde vis, totdat hij blijkbaar voldoende moed had verzameld.

'Sarah,' zei hij heel vriendelijk en hij boog zijn hoofd een stukje naar haar toe.

Ze hief langzaam haar gezicht naar hem op en staarde hem met uit pure vermoeidheid ontstaan onbegrip aan.

Hij keek om zich heen door de gang om er zeker van te zijn dat er niemand zo dicht in de buurt was dat die hem kon verstaan. 'Ik mag eigenlijk helemaal niet met je praten, maar... herken je me dan niet?' vroeg hij.

Ze kneep haar ogen halfdicht alsof ze probeerde zich op hem te focussen en toen verscheen er een verbaasde blik van herkenning op haar gezicht.

'Joseph...' zei ze bijna onhoorbaar, want ze had haar vriend herkend. Ze waren even oud en waren als tieners goed met elkaar bevriend geweest. Toen er zware tijden aanbraken voor zijn familie en ze gedwongen waren naar de West-Grot te verhuizen om daar op de velden te gaan werken, was ze hem uit het oog verloren.

Hij keek haar met een wat onbeholpen glimlach aan die helemaal niet bij zijn ronde gezicht paste en daarom gek genoeg heel teder oogde.

'Je moet weten dat iedereen begrijpt waarom je bent weggegaan en... dat we...' hij zocht naar de juiste woorden, 'dat we... sommigen van ons... ik... je nooit ben vergeten.'

Ergens in het gebouw sloeg een deur en hij keek zenuwachtig over zijn schouder.

'Dank je, Joseph,' zei ze. Ze legde even een hand op zijn arm en ging toen vlug de kamer binnen.

Joseph mompelde iets en deed de deur zachtjes achter haar dicht, maar dat ontging Sarah, die haar tas op de vloer liet vallen en zich op de slaapmat oprolde. Ze staarde naar de plek waar de glanzend gepolijste stenen muur overging in de vloer en ontwaarde in het steen de omtrek van talrijke fossielen, voornamelijk ammonieten en andere tweekleppige diersoorten; de tere sporen zagen eruit alsof een goddelijke ontwerper ze daar had aangebracht.

Ze probeerde de verschillende gedachten en emoties die haar bestormden te ordenen, en terwijl ze daarmee bezig was, leken de gegroepeerde fossiele resten, door elkaar gehusseld en voor eeuwig in hun bevroren houding vastgelegd, een bepaalde logica te bevatten. Het was alsof ze hen plotseling begreep, een patroon had gevonden in de chaotische verzameling, een geheime sleutel die alles kon verklaren. Het heldere moment was echter alweer voorbij en in de drukkende stilte dommelde ze langzaam weg in een diepe slaap.

19

De eerste stralen van de zon staken al boven de horizon uit en kropen in rode en oranje tinten door een smalle strook lucht. Binnen een paar minuten strekte het steeds sterker stralende licht zich laag boven de daken uit, waar het de nacht terug-drong en het begin van een nieuwe dag markeerde.

Beneden op Trafalgar Square verdrongen drie zwarte taxi's zich voor de stoplichten en een eenzame fietser manoeuvreer-de roekeloos tussen hen door. Hij dook plotseling voor de voorste en de bestuurder moest op zijn rem trappen waardoor het kenmerkende, oorverdovende gierende gepiep van blok-kerende wielen de lucht vulde. De taxibestuurder hief kwaad zijn vuist op en schreeuwde iets door zijn openstaande raam-pje, maar de fietser maakte een onfatsoenlijk gebaar naar hem en schoot met woest pompende benen weg in de rich-ting van Pall Mall.

Aan de overkant van het plein verscheen een konvooi van rode dubbeldekkers die bij de bushaltes stilhielden, maar op dat tijdstip in de ochtend stapten er maar een paar passagiers in en uit. De spits moest nog beginnen.

'Een vroege vogel vangt veel wormen,' lachte Rebecca vreug-deloos en ze liet haar blik over de trottoirs onder haar glijden waar ze een enkele voetganger zag lopen.

'Ik zie hen niet als wormen; ze zijn nog erger dan nutteloze wezens,' merkte de oude Styx op en hij nam het tafereel voor hen op met zijn glinsterende ogen die net zo waakzaam stonden als die van Rebecca.

In het steeds fellere licht zag zijn gezicht zo bleek en onverzettelijk dat het evengoed uit een brok eeuwenoud ivoor kon zijn gehakt. Zoals hij daar met zijn enkellange, leren jas en zijn handen achter zich op zijn rug geklemd naast Rebecca op de uiterste rand van het dak van de Admiralty Arch stond, leek hij wel een generaal op overwinningstocht. Ze toonden geen van beiden ook maar een spoortje angst voor de steile afgrond aan hun voeten.

'Er zijn mensen die zich verzetten tegen ons en de maatregelen die we zo meteen gaan treffen,' zei de oude Styx met zijn blik nog altijd op het plein gericht. 'Je hebt een begin gemaakt met het verwijderen van de rebelse elementen in het Onderdiep, maar daarmee zijn we er nog niet. Zowel hierboven als in de Sloppen in de Kolonie zijn opstandige groeperingen opgestaan die we veel te lang hebben getolereerd. Jij hebt de plannen van wijlen je vader voortgezet en net nu ze op het punt staan uitgevoerd te worden, kunnen we niet toestaan dat een onbeduidende kleinigheid dat verhindert.'

'Akkoord,' zei Rebecca, aan wie niet te merken viel dat hiermee de beslissing was gevallen om enkele duizenden mensen te doden.

De oude Styx deed zijn ogen dicht, niet omdat het steeds schellere Bovengronderse licht hem kwelde, maar omdat er een gedachte bij hem was opgekomen die bijzonder vermoeiend was.

'Die knaap van Burrows...'

Rebecca deed haar mond open om iets zeggen, maar slikte de woorden in toen de oude Styx verderging: '... jij en je zus hebben er goed aan gedaan om die vrouw van Jerome mee te nemen en haar onschadelijk te maken. Jouw vader hield al evenmin van onafgehandelde zaken. Jullie bezitten allebei zijn instinct,' zei de oude Styx zo zacht dat het bijna als genegenheid kon worden opgevat.

Zijn stem kreeg weer de gebruikelijke harde klank. 'Desondanks hebben we de slang weliswaar tijdelijk buiten gevecht gesteld, maar nog niet gedood. Will Burrows is voorlopig bedwongen, maar hij kan nog altijd als een valse afgod, een leider voor onze vijanden fungeren. De kans bestaat dat zij hem inlijven bij hun verzet tegen ons en de maatregelen die wij willen treffen. We kunnen niet toestaan dat hij onbelemmerd door het Binnenste blijft rondzwerven. Hij moet worden opgespoord en gestopt.' Nu pas draaide de oude Styx zijn hoofd langzaam om in de richting van Rebecca, die naar het schouwspel onder hen bleef staren. 'Het is nog steeds mogelijk dat de jongen erachter komt waarmee we bezig zijn en onze plannen dwarsboomt. Ik hoef jou niet te vertellen dat dát moet worden voorkomen... tegen elke prijs,' benadrukte hij.

'Daar wordt al aan gewerkt,' verzekerde Rebecca hem zelfverzekerd.

'Zorg dat het goed gebeurt,' zei de oude Styx. Hij liet zijn handen achter zijn rug los, zwaaide ze naar voren en klapte ermee.

Rebecca interpreteerde het gebaar juist. 'Ja,' zei ze. 'We moesten maar eens aan het werk.' Haar lange zwarte jas viel open in de bries toen ze zich omdraaide naar de groep Styx die zwijgend achter haar stond te wachten.

'Laat me er een zien,' beval ze. Ze verliet de rand van het dak en beende heerszuchtig naar de schimmige mannen. Het waren er een stuk of vijftig, die in een kaarsrechte rij stonden; een van hen kwam nu gehoorzaam in beweging en verliet de rij. Hij knielde neer, stak zijn gehandschoende hand onder het deksel van een van de twee grote rieten manden die hij en iedere andere Styx op het dak bij hun voeten hadden staan. Uit de mand klonk een zacht gekoer op. Hij haalde er een hagelwitte duif uit en deed het deksel weer dicht. Toen hij de duif aan Rebecca overhandigde, probeerde het dier met zijn vleugels te klapwieken, maar ze pakte het stevig met beide handen vast.

Ze hield het beest schuin om zijn poten te bekijken. Er zat iets omheen, alsof de duif was geringd, maar het waren niet zomaar metalen bandjes. Ze waren gemaakt van gebroken wit materiaal dat dof glom toen het licht erop viel. In elk bandje zaten kleine bolletjes verwerkt die zo waren ontworpen dat ze na enkele uren te zijn blootgesteld aan ultraviolet licht vanzelf zouden vergaan en hun inhoud verspreiden. De zon was dus in feite zelf het tijdmechanisme dat alles in werking zette.

'Zijn ze er klaar voor?' vroeg de oude Styx, die nu naast Rebecca kwam staan.

'Ja,' zei een andere Styx iets verderop in de rij bevestigend.

'Uitstekend,' zei de oude Styx. Hij liep langzaam langs de rij schouder aan schouder staande mannen in identieke zwarte leren jassen met ademhalingsapparatuur op, die in het zwakke licht bijna naadloos in elkaar overgingen.

'Broeders,' richtte de Styx het woord tot hen. 'We verstoppen ons niet langer. De tijd is aangebroken om ons rechtmatig eigendom op te eisen.' Hij zweeg even om zijn woorden tot hen te laten doordringen. 'Vandaag zal de geschiedenis ingaan als de eerste dag van een glorieus nieuw tijdperk. Het is de dag die onze uiteindelijke terugkeer naar boven zal inleiden.'

Hij bleef plotseling staan en sloeg met zijn vuist in de palm van zijn hand. 'De afgelopen honderd jaar hebben we de Bovengronders laten boeten voor hun zonden door piepkleine ziektekiemen op hen los te laten die zij "griep" noemen. De eerste keer was in de zomer van 1918.' Hij lachte zuur. 'Die arme dwazen gaven de ziekte de naam de Spaanse griep en zij deed miljoenen van hen in hun graf belanden. In 1957 en

1968 herhaalden we ons machtsvertoon met de Aziatische en Hongkongvarianten.'

Hij sloeg nog harder in zijn palm en de klap van zijn leren handschoenen echode over de daken.

'Die epidemieën stelden niet meer voor dan een gewone verkoudheid in vergelijking met wat er nu gaat komen. De zielen van de Bovengronders zijn door en door verrot – hun moraliteit is die van een bende gekken – en ze vernielen ons beloofde land met hun overmatige consumptie en hebzucht.

Hun tijd loopt ten einde en de wereld zal worden gezuiverd van de Heidenen,' gromde hij als een gewonde beer. Hij liet zijn ogen van het ene eind van de rij naar het andere glijden en liep toen verder, waarbij de hakken van zijn laarzen op het metalen dak tikten.

'Vandaag testen we namelijk een afgezwakte stam van Dominatie, onze heilige plaag. Door noeste arbeid zullen wij aantonen dat deze kan worden verspreid over deze stad, over dit land en vervolgens over de rest van de wereld.' Hij hief een hand op en strekte zijn vingers uit naar de hemel. 'Onze vogels vliegen op en de zon draagt er zorg voor dat luchtstromen onze boodschap naar de kwaadaardige massa's vervoeren, een boodschap die in bloed en pus over de gehele Aarde zal worden geschreven.'

Toen hij bij de laatste man in de rij was aangekomen, draaide hij zich om en liep hij zwijgend terug tot hij bijna halverwege de rij was.

'Dus, kameraden, de volgende keer dat wij hier staan, zal onze lading inderdaad dodelijk zijn. Dan zullen onze vijanden, de Bovengronders, worden geveld, precies zoals in het *Boek der Catastrofen* wordt verkondigd. Dan zullen wij, de rechtmatige erfgenamen der Aarde, terugnemen wat van ons is.'

Hij bleef nu theatraal staan en zei zachter en rustiger: 'Aan de slag.' De groep ging haastig klaarstaan.

Rebecca nam het woord. 'Op mijn teken... drie... twee... een... los!' commandeerde ze en ze wierp haar duif hoog in de lucht. De Styx zetten onmiddellijk de manden bij hun voeten open en de vogels fladderden omhoog, een witte zwerm die tussen de mannen opsteeg en zich van het dak verhief.

Rebecca volgde haar duif zo lang ze kon met haar ogen, maar toen werd hij door de honderden andere ingehaald en ging hij in de grote massa op die heel even boven Nelson's Column bleef hangen voordat ze alle kanten op stoven als een wolk witte rook die door de wind uit elkaar wordt gedreven.

'Vlieg, vlieg, vlieg!' riep Rebecca hen lachend na.

Deel 3

Drake en Elliott

20

'Wat verschrikkelijk,' herhaalde Chester telkens opnieuw toen de omvang van het gebeurde langzaam maar zeker tot hem doordrong. 'We konden gewoon niets meer doen. Hij had geen pols meer.'

Chester ging gebukt onder een steeds zwaarder wordend schuldgevoel en maakte zichzelf aan één stuk door verwijten. Hij was ervan overtuigd dat Cals dood op een of andere manier deels zíjn schuld was. Omdat hij voortdurend kritiek op de jongen had geleverd, had hij hem misschien wel opgejut en hem er zo toe aangezet zich roekeloos te gedragen en in zijn eentje de grot binnen te gaan.

'We konden niet terug naar binnen...' brabbelde Chester half in zichzelf.

Hij was diep geschokt. Hij had nog nooit iemand zo zien sterven, niet met eigen ogen. Het deed hem denken aan die keer toen hij met zijn vader in de auto had gezeten en ze langs de nasleep van een afschuwelijk motorongeluk waren gereden. Hij wist niet of het verwrongen lichaam in de berm dood was – daar was hij naderhand ook niet achter gekomen – maar dit was iets heel anders. Dit was iemand die hij kende en die was gestorven terwijl hij stond toe te kijken. Het ene moment was Cal er nog en het volgende was hij slechts een slap lichaam. *Een dood lichaam.* Hij kon het nog steeds niet onder ogen zien. Het was zo onbetwistbaar en zo enorm definitief; het was net of hij met iemand aan de telefoon zat te kletsen, maar opeens was de verbinding verbroken en spraken ze elkaar nooit weer.

Na een tijdje verviel hij in stilzwijgen en liepen ze met sloffende laarzen in het stof naast elkaar verder. Will had zijn hoofd gebogen en voelde een ongekend diepe wanhoop. Hij schonk totaal geen aandacht aan zijn omgeving en zette als een slaapwandelaar automatisch zijn ene voet voor de andere langs het kanaal dat oersaai mijl na mijl voortkabbelde.

Chester sloeg hem bezorgd gade en vreesde voor zowel zijn vriend als zichzelf. Als Will zich hier niet overheen zette, wist hij niet hoe het verder met hen moest. Op deze plek was geen ruimte voor ook maar een klein beetje speling; als je het wilde overleven, moest je voortdurend alert zijn. Als Chester daar nog bewijs voor nodig had gehad, dan was de grimmige aanblik van Cals dood meer dan voldoende geweest. Het enige wat hij nu nog kon doen, was ervoor zorgen dat ze dicht bij het kanaal bleven, dat van richting was veranderd en hen nu rechtstreeks naar een van de flakkerende kleine lichtjes voerde. Het licht werd elk uur helderder, als een ster die hun de weg wees. Waarnaartoe, dat wist Chester niet, maar hij was absoluut niet van plan het kanaal over te steken, al helemaal niet zolang Will in deze toestand verkeerde.

Op de tweede dag waren ze zo dicht bij het licht in de buurt dat ze het vage schijnsel op de rond lopende rotswand eromheen konden ontwaren. Ze bevonden zich nu duidelijk in het grensgebied van de Grote Vlakte. Chester stond erop dat ze het terrein verkenden en pas toen hij ervan overtuigd was dat het veilig was, gingen ze langzaam verder. Zelf sloop hij zo voorzichtig mogelijk vooruit, maar Will slenterde nonchalant achter hem en was totaal niet geïnteresseerd in het licht voor hen of de omgeving.

Uiteindelijk bereikten ze de lichtbron. Een metalen arm van

ongeveer een halve meter lang met aan het uiteinde een dansende blauwgetinte vlam stak uit de rotswand. De vlam siste en sputterde af en toe in de bries, alsof hij de aanwezigheid van de jongens afkeurde. Onder de gaslamp stroomde het kanaal ongehinderd verder, regelrecht een opening in de rots in die zo volmaakt rond was dat ze wel door mensenhanden moest zijn gemaakt, of op zijn minst door Coprolietenhanden. De jongens tuurden in de opening en het werd al snel duidelijk dat er geen richel langs de wanden liep of iets anders waarover ze hun tocht langs het kanaal konden voortzetten.

'Nou, dat was dus dat,' verwoordde Will het treurig. 'We kunnen niet verder.'

Hij verliet de oever van het kanaal zonder de dunne stroom op te merken die uit de muur ernaast droop. Uit een kleine opening op borsthoogte druppelde water dat een gladde geul in de rotswand had gesleten. Het werd opgevangen in een overstromend bassin in door water uitgeholde steen. Vandaaruit stroomde het over de rand en langs diverse kleine plateaus totdat het in het kanaal eindigde. Het wegsijpelende water had een bruinige vlek langs het pad achtergelaten, maar dat weerhield Chester er niet van een mondvol te proeven.

'Het smaakt goed. Waarom neem je ook niet wat?' riep hij tegen Will. Het was de eerste keer in bijna een dag tijd dat hij hem rechtstreeks aansprak.

'Nee,' antwoordde Will knorrig en hij liet zich met een troosteloze zucht op de grond vallen. Hij trok zijn knieën tegen zijn borstkas, sloeg zijn armen eromheen en bleef zacht wiegend zitten. Hij boog zijn hoofd, zodat Chester zijn gezicht niet kon zien.

Chesters frustratie bereikte het kookpunt en hij beende resoluut naar zijn vriend toe, vastbesloten een beroep te doen op zijn gezonde verstand.

'Oké, Will,' zei hij met een vlakke, zorgvuldig beheerste stem die zo onnatuurlijk klonk dat Will was gewaarschuwd voor wat er zou volgen. 'Dan blijven we hier gewoon lekker zitten totdat jij besluit dat je wel weer iets wilt ondernemen. Neem er gerust de tijd voor. Het zal mij een zorg zijn of het dagen of zelfs weken duurt. Doe er zo lang over als je zelf wilt. Ik vind alles best.' Hij ademde hard door zijn mond uit. 'Als je hier trouwens gewoon wilt blijven totdat we wegrotten, vind ik dat ook prima. Ik vind het ontzettend akelig van Cal, maar dat verandert niets aan de reden dat we hier zijn... waarom je me vroeg je te helpen je vader te vinden.' Hij zei even niets en bleef naast Will staan. 'Of was je hem alweer vergeten?'

De laatste zin trof Will als een klap in zijn maag. Chester hoorde dat hij kort en fel inademde en zag dat zijn hoofd schokte, maar hij keek nog altijd niet op.

'Wat jij wilt, hoor,' snauwde Chester tegen zijn vriend en hij ging een stukje verderop liggen. Hij wist niet hoeveel tijd er was verstreken, maar opeens hoorde hij Will praten. Het klonk als woorden uit een droom en Chester besefte dat hij was ingedommeld.

'... je hebt gelijk, we moeten verder,' zei Will.

'Wat?'

'Kom, laten we gaan.' Will stond energiek op en liep direct naar het druppelende stroompje om het vluchtig te inspecteren. Toen bestudeerde hij de opening waardoor het kanaal de rotswand binnen ging en hij hield zijn lantaarn een klein stukje in de inktzwarte schaduw in het gat waar het gaslicht niet kwam. Met een knikje richtte hij zijn aandacht op de steile rotswand erboven.

'We kunnen,' kondigde hij aan. Hij keerde terug naar de plek waar hij zijn rugzak had laten liggen en hing deze om zijn schouders.

'Wat? Wat kunnen we?'

'Volgens mij is het veilig,' was zijn raadselachtige antwoord.

'Veilig om wat te doen dan?'

'Nou, kom je nog of hoe zit het?' vroeg hij ruw aan Chester, die zijn vriend achterdochtig aanstaarde vanwege de plotselinge verandering die zich in hem had voltrokken. Will stond al bij het kanaal en klemde de lantaarn aan zijn borstzak. Hij bekeek de wand een paar seconden lang en trok zichzelf toen op. Hij zocht tastend naar hand- en voetsteunen en klom zo op een soort boogbrug die hem onder de sputterende gaslamp door, maar bovenlangs de ingang van het traag vloeiende kanaal, naar de overkant leidde.

'Ik ben niet de eerste die dat heeft gedaan,' meldde hij. Hij riep naar Chester, die nog steeds op de andere oever stond: 'Kom op, blijf daar nou niet staan. Het is hartstikke gemakkelijk, een eitje. Het is helemaal niet moeilijk om over te steken – iemand heeft steunen uitgehakt.'

Chester keek verontwaardigd en geïmponeerd tegelijk. Zijn mond zakte open, alsof hij iets wilde zeggen, maar hij bedacht zich en mompelde alleen maar: 'Hij is geen steek veranderd.'

Hoewel Will geen duidelijk spoor of pad volgde, was hij er nu blijkbaar zo van overtuigd dat ze in de juiste richting gingen dat Chester zonder tegensputteren achter hem aan liep. Ze wandelden met grote stappen steeds dieper het saaie gebied binnen zonder andere kanalen of oriëntatiepunten tegen te komen, totdat ze een plek bereikten waar de bodem ruller werd en langzaam begon te stijgen. Misschien hing dat wel samen met het feit dat het plafond boven hen eveneens in hoogte toenam en met elke stap die de jongens zetten, joegen de windvlagen steeds feller om hen heen.

'Poeh, dat is veel beter!' zei Will en hij streek met een vinger langs de met zweet doorweekte kraag van zijn hemd. 'Een stuk frisser!'

Tot Chesters grote opluchting leek Will zich de afgrijselijke melancholie waarin hij eerder was verzonken van zich te hebben afgeschud. Hij kletste in elk geval aan één stuk door alsof er niets aan de hand was, hoewel het heel wat rustiger klonk zonder Cal die hen voortdurend liep te sarren. Chester had het idee dat zijn verbeelding hem parten speelde, want hij had het bizarre gevoel dat de jongen nog steeds bij hen was en merkte dat hij steeds om zich heen liep te kijken om te zien waar hij was.

'Zeg, dit voelt een beetje krijtachtig aan,' merkte Will op toen ze glibberend en glijdend op de lichtgekleurde, verschuivende ondergrond de helling beklommen. Tijdens het laatste stuk van de tocht liep de bodem steeds steiler omhoog, zodat ze nu gedwongen waren op handen en voeten verder te kruipen.

Plotseling bleef Will staan om een steen ter grootte van een tennisbal te pakken. 'Wauw! Wat een fantastisch exemplaar van een woestijnroos.' Chester zag de lichtroze blaadjes die vanuit het midden naar buiten toe liepen en een vreemd uitziende steenbol vormden. Het leek wel een soort bloem die alleen uit lijnen en vlakken bestond. Will krabde geconcentreerd met een nagel over een van de blaadjes. 'Ja hoor, het is inderdaad gips. Mooi, hè?' zei hij tegen Chester, die niet eens tijd had om te reageren omdat Will onmiddellijk verder sprak: 'Echt een prachtexemplaar.' Hij keek om zich heen. 'Er moet dus al ongeveer een eeuw lang verdamping hebben plaatsgehad – tenzij dit natuurlijk al die tijd begraven is geweest en zelfs nog veel ouder is. Ik denk dat ik het in elk geval maar bewaar,' zei hij en hij deed zijn rugzak af.

'Wat ga je doen? Het is verdorie maar een stom stuk steen, hoor!'

'Nee, het is geen steen. Het is eigenlijk een mineraalafzetting. Je moet je voorstellen dat hier een soort zee is geweest,' Will

248

spreidde zijn armen uit. 'Wanneer die opdroogt, blijft al het zout achter en... nou ja, wat je nu ziet, is sedimentair. Je weet toch wel wat sedimentair gesteente is, hè?'

'Nou, nee,' bekende Chester en hij bestudeerde zijn vriend nauwlettend.

'Goed, je hebt dus drie soorten steen: sedimentair gesteente, stollingsgesteente en metamorf gesteente,' wauwelde Will verder. 'Mijn favoriet is sedimentair gesteente, wat we hier dus hebben aangetroffen, omdat daar een verhaal achter zit in de vorm van fossielen die je daarin vindt. Die ontstaan meestal...'

'Will,' zei Chester vriendelijk.

'... vlak onder het oppervlak, voornamelijk onder water. Waarom treffen we hier eigenlijk zo diep in de Aarde sedimentair gesteente aan, vraag ik me af?' Zijn eigen vraag leek hem voor een raadsel te stellen, maar toen gaf hij zelf het antwoord: 'Ja, ik vermoed dat hier een onderaards meer of iets dergelijks moet zijn geweest.'

'Will!' probeerde Chester nogmaals zijn aandacht te trekken.

'Hoe dan ook, sedimentaire stenen zijn waanzinnig cool – en dan bedoel ik niet cool in de zin van gaaf, maar in de zin van koud, het tegengestelde van heet, dus niet heet zoals lava, want die valt onder stollingsgesteente en dat...'

'Will, hou op!' riep Chester, die een beetje in paniek raakte door het rare gedrag van zijn vriend.

'... wordt de eerste klasse genoemd omdat het ontstaat uit heet, gesmolten...' Wills stem stierf halverwege de zin langzaam weg.

'Doe normaal, Will. Waar heb je het in vredesnaam over?' Chesters stem klonk hees van radeloosheid. 'Wat mankeert je toch?'

'Ik weet het niet,' antwoordde Will hoofdschuddend.

'Nou, als je je klep maar dichthoudt en je je concentreert op

waarmee we bezig zijn. Ik heb echt geen zin in een wetenschappelijke lezing.'

'Oké.' Will keek knipperend met zijn ogen om zich heen alsof
hij net uit een dichte mist tevoorschijn was gekomen en nog
niet goed doorhad waar hij was. Hij besefte dat hij de woestijnroos nog steeds in zijn hand had en smeet het ding weg.
Toen hing hij zijn rugzak weer om zijn schouders. Chester
sloeg hem bezorgd gade toen hij weer in beweging kwam.

Ze naderden nu het hoogste punt van de helling en de bodem
werd iets vlakker. Chester ontdekte een lichtstraal die door de
lucht kliefde en langs het plafond schoof. Hij zag dat het een
heel eind bij hen vandaan moest zijn, maar het leek wel een
soort zaklamp. Uit voorzorg draaide hij zijn lantaarn lager,
totdat er alleen nog een zachte gloed uit kwam, en na lang
aandringen deed Will hetzelfde.

Ze legden het laatste stukje laag bij de grond kruipend af en
Chester zorgde er wel voor dat Will met zijn onvoorspelbare
gedrag achter hem bleef. Boven aangekomen gluurden ze
over de rand en ze zagen een grote ronde ruimte met de omvang van een stadion voor zich liggen. De holte was zo kaal en
stoffig dat het evengoed een maankrater had kunnen zijn.

'Allemachtig, Will, moet je dat zien,' fluisterde Chester. Hij
wenkte dat zijn vriend naast hem moest komen en deed snel
zijn lantaarn helemaal uit. 'Zie je die lui? Het lijken net Styx,
maar ze zijn gekleed als soldaten of zoiets.'

Op de bodem van de krater telden de jongens ongeveer tien
Styx – hun kleding zag er weliswaar onbekend uit, maar hun
magere lijven en lichaamshouding waren typisch Styx – en
twee van hen hadden een speurhond bij zich. De mannen
stonden in een enkele rij opgesteld en één Styx stond een
klein stukje voor hen en zwaaide met een grote lantaarn. Hoewel de vloer van de krater werd verlicht door vier grote lichtbollen op driepoten was de lantaarn van de leidinggevende

Styx fabelachtig sterk en hij hield het ding gericht op iets wat voor hem was.

Er trok een rilling door Chesters lichaam – kijkend naar de Styx bekroop hem het gevoel dat hij op een nest van de kwaadaardigste, giftigste slangen was gestuit die je maar kon voorstellen. 'O, wat haat ik die lui,' gromde hij tussen op elkaar geklemde kaken.

'Hmmm,' antwoordde Will vaag, want zijn aandacht werd getrokken door een kiezel met allemaal glinsterende laagjes, die hij na een tijdje met zijn duim wegschoot.

Er was geen psycholoog voor nodig om vast te stellen wat er mis met hem was; de dood van zijn broer had hem volledig van de wijs gebracht.

'Je doet aardig gestoord, Will,' zei Chester. 'Die lui daar beneden zijn verdorie wel Styx, hoor.'

'Ja,' zei Will. 'Dat zal best.'

Chester stond versteld van het complete gebrek aan ongerustheid bij zijn vriend. 'Nou, ik krijg er kippenvel van. Laten we maken dat we hier wegkomen...' stelde hij voor en hij kroop een stukje achteruit.

'Heb je die Coprolieten al gezien?' zei Will en hij gebaarde nonchalant naar het tafereel onder hen.

'Hè?' zei Chester. Hij zocht, maar kon hen niet vinden. 'Waar dan?'

'Daar... tegenover die ene Styx...' antwoordde Will en hij verhief zich op zijn ellebogen om alles beter te kunnen zien, '... daar in het licht van zijn lamp.'

'Waar precies?' vroeg Chester nogmaals fluisterend. Hij wierp een blik op Will naast hem en kreunde. 'Allemachtig! Bukken, sukkel. Straks zien ze je nog!'

'Okidoki,' antwoordde Will en hij dook omlaag.

Chester richtte zijn blik weer op het schouwspel voor hen en ondanks de doordringende lichtstraal van de lantaarn van de

Styx zag hij het (of hem of haar – Chester vond het lastig om de slome Coprolieten als mensen te zien) pas toen een van hen zich bewoog. De oogstralen van de Coprolieten waren nauwelijks te onderscheiden in het helder verlichte gebied en hun ivoorkleurige pakken hadden bijna dezelfde kleur als de stenen kraterbodem, zodat het Chester de grootste moeite kostte om naast de ene die hij wél had ontdekt nog anderen te vinden. Het waren er trouwens best veel die in een ongelijke rij tegenover de Styx stonden.

'Hoeveel zijn het er eigenlijk?' vroeg hij aan Will.

'Kan ik niet precies zeggen. Een stuk of twintig?'

De leidinggevende Styx liep heen en weer op het stuk grond tussen de twee groepen. Hij schreed parmantig op en neer, en draaide zich af en toe opeens om naar de Coprolieten, die hij met zijn lantaarn bescheen. Hoewel de jongens vanwege de afstand en de bulderende wind niet konden verstaan wat hij zei, was het door de schokkerige bewegingen van zijn arm en het rukkerige heen en weer gedraai van zijn hoofd wel duidelijk dat hij tegen de Coprolieten stond te schreeuwen. De jongens keken een paar minuten toe, totdat Will rusteloos werd en onrustig heen en weer begon te wiebelen.

'Ik heb honger. Heb jij die kauwgum nog?'

'Dat méén je toch niet – hoe kun je op zo'n moment nou honger hebben?' vroeg Chester hem.

'Geen idee... geef me nou gewoon wat,' jengelde Will.

'Doe niet zo kinderachtig, Will,' zei Chester dringend zonder zijn blik van de Styx af te wenden. 'Je weet best waar de kauwgum is.'

In zijn verwarde toestand kostte het Will een eeuwigheid om de klep van het zijvak van Chesters rugzak open te krijgen. Hij rommelde er mopperend net zolang in rond tot hij het groene pakje kauwgum had gevonden. Hij legde het voor zich neer en maakte de klep weer dicht.

'Wil je ook wat?' vroeg hij aan Chester.

'Nee, ik wil niets.'

Will liet het pakje verschillende keren vallen alsof zijn handen gevoelloos waren, maar wist het uiteindelijk toch open te peuteren en haalde er eentje uit. Met onhandige vingers wilde hij net het zilverpapier eraf wikkelen toen de jongens allebei naar adem hapten.

Ze voelden een vermorzelende druk op hun rug en tegelijkertijd werd er een mes tegen hun keel gezet.

'Geen kik.' De stem klonk zacht en schurend, alsof hij niet vaak werd gebruikt. Hij kwam vlak achter Wills hoofd vandaan.

Chester slikte iets weg, want hij dacht dat de Styx hen ongemerkt vanachter hadden beslopen en overvallen.

'Verroer je niet.'

Will liet het stuk kauwgum uit zijn hand vallen.

'Ik kan dat stinkende spul nu al ruiken en je hebt het nog niet eens opengemaakt.'

Will wilde iets zeggen.

'Kop dicht, zei ik.' Het mes porde nog harder in Wills hals. Hij voelde dat de druk op zijn rug ook toenam en een gehandschoende hand strekte zich tussen Chester en hem uit en begon een gat te graven in het losse grind.

De jongens keken vanuit hun ooghoeken toe, maar durfden hun hoofd nog geen centimeter te draaien. De lichaamloze hand in de zwarte handschoen die stukje bij beetje een gat groef, was bijna hypnotisch.

Chester begon plotseling onophoudelijk te beven. *Waren Will en hij gevangen door Styx? En als het geen Styx waren, wie waren het dan wel?* Paniekerige gedachten over wat er nu met hen zou gebeuren tolden rond door zijn hoofd. *Gingen deze mensen hun de keel afsnijden en hen hier in het gat begraven?* Hij kon zijn ogen er niet van lostrekken.

Toen raapte de hand het pakje kauwgum heel behoedzaam tussen duim en wijsvinger op en liet het in het gat vallen.

'Dat stuk ook,' droeg de mannenstem Will op. Hij deed wat hem werd gezegd en mikte het ongeopende stukje kauwgum in het gat.

De hand schraapte met heel precieze gebaren het grind weer terug in het gat, totdat de kauwgum helemaal was bedolven.

'Dat is beter, ook al is de geur nog erg sterk,' zei de mannenstem na een korte pauze. 'Als je het had opengemaakt, zou de speurhond die het dichtstbij is...' de stem stierf weg, maar ging toen verder, '... die ene die je daar ziet staan... de geur binnen een mum van tijd hebben opgepikt... hoe lang denk je dat het zou hebben geduurd?'

Er viel een stilte. Will wist niet zo goed of hij nu antwoord moest geven, maar toen hoorden ze een andere, iets zachtere stem. Deze tweede stem kwam achter Chester vandaan. 'De wind staat hun kant uit,' zei deze, 'dus hooguit een paar seconden.'

De man nam het woord weer. 'Dan hadden de Ruimers de riem van de honden losgemaakt en waren ze er zelf onmiddellijk achteraan gegaan. Dan waren jullie er nu geweest, net als die arme donders daar beneden.' Hij haalde somber adem. 'Dit moeten jullie eigenlijk zien.'

Ondanks de dreiging van de messen deden Will en Chester allebei een verwoede poging om zich te concentreren op wat er onder hen gebeurde.

De leidinggevende Styx draaide zich om en blafte een bevel. Drie mannen in neutraal gekleurde kleding werden door een aantal Styx naar het midden van de krater geleid. Ze waren Will en Chester nog niet eerder opgevallen, omdat ze buiten het bereik van de lampen in de schaduw hadden gestaan. Ze werden ruw naast de groep Coprolieten geduwd en hun begeleiders keerden terug naar de rij Styx.

De leidinggevende Styx blafte een tweede bevel en hief zijn hand op toen een aantal van zijn mannen naar voren stapte en hun geweer tegen hun schouder zette. Met een korte schreeuw liet de Styx zijn hand zakken en werden flitsen zichtbaar uit de lopen van het vuurpeloton. Twee van de drie gedaanten vielen meteen op de grond. Degene die was overgebleven wankelde nog even heen en weer, maar viel toen ook omver en belandde boven op de andere twee. De laatste echo's weergalmden door de krater en toen vulde een spookachtige stilte de ruimte waarin de drie mannen roerloos waren blijven liggen. Het was allemaal zo snel gegaan dat Will en Chester maar moeilijk konden begrijpen wat er zojuist was gebeurd.

'Nee,' zei Will, die zijn ogen niet kon geloven. 'De Styx... ze hebben toch niet...?'

'Jazeker, jullie zijn net getuige geweest van een executie,' klonk de toonloze stem van de man vlak achter zijn hoofd. 'Dat waren onze mensen, onze vrienden.'

Na een nieuw bevel overhandigde het vuurpeloton hun geweren aan de kameraden die het dichtst bij hen stonden. Vervolgens pakten ze iets wat aan hun zij hing en deden ze een paar stappen naar voren. De aanblik van de Styx die ieder naar een Coproliet in de rij tegenover hen beenden, had iets afschuwelijk onvermijdelijks.

De jongens zagen dat de Styxsoldaten op de Coprolieten afsprongen, die op hun beurt eenvoudigweg als gevelde bomen omver tuimelden. De jongens zagen iets in de hand van de dichtstbijzijnde Styx glinsteren toen hij zijn arm terugtrok.

De overige Coprolieten bleven in hun wanordelijke rij staan en keken allemaal een andere kant op. Ze maakten geen aanstalten om hun gevallen broeders te helpen en wat nog verbazingwekkender was: ze reageerden zo te zien helemaal niet op hun dood. Het was alsof er te midden van een kudde een paar stuks vee waren gedood en dat de rest van hen dit simpelweg had aanvaard, zoals domme beesten dat zouden doen. De barse stem nam het woord weer. 'Genoeg. Jullie voelen onze messen. We zullen ze ook echt gebruiken als jullie niet precies doen wat wij zeggen. Begrepen?'

De jongens mompelden allebei 'ja', omdat ze de messen nog harder in hun huid voelden prikken.

'De armen op de rug graag,' beval de rustige stem. De polsen van de jongens werden stevig bij elkaar gebonden. Daarna werd hun hoofd ruw bij het haar omhooggetrokken en werd er een blinddoek voor hun ogen gebonden.

Ze werden bij hun enkels vastgegrepen en meedogenloos op hun buik langs de steile helling omlaaggesleept. Omdat verzet zinloos was, probeerden ze in elk geval hun hoofd op te tillen en hun gezicht weg te houden van de grond, die onder hen voorbijvloog.

Toen werden ze al even ruw overeind gesleurd en voelden ze allebei dat er iets aan de boeien om hun polsen werd vastgemaakt. Daaraan werden ze meegetrokken; ze vingen het geluid van elkaars strompelende voetstappen op toen ze achterovergeleund, om te voorkomen dat ze zouden vallen, met een noodgang de rest van de helling werden af gevoerd. Uit het lawaai en een enkele kreun voor hem maakte Will op dat Chester voor hem liep en hij vermoedde dat ze aan elkaar waren gebonden als twee dieren die naar het slachthuis werden geleid.

Aan de voet van de helling verloor Chester zijn evenwicht en hij sleepte Will mee in zijn val.

'Opstaan, stelletje klungels!' siste de man. 'En doe wat wij jullie opdragen, want anders maken we jullie ter plekke af.'

Op elkaar leunend kwamen ze moeizaam overeind.

'Lopen,' snauwde de ander, die Will zo hard op zijn gewonde schouder sloeg dat hij een jammerende kreet van pijn

slaakte. Hij hoorde dat zijn overweldiger verbaasd achteruitdeinsde.

Wills ontberingen en angst, die boven op de heftige gevoelens
rond het verlies van Cal kwamen, zorgden ervoor dat er iets
in hem knapte. Hij draaide zich verhit om naar de plek waar
zijn overweldiger was en zei met een zachte, dreigende stem:
'Als je dat nog eens doet, dan...'

'Dan wat?' zei de stem. Hij klonk vriendelijker dan eerder en
Will hoorde voor het eerst dat hij een jonge, *vrouwelijke* klank
had. 'Wat ga je dan doen?' vroeg de stem nogmaals.

'Jij bent een meisje, hè?' zei Will een tikje ongelovig. Zonder
op antwoord te wachten, kneep hij zijn samengebonden handen tot vuisten en nam hij een gevechtshouding tegenover
haar aan, wat best lastig was, omdat hij geen flauw idee had
waar ze eigenlijk precies stond.

'Dan roep ik onze back-up erbij,' zei hij agressief. Het was
een zinnetje dat hij zich herinnerde uit een van zijn stief-
moeders lievelingsseries.

'Back-up? Wat is dat?' vroeg ze weifelend.

'Een met zorg geselecteerd team van mannen die alles wat
jullie doen in de gaten houden,' ging hij verder en hij probeerde zo overtuigend mogelijk te klinken. 'Ik hoef hun alleen maar een teken te geven. Dan schakelen zij jullie uit.'

'Hij bluft,' zei de mannenstem. Hij klonk nu iets minder
streng en zelfs lichtelijk geamuseerd. 'Ze zijn alleen. We hebben niemand anders bij hen gezien, Elliott.' Hij keerde zich
om naar Will. 'Als je niet meewerkt, rijg ik je vriend aan mijn
mes.'

Dat had de gewenste uitwerking op Will, die onmiddellijk
weer met beide voeten op aarde terug was.

'Goed, goed, ik zal rustig meegaan, maar pas op. Je blijft met
je handen van ons af, want...' Will maakte zijn zin niet af. Hij
vermoedde dat hij zijn geluk niet nog meer op de proef moest

stellen en zette zich daarom in beweging, waarbij hij tegen Chester botste, die in stomme verwondering naar zijn vriend had staan luisteren.

21

'En het staat geschreven in het *Boek der Catastrofen* dat het volk zal terugkeren naar zijn rechtmatige plek van de Ark der Aarde zodra de gruwelijke zondvloed zich heeft voltrokken. En het volk zal wederom de ongeploegde velden ploegen, de verwoeste steden herbouwen en de kale akkers vullen met hun zuivere zaad. Zo staat het geschreven en zo zal het gebeuren,' galmde de Styxpriester.

Binnen de muren van de kleine stenen kamer in het Garnizoen torende hij hoog boven haar geknielde gedaante uit en met zijn vlammende ogen, zijn zwarte cape en zijn klauwachtige handen die door de lucht om hem heen maaiden was hij net een gruwelijke, kwaadaardige geestverschijning.

Zijn cape klapte open langs zijn magere lijf toen hij met zijn rechterhand naar het plafond geheven en zijn linkerhand naar de vloer gericht dicht bij Sarah kwam staan. 'Zoals het in de hemel geschiedt, zo geschiedt het ook hier op Aarde,' kakelde hij met zijn iele stem. 'Amen.'

'Amen,' herhaalde ze.

'Moge God je bijstaan in al hetgeen je in naam van de Kolonie verricht.' Plotseling stak hij zijn handen naar haar uit en greep hij haar hoofd vast. Hij drukte zijn beide duimen zo hard tegen de spookachtig witte huid van haar voorhoofd dat er rode plekken op achterbleven toen hij haar eindelijk weer losliet en een stap achteruit deed.

Hij trok zijn cape strak om zich heen, spoedde zich de kamer uit en liet de deur wijd openstaan.

Met gebogen hoofd bleef Sarah geknield zitten totdat ze in de gang een onderdrukt kuchje hoorde. Toen ze opkeek, zag ze Joseph staan met een bord eten in zijn reusachtige handen geklemd.

'Een zegen dus?'

Sarah knikte.

'Ik wil me niet opdringen, maar mijn moeder heeft deze voor je gemaakt. Een paar cakejes.'

'Kom maar snel binnen – ik geloof niet dat Dokter Doem het zou goedkeuren,' zei ze.

'Nee,' beaamde Joseph. Hij kwam snel binnen en deed de deur achter zich dicht. Toen bleef hij aarzelend staan alsof hij was vergeten waarvoor hij was gekomen.

'Waarom ga je niet even zitten?' vroeg Sarah en ze liep naar de slaapmat.

Hij ging naast haar zitten en haalde de mousselinen doek van het bord, zodat de cakejes zichtbaar werden; ze waren gebakken van grijze schimmelvezels en bedekt met bleek geelbruin glazuur. Hij overhandigde het bord aan Sarah.

'Ach, je moeders gebakjes,' glimlachte ze. Ze zag dat ze ontzettend veel weg hadden van de vormloze, maar desondanks verrukkelijke taartjes die haar moeder altijd voor de thee op zondag bakte. Sarah pakte er een en knabbelde er lusteloos aan.

'Ze zijn heerlijk. Bedank je moeder alsjeblieft namens mij, Joseph – ik herinner me haar nog goed.'

'Je krijgt de groeten van haar,' zei Joseph. 'Ze wordt dit jaar tachtig en het gaat...' Zonder adem te halen onderbrak hij zichzelf, alsof hij opeens weer wist waarvoor hij eigenlijk was gekomen. 'Sarah, mag ik je iets vragen?'

'Natuurlijk, ga je gang,' zei ze en ze keek hem onderzoekend aan.

'Wanneer je hebt gedaan wat zij willen dat je doet, kom je dan voorgoed naar huis?'

'Heb je enig idee waarom ik hier ben?' reageerde ze snel en ze sloeg hem aandachtig gade.

Hij wreef over zijn kin alsof hij wat tijd wilde rekken voordat hij antwoord gaf. 'Het is niet de bedoeling dat ik van zulke dingen op de hoogte ben... maar ik neem aan dat het iets te maken heeft met wat er Bovengronds allemaal gebeurt...'

'Nee, ik ga een heel andere kant op,' zei ze en ze gebaarde met haar hoofd in de richting van het Onderdiep.

'Je bent dus niet betrokken bij de operatie in Londen?' flapte Joseph eruit. Hij klapte onmiddellijk zijn mond dicht en had er duidelijk spijt van. 'Ik wil niet in ongenade vallen bij...' voegde hij er haastig aan toe, maar Sarah liet hem niet uitpraten.

'Nee, daar hoor ik niet bij. Maak je geen zorgen, alles wat je zegt blijft onder ons.'

'Het gaat hier op dit moment niet goed,' zei Joseph zachtjes. 'Er verdwijnen voortdurend mensen.'

Aangezien dit niet echt iets nieuws was in de Kolonie, ging Sarah er niet op in en ook Joseph zweeg nu, alsof hij zich nog steeds schaamde voor zijn loslippigheid.

'Kom je terug?' vroeg hij ten slotte. 'Wanneer je klaar bent?'

'Ja, de Witnekken hebben gezegd dat ik in de Kolonie mag blijven zodra ik de opdracht voor hen heb uitgevoerd.' Ze veegde een kruimel uit haar mondhoek weg, wierp een verlangende blik op de deur en zuchtte diep. 'Zelfs als het je lukt om aan hen te ontsnappen... om Bovengronds te komen, dan nog blijft er altijd een deel van je achter. Ze houden je in hun greep met alles wat je lief is, alles waarvan je houdt, je familie... Helaas,' zei ze met een stem die overliep van wroeging, 'ben ik daar veel te laat achter gekomen.'

Joseph hees zichzelf overeind en nam het bord van haar aan.

'Het is nooit te laat,' mompelde hij terwijl zijn logge lijf al naar de deur liep.

In de dagen die volgden kreeg Sarah de opdracht om uit te rusten en haar krachten te sparen. Net toen ze dacht dat ze gek zou worden van het nietsdoen werd ze eindelijk door iemand anders dan Joseph naar een andere kamer gebracht. Hij was hetzelfde gekleed, maar was kleiner en ouder, had een gladde, kale schedel en bewoog zich tergend traag door de gang.

Hij tuurde over zijn schouder naar Sarah en trok zijn pluizige witte wenkbrauwen verontschuldigend op. 'Me gewrichten,' legde hij uit. 'De vochtigheid heb ze aangetast.'

'Dat kan de beste overkomen,' antwoordde ze, want ze herinnerde zich dat haar vader werd geplaagd door chronische artritis.

Hij ging haar voor naar een ruime kamer met in het midden een lange tafel en een serie lage kastjes tegen de muren. De oude man schuifelde zonder een woord te zeggen weg en ze vroeg zich verwonderd af waarom ze hiernaartoe was gebracht. Aan weerszijden van de tafel stonden twee stoelen met een hoge, rechte rugleuning; ze liep naar een ervan toe en bleef erachter staan. Toen ze haar blik door de kamer liet glijden, bleven haar ogen rusten op een klein altaartje in een hoek waar tussen twee flakkerende kaarsen een kruis van bladmetaal van ongeveer een halve meter hoog stond met daarvoor een opengeslagen exemplaar van het *Boek der Catastrofen*.

Haar aandacht werd getrokken door iets op de tafel. Een groot vel opengevouwen papier met gekleurde plekken nam een flink deel van het tafelblad in beslag. Ze keek over haar schouder naar de deur en wist niet goed wat precies de bedoeling was. Toen gaf ze toe aan haar nieuwsgierigheid en ze liep ernaartoe en boog zich over het papier.

Ze kwam tot de ontdekking dat het een plattegrond was. Ze begon helemaal links bovenin, waar twee dunne lijnen parallel naast elkaar liepen met daartussen nauwkeurig aangebrachte gekruiste lijnen; na een paar centimeter mondden ze uit in een gebied waar ze door een reeks minuscule rechthoeken werden geflankeerd. Daarnaast stond de term 'mijnstation' en een aantal symbolen die haar niet bekend voorkwamen. Ze liet haar blik verder glijden en ontdekte naast een kronkelende, donkerblauwe lijn weer een inscriptie die 'de Stygiaanse Rivier' luidde.

Ze liet de linkerhoek voor wat hij was en nam vluchtig de rest van de kaart in zich op: ze zag een enorm groot lichtbruin gedeelte dat met een heleboel vlekken in verbinding stond, waarvan sommige in andere tinten waren gekleurd, zoals donkerbruin, oranje en een hele reeks rode schakeringen van felrood tot bordeauxrood – eigenlijk deden deze kleuren haar denken aan bloed in verschillende stadia van het stollingsproces. Ze besloot te kijken of ze erachter kon komen wat ze op de plattegrond aanduidden.

Ze koos een willekeurig stuk uit en boog zich voorover om het van dichtbij te bestuderen. Het was helder scharlakenrood van kleur en had een min of meer rechthoekige vorm; er stond een kleine, inktzwarte schedel op gedrukt, een doodshoofd. Ze probeerde de tekst ernaast te ontcijferen, maar hoorde toen opeens van heel dichtbij een geluid. Adem die heel zacht werd uitgeblazen.

Ze keek direct op.

Ze deinsde achteruit tegen de stoel aan en probeerde een gil te onderdrukken.

Aan de andere kant van de tafel zat een Styxsoldaat, gekleed in het duidelijk herkenbare grijsgroene werktenue van de Divisie. De man, die er ongelooflijk lang uitzag, stond met zijn handen voor zich in elkaar geslagen op net iets meer dan een meter bij haar vandaan en bestudeerde haar zwijgend. Ze had geen flauw idee hoe lang hij daar al stond.

Toen ze haar ogen naar boven liet glijden, zag ze dat er uit de revers van zijn lange jas een rij korte, katoenen draadjes stak – ze hadden heel veel verschillende kleuren, onder andere rood, paars, blauw en groen. Dit waren onderscheidingstekens voor het verrichten van moedige daden, zoals ze Bovengronds medailles hadden, en hij had er zo veel dat ze ze niet eens kon tellen. Ze hief haar blik nog verder omhoog.

Zijn zwarte haar was in een strakke paardenstaart naar achteren gebonden. Toen haar blik op zijn gezicht viel, moest ze haar uiterste best doen om niet nog verder achteruit te deinzen. Het was een angstaanjagende aanblik. Aan één kant van zijn gezicht liep een enorm litteken dat qua kleur en textuur wel iets weg had van een bloemkool. Het slokte een derde van zijn voorhoofd op en spreidde zich uit over zijn linkeroog, dat zo misvormd was dat het net leek of het negentig graden om zijn as was gedraaid. Het litteken liep verder omlaag over zijn wang naar de plek waar zijn kaken scharnierden. Zijn mond en de toch al onmogelijk dunne Styxlippen werden ontzettend uitgerekt door het litteken, waardoor zijn tanden tot aan het tandvlees blootlagen en zelfs de achterste kiezen zichtbaar waren. Dit was typisch iets om nachtmerries over te krijgen.

Ze keek snel naar zijn goede oog en probeerde niet te letten op het beschadigde, tranende oog, dat aan de boven- en onderkant bloedrood weefsel vertoonde, doorkruist door een netwerk van blauwe haarvaten. Het deed denken aan een onafgerond anatomisch onderzoek, alsof iemand halverwege de ontleding van zijn gezicht was gestopt.

'Ik zie dat je zonder mij bent begonnen,' zei hij. Zijn woorden klonken ademloos uit zijn vervormde mond en zijn stem was rustig, maar autoritair. 'Weet je waar dat een kaart van is?' vroeg hij.

Ze aarzelde even, maar deed toen een stap naar voren en richtte haar blik dankbaar op de plattegrond. 'Het Onderdiep,' antwoordde ze.

Hij knikte kort. 'Ik zag dat je het mijnstation al hebt gevonden. Mooi. Zeg eens...' Zijn hand hing boven de tekening van het treinspoor. Ze zag nu dat een paar vingers helemaal ontbraken en dat er van de andere vingers niet veel meer over was dan stompjes. Hij zwaaide met zijn hand over de rest van de kaart. '... was je van het bestaan van dit alles op de hoogte?'

'Het mijnstation wel, maar de rest niet, nee,' antwoordde ze eerlijk. 'Ik heb wel verhalen over het Binnenste gehoord... heel veel verhalen.'

'Ach ja, de verhalen.' Hij grinnikte vluchtig. De glinsterende rand rond zijn tanden leek wel een golvende lijn en had een ontwapenend effect voordat hij weer werd rechtgetrokken. Hij ging zitten en gebaarde dat zij hetzelfde moest doen. 'Het is mijn taak ervoor te zorgen dat jij op de Grote Vlakte en omgeving uit de voeten kunt. Tegen de tijd dat we hier klaar zijn,' zijn donkere pupillen schoten naar de voorwerpen op het uiteinde van de tafel, 'ben je uitstekend getraind in het omgaan met onze uitrusting en wapens, en volledig op de hoogte van hoe je binnen onze regels moet handelen. Begrepen?'

'Jawel, meneer,' antwoordde ze in reactie op zijn militaire houding. Zo te zien beviel hem dat wel.

'We weten dat je behendig bent – dat moet wel, want je hebt ons al die tijd weten te ontlopen.'

Ze knikte.

'Jouw enige doel zal zijn de rebel op te sporen en uit te schakelen – waarbij alles is geoorloofd.'

In de beladen stilte staarde ze naar zijn afgrijselijk verminkte gezicht. 'Will Burrows, bedoelt u?'

'Ja, Seth Jerome,' zei hij nadrukkelijk. Hij depte zijn tranen-

265

de oog met de rug van zijn hand en knipte toen onhandig met het restant van zijn duim en wijsvinger.

'Wat...?' Ze hoorde iets tikken op de stenen vloer achter zich en draaide met een ruk haar hoofd om. Door de deuropening sloop een schaduw naar binnen.

Het was de Jager, de reusachtige kat die haar boven te hulp was geschoten. Hij bleef even staan om zijn omgeving in zich op te nemen, snoof voorzichtig de lucht op en sprong toen dartel op Sarah af. Hij kroop liefkozend tegen haar been aan en deed dit zo enthousiast dat haar stoel opzij werd geschoven.

'Jij!' riep ze uit. Ze was zowel verrast als verheugd hem terug te zien. Ze was ervan uitgegaan dat de Styx hem in de aarden kamer hadden gedood. Het tegendeel was blijkbaar het geval; naast haar stond een heel ander dier in vergelijking met het zielige exemplaar dat ze Bovengronds had ontmoet.

Ze zag aan de manier waarop hij liep toen hij weghuppelde om in een van de hoeken aan iets te ruiken dat ze hem goed te eten hadden gegeven. Zijn uiterlijk was met sprongen voor-uitgegaan en de zwerende wond op zijn schouder was ver-zorgd. Om zijn schouder zat een verband van pluksel dat met een ruime hoeveelheid grijs verband om zijn borst was ge-spannen. Ook had hij een gloednieuwe leren halsband om – iets wat je niet vaak tegenkwam bij deze dieren – en Sarah ging er onmiddellijk vanuit dat het dier door Styx was ver-zorgd en niet door Kolonisten.

'Hij heet Bartleby. We dachten dat hij wel goed van pas kon komen,' zei de Styx.

'Bartleby,' herhaalde Sarah. Ze wierp een vragende blik naar de Styx aan de overkant van de tafel.

'Uiteraard zal het dier met zijn scherpe reukvermogen zijn oude baasje – jouw zoon – graag willen terugvinden,' legde de man haar uit.

'Ach ja,' knikte ze, 'dat is inderdaad zo.' Een Jager zou van onschatbare waarde zijn wanneer ze in het Onderdiep op zoek ging en het feit dat het om Cals geurspoor ging, zou hem tot het uiterste aansporen.

Ze glimlachte naar de man en riep toen: 'Bartleby, hier!' Hij kwam gehoorzaam bij haar terug, ging naast haar zitten en staarde in afwachting van een nieuw commando naar haar op. Ze krabbelde over het ruwe oppervlak van de brede, platte kop van de kat. 'Zo heet je dus... Bartleby?' Hij knipperde met zijn ogen ter grootte van schoteltjes naar haar, begon diep in zijn keel luid brommend te spinnen en verplaatste zijn gewicht van zijn ene voorpoot op de andere. 'Jij en ik gaan samen Cal terughalen, hè Bartleby?'

De glimlach op haar gezicht verstarde. 'En tegelijkertijd verjagen we een grote rat uit zijn schuilplaats.'

Buiten in de rozentuin van Humphrey House streek een groepje duiven neer bij de voederplank waar de kok regelmatig sneden oud brood en andere restjes uit de keuken achterliet. Mevrouw Burrows' aandacht werd afgeleid van het tijdschrift dat opengeslagen voor haar lag. Ze keek op en probeerde haar rode, gezwollen ogen op de vogels te focussen.

'Verdomme! Ik kan helemaal niets zien, laat staan lezen!' foeterde ze. Ze tuurde eerst ingespannen door haar ene oog en vervolgens door het andere. 'Dat ellendige, elléndige virus ook!'

Een week eerder was in journaaluitzendingen voor het eerst melding gemaakt van een geheimzinnig virus dat, voor zover men wist, in Londen was begonnen en zich nu als een wild vuurtje over de rest van het land verspreidde. Het reikte zelfs helemaal tot in de Verenigde Staten en het Verre Oosten. Experts meldden dat de ziekte, een soort superbindvliesontsteking, weliswaar van korte duur was en gemiddeld vier, hooguit vijf dagen duurde, maar dat de snelheid waarmee deze zich verspreidde een serieuze reden voor bezorgdheid was. De media gebruikten de term 'megavirus', omdat het de unieke eigenschap bezat zowel via de lucht als via het water te kunnen worden overgedragen. Blijkbaar een combinatie die de titel wereldkampioen verdiende, als je tenminste een virus was dat ver wilde komen.

Zelfs als de regering ertoe zou besluiten om een vaccin te laten ontwikkelen, dan nog kon het vele maanden, zo niet jaren duren om het nieuwe virus te identificeren en voldoende vaccins te produceren voor de hele bevolking van Engeland. De wetenschappelijke complicaties gingen echter volledig langs mevrouw Burrows heen – haar ziedende woede was puur op ongemak gebaseerd. Ze liet haar lepel in haar kom met cornflakes vallen en wreef opnieuw in haar ogen.

De vorige avond was er nog geen vuiltje aan de lucht geweest, maar toen ze die ochtend werd gewekt door de ochtendbel buiten haar kamer voelde het alsof ze in de hel was beland. Haar hoofd deed pijn en ze had zweren op haar tong en in haar keel. Dit viel echter allemaal in het niet bij haar ogen, die, toen ze ze wilde opendoen, zo potdicht bleken te zitten dat het haar met geen mogelijkheid lukte. Pas nadat ze ze onder het uitstoten van krachttermen waarvan zelfs de ruwste bouwvakker zou gaan blozen met ruime hoeveelheden warm water had gebet, wist ze haar oogleden een piepklein stukje te openen. Ondanks al het spoelen voelde het nog steeds aan alsof er een dikke korst op lag die alleen kon worden verwijderd door hem weg te schrapen.

Nu liet ze gezeten aan de tafel een treurige kreun horen. Het aanhoudende gewrijf had het er alleen maar erger op gemaakt. Terwijl de tranen over haar gezicht stroomden, schepte ze een flinke hap cornflakes op en probeerde ze nogmaals met één bloeddoorlopen oog het exemplaar van de *Radio Times* te lezen dat naast haar op tafel lag. Het was de nieuwste, net die ochtend bezorgd, en ze had hem uit het dagverblijf ontvreemd voordat iemand anders kans zag er de hand op te leggen. Het had echter geen zin; ze kon de koppen boven aan de bladzijden amper lezen, laat staan de kleinere lettertjes van het programmaoverzicht eronder.

'Dat verrekte, akelige virus ook!' klaagde ze nogmaals luidkeels. Het was griezelig stil in de eetzaal voor dit tijdstip in de ochtend; op een normale morgen zou zelfs de eerste groep ontbijters een veel grotere opkomst hebben gekend.

Knarsetandend van frustratie vouwde ze haar servet op en gebruikte ze het randje om elk tranend oog te betten. Na een reeks loeiende geluiden waarmee ze zonder succes probeerde de pijn in haar hoofd te verlichten, snoot ze luidruchtig haar neus in haar servet. Ze knipperde een paar keer snel met haar ogen en deed een nieuwe poging om zich op de bladzijden van het tijdschrift te focussen.

'Het is zinloos, ik zie geen bal. Het lijkt wel of er zand in m'n ogen zit!' zei ze en ze schoof haar kom cornflakes weg.

Ze leunde met gesloten ogen achterover in haar stoel en tastte naar haar kop thee. Ze zette hem aan haar mond, nam een slok en spuugde de inhoud luid sputterend in een fijne nevel uit over de tafel. De thee was steenkoud.

'Getver! Walgelijk!' gilde ze. 'De bediening in dit oord is werkelijk abominabel.' Ze zette de kop met een harde tik terug op het schoteltje.

'Alles is hier tot stilstand gekomen,' beklaagde ze zich tegen niemand in het bijzonder, aangezien ze heel goed wist dat het grootste deel van het personeel niet was komen opdagen. 'Je zou haast gaan denken dat het oorlog is.'

'Dat is ook zo,' merkte een voorname stem op.

Mevrouw Burrows trok één opgezwollen ooglid op om te zien wie dit had gezegd. Aan een ander tafeltje doopte een man in een tweedjasje van ongeveer halverwege de vijftig met kleine, bedachtzame gebaren een reepje beboterd geroosterd brood in zijn gekookte ei. Net als zij gaf hij er blijkbaar de voorkeur aan in zijn eentje te eten, want hij had het kleine tafeltje in het andere erkerraam gekozen. Afgezien van deze andere gast en haarzelf was de eetzaal geheel verlaten. Ze hadden een paar bizarre dagen achter de rug, waarop het personeel in een minimale bezetting met ontstoken, tranende ogen zijn best had gedaan om de patiënten, die grotendeels in hun kamers bleven, te verzorgen.

'Hmm,' zei de man en hij knikte, alsof hij het roerend met zichzelf eens was.

'Pardon?'

'Ik zei dat het ook oorlog ís,' verkondigde hij kauwend op het stukje in ei gedoopte brood. Voor zover mevrouw Burrows kon zien, was hij maar een heel klein beetje door het virus aangestoken.

'Hoe komt u daar zo bij?' vroeg mevrouw Burrows strijdlustig. Ze kreeg onmiddellijk spijt dat ze iets had gezegd. Hij leek verdacht veel op een Aktetas – zo'n hoogopgeleid type dat een burn-out had gehad en nu op de weg naar herstel was. Zodra alles weer min of meer bij het oude was, gedroeg dit type zich hoogst arrogant en ondraaglijk pompeus – in dit stadium van hun herstel viel het niet mee hen te negeren, maar het was de moeite dubbel en dwars waard.

Ze boog haar hoofd en hoopte maar dat hij haar met rust zou laten en zich op zijn ei zou storten. Helaas had ze pech.

'En wij horen tot de verliezende partij,' ging hij met malende kaken verder. 'We worden voortdurend bestookt met virussen. Het zou voor ons zomaar ineens voorbij kunnen zijn voordat je "zakdoekje leggen" kunt zeggen.'

'Waar heeft u het over?' mompelde mevrouw Burrows, die het gewoon niet kon laten. 'Wat een flauwekul!'

'Integendeel,' zei hij fronsend. 'Nu de planeet zo overbevolkt is, is de situatie optimaal voor virussen om in iets echt fataals te muteren en in een rap tempo ook. Een ideale broedplaats.'

Mevrouw Burrows overwoog even om naar de deur te hollen. Ze was echt niet van plan hier naar het gezwets van een oude gek te gaan zitten luisteren en bovendien had ze ook geen trek meer. Het voordeel van dat mysterieuze virus was dat het nu erg onwaarschijnlijk was dat er die dag activiteiten zouden worden georganiseerd, zodat ze zich dus ongestoord aan de televisie kon laven zonder dat de andere gasten zich tegen haar programmakeuze verzetten. Ook al kon ze bijna niets zien, ze kon er in elk geval altijd nog naar lúísteren.

'Op dit moment lijden we allemaal aan deze tamelijk irritante ooginfectie, maar er is niet veel voor nodig voordat het virus verergert en in een moordenaar verandert.' Hij pakte het zoutvaatje en schudde het boven zijn ei. 'Let op mijn woorden, op een dag duikt er iets echt verschrikkelijks op aan de horizon, iets wat ons allemaal omvermaait, zoals de zeis de mais,' zei de man zelfverzekerd en hij depte zijn ooghoeken voorzichtig met zijn zakdoek. 'Dan overkomt ons hetzelfde als de dinosaurus. Dan is dit alles,' hij gebaarde met een grote zwaai van zijn hand door de ruimte, 'dan zijn wij allemaal nog slechts een vrij kort en tamelijk onbeduidend hoofdstuk in de geschiedenis van de wereld.'

'Zeer opwekkend. Het klinkt als een of ander onbenullig sciencefictionverhaal,' zei mevrouw Burrows spottend. Ze stond op en liep op de tast van tafel naar tafel in de richting van de gang.

'Het is een bijzonder onaangenaam, maar zeer waarschijnlijk scenario voor ons uiteindelijke sterven,' antwoordde hij.

Deze laatste opmerking irriteerde mevrouw Burrows mateloos. Het was al erg genoeg dat haar ogen ontzettend veel pijn deden zonder ook nog eens deze onzin te moeten aanhoren. 'O ja, dus we zijn allemaal verdoemd? Hoe weet u dat nou?' zei ze verachtelijk. 'Bent u soms een of andere mislukte schrijver?'

'Nee, ik ben arts. Wanneer ik niet hier ben, zit ik in het St. Edmund's – dat is een ziekenhuis – misschien heeft u er weleens van gehoord?'

'O,' mompelde mevrouw Burrows binnensmonds. Ze staakte haar vlucht en draaide zich om naar de man.

'Aangezien u blijkbaar ook een soort expert bent, zou ik graag uw overtuiging willen delen dat er niets is om ons zorgen over te maken.'

Mevrouw Burrows bleef heel deemoedig staan waar ze stond.

'Probeer vooral van die kijkers van u af te blijven, mevrouwtje – erin wrijven maakt het er alleen maar erger op,' zei de man kortaf. Hij draaide abrupt zijn hoofd om en staarde naar twee duiven die aan de voet van de voederplank in een touwtrekwedstrijd om een stuk spekzwoerd waren verwikkeld.

22

Een paar kilometer lang was het geknars van hun voeten in het gruis het enige wat ze hoorden. De tocht viel Will en Chester zwaar en ze sjokten mat voort naast hun belagers, die hen ruw overeind hesen wanneer een van hen per ongeluk struikelde en viel. De jongens waren al verschillende keren geduwd en hard gepord om hen sneller te laten lopen.

Toen werden ze zonder waarschuwing vooraf met een ruk van het touw tot stilstand gedwongen en werden hun blinddoeken weggehaald. De jongens keken met knipperende ogen om zich heen; ze bevonden zich duidelijk nog steeds op de Grote Vlakte, maar er waren in het licht uit de mijnwerkerslamp op het hoofd van de lange man die nu voor hen stond geen speciale kenmerken te onderscheiden. Door het felle schijnsel uit de lamp konden ze zijn gezicht erachter niet zien, maar hij had een lange jas aan met een riem om zijn middel waaraan een aantal buideltjes hingen. Hij haalde iets uit een ervan – een lichtbol, die hij in zijn gehandschoende hand hield. Toen tilde hij zijn andere hand op en zette hij het mijnwerkerslicht uit.

Hij wond de sjaal van zijn nek en mond en staarde de jongens beurtelings aan. Hij had ontzettend brede schouders, maar het was zijn gezicht dat aandacht trok. Het was een mager gezicht met een krachtige neus en een oog dat hun blauw tegemoet glom. Voor het andere oog zat iets gebonden wat op zijn plek werd gehouden door een band die om zijn hoofd zat gewikkeld, als een opklapbaar brillenglas.

Het deed Will denken aan de laatste keer dat zijn ogen waren getest; de opticien die hem onderzocht had, had een vergelijkbaar apparaat gedragen. Deze versie had echter een matglazen lens en Will had durven zweren dat er een lichte oranje gloed in lag. Hij nam onmiddellijk aan dat het oog op een of andere manier was beschadigd, maar ontdekte toen dat er twee gedraaide kabeltjes aan de buitenste rand zaten die om de hoofdband heen naar het achterhoofd van de man liepen.

Het ene onbedekte oog bekeek hen nog altijd onderzoekend en schoot pienter van de een naar de ander.

'Ik heb niet veel geduld,' begon de man.

Will probeerde in te schatten hoe oud hij was, maar hij kon evengoed dertig als vijftig zijn en vormde zo'n indrukwekkende fysieke aanwezigheid dat beide jongens geïntimideerd waren.

'Mijn naam is Drake. Het is niet mijn gewoonte verstotenen uit de Kolonie op te pikken,' zei hij. Hij zweeg even. 'De wrakken en zwaargewonden, degenen die zijn gemarteld of te zwak zijn om het nog lang vol te houden... hun schenk ik een vervroegd heengaan.' Met een grimmig lachje zwaaide hij zijn hand langs de riem om zijn middel tot hij op een lange schede op zijn heup bleef rusten. 'Dat is in veel gevallen het humaanste wat je kunt doen.'

Hij haalde zijn hand van het mes alsof hij zo duidelijk had gemaakt wat hij bedoelde. 'Ik wil eerlijke antwoorden. We zijn jullie gevolgd en er is helemaal geen back-up, hè?' Hij keek dreigend naar Will, die niets zei.

'Jij daar, die grote, hoe heet je?' Hij richtte het woord tot Chester, die ongemakkelijk heen en weer schuifelde.

'Chester Rawls, meneer,' antwoordde de jongen met een bevende stem.

274

'Jij bent toch geen Kolonist, of wel?'

'Ehm... nee,' piepte Chester.

'Bovengronder?'

'Ja.' Chester tuurde omlaag, omdat hij de onderzoekende blik in het kille oog niet langer kon verdragen.

'Hoe kom je dan hierbeneden verzeild?'

'Ik ben verbannen.'

'Dat kan de beste overkomen,' zei Drake. Hij draaide zich om en keek weer naar Will. 'Jij, de dapperste van de twee – of de bijzonder dwaze. Je naam?'

'Will,' antwoordde hij rustig.

'Wat ben jij, vraag ik me af. Jij bent lastiger te plaatsen. Je beweegt en oogt als een doodgewone Kolonist, maar je hebt ook iets weg van een Bovengronder.'

Will knikte.

Drake ging verder: 'Daarin ben je vrij ongebruikelijk. Je bent in elk geval beslist geen lid van de Ruimers.'

'Wie?' vroeg Will.

'Je hebt hen zojuist in actie gezien.'

'Ik heb geen flauw idee wat Ruimers zijn,' mompelde Will brutaal tegen hem.

'Een gespecialiseerde eenheid van de Styx. Ze duiken de laatste tijd overal op. Blijkbaar is het Onderdiep vaste prik bij hen geworden,' zei Drake. 'Goed, je werkt dus niet voor hen.'

'Nee, natuurlijk niet, verdomme!' beet Will zo nadrukkelijk van zich af dat Drakes oog zich een fractie verwijdde alsof hij verbaasd was. Hij slaakte een zucht, sloeg zijn armen over elkaar en plukte nadenkend met zijn hand aan zijn kin.

'Dacht ik al.' Hij keek Will hoofdschuddend aan. 'Ik hou er alleen niet van als ik dingen niet meteen begrijp. Ik handel meestal vrij onbesuisd... ruim alles uit de weg, wat het ook is. Vertel op, knul, en snel een beetje: wie en wat ben je?'

Will begreep dat hij de man maar beter kon gehoorzamen en

antwoord geven. 'Ik ben in de Kolonie geboren en mijn moeder heeft me eruit gekregen. Ze heeft me meegenomen naar boven,' zei hij.

'Wanneer ben je Bovengronds gegaan?'

'Toen ik twee was heeft ze...'

'Genoeg,' gebood hij met opgeheven hand. 'Ik hoef je levensverhaal niet te horen,' bromde hij. 'Het klinkt alsof het de waarheid is. In dat geval ben je een... een curiositeit.' Hij keek langs de jongens naar het duister achter hen. 'Ik stel voor dat we hen mee terugnemen. Dan kunnen we later beslissen wat we met hen doen. Akkoord, Elliott?'

Een kleinere gedaante die niet langer was dan Will sloop onhoorbaar als een kat naderbij. Ondanks het zwakke licht zagen ze duidelijk de rondingen van haar lichaam onder de ruimvallende broek en het jack, dezelfde kleding als die van Drake. Ze had een zandkleurige sjaal, een *shemagh*, voor haar gezicht en over haar hoofd gebonden waardoor al haar gelaatstrekken waren bedekt, op haar ogen na en die keken niet eenmaal in de richting van de jongens.

Ze had een soort geweer bij zich. Ze zwaaide het naar voren, plantte de kolf stevig op de grond en leunde erop. Het ding zag er loodzwaar uit en had een dikke, pijpachtige loop waarop halverwege een soort grof vizier was bevestigd dat dof glansde als ongepoetst koper. Het wapen was bijna even lang als zijzelf en moest haast wel vreselijk onhandelbaar zijn voor zo'n tenger meisje als zij.

De twee jongens hielden hun adem in en hoopten dat ze iets zou zeggen, maar na een paar seconden knikte ze alleen maar en zwaaide ze het grote geweer weer op haar rug alsof het niet meer woog dan een flinke bamboestengel.

'Kom mee,' zei Drake tegen hen. Hij maakte geen aanstalten om hun blinddoeken weer voor te binden, maar liet hun handen wel geboeid. Door de zachte gloed uit Drakes mijnwerkerslamp wisten ze waar hij was en ze volgden de gedaante met de brede rug die hen door een saai landschap loodste. Ondanks het gebrek aan oriëntatiepunten leek hij feilloos te weten welke kant ze op moesten. Na vele uren door dit woestijnachtige gebied te hebben gelopen arriveerden ze eindelijk bij de opening van een lavatunnel aan de rand van de Grote Vlakte. Ze gingen haastig achter elkaar naar binnen. Je zou haast gaan denken, dacht Will bij zichzelf, dat Drake in het donker kon zien.

In de beperkte ruimte in de tunnel zagen ze de vage omtrek van Drake voor hen uit lopen, maar toen Will en Chester omkeken om te zien waar Elliott was, was er geen spoor van haar te bekennen. Ze hoorden evenmin iets. Will maakte hieruit op dat ze een andere route moest hebben genomen of om een of andere reden was achtergebleven.

Drake, Will en Chester hielden links aan en kwamen al snel aan bij een doodlopende inham.

Drake bleef staan. Hij zette zijn mijnwerkerslamp aan en stond met zijn rug naar de muur toe naar hen te kijken, terwijl Will en Chester onrustig om zich heen gluurden. Ze konden geen enkele reden ontdekken om hier stil te blijven staan. Chester hield zijn adem in toen Drake opeens een hand naar zijn zij bracht en het mes uit de schede haalde.

'Ik ga jullie handen losmaken,' zei hij voordat ze tijd hadden gehad om te bedenken dat er iets veel ergers te gebeuren stond. 'Hier.' Hij wenkte met zijn mes en toen ze allebei hun handen ophielden, sneed hij behendig met een enkele haal de touwen los.

'Zit er iets in die rugzakken wat kan worden verpest door water? Eten of iets anders wat droog moet blijven?'

Will dacht even na.

'Snel een beetje!' drong Drake aan.

'Ja, mijn notitieboeken en mijn camera, vrij veel eten en... en wat vuurwerk,' antwoordde Will. 'Dat zit in de mijne.' Hij wierp een blik op de rugzak van zijn broer, die Chester nu droeg. 'In die van Cal zit voornamelijk eten.'

Nog voordat hij was uitgesproken keilde Drake twee opgevouwen pakketjes voor hun voeten. 'Gebruik deze maar en schiet een beetje op.'

De jongens raapten ieder een pakketje op en schudden het uit. Het waren tassen van dun, met was bewerkt materiaal met bij de opening twee koorden om ze dicht te trekken.

Will gooide zijn rugzak leeg en propte de spullen die hij droog wilde houden in de tas. Hij trok de koorden aan en keek toen naar Chester, die onbekend was met de inhoud van zijn rugzak en als gevolg daarvan meer tijd nodig had.

'Kan het wat sneller?' bromde Drake binnensmonds.

'Laat mij dat maar doen,' bood Will aan. Hij duwde Chester weg en had de klus in een paar tellen geklaard.

'Goed,' blafte Drake. 'Is dat alles?'

De jongens knikten allebei.

'Even een goede raad. Zorg de volgende keer dat je minstens één paar droge sokken bij je hebt.'

Ze waren zo opgegaan in hun werk dat Will en Chester geen van beiden hadden stilgestaan bij wat er nu zou gebeuren.

'Ja, meneer,' zei Will. Hij putte troost uit de woorden 'de volgende keer' en het bijna vaderlijke advies dat deze complete onbekende hun had gegeven.

'Luister, niemand noemt mij meneer,' snauwde Drake onmiddellijk, waardoor Will zich direct weer slecht op zijn gemak voelde. Hij was helemaal niet van plan geweest het te zeggen – het was eruit geglipt alsof hij een leraar van school tegenover zich had.

'Sorry, m...' begon Will, maar hij wist het woord nog net op tijd in te slikken. Hij zag dat er een kort, honend lachje over Drakes lippen vloog voordat de man het woord weer nam.

'Jullie zullen hierdoor moeten zwemmen.' Drake porde met de neus van zijn laars in de bodem bij de voet van de muur. Wat de jongens voor een solide vloer hadden aangezien, bleek nu traag onder een dikke laag stof te golven. Zo te zien was het een waterpoel van ongeveer twee meter doorsnede.

'Zwemmen?' vroeg Chester. Hij slikte zenuwachtig iets weg.

'Je kunt toch zeker wel dertig seconden je adem inhouden?'

'Jawel,' stamelde Chester.

'Mooi zo. Dit is een klein ven dat in een andere doorgang uit-komt. Een soort zwanenhals.'

'Zoals aan de achterkant van een wc?' opperde Chester met een stem die breekbaar klonk bij het vooruitzicht.

'O, die is lekker, Chester,' zei Will met een vies gezicht.

Drake wierp hun een wrange blik toe en gebaarde vervolgens naar het smerige water. 'Spring maar.'

Will deed zijn rugzak om en liep met de waterdichte tas in zijn armen geklemd naar het ven. Hij stapte er zonder aarze-len in en elke stap voerde hem dieper het lauwe water in. Hij haalde diep adem, dook met zijn hoofd onder het oppervlak en verdween uit het zicht.

Terwijl luchtbellen langs zijn gezicht streken trok hij zich met zijn ene vrije hand vooruit. Hij kneep zijn ogen stevig dicht en het geluid van het water ruiste in zijn oren. Hoewel de tunnel niet echt breed was en op zijn smalst maar een krappe meter mat, kon hij er ondanks de rugzak en de water-dichte tas die hij droeg vrij gemakkelijk doorheen.

Hoewel hij zich best vlot bewoog, leek het toch alsof hij geen steek opschoot. Hij deed zijn ogen open en vanwege het pik-kedonker om hem heen begon zijn hart nog sneller te klop-pen. Het water voelde stroperig en weerspannig aan. Dit was zijn allerergste nachtmerrie.

Is het allemaal een truc? Moet ik teruggaan?

Hij probeerde rustig te blijven, maar door het gebrek aan

lucht begon zijn lichaam zich tegen hem te verzetten. Hij voelde een golf van paniek door zijn lijf trekken en maaide wild om zich heen, op zoek naar iets waaraan hij zichzelf sneller vooruit kon trekken. Hij moest uit deze inktzwarte vloeistof zien te komen. Hij klauwde nu met de moed der wanhoop voort en trappelde in een slowmotionsprintje door het grauwe water.

Heel even vroeg hij zich af of Drake hen soms zo wilde doden. Hij hield zichzelf echter direct voor dat Drake echt niet zoveel moeite had hoeven doen – het was veel eenvoudiger geweest om op de Grote Vlakte gewoon hun keel door te snijden, als dát zijn bedoeling was geweest.

Hoewel het waarschijnlijk hooguit een halve minuut had geduurd, voelde het alsof er een eeuwigheid was verstreken voordat hij luid klaterend de lucht in schoot.

Hijgend zocht hij zijn lantaarn, die hij op de laagste stand aandeed. Het gedempte licht gaf weinig prijs over de plek waar hij zich nu bevond, maar hij zag wel dat de grond en muren een beetje glinsterden wanneer de lichtstraal erop viel. Hij nam aan dat dit kwam door het vocht dat erop zat. Dankbaar voor de frisse lucht in zijn longen wachtte hij op Chester.

Aan de andere kant van de poel hees Chester met grote tegenzin zijn rugzak om zijn schouders en slofte naar de waterplas, terwijl hij de waterdichte tas achter zich aan sleepte.

'Waar wacht je op, knul?' zei Drake met een hardvochtige, onverzettelijke stem.

Chester beet op zijn lip en treuzelde bij het traag deinende water dat nog altijd klotste door Wills duik. Hij draaide zich om en keek schaapachtig naar Drakes ene, nijdige oog.

'Ehm...' begon hij, terwijl hij zich afvroeg hoe hij in vredesnaam kon voorkomen dat hij zichzelf in de vieze waterplas aan zijn voeten moest onderdompelen. 'Ik kan niet...'

Drake pakte zijn arm vast, maar oefende niet echt druk op hem uit. 'Luister, ik heb echt geen kwaad in de zin. Je zult me moeten vertrouwen.' Hij hief zijn kin op en wendde zijn blik van de angstige jongen af. 'Het valt niet mee om iemand te vertrouwen die je totaal niet kent, zeker na wat jullie hebben doorgemaakt. Het is logisch dat je voorzichtig bent – en ook heel goed. Ik ben echter geen Styx en ik zal je niets aandoen. Oké?' Hij richtte zijn eenogige blik weer op de jongen.

Chester keek de man nu van heel dichtbij in zijn gezicht en op een of andere manier voelde hij dat deze volkomen eerlijk tegen hem was geweest. Hij had opeens weer het volste vertrouwen in hem.

'Goed,' zei hij instemmend en hij waadde zonder dralen het donkere water in totdat hij kopje-onder ging. Hij maakte gebruik van dezelfde half zwemmende, half rennende methode die Will ook had toegepast en stond zichzelf niet toe opnieuw te gaan twijfelen.

Aan de andere kant stond Will klaar om Chester aan wal te helpen.

'Alles oké?' vroeg Will aan hem. 'Wat duurde het lang. Ik dacht dat je ergens achter was blijven haken of zo.'

'Geen problemen gehad,' antwoordde Chester, die zwaar inademde en het water uit zijn ogen streek.

'Dit is onze kans,' zei Will snel. Hij probeerde te zien wat er in het duister voor hen was en wierp een snelle blik op de poel. Drake was nergens te bekennen, maar hij moest ergens vlak achter hen zijn. 'Laten we ervandoor gaan.'

'Nee, Will,' zei Chester vastberaden.

'Waarom niet?' wilde Will weten. Hij had zich al omgedraaid en probeerde zijn vriend mee te trekken.

'Ik ga helemaal nergens naartoe. Volgens mij zijn we veilig bij hem,' antwoordde Chester. Hij zette zich wijdbeens schrap tegen Wills gesjor en Will zag in dat hij meende wat hij zei.

'Te laat,' zei Will razend van woede, want diep in het water verscheen een klein lichtpuntje. Het was de mijnwerkerslamp op Drakes voorhoofd. Will gromde nog snel iets onverstaanbaars tegen Chester en toen kliefden het hoofd en de schouders van de man al door het wateroppervlak. Hij stapte er als een soort geestverschijning uit, die het water amper verstoorde.

Zijn lichtstraal was vele malen sterker dan de lantaarns van de jongens en bescheen de muren om hen heen. Will ontdekte dat wat hij voor vocht had aangezien in werkelijk iets heel anders was. De muren en de grond waarop de jongens stonden, waren doorspekt met een grote hoeveelheid dunne, goudkleurige adertjes alsof er een onbetaalbaar web over ze heen was gedrapeerd. In de aders glinsterden duizenden kleine, lichtgevende vlekjes die de ruimte waarin ze stonden overgoten met een adembenemende caleidoscoop van warme, gele tinten.

'Wauw!' zei Chester ademloos.

'Goud!' mompelde Will ongelovig. Hij keek omlaag naar zijn armen en zag dat deze onder de glitter zaten; hetzelfde gold voor Chester en de man. Er was een flinke laag van het glanzende stof dat op het water dreef op de kleding en huid van hen alle drie achtergebleven.

'Helaas niet,' zei Drake, die naast hen was komen staan. 'Het is maar klatergoud. Pyriet.'

'Ach ja, natuurlijk,' zei Will, die onmiddellijk moest denken aan het glinsterende klompje dat zijn vader voor zijn mineraalverzameling thuis had gekocht. 'Pyriet,' herhaalde hij lichtelijk beschaamd, omdat hij beter had moet weten.

'Ik kan jullie plekken aanwijzen waar wel goud ligt, plekken waar je je laarzen met het spul kunt vullen,' zei Drake. Hij liet zijn blik langs de muren glijden. 'Wat heb je daar echter aan als je er niets mee kunt?' Hij wees naar hun rugzakken en de kille klank was weer terug in zijn stem toen hij zei: 'Zoek jullie spullen uit – we moeten verder.'

Zodra ze daarmee klaar waren, draaide hij zich om en beende hij weg, een dominante gedaante die met krachtige, lange passen door de schitterende, goudkleurige tunnel verdween.

Nadat ze een tijdje in een stevig tempo door een verwarrende doolhof van gangen in de rotsen hadden gelopen, bereikten ze een talud dat naar een ruw gevormde poort leidde. Drake stak een hand door de opening, voelde aan de zijkant en haalde een touw met knopen tevoorschijn.

'Klimmen,' zei hij en hij hield hun het touw voor.

Will en Chester hesen zich een meter of tien omhoog totdat ze helemaal bovenaan waren en bleven daar hijgend van inspanning staan wachten. Drake kwam achter hen aan en de klim kostte hem net zo weinig kracht als het een gewoon mens kostte om een deur open te doen. De jongens zagen dat ze zich nu op een soort achthoekig plein bevonden waarop verschillende openingen uitkwamen die toegang gaven tot andere gedempt verlichte kamers. De vloer was vlak en bedekt met slik, en toen Will er met zijn laars over wreef, hoorde hij aan de echo's dat de aangrenzende ruimtes vrij groot waren.

'Hier blijven we voorlopig,' zei Drake, terwijl hij de dikke riem om zijn middel losmaakte. Hij trok zijn jas uit en sloeg hem over zijn schouder. Toen hief hij een hand op naar het geval voor zijn oog en klapte het open. Het had een scharnier en daaronder bleek een heel normaal oog te zitten.

Toen hij voor hen kwam staan, zagen ze de dikke spierkabels in zijn blote armen en viel het hun op dat hij opmerkelijk mager en pezig was. Zijn jukbeenderen staken uit en zijn gezicht was zo mager dat de spierbundels bijna door de huid heen zichtbaar waren. Letterlijk elke vierkante centimeter van zijn huid, die erg vuil was en de kleur had van gelooid leer, werd bedekt door een wirwar van littekens. Sommige hadden de vorm van grote, opvallende, witgebleekte komma's en andere waren veel kleiner en minder nadrukkelijk aanwezig, alsof er heel lichte, dunne draadjes om zijn nek en langs zijn gezicht zaten gespannen.

Onder zijn uitstekende, brede voorhoofd stonden diepblauwe ogen waarin zo'n ontzagwekkende felheid sluimerde dat zowel Will als Chester het moeilijk vond de onderzoekende blik te doorstaan. Het was alsof de diepte ervan een glimp prijsgaf van een of andere angstaanjagende plek, een plek waar geen van de jongens iets over wilde weten.

'Goed, blijf daar maar wachten.'

De jongens schuifelden naar de kamer die Drake had aangewezen.

'De rugzakken blijven hier,' gebood hij. Hij keek nog steeds naar de jongens, maar voegde eraan toe: 'Alles in orde, Elliott?'

Will en Chester tuurden onwillekeurig langs Drake. Bovenaan bij het touw stond het tengere meisje roerloos te wachten. Het was wel duidelijk dat ze tijdens de hele tocht nooit ver bij hen uit de buurt was geweest, maar tot op dit moment hadden ze geen van tweeën haar aanwezigheid opgemerkt.

'Je bindt hen toch wel vast, hè?' vroeg ze met een kille, onvriendelijke stem.

'Dat is niet nodig, of wel, Chester?' zei Drake.

'Nee.' De jongen antwoordde zo rap dat Will hem met nauwelijks verhulde verbazing aanstaarde.

'En jij?'

'Ehm... nee,' mompelde Will beduidend minder enthousiast.

In de schemerige kamer gingen ze op de primitieve bedden zitten die ze daar aantroffen – de enige meubelstukken in de ruimte. Ze waren maar net lang genoeg voor de jongens en heel smal, en zonder matras – ze hadden wel iets weg van een paar smalle tafels waar een deken op was gelegd.

Terwijl ze daar zaten te wachten zonder ook maar enig idee te hebben wat er nu zou gebeuren, weergalmden de geluiden uit de gang ernaast door de kamer. Ook hoorden ze de onderdrukte klank van een gesprek tussen Drake en Elliott, en het geluid van hun rugzakken die ondersteboven werden gehouden, waardoor de inhoud op de vloer kletterde. Ten slotte vingen ze verdwijnende voetstappen op en toen niets meer.

Will haalde een lichtbol uit zijn zak en rolde deze afwezig heen en weer over zijn mouw. Omdat zijn jas inmiddels was opgedroogd, lieten er door deze handeling glimmende korrels pyriet los, die in een kleine, glinsterende waterval op de grond tuimelden. 'Ik loop er verdorie bij alsof ik naar een disco ben geweest,' mompelde hij en hij ging meteen verder tegen zijn vriend: 'Wat ben jij eigenlijk van plan, Chester?'

'Hoezo?'

'Blijkbaar heb je je lot om een of andere reden in de handen van deze lui gelegd. Waarom vertrouw je hen?' zei Will boos. 'Je beseft toch zeker wel dat ze gewoon al ons eten jatten en ons dan ergens achterlaten? Misschien doden ze ons zelfs wel. Ze zijn gewoon een stel ordinaire rotdieven.'

'Dat geloof ik niet,' antwoordde Chester met een diepe rimpel op zijn voorhoofd verontwaardigd.

'Nou, wat gebeurde daar dan net allemaal?' Will wees met zijn duim naar de gang.

'Ik vermoed dat het rebellen zijn die oorlog voeren tegen de Styx,' zei Chester verdedigend. 'Je weet wel: vrijheidsstrijders.'

'Ja, joh, tuurlijk.'

'Het kan toch best?' hield Chester vol, maar hij keek een beetje onzeker. 'Waarom vraag je het hun anders niet, Will?'

'Vraag het hun zelf maar,' snauwde Will.

Hij werd steeds kwader. Na Cals ongeluk was de traumatische manier waarop ze gevangen waren genomen echt de laatste druppel. Hij bleef zwijgend zitten piekeren en begon een plan te bedenken waarmee ze zich vechtend een weg naar buiten konden banen en ontsnappen. Hij wilde Chester net vertellen hoe ze het volgens hem moesten aanpakken toen Drake op de drempel verscheen. Hij stond geleund tegen de deurpost iets te eten. Het was Wills lievelingssnoep – een Caramac-reep. Cal en hij hadden er in een Bovengronderse supermarkt een paar ingeslagen, die hij zorgvuldig had bewaard voor een speciale gelegenheid.

'Wat zijn dit?' vroeg Drake en hij gebaarde naar een paar bruin-zwarte stenen ter grootte van flinke knikkers die hij in de palm van zijn hand had. Hij schudde ermee alsof het dobbelstenen waren, balde zijn vuist en wreef ze knarsend tegen elkaar.

'Dat zou ik niet doen als ik jou was,' zei Will tegen Drake.

'Waarom niet?'

'Dat is niet goed voor je ogen,' zei Will, wiens mondhoeken in een wraakzuchtige grijns omkrulden toen de man de stenen tegen elkaar bleef tikken. Het waren de overgebleven knobbelstenen die Tam Will had gegeven en die Drake blijkbaar uit Wills rugzak had opgediept. Als je ze brak, begonnen ze te gloeien en gaven ze een oogverblindende witte lichtflits af. 'Ze kunnen in je gezicht afgaan,' waarschuwde Will.

Drake wierp een blik in zijn richting; blijkbaar wist hij niet zeker of de jongen het echt meende. Hij nam een grote hap van de Caramac, hield zijn hand stil en bestudeerde de ronde dingen.

Will was laaiend. 'Smaakt het een beetje?' brieste hij.

'Jazeker,' antwoordde Drake droogjes en hij propte het laatste stuk van de reep in zijn mond. 'Zie het maar als de prijs die jullie moeten betalen omdat we jullie hebben gered.'

'Geeft dat jou soms het recht om mijn spullen in te pikken?' Will was opgestaan en stond met zijn armen tegen zijn zijden geklemd en een gezicht dat strak stond van woede tegenover hem. 'Trouwens, we hoefden helemaal niet te worden gered.'

'O, nee?' reageerde Drake luchtig met volle mond. 'Moet je jullie twee nou toch zien. Wat een stel stumpers.'

'We hebben ons anders prima gered voordat jullie opdoken,' antwoordde Will vinnig.

'O, ja? Vertel me dan maar eens wat er met die Cal is gebeurd over wie je het had. Ik zie hem namelijk nergens.' Drake keek snel de kamer rond en trok toen vragend zijn wenkbrauwen op. 'Waar zit hij dan verstopt?'

'Mijn broer... hij... hij...' stak Will strijdlustig van wal, maar opeens ebden alle energie en woede uit hem weg, en hij liet zich op het bed vallen.

'Hij is dood,' zei Chester nu.

'Hoe?' vroeg Drake, terwijl hij de laatste hap van de reep doorslikte.

'Er was een grot... en...' Wills stem begaf het.

'Wat voor grot?' vroeg Drake meteen bloedserieus.

Chester nam het woord weer. 'Het rook er een beetje zoet en er waren van die vreemde plantachtige dingen... ze hebben hem gebeten of zoiets en toen was er een soort goedje...'

'Een suikerval,' onderbrak Drake hem. Hij kwam de kamer binnen en keek snel van de ene jongen naar de andere. 'Wat hebben jullie toen gedaan? Jullie hebben hem daar toch niet achtergelaten?'

'Hij ademde niet meer,' zei Chester.

'Hij was dood,' voegde Will er triest aan toe.

'Waar en wanneer was dit?' vroeg Drake dringend.

Will en Chester keken elkaar even aan.

'Vooruit, zeg op,' drong Drake aan.

'Een dag of twee geleden... denk ik,' zei Will.

'Ja, het was bij dat eerste kanaal dat we tegenkwamen,' bevestigde Chester.

'Dan is er nog een kans,' zei Drake en hij liep terug naar de deuropening. 'Een heel kleine kans.'

'Wat bedoel je?' vroeg Will.

'We moeten gaan,' snauwde Drake.

'Hè?' Will hapte naar adem en begreep niet wat hij zojuist had gehoord.

Drake beende al resoluut weg door de gang. 'Kom mee. We moeten wat proviand meenemen,' riep hij over zijn schouder naar hen. 'Elliott! In de benen! Haal de wapens tevoorschijn!' Bij hun rugzakken bleef hij staan; al hun bezittingen lagen er in keurige stapeltjes naast.

'Dat moet mee, en dat, en dat.' Drake wees verschillende hoopjes etenswaren aan. 'Dat zou voldoende moeten zijn. We zullen extra water meenemen. Elliott! Water!' schreeuwde hij en hij keek hen weer aan. Ze stonden verdwaasd naar hem te kijken, verward omdat ze niet begrepen wat ze nu eigenlijk precies moesten doen en waarom. 'Pak dat spul snel in... ik neem tenminste aan dat jullie jouw broer wel willen redden?'

'Ik begrijp er niets van,' zei Will, maar hij knielde neer en stopte het eten gejaagd in zijn rugzak zoals Drake hem had opgedragen. 'Cal ademde niet meer. Hij is dood.'

'Geen tijd om alles uit te leggen,' blafte Drake. Elliott dook nu in een andere deuropening op. De shemagh zat nog steeds om haar hoofd gewonden en het geweer hing op haar rug. Ze overhandigde Drake twee blaasachtige houders waarin water klotste.

'Pak aan,' zei Drake en hij hield ze de jongens voor.

'Wat is er?' vroeg Elliott rustig, terwijl ze Drake nog meer voorwerpen aanreikte.

'Ze waren met hun drieën. De derde is in een suikerval gelopen,' antwoordde hij met een blik op de jongens, terwijl hij een handvol cilinders van ongeveer vijftien centimeter lang van Elliott aannam. Hij deed zijn jas open en liet ze er een voor een in glijden. Toen klemde hij een hoesje met een aantal kortere cilinders – net dikke potloden die allemaal in een eigen lusje zaten – aan zijn riem en maakte het met een kort stuk touw vast om zijn bovenbeen.

'Wat zijn dat?' vroeg Will.

'Voorzorgsmaatregelen,' antwoordde Drake afwezig. 'We nemen de kortste route over de vlakte. We hebben geen tijd om ingewikkeld te doen.'

Hij knoopte zijn jas dicht en klapte het rare apparaatje weer voor zijn oog. 'Klaar?' zei hij tegen Elliott.

'Klaar,' zei ze bevestigend.

23

Later die avond zat Sarah over de plattegrond gebogen die de Styxsoldaat haar had gegeven. Ze zat in kleermakerszit op de grond met de kaart opengevouwen voor zich en stampte de verschillende namen in haar hoofd.

'Kloofstad,' zei ze een paar keer hardop. Toen richtte ze haar aandacht op de noordelijke delen van de Grote Vlakte waar volgens de laatste berichten rebellen actief waren. Ze vroeg zich af of Will daar op een of andere manier iets mee te maken had – gezien zijn voorgeschiedenis zou het haar niets verbazen als hij de boel nu al op stelten zette in het Onderdiep.

Ze werd afgeleid door het geluid van zware, regelmatige voetstappen in de gang buiten haar kamer. Ze liep naar de deur, deed deze zo zacht mogelijk open en zag toen een massieve, duidelijk herkenbare gestalte door de gang sjokken.

'Joseph,' riep ze zachtjes.

Hij draaide zich om en kwam met een paar netjes opgevouwen handdoeken onder zijn arm naar haar toe.

'Ik wilde je niet lastigvallen,' zei hij. Hij wierp over Sarahs schouder een blik door de gedeeltelijk openstaande deur op de vloer, waar de kaart nog steeds lag.

'Je had best even binnen mogen komen. Ik ben zo blij dat je terug bent.' Ze glimlachte naar hem. 'Ik was... ehm...' begon ze, maar toen zweeg ze weer.

'Als er ook maar iets is wat ik voor je kan doen, dan hoef je het maar te vragen,' bood Joseph aan.

'Ik denk niet dat ik hier nog lang ben,' zei ze tegen hem. Ze aarzelde even. 'Er is iets wat ik graag zou willen doen voordat ik vertrek.'

'Zeg het maar,' zei hij. 'Je weet dat ik er altijd voor je ben.' Hij keek haar stralend aan, verheugd omdat ze kennelijk dacht dat ze hem kon vertrouwen.

'Ik wil dat je me hieruit haalt,' zei Sarah heel zacht.

Sarah bewoog zich als een schaduw langs de muur. Ze had al een paar keer politiemannen uit de Kolonie moeten ontwijken die in de omliggende straten surveilleerden en wilde nu zeker niet worden betrapt. Ze dook weg in een nis achter een oeroud drinkfonteintje met een doffe koperen tuit, hurkte zo laag mogelijk neer en controleerde de donkere ingang aan de overkant van de straat.

Ze sloeg haar ogen op en staarde naar de hoge, raamloze muren aan de buitenkant van het gebouw. Vanaf dezelfde plek had ze vele jaren geleden deze gebouwen door kinderogen gezien. Net als toen wekten ze ook nu de indruk dat ze weinig weerstand hadden geboden aan de tand des tijds. De muren zaten vol onheilspellend uitziende scheuren en ontelbare grote, gapende gaten waar gevelstenen eenvoudigweg waren afgebrokkeld. Het metselwerk was er zo bar slecht aan toe dat het net leek of het hele pand elk moment omver kon vallen en op een willekeurige voetganger terechtkomen.

Schijn bedroog echter; de wijk die ze zo meteen zou binnengaan behoorde tot een van de eerste die waren gebouwd toen de Kolonie werd gesticht en de muren van de huizen waren stevig genoeg om alles wat de mens of de tijd ze aandeed te weerstaan.

Ze haalde diep adem, vloog de straat over en dook weg in een gitzwart tunneltje. Het was zo smal dat er maar net twee mensen zij aan zij doorheen konden. Ze werd overweldigd door de geur die er hing. De muffe geur van de bevolking, de stank van ongewassen bewoners die zo sterk was dat hij bijna tastbaar was, vermengd met alles wat daarbij hoorde: menselijk rioolwater en de doordringende walm van rottend eten.

Ze bereikte een somber verlicht steegje. Net als alle doorgaande wegen en straatgoten die het gebied doorsneden, was het niet veel breder dan het tunneltje waar ze zojuist uit was gekomen.

'De Sloppen,' zei ze in zichzelf. Ze wierp een blik om zich heen en besefte dat deze plek waar mensen eindigden die nergens anders terechtkonden geen steek was veranderd. Ze liep verder, ontdekte zo nu en dan een bekend gebouw of een vertrouwde deur met hier en daar wat verfsporen in de kleur die zij zich nog herinnerde, en ging helemaal op in haar herinneringen aan de tijd waarin Tam en zij dit verboden, gevaarlijk speelterrein herhaaldelijk hadden bezocht.

Ze koesterde zich in de warmte van haar herinneringen en slenterde intussen door het steegje, waarbij ze de open goot vermeed waar het afvalwater als gesmolten vet doorheen stroomde. Aan weerszijden van de straat stonden bouwvallige, oude krotten met bovenverdiepingen die zo ver overhelden dat ze elkaar op sommige plekken bijna aanraakten.

Ze bleef even staan om de sjaal beter om haar hoofd te binden en een groepje haveloze straatkindertjes rende langs haar. Ze waren zo vies dat ze bijna niet te onderscheiden waren tegen de achtergrond van het vuil waarmee alles bedekt was.

Twee van hen, kleine jongens, zaten achter de anderen aan en riepen keihard: 'Schelden doet geen zeer, maar Styx en stenen des te meer!' Ze moest glimlachen om hun oneerbiedige gedrag; als ze dat buiten de grenzen van de Sloppen hadden gedaan, zouden ze snel en wreed zijn afgestraft. Een van de jongens sprong over de open goot midden op de weg en holde langs een troepje oude vrouwen die net zulke sjaals om hun hoofd hadden als Sarah. Ze stonden ingespannen met hun hoofden knikkend met elkaar te roddelen. Toen de jongen onder handbereik was, draaide een van de vrouwen zich zonder te kijken om. Ze gaf de knul een onnodig harde tik en blafte hem een scherpe uitbrander toe. Het gezicht van de vrouw zat vol rimpels en blaren, en was zo bleek als een doek. De jongen deinsde even achteruit, wreef over zijn hoofd, mopperde binnensmonds iets en ging er toen onverschrokken vandoor. Sarah kon een lach niet onderdrukken. Ze had in de jongen een jeugdige Tam gezien en de stoerheid en veerkracht herkend die ze zo in haar broer had bewonderd. De kinderen, die elkaar nog steeds met hun hoge stemmetjes pestten, renden opgewonden gillend en juichend een zijstraatje in en verdwenen uit het zicht.

Een meter of tien voor Sarah stonden twee ruw uitziende mannen in slonzige lange jassen met lang haar en bungelende, samenklittende baarden in een deuropening te praten. Ze zag dat ze haar met een kwaadaardige grimas op hun gezichten aanstaarden. De grootste van de twee liet zijn hoofd zakken als een buldog die op het punt staat om aan te vallen en maakte aanstalten om haar de weg te versperren. Hij trok een knoestige, wortelachtige knuppel onder zijn dikke riem vandaan en ze zag hoe gemakkelijk hij het ding in zijn hand hield. Dit was geen loos dreigement – ze wist dat hij er uitstekend mee om kon gaan.

Deze mensen moesten niets hebben van buitenstaanders die van het geijkte pad afdwaalden en hun gebied binnen drongen. Ze beantwoordde zijn kille blik en vertraagde haar pas tot een slakkengang. Als ze doorliep, moest ze vlak langs hem heen – ze kon nergens anders naartoe. Het alternatief was omkeren en teruglopen, wat als een teken van zwakte van haar kant zou worden opgevat. Als ze ook maar een fractie van een seconde vermoedden dat ze bang was en daar niet hoorde te zijn, zouden ze naar haar uithalen – zo ging het er op deze plek nu eenmaal aan toe. Ze besefte dat er hoe dan ook iets in gang was gezet tussen de onbekende man en haar, en dat de situatie op een of andere manier moest worden opgelost.

Hoewel ze er geen moment aan twijfelde dat ze zichzelf heel goed kon redden als het eropaan kwam, werd ze toch enigszins bekropen door de oude angst, de bekende elektrische prikkeling die langs haar ruggengraat trok. Dertig jaar geleden waren haar broer en zij hieraan verslaafd geweest en luidde dit gevoel het begin van de wedstrijd in. Gek genoeg putte ze er nu troost uit.

'Hé! Jij daar!' riep iemand plotseling achter haar en ze werd met een ruk uit haar overpeinzingen wakker geschud. 'Jerome!'

'Wat?' zei Sarah geschrokken.

Ze draaide zich als een wervelwind om en keek recht in de roodomrande ogen van het stokoude wijf. Haar gezicht was bezaaid met gigantische levervlekken en ze wees beschuldigend met een reumatische vinger naar Sarah.

'Jerome,' herhaalde de oude vrouw raspend, deze keer zelfs nog harder en overtuigder, en ze staarde met open mond naar Sarah, die haar tandeloze, knalroze tandvlees kon zien. Het drong opeens tot Sarah door dat ze haar sjaal had laten zakken en dat haar gezicht nu goed zichtbaar was voor de hele groep vrouwen. *Hoe wisten ze in vredesnaam wie ze was?*

'Jerome. Jawel! Jerome!' kraaide een van de andere vrouwen nu steeds enthousiaster. 'Het is Sarah Jerome, echt waar hoor!'

Hoewel ze werd bestormd door een wervelwind van verwarde gedachten deed Sarah haar best om haar kansen in te schatten. Ze liet haar blik langs de dichtstbijzijnde deuren glijden en bedacht dat ze zich, als het echt niet anders kon, altijd met geweld toegang kon verschaffen tot een van de halfvergane gebouwen en zich schuilhouden in de onoverzichtelijke dool- hof van straatjes erachter. Het zag er echter niet veelbelovend uit. Alle deuren waren stevig gesloten of dichtgetimmerd.

Ze was ingesloten en kon nog maar twee kanten op – terug of vooruit. Ze staarde naar het steegje achter de oude vrouwen en probeerde in te schatten of ze daarlangs kon wegkomen en de Sloppen verlaten, maar toen krijste een van hen oorverdo- vend schel: 'SARAH!'

Sarah kromp in elkaar vanwege het volume waarmee de kreet werd geuit en er viel een stilte in de steeg, een griezelige, be- hoedzame stilte.

Sarah draaide zich met een ruk om en liep weg van de vrou- wen; ze besefte terdege dat ze nu vlak langs de bebaarde man zou komen. Dat moest dan maar! Ze zou hem gewoon van zich af moeten houden.

Toen ze dichterbij kwam, hief hij de knuppel tot schouder- hoogte op en Sarah bereidde zich voor op een gevecht door haar sjaal van haar hoofd te trekken en hem om haar arm te wikkelen. Ze kon zichzelf wel voor het hoofd slaan dat ze haar mes niet had meegenomen.

Ze was bijna bij hem toen hij tot haar stomme verbazing met de knuppel tegen de latei van de deur boven zijn hoofd begon te tikken en met zijn barse stem haar naam scandeerde. Zijn kameraad viel in, evenals alle vrouwen achter haar.

'SARAH! SARAH! SARAH!'

De hele straat zoemde en trilde nu, alsof het houtwerk van de gebouwen zelf tot leven was gekomen.

'SARAH! SARAH! SARAH!'

De knuppel tikte ritmisch verder en uit alle huizen en stegen doken nu mensen op, meer mensen dan ze zich ooit had kun- nen voorstellen. Achter ruitloze ramen werden luiken met een harde klap opengesmeten en gezichten gluurden naar buiten. Het enige wat Sarah kon doen was met gebogen hoofd doorlopen.

'SARAH! SARAH! SARAH!' Het harde, snelle geschreeuw kwam overal vandaan en de mensen volgden het kletterende ritme van de knuppel, dat nog eens werd versterkt doordat er met metalen kroezen en wat er verder voorhanden was tegen muren, raamkozijnen en deurposten werd geslagen. Het leek wel een koor van gevangenen en klonk zo hard dat de dakpannen het ritme begonnen te weerkaatsen.

Sarah stond nog altijd doodsangsten uit en ging niet langzamer lopen, maar het viel haar langzaam maar zeker wel op dat er een brede, verwonderde grijns op de gezichten lag. Oude mannen, kromgebogen door ouderdom of ziekte, en broodmagere vrouwen, de opgebruikte mensen die de Kolonie naar de schroothoop had verwezen, juichten haar toe en schreeuwden opgetogen haar naam.

'SARAH! SARAH! SARAH!'

Heel veel monden vol afgebroken, zwarte tanden riepen haar in koor toe. Glimlachende, verwilderde en soms ook groteske gezichten, maar allemaal met een bewonderende en zelfs *hartelijke* blik.

Ze verzamelden zich nu aan de kant van de weg – Sarah kon de immense menigte die langs de route stond opgesteld maar moeilijk vatten. Iemand – ze zag niet wie – drukte haar een verkleurd vel papier in handen. Ze wierp er een blik op. Het was een ruwe schets op grof papier, typisch iets wat de illegale pers onder de bevolking van de Sloppen verspreidde – ze had iets dergelijks al eens eerder gezien.

Toen Sarah zag wat er op het vel stond, stond haar hart even stil. De grote afbeelding in het midden was een tekening van haar, een paar jaar jonger dan ze nu was, maar wel in hetzelfde soort kleding gekleed. Op de tekening stond haar gezicht ernstig en was het theatraal naar één kant gewend alsof ze werd achtervolgd. Het was een redelijk goede gelijkenis van haar. Dat verklaarde waarom ze was herkend. Plus natuurlijk de geruchten die zich als een wild vuurtje door de Kolonie hadden verspreid en vertelden dat ze door de Styx was teruggehaald. Er stonden nog vier andere, kleinere afbeeldingen, een in elke hoek, maar ze had nu geen tijd om ze te bestuderen.

Ze vouwde het vel op en haalde diep adem. Kennelijk had ze niets te vrezen en ze werd niet bedreigd, dus hief ze haar hoofd op, gooide ze de sjaal naar achteren en liep ze geflankeerd door de zich verdringende mensenmassa verder door de steeg. Ze beantwoordde hun gejuich niet en keek niet links of rechts, maar vervolgde onder steeds luidruchtiger geschreeuw haar weg. Het gefluit, gejoel en gescandeerde 'Sarah! Sarah! Sarah!' reikte tot aan het stenen gewelf boven haar en de echo's weerkaatsten terug op de grond en mengden zich met het lawaai om haar heen.

Sarah bereikte de smalle doorgang die haar aan de andere kant de Sloppen uit zou voeren. Zonder achterom te kijken ging ze de tunnel in en liet ze de mensendrommen achter zich. Hun gegil galmde nog na in haar oren en het gekletter echode oorverdovend in de nauwe ruimte om haar heen.

Zodra ze in de bredere straat vol huizen van welgestelde Kolonisten arriveerde, bleef Sarah even staan om haar gedachten te ordenen. Ze probeerde te verwerken wat er zojuist was gebeurd, maar merkte dat ze er draaierig van werd. Ze kon gewoon niet geloven dat al die mensen die ze nog nooit eerder had gezien haar hadden herkend en met zoveel eerbied hadden bestookt. Ze woonden tenslotte in de Sloppen – de mensen die daar huisden hadden gewoonlijk totaal geen respect of bewondering voor iemand van buiten hun wijk. Zo zaten ze niet in elkaar. Tot dusver had ze geen flauw idee gehad dat ze zo bekend was.

Ze herinnerde zich opeens het vel papier weer dat ze in haar hand geklemd hield; ze vouwde het open en bekeek het aandachtig. Het papier zelf was grof met gekartelde randen, maar dat merkte ze niet eens op, want haar oog viel onmiddellijk op haar eigen naam helemaal boven aan het vel, in sierlijke drukletters geschreven in een golvend spandoek als een vlag die wappert in de wind.

Midden op het papier stond ze zelf haarscherp afgebeeld – de kunstenaar had haar heel goed getekend. De gestileerde, sliertige nevel, of misschien moest het wel duisternis voorstellen, vormde een ovaal frame om haar beeltenis en in de vier hoeken van het papier stonden de kleinere tekeningen die ze nog niet eerder had kunnen bekijken.

Ze waren net zo kunstig gemaakt als de grote tekening; op een ervan stond ze met een gezicht dat glinsterde van de tranen over de wieg van haar baby gebogen. Op de achtergrond stond een schimmige figuur – haar man, nam ze aan – die er net zo nutteloos bij stond als hij bij hun stervende kind had gestaan. De volgende tekening liet zien hoe ze met haar twee zonen stiekem het huis verliet, en de derde toonde haar dapper vechtend met een Kolonist in een schemerig verlichte tunnel. In de laatste tekening zag ze een kolossaal regiment Styx dat met getrokken zeisen achter een rennende, in een rok geklede gedaante aan zat die door een lange tunnel wegvluchtte. Hier had de kunstenaar zich enige vrijheid veroorloofd: zo was het helemaal niet gegaan, maar de betekenis was duidelijk. Ze verfrommelde het vel papier tot een prop. Het was ten strengste verboden om de Styx op welke manier dan ook af te beelden – alléén in de Sloppen durfden ze zoiets aan.

Ze kon er maar niet over uit. Haar leven... in vijf tekeningen!

Ze schudde nog steeds vol ongeloof haar hoofd, maar ving toen het zachte gekraak van leer op. Ze keek op en verstijfde bij de aanblik vóór haar.

Spierwitte kragen en lange zwarte jassen die zacht bewogen in het schijnsel van de straatlantaarns. Styx. Een enorme patrouille – misschien wel twintig man of meer. Ze stonden in een wanordelijke rij aan de overkant van de straat bewegingloos en zwijgend naar haar te kijken. Het tafereel had wel iets weg van een oude foto uit het wilde Westen – een groep ruiters die voor het begin van de jacht op een misdadiger rond de sheriff stond opgesteld. In dit plaatje was de sheriff echter niet wat je zou denken.

Toen Sarah nog eens goed keek, zag ze dat een kleinere Styx in het midden van de voorste rij één stap naar voren deed. Ze herkende Rebecca meteen. Ze stond trots en heerszuchtig voor de mannen en straalde een enorme autoriteit uit. Rebecca was echter nog maar een tienermeisje!

Wie is ze in vredesnaam? dacht Sarah voor de zoveelste keer bij zichzelf. Een lid van de befaamde heersende Styxelite? Geen enkele doodgewone Kolonist was ooit dicht genoeg bij de Styx gekomen om te kunnen uitzoeken of deze elite echt bestond. Maar het bewijs ervan stond nu in levenden lijve voor haar. Wie Rebecca ook was, ze stond beslist helemaal bovenaan in de hiërarchie en rangorde van hun maatschappij.

Rebecca wapperde vaag met haar hand door de lucht, een gebaar dat de Styx vertelde dat ze moesten blijven staan waar ze stonden. Het geroep hield aan, hoewel gedempter vanwege de grenzen van de Sloppen, en ze glimlachte enigszins geamuseerd. Ze sloeg haar armen nuffig over elkaar en keek Sarah met een schuin hoofd aan.

'Een welkom een heldin waardig,' riep ze en ze tikte met een voet op de klinkers. 'Hoe voelt het om zo belangrijk te zijn?' voegde ze er zuur aan toe.

Sarah haalde zenuwachtig haar schouders op en was zich er voortdurend van bewust dat de donkere pupillen van de enorme massa Styx allemaal op haar waren gericht.

'Nou, ik hoop dat je ervan hebt genoten, want over een paar dagen zijn de Sloppen en al het gespuis dat daar wegrot niet meer dan een akelige herinnering,' snauwde Rebecca. 'Opgeruimd staat netjes, zoals ze dat zo fraai zeggen.'

Sarah wist niet goed hoe ze hierop moest reageren – was het een loos dreigement, omdat Rebecca boos was dat ze het lef had gehad om de Styxwijk te verlaten en de Sloppen in te gaan? Ergens in de verte werd een bel geluid.

'Zo is het wel mooi geweest,' kondigde het meisje aan. 'Het wordt hoog tijd,' ze knipte met haar vingers en de Styx om haar heen kwamen in actie, 'om te vertrekken. We moeten de trein halen.'

24

'Het Hol met de Kruislatten,' zei Drake toen hij het kruis bij de brievenbusopening in de bodem ontdekte. Will schatte dat ze snel lopend en af en toe zelfs joggend tien uur nodig hadden gehad om te plek te bereiken waar – zo had hij tot nu toe tenminste aangenomen – Cal was gestorven. Chester en hij waren bekaf, maar koesterden voorzichtig weer wat hoop.

Op aanraden van Drake hadden ze onderweg een paar keer gepauzeerd, maar niemand had iets gezegd; ze hadden alleen wat water gedronken en op zoute repen met een onbestemde smaak gekauwd die de zwijgzame man uit een buideltje had gehaald.

Terwijl ze voortholden in het amper zichtbare licht van Drakes mijnwerkerslamp dat voor hen uit scheen, had Elliott voortdurend ergens achter hen onzichtbaar in de schaduw op de uitkijk gestaan. Nu stond ze echter met hen naast Drake bij de brievenbusopening, een plek waarvan Will had gehoopt hem nooit van zijn leven meer te zien, een plek vol angst en ontzetting, een portaal naar het dodenrijk.

Drake maakte de gesp van zijn riem los en smeet hem opzij. Elliott reikte hem een masker aan dat hij over zijn mond en neus bond. 'Dit heeft een dode Ruimer me ooit geschonken,' merkte hij met een droge glimlach op tegen de jongens. Hij voelde of de vreemde lens goed voor zijn oog zat.

'Ik wil helpen,' zei Will. 'Ik ga met je mee.'

'Echt niet.'

'Cal is mijn broer. Ik ben verantwoordelijk voor hem.'

'Dat heeft er niets mee te maken. Jij blijft bij Elliott om de wacht te houden. We hebben op weg hiernaartoe elke verrekte regel overtreden die je maar kunt bedenken en ik wil echt niet vast komen te zitten in een suikerval.' Drake gebaarde naar Chester. 'Hij is de sterkste van jullie tweeën – hij gaat me helpen.'

'Mij best,' knikte Chester gretig.

Elliott tikte op Wills schouder. Ze stond zo dicht bij hem dat hij er een beetje van schrok. Ze wees naar de rotsblokken achter de opening. 'Jij neemt die kant,' fluisterde ze. 'Niet schreeuwen als je iets ziet, vertel het me maar gewoon. Begrepen?' Ze wilde hem een van de kleine metalen cilinders geven die Drake had meegebracht, maar Drake zag wat ze aan het doen was.

'Nee, Elliott, hij weet nog niet hoe hij die moet gebruiken. Als het zover komt, maak dan dat jullie wegkomen en leid hen een andere kant op. Dan treffen we elkaar weer op de afgesproken plek. Oké?'

'Oké. Toitoitoi,' zei ze glimlachend onder haar shemagh. Ze griste de cilinder uit de hand van de verward kijkende Will en borg hem weer in haar jas op.

'Dank je,' zei Drake. Hij liep naar de opening toe en sprong erin, op de voet gevolgd door Chester.

Toen ze weg waren, kroop Will weg tussen de rotsblokken en tuurde hij vandaaruit in het duister. De minuten verstreken.

'Pssst!'

Het was Elliott.

Will keek om. Hij zag haar niet.

'Pssst!' klonk het weer, deze keer luider.

Hij wilde haar iets toeroepen, maar ze landde al met een sprong vlak achter hem, alsof ze uit de lucht kwam vallen. Hij begreep meteen dat zij boven op de rotsen had gezeten.

'Er is daarginds iets aan de hand,' fluisterde ze en ze wees in het donker. 'Het is hier vrij ver vandaan, dus geen paniek. Hou je ogen en oren gewoon goed open.' Ze was alweer verdwenen voordat Will kans zag haar te vragen wat ze dan precies had gezien. Hij tuurde in de richting die ze had aangewezen. Voor zover hij kon zien, was er absoluut niets te bekennen.

Na een paar minuten galmde een zware, donderende klap vanuit de verte over de vlakte. Er was geen flits zichtbaar, maar Will was ervan overtuigd dat hij de schokgolf in zijn gezicht voelde, een zachte, warme luchtstroom die de voortdurend waaiende bries heel even verdrong. Hij stond op en Elliott was in een oogwenk terug.

'Dacht ik al,' fluisterde ze in zijn oor. 'Dat zijn de Ruimers die weer een Coprolietennederzetting opblazen.'

'Waarom doen ze dat dan?'

'Drake dacht eigenlijk dat jíj ons dat misschien wel kon vertellen.'

Will zag haar alerte bruine ogen tussen de kier in de shemagh oplichten.

'Nee,' antwoordde Will aarzelend, 'waarom zou ik dat moeten weten?'

'Dit alles – de jacht op onze vrienden en alle Coprolieten die zaken met ons doen – is pas begonnen rond de tijd dat jij hier opdook. Misschien heb jij dit wel veroorzaakt. Wat heb je gedaan waardoor de Styx zo ontzettend opgefokt zijn?'

'Ik... ik...' zei Will, overdonderd door de suggestie dat de handelwijze van de Styx op een of andere manier aan hem te wijten was.

'Nou, wat je ook hebt gedaan, ze zullen het zeker niet ongestraft laten. Ik kan het weten.' Haar ogen schoten weg. 'Wees op je hoede,' zei ze. Ze sprong met het veel te grote geweer in haar armen geklemd als een kat op de steile rotsblokken.

In Wills hoofd tuimelden de gedachten over elkaar heen. *Kon het zijn dat ze gelijk had?* Was hij er de oorzaak van dat de Styx woedend waren op de rebellen en Coprolieten? Was hij op een of andere manier verantwoordelijk voor dit alles? *Rebecca!*

De gedachte aan zijn vroegere zus benam hem de adem. Kon het zijn dat Rebecca nog steeds uit was op wraak? Haar kwaadaardige invloed volgde hem blijkbaar overal waar hij ging en gleed als een giftige slang achter hem aan. Zat zij achter deze gebeurtenissen? Nee, dat kon niet, dat was echt te bizar voor woorden, hield hij zichzelf voor.

Hij dacht terug aan het moment waarop Chester en hij via een van de luchtsluizen van de Kolonie voor het eerst de ondergrondse wereld hadden betreden en het Kwartier waren binnen gegaan, waardoor ze een reeks gebeurtenissen in gang hadden gezet waar hij geen controle over had. Hoewel het bijzonder pijnlijk voor hem was, dacht hij na over de vele levens die door zijn toedoen ten nadele waren veranderd.

Om te beginnen had je Chester, die in deze akelige ellende verzeild was geraakt omdat hij Will uit de goedheid van zijn hart had aangeboden te helpen bij het opsporen van zijn vader. Dan had je Tam, die zijn leven had gegeven om hem in de Eeuwige Stad te verdedigen. Hij mocht ook Tams vrienden niet vergeten: Imago, Joe en al die anderen wiens namen hem niet direct te binnen wilden schieten, maar die op dit moment waarschijnlijk op de vlucht waren. Dat kwam allemaal door hem. De last viel hem erg zwaar. *Nee*, probeerde hij zichzelf moed in te praten, *dit kan niet allemaal mijn schuld zijn. Dat kan gewoon niet.*

Een paar minuten later hoorde Will rumoer uit de brievenbusopening komen en zag hij vervolgens Drake als een bezetene wegrennen, terwijl zijn hoofd en schouders witte deeltjes rondstrooiden als een regen van confetti. Hij had Cals

304

slappe lichaam in zijn armen. Chester klauterde na hem naar buiten.

Drake bleef heel even stilstaan om zijn masker uit te schudden. Toen zette hij het weer op een lopen en sprintte hij naar het kanaal.

'Kom mee,' zei Elliott tegen Will, die als verdoofd stond toe te kijken.

Het groepje volgde Drake, een boomlange gedaante met een lichaam in zijn armen die een kolkende massa deeltjes in zijn spoor achterliet. Toen hij bij het kanaal aankwam, bleef hij niet staan. Hij sprong met een flinke plons van de oever in het donkere water. Dat sloot zich boven zijn hoofd, zodat zowel Cal als hij helemaal was ondergedompeld.

Will en Chester stonden op de oever toe te kijken zonder te begrijpen wat er gebeurde. Toen het water weer tot rust was gekomen, was op de plek waar Drake in het water was gesprongen alleen nog een kleine verzameling luchtbellen zichtbaar. Will keek naar Chester.

'Waar is hij mee bezig?'

'Geen idee,' schokschouderde Chester.

'Heb jij Cal gezien?'

'Niet echt,' antwoordde Chester.

Er klonk wat gespetter, alsof het water ergens in de diepte opnieuw werd verstoord. Kleine rimpels spreidden zich uit van de woelige plek en toen kwam het wateroppervlak weer tot rust. Seconden verstreken en Will begon bang te worden dat er iets verkeerd was gegaan.

Chester staarde afwezig in het kanaal en merkte wanhopig op: 'Ik vond hem er aardig dood uitzien, maar misschien zag ik het niet goed.'

'Ben je niet in de grot geweest?'

'Ik moest van Drake buiten blijven wachten. Hij liep heel langzaam naar binnen... Ik neem aan dat hij probeerde die dingen

305

niet te storen. Toen kwam hij hard rennend naar bui...'
Hij hield op met praten, want Drakes hoofd was boven het
water opgedoken. De man deinde op en neer en haalde een
paar keer heel diep adem. Ze konden Cals lichaam niet zien,
want Drake hield het stevig onder water gedrukt. Met een
paar eenarmige slagen zwom Drake naar de kant, waar hij
een schouder schrap zette tegen de afbrokkelende oever. Hij
tilde Cal uit het water, zodat het bovenlijf van de jongen zichtbaar werd en schudde hem woest door elkaar. Cals hoofd slingerde van links naar rechts alsof het elk moment kon loslaten.
Toen hield Drake op en hij tuurde in Cals gezicht.
'Richt jullie lantaarns eens op hem,' commandeerde hij.
Will en Chester deden onmiddellijk wat hij vroeg. Het gezicht
zag er werkelijk verschrikkelijk uit. Het had een doodse blauwe kleur en zat onder de dikke, witte vlekken. Er was echt
geen levensteken te bespeuren. Niet één. Will werd wanhopig
bij de gedachte dat het allemaal voor niets was geweest. Zijn
broer was dood en daar kon niemand nog iets aan veranderen.
Drake schudde de jongen nogmaals door elkaar en gaf hem
een harde pets in zijn gezicht.

Will en Chester hoorden allebei een soort snik.

Cals hoofd bewoog even. Hij haalde kort adem en hoestte
zwakjes.
'Godzijdank, godzijdank,' herhaalde Chester telkens opnieuw.
Will en hij keken elkaar ongelovig met wijd opengesperde
ogen aan. Will schudde zijn hoofd. Hij was met stomheid geslagen. Tot op dit moment had hij geen flauw idee gehad wat
hij kon verwachten. Hij had nergens op durven hopen. Dit
overtrof echt zijn stoutste verwachtingen – zijn broer was
voor zijn eigen ogen uit de dood herrezen.
Cal haalde een paar keer hijgend en piepend adem, en hoest-

te nog een keer, deze keer krachtiger. Toen hoestte hij met een raspende keel aan één stuk door, alsof hij niet genoeg lucht in zijn longen kreeg. Zijn hoofd schokte verkrampt en hij begon over te geven. 'Toe maar, knul! Goed zo,' zei Drake, die hem nog altijd vasthield. 'Het gaat prima.'

Drake draaide zich een kwartslag om en tilde Cal zo hoog mogelijk boven zijn hoofd.

'Pak aan,' droeg hij hun op. Will en Chester grepen Cal allebei onder een arm en trokken hem op de oever.

'Nee, hij mag niet liggen!' zei Elliott. 'Zet hem rechtop. Trek zijn hemd uit. Laat hem rondlopen en zorg dat hij in beweging blijft. Zo drijf je het gif uit zijn lichaam.'

Toen ze het hemd van zijn lijf strooptten, zagen ze Cals blauwgetinte huid in al zijn glorie. Overal zaten dikke, witte striemen. Zijn vlammend rode ogen waren open en zijn mond bewoog in woordloze vormen. Ze liepen met de kleine gedaante tussen hen in snel in cirkels rond. Cals hoofd rolde tijdens het lopen onbeheerst heen en weer, maar hij was niet in staat zelfstandig ook maar één stap te zetten.

Drake was uit het kanaal geklommen en zat nu gehurkt op de oever, en Elliott speurde door het vizier van haar geweer de horizon af.

De inspanningen van Will en Chester bleken echter niet voldoende. Na een tijdje zakten Cals ogen dicht en bleef zijn mond openhangen, omdat hij het bewustzijn weer verloor.

'Stop,' zei Drake. Hij kwam overeind, liep naar de jongens toe, pakte met één hand Cals hoofd beet en sloeg hem met de andere genadeloos hard in zijn gezicht. Dit herhaalde hij een paar keer. Will meende te zien dat de blauwe tint langzaam maar zeker uit het gezicht van zijn broer wegtrok.

Cals voorhoofd rimpelde. Drake hield op met slaan en bekeek nauwlettend zijn gezicht.

'We waren echt nog maar net op tijd bij hem. Als hij er een

fractie langer had gelegen, hadden de bedwelmende stoffen hem totaal in hun greep gehad en waren de sporen geworteld,' zei Drake. 'Na verloop van tijd zouden ze hem volledig hebben verteerd. Een menselijke composthoop.'

'Sporen?' vroeg Will.

'Ja, deze dingen.' Drake wreef hardhandig met een duim over een van de ruwe, witte striemen in Cals nek. Onder zijn aanraking kruimelden er stukjes af; daaronder was de huid nog feller blauw en er welden kleine bloeddruppels op alsof hij zich had geschramd. 'Ze ontkiemen – deze hebben dat al gedaan – en hechten zich met tentakels vast. Die dringen door de huid van het slachtoffer heen en absorberen alle voedingsstoffen uit het levende weefsel.'

'Hij redt het toch wel, hè?' vroeg Will snel.

'Hij is heel lang bewusteloos geweest,' antwoordde Drake schouderophalend. 'Als een van jullie ooit zo stom is om nog eens dezelfde fout te maken en weer in een suikerval te lopen, vergeet dan vooral niet dat je het slachtoffer met een schok weer bij zijn positieven moet brengen. Het zenuwstelsel begeeft het bijna en er is een flinke schok voor nodig om het weer aan de praat te krijgen. Eén manier is het slachtoffer onder water houden. Om hem te kunnen redden, moet je hem bijna verdrinken.'

Cal zakte weer weg, dus Drake begon hem weer te slaan en deed dat zo hard dat het lawaai pijn deed aan Wills oren. Plotseling rukte Cal zijn hoofd naar achteren. Hij ademde diep in en stootte een allerverschrikkelijkste gil uit die Will en Chester deed huiveren. Het klonk onaards, bijna dierlijk, en weergalmde over de stoffige woestijn om hen heen. Will en Chester putten er echter ook hoop uit, vergelijkbaar met de eerste kreet van een pasgeboren baby. Drake trok zijn handen terug.

'Dat is het. Ga maar weer met hem lopen.'

Ze liepen in eindeloze cirkels rond en stukje bij beetje keerde het leven terug in de jongen. Hoewel zijn hoofd nog steeds willoos over zijn schouders rolde, begon hij uit zichzelf mee te lopen, eerst nauwelijks waarneembaar – heel kleine tekens die aangaven dat hij probeerde een stap te zetten – maar toen met grotere, onbeheerste stappen.

'Drake, kijk hier eens naar,' riep Elliott. Ze verschoof het vizier op haar lange geweer een stukje.

Drake kwam meteen naast haar staan en nam het geweer van haar over. Hij tuurde door de lens. 'Ja... ik zie het... vreemd...'

'Wat denk je?' vroeg ze. 'Dat zijn wel heel grote stofwolken.'

Hij liet het geweer zakken en keek haar met een verbijsterde blik aan. 'Styx... te paard!'

'Nee,' zei ze ongelovig.

'Ze moeten ons spoor ergens hebben opgepikt,' zei Drake. Hij gaf haar het wapen terug. 'We kunnen hier niet langer blijven.' Hij beende met grote passen naar Will en Chester. 'Sorry, jongens, we hebben nu geen tijd om te eten of uit te rusten. Ik zal jullie spullen dragen en jullie nemen de patiënt.' Hij hees allebei hun rugzakken om zijn schouders en ging onmiddellijk op pad.

Will en Chester sleepten Cal mee: Will tilde de jongen onder zijn oksels op en Chester had zijn benen vast. Ze renden op een drafje achter het vage schijnsel van Drakes mijnwerkerslamp aan.

'Ze kunnen op die paarden onmogelijk de tunnels in,' riep hij zacht over zijn schouder naar hen. 'We hebben echter nog een lange weg voor de boeg voordat we uit de problemen zijn. Opschieten dus!'

'Ik ben gesloopt,' jammerde Will toen zijn voet voor de zoveelste keer achter een rotsblok bleef hangen en hij half struikelend zijn broer moest zien vast te houden. 'Hij is verdorie loodzwaar!'

'Jammer dan,' snauwde Drake tegen hem. 'Sneller!'

Will en Chester zwoegden doorweekt van het zweet verder; ze hadden het door uitputting en gebrek aan eten zwaar te verduren. Will had een smerige smaak in zijn mond, alsof zijn lichaam de laatste reserves aanboorde. Hij voelde zich duizelig en vroeg zich af of Chester het net zo moeilijk had als hij. Cal schokte en wurmde voortdurend, en dat maakte het er ook al niet gemakkelijker op. Blijkbaar had hij geen flauw idee wat er met hem gebeurde en hij probeerde hen steeds weg te duwen.

Eindelijk bereikten ze de rand van de Grote Vlakte. Hun ledematen voelden zwaar aan van vermoeidheid en de jongens hadden zich het liefst op de grond laten vallen. Ze gingen echter een kronkelende lavatunnel in en in de eerste bocht draaide Drake zich naar hen om.
'Wacht even,' droeg hij hun op. Hij haalde een van de rugzakken van zijn schouder. 'Neem wat water. We hebben de vlakte eerder verlaten dan gepland... het is veiliger, maar zo duurt de tocht naar huis wel langer.'
Ze lieten zich dankbaar met Cal tussen hen in op de grond zakken.
'Elliott, maak een paar trips klaar,' riep Drake.
Uit het niets verscheen ze opeens in de zwakke straal van Drakes lamp. Ze bukte zich om iets bij de rotswand te plaatsen. Het was een stomp busje ter grootte van een blikje witte bonen, maar dan dofbruin van kleur. Zodra ze het met een band aan een kleine rots had bevestigd, liep ze achterwaarts weg en rolde ze over de hele breedte van de tunnel een strakgespannen draad af die zo fijn was dat Will en Chester hem nauwelijks konden zien. Ze maakte hem vast aan een uitloper in de muur ertegenover en trok er voorzichtig aan – er klonk een zware *ploink*. 'Perfect,' fluisterde ze. Ze liep terug naar het busje, ging er op haar buik voor liggen, trok er behoed-

zaam een kleine pin uit en stond weer op. 'Hij staat op scherp,' zei ze rustig.

Drake richtte het woord tot Will en Chester. 'We moeten iets dieper de tunnel in, zodat Elliott de tweede kan klaarzetten,' gebood hij, terwijl hij de rugzak weer opraapte.

Will en Chester kwamen traag overeind en tilden Cal op. Hij maakte inmiddels aanhoudend vreemde, onzinnige, jengelende en grommende geluidjes met daartussenin af en toe een langgerekt woord dat ze nog net herkenden, zoals 'honger' of 'dorst'. Will en Chester hadden echter geen tijd of energie om zich daar nu druk over te maken. Ze droegen hem een paar honderd meter verder en bleven daar weer staan, omdat Drake ook stilhield.

'Nee, niet gaan zitten!' waarschuwde hij hen.

Ze bleven dus staan totdat Elliott een tweede trip had aangebracht, zoals Drake die dingen noemde.

'Wat doen ze eigenlijk precies?' vroeg Will, die hijgend tegen de muur van de lavatunnel geleund met Chester naar Elliott stond te kijken, die het hele proces herhaalde.

'Ze doen plof,' zei Drake tegen hem. 'Het zijn springladingen.'

'Waarom twee?'

'De eerste heeft een vertragingsmechanisme op de lont. Als de Witnekken ertegenaan lopen gaat hij hopelijk af op het moment dat ze ook tegen de tweede aanlopen, en zitten ze opgesloten in een deel van de tunnel. Nou ja, dat is in elk geval onze theorie.'

'Slim,' zei Will, die onder de indruk was.

'Eigenlijk,' Drake boog zich naar hem toe, 'zetten we er meestal twee of meer uit omdat die ellendelingen erg goed zijn in het opsporen ervan.'

'O, juist ja,' mompelde Will, al heel wat minder onder de indruk.

Volgens Wills berekening hadden ze aardig wat kilometers afgelegd toen ze kort achter elkaar beide springladingen als twee klappen van reuzenhanden hoorden afgaan. Na een vertraging van een paar seconden voelden ze een rukwind in hun bezwete nek. Drake hield de pas niet in, maar liep verder in een tempo dat ze maar moeilijk konden bijbenen. Wanneer ze niet snel genoeg liepen naar zijn zin, gromde hij dreigend naar hen. Inmiddels had Will Cal nog maar bij één arm vast; de andere bungelde zwakjes wuivend heen en weer, en tikte af en toe tegen Wills scheenbenen.

Ze slingerden klimmend en dalend door de ene tunnel na de andere, persten zich zo nu en dan door een reeks nauwe grotten of waadden door half ondergelopen, weergalmende spelonken. In het laatste geval moesten ze Cal zo goed en zo kwaad als dat ging bijna tot schouderhoogte optillen, zodat zijn hoofd niet onder water kwam.

Zo te merken namen de krachten van de jongen alweer toe en daardoor werd hij steeds onhandelbaarder, want hij kronkelde en bokte nu in hun greep. Soms werd het hun gewoon te veel en lieten ze hem per ongeluk vallen. Eén keer waren Will en Chester zelfs te moe om zich er nog druk over te maken dat hij met een ontzaglijke dreun op de natte grond belandde. Toen ze hem weer optilden, gooide hij er een reeks misvormde, schrille scheldwoorden uit.

'LAAV'DOM KLAUWAP! SJTOM UKKELSJIJN!'

Het onverstaanbare getier in combinatie met zijn machteloze woede was zo grappig dat Will het niet kon helpen dat hij begon te grinniken. Dit werkte aanstekelijk en Chester moest nu ook lachen, waardoor de bizarre, lijzige schimpwoorden nu nog sneller uit de mond van de wild met zijn armen maaiende Cal rolden. De vermoeidheid van de jongens en de immense opluchting dat Cal nog leefde, hadden ervoor gezorgd dat ze allebei een beetje licht in hun hoofd werden.

'Hmm... volgens mij ben ik nog nooit eerder zo genoemd,' zei Chester hijgend van inspanning. 'Sjtom ukkelsjijn?' herhaalde hij de woorden zorgvuldig.

'Ik moet toegeven,' hikte Will, 'dat ik je altijd een beetje een ukkelsjijn heb gevonden.'

Ze werden allebei overvallen door een hysterische lachbui en Cal, die blijkbaar alles verstond wat ze zeiden, maaide nu nog kwader met zijn armen in het rond.

'HOU PROSSAK!' brulde hij schor. Toen begon hij te kuchen.

'Kop dicht!' siste Drake voor hen. 'Straks verraden jullie onze positie nog!'

Cal kalmeerde een beetje, niet vanwege Drakes uitbrander, maar omdat het tot hem doordrong dat hij met schelden niets bereikte. In plaats daarvan probeerde hij Wills been vast te grijpen om hem te laten struikelen. Wills pret sloeg om in ergernis en hij schudde zijn broer door elkaar. 'Stop daarmee, Cal!' snauwde hij. 'Anders laten we je hier achter voor de Styx.'

Eindelijk bereikten ze het kamp. Aangezien ze niet door de ondergrondse watertunnel waren gekomen, begreep Will dat ze nu uit een andere richting kwamen. Ze hesen Cal aan een touw om zijn middel omhoog en legden hem op een van de bedden in de achterste kamer. Drake droeg hun op wat water in de mond van de jongen te laten sijpelen. Hij hoestte en sputterde, waardoor het meeste over zijn kin droop, maar wist toch aardig wat te drinken voordat hij in een diepe slaap wegzakte.

'Chester, jij let op hem. Will, jij komt met mij mee.'

Will liep gehoorzaam door de gang achter Drake aan. Hij had een bang voorgevoel, alsof hij in het kantoor van het schoolhoofd moest komen voor een uitbrander.

Ze bereikten een in duisternis gehuld gedeelte met een metalen deuropening en Will zag dat ze zich nu in een grote ruimte bevonden waar één enkele lichtbol midden aan het plafond hing en een fel licht verspreidde. De kamer was minstens dertig meter lang en bijna net zo breed. In één hoek stonden twee van dikke brokken ijzer gemaakte stapelbedden en elke vierkante centimeter van de muren werd in beslag genomen door een flinke verzameling apparatuur. Het leek wel een militaire schatkist en toen Will door de kamer liep, ontdekte hij rekken met een reusachtige hoeveelheid van de vreemde cilinders waarvan Elliott hem er bij het Hol met de Kruislatten een had willen geven. Ook hingen er verschillende slappe grijze pakken die Will herkende van de Coprolieten en allerlei soorten netten, bundels touw en plunjezakken in keurige rijen naast elkaar.

Will volgde Drake en zag toen opeens tussen de twee stapelbedden Elliott staan. Ze stond met haar rug naar hem toe, had haar jas en broek uitgetrokken en propte deze nu in een kastje tegen de muur. Ze had een ivoorkleurig hemd en korte broek aan, en hij staarde naar haar slanke, gespierde benen. Ze zaten onder het vuil en bevatten net als Drakes gezicht een schrikbarend aantal littekens die wit afstaken tegen het roodbruine stof waarmee elke centimeter van haar huid was bedekt. Will was zo van zijn stuk gebracht door deze aanblik dat hij abrupt bleef staan, totdat hij in de gaten kreeg dat Drake hem onderzoekend aanstaarde.

'Ga zitten,' gebood hij. Hij wees naar een plek bij de muur. Net op dat moment kwam Elliott tussen de twee stapelbedden vandaan.

Ze had een opvallend vrouwelijk gezicht met hoge jukbeenderen en zachte, volle lippen onder een recht neusje. Ze liet haar blik vluchtig over Will glijden, die zag dat haar ogen donker oplichtten, gaapte toen en streek met een hand door haar korte, zwarte haar. Haar armen en polsen waren zo dun dat Will bijna niet kon geloven dat dit dezelfde persoon was die het lange geweer had meegedragen alsof het slechts een bamboestengel was. Zijn blik viel op haar bovenarm, waar in de biceps een vreselijk diepe inkeping zat. De huid rond de groef werd doorkruist door gekartelde, roze lijntjes en was ruw, alsof er gesmolten kaarsvet over was uitgegoten. Wills eerste gedachte was dat iets een hap uit haar had genomen, en een flinke ook.

Alle bijzonderheden die hij aan haar opmerkte, werden echter overschaduwd door het opmerkelijke feit dat ze in Wills ogen zo jong leek, niet eens zoveel ouder dan hij. Dat was wel het laatste wat hij gezien haar indrukwekkende aanwezigheid op de Grote Vlakte had verwacht.

'Alles in orde?' vroeg Drake aan haar. Ze gaapte nogmaals en krabde afwezig over haar schouder.

'Ja, hoor. Ik ga even douchen,' antwoordde ze. Zonder Will, die haar met open mond aangaapte, nog een blik waardig te keuren, liep ze blootsvoets weg.

Drake knipte met zijn vingers voor Wills gezicht om zijn aandacht te trekken en Will besefte dat hij naar Elliott had staan staren. Hij wendde verlegen zijn ogen af.

'Hierheen,' zei Drake, iets harder deze keer. Bij de muur stonden twee stevig uitziende, metalen kisten en ze namen hierop tegenover elkaar plaats. Hoewel Will zijn gedachten nog niet op een rijtje had, nam hij toch meteen het woord.

'Ik... ehm... wilde je bedanken, omdat je Cal hebt gered. Ik heb Elliott en jou helemaal verkeerd ingeschat,' bekende hij en zijn ogen zochten automatisch de deuropening toen hij haar naam uitsprak, ook al had ze de kamer allang verlaten.

'Dat zit wel goed, hoor.' Drake wuifde zijn woorden nonchalant weg. 'Maar daar zijn we hier niet voor. Er is iets gaande en ik moet weten wat jij weet.'

Het verzoek overviel Will en hij staarde de man verrast aan.

'Je hebt zelf gezien wat de Styx allemaal uithalen. Ze doden rebellen bij bosjes tegelijk.'

'Ze doden rebellen,' echode Will. Hij rilde van afschuw toen hij terugdacht aan de gebeurtenis waarvan Chester en hij getuige waren geweest.

'Ja. Ik moet eerlijk toegeven dat ik het niet heel erg vind om sommigen van hen te zien gaan, maar we verliezen ook in rap tempo onze vrienden. In het verleden lieten de Styx ons voornamelijk aan ons lot over, tenzij ze op wraak uit waren omdat een trapper te ver was gegaan en er een Ruimer werd vermist. Dat is allemaal veranderd; we worden nu uitgerookt en volgens mij houden de Styx pas op wanneer ze ons tot op de laatste man hebben uitgeroeid.'

'Waarom vermoorden ze dan ook Coprolieten?' vroeg Will.

'Het is een waarschuwing dat ze geen handel met ons moeten drijven en ons niet mogen helpen. Nou ja, dat is niets nieuws. De Witnekken maken regelmatig een selectie om het aantal Coprolieten binnen de perken te houden,' zei Drake, die over zijn slapen wreef alsof dit hem enorm dwarszat.

'Wat houdt zo'n selectie in?' vroeg Will, die hem niet kon volgen.

'Een grootschalige slachtpartij,' antwoordde Drake kortaf.

'O,' mompelde Will.

'Het leidt geen enkele twijfel dat de Styx iets van plan zijn. Er loopt een heel bataljon Ruimers rond en voor zover wij hebben kunnen zien, arriveren er bijna elke dag hooggeplaatste Witnekken met de mijnwerkerstrein.' Drake fronste zijn voorhoofd. 'Ook hebben we uit betrouwbare bron vernomen dat wetenschappers hier beneden iets uitproberen op menselijke proefkonijnen. Er doen verhalen de ronde dat ze een testgebied willen instellen, hoewel ik nog niet heb kunnen ontdekken waar. Zegt dit jou iets?' Hij staarde Will indringend met zijn opvallende blauwe ogen aan. 'Je weet hier helemaal niets van af, hè?' zei hij tegen de jongen.

Will schudde zijn hoofd.

'Oké, maar ik moet alles weten wat jij wél weet. Wie ben je precies?'

'Ehm... goed dan,' antwoordde Will, die geen flauw benul had waar hij moest beginnen of wat Drake wilde horen. Hij was helemaal op en elke spier in zijn lijf deed pijn van het gesjouw met Cal, maar hij was bereid Drake te helpen waar hij kon. Hij vertelde alles zo gedetailleerd mogelijk. Drake onderbrak hem een enkele keer om een vraag te stellen en gedroeg zich naarmate Wills verhaal vorderde iets milder en zelfs bijna vrolijk.

Hij vertelde dat zijn stiefvader, dr. Burrows, in Highfield op een groep mensen was gestuit die er overduidelijk niet thuishoorden en zich op een onderzoek naar hun handel en wandel had gestort. Hij vertelde ook dat dit onderzoek hem ertoe had aangezet om een tunnel te graven die hem toegang had verschaft tot de Kolonie. Vervolgens legde Will uit dat zijn stiefvader vrijwillig aan boord was gegaan van de mijnwerkerstrein en hij slikte toen zijn keel dichtsloeg van emotie. 'Mijn vader moet dus ergens hier beneden zijn. Je hebt hem zeker niet gezien, hè?' zei hij snel.

'Nee, ik niet.' Drake hief een hand op toen hij de radeloze angst van de jongen bemerkte. 'Ik wil je geen valse hoop geven, maar ik heb onlangs een trapper gesproken...' Drake aarzelde even.

'En?' dwong Will de man om verder te gaan.

'Hij had een gerucht opgevangen dat er in een van de nederzettingen een buitenstaander verbleef. Deze man is blijkbaar geen Kolonist of Styx... hij heeft een bril...'

'Ja?' Will boog zich verwachtingsvol naar voren.

'... en hij maakt aantekeningen in een boekje.'

'Dat is mijn vader! Dat kan haast niet anders!' barstte Will uit. Hij lachte opgelucht. 'Je moet me naar hem toe brengen.'

'Dat kan ik niet doen,' reageerde Drake cru.

Wills vreugde maakte onmiddellijk plaats voor een enorme irritatie.

'Hoe bedoel je: "Dat kan ik niet doen?" Het moet!' smeekte Will. Toen kreeg zijn frustratie de overhand en hij sprong overeind. 'Het is mijn vader! Je moet me laten zien waar hij is!'

'Ga zitten,' gebood Drake hem nadrukkelijk.

Will bleef roerloos staan.

'Ga zitten, zei ik... en blijf rustig, dan zal ik het uitleggen.'

Will liet zich hijgend van emotie langzaam op de kist terugzakken.

'Ik zei al dat ik je geen valse hoop wilde geven. De trapper heeft me niet verteld waar deze man zich precies bevindt en het Onderdiep strekt zich mijlenver naar alle kanten uit. Nu de Witnekken zo druk bezig zijn, verplaatsen de Coprolieten hun nederzettingen trouwens. Het ligt dus voor de hand dat hij samen met hen is vertrokken.'

Will zweeg.

'Als het inderdáád mijn vader is, dan gaat het dus goed met hem?' vroeg hij ten slotte. Hij zocht in Drakes ogen naar bevestiging. 'Denk je dat hij zich wel zal redden?'

Drake wreef nadenkend over zijn kin. 'Zolang hij niet door een vuurpeloton van Ruimers wordt gesnapt.'

'O, godzijdank,' zei Will. Hij deed heel even zijn ogen dicht.

Hoewel Drake hem niet kon zeggen waar zijn stiefvader was, putte Will zoveel troost uit de informatie dat hij nog leefde, dat hij er nieuwe energie van kreeg.

Hij stortte zich nu op zijn eigen verhaal en vatte samen hoe hij na de verdwijning van zijn stiefvader Chesters hulp had ingeroepen en hoe ze samen in de Kolonie waren beland. Hij beschreef hun gevangenneming en de gruwelijke verhoren door de Styx. Hij sprak over zijn eerste ontmoeting met zijn echte broer en vader, en de onthulling dat hij was geadopteerd en dat zijn stiefouders hem dit nooit hadden verteld.

Toen hij het over zijn echte moeder had en vertelde dat zij de enige persoon was die ooit uit de klauwen van de Kolonie was ontsnapt en het had overleefd, onderbrak Drake hem abrupt: 'Haar naam? Wat is haar naam?'

'Ehm... Jerome. Sarah Jerome.'

Drake hield heel even zijn adem in en in de stilte die volgde zag Will dat er iets in de doordringende ogen van de man was veranderd. Het was alsof ze hem voor het eerst zagen.

'Je wilt dus zeggen dat je haar zoon bent?' zei Drake, die zijn rug rechtte. 'Sarah Jeromes zoon?'

'Ja,' zei Will, die werd overrompeld door de reactie van de man. 'Cal ook,' voegde hij er zacht aan toe.

'Jouw moeder heeft een broer.'

Will kon niet zeggen of dit een vraag of de vaststelling van een feit was. 'Ja, die had ze,' antwoordde hij. 'Oom Tam.'

'Tam Macaulay.'

Will knikte, geïmponeerd door het feit dat Drake de naam herkende. 'Kende je hem?'

'Alleen van horen zeggen. De gezaghebbers van de Kolonie hadden niet veel met hem op... ze vonden hem een lastpak,' antwoordde Drake. 'Zei je nou hád? Wat is er dan met hem gebeurd?'

'Hij is gestorven toen hij probeerde Cal en mij uit de handen van de Styx te houden,' zei Will bedroefd. Onder Drakes fronsende blik vertelde Will hem alles wat hij over Rebecca wist. Ook dat Tam met haar vader had gevochten en hem had gedood.

Drake floot even. 'Nou, je hebt het mooiste wel tot het laatst bewaard,' zei hij. Hij staarde Will een tijdje zwijgend aan. 'Goed,' ging hij toen verder, 'je hebt dus iemand helemaal boven in de rangorde van de Styx tegen de haren in gestreken,' hij wachtte heel even, 'en nu willen ze je een kopje kleiner maken.'

Will was zo ontdaan dat hij niet wist wat hij hierop moest zeggen. 'Maar...' begon hij stamelend.

Drake liet hem niet uitpraten. 'Ze laten je echt niet vrij rondlopen. Net als Sarah, die nu een soort boegbeeld is, een heldin voor de oproerkraaiers in de Kolonie, zul jij ook als zodanig worden beschouwd.'

'Ik?' Will slikte iets weg.

'Jawel,' zei Drake. 'Je zou eigenlijk bordje om je nek moeten hebben met de tekst SLECHT VOOR DE GEZONDHEID erop.'

'Hoezo?'

'Jij, mijn vriend, bent een bijzonder gevaarlijk heerschap om mee gezien te worden,' legde Drake de verbijsterde jongen uit. 'Dat zou ook een reden kunnen zijn dat het op de vlakte krioelt van de Ruimers.' Drake verviel in een diep gepeins, leunde met zijn ellebogen op zijn lange benen en tuurde naar de vloer. 'Dat werpt een heel ander licht op de zaken.'

'Waarom? Nee, het komt niet alleen door mij, dat is onmogelijk,' sputterde Will heftig tegen. 'Je weet hoe verrekte verknipt ze in de Kolonie zijn...'

'Nee, dat weet ik dus niet,' beet Drake hem fel toe en hij hief zijn hoofd op. 'Ik ben daar in geen tijden geweest.'

'Nou ja, hoe dan ook, waarom zouden ze nog steeds achter mij aan zitten? Wat kan ik hun nou helemaal aandoen?'

'Daar gaat het niet om. Het gaat erom dat ze niet ongestraft met zich laten sollen.' Drake snoof luidruchtig. 'De Styx geloven niet in leven en laten leven.'

'Je zei net dat er allemaal belangrijke Styx arriveren. Die komen hier toch niet alleen maar vanwege mij?'

'Nee... daar heb je wel gelijk in.' Drake kneep zijn ogen tot spleetjes en knikte vaag. 'Ze zullen je best willen elimineren, maar de komst van zoveel hoge omes en wetenschappers duidt er beslist op dat ze met iets groots bezig zijn. Wat het ook is, het is in elk geval heel belangrijk voor hen.'

'Wat denk je dat het is?' vroeg Will.

Drake schudde slechts zijn hoofd en gaf geen antwoord.

'Mag ik je iets vragen?' waagde Will voorzichtig. Het duizelde hem allemaal een beetje.

Drake knikte.

'Ehm... Chester denkt dat je een vrijheidsstrijder bent. Klopt dat?'

'Nee, absoluut niet. Ik ben een Bovengronder, net als jij.'

'Dat meen je toch niet?' riep Will uit. 'Hoe ben jij dan...?'

'Dat is een lang verhaal. Een andere keer misschien,' antwoordde Drake. 'Wil je verder nog iets weten?'

Will probeerde voldoende moed te verzamelen om de vraag te stellen die al een tijdje in zijn achterhoofd rondspookte.

'Waarom...?' begon hij met bevende stem, omdat hij zich opeens afvroeg of hij nu misschien te ver ging.

'Toe maar,' zei Drake en hij spande zijn armspieren.

'Waarom... waarom heb je Cal gered? Waarom help je ons?'

'Die steen die je om je nek hebt hangen,' zei Drake vaag, alsof hij een rechtstreeks antwoord probeerde te vermijden.

'Deze?' vroeg Will. Hij tastte naar de hanger van groene smaragd om zijn hals.

'Ja. Hoe kom je daaraan?'

'Van Tam gekregen.' Will voelde met zijn vingertoppen aan de drie licht uit elkaar lopende inkepingen in het gladde oppervlak en bekeek de hanger aandachtig. 'Is hij belangrijk?'

'Er bestaat een legende over een mythisch volk ver in de diepte, op de bodem van de Porie. Het verhaal gaat dat ze bijna net zo oud zijn als de Aarde zelf. Ik heb dat symbool heel vaak gezien... het staat op de ruïnes van hun tempels.' Drake staarde zwijgend naar de hanger en Will begon zich steeds slechter op zijn gemak te voelen.

Als hij niet totaal gesloopt was, zou Will meteen honderden vragen over de Porie en het oeroude volk waarover Drake het had gehad op hem hebben afgevuurd. Nu had hij echter dringender zaken aan zijn hoofd. Hij verschoof een stukje op de metalen kist en vervolgde: 'Je... ehm... hebt mijn vraag eigenlijk niet beantwoord... over de reden dat je ons helpt?'

Drake keek hem aan en schonk hem voor het eerst een gemeende glimlach. Deze paste totaal niet bij zijn staalharde ogen.

'Jij bent wel een vreselijk volhardend opdondertje, hè? Dat vriendje van je, Chester, is vast niet zo'n dwingeland.' Hij leunde met een peinzende uitdrukking op zijn gezicht achterover. 'Je hebt leiders en je hebt volgelingen,' zei hij binnensmonds.

'Wat?' zei Will, die niet had verstaan wat hij zei.

'Om je vraag te beantwoorden,' zei Drake, en hij ging rechtop zitten. 'Het leven hier beneden is best zwaar, maar het feit dat we als wilde beesten leven, wil niet meteen zeggen dat we ook onze menselijkheid zijn kwijtgeraakt. Er zijn rebellen die heel wat minder vriendelijk zijn dan Elliott of ik, die je om je laarzen zouden vermoorden of je in leven zouden houden voor – hoe zal ik het eens zeggen? – hun eigen vermaak. Ik heb Elliott jaren geleden voor een dergelijk lot behoed.' Hij wreef over zijn borst alsof hij aan een verwonding dacht die hij bij die gelegenheid had opgelopen. 'Ik zou niet willen dat jullie zoiets overkwam.'

'O,' zei Will zacht.

Drake zuchtte weer, een lange, diepe zucht. 'Chester en jij zijn heel anders dan de gewonden die gewoonlijk uit de Kolonie worden verbannen – jullie zijn niet verminkt of gemarteld, of gebroken door jarenlange zware arbeid.' Hij wreef zijn handen over elkaar en vervolgde: 'Ik zal eerlijk toegeven dat ik er geen rekening mee had gehouden dat ik met jullie drieën zou worden opgescheept.' Hij keek Will recht aan. 'We zullen moeten afwachten hoe je broer zich herstelt.'

Hoewel Will doodmoe was, ontging de betekenis van de woorden hem niet.

'En jij, zonnestraaltje, kon wel eens een enorm blok aan ons been zijn met die Witnekken die het op je hebben voorzien,' zei Drake gapend. Hij wierp met een nietszeggende uitdrukking op zijn gezicht een blik door de ruimte. 'Voordat we de vlakte verlaten, wil ik eerst meer te weten komen over de plannen van de Styx. Dat geeft je broer in elk geval de tijd om op krachten te komen. Wanneer we aankomen op onze plaats van bestemming kunnen we een extra paar handen goed gebruiken.'

Will knikte.

'Dat jij Sarah Jeromes zoon bent én bekend bent met hoe het er Bovengronds aan toegaat, kon weleens enorm in ons voordeel zijn.'

Will knikte weer, maar verstijfde opeens, omdat hij zich afvroeg waarom dit zo belangrijk was voor Drake. 'Wat bedoel je?'

'Tja, als mijn voorgevoelens kloppen, kan datgene waaraan de Styx nu werken weleens grote gevolgen hebben voor de Bovengronders. Ik geloof niet dat een van ons werkeloos zal blijven toezien hoe zij hun gang gaan, of wel?' Hij keek Will met een vragend opgetrokken wenkbrauw aan.

'Echt niet!' ontplofte Will.

'Wat zeg je er dus van?' vroeg de man hem nadrukkelijk.

'Hè?'

'Nou, doe je mee of niet? Sluit je je bij ons aan?'

Will beet verward op zijn onderlip. Hij was totaal overdonderd, zowel door het aanbod van deze ontzagwekkende man als door de suggestie dat Cal er misschien geen deel van zou uitmaken. *Wat zou er gebeuren als zijn broer zich niet volledig herstelde? Zou Drake hem dan gewoon ergens achterlaten?* Will vroeg zich ook af wat er zou gebeuren als de Ruimers het inderdaad op hem hadden voorzien. *Als bleek dat het te gevaarlijk werd om hem bij zich te houden, wat dan? Zou Drake hem dan gewoon aan hen overleveren?* Will wist echter ook dat hij er alles voor overhad om de Styx tegen te houden. Daarmee kon hij hun Tams dood betaald zetten.

Hij had geen andere keuze en moest Drakes aanbod wel aannemen. Bovendien konden Chester, Cal en hij met al die Ruimers in de buurt niet in hun eentje verder trekken, zeker niet zolang zijn broer er zo aan toe was.

Drake staarde hem afwachtend aan en Will besefte dat hij niet moest aarzelen – dat zou niet goed vallen. *Wat kon hij anders zeggen dan ja?* Als hij het handig aanpakte, zou deze man hem op zijn minst kunnen helpen met het terugvinden van zijn stiefvader.

'Ja,' zei hij.

Ze praatten nog even verder en toen werd Will naar zijn kamer teruggestuurd. Hij liep door de gang naar hun kamer en ontdekte daar dat Chester op de grond voor het bed waarin Cal lag in slaap was gevallen.

Will had Chester zijn verontschuldigingen nog willen aanbieden omdat hij het voorgevoel van zijn vriend over Drake en Elliott niet serieus had genomen. Chester lag echter zo diep te slapen dat hij het niet over zijn hart kon verkrijgen om hem wakker te maken. Ook Will voelde weer hoe ontzettend moe hij was en nadat hij wat water had gedronken, rolde hij zich op het lege bed op en viel in een droomloze slaap.

25

In de dagen die volgden, zorgden Will en Chester voor Cal en brachten ze hem het onbestemde voedsel dat Drake en Elliott hun gaven. Hij wilde eigenlijk alleen maar slapen op het smalle bed, maar de jongens dwongen hem om te bewegen. Hij stapte wankelend en onzeker voort alsof hij zijn eigen voeten niet goed kon voelen, en wierp hun intussen voortdurend verontwaardigde blikken toe.

Zijn spraak werd minder slissend en de blauwe tint verdween langzaam maar zeker helemaal uit zijn huid. Drake kwam elke dag langs om te zien hoe goed Cal herstelde en nam dan altijd of Will of Chester mee voor een verkenningsexpeditie, zodat hij hun, zoals hij het uitdrukte, *de fijne kneepjes van het vak kon bijbrengen.*

Op een keer toen Chester op een van deze tochten mee was, maakte Will van de gelegenheid gebruik om even met zijn broer te praten.

'Ik weet dat je wakker bent,' zei Will tegen Cal, die met zijn gezicht naar de muur op het bed lag. 'Wat vind jij van Drake?'

Cal reageerde niet.

'Ik zei: wat vind jij van Drake?'

'Wel een goede gozer,' mompelde Cal na een tijdje.

'O, volgens mij is hij veel meer dan dat,' zei Will. 'Hij heeft me verteld dat er anderen in het Onderdiep zijn die je zo de keel zouden afsnijden voor de kleren die je draagt of je eten.

Dat wil zeggen: als de Ruimers je tenminste niet eerst te pakken krijgen.'

'Hmm,' bromde Cal, die niet overtuigd was.

'Ik wilde je alleen maar even laten weten dat Drakes geduld misschien opraakt als je niet stopt met mokken en weer actief wordt.'

Cal draaide zich met een ruk om naar Will en zijn ogen spuwden vuur.

'Is dat een dreigement? Zit je me nou te bedreigen? Wat gaat hij dan doen, me eruit gooien soms?' Hij schoot overeind.

'Ja, iets in die geest,' antwoordde Will.

'Hoe weet je dat? Je kletst maar wat.'

'Nee, dat doe ik niet,' zei Will resoluut. Hij stond op en liep naar de deur.

'En jij vindt het goed dat hij me eruit knikkert?' Cal keek Will nu echt vernietigend aan.

'O, Cal,' kreunde Will. Hij draaide zich in de deuropening om. 'Wat kan ik doen als jij jezelf niet eens wilt helpen? Je weet dat Drake heeft gezegd dat hij binnenkort verder wil trekken. Elliott en hij wonen hier niet permanent. Hij heeft ook gezegd dat hij ons meeneemt.'

'Allemaal?' vroeg Cal.

'Dat hangt ervan af. Denk je echt dat hij voor ons alle drie wil zorgen, zeker wanneer een van ons een ontzettend lastig portret is?'

Cal zwaaide zijn benen over de rand van het bed en keek Will zenuwachtig aan.

'Meen je dat?'

Will knikte. 'Ik vond dat je het moest weten,' zei hij. Hij verliet de kamer.

Cal nam Wills raad ter harte en in de dagen erna was hij een totaal andere jongen. Hij gaf zichzelf over aan een strak oefenschema en hobbelde rond op een wandelstok van donker hout die Drake hem had gegeven. Het probleem zat hem in de linkerkant van Cals lichaam: de arm en het been aan die kant hadden langer nodig om te herstellen dan die aan de andere kant.

Tijdens een van die oefensessies kon Will, die werd gehinderd door het voortdurende getik van de wandelstok en het abrupte, haperende gesnurk van Chester, met geen mogelijkheid de slaap vatten. De warmte en benauwdheid maakten het er ook al niet beter op, hoewel ze inmiddels allemaal wel min of meer waren geacclimatiseerd. Na een tijdje besloot Will dat het zo geen zin had; hij stond op en krabde over zijn hoofd, waar hij luizen voelde kriebelen.

'Goed gedaan, man,' riep hij zacht tegen Cal, die 'dank je' mompelde en zijn ronde door de kamer voortzette.

'Ik moet wat water drinken,' bedacht Will hardop. Hij liep de gang in naar de kleine voorraadkamer waar de blazen werden bewaard, maar hoorde opeens iets en bleef stokstijf staan. In het gedempte schemerlicht doemde Elliott aan de andere kant van de gang op. Ze had haar gebruikelijke donkere jas en broek aan, en hield het geweer in haar handen, maar de shemagh zat nog niet om haar hoofd gewikkeld.

'Ehm... hallo,' zei hij verlegen, want hij had alleen maar zijn boxershort aan. Hij kruiste zijn armen beschermend voor zijn borst en probeerde het gebrek aan kleding te verdoezelen.

Ze bekeek hem koeltjes met een onverschillige blik van top tot teen. 'Kun je niet slapen?' vroeg ze.

'Ehm... nee.'

Ze staarde nu naar de wond op zijn schouder. 'Indrukwekkend,' zei ze.

Hij voelde zich nog ongemakkelijker onder haar onderzoekende blik en legde zijn hand op de verwonding die de Styxspeurhond hem had toegebracht. Omdat het zo warm was in het Onderdiep jeukte het als een gek en Will blééf krabben. 'Speurhond,' zei hij uiteindelijk.

'Zo te zien had hij trek,' merkte ze op.

Will wist niet goed wat hij hierop moest zeggen, dus haalde hij zijn hand weg om het rode stuk pas geheelde huid te inspecteren en hij knikte zwijgend.

'Zin om met me mee op patrouille te gaan?' vroeg ze vrij neutraal.

Dat was wel het laatste waar Wills hoofd op dat nachtelijke tijdstip naar stond, maar hij was geïntrigeerd, want hij had haar niet veel gezien, en tegelijkertijd opgetogen, omdat ze het had aangeboden. Drake sprak met veel respect over haar talenten en had hun verteld dat haar 'veldvaardigheden', zoals hij het noemde, van een enorm hoog niveau waren en dat Will en Chester van bijzonder goeden huize moesten komen als ze die wilden evenaren.

'Ja... leuk,' stamelde hij opgewonden. 'Wat voor spullen heb ik daarvoor nodig?'

'Niet zo heel veel – ik neem altijd zo weinig mogelijk mee,' zei ze. 'Schiet maar op!' drong ze aan, toen hij geen aanstalten maakte om in beweging te komen.

Hij keerde terug naar de kamer. Cal merkte hem niet eens op en was geconcentreerd bezig met zijn oefeningen. Will kleedde zich als een wervelwind aan en een minuut later stond hij weer bij Elliott in de gang. Ze reikte hem net zo'n hoes met cilinders aan als Drake ook altijd bij zich had.

'Weet je dat zeker?' zei Will weifelend, omdat hij zich herinnerde dat hij er bij het Hol met de Kruislatten geen toestemming voor had gekregen.

'Volgens Drake ben je een blijvertje, dus zul je ze toch een keer moeten leren gebruiken,' zei ze. 'Je weet maar nooit; straks lopen we een paar Ruimers tegen het lijf.'

'Eerlijk gezegd weet ik niet eens wat het voor dingen zijn,' bekende hij, terwijl hij de hoes aan zijn riem vastmaakte en met een touw om zijn bovenbeen bevestigde.

'Het zijn staafpistolen. Een stukje eenvoudiger dan deze,' zei ze. Ze hield het lange geweer omhoog. 'Probeer dit ook maar eens.' Ze gaf Will nog iets.

Het voorwerp bestond uit een grote en een kleine buis die aan elkaar vastzaten, maar de naad ertussen was vrijwel onzichtbaar. Het ding was helemaal van geschuurd, dof koper vervaardigd, zat aan de buitenkant vol krasjes en deukjes, was ongeveer een halve meter lang, en aan beide uiteinden van de grootste cilinder zat een dop. Will wist meteen waarom het hem zo bekend voorkwam.

'Het is een verkijker, hè?' zei hij met een blik op haar geweer, dat op de loop een vergelijkbaar geval had. Het enige verschil was dat aan zijn versie twee korte banden zaten.

Ze knikte. 'Steek je arm maar door de banden... zo is hij gemakkelijker te dragen. Mooi, dan kunnen we gaan.' Ze keerde zich om naar de uitgang en verdween in een oogwenk in de schaduw aan het eind van de gang.

Will volgde haar voorbeeld. Toen hij zich langs het touw naar beneden had laten glijden en de bodem had bereikt, werd hij aan alle kanten omringd door een dichte duisternis. Hij luisterde ingespannen, maar hoorde niets. Hij maakte zijn lantaarn los en zette hem iets hoger.

Hij schrok toen het licht op Elliott viel – ze stond een paar meter verderop.

'Dit is de laatste keer dat je tijdens een patrouille met mij een lichtbol gebruikt, tenzij ik het zeg.' Ze wees naar de verkijker aan zijn arm. 'Gebruik de verkijker, maar vergeet hem niet af te schermen tegen fel licht, anders verschrompelt het onderdeel dat erin zit. Wees er ook voorzichtig mee – ze zijn zeldzamer dan slakkentanden,' zei ze.

Hij deed zijn eigen lantaarn uit en haalde het apparaat van

zijn onderarm. Hij klapte de metalen doppen aan de uiteinden van de kijker open, hield het ding voor zijn oog en keek om zich heen.

'Gaaf!' riep hij uit.

Het was echt super. De verkijker sneed door de inktzwarte duisternis alsof hij een pulserende, diffuse, amberkleurige gloed afgaf. Hij kon de kleinste details van de rotswand voor hem zien en toen hij het ding op de tunnel zelf richtte, kon hij tot heel ver zien. Er lag een spookachtige gloed op de bodem en de wanden, waardoor het net leek of ze glanzend nat waren, hoewel alles in zijn directe omgeving kurkdroog was.

'Zeg, dit is echt gaaf. Het is net alsof... alsof je alles in een heel raar daglicht ziet. Hoe komen jullie hieraan?'

'De Styx hebben iemand van Bovengronds ontvoerd die ze kon maken. Hij ontsnapte echter en kwam hier in het Onderdiep terecht. Hij had een hele lading verkijkers bij zich.'

'O, op die manier,' zei Will. 'Waar werken ze op? Batterijen?'

'Ik zou niet weten wat "batterijen" zijn,' zei ze. Ze sprak het woord uit alsof het iets totaal onbekends was. 'In elke verkijker zit een kleine lichtbol die aan een paar andere dingen is vastgelast. Dat is alles wat ik weet.'

Will draaide langzaam op zijn hielen rond en tuurde door de kijker naar het andere eind van de lavatunnel. Terwijl hij dit deed, ving hij een glimp van Elliotts gezicht op.

In de ijle amberkleurige gloed oogde haar huid glad en stralend alsof hij baadde in heel zacht zonlicht. Ze zag er beeldschoon uit en heel erg jong, en haar pupillen glinsterden als twee fel oplichtende stipjes vuur. Het opvallendste was echter nog wel dat ze glimlachte, iets wat hij haar nog niet eerder had zien doen. Ze glimlachte naar hém. Het vervulde hem met een soort warmte – een gevoel dat nieuw en onbekend voor hem was. Hij hapte onwillekeurig naar lucht, maar wist zijn ademhaling meteen weer onder controle te krijgen en hoopte maar dat ze het niet had gehoord. Hij draaide de verkijker in een grote boog verder naar de andere kant van de tunnel alsof hij probeerde aan het ding te wennen, maar was in gedachten mijlenver weg.

'Goed,' zei ze vriendelijk. Ze bond de shemagh om haar hoofd. 'Volg mij maar, partner.'

Ze wandelden door de lavatunnel en bleven in de goudkleurige grot even staan om hun spullen op te bergen in de kleine waterdichte tas die Elliott had meegebracht voordat ze in de watertunnel doken. Aan de andere kant bleven ze weer even staan om alles op orde te brengen.

'Mag ik je een tip geven?' vroeg ze, terwijl hij bezig was de hoes met staafpistolen weer aan zijn bovenbeen vast te maken.

'Ja, hoor. Wat is er dan?' antwoordde hij zonder te weten wat er komen ging.

'Het gaat om de manier waarop je je beweegt. Wanneer je een stap zet, ben je net als alle anderen – zelfs Drake. Probeer de bal van je voet te gebruiken... blijf wat langer op je tenen staan voordat je je hiel laat zakken. Kijk door de verkijker hoe ik het doe.'

Hij deed wat ze hem opdroeg en zag hoe zij zich bewoog, net een kat die zijn prooi besluipt. Door de verkijker glansden haar broek en laarzen, die kletsnat waren van het water uit de watertunnel, als een zacht bewegend gordijn van matgeel licht.

'Zo maak je minder geluid en laat je zelfs minder sporen achter.' Will keek naar haar lenige benen, die voordeden wat ze bedoelde en verwonderde zich over haar soepelheid, die wel aangeboren leek.

'Je zult ook moeten leren foerageren,' merkte ze opeens op. Blijkbaar had ze op de muur naast haar iets gezien. 'Er is heel veel voedsel te vinden als je maar weet waar je moet zoeken. Dit is bijvoorbeeld een grotoester.'

Hij had geen idee wat ze bedoelde, maar zag dat ze naar de muur liep om iets los te trekken wat eruitzag als een brok uitstekende steen. Met het lemmet van haar mes groef ze eromheen. Toen stopte ze het mes terug in de schede en trok ze een paar handschoenen aan.

'De randen zijn vlijmscherp,' legde ze uit. Ze duwde haar vingers in het gat dat ze had gemaakt. Ze zette zich schrap en trok net zolang met beide handen tot het brok steen met een lome, zuigende *plop* losliet. Na nog een laatste geluid dat klonk als een eitje dat werd opengetikt kwam hij plotseling van de rotswand af en ze wankelde een paar stappen achteruit.

'Zo!' riep ze triomfantelijk en ze hield het ding omhoog zodat hij het goed kon zien. Het had ongeveer de omvang van een halve voetbal en toen ze hem omdraaide, deinsde Will achteruit. De onderkant was leerachtig en week, met aan de buitenste rand een strook kleine, dunne draden. Het was een soort dier.

'Wat is dat in vredesnaam?' vroeg hij. 'Een reuzenslak of zoiets?'

'Dat zei ik net toch al – het is een grotoester. Ze leven van de sintelalgen in waterpoelen. Rauw smaakt hij echt walgelijk, maar gekookt valt het wel mee.' Ze porde met haar duim in de weke massa, waarop het dier in beweging kwam en een lange, vlezige slurf uitstak die wel wat weg had van de onderkant van een slak, maar dan wel vele malen groter. Elliott bukte zich om het dier zorgvuldig ondersteboven in zijn schelp tussen twee stenen te klemmen. 'Dat zou hem op zijn plek moeten houden tot we terug zijn.'

De reis over de Grote Vlakte verliep heel rustig, hoewel ze wel een aantal kanalen moesten oversteken en daarbij sluisdeuren als brug gebruikten. Will deed zijn uiterste best om Elliott, die verbazingwekkend snel liep, bij te houden. Hij oefende de manier van lopen die zij hem had voorgedaan, maar algauw deden zijn wreven zoveel pijn dat hij het moest opgeven.

Toen de grotwand voor hen opdook, ging ze iets langzamer lopen. Ze inspecteerde het omliggende terrein nauwlettend met de verkijker op haar geweer en ging hem toen langs de wand voor naar een lage, brede tunnel. Na een paar honderd meter bleef ze staan.

De stank was met geen pen te beschrijven.

Er hing een ongelooflijk dichte walm van rottend vlees – hij spoelde in zurige golven over hen heen. Will probeerde door zijn mond te ademen, maar de afgrijselijk smerige stank was zo sterk dat hij hem bijna kon próéven.

Toen ontdekte hij via zijn verkijker iets waardoor zijn hart even stil bleef staan.

'O, nee!' zei hij. Hij hapte naar adem.

Aan één kant van de tunnel had hij een aantal dode lichamen ontdekt; aan de kleding te zien waren het rebellen. Ertegenover zag hij enkele in hun gebruikelijke dikke pakken gehulde Coprolieten. Ook zonder het te vragen wist hij dat de Styx hiervoor verantwoordelijk waren en dat de lijken hier al een tijdje moesten liggen. Dat vertelde de stank hem wel.

Hij telde vijf rebellen en vier Coprolieten. Aan beide zijden bungelden de lichamen aan dikke, houten palen. De hoofden van de slachtoffers hingen slap voorover op hun borst en hun voeten steunden op kleine houten dwarslatten die op ongeveer een halve meter van de grond aan de palen waren gespijkerd. Het effect was heel griezelig, want het leek net of de donkere, roerloze lichamen in de lucht zweefden.

'Waarom hebben ze dat gedaan?' vroeg Will hoofdschuddend om het afschuwelijke verlies van al die levens.

'Het is een waarschuwing en tegelijkertijd een soort machtsvertoon. Ze doen dit omdat ze Styx zijn,' antwoordde Elliott.

Ze liep langzaam langs de rij rebellen en Will liep naar de Coprolieten, hoewel dat eigenlijk wel het allerlaatste was wat hij wilde.

'Deze man ken ik,' zei Elliott bedroefd. Will draaide zich naar haar om en zag dat ze bewegingloos voor een van de lichamen stond.

Hij haalde diep adem en dwong zichzelf naar een van de dode Coprolieten te kijken. De ivoorkleur van zijn pak was goed zichtbaar in de amberkleurige gloed van zijn verkijker, maar rondom de ooggaten zat iets donkers gesmeerd. De lichtgevende bollen die er behoorden te zitten, waren weg. Het was duidelijk dat het dikke rubber van het pak was opengereten om ze eruit te kunnen halen. Hij huiverde. Het benadrukte alleen maar tot welke gruweldaden de Styx in staat waren.

'Moordenaars,' mompelde hij in zichzelf.

'Will,' zei Elliott opeens. Hij schrok op uit zijn gedachten. Ze keek niet langer naar de lichamen, maar liet haar blik nu gejaagd van links naar rechts door de brede tunnel glijden, alsof al haar zintuigen op scherp stonden.

'Wat is er?' vroeg Will.

'Verberg je!' siste ze hem onderdrukt fluisterend toe.

Dat was het enige. Hij staarde haar aan en begreep niet goed wat ze bedoelde. Ze stond bij de laatste dode rebel aan de overkant van de tunnel en schoot zo snel weg dat Will haar amper kon volgen met zijn verkijker. Ze had een uitholling in de bodem gevonden, een kleine geul, en liet zich er behendig in rollen, met haar geweer tegen zich aan gedrukt en haar gezicht omlaaggericht. Will kon haar niet meer zien. Ze werd volledig aan het zicht onttrokken.

Hij keek snel om zich heen en zocht wanhopig naar een vergelijkbaar gat in de tunnelbodem. Hij zag niets. Waar moest hij naartoe? Hij moest een plek vinden om zich te verstoppen. Maar waar? Hij rende in het rond en liet zich achter de rij Coprolietenlichamen aan zijn kant van de tunnel zakken. Zinloos! De grond was vlak – bij de wand rees hij juist zelfs een stukje omhoog.

Hij hoorde iets en verstijfde.

Hondengeblaf.

Een speurhond!

Hij wist niet waar het geluid vandaan kwam.

Hij was totaal onbeschermd.

26

De speurhond, een afzichtelijk monster, stootte huivering-
wekkende snuivende geluiden en grauwend gegrom uit, en
rukte wild aan de riem. Hij werd vastgehouden door een van
de vier Ruimers die nu door het midden van de tunnel aan
kwamen slenteren. Het kostte hem de grootste moeite het
beest onder controle te houden.
Op hun hoofd droegen de Styxsoldaten een doffe, zwarte,
nauwsluitende kap en hun gezicht ging helemaal schuil
onder een enorme, insectachtige bril en een leren zuurstof-
masker. Op hun enkellange jassen zat een merkwaardig ca-
mouflagepatroon van grijze en lichtbruine rechthoeken, en de
voorwerpen aan hun riemen en in hun rugzakken rammel-
den zacht bij elke stap. Het was duidelijk dat ze geen dienst
hadden – ze verwachtten niemand anders in de omgeving.
Ze bleven tussen de twee rijen dode lichamen staan en de
man met de hond siste een onverstaanbaar commando tegen
het dier. Het ging onmiddellijk grommend zitten en boog
zijn kop heftig snuivend naar voren om de ranzige geur van
de rottende lijken op te zuigen. Een sliert slijmerig speeksel
droop uit zijn bek alsof hij de stank aanlokkelijk vond. De
stemmen van de Ruimers klonken nasaal en schril, en hun
woorden afgebeten en grotendeels onbegrijpelijk. Een van
hen begon te lachen, een kwaadaardige, bijtende lach, en de
anderen deden mee zodat ze net als een misselijkmakende

kudde hyena's klonken. Het was wel duidelijk dat ze de grootste lol hadden om hun dode slachtoffers.

Will durfde geen adem te halen, niet alleen vanwege de walgelijke stank die stukken erger was dan het allersmerigste wat hij ooit had geroken, maar ook omdat hij doodsbenauwd was dat ze hem zouden horen.

Omdat de Ruimers zo dichtbij waren, was hij gedwongen geweest zich te verstoppen op de enige plek die hij zo gauw kon bedenken.

Hij hing nu aan een van de palen vlak achter een dode Coproliet. In blinde paniek was hij omhooggesprongen en had hij zijn arm in het gat tussen het lichaam van de Coproliet en het ruwe hout van de staak gewurmd. Hij klemde zich wanhopig aan het ding vast, terwijl zijn voeten doelloos langs de paal krabbelden totdat de neus van zijn laars tegen de punt van een spijker kwam. Gelukkig voor Will stak deze aan de achterkant van de paal enkele centimeters uit en bood hij hem in elk geval steun voor een van zijn voeten.

Het was echter niet voldoende om lang in die houding te kunnen blijven staan – de Ruimers naderden snel en hij moest iets zien te vinden om zich met zijn linkerhand aan vast te houden. Hij tastte wanhopig in het wilde weg in het rond en toen vonden zijn vingers net onder het schouderblad een scheur in het stofpak van de Coproliet. Hij wrong ze door het dikke, rubberachtige materiaal naar binnen en stuitte daar op iets klams en zachts. Toen zijn vingers ertegenaan drukten, gaf het mee – het was week. Zijn vingers zonken diep weg in het rottende vlees van het Coprolietenlijf. Toen tot hem doordrong wat er aan de hand was, besefte hij dat hij geen tijd had om een ander houvast te zoeken. *Niet aan denken! Niet aan denken!* schoot het door zijn hoofd.

Maar de stank van het Coprolietenlijf werd steeds sterker en trof hem met de kracht van een schop tegen zijn hoofd.

Lieve hemel!

Tot nu toe was de stank gewoon heel sterk geweest, maar nu was hij echt niet meer te harden. Zijn vingers hadden het twee centimeter dikke rubberen pak opengeduwd en de scheur verwijd, en nu kwam uit het binnenste een ontzettend gore walm naar buiten golven. De stank gutste er gewoon uit. Het liefst had Will zich op de grond laten vallen en was hij keihard weggerend – dit was gewoon té erg. Dit was de stank van het warme, vergane vlees van een in ontbinding verkerende man. *Het was echt walgelijk!*

Even dacht hij dat hij zou gaan overgeven. Hij voelde dat het braaksel zich een weg naar zijn mond baande en slikte het bittere goedje snel weg. Hij kon het zich niet veroorloven om te braken of van zijn schuilplaats te tuimelen. Als hij dat wel deed, zou hem in de handen van de Ruimers een verschrikkelijk lot te wachten staan. Hij moest blijven hangen, hoe erg het ook was. De herinnering aan de aanval van de speurhond in de Eeuwige Stad lag nog pijnlijk vers in zijn geheugen – hij was echt niet van plan zoiets nóg eens te ondergaan.

Hij klemde zijn ogen stevig dicht en probeerde zich uit alle macht te concentreren op wat de Ruimers allemaal zeiden. Terwijl hij ingespannen luisterde, probeerde hij hen in gedachten aan te sporen om verder te gaan. In het begin spraken ze alleen in hun eigen Styxtaal, maar al snel wisselden ze het ook af met Engels. Zo nu en dan ving hij een flard van hun gesprek op. Het klonk alsof verschillende leden van de groep om beurten aan het woord waren, maar hij kon het niet met zekerheid zeggen, omdat ze allemaal even raar klonken.

'... volgende operatie...'

'.... onschadelijk maken...'

En na een korte stilte waarin hij alleen de speurhond hoorde, die grommend over de bodem snuffelde: '... de rebel gevangennemen...'

'... moeder...'

'... zal helpen...'

Zijn lichaam was tot het uiterste gespannen, zijn armen deden pijn en hij begreep dat het niet lang meer zou duren voordat het allerergst denkbare gebeurde. Zijn been, dat in een ontzettend onhandige houding gedraaid stond, begon te trillen onder de loodzware druk van zijn hele gewicht. Hij was doodsbang dat zijn laars van de spijker zou glippen en probeerde de schokken te onderdrukken.

Het hielp geen zier – hij kon niets doen. Terwijl het zweet langs zijn slapen stroomde, probeerde hij zich te distantiëren van het lichamelijke ongemak en naar de stemmen van de Ruimers te luisteren:

'... schoonvegen...'

'... grondige zoektocht...'

Hij durfde zijn ogen niet open te doen en hoopte in stilte maar dat hij goed verborgen stond achter het bolle lichaam, maar hij wist het gewoon niet. De Styx hoefden maar één arm of been op te merken en het spel was uit. Hij dacht heel even aan Elliott, die in de smalle geul aan de andere kant van hem lag.

Toen gebeurde het. Zijn been verkrampte en er schoten felle pijnscheuten doorheen. De trillingen sneden door zijn bovenbeen en kuit alsof iemand met een ijzeren greep genadeloos in al zijn spieren tegelijk kneep. Hij mocht zijn positie op de spijker echter niet verlaten. Hij had zich ontzettend graag iets hoger opgetrokken aan zijn armen, maar waagde het er niet op.

Er trok een nieuwe kramp door zijn been, dat een geheel eigen wil leek te hebben. Hij verzette zich hevig tegen de rukkerige bewegingen. Al zijn concentratie was nu hierop gericht, zozeer zelfs dat hij verder alles vergat – de stank, de korte zinnen van de Ruimers en de speurhond die zo dicht bij hem stond. De pijn en trillingen werden steeds erger, en het werd hem nu echt te veel. Hij móést iets doen.

O, help! Hij spande de spieren in zijn armen en hees zichzelf een heel klein stukje op. De druk op zijn been nam af en bood meteen verlichting, maar de paal verschoof wel een stukje. Hij werd zich er opeens van bewust dat de Ruimers waren opgehouden met praten.

Alsjeblieft, alsjeblieft, alsjeblieft! dacht hij bij zichzelf.

De Ruimers hervatten hun gesprek.

'Bovengronder,' zei een van hen. 'We zullen hem vinden...'

Er volgde meteen nóg een zin, maar daarvan drong slechts één woord tot hem door. Het werd op een heel andere toon uitgesproken dan alles wat hij tot dusver had gehoord, alsof de Styx zeer respectvol sprak.

'... Rebecca...'

Rebecca? Nee! Nee, dat kon niet waar zijn! De gedachten tuimelden nu over elkaar heen in zijn hoofd, maar hij mocht niet reageren op wat hij had gehoord.

Degene op wie ze doelden moest zijn zus wel zijn – het kreng dat hij als zus had beschouwd. *Waarom zouden ze anders nu net díé naam hebben laten vallen?* Het kon onmogelijk toeval zijn. Hij merkte dat hij zwaar hijgend ademde. Hadden ze hem gehoord?

De Ruimers zwegen. Hij hoorde het gesnuif van de hond heel duidelijk, alsof ze nog iets dichterbij waren gekomen.

Wat was er aan de hand? Kon hij maar íéts zien!

Toen ving hij het geslof op van laarzen in het zand. Hij deed één oog een klein stukje open en zag lichtstralen over de wanden en het dak glijden. Kwamen de Styx dichterbij en sloten ze hem in? Hadden ze hem gezien?

Nee.

Hij hoorde aan de geluiden dat ze verder liepen.

Hun voetstappen namen hetzelfde ritme aan. Ze vertrokken.

Hij was graag direct naar beneden gesprongen, maar moest nog even blijven staan. Dankbaar omdat de Ruimers zich snel verwijderden klemde hij zijn kiezen op elkaar. Hij dacht niet dat hij de geur nog veel langer kon verdragen.

Toen rukte iemand aan zijn enkel.

'Het is veilig,' siste Elliott fluisterend. 'Je kunt naar beneden komen.'

Will liet zich meteen van de paal vallen, smakte tegen de grond en krabbelde zo snel hij kon bij de Coproliet vandaan.

'Joh, stil nou! Wat is er?' vroeg ze.

Hij strekte de vingers die in het stofpak van de Coproliet hadden gezeten. Ze waren plakkerig en nat. Lichaamsvocht van het rottende kadaver. Hij rilde. Hij was diep geschokt. Zonder naar zijn vingers te kijken hief hij zijn hand voorzichtig op tot vlak bij zijn gezicht en hij snoof de ranzige, muffe stank van de dood op. Hij trok zijn hand met een ruk weg en strekte zijn arm zo ver uit als maar mogelijk was. Hij voelde dat zijn maag zich omkeerde en haalde snel een paar keer adem. Hij woelde met zijn hand door het zand en gebruikte de andere om hem steeds opnieuw met vuistenvol los zand schoon te boenen.

'Jakkes!' riep hij. Hij rook nogmaals aan zijn hand. Hij kromp in elkaar, maar deze keer iets minder heftig, want de stank leek iets te zijn afgenomen. 'Hoe kan iemand zo leven?' mompelde hij tussen strakke lippen door.

'Wen er maar aan,' antwoordde Elliott met vlakke stem. 'Drake en ik doen dit elke dag.' Ze hief haar geweer op om in de tunnel te turen en ging toen met een kille stem verder: 'Als je wilt overleven, moet je wel.'

Ze nam hem mee, niet terug naar de vlakte, maar juist dieper een tunnel in. Hij had het gevoel dat hij eigenlijk helemaal niet in staat was de tocht voort te zetten en strompelde dodelijk vermoeid verder. Hij kreeg kippenvel bij de gedachte aan het dode lichaam dat hij had aangeraakt. Plotseling werd hij ontzettend kwaad, vanwege zichzelf en de mannen aan de palen, maar ook omdat Rebecca blijkbaar op een of andere manier iets te maken had met wat er gaande was. *Zou hij dan nooit van haar afkomen?*

'Schiet op!' fluisterde Elliott fel toen hij achteropraakte.

Hij hield meteen stil en sputterde: 'Ik... ik...' Misschien was het de nawerking van de diepe angst die hij had uitgestaan, maar hij werd opeens razend, overweldigd door een enorme woede die móést worden gelucht en die zich richtte tegen het tengere meisje voor hem.

Hij schoof trillend met een ruk zijn verkijker opzij en focuste zich op haar gezicht. 'Waarom heb je het daarnet zover laten komen? Door jou waren we er bijna bij!' raasde hij tegen haar amberkleurige schim. 'We hadden ons nooit zo in het nauw mogen laten drijven... niet met al die Styx in de buurt. Die speurhond had ons allebei zó kunnen vermoorden. Ik dacht nog wel dat jij zo goed was.' Hij stikte bijna van boosheid en struikelde over zijn woorden. 'Ik dacht dat je wist wat je deed. Je...'

Ze stond roerloos voor hem en leek niet echt onder de indruk van zijn uitbarsting. 'Ik weet heus wel wat ik doe. Dit was ge- woon niet te voorzien. Als Drake bij me was geweest, hadden we met de Styx afgerekend en hun lichamen onder een berg stenen verborgen.'

'Drake is hier dus niet!' snauwde hij haar toe. 'Ik wel!'

'We nemen elke dag risico's,' zei ze. 'Als je dat niet doet, kun je net zo goed meteen in een hoekje kruipen en wachten tot je doodgaat,' voegde ze er koeltjes aan toe. Ze wilde al weg- wandelen, maar bleef nog even staan en draaide haar hoofd naar hem om. 'Als je het trouwens ooit waagt nog eens zo tegen me te praten, dan laat ik je achter. In tegenstelling tot wat Drake denkt, hebben wij jullie niet echt nodig, maar jul- lie ons wél. Begrepen?'

Wills kwaadheid zakte net zo snel als die was opgekomen. Hij had spijt van wat hij had gezegd en was even van zijn stuk gebracht. Ze bewoog zich niet en wachtte op antwoord.

'Ehm... ja... sorry,' mompelde hij. Al zijn zelfvertrouwen was spoorslags verdwenen en het drong tot hem door dat de veiligheid van Cal, Chester en hem helemaal van Drake en Elliott afhing. Het was hem pijnlijk duidelijk geworden dat ze het niet heel lang hadden uitgehouden in dit barre, wetteloze gebied als niet iemand hen te hulp was geschoten. Chester, hijzelf en vooral Cal teerden nu op de met vallen en opstaan vergaarde ervaring van anderen en daar moesten ze hun dankbaar voor zijn. Ze draaide zich om en hij volgde haar verder door de tunnel.

'Sorry,' zei hij nogmaals tegen het duister voor hem, maar ze reageerde niet.

Na een uur door een verwarrende doolhof van onderling met elkaar verbonden gangetjes te hebben gelopen bleef ze staan en speurde ze aan de voet van de muur naar iets. De bodem was bezaaid met steengruis en hier en daar grote, vlakke stukken rots die Elliott als stapstenen gebruikte. Opeens bleef ze staan. 'Help eens,' zei ze bits, terwijl ze een van de platen probeerde op te tillen. Will greep de andere kant beet en samen trokken ze hem met strakgespannen spieren vanwege het gewicht opzij, waardoor er een klein gat in de grond zichtbaar werd.

'Blijf dicht bij me – de grotten langs het pad zitten vol Rode Duivels,' waarschuwde ze hem.

Will herinnerde zich dat Tam eens had gezegd dat Rode Duivels gevaarlijk waren, maar begreep ook wel dat dit niet het juiste moment was om haar te vragen wat het precies waren. Elliott bukte zich om door het gat te kruipen en Will volgde gehoorzaam haar voorbeeld, terwijl hij zich intussen afvroeg waar het naartoe zou leiden. Omdat hij geen hand voor ogen kon zien, tastte hij blindelings om zich heen en zo ontdekte hij dat de tunnel min of meer ovaal van vorm was en bijna een meter breed. Hij ging af op het geluid van Elliott voor hem, maar hier en daar bemoeilijkten opgehoopt grind en steenscherven op de grond zijn doortocht en moest hij het losse puin naar achteren trappen terwijl hij zich er moeizaam langs wurmde.

De tunnel liep steil omhoog en door Elliotts bewegingen stortte er een regen van puin over hem heen. Hij durfde er niets van te zeggen, maar bleef een paar keer staan om het stof en gruis van zijn gezicht te vegen.

Toen hoorde hij Elliott niet meer. Will stond op het punt haar te roepen toen hij de weergalm van haar bewegingen in een grotere ruimte opving. Hij beklom het laatste, vrijwel verticale deel van de tunnel en zag toen door zijn verkijker dat ze zich in een ruimte van ongeveer tien bij vijftig meter bevonden. Elliott lag naast een spleet in de bodem. Hij klopte zichzelf af en begon te hoesten toen hij stof inademde.

'Stil,' snauwde ze.

Het lukte hem zijn gehoest met zijn mouw te dempen en hij ging naast haar liggen.

Samen tuurden ze door de kartelige spleet. Ze keken vanaf een duizelingwekkende hoogte neer op een gigantische, kathedraalachtige ruimte. Heel ver onder hen zag hij het wazige schijnsel van heel veel lichtpunten. Hij schoof een stukje van de spleet weg en hield zijn hoofd een beetje schuin, waardoor hij beter zicht kreeg op het gebied onder hen waar verschillende bizar uitziende apparaten stonden. In de gloed van het licht eromheen telde Will er tien, die allemaal in een rij stonden opgesteld.

Ze zagen eruit als stompe cilinders met elk aan één uiteinde een enkelvoudig, getand wielachtig geval. Ze deden hem denken aan de afbeeldingen die hij had gezien van de gevaarten die waren gebruikt bij de bouw van de ondergrondse in Londen. Will nam onmiddellijk aan dat het om een soort graafmachines ging. Toen viel zijn oog op verschillende groepjes stilstaande Coprolieten en een handjevol Styx die hen vanaf een afstandje in de gaten hielden. Will keek naar het geweer naast Elliott en vroeg zich af of ze van plan was het te gebruiken. Vanaf deze afstand moest het niet moeilijk voor haar zijn om de Styx neer te maaien.

Na een paar minuten werden verschillende gedaanten opeens actief. Een aantal Coprolieten kwam traag in beweging en de Styx slenterden dreigend met hun lange geweren in hun armen achter hen aan. De bolvormige mannen oogden piepklein in vergelijking met de vreemde machines waar ze nu in klommen. Een van de apparaten werd gestart, de motor sloeg met een machtige brul aan en aan de achterkant stootte het een zwarte walm uit. Toen rolde het onder het waakzaam toeziend oog van de Styx langzaam naar voren totdat het voor de andere apparaten stond.

Will zag dat het apparaat steeds sneller vooruitkroop. Hij ontdekte luiken aan de achterkant met daaromheen een verzameling uitlaatpijpen waaruit stoom en rook golfden. Ook zag hij de brede rollers waarop het werd getransporteerd en hoorde hij de rotsen eronder knarsen. Het reed naar een tunnel die op de ruimte uitkwam en verdween uit het zicht. Hij vermoedde dat de Coprolieten op weg gingen om het een of andere goedje te delven, maar had geen flauw idee waarom ze door zoveel Styx in de gaten werden gehouden.

Elliott verwijderde zich zacht mompelend van de spleet en hij hoorde haar naar een hoek van de grot gaan. Door zijn verkijker keek hij toe hoe ze achter een rotsblok tastte en een paar donkere pakketjes tevoorschijn haalde. Hij ging naar haar toe.

'Wat zijn dat?' vroeg hij onwillekeurig.

Heel even leek het alsof ze geen antwoord zou geven, maar toen zei ze: 'Eten,' en ze borg de pakketten weg in haar rugzak.

Het zag er niet naar uit dat ze uit zichzelf meer zou vertellen, maar Wills nieuwsgierigheid was gewekt.

'Wie... waar komen ze vandaan?' waagde hij voorzichtig.

Elliott haalde een kleiner, stevig ingepakt pakje uit haar rugzak en stopte dat weg achter de rots. 'Ze zijn hier neergelegd door Coprolieten, als je het echt wilt weten – we drijven een ruilhandel met hen.' Ze wees naar het rotsblok. 'Ik heb daarnet een paar van de lichtbollen verstopt die jullie van de mijnwerkerstrein hebben gejat.'

'O,' zei Will, die echt niet van plan was tegen te sputteren.

'Ze zijn volkomen afhankelijk van de lichtbollen. Het eten is niet echt belangrijk voor ons, maar we proberen hen te helpen waar we kunnen.' Ze keek Will tamelijk vernietigend aan. 'Met alles wat hier gebeurt kunnen ze alle hulp die ze krijgen goed gebruiken.'

Will, die haar woorden als een stekelige opmerking aan zijn adres opvatte, knikte. Hij kon maar moeilijk geloven dat hij verantwoordelijk was voor wat de Styx de Coprolieten aandeden en ging niet op haar commentaar in. Hij raakte er langzaam maar zeker van overtuigd dat hij de schuld kreeg van alles wat er misging.

Elliott wendde zich met een ruk van hem af.

'We gaan,' zei ze. Ze liepen samen in de richting waaruit ze waren gekomen, terug naar de ovaalvormige tunnel.

De terugreis verliep voorspoedig. Ze stopten even op de plek waar Elliott de grotoester had achtergelaten. Hij zat er nog steeds. Zijn ene stompe poot had sinds hun vertrek blijkbaar overuren gemaakt: hij maaide wild in het rond in een poging zich om te draaien en produceerde een walgelijk, wit schuim dat in grote kwakken over de rand van de schelp droop. Dit schrok Elliott echter niet af, want ze wond gewoon een stuk doek om de grote schelp en propte hem in haar rugzak. Terwijl ze hiermee bezig was, sloeg Will haar gezicht door zijn verkijker gade. Er lag een stuurse, strakke uitdrukking op. Heel anders dan enkele uren eerder.

Hij had spijt van zijn uitbarsting. Hij wist dat hij dat allemaal niet had moeten zeggen. Hij had een vreselijke vergissing begaan en vroeg zich nu af hoe hij het weer goed kon maken. Hij beet gefrustreerd op de binnenkant van zijn wang en probeerde te bedenken wat hij kon zeggen. Elliott waadde zonder iets te zeggen of hem zelfs maar aan te kijken het water van de tunnel in en was binnen een paar tellen verdwenen. Hij tuurde naar het klotsende water waar op de plek waar ze erin was gedoken een dikke laag stof in agressieve kringen rondwervelde en had het gevoel dat hij elk moment in huilen kon losbarsten. Hij haalde diep adem en volgde haar voorbeeld, voor de verandering blij dat hij zich helemaal in het donkere, warme water kon onderdompelen. Het leek net of hij daarmee alle muizenissen uit zijn hoofd verjoeg.

Toen hij uit het water klauterde en zijn gezicht droog boende, voelde hij zich op een of andere manier als herboren. Zodra zijn blik op Elliott viel, die in de gouden kamer op hem stond te wachten, staken de frustratie en verwarring echter meteen weer de kop op.

Hij begreep meisjes gewoon niet – ze waren complete raadsels voor hem. Ze vertelden je maar een klein deel van wat ze dachten, sloegen vervolgens dicht, verstopten zich achter een broeierige zwijgzaamheid en vertelden je dat ene wat nou net zo belangrijk was nooit. Wanneer hij vroeger op school een meisje had beledigd, deed hij zijn uiterste best om het goed te maken door zijn verontschuldigingen aan te bieden, maar ze wilden er nooit iets van weten.

Hij staarde naar Elliotts rug en slaakte een diepe zucht. Tja,

347

hij had er weer eens een enorm zootje van gemaakt. Wat was hij toch ook een stomme sukkel. Hij probeerde zichzelf moed in te spreken met de gedachte dat hij niet voorgoed bij haar of Drake hoefde te blijven. Zijn enige doel was om op wat voor manier dan ook zijn vader op te sporen. Dit was allemaal maar tijdelijk.

Hun kletsnatte laarzen sopten zompig in de verder ijzige stilte. Ze bereikten de ingang naar het kamp en klommen langs het touw omhoog. Boven heerste diepe rust en Will nam aan dat Cal zijn oefeningen zat was geworden en in bed was gekropen.

In de gang strekte Elliott met afgewende blik haar hand naar hem uit. Hij schraapte onhandig zijn keel, want hij wist niet wat ze van hem wilde, maar begreep toen opeens dat ze haar verkijker terug wilde hebben. Hij trok zijn arm uit de lus. Ze griste het ding uit zijn handen en stak opnieuw een hand naar hem uit. Na een ongemakkelijke stilte herinnerde hij zich de houder met staafpistolen die aan zijn bovenbeen hing en hij trok stuntelig de knoop los. Ook deze graaide ze naar zich toe, en ze draaide met een ruk haar hoofd om en verdween. Hij bleef alleen achter, terwijl het water van zijn kleren in het stof drupte en hij worstelde met een chaotische mengeling van eenzaamheid en spijt.

In de weken die volgden ging Will niet één keer meer met Elliott mee. Wat het allemaal nog erger maakte was dat ze Chester steeds vaker uitnodigde om haar te vergezellen tijdens een van haar 'vaste' verkenningspatrouilles. Hoewel Will en Chester hier nooit over spraken, ving Will regelmatig een glimp op van zijn vriend die in de gang op fluistertoon met Elliott stond te kletsen en dan voelde hij een akelige steek, omdat hij werd buitengesloten. Hoewel hij heel hard probeerde dit gevoel te onderdrukken, werd hij steeds jaloerser. Hij dacht bij zichzelf dat Elliott hém juist allerlei dingen zou moeten leren, niet die stuntelige Chester. Er was echter niets wat hij eraan kon doen.

Will kwam tot de ontdekking dat hij nu opeens veel vrije tijd had. Hij hoefde niet langer voor zijn broer te zorgen, die zijn onophoudelijke rondjes door hun kamer en de gang naar de tunnel direct buiten het kamp had mogen verplaatsen. Daar beende hij in een stevig tempo heen en weer, ook al steunde hij daarbij nog steeds op de wandelstok. Will probeerde de uren te vullen met het bijwerken van zijn dagboek en lag verder veel op zijn bed over de situatie te piekeren.

Hij kwam, wellicht een tikje laat, tot de conclusie dat het zelfs in deze ruwe, vijandige omgeving, waar je moest doen wat nodig was, hoe smerig en walgelijk het ook was, heel belangrijk was om rekening te houden met je vrienden. Dergelijk gedrag, een soort gedragscode, was de lijm die een team bij elkaar hield. Twijfelen aan het oordeel van Drake of Elliott was iets wat je gewoon niet deed. Je zette geen vraagtekens bij wat ze je opdroegen. Je deed precies wat zij je zeiden, omdat je daar niet alleen zelf bij gebaat was, maar zij ook.

Will moest echter toegeven dat Chester beter geschikt was om bevelen op te volgen dan hij. Bovendien had Chester al heel snel een onvoorwaardelijke, standvastige loyaliteit jegens Drake ontwikkeld en die naar Elliott uitgebreid.

Ook Cal was inmiddels zeer trouw aan de twee rebellen. Cal was veranderd. Misschien had zijn bijna-doodervaring daar iets mee te maken. Af en toe dook het oude lefgozertje nog weleens op, maar over het geheel genomen was zijn broer rustiger en ook stoïcijnser over de huidige situatie. Dit was ook precies het woord waarmee Will Cals veranderde temperament in zijn dagboek omschreef – hij had het van zijn vader geleerd en toen hij het voor het eerst hoorde, had hij aanvankelijk gedacht dat het een zwakte inhield, een bereidwilligheid om werkelijk alles te accepteren, hoe slecht het ook was. Nu begon hij echter in te zien dat hij ernaast had gezeten. In een levensbedreigende situatie had je een bepaalde afstandelijkheid nodig om helder te kunnen nadenken, zodat je niet in paniek de verkeerde keuzen maakte.

In de weken daarna kregen ze regelmatig onderricht van Drake over uiteenlopende zaken, zoals het vinden en bereiden van voedsel. Het begon met de grotoester die, toen hij eenmaal was gekookt, een beetje smaakte als een bijzonder rubberachtige inktvis.

Drake nam hen ook mee op korte patrouilles en bracht hun dan veldvaardigheden bij. Eenmaal had hij hen op een heel vroeg tijdstip gewekt, ook al had het begrip tijd niet echt veel betekenis in de eeuwige duisternis. Hij droeg de drie jongens op zich aan te kleden en nam hen mee de tunnel onder het kamp in, weg van de Grote Vlakte. Ze wisten dat het geen lange tocht zou worden, want hij had hun slechts opgedragen een veldfles met water en wat lichte proviand mee te nemen; zelf had hij een volle rugzak om.

Tijdens de tocht door een reeks gangen kletsten de jongens met elkaar om de tijd te verdrijven.

'Stomme debielen,' had Cal opgemerkt toen Will en Chester de Coprolieten ter sprake brachten. Drake ving zijn opmerking op.

'Waarom denk je dat?' vroeg hij kalm. Will en Chester deden er het zwijgen toe.

'Nou,' antwoordde Cal, die blijkbaar iets van zijn vroegere brutaliteit had hervonden, 'het zijn niet meer dan hersenloze beesten... kijk maar hoe ze als waardeloze slakken tussen de rotsen graven.'

'Jij denkt dus dat wij béter zijn dan zij?' vroeg Drake hem nadrukkelijk.

'Ja, natuurlijk.'

Drake leidde hen hoofdschuddend verder door de tunnel en vervolgde: 'Ze oogsten hun eten zonder de voorraad helemaal uit te putten en zonder continu verder te hoeven trekken. Waar ze delven, vullen ze de schachten ook weer op. Ze stoppen alles terug uit respect voor de Aarde.'

'Maar het zijn... het zijn maar...' Cals stem stierf weg.

'Nee, Cal, wíj zijn degenen die stom zijn. Wij zijn de hersenloze beesten. Wij maken alles op... we consumeren en consumeren totdat alle bronnen zijn uitgeput... en dan – wat een verrassing – moeten we ons boeltje oppakken en ergens anders helemaal opnieuw beginnen. Nee, zíj zijn juist slim... ze leven in harmonie met hun omgeving. Jij en ik... wij zijn de buitenbeentjes die alles vernielen. Is dát stom of niet?'

Ze liepen zwijgend een paar kilometer verder, maar toen versnelde Will zijn pas. Hij liet Chester en Cal achter, en haalde Drake in.

'Zit je ergens mee?' informeerde Drake nog voordat Will naast hem opdook.

'Ehm, ja,' stamelde Will, die zich afvroeg of hij misschien beter bij de anderen had kunnen blijven.

'Vertel op.'

'Nou ja, je zei laatst dat je een Bovengronder bent...'

'En nu wil je daar meer over weten,' onderbrak Drake hem. 'Je bent nieuwsgierig.'

'Ja,' mompelde Will.

'Will, het doet er echt niet toe wat ik in de wereld boven was. Het doet er niet toe wat wij allemaal waren. Het hier en nu, dáár gaat het om.'

Drake liep een tijdje zwijgend verder.

'Je weet bijna niets,' begon hij en toen zweeg hij weer even. 'Moet je horen, Will, het is best mogelijk dat ik aan de Styx zou kunnen ontkomen en terugkeren naar Bovengrond, waar ik dan noodgedwongen een leven zou leiden zoals dat van je moeder en altijd bij elke schaduw over mijn schouder moet blijven kijken. Met alle respect voor Sarah, maar ik geloof dat het leven hier in het Onderdiep eerlijker is. Begrijp je wat ik bedoel?'

'Nee, niet echt,' bekende Will.

'Oké, je hebt zelf gezien dat het leven hier niet gemakkelijk is. Het is verrekte zwaar; een schamel, gevaarlijk bestaan,' zei Drake en hij grimaste. 'Als de Witnekken je niet te pakken krijgen, zijn er nog een miljoen andere dingen die je in een mum van tijd de das om kunnen doen... infecties, vallende rotsblokken, andere rebellen en ga zo maar door. Ik kan je echter wel zeggen, Will, dat ik nog nooit zo sterk het gevoel heb gehad dat ik lééf als in mijn tijd hier. Dat ik echt lééf. Nee, dat veilige namaakleven Bovengronds mag je van me houden – ik moet er niets van hebben.'

Ze bereikten een kruising met een andere tunnel en Drake brak hun gesprek af. Hij droeg hun op te wachten en haalde verschillende voorwerpen uit zijn rugzak. Dit deed hij snel en behendig zonder de jongens aan te kijken. Cal verschool zich achter de twee anderen, want hij was bang dat Drake zich aan hem ergerde. Wills opwinding nam toe toen hij ontdekte dat Drake een voorraad van de staafpistolen had meegebracht die Elliott en hij overal mee naartoe namen.

'Goed,' zei Drake, nadat hij de cilinders op volgorde van grootte in twee groepen op de zanderige bodem voor hen had gelegd. De jongens keken hem verwachtingsvol aan.

'Het is tijd dat jullie leren hoe deze moeten worden gebruikt.' Hij deed een stap opzij zodat ze de eerste rij cilinders konden zien, waarvan de grootste een stompe buis van ongeveer twintig centimeter lang was met een doorsnede die iets groter was dan die van een afvoerpijp. 'Deze hier, met de rode ring eromheen, bevatten een springlading. Hoe meer ringen, des te langer de lont. Misschien herinneren jullie je nog dat Elliott deze bij de trips heeft gebruikt?'

Will deed zijn mond open om iets te zeggen, maar werd door een handgebaar van Drake het zwijgen opgelegd.

'Voordat je het vraagt: nee, ik ga géén demonstratie geven.'

Drake keerde zich om naar de tweede rij cilinders. 'Zoals jullie wel weten,' ging hij verder, terwijl hij met zijn hand naar de verzameling kleinere buizen gebaarde, 'is dit het zware geschut... een staafmortier. Jullie zien dat hij, in tegenstelling tot gewone geweren, onderaan geen trekkermechanisme heeft.'

Hij tilde de staafmortier op en hield hem omhoog.

'Eenvoudig, maar zeer doeltreffend wanneer je een groot aantal vijanden – en daarmee bedoel ik natuurlijk de Styx – wilt uitschakelen. De buitenkant,' hij klopte er met een knokkel op en er klonk een dof getik, 'is van ijzer en aan beide uiteinden afgedekt.' Hij trommelde erop alsof het een uitgerekte bongo was. 'Deze specifieke versie wordt afgevuurd door op het uiteinde te slaan.' Hij haalde diep adem. 'Je kunt hem met van alles en nog wat laden: rotszout, leien staafjes en piekijzer zijn allemaal bijzonder effectief als je een groot aantal doelwitten onschadelijk moet maken. Een echte publiekslieveling,' merkte hij met een wrang glimlachje op. 'Voel maar eens hoe zwaar hij is en laat hem in vredesnaam níét vallen!'

De jongens hielden het wapen behoedzaam vast om het zwaarste uiteinde met daarin het ontstekingsmechanisme te bekijken en gaven het vol ontzag aan elkaar door. Ten slotte overhandigde Cal het ding weer aan Drake, die hem in het zand legde.

Toen gebaarde Drake met zijn hand naar de andere cilinders. 'Deze zijn iets gemakkelijker te vervoeren en worden als gewone pistolen afgevuurd. Ze hebben allemaal een mechanische ontsteker die heel veel lijkt op de haan die je spant op een vuursteengeweer.' Hij weifelde even welk van de wapens hij zou nemen en pakte er toen een uit het midden van de rij op. Het was bijna even groot als sommige van de stukken vuurwerk die Will in de Eeuwige Stad had afgestoken: ongeveer vijftien centimeter lang met een doorsnede van enkele centimeters. De huls glansde dof in het schijnsel van hun lantaarns.

Drake draaide zich een kwartslag om en nam de juiste houding aan.

'Net als alle andere wapens hier kun je er slechts één schot mee afvuren. Pas op voor de terugslag – als je hem te dicht bij je oog houdt, zul je het bezuren. Ze worden allemaal op scherp gezet door een springveer aan de achterkant... en afgevuurd door aan het koord te trekken.' Hij schraapte zijn keel en staarde hen aandachtig aan. 'Goed... wie wil het eens proberen?'

De jongens knikten gretig.

'Oké, ik zal er eerst zelf een afvuren om jullie een idee te geven hoe het werkt.' Hij deed een paar stappen naar voren en zocht op de bodem naar een steen ter grootte van een luciferdoosje. Toen liep hij naar een rotsblok dat op een pas of twintig bij hen vandaan midden op het kruispunt lag en legde de steen erop. Hij keerde terug en pakte een staafpistool, niet uit de verzameling op het zand, maar uit de houder op zijn heup. De jongens kwamen naast hem staan en verdrongen zich om het zo goed mogelijk te kunnen zien. 'Ga maar iets verder weg staan. Een heel enkele keer blokkeert het mechanisme.'

'Wat houdt dat in?' vroeg Will.

'Dan ontploft het ding in je hand.'

De waarschuwing was niet tegen dovemansoren gericht en de jongens schoven een stukje achteruit – met name Chester, die zich zo ver terugtrok dat hij bijna met zijn rug tegen de wand van de tunnel stond. Will en Cal waren iets minder voorzichtig en bleven op een paar meter achter Drake staan. Cal leunde met beide handen op zijn wandelstok en sloeg de demonstratie heel geconcentreerd gade. Hij had wel iets weg van een toeschouwer tijdens de jacht op korhoenders.

Drake legde rustig aan en schoot. De jongens krompen alledrie in elkaar toen de knal om hen heen weergalmde. Tien meter verderop werd de impact van de klap op het rotsblok zichtbaar in een regen van splinters en stof. De steen die als doelwit fungeerde schudde zacht, maar bleef op zijn plek.

'Goed genoeg,' zei Drake. 'Deze dingen zijn minder nauwkeurig dan Elliotts geweer. Ze zijn met name bedoeld voor gebruik van dichtbij.' Hij keek naar Cal. 'Nu jij,' zei hij.

Cal aarzelde even en Drake moest hem op de juiste plek zetten, met een voet naar voren en zijn schouders opzij gedraaid tot hij de juiste houding had. Cal werd gehinderd door zijn linkerbeen, dat nog steeds een beetje zwak was, en aan zijn gezicht was af te lezen hoeveel moeite het hem kostte om in die houding te blijven staan.

'Oké,' zei Drake.

Cal trok aan het touw aan het uiteinde van de buis. Er gebeurde niets.

'Harder trekken – de haan moet krachtig naar achteren worden getrokken,' zei Drake.

Cal deed nogmaals een poging, maar terwijl hij trok bewoog hij de buis weg van het doelwit. De kogel trof ergens in de verte een tunnelwand en ze hoorden hem fluitend door de tunnel erachter langs de wanden schampen.

'Maak je geen zorgen, het is pas je eerste poging. Je hebt zeker nog nooit geschoten?'

'Nee,' bekende Cal sip.

'Zodra we in de diepere lagen aankomen, kunnen we nog vaak genoeg oefenen. Het is een prima jachtgebied met alle wilde dieren die daar rondlopen,' zei Drake geheimzinnig.

Will spitste zijn oren en vroeg zich af wat dat voor dieren waren, maar Drake veranderde van onderwerp en zei dat het zijn beurt was.

Het wapen ging na Wills eerste ruk aan het touw al af en deze keer zagen ze een stofwolk vlak voor het doelwit opstuiven.

'Niet slecht,' feliciteerde Drake hem. 'Jij hebt al eens eerder geschoten.'

'Ik heb een luchtdrukpistool,' antwoordde Will, die terugdacht aan zijn stiekeme oefensessies met het oude ding in het stadspark van Highfield.

'Met een beetje oefening zul je de afstand beter kunnen inschatten. Nu jij, Chester.'

Chester kwam schoorvoetend naar voren en nam het staafpistool van Drake aan. Hij kromde zijn schouders en probeerde onhandig het wapen te richten.

'Laat het op de muis van je hand rusten. Nee, je moet je hand er verder onder houden. En probeer je in vredesnaam te ontspannen, knul.' Drake greep zijn schouders vast, maar in plaats van ze zijwaarts te trekken, zoals hij bij Cal had gedaan, probeerde hij ze nu omlaag te drukken. 'Ontspan je,' zei hij nogmaals, 'en neem er rustig de tijd voor.'

Chester stond er nog steeds verschrikkelijk onhandig bij en zijn schouders kropen langzaam maar zeker weer omhoog. Het duurde een eeuwigheid voordat hij eindelijk de trekker vastpakte.

Ze konden geen van allen hun ogen geloven.

Deze keer geen regen van stenen of het gesuis van een afketsende kogel. Met een droge knal raakte de kogel het doelwit precies in het midden en de steen verdween razendsnel in de tunnel erachter.

'Goed gedaan, knul!' zei Drake en hij sloeg de verbijsterde jongen enthousiast op zijn rug. 'In de roos.'

'Je hebt de hoofdprijs gewonnen,' lachte Will.

Chester was sprakeloos. Hij tuurde knipperend met zijn ogen naar de plek waar de steen had gelegen, alsof hij niet durfde te geloven wat hij zag. Will en Cal feliciteerden hem uitbundig, maar hij was totaal overdonderd door zijn succes en wist duidelijk niet hoe hij moest reageren.

De les zat er alweer op, want Drake rolde de springladingen en staafpistolen een beetje gejaagd op in de lap stof en stopte deze terug in zijn rugzak. Hij liet echter één middelgrote cilinder in het zand liggen. Will keek ernaar en vroeg zich af of hij Drake erop moest wijzen, maar toen begreep hij dat er een reden was waarom Drake hem niet inpakte.

Een steen suisde rakelings langs hun hoofden, viel op de bodem naast hen neer en rolde daar ratelend voort tot hij in het grind bij Drakes voeten tot stilstand kwam. Het was dezelfde steen die Chester met zoveel precisie had geraakt.

Een raspende, lispelende, onaangename stem zweefde uit de schaduw op hen af, alsof er een akelige stank was vrijgelaten. 'Jij bent nooit vies geweest van een beetje van aandachttrekkerij, hè Drakey?'

Will keek onmiddellijk naar Drake, die oplettend met het staafpistool in de aanslag in het donkere gat tuurde. Zijn lichaamshouding was niet direct bedreigend of verdedigend, maar voordat hij de lens voor zijn rechteroog klapte, zag Will nog net de dodelijke blik in zijn ogen.

'Wat moet dat daar? Je herinnert je toch zeker de Wet wel, Cox? Rebellen blijven op afstand en anders accepteren ze zonder klagen de gevolgen,' gromde Drake.

'Dat moet jij nodig zeggen; jij hebt je toch ook niet aan de Wet gehouden toen je die arme ouwe Lloyd doorboorde? En die meid van 'm inpikte?'

Uit de diepe tunnel dook nu een vormloze gedaante op, een mismaakt, in elkaar gedoken hoopje mens dat door de lantaarns van de jongens werd verlicht.

357

'Ach, ik had al gehoord dat je een paar nieuwe jonkies hebt. Vers vlees.'

De gedaante kuchte. Hij kwam steeds dichterbij en het leek wel of hij vlak boven de grond zweefde. Will zag dat het een man was die als een boerin een bruine, smerige sjaal of zoiets over zijn hoofd en schouders had gedrapeerd. Hij liep pijnlijk diep voorovergebukt en zag er enorm misvormd uit. Hij bleef voor Drake en de jongens staan en hief zijn hoofd op. Het was een weerzinwekkende aanblik. Aan één kant van het gezicht zat een gigantisch gezwel, net een kleine meloen, waar het vuil van was afgewreven zodat ze de grauwe huid zagen met daarin een netwerk van opgezwollen, blauwe aderen. Bij zijn mond zat een tweede, iets kleiner gezwel, waardoor zijn zwarte, gebarsten lippen in een permanente 'O' werden vervormd. Er droop onophoudelijk een sliert slijmerig, melkwit speeksel over zijn onderlip en kin, waar het als een vloeibaar sikje bleef hangen.

Zijn ogen waren echter het griezeligst van alles. Spierwit, net gepelde gekookte eieren, zonder een spoor van een pupil of iris of wat dan ook. Het waren de enige twee plekken met een afwijkende kleur op zijn lijf en daardoor was de aanblik des te schokkender.

Een knoestige hand stak als een door de zon uitgedroogde wortel uit de sjaal en tijdens het praten zwaaide hij ermee in het rond.

'Heb je iets over voor je ouwe kameraad?' lispelde Cox luid in een waas van spuugdruppels. 'Heb je iets voor die arme ouwe vent die je alles heeft geleerd wat je weet? Een van die jonkies misschien?'

'Ik ben jou niets verschuldigd. Ga weg,' antwoordde Drake ijzig. 'Voordat ik...'

'Zijn dat de jochies die de Zwartkoppen zoeken? Waar heb je die al die tijd verstopt, Drakey?' Als een cobra die op het punt staat om aan te vallen schoot zijn hoofd naar voren en gleden de witte, niets ziende ogen over Will en Cal, terwijl Chester doodsbang achter hen was weggekropen. Will zag de dikke, kruisvormige krassen van donker geworden littekens op elk oog en de massa grijze houwen in de steenkoolzwarte huid van zijn wangen.

'Dat luchtje van die jonge opdondertjes is zo...' de man veegde snel met een knokige hand zijn neus af, '... zo lekker en schoon.'

'Je brengt veel te veel tijd door in dit gebied... zo te zien loop je op je laatste benen, Cox. Moet ik je misschien een handje helpen?' vroeg Drake ironisch en hij hield het staafpistool omhoog. Het hoofd van de man rolde met een ruk zijn kant op.

'Da's nergens voor nodig, Drakey, zeker niet tegen zo'n ouwe makker als ik.'

De gedaante boog plechtig en verdween spoorslags uit het schijnsel van hun lichtbundels. Chester en Cal stonden nog steeds naar de plek te staren waar ze hem voor het laatst hadden gezien, maar Will keek naar Drake. Het ontging hem niet dat Drakes handen zo stevig om het staafpistool zaten geklemd dat zijn knokkels wit zagen.

Drake keek de wachtende jongens aan.

'Die vriendelijke oude man was Tom Cox. Ik heb tien keer liever een bende Styx op mijn dak dan dat misselijkmakende, onmenselijke type. Hij is vanbinnen net zo verknipt als vanbuiten.' Drake haalde trillend adem. 'Als Elliott en ik jullie niet hadden gevonden, waren jullie misschien wel in zijn klauwen geëindigd.' Zijn blik viel op het staafpistool en hij liet het onmiddellijk zakken, alsof het hem verbaasde dat hij het ding nog altijd in de aanslag had. 'Cox en zijn soort zijn de reden dat we zo min mogelijk tijd op de vlakte doorbrengen. Een uitstekend voorbeeld van wat radioactiviteit uiteindelijk allemaal kan aanrichten.'

359

Hij duwde het staafpistool terug in de houder op zijn been. 'Tijd om te vertrekken.' Hij wendde zijn hoofd om naar de plek waar Tom Cox had gestaan en zijn blik bleef even rusten op de plaats waar hij schaduwen zag waarvan Will en de andere jongens zich niet eens een voorstelling konden maken. Toen nam hij hen allemaal mee, maar hij keek voortdurend over zijn schouder om zich ervan te vergewissen dat de man hen niet volgde.

Een paar nachten later sliep Will heel onrustig; hij droomde diep en was vervolgens voortdurend wakker. Hij dommelde net weer in toen hij in de gang Elliotts stem opving. Het klonk zo zwak en onwerkelijk dat hij niet zeker wist of hij het echt had gehoord of slechts had gedroomd. Hij ging rechtop zitten en zag dat Chester de kamer binnen kwam. Hij was drijfnat, wat erop duidde dat hij net door de watertunnel was gezwommen. 'Alles in orde, Will?' vroeg hij.
'Ja, volgens mij wel,' antwoordde Will slaperig. 'Ben je weer op patrouille geweest?'
'Ja... de gebruikelijke ronde. Alles is rustig buiten. Er is helemaal niets aan de hand,' merkte Chester opgewekt op terwijl hij zijn laarzen uittrok. Hij sprak met een nonchalante, soldaatachtige berusting, alsof hij alleen maar zijn plicht deed en zijn werk met geforceerde ijver uitvoerde.
Het drong opeens tot Will door dat hun vriendschap in de afgelopen twee maanden enorm was veranderd, alsof Cals bijna-doodervaring in de suikerval en de kennismaking met Drake en Elliott – met name Elliott – de manier waarop ze met elkaar omgingen opnieuw hadden bepaald. Terwijl hij daar zo met gekruiste armen onder zijn hoofd in het smalle bed lag, schoten herinneringen aan zijn vroegere vriendschap met Chester door zijn hoofd. In zijn slaapdronken toestand liet Will de warmte die daarvan afstraalde dankbaar over zich

heen spoelen en kon hij net doen alsof er niets was veranderd. Hij hoorde dat Chester zijn natte kleding uittrok en had het gevoel dat hij werkelijk alles tegen hem kon zeggen.

'Grappig,' zei Will zacht om zijn broer niet wakker te maken.

'Wat?' vroeg Chester. Hij vouwde zijn broek netjes op alsof hij zijn schooluniform klaarlegde voor de volgende dag.

'Ik heb gedroomd.'

'Dat kan,' zei Chester afwezig, terwijl hij zijn kletsnatte sokken aan een paar spijkers in de wand hing zodat ze konden drogen.

'Het was echt heel bizar. Ik was ergens waar het warm en zonnig was,' ging Will langzaam verder. Hij moest zijn best doen zich de droom, die snel vervaagde, voor de geest te halen. 'Niets deed er echt toe, niets was belangrijk. Er was ook een meisje. Ik weet niet wie het was, maar ik had het gevoel dat ze een goede vriendin was.' Will zweeg even. 'Ze was echt ontzettend lief... en zelfs toen ik mijn ogen dichtdeed was haar gezicht er nog steeds, tevreden en ontspannen en bijna... bijna volmaakt.

We lagen op het gras – alsof we net een picknick hadden gehad in die wei of wat het ook was. Ik geloof dat we allebei een beetje slaperig waren. Ik weet heel zeker dat we op een plek waren waar we móésten zijn, waar we allebei thuishoorden. Hoewel we ons niet bewogen, leek het net of we op een bed van zacht gras zweefden en er hing een soort vredige groenheid om ons heen onder de blauwste lucht die je je maar kunt voorstellen. We waren gelukkig, heel gelukkig.'

Hij zuchtte. 'Het was zo anders dan het vocht en de hitte en de rotsen die nu voortdurend overal om ons heen zijn. In mijn droom was alles heel zacht... en de wei leek gewoon zó echt... ik kon het gras zelfs ruiken. Het was...'

Hij maakte zijn zin niet af en koesterde wat er nog over was van de steeds vager wordende beelden en gevoelens. Hij besefte dat hij al een hele tijd aan het woord was en dat hij uit Chesters hoek van de kamer niets meer hoorde, dus draaide hij zijn hoofd om en keek hij naar zijn vriend.

'Chester?' riep hij zachtjes.

Tot zijn stomme verbazing lag zijn vriend al in bed met zijn gezicht naar de muur, zodat Will hem niet kon zien.

Chester snurkte luid en rolde op zijn rug. Hij was diep in slaap.

Will blies een lange, berustende zucht uit en deed zijn ogen dicht in de hoop dat hij naar de droom kon terugkeren, hoewel hij ergens wel besefte dat dit niet erg waarschijnlijk was.

27

De mijnwerkerstrein slingerde en schommelde wild heen en weer, en er klonk een ongelooflijke dreun, zo heftig dat Sarah ervan overtuigd was dat het hele gevaarte zou ontsporen. Met beide handen stevig om de bank geklemd wierp ze een onrustige blik op Rebecca, die echter niets leek te merken. Het jonge meisje zag eruit alsof ze in een trance verkeerde: haar gezicht stond kalm en haar ogen waren wijd open zonder echter naar iets specifieks te kijken.

Uiteindelijk hervond de trein zijn eerdere hypnotiserende cadans weer. Sarah haalde opgelucht adem en bekeek de conducteurswagon. Eenmaal liet ze haar blik naar de plek glijden waar de Ruimers zaten, maar ze wendde snel haar hoofd af, want ze wilde niet dat ze haar belangstelling zouden opmerken.

Ze moest zichzelf steeds knijpen om zich ervan te overtuigen dat dit allemaal echt was; niet alleen bevond ze zich in het gezelschap van een vier man tellende Styxpatrouille, maar ook nog eens met echte Ruimers, leden van 'de ploeg van Heintje Pik,' zoals ze in sommige kringen ook wel werden genoemd. Toen ze klein was, had haar vader haar angstaanjagende verhalen over deze soldaten verteld, kannibalen die het leuk vonden om Kolonisten levend op te eten en die, als ze niet deed wat hij zei en weigerde direct te gaan slapen, midden in de nacht zouden langskomen. Volgens haar vader verstopten ze zich onder de bedden van ongehoorzame kindertjes en als een van hen ook maar een voet buiten boord liet bungelen, zouden de Ruimers een flinke hap uit hun enkel nemen. Hij beweerde dat ze dol waren op mals, jong vlees. Dat was meer dan voldoende geweest om haar uit haar slaap te houden.

Toen ze een paar jaar ouder was hoorde ze van Tam dat deze geheimzinnige mannen echt bestonden. Uiteraard was iedereen in de Kolonie op de hoogte van de Divisie – de ploegen die patrouilleerden langs de grenzen van het Kwartier en de Eeuwige Stad, de gebieden die het dichtst bij het oppervlak lagen. Of beter gezegd: elke plek die Kolonisten eventueel konden gebruiken als ontsnappingsroute om Bovengronds te komen.

De Ruimers waren echter heel andere koek en hen kwam je zelden of nooit op straat tegen. Het gevolg daarvan was dat er in de Kolonie talloze mythen over hen en hun bekwaamheid als strijders circuleerden. Een deel ervan was echt waar, zo had Tam haar verzekerd: hij had uit heel betrouwbare bron vernomen dat ze aan de uiterste grens van het noordelijke deel van het Onderdiep eens een verbannen Kolonist met huid en haar hadden verslonden nadat hun voedselvoorraad was opgeraakt. Tam had haar ook verteld dat 'Heintje Pik' een andere benaming was voor de duivel en een heel toepasselijke bijnaam voor deze demonische soldaten, had hij erbij gezegd.

Ondanks dergelijke en vele andere, overduidelijk gefantaseerde anekdotes die op fluistertoon achter gesloten deuren werden verteld, was er in werkelijkheid heel weinig bekend over de Ruimers, afgezien van het vermoeden dat ze betrokken waren bij geheime operaties in de wereld boven. Wat het Onderdiep betreft: er werd wel beweerd dat hun training erop was gericht dat ze daar zonder hulpmiddelen enige tijd konden overleven. Sarah waagde nogmaals een onderzoekende blik op de Ruimers en moest inderdaad toegeven dat het een afschrikwekkend groepje was met de kilste ogen die ze ooit had gezien, net de grijze, troebele ogen van dode vis.

Er was meer dan genoeg ruimte in de grote, vrij eenvoudige wagon die op hetzelfde soort onderstel was gebouwd als de lange sliert vrachtwagons die voor hen over de rails denderden. De zijwanden en het dak bestonden uit houten planken die op deze route zo vaak waren blootgesteld aan hitte en water dat ze helemaal waren kromgetrokken. Tussen de planken waren brede kieren ontstaan die tijdens de woeste treinrit rookwolken en windvlagen binnenlieten, waardoor de reis niet eens veel draaglijker was dan de rit die Will en de anderen in de open wagon hadden gemaakt.

Langs de zijkanten van de wagon stonden primitieve houten banken en aan beide uiteinden stond een kleine, kniehoge tafel die aan de vloer was vastgemaakt; aan de achterste zaten nu vier Ruimers.

De soldaten waren gekleed in hun kenmerkende werktenue: lange, grijsbruine jassen en wijde broeken met dikke kniestukken die totaal anders waren dan de kleding die de Styx normaal gesproken droegen. Ook Sarah had kleding gekregen, die ze nu droeg, ook al voelde ze zich er erg ongemakkelijk in. Ze kon zich zonder enige moeite voorstellen wat Tam zou hebben gezegd als hij haar in het uniform van hun aartsvijanden had gezien. Ze voelde aan de revers van haar jas en zag de dodelijk gekwetste uitdrukking op het gezicht van haar broer al voor zich. Ook kon ze zijn stem bijna horen.

O, Sarah, hoe ben je hier nu toch in verzeild geraakt? Waar ben je in vredesnaam mee bezig?

Omdat het haar maar niet lukte het onrustige gevoel te onderdrukken, kon ze onmogelijk stil blijven zitten en hoewel ze regelmatig een andere houding aannam op de harde houten bank, maakte haar kleding geen enkel geluid. Daarmee werd de bewering dat deze van de huid van Coprolieten werd gemaakt meteen ontkracht; de kleren voelden aan alsof ze van bijzonder soepel leer waren gemaakt, misschien wel de allerbeste kalfshuid. Ze ging ervan uit dat dit was gedaan zodat de Ruimers zich zo onopvallend mogelijk konden verplaatsen zonder het kenmerkende gekraak van hun gitzwarte tegenhangers in de Kolonie.

Het had er veel van weg dat de Ruimers om beurten uitrustten en telkens per twee met hun voeten op tafel een dutje deden, terwijl de andere twee wakker bleven en onmenselijk stil en stram voor zich uit staarden. Ze straalden allemaal een soort felle waakzaamheid uit, zelfs de twee die een uiltje knapten, alsof ze in een oogwenk in actie konden komen.

Vanwege het lawaai – dat harder klonk dan anders, zo had Rebecca haar verteld, omdat de trein twee keer zo hard reed als gewoonlijk – deden Sarah en Rebecca geen enkele moeite om een gesprek gaande te houden.

In plaats daarvan bekeek Sarah aandachtig de oud en versleten ogende bruine schooltas die voor Rebecca op tafel lag. Er stak een stapel Bovengronderse kranten uit en Sarah wist de schreeuwende, in koeienletters gedrukte kop op de bovenste te ontcijferen, die MEGAVIRUS SLAAT TOE luidde. Sarah had al een paar weken lang niets gehoord van de gebeurtenissen in de wereld boven en had geen flauw idee wat het betekende. Toch piekerde ze tijdens de rit urenlang over wat deze informatie voor Rebecca en de Styx kon betekenen. Haar handen jeukten en ze had niets liever gedaan dan de kranten pakken om er meer over te lezen. Rebecca had tijdens de reis echter niet één keer haar ogen dichtgedaan en was nog geen seconde ingedommeld. Ze leunde lui tegen de zijwand van de wagon met haar handen keurig in elkaar gevouwen op haar schoot, alsof ze zich in een diepe, meditatieve staat bevond. Sarah vond dat het iets heel verontrustends had.

Het Styxmeisje zei slechts één keer iets en dat was pas veel later, toen de trein vaart minderde, in een slakkengang voortkroop en ten slotte bleef stilstaan.

Ze boog zich plotseling voorover alsof ze uit haar bizarre, afwachtende houding ontwaakte en zei kalm tegen Sarah: 'Stormdeuren.' Toen haalde ze de kranten uit de tas en bladerde er vluchtig doorheen.

Sarah knikte, maar gaf geen antwoord, want net op dat moment klonk er ergens voor hen een zacht gerammel. De Ruimers bewogen zich en een van hen deelde etensblikjes met stukken gedroogd vlees rond en gehavende mokken van wit email met water. Sarah nam de hare aan en bedankte de man, en ze aten en dronken in stilte totdat de trein weer in beweging kwam. Na een heel klein stukje te hebben gereden hield hij opnieuw trillend stil en de stormdeuren sloegen dreunend achter hen dicht.

Rebecca las de krant aandachtig.

'Waar gaat dat allemaal over?' vroeg Sarah; ze tuurde naar de kop, die EEN WARE PANDEMIE verkondigde. 'Zijn dat recente kranten?'

'Ja. Ik heb ze vanochtend meegenomen toen ik Bovengronds was.' Rebecca sloeg haar ogen op en vouwde de krant dicht. 'Wat suf van me! Ik vergeet steeds dat je bekend bent met Londen. Ik heb ze op een steenworp afstand van St. Edmund's gekocht – dat ken je zeker wel?'

'Het ziekenhuis... in Hampstead,' bevestigde Sarah.

'Precies,' zei Rebecca. 'Tjonge jonge, je had de rij wachtenden buiten bij het ziekenhuis eens moeten zien. Het was een complete chaos – kilometerslange rijen.' Ze schudde theatraal haar hoofd, hield toen op en grijnsde als een kat die zojuist een bak met de heerlijkste room leeg heeft gelebberd.

'Echt?' vroeg Sarah.

Rebecca grinnikte even. 'De stad ligt volledig stil.'

Sarah keek Rebecca achterdochtig aan toen ze de krant weer opensloeg en verder las.

Dat kon helemaal niet!

Rebecca was die ochtend in het Garnizoen geweest om zich voor te bereiden op de treinreis. Sarah had haar voortdurend zien rondlopen en haar stem diverse keren door de gangen horen galmen – het meisje kon onmogelijk langer dan een uur uit het gebouw zijn geweest. Dan had ze dus nooit voldoende tijd gehad om helemaal naar Highfield te gaan en weer terug te komen, laat staan naar Hampstead. Rebecca loog dus. *Waarom?* Speelde het meisje soms met haar en wilde ze zien hoe ze zou reageren of was het een soort machtsvertoon om haar te laten voelen dat ze haar volledig in haar greep had? Sarah was zo verbijsterd door dit alles dat ze niet verder vroeg over de krantenartikelen.

Voordat de trein de reis voortzette, legde Rebecca de kranten alweer weg en dook ze na een laatste slokje uit haar mok omlaag om een lang, in jute gewikkeld pakket onder haar zitplaats vandaan te halen. Ze overhandigde het aan Sarah en toen deze de jute had verwijderd, zag ze dat het een van de lange geweren van de Ruimers was, compleet met lichtkijker. Ze had een dergelijk wapen al een keer eerder even in handen gehad in het Garnizoen, waar de met oorlogswonden bezaaide Styxsoldaat haar had geleerd hoe ze het moest gebruiken.

Sarah keek vragend naar Rebecca. Toen ze geen reactie kreeg, boog ze zich naar het meisje toe.

'Meen je dat? Voor mij?' vroeg ze.

Rebecca knikte langzaam en glimlachte ingetogen.

Sarah wist dat ze de leren kapjes aan de uiteinden van de korte, dikke koperen kijker niet moest verwijderen, omdat het licht het element dat erin zat kon verwoesten. Ze zette het wapen tegen haar schouder en probeerde het gewicht uit door het op het niet-gebruikte deel van de wagon te richten. Het was zwaar, maar ze kon er wel mee uit de voeten.

Sarah kon wel spinnen van tevredenheid. Ze beschouwde het geweer als een symbool van Rebecca's vertrouwen in haar, hoewel ze nog steeds een beetje van slag was door de onmogelijke bewering dat ze die ochtend in Hampstead was geweest. Sarah hield zichzelf voor dat Rebecca waarschijnlijk gewoon de dagen door elkaar haalde en dat ze eigenlijk een andere ochtend bedoelde. Ze zette het voorval uit haar hoofd en concentreerde zich op het geweer.

Ze liet haar vingers over de doffe loop glijden. Er was maar één reden dat ze een wapen had gekregen. Nu bezat ze de benodigde middelen en ze was tot alles bereid om Tams dood te wreken. Dat was ze hem en haar moeder verschuldigd.

Terwijl de trein langzaam weer op gang kwam, hield ze zichzelf de rest van de reis bezig met het wapen: ze ontgrendelde het regelmatig en mikte, klaar om te vuren, haalde de trekker over en deed net of ze schoot. Soms liet ze het ding gewoon op haar schoot rusten totdat ze er helemaal mee vertrouwd was, zelfs in het gedempte licht in de wagon.

28

Drake had hen meegenomen om op de Grote Vlakte te pa-
trouilleren en ze liepen nu door een gebied dat hij als 'de Perimeter' aanduidde, waar de aanwezigheid van Ruimers volgens hem minimaal was.

Het was een belangrijke dag, want Cal zou voor het eerst
sinds Will en Chester hem weken geleden als een wauwelend
wrak naar het kamp hadden gedragen, door de watertunnel
gaan en het uitgestrekte gebied van de Grote Vlakte betreden.
Drakes beslissing om hem mee uit het kamp te nemen was
goed gepland. Cal was helemaal klaar voor een verandering
van omgeving. Hij was in de benauwde ruimte van het kamp
behoorlijk duf geworden. Hoewel hij nog steeds een beetje
hinkte, had de jongen bijna al het gevoel in zijn been terug en
barstte hij van ongeduld om eropuit te trekken.

Toen ze de watertunnel achter zich hadden gelaten en met
Drake en Elliott op pad gingen, bedacht Will opgetogen dat
dit de eerste keer was dat ze als een groep eropuit trokken.
Nadat ze met Elliott op kop een paar uur hadden voortgeploe-
terd, merkte Drake op dat ze over niet al te lange tijd de vlakte
zouden verlaten en een lavatunnel in gaan. Hij stelde daarom
voor dat ze eerst iets zouden eten en dat hij hun daarna het
een en ander zou vertellen. Hij plaatste een gedempt licht in
een kuil in de grond en ze namen ieder met hun deel van het
proviand rondom hem plaats om te eten.

Het ontging Will niet dat Chester en Elliott naast elkaar waren gaan zitten en samenzweerderig met elkaar begonnen te kletsen. Ze deelden zelfs een veldfles. Wills goede humeur verdween en opnieuw kreeg hij het gevoel dat hij werd buitengesloten. Het zat hem zo enorm dwars dat zijn eetlust hem zelfs verging.

Omdat hij opeens heel nodig moest, stond hij nijdig op en beende met grote passen weg van de groep. Hij vond het heel prettig dat hij tijdens het legen van zijn blaas even geen getuige hoefde te zijn van het knusse privégesprekje tussen Chester en Elliott. Toen hij wegliep wierp hij een blik over zijn schouder om naar de anderen te kijken, die rond de lantaarn zaten. Zelfs Drake en Cal werden zo in beslag genomen door wat het ook was dat ze met elkaar bespraken dat ze geen aandacht schonken aan wat hij deed.

Hij was niet van plan geweest heel ver weg te gaan, maar was zo in gedachten verzonken dat hij vrij lang doorliep. Het werd hem steeds duidelijker dat hij een beetje buiten de groep stond omdat hij een speciale taak had. De anderen, Drake, Elliott, Chester en Cal, gingen allemaal helemaal op in het van dag tot dag overleven, alsof het hun enige doel in het leven was om op deze helse plek een primitief bestaan bij elkaar te schrapen.

Will voelde dat hij één allesoverheersend doel had, een opdracht die hij moest volbrengen. Op een of andere manier zou hij zijn vader opsporen en zodra ze herenigd waren, zouden ze samen als team hierbeneden op onderzoek uitgaan. Net als in die goede oude tijd in Highfield. Na afloop zouden ze met alles wat ze hadden ontdekt naar boven terugkeren. Hij bleef opeens staan, want het drong tot hem door dat op Chester na geen van de anderen hetzelfde voor ogen had – de anderen hadden zelfs niet eens het plan of verlangen om ooit naar Bovengrond te gaan. Goed, hij had dus een belangrijke roeping en hij ging echt niet de rest van zijn leven in rauwe, onderaardse ballingschap doorbrengen terwijl hij telkens als een bang konijn moest wegkruipen wanneer de Styx opdoken.

Toen hij de wand van de Perimeter bereikte, zag hij de openingen van diverse lavatunnels voor zich liggen. Hij liep de dichtstbijzijnde in en genoot van het gevoel van afzondering toen de inktzwarte duisternis hem opslokte. Toen hij klaar was, verliet hij nog altijd diep in gedachten verzonken over de toekomst de lavatunnel weer. Hij had hooguit tien stappen gezet toen hij merkte dat er iets niet klopte.

Hij bleef stokstijf staan. Op de plek waar hij meende de anderen te hebben achtergelaten bewoog niets, klonken geen stemmen en was geen licht te zien. Het tafereel voor hem – of juist het gebrek eraan – overrompelde hem volkomen. Ze waren weg. De groep was er niet meer.

Will raakte niet meteen in paniek en hield zichzelf voor dat hij gewoon naar de verkeerde plek stond te kijken. Alleen wist hij vrij zeker dat dit niet zo was – bovendien was hij nu ook weer niet zó ver weggegaan.

Hij tuurde even in het duister, hield zijn lantaarn boven zijn hoofd en zwaaide ermee van links naar rechts in de hoop dat ze daardoor zijn aanwezigheid zouden opmerken.

'Daar zijn jullie dus!' riep hij uit toen hij hen in het oog kreeg. Iemand uit de groep seinde vanaf een zo op het oog schrikbarend grote afstand terug, een heel korte lichtflits in antwoord op zijn zwaaiende lamp.

Het plotseling oplichtende beeld van de als een kudde opgeschrikte gazellen door elkaar rennende gedaanten stond opeens op Wills netvlies gebrand. In het schelle licht zag hij dat Drake dwingend in de verte wees, alsof hij Will iets duidelijk wilde maken. Will begreep echter niet wat hij bedoelde. Toen verloor hij Drake en de anderen uit het oog.

Will staarde naar de plek waar ze hadden gezeten. Hij had zijn jas en rugzak daar achtergelaten en alleen de kleine, op batterijen werkende zaklamp meegenomen. Hij had helemaal niets bij zich!

Zijn maag draaide zich om alsof hij van een heel hoog gebouw was gegooid. Hij had hun natuurlijk moeten vertellen waar hij naartoe ging en wist absoluut zeker dat de reden dat ze zo paniekerig op de vlucht waren geslagen iets heel angstaanjagends moest zijn. Hij wist ook dat hij het zelf op een lopen moest zetten. Maar waarheen? *Moest hij proberen hen in te halen? Moest hij eerst zijn jas en rugzak ophalen? Wat moest hij doen?* Hij werd verscheurd door twijfels.

Opeens voelde hij zich net een klein kind en beleefde hij zijn eerste dag op de lagere school in Highfield opnieuw. Zijn vader had hem bij de hoofdingang gedropt en er met zijn gebruikelijke afwezige hoofd totaal niet bij stilgestaan om te vragen of Will wel wist waar hij naartoe moest. Met groeiende ongerustheid had Will doelloos door de lege gangen gezworven zonder iemand te zien aan wie hij het kon vragen.

Will spande zich uit alle macht in om nogmaals een glimp op te vangen van Drake en de anderen, en probeerde te bedenken waar ze naartoe konden zijn gegaan. Het was volgens hem overduidelijk dat ze beschutting zouden zoeken in een van de andere lavatunnels. Hij schudde zijn hoofd. Daarmee kwam hij dus geen steek verder! Daar waren er gewoon veel te veel van. De kans dat hij precies dezelfde zou kiezen was op zijn zachtst gezegd vrijwel nihil.

'Wat moet ik doen?' zei hij een paar keer heel snel achter elkaar. Hij tuurde naar de donkere horizon waarnaar Drake had staan wijzen. Het zag er allemaal heel onschuldig uit. Hij hoopte in stilte maar dat er niets aan de hand was, ook al voelde hij diep vanbinnen dat dit gewoon niet waar kón zijn. *Wat gebeurde er allemaal? Waarom waren ze er zo angstig vandoor ge-*

gaan? Toen hoorde hij heel in de verte geblaf en de haren in zijn nek sprongen recht overeind.

Speurhonden!

Hij huiverde. Dat kon maar één ding betekenen. De Styx waren in aantocht. Hij keek gejaagd om naar de plek waar hij zijn spullen had achtergelaten, maar kon in de grauwe schemering niets ontdekken. *Zou hij er op tijd zijn? Durfde hij het erop te wagen?* Hij had alleen de kleine zaklamp bij zich, verder niets; geen lichtbollen en helemaal niets te eten of te drinken. Verstijfd van angst bleef hij staan toekijken hoe de kleine lichtpuntjes van de naderende Styx zichtbaar werden, zo te zien nog aardig ver bij hem vandaan, maar wel al zo dichtbij dat hij een blinde paniek voelde opkomen.

Hij deed voorzichtig een paar stappen in de richting van de plek waar zijn jas en rugzak ongeveer moesten liggen, maar hoorde toen een fel geluid, net een harde klap, en toen weer een. Op slechts een paar meter van zijn hoofd kletterden stukjes rots omlaag. De weergalm van de geweerschoten liet niet lang op zich wachten en zwol als het gerommel van naderend onweer aan over de vlakte.

Die ellendelingen schoten op hem!

Een nieuw salvo belandde in de aarde naast hem en hij kromp in elkaar. Er volgden nog meer schoten. De kogels vlogen gevaarlijk dicht langs hem heen. Het leek wel alsof de lucht leefde en vibreerde wanneer de kogels voorbijzoefden.

Hij bedekte met een hand zijn zaklamp en liet zich op de grond vallen. Toen hij zich achter een klein rotsblok verschool, werd dit onmiddellijk getroffen door een reeks schoten en hij rook de geur van warm lood en cordiet. Het had geen enkele zin; ze kwamen steeds dichterbij – blijkbaar wisten ze precies waar hij was.

Hij krabbelde overeind en rende zo diep gebukt dat hij bijna dubbel was geklapt terug naar de lavatunnel achter hem.

In de tunnel bereikte hij al snel een bocht, maar hij hield zijn pas niet in. Na een tijdje zag hij een T-splitsing voor zich opdoemen en hij koos het linkerpad, maar kwam al snel tot de ontdekking dat die weg werd versperd door een brede kloof. Hij keerde haastig terug naar de splitsing en bedacht dat zijn eerste prioriteit was om zo ver mogelijk bij de Styx vandaan te komen.

Hij mocht echter niet vergeten dat hij die afstand ook helemaal terug zou moeten lopen om zich weer bij Drake en de anderen te voegen. Hij begreep dat dit bijna onmogelijk zou worden als hij bleef doorlopen. Het netwerk van lavatunnels zat ontzettend ingewikkeld in elkaar en de ene tunnel was vrijwel niet te onderscheiden van de andere. Hij kon met de beste wil van de wereld niet bedenken hoe hij zonder een teken of herkenningspunt ooit de weg terug moest vinden.

Heen en weer geslingerd tussen de noodzaak om te ontsnappen en het vooruitzicht dat hij ongetwijfeld zou verdwalen als hij nog veel verder liep bleef hij op de splitsing even staan. Hij spitste zijn oren en vroeg zich af of de Styx eigenlijk wel achter hem aan waren gekomen. Het zachte geblaf van een speurhond echode door de tunnel en spoorde hem aan weer in beweging te komen. Er zat niets anders op: hij moest hier als de wiedeweerga weg zien te komen. Hij ging op pad en beende in een stevig tempo weg van de Styx.

In een paar uur tijd had hij een flinke afstand afgelegd. Het was niet bij hem opgekomen om het gebruik van de zaklamp te beperken. Tot zijn grote afschuw zag hij nu opeens dat de felheid van de straal afnam. Op de lange, rechte stukken zette hij de lamp uit in de hoop zo wat energie te besparen, maar al snel begon de lamp te flakkeren en verzwakte het schijnsel tot een vage, gele straal.

Toen hield het ding er helemaal mee op.

Hij zou de diepe ontzetting die hij op dat moment voelde, gehuld in het dichte, pulserende donker, nooit vergeten. Hij schudde wild met de zaklamp heen en weer en probeerde tevergeefs er nog wat leven in te blazen. Hij haalde de batterijen eruit, wreef ze tussen zijn handen om ze op te warmen en stopte ze weer terug, maar het hielp geen zier. Het ding deed het gewoon niet meer!

Het enige wat hij kon bedenken was verdergaan, dus dat deed hij dan maar. Hij schuifelde blindelings door de onzichtbare tunnels. Hij had geen flauw idee waar hij naartoe ging en raakte hopeloos verdwaald; bovendien ving hij zo nu en dan een geluid op in de tunnels achter hem. Hij was het liefst blijven staan om te luisteren, maar de gedachte dat er elk moment een speurhond uit het duister op hem af kon springen dwong hem om verder te gaan. Zijn angst voor zijn achtervolgers was groter dan de vrees voor het meedogenloze donker dat hem steeds dieper opslokte. Hij voelde zich vreselijk verloren en onmetelijk alleen.

Sukkel! Sukkel! Sukkel! Waarom ben ik de anderen niet gevolgd? Ik weet zeker dat ik daar genoeg tijd voor had gehad! Wat ben ik toch ook een stomkop! De zelfverwijten bleven op hem afstormen terwijl de duisternis om hem heen golfde en bijna iets tastbaars of fysieks werd, als een soort stroperige zwarte soep. Hij was diep wanhopig, maar één gedachte hield hem op de been. Hij klampte zich eraan vast, een symbool van hoop dat hem moest leiden. Hij dacht aan het moment waarop hij met zijn vader zou worden herenigd, ervan overtuigd dat alles dan weer goed zou komen, precies zoals hij had gedroomd.

Hij besefte dat het vrij zinloos was, maar omdat hij er toch troost uit putte, riep hij van tijd tot tijd: 'Papa. Papa, ben je daar?'

Dr. Burrows zat op de kleinste van twee rotsblokken, leunde met zijn ellebogen op de grootste rots voor hem en knabbelde peinzend aan een stukje van het gedroogde voedsel dat de Coprolieten voor hem hadden achtergelaten. Hij wist niet of het iets dierlijks of plantaardigs was, maar het smaakte voornamelijk naar zout en daar was hij heel dankbaar voor. Tijdens de tocht langs de kronkelende route op de plattegrond was hij zwetend liters vocht verloren en hij voelde het begin van een krampaanval in zijn kuiten. Als hij geen zout innam, heel veel zout, was de ellende binnen de kortste keren niet te overzien. Hij draaide zich om en liet zijn blik langs de wand van de kloof glijden. Verborgen in het duister zat de smalle spleet waardoor hij zojuist naar beneden was geklommen – een gevaarlijke richel die zo smal was dat hij zich noodgedwongen plat tegen de steile wand van de rots had gedrukt en voorzichtig voetje voor voetje naar beneden was geschuifeld. Hij zuchtte diep. Dat was niet voor herhaling vatbaar.

Hij zette zijn bril af en boende de glazen grondig schoon met de rafelige mouw van zijn overhemd. Hij had het Coprolietenpak een paar kilometer terug weggegooid – het was veel te onhandig, ondanks het gevaar van blootstelling aan radioactiviteit. Achteraf meende hij dat hij wellicht iets te overdreven was geweest over de risico's die daaraan kleefden – waarschijnlijk bleef de straling beperkt tot bepaalde delen van de Grote Vlakte en bovendien was hij er niet echt heel lang geweest. Hij was ook niet van plan zich daar nu druk over te maken, want hij had wel belangrijkere zaken aan zijn hoofd. Hij pakte de plattegrond en bestudeerde voor de tigste keer de dunne, kronkelende lijntjes.

Met de reep eten als een niet-brandende sigaar in zijn mondhoek geklemd stopte hij de kaart weer weg en legde hij zijn dagboek opengeslagen op de grote rots om iets op te zoeken wat al een tijdje door zijn hoofd zeurde. Hij bladerde door de bladzijden met zijn tekeningen van de stenen tabletten die hij kort na zijn aankomst op het mijnstation bij toeval had ontdekt. Toen hij bij een van de laatste schetsen in de reeks was aanbeland, bekeek hij deze aandachtig. Vanwege zijn fysieke gesteldheid op dat moment was het een vrij ruwe schets geworden, maar hij wist desondanks vrij zeker dat hij het geheel tamelijk gedetailleerd had overgenomen. Hij tuurde er een tijdlang naar en leunde vervolgens bedachtzaam achterover.

Het tablet op deze specifieke bladzijde was anders geweest dan de andere die hij had aangetroffen; om te beginnen was het veel groter en ook stonden er inscripties op die totaal anders waren dan alle andere die hij op de plek had gezien.

Er stonden drie duidelijk afgebakende vlakken in gebeiteld die allemaal van elkaar verschilden. Het schrift in het bovenste vlak bestond uit bizarre spijkertekens – halvemaanvormige letters – die hij met de beste wil van de wereld niet kon ontcijferen. Helaas kwamen deze letters ook voor op alle andere tabletten die hij in die grot had bekeken. Hij kon er geen wijs uit worden.

Daaronder stond een tweede vlak met vreemde, hoekige spijkerschrifttekens die in elk opzicht afweken van de tekens in het eerste vlak en geen enkele gelijkenis vertoonden met alles wat hij tijdens zijn jarenlange studie was tegengekomen. Het derde vlak met leestekens was al net zo onleesbaar; er stond een reeks symbolen in gekerfd – vreemde, onherkenbare afbeeldingen – die hem werkelijk totaal niets zeiden.

'Ik snap het gewoon niet,' zei hij langzaam met een diepe frons op zijn voorhoofd. Hij bladerde snel door naar een bladzijde waarop hij eerder al eens wat woorden had neergepend in een poging een deel van een van de drie vlakken te vertalen. Door de telkens herhaalde symbolen in het middelste en onderste vlak te bestuderen hoopt hij iets meer te begrijpen van de in spijkerschrift opgestelde teksten. Ook als ze in dezelfde categorie bleken te vallen als het Chinese logografische schrift, dat een overstelpende hoeveelheid verschillende tekens kende, hoopte hij er in elk geval toch een soort basispatroon in te ontdekken.

'Toe, vooruit, denk eens goed na, kerel,' spoorde hij zichzelf brommend aan en hij tikte met zijn handpalm tegen zijn voorhoofd. Hij verschoof de reep eten van zijn ene mondhoek naar de andere en tuurde ingespannen naar zijn eigen krabbels in een poging enige vooruitgang te boeken.

'Ik... snáp... het... gewoon... niet,' mopperde hij. Uit pure frustratie scheurde hij de bladzijde met zijn aantekeningen uit het dagboek. Hij verfrommelde hem tot een prop en smeet deze over zijn schouder. Hij leunde met in elkaar geklemde handen achterover en dacht heel diep na. Toen gleed zijn dagboek van de rots.

'Verdikkeme!' riep hij uit en hij bukte zich om het op te pakken. Het was opengevallen op de bladzijde met de tekening die hem voor zo'n groot raadsel stelde. Hij legde het dagboek terug op het rotsblok.

Toen hoorde hij iets. Een krakend geluid, gevolgd door een reeks zachte klikjes. Het hield vrijwel onmiddellijk weer op, maar hij tilde de lichtbol toch hoog in de lucht en gluurde om zich heen. Hij zag helemaal niets en floot een deuntje tussen zijn tanden om zichzelf te kalmeren.

Hij liet de lichtbol weer zakken en terwijl hij dit deed, viel het schijnsel op de bladzijde van het dagboek die zo onvertaalbaar leek.

Hij boog zijn hoofd over de bladzijde en keek nog eens goed. 'Druiloor die je bent,' lachte hij opeens. Hij liet zijn blik over de tot dan toe niet te ontcijferen lettertekens voor hem glijden. Zijn aandacht ging nu alleen naar het middelste vlak uit. 'Ja, ja, ja, ja!'

Hij was er zo beroerd aan toe geweest toen hij het tablet schetste dat hij het alfabet domweg niet had herkend. Hij had in elk geval niet doorgehad dat het *ondersteboven* stond. 'Het is het Fenicische alfabet, stomme oen! Je had dat ding gewoon verkeerd om neergezet. Hoe kon je dat nou doen?'

Hij krabbelde haastig iets op de bladzijde totdat hij erachter kwam dat hij in zijn opwinding met de fijngekauwde reep stond te schrijven in plaats van zijn potlood. Hij smeet de reep weg, graaide zijn potlood naar zich toe en maakte nu razendsnel de ene aantekening na de andere in de marge; af en toe moest hij gokken omdat de schets van de tekens een beetje slordig was of omdat het tablet zelf versleten of beschadigd was geweest.

'Aleph... lamedh... lamedh...' mompelde hij zacht in zichzelf terwijl hij van letter naar letter keek en af en toe even aarzelde wanneer hij er een tegenkwam die onduidelijk was of hem niet meteen te binnen wilde schieten. Aangezien hij bijzonder vaardig was in het Oudgrieks, dat rechtstreeks van het Fenicische alfabet afstamde, schoot het hem binnen de kortste keren allemaal weer te binnen.

'Lieve hemel, ik heb het!' schreeuwde hij. Zijn stem weergalmde om hem heen.

Hij had ontdekt dat de tekst in het middelste vlak een soort gebed was. Op zich niet zo heel opwindend, maar hij kon het wél lezen. Nu hij eenmaal zover was gekomen, bestudeerde hij ook de lettertekens in het bovenste vlak weer, de regels met gekerfde symbolen. Nu hij de gedetailleerde pictogrammen op de juiste manier voor zich had liggen, was alles meteen veel logischer.

De letters hadden helemaal niets gemeen met de Mesopotamische schrifttekens waarop hij was afgestudeerd. Dr. Burrows wist natuurlijk dat de Mesopotamische pictogrammen de oudst bekende schrijfvorm waren, die waren terug te voeren tot 3000 v.Chr., en hij wist ook dat pictografische tekens in de loop der eeuwen meestal schematischer van aard werden. In het begin waren de afbeeldingen voor iedereen begrijpelijk en herkenbaar – bijvoorbeeld als boot of korenschoof – maar met het verstrijken van de tijd veranderden ze in gestileerde tekens, een beetje zoals het spijkerschrift in de middelste en onderste vlakken. Dan vormden ze langzaam maar zeker een alfabet.

'Ja! Ja!' zei hij toen hij doorkreeg dat het bovenste vlak hetzelfde gebed bevatte dat ook in het middelste stond. Hij had echter niet de indruk dat het schrift rechtstreeks van de pictografische symbolen afstamde. Plotseling drong het tot hem door wat de betekenis van zijn vondst was.

'Lieve help! Duizenden jaren geleden is dus op een of andere manier een Fenicische schriftgeleerde hiernaartoe gekomen... hij heeft dit natuurlijk gedaan... hij heeft een vertaling gekerfd van een oeroude hiëroglieffentaal. Hoe is hij hier in vredesnaam verzeild geraakt?' Hij blies zijn wangen bol en liet de adem tussen zijn lippen door ontsnappen. 'En dat onbekende oude volk... wie waren zij? Wie waren zij in vredesnaam?'

In zijn hoofd buitelden talloze mogelijkheden over elkaar heen, maar één ervan, misschien wel de meest vergezochte van allemaal, stak met kop en schouders boven de andere uit. 'De Atlantiden... de verzonken stad van Atlantis!' Hij hapte naar adem en zijn hart bonkte van opwinding.

Ademloos brabbelend richtte hij zijn aandacht snel op het onderste vlak van het tablet om de letters te vergelijken met de Fenicische woorden erboven.

'Allemachtig, volgens mij is het me gelukt. Het... het is inderdaad hetzelfde gebed!' riep hij. De overeenkomsten tussen de hiëroglieffen in het bovenste vlak en de letters in het onderste vielen hem meteen op – hij twijfelde er geen moment aan dat beide aan elkaar verwant waren en dat de pictogrammen in letters waren omgezet.

Met het Fenicische alfabet ernaast zou het hem geen enkele

moeite moeten kosten om de onderste inscriptie te ontcijferen. Hij bezat nu de sleutel die hem in staat stelde álle tabletten die hij in de grot had gevonden en in zijn dagboek had opgenomen te vertalen.

'Verdorie, ik ben écht goed,' verkondigde hij triomfantelijk en
hij bladerde terug door de schetsen. 'Ik kan hun taal lezen!
Mijn allereigenste Steen van Rosetta. Nee... wacht...' Hij bedacht iets en stak een vinger op. 'De *Steen van Burrows*!' Hij
sprong overeind, richtte het woord tot de duisternis en hield
het dagboek opgetogen boven zijn hoofd. 'De *Steen van dr.
Burrows*.'

'Al die arme stumpers in het British Museum, in Oxford en
Cambridge... en die akelige oude professor White met zijn
vriendjes van de universiteit van Londen die mijn Romeinse
vindplaats heeft ingepikt... IK HEB JULLIE VERSLAGEN... Mensen zullen zich mij herinneren!' Zijn woorden echoden door
de kloof. 'Misschien heb ik het geheim van Atlantis hier wel
in mijn hand... EN HET IS LEKKER ALLEMAAL VAN MÍJ, ZIELEN-
PIETEN DIE JULLIE ZIJN!'

Hij hoorde het klikkende geluid weer en greep zijn lantaarn.
'Verrekt...'

Op de plek waar de reep eten was terechtgekomen, bewoog
nu een ontzaglijk grote gedaante. Met bevende hand richtte
hij de lichtstraal erop.

'Nee!' zei hij ontzet.

Het wezen had de omvang van een kleine gezinsauto, had zes
gelede poten die aan alle kanten uitstaken en een reusachtig
gewelfd pantser als lijf. Het was geelwit van kleur en bewoog
zich log. Dr. Burrows zag de stoffige grijpers open- en dicht-
scharen en het eten wegwerken dat hij had weggegooid. Met
onderzoekend heen en weer trillende voelsprieten kwam het
wezen langzaam naar hem toe gelopen. Hij deed een stap
naar achteren.

'Niet... te... geloven,' mompelde dr. Burrows zacht. 'Wat ben jij in godsnaam... een uit de kluiten gewassen stofmijt of zo?' ging hij verder, maar nog voordat hij was uitgesproken, verbeterde hij zichzelf in gedachten al. Hij wist heus wel dat mijten geen insecten waren, maar net als spinnen tot de arachniden behoorden.

Wat het ook voor wezen was, het was in elk geval een beetje op zijn hoede voor hem, want het bleef staan en zijn voelsprieten zwaaiden als twee dansende eetstokjes heen en weer. Dr. Burrows kon nergens op de kop ogen ontdekken en het lijf leek wel zo dik als een gepantserde tank. Toen hij het van dichtbij bekeek, zag hij dat het aardig gehavend was: overal in het doffe schild zaten diepe inkepingen en langs de randen van het pantser, waar het zo te zien was gebarsten, zaten akelig uitziende voren gesneden.

Ondanks de omvang en het uiterlijk van het dier wist dr. Burrows op een of andere manier dat het geen bedreiging voor hem vormde. Het deed geen enkele poging hem te naderen en bleef achterdochtig staan waar het stond; misschien was het zelfs wel banger voor hem dan andersom.

'Je hebt het zwaar te verduren gehad, hè?' zei dr. Burrows. Hij hield zijn lichtbol iets dichterbij. Het wezen klapperde met zijn grijpscharen alsof het het roerend met hem eens was. Heel even liet dr. Burrows zijn blik van het gigantische dier naar de ruimte om zich heen glijden.

'Deze plek is zo enorm... vol gepakt... het is een ware goudmijn!' Hij slaakte een zucht en graaide in zijn schoudertas. 'Pak aan, vriend,' zei hij, terwijl hij een nieuwe reep naar het bizarre wezen wierp, dat een meter of twee achteruitstoof alsof het doodsbang was. Toen kroop het heel langzaam iets dichterbij om het eten te zoeken en keerde het voorzichtig om en om. Blijkbaar kwam het tot de conclusie dat het veilig was om de reep op te eten, want het klemde hem tussen zijn grijpers en begon hem onmiddellijk luid knagend op te peuzelen. Vol ontzag liet dr. Burrows zich weer op het rotsblok zakken. Hij tastte in zijn broekzak naar zijn puntenslijper en toen hij hem had gevonden, stopte hij zijn snel korter wordende potloodstompje erin. Het reusachtige dier liet zich al kauwend door zijn poten zakken, alsof het op een nieuw hapje lag te wachten.

Dr. Burrows moest lachen om de vreemde situatie, maar pakte toen zijn dagboek op en zocht een lege bladzijde om de 'stofmijt' te vereeuwigen. Hij staarde naar de blanco bladzijde, aarzelde even en er verscheen een onzekere blik in zijn ogen. Het geklik dat het enorme wezen uitstootte stoorde hem in zijn overpeinzingen, en hij wist wat hem te doen stond. Hij zocht de tekening van het tablet op. Het vertalen van de hele Steen van dr. Burrows was het allerbelangrijkste. 'Te weinig tijd,' mompelde hij. 'Veel te weinig tijd...'

29

'Help! Alsjeblieft! Help me dan! Is daar iemand?'
Ach, word toch eens wakker, joh... hoe groot is die kans nou hele-maal? klonk een knorrige, onaangename stem in Wills hoofd. Will deed zijn best hem te onderdrukken, maar de stem weigerde te zwijgen. *Er is mijlenver in de omtrek geen mens te beken-nen. Je staat er helemaal alleen voor, knul,* ging hij verder.
'Help me! Help! Help!' schreeuwde Will, die probeerde geen aandacht aan de stem te schenken.
Wat dacht je nou... dat je vader om de volgende bocht staat te wachten om je mee naar huis te nemen? Dr. 'superpapa' Burrows, die zelfs in de ondergrondse van Londen nog verdwaalt? Dat geloof je toch zelf niet?
'Ga weg!' brulde Will hees tegen zijn knagende twijfels en de kreet weerkaatste tegen de tunnelwanden om hem heen.
Ga weg? Grapjas! hield de stem vol. Hij klonk kalm en zelfin-genomen, alsof hij allang wist hoe dit zou aflopen. *Erger dan dit kan het niet worden,* zei hij. *Je bent er geweest.*
Will bleef staan en schudde zijn hoofd. Hij weigerde te geloven wat de stem hem vertelde. Er moest ergens een uitweg zijn.
Hij deed zijn ogen dicht en weer open in de hoop dat hij iets, wat dan ook, zou zien, maar er was helemaal niets. Zelfs in de allerdonkerste nacht in de wereld boven was er altijd wel ergens een sprankje licht, maar hierbeneden niet – het don-

ker overheerste alles. Het hield je voor de gek en gaf je hoop. Valse hoop.

Hij schuifelde voetje voor voetje op de tast verder langs de inmiddels heel vertrouwd aanvoelende muur, totdat hij zijn geduld verloor en te snel vooruit probeerde te komen. Zijn voet knalde tegen een obstakel, en hij viel voorover en rolde langs een helling omlaag. Hij kwam hijgend met zijn gezicht tegen de met gruis bedekte bodem gedrukt tot stilstand.

Als hij te lang over de situatie nadacht, werd hij gek. Hier was hij dan, acht kilometer onder de oppervlakte van de Aarde, als Tam tenminste gelijk had gehad, eenzaam, bang en hopeloos verdwaald. Hij was nu volgens zijn eigen berekeningen minstens een dag van Drake en de anderen gescheiden. Het kon heel goed langer zijn, maar dat kon hij met geen mogelijkheid nagaan.

Elke nieuwe seconde in deze vergetelheid was even ingrijpend en afschrikwekkend als de vorige, en hij had het gevoel dat zich achter hem inmiddels miljoenen van dergelijke seconden uitstrekten. Als hij eerlijk was, had hij geen flauw idee hoe lang hij al door deze eindeloze tunnels ronddoolde, maar afgaand op zijn uitgedroogde keel moest het minstens vierentwintig uur zijn. Het enige wat hij zeker wist was dat hij nog nooit in zijn hele leven zo'n gruwelijke dorst had gehad.

Hij stond op en stak zijn handen uit naar de muur. Zijn gestrekte vingers voelden alleen maar warme lucht. De wand was niet waar hij hem had verwacht. Hij zag in gedachten al voor zich hoe hij over de rand van een gigantische afgrond tuimelde en werd overvallen door een vlaag van hoogtevrees. Hij deed schoorvoetend een stap naar voren. De bodem voelde niet vlak aan, maar ook dat durfde hij niet meer met zekerheid te zeggen. Hij had het punt bereikt waarop hij niet meer kon bepalen of het de bodem was die helde, of dat hij zélf niet

386

meer rechtop liep. Hij vertrouwde langzaam maar zeker zelfs de zintuigen die het nog wél deden niet meer.

De hoogtevrees werd erger en het begon hem te duizelen. Hij probeerde zijn evenwicht te bewaren door zijn armen uit te strekken. Nadat hij zo een tijdje als een scheve vogelverschrikker had gestaan, kreeg hij weer iets meer zelfvertrouwen. Hij liep een stukje verder, maar voelde nog steeds de muur niet. Hij schreeuwde iets en luisterde naar de echo's.

Hij was in een vrij groot gat gevallen – dat leidde hij af aan de weergalm van het geluid om hem heen – dus misschien bevond hij zich wel op een kruispunt van verschillende tunnels. Hij probeerde de groeiende paniek die hem in bezit dreigde te nemen, zijn oppervlakkig, sissende ademhaling en zijn hartslag die in een ongelijk tempo in zijn oren bonsde uit alle macht onder controle te krijgen. Zijn lijf werd geteisterd door meedogenloze golven van angst en hij rilde onophoudelijk, maar hij wist niet zeker of dit kwam doordat hij het warm had of koud.

Hoe had dit toch kunnen gebeuren? De vraag fladderde rusteloos door zijn hoofd als een mot in een wespenvanger.

Hij schraapte al zijn moed bij elkaar en zette weer een stap. Nog steeds geen muur. Hij klapte in zijn handen en luisterde naar de echo. Dit bewees onomstotelijk dat hij zich in een ruimte bevond die inderdaad veel groter van omvang was dan een gewone tunnel – hij hoopte dus maar dat dit niet inhield dat er ergens in het donker een brede kloof op hem lag te wachten. Zijn hoofde tolde. *Waar waren de muren? Ik ben verdorie de muren kwijtgeraakt!*

Hij voelde een enorme woede in zich opwellen en klampte zijn kiezen zo stevig op elkaar dat ze knarsten. Hij balde zijn vuisten en stootte een onmenselijk geluid uit dat het midden hield tussen een grom en een krijs, maar eigenlijk als geen van tweeën klonk. Hij deed een poging zijn gevoelens te ordenen, maar merkte dat hij zijn boosheid en zelfverachting niet kon onderdrukken.

Stommeling! Stommeling! Stommeling!

Het had er veel van weg dat de snauwende stem het pleit had gewonnen en alle hoop dat hij hier heelhuids uit zou komen opzij had geschoven. Hij was vreselijk dom geweest en verdiende het om te sterven. Hij legde de schuld nu bij de anderen, met name Chester en Elliott, en schreeuwde keihard allerlei verwensingen aan hun adres naar de zwijgende muren om hem heen, puur en alleen om iets of iemand te raken en pijn te doen. In de anonimiteit van het duister stompte hij zichzelf en beukte hij met zijn vuisten tegen zijn bovenbenen. Toen hij zichzelf vervolgens tegen de zijkant van zijn hoofd sloeg, bracht de pijn een bepaalde stekende helderheid met zich mee die hem tot de orde riep.

Nee, ik sla me hier heus wel doorheen! Ik moet gewoon verder blijven lopen. Hij liet zich op zijn knieën zakken en kroop langzaam vooruit, terwijl hij met zijn vingers naar een gat of kloof voelde en telkens tweemaal controleerde of hij niet op het punt stond blindelings in een ravijn te storten. Toen raakten zijn vingers iets. De wand! Met een zucht van opluchting kwam hij traag overeind en hervatte hij stevig tegen de muur gedrukt langzaam zijn weg.

In de uren die volgden passeerde de mijnwerkerstrein nog een aantal van de stormdeuren waarover Rebecca het had gehad.

De eerste aanwijzing dat ze hun bestemming naderden was een luid galmende bel, gevolgd door het schelle gejank van de fluit van de trein. De remmen van de trein deden hun werk en het gevaarte kwam krijsend tot stilstand. De zijdeuren van de wagon werden opengeschoven en voor hen lag het mijnstation, waar achter de ramen zwakke lichtjes brandden.

'Iedereen overstappen,' kondigde Rebecca met een flauw glimlachje om haar mond aan. Sarah sprong uit de wagon om haar stramme benen te strekken en zag dat een delegatie Styx haastig naar hen toe kwam lopen.

Rebecca greep haar tas stevig vast, zei tegen Sarah dat ze bij de trein moest blijven en liep naar het groepje toe. Het telde minstens twaalf mannen, die zo snel liepen dat ze een enorme stofwolk opwierpen. Een van hen kwam Sarah bekend voor – het was de oude Styx die op de dag van haar terugkeer naar de Kolonie bij haar in de koets had gezeten.

Sarahs oude overlevingsinstinct stak de kop weer op en ze maakte van de gelegenheid gebruik om te kijken hoeveel personeel er was en waar iedereen zich bevond. Als zich een mogelijkheid voordeed om te ontsnappen, moest ze weten hoe alles ervoor stond.

Naast de diverse Ruimers die op het station rondliepen, zag ze ook een ploeg soldaten van de Styxdivisie, die duidelijk te herkennen waren aan hun groene camouflagepakken. *Waarom zouden zij hier zijn?* vroeg ze zich af. Ze waren wel erg ver van huis. Ze schatte dat de groep zo'n veertig man telde en ongeveer de helft van hen was druk in de weer met hun wapens, waaronder mortieren en een aantal stukken geschut van groot kaliber. De rest van de soldaten was te paard en stond blijkbaar op het punt te vertrekken. *Paarden! Wat was hier in vredesnaam gaande?*

Ze richtte haar aandacht op de indeling van de grot en nam de portalen en verbindingsroutes hoog boven haar hoofd aandachtig in zich op. Ze probeerde vast te stellen waar de in- en uitgangen in de grot waren, maar staakte na een tijdje haar pogingen – in het sombere duister aan de rand van de grot kon je niet veel zien.

Ze zweette inmiddels aardig in het Ruimerstenue dat ze droeg en begreep dat het hierbeneden veel warmer moest zijn. Toen ze de droge lucht diep inademde, rook die verbrand, alsof alles was verschroeid. De omgeving was nieuw en onbekend voor haar, maar ze was ervan overtuigd dat ze er vrij snel aan gewend zou raken, precies zoals ze dat op Bovengrond had gedaan.

Ze zag rechts van de stationsgebouwen iets bewegen en kon nog net zien dat er een rij van zes of zeven mannen stond. Ze waren haar niet eerder opgevallen, omdat ze heel stil waren geweest en bovendien deels aan het oog werden onttrokken door stapels kratten. Afgaand op hun burgerkleding vermoedde ze dat het Kolonisten waren. Ze stonden stuk voor stuk met gebogen hoofd voor een Ruimer die met een geweer op hen gericht de wacht hield. Dit laatste leek een beetje overbodig, want hun handen en voeten waren met dikke kettingen aan elkaar vastgeklonken. Ze gingen heus nergens naartoe.

Sarah bedacht dat ze waarschijnlijk waren verbannen. Toch was het niet erg gebruikelijk dat in één keer zo'n grote groep mannen werd uitgezet, tenzij er een soort opstand of georganiseerd verzet was uitgebroken dat door de Styx was afgeslagen. Ze begon zich al af te vragen waar ze in vredesnaam in verzeild was geraakt en of ze misschien bij deze gevangenen zou worden gevoegd toen ze opeens Rebecca's stem hoorde.

Het Styxmeisje liet de Bovengronderse kranten aan de oude Styx zien, die gebiedend knikte. Sarah kreeg zo langzamerhand het idee dat er meer zat achter al die belangstelling van de Styx voor de krantenkoppen – die ongetwijfeld de Bovengronderse ziekte betroffen – en dat ze niet zomaar op de hoogte wilden blijven van wat zich boven allemaal afspeelde. Zeker wanneer ze terugdacht aan wat Joseph zich in het Garnizoen per ongeluk had laten ontvallen over een belangrijke operatie in Londen. Ja, er was hier beslist meer aan de hand dan ze aanvankelijk had gedacht.

De kranten gingen nu van hand tot hand en terwijl de rest van de groep ze bekeek, voerde de oude Styx het woord. Sarah was te ver weg om te kunnen horen wat hij zei en bovendien stapte hij regelmatig over op de schraperige, onverstaanbare Styxtaal. Toen ving Sarah Rebecca's stem weer op.

'Ja!' riep het meisje duidelijk verstaanbaar vol jeugdig enthousiasme uit. Ze hief triomfantelijk haar arm omhoog, alsof ze opgetogen was over de boodschap van de oude Styx. De oude Styx keerde zich nu om naar iemand anders in het gezelschap, die een kleine koffer openmaakte en er iets uit haalde wat hij aan Rebecca overhandigde. Ze nam het aan en hield het onder het toeziend oog van de omstanders voorzichtig omhoog.

Er viel een stilte. Sarah kon niet goed zien wat het was, maar het glansde even in het licht. Blijkbaar staarde Rebecca naar twee kleine voorwerpen van glas of iets dergelijks.

Rebecca en de oude Styx keken elkaar een tijdlang aan – het was duidelijk dat er zojuist iets heel belangrijks was gebeurd. Het gesprek kwam abrupt ten einde. De oude Styx commandeerde iets en verdween toen vergezeld door de anderen van de groep in de richting van de stationsgebouwen.

Rebecca draaide haar bovenlichaam om en keek naar de Styx die in zijn eentje de wacht hield bij de geketende gevangenen. Ze spreidde de vingers van één hand en maakte een gebaar alsof ze iemand wegjoeg, wat blijkbaar een teken was. De wacht blafte de gevangenen iets toe en ze sjokten weg naar de andere kant van de grot.

Sarah zag dat Rebecca met de twee voorwerpen in haar hand naar haar toe kwam lopen.

'Wat is er met die lui aan de hand?' vroeg Sarah aan haar en ze wees naar de gevangenen, die langzaam in de schaduw verdwenen.

'Och, niets...' zei Rebecca. 'We hebben nu geen proefkonijnen meer nodig,' voegde ze er vaag aan toe, alsof ze er met haar hoofd niet helemaal bij was.

'Ik zie dat de Divisie vrij zware wapens bij zich heeft,' merkte Sarah voorzichtig op met een blik op de ruiters die nu de eerste lading wapens wegvoerden.

Rebecca was echter niet in Sarahs vragen geïnteresseerd. Ze zwaaide haar haren naar achteren en hield de voorwerpen op ooghoogte voor zich.

'Uw naam is Dominatie,' zei Rebecca zangerig op zachte toon. 'En Dominatie zal ertoe leiden dat gerechtigheid zal geschieden voor de rechtschapenen, en de zuiveren van hart zullen hem volgen.'

Sarah zag nu dat ze twee kleine flesjes vasthield die waren gevuld met een heldere vloeistof en aan de bovenkant met was verzegeld. Er zat een dun koordje aan en Rebecca liet ze aan haar hand bungelen.

'Is dat iets belangrijks?' informeerde Sarah.

Rebecca was in gedachten mijlenver weg en staarde met een dromerige euforie in haar ogen naar de flesjes.

'Heeft het misschien iets te maken met dat megavirus waarover de kranten het hebben?' ging Sarah verder.

Er sloop een heel klein lachje rond de lippen van het Styxmeisje.

'Dat zou best kunnen,' zei ze plagend. 'Onze gebeden zullen binnenkort worden verhoord.'

'Jullie laten dus weer een nieuwe ziektekiem los op de Bovengronders?'

'Niet zómaar een ziektekiem. Het megavirus, zoals zij dat noemen, was slechts een opwarmertje. Dit,' ze schudde de flesjes heen en weer, 'is het echte spul.' Rebecca straalde. 'De Heer geeft... en Hij blijft maar geven.'

Voordat Sarah iets kon zeggen, draaide het Styxmeisje zich op haar hakken om en beende met grote stappen weg.

Sarah wist niet wat ze ervan moest denken. Ze moest niet veel van Bovengronders hebben, maar er was niet veel fantasie voor nodig om te begrijpen dat de Styx iets verschrikkelijks voor hen in petto hadden. Ze wist dat de Styx niet zouden aarzelen om dood en verderf te zaaien als ze daarmee hun doel bereikten. Ze was echter niet van plan zich hierdoor te laten afleiden – ze was hier voor slechts één ding en dat was Will opsporen. Ze wilde uitzoeken of hij inderdaad schuldig was aan Tams dood. Het was een familiekwestie en ze mocht zich door niets of niemand laten tegenhouden.

'Wij zijn aan de beurt. In de benen,' snauwde een van de Ruimers achter Sarah en ze schrok op. Het was voor het eerst dat een van hen rechtstreeks het woord tot haar richtte.

'Ehm... zei je... zei je nou wíj?' stamelde ze en ze schoof een stukje bij de vier Ruimers vandaan. Ze hoorde iets krassen bij haar voeten en keek omlaag.

'Bartleby!' riep ze verrast.

De kat was uit het niets opgedoken. Hij mauwde zacht met trillende snorharen, liet zijn snuit zakken en snoof een paar keer diep. Toen hij zijn kop met een ruk omhoogtrok, was zijn neus bedekt met een dikke laag van het fijne, zwarte stof dat werkelijk overal leek te liggen. Blijkbaar hield hij niet van stof, want hij wreef met zijn poot over zijn snuit en maakte harde, briesende geluiden. Opeens nieste hij.

'Gezondheid,' zei Sarah onwillekeurig. Ze was dolblij dat ze hem terug had. Nu zou ze een oude vriend bij zich hebben tijdens haar zoektocht – iemand die ze kon vertrouwen.

'Vooruit!' gromde een andere Ruimer nors en hij gebaarde met een magere vinger naar de andere kant van de ruimte achter de stilstaande trein, die overvloedige wolken stoom uitblies. 'Nu!' beet hij haar toe.

Sarah aarzelde even en voelde de dode ogen van alle vier de soldaten op zich gericht. Toen knikte ze en zette ze schoorvoetend een stap in de richting die ze hadden aangewezen. *Tja... dat krijg je ervan als je je ziel aan de duivel verkoopt...* dacht ze ironisch bij zichzelf. Ze had een keus gemaakt en moest zich daar nu aan houden.

Met de schimmige gedaanten in haar kielzog berustte Sarah in haar lot en ze liep iets energieker met de kat naast zich verder. Met de adem van de monsterlijke wezens in haar nek kon ze immers ook niet anders.

30

De uren gleden langzaam voorbij. Wills was plakkerig als gevolg van de warme lucht om hem heen en de onophoudelijke golven van angst die hij moeizaam afsloeg. Zijn keel was zo droog als kurk; hij voelde dat het stof aan zijn tong bleef plakken, maar produceerde niet genoeg speeksel om het uit te spugen.

De duizeligheid keerde terug en toen de bodem onder zijn voeten leek te bewegen moest hij echt even stil blijven staan. Hij liet zich zacht mompelend tegen de wand zakken en zijn mond klapte open en dicht als die van een man in verdrinkingsnood. Met een haast bovenmenselijke inspanning rechtte hij zijn rug en hij wreef zo hard met zijn knokkels over zijn ogen dat door de druk schitterende lichtflitsen ontstonden die zijn zenuwen iets kalmeerden. Het was echter maar van korte duur, want het donker nam vrij snel weer bezit van hem.

Hij ging voor de zoveelste keer op zijn hurken zitten om de inhoud van zijn broekzakken te inspecteren. Het was een volkomen zinloze handeling, een ritueel waarmee hij niets zou bereiken, want hij wist uit zijn hoofd precies wat erin zat – maar hij hoopte stiekem dat hij iets over het hoofd had gezien wat hem nu van pas zou komen, hoe onbeduidend ook.

Hij haalde eerst zijn zakdoek tevoorschijn en spreidde deze voor zich op de grond uit. Toen viste hij de andere voorwerpen uit zijn zakken en verdeelde ze op de tast over het lapje stof. Hij legde achtereenvolgens zijn zakmes neer, een potloodstompje, een knoop, een stukje touw en enkele andere onbruikbare dingetjes, en als laatste de niet meer werkende zaklantaarn. In het donker liet hij onderzoekend zijn vingertoppen over elk voorwerp glijden alsof er op wonderbaarlijke wijze iets bij kon zitten wat zijn redding zou betekenen. Hij lachte even sip.

Dit was belachelijk.

Waar dacht hij nou precies dat hij mee bezig was?

Toch controleerde hij zijn zakken nogmaals, voor het geval hij iets had gemist. Natuurlijk waren ze hartstikke leeg, op wat stof en grind na. Hij ademde teleurgesteld uit en zette zich schrap voor het laatste deel van het ritueel. Hij raapte de zaklamp op en klemde beide handen eromheen.

Alsjeblieft, alsjeblieft, alsjeblieft!

Hij knipte hem aan.

Helemaal niets. Geen glimp, zelfs geen vonkje licht.

Nee! Ellendig rotding!

Het liet hem weer in de steek. Hij wilde het ding pijn doen, het laten lijden zoals hij zelf leed. Hij wilde het laten creperen. In een vlaag van woede hief hij zijn arm op om het waardeloze ding weg te smijten, maar toen slaakte hij een diepe zucht en liet hij zijn arm weer zakken. Hij kon het niet over zijn hart verkrijgen. Hij gromde gefrustreerd en propte de lamp terug in zijn zak. Toen bond hij de rest van de spullen bij elkaar in zijn zakdoek en borg ook deze weer op.

Waarom, o waarom heb ik niet een van de lichtbollen meegenomen toen ik daar de kans voor had?

Het zou een fluitje van een cent zijn geweest, maar had op dit moment een wereld van verschil betekend voor hem. Hij dacht aan zijn jas. Was hij maar zo slim geweest om die aan te houden. Hij zag voor zich waar hij hem had achtergelaten, over zijn rugzak gedrapeerd. Zijn lantaarn zat eraan vastgemaakt en in de zakken zaten een tweede lantaarn, een doosje lucifers en ook nog eens verschillende lichtbollen.

Als... als...

Die eenvoudige voorwerpen waren op dit moment ontzettend waardevol. Nu had hij helemaal niets bruikbaars bij zich.

'WAT BEN JE TOCH OOK ONGELOOFLIJK STOM!' riep hij. Hij probeerde zichzelf raspend en krakend tot actie aan te sporen, en hij vervloekte de duisternis om hem heen met alle scheldwoorden die hem te binnen schoten. Opeens zweeg hij, want hij dacht dat hij iets door zijn gezichtsveld had zien kruipen. Was dat een lichtstraal daar rechts van hem, een sprankje licht? *Wat? Nee, dáár, ja, heel in de verte, die gloed, ja, een lichtje, een uitweg? Ja!*

Met een luid bonzend hart liep hij in de richting ervan, maar hij struikelde over de ongelijke bodem en viel voor de zoveelste keer. Hij stond haastig op en tuurde gespannen in het fluweelzwarte duister.

Het is weg. Waar was het?

Als er al een lichtpuntje was geweest, dan was dat nu nergens meer te bekennen.

Hoe lang hou ik dit nog vol? Hoe lang nog totdat ik... Hij voelde dat de adem uit zijn lichaam stroomde en zijn benen begonnen te trillen.

'Ik ben veel te jong om dood te gaan,' zei hij hardop en voor het eerst in zijn leven besefte hij wat die woorden eigenlijk echt inhielden. Hij had het gevoel dat hij geen lucht meer kreeg. Hij begon te snikken. Hij moest rusten en liet zich op zijn knieën zakken. Toen boog hij zich voorover en voelde hij het grind onder zijn handpalmen. *Dit klopt niet. Dit heb ik niet verdiend.*

Hij probeerde te slikken, maar zijn keel was zo droog en opgezwollen dat het niet lukte. Hij boog zich nog dieper voorover, totdat zijn voorhoofd op de scherpe steentjes rustte. Had hij zijn ogen nu open of dicht? Het maakte niets uit; voor zijn ogen dansten kleine, gekleurde lichtvlekjes, een netwerk van rondtollende puntjes die samen lange vegen vormden en hem in de war maakten. Hij wist dat ze niet echt waren.

Hij bleef hijgend met zijn hoofd tegen de grond gedrukt zitten en om een of andere onverklaarbare reden doemde het beeld van zijn stiefmoeder voor zijn geestesoog op. Het beeld was haarscherp en heel even dacht hij dat hij ergens anders naartoe was gevoerd. Mevrouw Burrows lag lui onderuitgezakt in een zonovergoten kamer voor een televisie. Het beeld bewoog en maakte plaats voor dat van zijn stiefvader, die zich op een heel andere plek bevond, ergens diep in de Aarde, waar hij zoals gewoonlijk schel tussen zijn tanden door fluitend zorgeloos rondzwierf.

Vervolgens zag hij Rebecca zoals hij haar honderden keren in het echt had gezien. Ze stond in de keuken voor het hele gezin te koken – iets wat ze elke avond deed – als een soort vaste constante in zijn leven die zelfs in zijn allereerste herinneringen al aanwezig was. Als een film die een paar beelden oversloeg zag hij haar opeens kwaadaardig glimlachend heen en weer paraderen in het zwart-witte uniform van de Styx.

Trut! Verraderlijke, leugenachtige trut! Ze had hem en zijn hele familie verraden. Dit was allemaal háár schuld.

Trut. Trut. Trut. Trut. Trut!

In zijn ogen was zij het allerergste soort verrader dat er was, ziek en duister en kwaadaardig, een koekoeksjong dat vanuit de hel was gestuurd om chaos te schoppen in het nest, iemand die met de vijand heulde.

Sta op! De intense haat die hij voor Rebecca voelde, spoorde hem tot actie aan. Hij haalde hortend en stotend adem en hees zichzelf overeind, totdat hij weer op zijn knieën zat. Hij schreeuwde tegen zichzelf dat hij moest opstaan. *Sta op, verdorie! Laat haar niet winnen!* Na een tijdje stond hij op bevende benen op en maaiden zijn armen door de leegte van het eindeloze, afschrikwekkende nachtelijke land om hem heen.

'Lopen! Je moet lopen! Lópen!' krijste hij met schorre stem. 'Vooruit!'

Hij kwam wankel in beweging en smeekte om hulp, van Drake en zijn stiefvader, van wie dan ook. Hij hoorde echter alleen zijn eigen weergalmende stem maar. Achter hem kletterde een regen van steentjes naar beneden en hij vreesde dat het misschien te gevaarlijk was om te blijven schreeuwen, dus hield hij zijn mond. Hij schuifelde met kleine stapjes vooruit en telde tijdens het lopen mee in zijn hoofd: *Een twee, een twee een, een, een twee.*

Al snel doemden er uit de onzichtbare muren voor hem afzichtelijke gedaanten op. Hij hield zichzelf voor dat ze niet echt waren, maar dat weerhield ze er niet van op hem af te komen. Hij draaide door. Hij was ervan overtuigd dat hij gek zou worden, als de honger en dorst hem tenminste niet eerst te pakken kregen.

Een twee, een twee...

Hij probeerde zijn hoofd te vullen met het ritme en zwoegde grimmig verder, maar de onheilspellende beelden lieten hem niet met rust. Ze waren zo levendig en echt dat hij ze bijna kon ruiken. Hij probeerde ze uit alle macht te verjagen en uiteindelijk vervaagden ze.

Hij had er spijt van als haren op zijn hoofd dat hij ooit had besloten op de mijnwerkerstrein te stappen en naar het Onderdiep te gaan. Waar had hij met zijn gedachten gezeten? Nu was hij hopeloos verdwaald, terwijl hij voor hetzelfde geld Bovengronds had kunnen zitten. Wat was tenslotte het ergste wat hem daar had kunnen overkomen? De rest van zijn leven op de vlucht zijn voor de Styx klonk nu helemaal zo gek nog niet. Dan was hij tenminste niet in deze akelige situatie verzeild geraakt. Hij viel weer en deze keer vrij ernstig. Hij was over een paar puntige rotsen gestruikeld en op zijn hoofd terechtgekomen. Hij liet zich voorzichtig met uitgestrekte benen en armen op zijn rug rollen, en hief zijn armen omhoog. Op de plek waar eigenlijk het wit van zijn handen had moeten zitten, zag hij alleen maar dat eeuwige gat, het lege doek dat alles overheerste. Hij bestond gewoon niet meer.

Hij rolde op zijn buik en tastte voor zich op de grond, doodsbang dat er een kloof of iets dergelijks naast hem gaapte. De bodem van de tunnel strekte zich echter ononderbroken uit en hij besefte dat hij in de benen moest komen, want zó schoot hij helemaal niets op.

Omdat hij verder niets had om op af te gaan had hij zich volledig ingesteld op het vertrouwde gebonk van zijn laarzen tijdens de tocht door het grind en stof. Hij had geleerd de zachte weerkaatsing van zijn voetstappen tegen de wanden van de tunnel te interpreteren – het was net of hij zijn eigen radar was. Verschillende keren had het geluid van de echo's om hem heen hem gewaarschuwd voor gapende kieren of veranderingen in de bodem.

Hij stond op en zette een paar stappen.

De geluiden die hij nu hoorde, waren beslist anders van aard. Ze klonken zwakker, alsof de lavatunnel plotseling enorm was verbreed. Hij liep met een slakkengang verder, doodsbenauwd dat hij elk moment in een schacht zou storten.

Na een tijdje klonken er helemaal geen echo's meer – voor zover hij kon horen, tenminste. Zijn laarzen stuitten op iets anders dan het vertrouwde grove puin op de tunnelvloer. Kiezels! Ze wreven knarsend tegen elkaar en brachten het enigszins holle geluid voort dat voor niets anders kan worden aangezien. Ze verschoven onder zijn voeten en omdat hij toch al zo uitgeput was, ging het lopen nog moeilijker.

Toen voelde hij iets vochtigs op zijn gezicht en hij snoof. En nog eens. Wat was het?

Ozon!
Hij rook ozon, de geur die hem onmiddellijk aan de zee en reisjes naar de kust met zijn vader deed denken.
Waar was hij nu weer aanbeland?

31

Mevrouw Burrows stond bij de deur van haar kamer naar het gedoe verderop in de gang te kijken.

Ze was door harde stemmen en het snelle getik van voetstappen op het linoleum in de gang ruw in haar middagdutje gestoord. Het was vreemd. In de afgelopen week was er namelijk helemaal niets in het pand voorgevallen. Een ongemakkelijke stilte had zich over Humphrey House gevlijd en de patiënten, die een voor een ten prooi waren gevallen aan het geheimzinnige virus dat het hele land in zijn ban hield, waren voornamelijk uit eigen vrije wil aan hun bed gekluisterd gebleven.

Toen ze het rumoer voor het eerst hoorde was mevrouw Burrows ervan uitgegaan dat het gewoon een patiënt was die herrie schopte en had ze geen aanstalten gemaakt om op te staan. Een paar minuten later klonk er echter een luide dreun vlak bij de dienstlift. De indruk dat er wel iets aan de hand móést zijn werd nog eens versterkt door een vrouwenstem die op dwingende toon iets zei. Het was de stem van iemand die verontrust of kwaad was en het liefst heel hard had geschreeuwd, maar zichzelf nog net wist te beheersen. Maar dan ook echt maar nét.

Haar nieuwsgierigheid kreeg de overhand en mevrouw Burrows besloot ten slotte om toch even een kijkje te nemen. Het ging alweer veel beter met haar ogen, maar ze deden nog wel zoveel pijn dat ze ze een beetje dichtgeknepen hield.

'Wat is er allemaal aan de hand?' mompelde ze en ze stapte geeuwend vanuit haar slaapkamer de gang in. Ze zag iets bij de deur van de kamer van de oude mevrouw L. staan en verstijfde.

Ze tuurde aandachtig naar het tafereel voor haar en haar rode ogen vlogen verrast verder open. Mevrouw Burrows had genoeg ziekenhuisseries gezien om te weten wat het was.

Het was een *hemelse koets*. Een afgrijselijk eufemisme voor een ziekenhuisbrancard met zijkanten en een deksel van roestvrij staal... een middel om dode lichamen in te vervoeren zonder dat iedereen onmiddellijk doorhad wat erin zat en zelfs óf er wel iemand in lag. In feite dus een glanzende metalen doodskist op wielen.

Terwijl ze stond toe te kijken, kwamen de directrice en twee dragers door de deur naar buiten om de brancard op te halen. De dragers duwden hem naar binnen, maar de directrice bleef in de gang staan. Toen haar oog op mevrouw Burrows viel, liep ze langzaam door de gang naar haar toe.

'Nee, toch. Is dat wat ik denk...?' begon mevrouw Burrows.

Met een traag knikje vertelde de directrice haar wat ze wilde weten.

'Maar de oude mevrouw L. was nog zo... zo jóng,' zei mevrouw Burrows, die van schrik niet oplette en haar bijnaam voor de patiënt gebruikte, ontzet. 'Wat is er precies gebeurd?'

De directrice schudde haar hoofd.

'Wat is er precies gebeurd?' vroeg mevrouw Burrows nogmaals.

De stem van de directrice klonk gedempt, alsof ze niet wilde dat de andere patiënten het zouden horen. 'Het virus,' zei ze.

'Toch niet dit?' vroeg mevrouw Burrows en ze wees naar haar eigen ogen, die net als die van de directrice nog steeds rood en opgezwollen waren.

'Ik vrees van wel. Het heeft haar optische zenuw aangetast en zich vervolgens door de hersenen verspreid. Volgens de dokter komt dat in een aantal gevallen voor.' Ze ademde diep in. 'Vooral bij mensen met een verzwakt afweersysteem.'

'Ik kan het bijna niet geloven. Mijn hemel, die arme mevrouw L.,' zei mevrouw Burrows geschokt en ze meende het nog ook. Het kwam maar zelden voor dat iets door haar pantser heen drong en haar werkelijk raakte. Ze voelde medeleven jegens iemand die echt bestond, niet voor een of andere acteur die een rol speelde in een van de series waarvan ze best wist dat ze niet echt waren.

'Het is gelukkig snel gegaan,' merkte de directrice op.

'Snel?' mompelde mevrouw Burrows verbijsterd met een dikke rimpel op haar voorhoofd.

'Ja, heel snel. Voor de lunch klaagde ze dat ze zich niet lekker voelde; vrijwel direct daarna raakte ze gedesoriënteerd en daarna in coma. We slaagden er niet in haar te reanimeren.' De directrice kneep in een gebaar van verslagenheid haar lippen op elkaar en staarde naar de vloer. Ze pakte een zakdoek en depte een voor een haar ogen. Mevrouw Burrows kon niet met zekerheid zeggen of dit kwam door de ooginfectie of doordat ze echt van slag was. 'Deze epidemie is werkelijk heel ernstig. Stel dat het virus muteert...' zei de directrice heel zacht.

Ze maakte haar zin niet af. Op dat moment duwden de dragers de hemelse koets de gang weer op en de directrice liep haastig weg om zich bij hen te voegen.

'Zo snel,' zei mevrouw Burrows opnieuw in een poging het overlijden te vatten.

Later die dag zat mevrouw Burrows in het dagverblijf, maar ze werd zo in beslag genomen door het vroegtijdig heengaan van de oude mevrouw L. dat ze niet echt naar de televisie keek. Ze was rusteloos geweest en had geen zin gehad om in haar kamer te blijven, dus had ze besloten troost te zoeken bij haar lievelingsstoel – de enige plek die haar meestal een bepaalde mate van geluk en tevredenheid schonk. Toen ze daar aankwam, ontdekte ze echter dat er al verschillende andere patiënten voor de buis hingen. Hun dagelijkse activiteitenschema stond nog altijd op een laag pitje door het gebrek aan personeel, dus moesten ze zich grotendeels zelf zien te vermaken.

Mevrouw Burrows was voor haar doen ongebruikelijk gedwee geweest en had de andere patiënten het programma laten kiezen, maar bij één onderwerp op het journaal riep ze opeens, terwijl ze naar het scherm wees: 'Hé! Die man daar! Die kén ik!'

'Wie is het dan?' informeerde een vrouw, die opkeek van de legpuzzel die voor haar op het bureau bij het raam lag.

'Herkennen jullie hem dan niet? Hij is hier geweest!' zei mevrouw Burrows, die met een opgewonden blik het verslag volgde.

'Hoe heet hij?' vroeg de dame met een stukje van de legpuzzel in haar hand.

Mevrouw Burrows had geen flauw idee hoe hij heette, dus deed ze net alsof ze zo ingespannen naar het toestel staarde dat ze de vraag niet had gehoord.

'Professor Eastwood had dus de opdracht gekregen het virus te onderzoeken?' klonk de vraag van de interviewer buiten beeld.

De man op het scherm knikte – dezelfde man met de beschaafde stem die slechts een paar dagen eerder tijdens het ontbijt zo geringschattend tegen mevrouw Burrows had gedaan. Hij droeg zelfs hetzelfde tweedjasje dat hij toen ook aan had gehad.

'Hij is een belangrijke arts, moeten jullie weten,' zei mevrouw Burrows gewichtig tegen het handjevol mensen op de rij achter haar, alsof ze hun iets toevertrouwde over een heel goede vriend van haar. 'Hij eet graag soldaatjes met ei bij het ontbijt.'

Iemand herhaalde de woorden 'soldaatjes met ei' alsof hij diep onder de indruk was van deze informatie.

'Inderdaad,' zei mevrouw Burrows bevestigend.

'Ssst! Luister!' siste een vrouw in een citroengele ochtendjas vanaf de achterste rij.

Mevrouw Burrows boog haar hoofd achterover om de vrouw een boze blik toe te werpen, maar vond het nieuwsbericht zo intrigerend dat het daarbij bleef.

'Precies,' antwoordde de man van de soldaatjes met ei op de vraag van de verslaggever. 'Professor Eastwood en zijn onderzoeksteam van St. Edmund's hebben dag en nacht gewerkt om de stam van het virus te achterhalen. Volgens de berichtgeving waren ze heel succesvol, maar nu zijn alle gegevens verloren gegaan.'

'Kunt u ons vertellen wanneer de brand precies is uitgebroken?' vroeg de interviewer.

'Vanochtend werd om kwart over negen alarm geslagen,' antwoordde de man van de soldaatjes met ei.

'Kunt u bevestigen dat vier leden van het onderzoeksteam en de professor zelf zijn omgekomen bij de brand?'

De man van de soldaatjes met ei fronste zijn voorhoofd en knikte somber. 'Ja, ik vrees dat dát inderdaad het geval is. Het waren stuk voor stuk begaafde, zeer gewaardeerde wetenschappers. Ik leef bijzonder mee met hun familieleden.'

'Ik weet dat het nog te vroeg is om al te kunnen zeggen hoe de brand is ontstaan, maar heeft u daar al een theorie over?' vroeg de verslaggever.

'In de voorraadkamer van het laboratorium bevond zich een aantal oplosmiddelen en ik neem aan dat het forensisch onderzoek daar zal beginnen.'

'Er is de afgelopen week gespeculeerd dat de pandemie mogelijk bewust door iemand is veroorzaakt. Denkt u dat de dood van professor Eastwood daar iets mee...'

'Ik laat me niet verleiden tot het uitspreken van ongefundeerde vermoedens,' baste de man van de soldaatjes met ei afkeurend. 'Dat laat ik graag aan mensen over die overal een samenzwering achter zien. Professor Eastwood was al meer dan twintig jaar een zeer goede vriend van me en ik sta niet toe...'

'Professor Eastwood zat vast en zeker dicht bij de oplossing – dát is het! Iemand heeft hem om zeep geholpen!' riep mevrouw Burrows keihard boven het geluid van de televisie uit. 'Natuurlijk zit er een samenzwering achter. Het zijn die verrekte Russen weer, wat ik je brom, of die linkse gasten die altijd maar lopen te klagen dat we met zijn allen het milieu verpesten. Ze proberen nu zelfs al het broeikaseffect en schetenlatende koeien de schuld te geven van deze plaag.'

'Volgens mij is het afkomstig uit een van onze eigen laboratoria, zoals dat supergeheime biochemische gebeuren in Portishead,' piepte de dame met de legpuzzel en ze knikte zelfverzekerd alsof ze helemaal in haar eentje het raadsel had opgelost.

'Ik denk dat je Porton Down bedoelt,' zei mevrouw Burrows. Er viel een stilte in de kamer en het journaal liet een andere 'wetenschappelijk correspondent' zien die de onheilspellende voorspelling deed dat het virus binnen een mum van tijd in een veel dodelijker variant kon muteren met fatale gevolgen voor het menselijk ras.

'Aha!' zei de dame met de legpuzzel aan het bureau en ze legde een puzzelstukje op de juiste plek.

Toen vertoonde het televisiescherm een stuk zeer fraai aangebrachte graffiti. Op een muur tussen twee winkels in het noorden van Londen was met spuitbussen verf een levensechte, in een stevig beschermend pak gehulde gedaante gespoten met een gasmasker op. Afgezien van de enorme, strip-

verhaalachtige muizenoren die aan de bovenkant uit de solda-
tenhelm staken, was de gedaante erg realistisch en in eerste
instantie was het net of er echt iemand stond. De gedaante
zwaaide met een bord waarop stond:

HET EINDE IS IN ZICHT
EN OP UW OGEN GERICHT

'Dat is maar al te waar, verdikkeme!' brulde mevrouw Burrows, die onmiddellijk terugdacht aan de verschrikkelijk voorbarige, onverwachte dood van mevrouw L., maar de vrouw in
de citroengele ochtendjas maande haar opnieuw tot stilte.
'O, kun je werkelijk niet één minuut je mond houden?' klaagde de vrouw afkeurend. 'Vind je het echt nodig om zo hard te
schreeuwen?'
'Jazeker – dit is heel ernstig!' snauwde mevrouw Burrows.
'Bovendien klaag ik toch ook niet over die foeilelijke ochtendjas van jou, oud takkewijf,' gooide mevrouw Burrows haar
voor de voeten en ze likte strijdvaardig over haar lippen. Zelfs
als het einde der tijden naderde, duldde ze het niet dat er zo
tegen haar werd gesproken.

32

Drake moest eerlijk toegeven dat hij geen flauw idee had waar Will uithing.

Hij kon zichzelf wel voor het hoofd slaan dat hij de jongen niet had zien vertrekken. Chester was degene die vlak voordat ze in een lavatunnel wegdoken de lichtsignalen had opgemerkt. Op dat moment had Drake alleen nog maar tijd om de achtergebleven jongen met een lichtsignaal te antwoorden voordat er een salvo schoten hun kant op kwam suizen. Toen was zijn grootste zorg geweest om de anderen zo ver mogelijk bij de Ruimers vandaan in veiligheid te brengen.

Will kende de weg niet en Drake kende Will niet goed genoeg om te kunnen raden waar hij naartoe kon zijn gegaan, zoals bij Elliott wel het geval zou zijn geweest. Nee, Drake kon met de beste wil van de wereld niet bedenken waar hij naar de kwijtgeraakte knul moest zoeken.

Tijdens hun tocht door de kronkelende tunnel, met Elliott op kop en een traag sloffende Cal achter hem, probeerde Drake zich nogmaals in Wills schoenen te verplaatsen. Hij probeerde zijn jarenlange kennis en ervaring uit te schakelen en zich te verplaatsen in de gedachtegang van een nieuweling. *Je moet denken als een groentje.*

Hij probeerde Wills denkproces te kopiëren. De jongen was natuurlijk overdonderd en doodsbang, en zijn eerste gedachte was ongetwijfeld geweest dat hij hen moest proberen in te halen. Toen het tot hem doordrong dat dit onmogelijk was, had hij waarschijnlijk de meest voor de hand liggende optie gekozen en had hij via de dichtstbijzijnde lavatunnel de vlakte verlaten. Dat kón, maar hoefde niet per se.

Drake wist dat de jongen helemaal niets bij zich had, geen eten of water of wat dan ook, dus misschien had hij het vuur van de scherpschutters wel getrotseerd en was hij naar zijn spullen teruggerend. Niet dat hij daar ook maar iets mee zou zijn opgeschoten, want Drake had besloten zijn jas en rugzak niet achter te laten zodat de Styx ze zouden vinden.

Was hij inderdaad een lavatunnel in gevlucht? Als dat zo was, zag het er niet best uit. Daar waren er heel veel van en zodra hij in de doolhof van tunnels was aanbeland, zou het gigantische aantal met elkaar in verbinding staande gangen het probleem alleen nog maar verergeren. Drake kon onmogelijk een reddingsteam het uitgestrekte gebied in sturen – het zou weken, zo niet maanden in beslag nemen en zolang de dreiging van patrouillerende Ruimers aanhield, kon er al helemaal geen sprake van zijn.

Drake balde uit pure frustratie zijn vuisten.

Het had geen zin. Het lukt hem niet zich een beeld te vormen. Kom op, nou, hield Drake zichzelf voor, wat kan hij daarna hebben gedaan?

Misschien...

... misschien was Will toch níet de dichtstbijzijnde tunnel in gedoken, zoals hij eigenlijk hoopte, maar was hij op de vlakte gebleven en had hij de wand die eromheen kromde gevolgd – die zou hem in elk geval dekking hebben geboden tegen de geweerschoten.

Misschien was hij wel veel te optimistisch, maar terwijl hij Elliott en Cal steeds verder over de vlakte wegvoerde, gokte Drake erop dat de kans het grootst was dat Will voor deze optie had gekozen. Hij ging ervan uit dat Will had besloten in de richting te lopen waar hij hen het laatst had gezien en daarvandaan gewoon verder was getrokken met de Ruimers op zijn hielen. Als hij dit inderdaad had gedaan en als de Styx hem niet hadden ingehaald, bestond er een kleine kans dat hij nog leefde. Dat was wel heel vaak *als* achter elkaar... Drake wist dat hij zich aan een strohalm vastklampte.

Het schoot door hem heen dat de Ruimers de knul inmiddels misschien wel te pakken hadden gekregen en hem op dit moment martelden om zoveel mogelijk informatie uit hem los te krijgen. Misschien lukte het hun wel om een vaag idee te krijgen van de plek waar het kamp zich bevond, maar het werd toch al hoog tijd om verder te trekken. Als dit Wills lot was, dan speet het hem ontzettend; de Ruimers zouden doen wat ze altijd deden en met hun ondraaglijk pijnlijke methoden alles uit hem persen. Zelfs de sterksten gaven vroeg of laat toe. Het was een lot dat vele malen erger was dan de dood.

Achter hem struikelde Cal en een regen van stenen kletterde op de grond. *Veel te veel kabaal.* Het weergalmde door de ruimte en Drake wilde hem net bestraffend toespreken toen zijn gedachten met hem aan de haal gingen en hij bijna stil bleef staan. *Drie nieuwe toevoegingen aan het team, drie nieuwe mensen voor wie hij verantwoordelijk was... en dat allemaal tegelijkertijd!* Waar had hij in vredesnaam gezeten met zijn gedachten, nu er werkelijk overal als kwaadaardige duveltjes-uit-een-doosje Ruimers opdoken?

Hij was geen dolende heilige die alle verloren zielen redde die de Kolonie uitspuugde. Wat was het dan? Een soort misplaatste grootheidswaanzin? Wat had hij gedacht – dat de drie jongens zijn privélegertje zouden vormen als het aankwam op een gevecht met de Ruimers? Nee, dat was te belachelijk voor woorden. Hij had twee van de jongens moeten dumpen en er slechts één moeten houden – Will – omdat hij met zijn beruchte moeder en kennis van Bovengrond mogelijk een rol had kunnen spelen in zijn toekomstplannen. En uitgerekend hém was Drake nu kwijtgeraakt.

Achter hem struikelde Cal weer en nu viel hij met een onderdrukte kreet op zijn knieën. Drake bleef staan en draaide zich om.

'Mijn been,' zei Cal, voordat Drake de kans kreeg om iets te zeggen. 'Het gaat wel weer.' Cal krabbelde meteen overeind en liep zwaar leunend op zijn wandelstok verder.

Drake dacht even na. 'Nee, het gaat helemaal niet. Ik zal je ergens moeten verstoppen.' Zijn stem klonk kil en afstandelijk. 'Dat ik jou heb meegenomen was een enorme vergissing... ik had gewoon te hoge verwachtingen van je.' Het was zijn bedoeling geweest om Chester en Cal op strategische plekken achter te laten waar ze Will konden opvangen als deze toevallig voorbijkwam. Achteraf gezien had hij beter Cal kunnen achterlaten en in plaats daarvan Chester moeten meenemen. Of misschien had hij hen gewoon *allebei* moeten achterlaten.

Terwijl hij moeizaam verder worstelde, werd Cal steeds neerslachtiger. De klank van Drakes stem was hem niet ontgaan en de achterliggende gedachte liet geen ruimte voor andere gedachten. Hij dacht terug aan Wills woorden en diens waarschuwing dat Drake geen blokken aan zijn been duldde, en zijn angst dat dit nu precies was wat ging gebeuren nam toe.

Drake beende vooruit en na een laatste scherpe bocht in de tunnel stonden ze weer op de Grote Vlakte.

'Blijf dicht bij me en demp je lantaarn,' zei hij tegen Cal.

Na een paar stappen moest Will weer blijven staan en hij vroeg zich af of hij misschien droomde. Toch kwam alles heel echt op hem over. Om zichzelf gerust te stellen had hij zich kort daarvoor gebukt om een kiezel op te rapen en het gladde, gepolijste oppervlak te voelen, en toen was er een zwak briesje langs zijn gezicht gewaaid. Hij rechtte snel zijn rug. *Hij voelde een windvlaag!*

Hij klom langs de helling naar beneden en hoorde iets klotsen. Ondanks de warme wind die hem aan alle kanten omringde, kreeg hij over zijn hele lijf kippenvel. Hij wist wat dat betekende. Water. Er moest ergens een flinke watervlakte zijn... onzichtbaar en angstaanjagend in het donker voor hem – zijn grootste nachtmerrie leek nu werkelijkheid te worden.

Hij wandelde met heel kleine stappen verder totdat de kiezels plaatsmaakten voor iets anders – zand, zacht, verschuivend zand. Na een paar meter kwam zijn voet met een plons neer. Hij liet zich op zijn hurken zakken en voelde voorzichtig om zich heen. Zijn handen raakten iets vloeibaars. Lauw water. Hij rilde. In gedachten zag hij een reusachtige, in duisternis gehulde watervlakte voor zich en zijn intuïtie probeerde hem krijsend te dwingen in zijn achteruit te schakelen, zich van het water te verwijderen en weg te lopen. Hij had echter zo'n grote behoefte aan water dat hij die krijsende stem negeerde. Gehurkt schepte hij een beetje in zijn handen om het bij zijn gezicht te houden. Hij snoof. Hij snoof nog eens. Het rook neutraal en levenloos – en had eigenlijk geen echte geur. Hij hield het bij zijn lippen en dronk ervan.

Hij spuugde het onmiddellijk weer uit en liet zich achterover op het klamme zand vallen. Zijn mond brandde en zijn keel werd dichtgeknepen. Hij begon te hoesten en kokhalsde. Als er eten in zijn maag had gezeten, zou hij heftig hebben overgegeven. Nee, het was zinloos, het was pekel, het was zóút water. Zelfs als het hem was gelukt iets naar binnen te krijgen, dan zou het zijn dood hebben betekend, zo wist hij, net als voor die mensen over wie hij had gelezen die in een reddingsboot op zee hadden rondgedreven. Zij waren midden op de Atlantische Oceaan van dorst omgekomen.

Hij luisterde even naar het lusteloze geklots van het water.

Toen kwam hij wankel overeind en probeerde hij te beslissen of hij de lavatunnels weer in zou gaan. Hij kon zich er echter niet toe zetten – na de vele uren die hij er al in had doorgebracht. Bovendien had hij geen schijn van kans om de weg naar de Grote Vlakte terug te vinden en als hij al als door een wonder de reis overleefde, wat lag er dan aan het uiteinde op hem te wachten? *Een welkomstfeestje van de Styx?* Nee, er zat niets anders op dan de rand van het water te volgen, ook al klonk het geluid nu onophoudelijk in zijn hoofd en was zijn dorst bijna niet meer uit te houden.

Hoewel het zand vlak was, bewoog het onder elke stap die hij zette, waardoor zijn zwoegende tocht eroverheen energie vrat. Omdat hij zo ontzettend moe en hongerig was, dwaalde hij in gedachten af. Hij probeerde zich te concentreren. Hoe groot was de watervlakte eigenlijk? Liep hij misschien gewoon in een rondje langs de rand van een plas? Hij probeerde zichzelf wijs te maken dat het niet zo aanvoelde – hij wist vrij zeker dat hij in een rechte lijn liep.

Met elke stap die hij zette, zakte hij echter dieper weg in een soort diepe, verdoofde wanhoop. Hij slaakte een langgerekte zucht, liet zich op het zand vallen, pakte een handvol zand en was bang dat het hem nooit meer zou lukken om weer op te staan. Op een dag heel ver in de toekomst zou iemand zijn stoffelijke resten vinden, een opgedroogd kadaver in het eenzame duister. Wat verrekte ironisch: hij zou in elkaar gedoken naast een ondergrondse zee van dorst omkomen. Misschien werden zijn botten wel kaal gepikt door aaseters en zouden zijn ribben als het skelet van een kameel in de woestijn uit het zand omhoogsteken. Hij huiverde bij de gedachte.

Will wist niet hoe lang hij daar had gelegen, af en toe uitgeput in een onrustige slaap wegzakkend. Hij had een paar keer geprobeerd zichzelf aan te sporen om op te staan en verder te

lopen, maar was gewoon te moe geweest om zijn doelloze ge-
slenter voort te zetten.

Hij bedacht dat hij zich dan misschien maar gewoon aan een
allerlaatste slaap moest overgeven. Hij legde zijn hoofd in het
zand met zijn gezicht in de richting die hij zou zijn op gegaan
als hij nog genoeg puf had gehad. Hij knipperde een paar
keer raspend met zijn oogleden over zijn droge ogen en draaide toen bij toeval zijn hoofd nog iets verder om, zodat hij achter zich kon kijken.

Precies op dat moment meende hij een heel zwak glimpje
licht te zien. Hij ging er meteen van uit dat zijn ogen hem
weer voor de gek hielden, maar bleef toch naar de plek staren.
Toen zag hij het weer: een piepkleine lichtflits. Hij kwam
moeizaam overeind en jogde er met slepende voeten over de
ratelende kiezels naar toe, steeds verder van de zanderige
kustlijn vandaan. Hij struikelde en viel languit op de grond.
Toen hij weer was opgekrabbeld, vloekte hij zacht in zichzelf
omdat hij nu alle gevoel voor richting kwijt was en geen flauw
idee meer had waar hij het lichtje had gezien. Hij tuurde om
zich heen en ving opnieuw een zachte gloed op.

Dit was niet iets wat zijn oververmoeide brein had verzonnen
– hij wist zeker dat het echt was en hij was er heel dichtbij.
Hij hield zichzelf voor dat het misschien wel Styx waren,
maar dat kon hem niets meer schelen. Hij had dringend behoefte aan licht, zoals een stikkende man lucht nodig heeft.

Iets voorzichtiger kroop hij nu langs de grindhelling omhoog. Hij ontdekte dat de onregelmatige flitsen afkomstig
waren uit een lavatunnel en de opening stak scherp af in het
licht. Hoewel het niet altijd even helder scheen, viel het hem
toen hij iets dichterbij kwam op dat het in de tunnel wel
voortdurend brandde. Hij bereikte de opening van de tunnel
en sloop er op zijn tenen naartoe zodat hij om de hoek kon
kijken.

Hij zag alleen vormloze gedaanten en kleurloze schaduwen. Het kostte hem waanzinnig veel moeite om te bedenken hoe zijn ogen ook alweer werkten. Hij probeerde zichzelf ervan te overtuigen dat het tafereel voor hem echt was en niet een of ander vaag beeld dat hij zelf had verzonnen.

Hij moest een paar keer snel achter elkaar met zijn ogen knipperen om zijn twee gezichtsvelden bij elkaar te krijgen en de weifelend heen en weer schietende beelden tot rust te dwingen. Ze smolten samen en gaven hem diepte, iets waarop hij kon vertrouwen.

'VARKEN!' bracht hij schor uit. 'AKELIG VARKEN!'

'Wa...?' riep Chester. Hij schoot haastig overeind en spuugde de hap eten uit. Toen sprong hij op. 'Wie...?'

Will kon weer zien. Zijn blik zoog gretig het lichtschijnsel op en hij nam de gedaanten en kleuren om hem heen in zich op. Op nog geen tien meter bij hem vandaan stond Chester met een lantaarn in zijn hand en zijn openstaande rugzak tussen zijn voeten. Hij had net wat eten gepakt en het pardoes in zijn mond gepropt, en was daar zo volkomen in opgegaan dat hij Will helemaal niet had horen aankomen.

Will vloog op zijn vriend af. Hij was zo dol van vreugde dat het met geen pen te beschrijven was. Hij kwam half vallend naast Chester terecht, die hem met open mond aanstaarde alsof hij spoken zag. Chester wilde iets zeggen, maar Will griste de lantaarn uit zijn hand en klemde hem tegen zich aan.

'Godzijdank,' zei Will een paar keer achter elkaar met een stem die zo schor was dat hij in de verste verte niet op zijn eigen stem leek. Hij tuurde in het licht. Het scheen zo fel dat het pijn deed aan zijn ogen en hij moest ze tot spleetjes knijpen, maar tegelijkertijd wilde hij de griezelige groene glans geen seconde uit het zicht verliezen.

Chester schudde de stomverwonderde verbijstering van zich af. 'Will...' begon hij.

'Water,' zei Will hees. 'Geef me water,' wilde hij roepen toen Chester geen aanstalten maakte om hem te gehoorzamen, maar zijn stem begaf het. Die klonk zo zwak en dun dat hij amper hoorbaar was en had eerder iets weg van een vage luchtstroom. Will gebaarde woest. Chester kreeg eindelijk door wat hij wilde en overhandigde hem snel de veldfles.

Will draaide ongeduldig aan de dop en klauwde er zwakjes naar met zijn vingers. Toen liet de dop met een doffe 'plop' los. Hij duwde de hals wild in zijn mond, slokte het vocht gretig naar binnen en haalde tegelijkertijd adem. Het water spoot alle kanten op en droop over zijn kin en borst.

'Allemachtig, Will, we dachten dat we je kwijt waren!' zei Chester.

'Echt weer iets voor jou,' hijgde Will tussen twee slokken door. 'Ik sterf bijna van de dorst...' Hij slikte en voelde dat het water zijn stembanden bevochtigde, '... en intussen zit jij lekker te schransen.' Hij voelde zich herboren en opgetogen; het urenlange verblijf in het pikkedonker lag achter hem en hij was weer veilig. Hij was gered. 'Da's echt iets voor jou!'

'Je ziet er bar slecht uit,' zei Chester zachtjes.

Wills gezicht, dat normaal al bleek zag omdat hij een albino was, was nu zelfs nog witter, gebleekt door de zoutkorrels die in een korst rond zijn mond en op zijn voorhoofd en wangen waren opgedroogd.

'Dank je,' mompelde Will ten slotte na een flinke teug water. 'Is alles goed met je?'

'Ik heb me nog nooit zó goed gevoeld,' zei Will sarcastisch.

'Hoe heb je deze plek gevonden?' vroeg Chester. 'Waar ben je al die tijd geweest?'

'Dat wil je echt niet weten,' antwoordde Will. Zijn stem klonk nog steeds schor en hij was amper te verstaan. Hij tuurde in de lavatunnel achter Chester. 'Drake en de anderen... waar zijn ze? Waar is Cal?'

'Ze zijn op zoek naar jou.' Chester schudde ongelovig zijn hoofd. 'Jeetje, Will, wat ben ik blij jou weer te zien. We waren bang dat je gevangen was genomen of neergeschoten of zoiets.'

'Deze keer niet,' zei Will. Hij haalde een paar keer heel diep adem, viel opnieuw op de veldfles aan en dronk gretig tot hij hem tot op de bodem had leeggedronken. Hij liet tevreden een boer, smeet de veldfles op de grond en merkte toen pas voor het eerst de bezorgde blik op het gezicht van zijn vriend op. Chesters hand met het eten hing nog steeds in de lucht. *Die goeie ouwe Chester.* Will kon zich niet inhouden en begon te lachen, eerst zacht, maar al snel zo ontzettend hysterisch dat zijn vriend een stukje achteruitschoof. Wills keel was nog niet hersteld van het gebrek aan water en zijn lach klonk raspend en nogal verontrustend.

'Will, wat is er? Wat is er aan de hand?'

'Laat je door mij niet tegenhouden,' wist Will nog net met moeite uit te brengen voordat hij door een nieuwe uitgelaten, vreemd klinkende lachbui werd overvallen. Chester maakte zich nu nog meer zorgen.

'Het is niet grappig,' zei hij. Hij liet de hand met het eten erin zakken. Will maakte geen aanstalten om op te houden met het onderdrukte gehinnik en Chesters verontwaardiging nam toe. 'Ik dacht dat ik je nooit meer terug zou zien,' zei hij bloedserieus. 'Dat meen ik.'

Toen spreidde zich rond zijn met kruimels bedekte lippen een brede grijns uit over zijn smoezelige gezicht. 'Ik geef het op. Je bent gewoon hartstikke stapelgek, man.' Hij schudde zijn hoofd. 'Ik durf te wedden dat je vergaat van de honger. Wil je hier soms iets van?' bood hij aan en hij gebaarde naar het openstaande vak van zijn rugzak.

'Bedankt. Daar zeg ik geen nee tegen,' zei Will dankbaar.

'Graag gedaan. Het is trouwens je eigen eten – dit is jóúw

rugzak. Toen we ervandoor gingen, heeft Drake je spullen meegenomen.'

'Nou, ik ben blij dat je niet van plan was het te verspillen!' merkte Will op en hij stompte hem zacht op zijn arm. Heel even had Will het gevoel dat alles weer goed was tussen zijn vriend en hem en dat was heel prettig. 'Weet je... de batterijen in mijn zaklamp hebben het begeven. Ik had geen licht meer en dacht echt dat ik er was geweest,' vertelde hij hem.

'Wat? Hoe ben je dan helemaal hiernaartoe gekomen?' vroeg Chester.

'Ik heb gelift,' antwoordde Will. 'Wat dénk je nou? Lopend, natuurlijk.'

'Allemachtig!' riep Chester uit en hij schudde verwilderd zijn hoofd.

Will zag de onnozele grijns op het gezicht van zijn vriend, die hem ontzettend deed denken aan het moment waarop ze elkaar hadden teruggevonden in de mijnwerkerstrein.

Hij had diezelfde brede, dwaze grijns toen ook gezien en hoewel het pas twee maanden geleden was, voelde het aan alsof er een eeuwigheid tussen zat. Er was zoveel gebeurd, zoveel veranderd.

'Zal ik je eens wat zeggen?' zei hij tegen Chester. 'Ik geloof dat ik nog liever naar school ga dan dat ik dát nog eens doe!'

'Was het echt zo erg?' vroeg zijn vriend zogenaamd ernstig.

Will knikte. Hij likte met zijn opgezwollen tong over zijn lippen en genoot met volle teugen van het speeksel dat weer door zijn mond vloeide. Hij voelde het water bijna door zijn lichaam stromen en zijn vermoeide ledematen van nieuwe energie voorzien.

Met de lantaarn nog altijd stevig in zijn hand geklemd haalde hij zijn hart op aan het heldere licht dat hij door zijn half dichtgeknepen ogen kon zien.

Op de achtergrond kletste Chester enthousiast honderduit,

maar Will was veel te uitgeput om te horen wat hij allemaal zei. Hij dutte langzaam in en zijn hoofd zakte tegen de rots achter hem. Zijn benen trilden af en toe, alsof het ze moeite kostte het tempo van de eindeloze, moeizame wandeling die ze hadden afgelegd te vergeten en ze nog steeds probeerden hem vooruit te stuwen.

De bewegingen namen af en hielden uiteindelijk helemaal op, en Will vond eindelijk de verdiende vergetelheid, zich niet bewust van de verschrikkelijke gebeurtenissen die zich op precies hetzelfde moment afspeelden op de Grote Vlakte.

33

Cal had zich volledig op het lopen geconcentreerd en toen hij opkeek, duurde het even voordat het tot hem doordrong wat hij zag.

Drake en hij waren helemaal langs de grens van de Grote Vlakte gelopen, maar de gebruikelijke ruwe muur die hij had verwacht was er niet.

In plaats daarvan strekte zich een verticale, glad ogende wand van de grond tot aan het dak uit. Het was net alsof de grenzen van de Grote Vlakte simpelweg waren dichtgeplakt. De hindernis was zo perfect dat het onmogelijk een natuurlijke barrière kon zijn en reikte verder in de duisternis dan het licht van zijn gedempte lantaarn. Hij was zo gewend geraakt aan de onregelmatige, ongelijke rotsen om hem heen dat het een beetje een schok was.

Hij slenterde naar de wand toe om hem aan te raken. Hij was oerdegelijk en grijs, maar minder volmaakt dan hij aanvankelijk had gedacht. Hij zag nu dat hij juist vol putjes zat en dat hier en daar zelfs grote delen ontbraken; rondom deze gaten spreidden roodbruine vlekken zich naar beneden uit.

Het was beton. Een gigantische betonnen muur – wel het allerlaatste wat hij had verwacht tegen te komen op deze natuurlijke plek. Hij besefte pas hoe groot het ding wérkelijk was toen ze nog eens twintig minuten verder liepen, totdat Drake aangaf dat hij moest blijven staan. Hij wees naar de muur, naar de plek waar anderhalve meter boven de grond een rechthoekige opening zat. Hij boog zich naar Cal toe en fluisterde: 'Aanvoerkanaal.'

Cal tilde zijn lantaarn op om het beter te kunnen zien.

Drake greep zijn arm vast en trok hem omlaag. 'Niet zo hoog, sukkel! Wil je onze positie soms verraden?'

'Sorry,' zei Cal. Hij zag dat Drake zijn hand in de schemerige opening in de muur stak en ergens aan trok. Cal hoorde een dof krakend geluid en een luik van roestig ijzer klapte langzaam open.

'Jij eerst,' gebood Drake.

Cal tuurde in het sombere duister en slikte iets weg. 'Moet ik daar echt in?' vroeg hij.

'Jazeker,' gromde Drake. 'Dit is de Burcht. Het ding staat al jaren leeg. Het is heus veilig.'

Cal schudde verwoed zijn hoofd. 'Véílig! Ik wil niet, ik wil echt niet!' mompelde hij in zichzelf. Geholpen door Drake klauterde hij met gepaste tegenzin in de buis. Hij begon te kruipen.

Het licht van zijn lantaarn scheen iel voor hem uit en verlichtte steeds een nieuw stukje van de regelmatig gevormde doorgang terwijl hij over een centimeters dikke laag gruis kroop. Het geluid van zijn eigen ademhaling klonk benauwend en heel dichtbij, en hij had een bloedhekel aan het opgesloten gevoel. *Gevangen als een rat in een regenpijp.* Af en toe hield hij even stil om met zijn wandelstok tegen de zijkant te tikken en te zien hoe de pijp verder liep. Het gaf hem de gelegenheid om zijn been wat rust te gunnen, want dat begon akelig pijn te doen. Het voelde aan alsof het elk ogenblik kon verkrampen, waardoor hij vast zou komen te zitten in de buis. Toch dwong hij zichzelf na elke rustpauze verder te kruipen. Er leek geen einde te komen aan het aanvoerkanaal. 'Hoe dik zijn die muren eigenlijk wel niet?' vroeg hij hardop. Toen hij kort daarna opnieuw stilhield om met zijn wandelstok voor zich te tasten, raakte de punt helemaal niets. Hij schoof een klein stukje naar voren en probeerde het nog een keer. Weer voelde hij niets – hij had het eind bereikt. Dat had hij intuïtief allang doorgehad, want de lucht rook hier anders. Naar vocht en schimmel en jarenlange leegstand.

Hij liet zijn handen langs de opening glijden en klom toen voorzichtig uit het aanvoerkanaal. Zodra hij eenmaal vaste grond onder zijn voeten had, zette hij het licht van zijn lantaarn hoger en richtte hij de straal voor zich. Er dook een gedaante naast hem op. Hij schreeuwde het bijna uit van schrik en hief verdedigend zijn wandelstok op.

'Rustig,' waarschuwde Elliott hem en hij besefte meteen hoe stom hij was geweest. Hij was totaal vergeten dat zij natuurlijk als altijd eerst de route had gecontroleerd.

Drake liet zich geluidloos uit de buis zakken en stond achter hem. Hij gaf Cal een por ten teken dat hij moest doorlopen en zonder iets te zeggen drongen ze dieper de ruimte in.

Ze hadden in een kleine, schemerige kamer gestaan die helemaal leeg was, op een paar plassen stilstaand water na, maar liepen nu behoedzaam een grotere ruimte in. Hun voeten schuifelden over een vloer die bedekt was met linoleum of iets dergelijks en hun stappen veroorzaakten korte echo's. De vloer was licht van kleur en kon best ooit wit zijn geweest, maar zat nu onder het vuil en vlekken van rottend, zuur ruikend afval.

Cal en Drake bleven even staan wachten totdat Elliott het pad voor hen had verkend en Cals lichtstraal toonde dat ze zich in een vrij lange kamer bevonden. Tegen een van de muren stond een bureau en de muren zelf zaten vol bruine en grijze vochtvlekken waaruit hier en daar als ronde richeltjes hoopjes schimmel staken. Naast de plek waar Cal stond te wachten, hingen een paar planken vol halfvergane dossiers en papieren. Het papier was door het water in een vloeibare, vormloze drab veranderd die van de planken drupte en op de vloer kleine hoopjes papier-maché vormde die vrij hard aanvoelden.

Op een teken van Elliott fluisterde Drake tegen Cal dat ze verder moesten gaan. Ze glipten door een deuropening een smalle gang in. Cal nam aan dat de matte glans op de muren aan beide zijden werd veroorzaakt door vocht, maar kwam al snel tot de ontdekking dat hij tussen kolossale glazen watertanks door liep. Zijn lichtstraal reikte niet ver voorbij het met zwarte algen bedekte glas, maar hij zag wel groteske gedaanten in het water drijven. Even dacht hij dat hij de weerspiegeling van zijn eigen gezicht zag. Toen hij iets aandachtiger keek, kroop er een rilling langs zijn ruggengraat. *Nee! Het was helemaal niet zijn eigen spiegelbeeld!* Tegen het glas rustte een lijkbleek menselijk gezicht met lege ogen en aangevreten gelaatstrekken, alsof iets eraan had geknaagd. Hij huiverde en liep snel verder zonder achterom te kijken.

Bij de laatste tank aan het eind van het pad sloegen ze de bocht om, maar de doorgang werd versperd door enorme brokken beton. Het plafond en de muren waren ingestort. Cal was even bang dat ze terug zouden moeten lopen, maar Drake voerde hem de schemering ernaast in, waar het ingestorte dak een soort trap vormde. Er liep een verwrongen reling naast. Ze kropen onder een betonnen plaat door en daalden samen over de afbrokkelende traptreden af naar Elliott, die onderaan op hen stond te wachten.

De stank van verrotting die hen begroette, was verre van aangenaam. Cal nam aan dat ze de bodem hadden bereikt. Elliott zette een paar stappen en waadde het donkere water in. Hij weifelde, maar Drake gaf hem een harde por in zijn rug en hij liet zich er schoorvoetend in zakken. Het vieze warme water reikte tot zijn borst. Stof en olievlekken in alle kleuren van de regenboog cirkelden om hen heen toen ze met hun bewegingen het oppervlak in beroering brachten. Boven hun hoofden bungelden stervormige kluiten schimmel die zo dik en talrijk waren dat ze haast wel op elkaar moesten groeien, een beetje zoals een koraalrif.

Uit de schimmel hingen dunne draden die als miljoenen spinnenwebben glinsterden in Cals licht. De stank werd hem echter te veel en hij hoestte onophoudelijk, ondanks het feit dat het lawaai Drake ergerde. Hij probeerde zijn adem in te houden, maar dat hield hij maar heel even vol en uiteindelijk moest hij de damp noodgedwongen wel inhaleren. De geur bleef achter in zijn keel hangen en hij hoestte en proestte dat het een lieve lust was.

Hij deed zijn best het gekuch te onderdrukken en staarde in het water om hem heen. Tot zijn grote schrik wist hij heel zeker dat hij direct onder het oppervlak iets zag bewegen. Hij voelde dat iets zich om zijn onderbeen slingerde en strak trok. 'Getver!' riep hij hees. Hij probeerde met gejaagde bewegingen sneller door het water vooruit te komen.

'Stop!' zei Drake woedend, maar het kon Cal niets schelen.

'Nee!' gilde hij keihard. 'Ik wil eruit.'

Hij zag Elliott voor hem een trap beklimmen en dook naar voren. Hij haalde haar in en hield zich stevig vast aan de gammele ijzeren reling die verboog onder zijn gewicht. Het lukte hem zichzelf uit het stinkende water te trekken. Tijdens zijn wankelende klim naar boven tikte zijn wandelstok voortdurend tegen de wanden. Hij snakte naar frisse lucht, maar een hand greep hem vast bij zijn schouder. Hij dwong hem tot stilstand, kneep pijnlijk hard in zijn sleutelbeen en draaide hem om.

'Waag het niet ooit nog eens zoiets te flikken,' gromde Drake zacht. Zijn gezicht was maar een paar centimeter bij dat van Cal vandaan en zijn ene onbedekte oog spuwde vuur. Hij had de doodsbange jongen nog steeds vast bij zijn schouder en duwde hem ruw tegen de muur zonder hem los te laten.

'Maar er waren...' probeerde Cal het uit te leggen. Hij hyperventileerde bijna vanwege de smerige lucht en zijn angst.

'Kan me niet schelen. Hierbeneden kan één stomme handeling het verschil betekenen tussen overleven of niet... zo eenvoudig is het,' zei Drake. 'Ben ik duidelijk?'

Cal knikte en probeerde niet meer te hoesten. Drake gaf hem weer een por ten teken dat ze verdergingen. Ze bereikten een nieuwe gang met een veel hoger plafond dan de nauwe doorgang die ze net achter zich hadden gelaten. De wanden waren steil en stonden een beetje scheef naar buiten, maar bovenaan bogen ze zich weer naar binnen, net een oeroude graftombe of zoiets. De grond was vochtig, en zo nu en dan knarste en kraakte er iets onder Cals laarzen, alsof hij op glas liep. Al snel kwamen ze langs allerlei openingen die op deze vreemd gevormde gang uitkwamen. Ze liepen een ervan in en na een klein stukje wandelden ze een vrij grote ruimte ernaast binnen. Hoewel Cal in het donker niet veel kon zien, had hij het idee dat de ruimte uit een heleboel kleine kamertjes bestond; een doolhof van dikke betonnen afscheidingen die tot halverwege het plafond reikten vormde een hele reeks hokken. Op de grond bij de ingang van deze hokken lagen bergen puin en hopen roestend metaal verspreid.

'Wat is dit voor een ruimte?' verbrak Cal de stilte.

'De Fokkerij.'

'De Fokkerij? Wat wordt hier dan gefokt? Dieren?' zei Cal.

'Nee, geen dieren. Coprolieten. De Styx fokten ze hier als slaven,' antwoordde Drake langzaam. 'Dit complex is hier eeuwen geleden gebouwd.'

Voordat Cal nog meer kon vragen, gebaarde Drake dat hij door moest lopen naar een kleine zijkamer. Deze had wel iets weg van een ziekenboeg. De vloer en muren waren bedekt met witte tegels, die inmiddels waren verkleurd door het jarenlange verblijf in vocht en vuil, en bij de ingang stond een flink aantal bedden schots en scheef door elkaar, alsof iemand bezig was geweest om ze weg te halen, maar halverwege de klus was opgehouden. Het gekke was dat de bedden allemaal vrij klein waren – ze boden niet eens voldoende ruimte voor iemand van Cals postuur, laat staan voor volwassenen.

'Kinderledikanten?' zei hij hardop. Toen ontdekte hij dat de bedden nog bijzonderder waren dan hij in eerste instantie had gedacht. Boven elk bedje hing een ronde metalen kooi van afbladderend, roestend ijzer en de meeste waren nog intact. Hij kon nergens uit afleiden wat er in deze kooien opgesloten had gezeten en zag alleen maar resten van matrassen van rottend stro. 'Toch niet voor baby's?' zei Cal. Het vervulde hem met afschuw – het was net een kinderafdeling uit een horrorfilm.

'Voor Coprolietenbaby's,' antwoordde Drake. Ze stonden nu naast Elliott, die een paar klapdeuren openduwde; een ervan hing aan slechts een enkel scharnier en kraakte luid toen ze hem aanraakte. Ze hield de deur meteen tegen om het geluid te stoppen.

Cal en Drake volgden haar de aangrenzende gang in, waar de muren schuilgingen onder kromgetrokken planken. Op de planken stonden talloze onbekende, geheimzinnige werktuigen die tot een dofbruine tint waren weggeroest of iets kopergroens lekten op de planken eromheen. Cals blik viel op een apparaat dat op de vloer stond met halfvergane blaasbalgen en aan de bovenkant vier glazen cilinders. Daarnaast stond iets wat overduidelijk een soort voetpomp moest zijn geweest.

Toen hij omhoogkeek, ontdekte hij een houten rek vol dodelijk scherpe instrumenten, waarvan een groot deel op zijn plek zat vastgeroest. Daarnaast zag hij een karretje staan. Hoewel het vreselijk door schimmels was aangetast, kon hij nog net vierkante plaatjes en een bizar handschrift ontwaren, maar hij had geen flauw idee wat het betekende en had ook geen tijd om er lang bij stil te staan.

Ze banjerden door troebele waterplassen door nog een aantal smalle gangetjes. Ze waren allemaal leeg, afgezien van een netwerk van brede pijpen die langs het hele plafond liepen en waaraan oude stofnesten en spinnenwebben hingen.

Toen gingen ze een kamer in. Hij was L-vormig en lag vol met van vloer tot plafond reikende stapels grote glazen cilinders, waarvan sommige een doorsnede van wel een meter hadden. Terwijl Drake en hij stonden te wachten op een teken van Elliott dat ze verder konden lopen, werd Cals aandacht getrokken door een van de glazen potten naast hem.

Hij kon niet direct zeggen wat erin zat, maar toen ontdekte hij dat het de dwarsdoorsnede van een mannenhoofd was. Het was heel nauwkeurig van de top van zijn schedel tot onder aan het hoofd doorgesneden, zodat de hersenen en de rest van de inhoud van de schedel goed zichtbaar waren. Op een of andere manier leek het nep – het was moeilijk voor te stellen dat dit ooit een levend mens was geweest. Cal beging echter de fout zich om de pot heen te buigen om de inhoud van de andere kant te bekijken. Het licht van zijn lantaarn drong door de gelige vloeistof heen waarin het hoofd was ondergedompeld en Cal zag één enkel starend oog en donkere stoppels op de witte huid van de man, alsof hij zich die ochtend niet had geschoren.

Cal hapte naar adem. Het was wel degelijk een echt hoofd.

Het was zo monsterlijk dat hij zich onmiddellijk afwendde, maar toen ontdekten zijn ogen in de andere glazen potten dingen die minstens net zo erg waren. Vreselijk mismaakte, drijvende embryo's, sommige compleet en andere deels ontleed. Verschillende baby's die voor eeuwig met metaaldraad in verschillende houdingen aan glazen platen waren bevestigd. Hij zag dat een zelfs op zijn duim sabbelde. Zonder de bijna doorschijnende huid waaronder kleine blauwe adertjes zichtbaar waren, zou je bijna kunnen denken dat hij gewoon sliep, zo echt zag hij eruit.

Ze liepen snel door naar een volgende ruimte. Deze was acht-hoekig en werd gedomineerd door een stevige porseleinen verhoging precies in het midden van de kamer. Verroeste me-talen banden die over de verhoging zaten gespannen waren duidelijk bedoeld om iets op zijn plaats te houden.

'Moordenaars!' mompelde Drake. Cal staarde naar de voor-werpen die op de met gruis en glasscherven bezaaide vloer la-gen. Hij zag scalpels, grote tangen en andere bizarre medi-sche instrumenten.

'Nee,' riep Cal onwillekeurig. Hij voelde iets heel kils door zijn lijf trekken. Hoewel deze kamer geen afschuwelijke li-chaamsdelen bevatte zoals de vorige hing er wel een vreselij-ke sfeer. Het was alsof de echo's van de intense pijn en het enorme leed die binnen deze muren waren toegebracht jaren-lang waren blijven hangen.

'Het stikt hier van de geesten,' merkte Drake op, die met Cal meeleefde.

'Ja,' antwoordde de jongen huiverend.

'Wees maar niet bang, we blijven hier niet,' stelde Drake hem gerust. Ze liepen onmiddellijk verder naar een bredere gang – hij had wel iets weg van de vreemde gang met de schuine muren waar ze eerder doorheen waren gekomen. Ze trokken verder totdat Drake stilhield. Cal hoorde dat de geluiden om hen heen waren veranderd en voelde opnieuw een heel zach-te bries in zijn gezicht – hij nam aan dat ze de andere kant van de Burcht hadden bereikt. Hij leunde vermoeid op zijn wandelstok, blij dat hij de kans kreeg om zijn been te laten rusten, en probeerde niet te denken aan wat hij zojuist had gezien.

Drake luisterde een tijdje aandachtig, tuurde ingespannen door de lens over zijn oog en draaide toen zijn mijnwerkerslamp heel laag. Voor hen lag een door de natuur gevormde, ronde ruimte van ongeveer dertig meter breed met een ongelijke stenen vloer. Eromheen telde Cal ruim tien lavatunnels, die allemaal een andere kant uit gingen.

'Kruip maar in een ervan, Cal,' fluisterde Drake. Hij gebaarde naar de lavatunnels, maar ging zelf midden in de ruimte staan. Elliott was op de achtergrond gebleven en zat gehurkt bij de ingang van de Burcht.

Drake merkte dat Cal was blijven staan. 'Vooruit nou, knul!' De jongen kreunde en zette onwillig een paar stappen. 'Elliott en ik splitsen ons op om naar Will te zoeken, maar jij houdt hier de wacht. Er bestaat een grote kans dat hij hier langskomt,' legde Drake uit. Hij voegde er zachtjes aan toe: 'Als hij hier tenminste nog niet is geweest.'

Cal was amper op weg naar een van de tunnels toen er achter hem iemand siste. Hij bleef staan. Elliott zat nog altijd in elkaar gedoken op haar plek en had nu haar geweer op de ingang gericht.

Drake verstarde, maar draaide zich niet naar haar om.

'Kom terug!' fluisterde Elliott dringend tegen Cal zonder van haar geweer op te kijken.

'Ik?' vroeg Cal.

'Ja,' bevestigde ze. Ze tuurde gespannen door haar verkijker naar het tafereel voor hen.

Cal begreep niet wat er aan de hand was, maar sloop toch terug naar Elliott, die haar geweer heel even met één hand losliet om een paar staafpistolen in zijn richting te schuiven. Hij pakte ze aan, ook al snapte hij helemaal niets van de wijziging in Drakes plannen. Hij kroop in de gang achter Elliott en dook weg.

Hij zag Drake als een scherpomlijnd silhouet in het licht van de ingang. Drake bleef roerloos op het open terrein staan. Zijn jas wapperde zacht in de bries. Hij had de mijnwerkerslamp op zijn voorhoofd niet gedoofd en hoewel de straal niet echt fel was, verlichtte hij toch een aantal grote rotsblokken en stenen om hem heen, en wierp hij dreigende schaduwen op de muren. In de directe omgeving was geen teken van leven te bekennen.

'Is er iemand?' vroeg Drake zacht aan Elliott.

'Ja,' zei ze langzaam. 'Ik voel het.' Haar stem klonk heel serieus. Ze hield haar wang stevig tegen het geweer gedrukt en zag er gespannen uit. Ze bewoog het geweer van de ene tunnelopening naar de andere. Met één snelle beweging trok ze nog meer staafpistolen los van haar riem en legde ze naast zich op de grond.

Cal tuurde ingespannen voor zich uit en probeerde te ontdekken waar alle drukte door werd veroorzaakt. In het gebied achter Drake bewoog niets. Hij begreep het niet.

De seconden verstreken.

Het was zo rustig dat Cal zich ontspande. Hij zag helemaal niets. Hij was ervan overtuigd dat het een vals alarm was, en dat Elliott en Drake allebei overdreven reageerden. Zijn been deed pijn. Hij verschoof een stukje en hoopte maar dat hij zo kon opstaan.

Drake keerde zich naar Elliott om.

'Ik zeg, ik zeg... dat de onzichtbare man voor de deur staat,' verkondigde hij luidkeels. Hij deed totaal geen moeite om zachtjes te praten.

'Zeg hem dat ik hem nu niet kan zien,' luidde Elliotts antwoord, dat amper boven gefluister uitkwam. Tot nu toe had ze haar geweer steeds razendsnel van de ene tunnel naar de andere laten glijden, maar nu bleef ze opeens doodstil zitten, alsof ze in een van de tunnels iets had gezien. Ten slotte zwaaide ze de loop van het geweer weer in de richting van Drake.

'Ja,' mompelde ze met een knikje en ze tuurde door haar verkijker naar hem. 'Ik had voorop moeten lopen. Ik hoor daar te staan, niet jij.'

'Nee, het is beter zo,' zei Drake nuchter. Hij wendde zich van haar af.

'Dag,' zei ze met verstikte stem.

Er gingen een paar seconden voorbij, die een eeuwigheid duurden, en toen antwoordde Drake: 'Dag, Elliott.' Hij deed een stap naar achteren.

Het was alsof de hel losbrak.

Uit alle lavatunnels kwamen Ruimers tevoorschijn met hun geweren in de aanslag. Ze leken net een zwerm kwaadaardige insecten. De schemerige doffe kleur van hun donkere maskers en lange bruine jassen kwam uit de donkere gaten van de tunnelopeningen gekropen alsof ze een verlenging van de schaduw vormden. Het waren er te veel om te kunnen tellen. Ze stelden zich in een dicht op elkaar staande halve cirkel voor de lavatunnels op.

'LAAT JULLIE WAPENS VALLEN!' gebood een doordringende, schrille stem.

'GEEF JULLIE OVER!' klonk een andere.

Ze kwamen allemaal tegelijk in beweging.

Cals hart stond even stil. Om een of andere reden had Drake geen beschutting gezocht, maar was hij blijven staan waar hij stond. De rij liep recht op hem af. Hij deed nog een stap naar achteren.

Cal hoorde een schot en zag dat de stof op de punt van Drakes schouder scheurde, alsof eronder een kleine lading tot ontploffing was gebracht. Door de klap tolde hij om zijn as, maar hij nam snel zijn oude positie weer in. Elliott beantwoordde het schot met een ratelend salvo en bewerkte de grendel van haar geweer met verbluffende snelheid. De ene Ruimer na de andere werd door haar weggevaagd. Elk schot was raak. Cal zag wat voor effect ze hadden op de magere gedaanten van de Styxsoldaten. Sommigen werden door de kracht van het geweer, dat in haar handen bokte, achteruitgesmeten; anderen vielen neer waar ze stonden. Toch kwamen ze steeds dichterbij. Om een of andere reden schoten ze niet terug.

Drake bukte zich in één vloeiende beweging. Cal dacht eerst dat hij weer was geraakt, maar zag toen dat hij een staafmortier in zijn handen hield. Hij sloeg met de onderkant tegen een rots en er schoot een enorme steekvlam uit de opening. In de halve cirkel ging een kluitje Ruimers letterlijk in rook op. Op de plek waar ze hadden gestaan, restten alleen nog een paar rookpluimen – de staafmortier had hen volledig van de kaart geveegd. Overal klonk geschreeuw, gekrijs en gejammer. Toch drongen er steeds meer Ruimers naar voren en nu beantwoordden ze Elliotts schoten wél.

Cal had zich met de staafpistolen in zijn zwetende handen steeds dieper in de gang teruggetrokken. De enige gedachte die wild door zijn hoofd maalde was dat hij moest maken dat hij wegkwam. Het maakte niet uit hoe.

Even dacht hij dat hij Drake door de rookwolken heen zag bewegen. Hij strompelde een stukje vooruit en viel toen om. Meer zag Cal niet, want precies op dat moment greep Elliott hem vast bij zijn arm en sleurde hem mee. Ze zette het op een lopen en trok hem achter zich aan; ze rende zó hard dat hij nauwelijks op zijn benen kon blijven staan. Na een paar honderd meter duwde ze hem in een van de zijkamers van de gang.

'Handen op je oren!' gilde ze.

Vrijwel meteen klonk er een oorverdovende explosie. Hoewel ze zich schuilhielden gooide de knal hen toch omver. Een bal van vuur en flinke brokken beton vlogen op topsnelheid langs de deur door de gang. Cal begreep dat Elliott voor haar vertrek een paar springladingen had aangebracht. Voordat het stof de kans kreeg om te gaan liggen, stond ze alweer op en trok ze Cal met een flinke ruk naar buiten, de kolkende stofregen in. In de waterplassen op de bodem sputterden sissend kleine brandende brokstukjes.

Ze holden weg door de dichte, wervelende, verstikkende rook-slierten, maar toen doemde er een forse gedaante voor hen op. Elliott duwde Cal uit de weg en liet zich op één knie zak-ken. Ze rukte aan de grendel. De Ruimer kwam met getrok-ken wapen recht op haar af. Ze aarzelde geen seconde en haalde de trekker over. De loop van haar geweer spuwde vuur en de vlam verlichtte het verraste gezicht van de Ruimer. Het schot raakte hem midden in zijn keel. Zijn hoofd zakte voor-over op zijn borst en de Ruimer zelf klapte achterover in de kolkende stofwolken en verdween uit het zicht. Elliott stond meteen weer op.

'Rennen!' krijste ze tegen Cal en ze gebaarde naar de gang.

Een nieuwe donkere schaduw dook op hen af. Met het geweer op haar heup haalde Elliott de trekker over. Er klonk een doffe klik.

'Nee!' riep Cal. Hij zag de bloeddorstige blik in de ogen van de Styx omslaan in een triomfantelijke. De man dacht natuur-lijk dat hij hen te pakken had.

Cal hief zijn wandelstok op alsof hij hem daarmee van zich wilde afslaan. Elliott had echter in een oogwenk haar geweer laten vallen, Cals hand vastgegrepen en de staafpistolen die hij vasthield op de naderende Ruimer gericht. Ze haalde het ontstekingsmechanisme over.

De twee pistolen gingen van heel dichtbij af en Cal voelde de terugslag en de overweldigende hitte die ervan afstraalde.

Hij durfde niet te kijken wat de schoten hadden aangericht. De man had niet eens geschreeuwd. Cal bleef als aan de grond vastgenageld staan met de rokende cilinders nog steeds in zijn zwetende, trillende hand geklemd.

Elliott rukte wild iets uit haar rugzak en riep iets tegen hem. Cal verstond niet wat ze zei. Hij was bijna verdoofd van angst. Ze gaf hem zo'n harde klap dat zijn tanden klapperden. Door de schok kwam hij weer bij zijn positieven en zo zag hij nog net dat ze een springlading in de gang wierp die hij eigenlijk als hun vluchtroute had beschouwd. Hij begreep niet wat ze aan het doen was. Hoe moesten ze hier in vredesnaam wegkomen als ze hun vluchtroute opblies?

'Zoek dekking, idioot!' blafte ze hem toe en ze schopte door de gang naar hem. Hij viel door een deuropening aan de overkant.

Deze keer was de ontploffing kleiner en ze holden vrijwel meteen verder door dat deel van de gang waar die had plaatsgevonden. Cal struikelde over iets zachts – hij begreep ook zonder te kijken wel dat het een lijk was en was blij dat het stof alles op zijn pad aan het oog onttrok.

Het was alsof de tijd er niet meer toe deed. Seconden bestonden op deze plek niet. Niet Cals hersenen, maar zijn lijf bepaalde wat hij deed en zorgde ervoor dat hij vluchtte. Hij moest ontsnappen – dat was het enige wat telde – en iets primitiefs, iets instinctiefs had de overhand in hem gekregen.

Voordat hij goed en wel doorhad wat er gebeurde, stonden ze weer in de operatiekamer met in het midden de gruwelijke porseleinen verhoging. Elliott mikte een cilindervormige lading springstof achter hen. Deze had vast en zeker een heel korte lont gehad, want ze waren pas halverwege de L-vormige kamer naast de operatiezaal toen de schokgolf van de ontploffing hen bereikte.

Tot zijn grote afschuw verbrijzelde de klap talloze glazen potten. De voorwerpen erin gleden als dode vissen naar buiten en de lucht vulde zich met de bittere stank van formaldehyde. Hij zag het halve hoofd over de vloer langs zijn voeten schieten; de halve mond grijnsde naar hem en de halve tong hing ondeugend uitgestoken naar buiten. Cal sprong eroverheen en rende achter Elliott aan de kamer uit. Ze snelden door de gangen erachter, sloegen een paar keer links af en vervolgens rechts af – hoewel het stof en de rook hier bij lange na niet zo dicht waren bleef Elliott abrupt staan en staarde ze jachtig om zich heen.

'Shit, shit, shit!' vloekte ze.

'Wat is er?' vroeg hij hijgend. Hij hield zich goed aan haar vast want hij was ontzettend gedesoriënteerd en volkomen uitgeput.

'SHIT! We zijn verkeerd gelopen! Terug... we moeten terug!'

Ze keerden om, sloegen een paar keer een bocht om en toen bleef Elliott staan om in een zijgang te turen. Cal zag de ongeruste blik in haar ogen.

'Het is vast en zeker deze kant op,' mompelde ze weifelend. 'Ik hoop het maar...'

'Weet je het heel zeker?' onderbrak hij haar dringend. 'Ik herken dit deel helemaal niet...'

Ze duwde een deur open. Hij liep zo dicht achter haar dat hij tegen haar op botste toen ze opeens stilhield.

Cal knipperde met zijn ogen en schermde zijn gezicht af. De ruimte waarin ze nu waren terechtgekomen baadde in het licht.

Ze stonden in een witte kamer van ongeveer twintig meter lang en half zo breed.

Het was verbijsterend.

Er heerste een diepe stilte in de kamer.

Hij was werkelijk totaal anders dan alle andere ruimtes die Cal in de Burcht was tegengekomen. Het was er brandschoon, met een kraakhelder geboende vloer en een recent gewit plafond met in het midden een lange rij lichtgevende bollen.

Aan weerszijden van de kamer waren glanzend gepoetste

ijzeren deuren. Elliott was al naar de dichtstbijzijnde toe gelopen en tuurde nu door het glazen raampje dat erin zat. Toen liep ze naar de volgende. Op de deuren stond met zwarte verf een v'tje geschilderd en de verf was zo dik aangebracht dat hij op het metaal was uitgelopen.

'Ik zie lichamen,' zei ze. 'Dit moet de quarantaineafdeling zijn.'

Het waren niet zomaar lichamen. Toen Cal zelf een kijkje nam, zag hij dat er in elke cel twee – soms zelfs drie – lijken op de vloer lagen uitgestrekt. Het was wel duidelijk dat ze al een tijdje dood waren, want de lichamen waren gedeeltelijk vergaan. Hij zag dat er een heldere, dikke vloeistof met gele en rode vlekken uit was gedropen en plassen had gevormd op de spierwitte tegels.

'Sommigen lijken wel Kolonisten,' zei Cal met een blik op hun kleding.

'De anderen waren rebellen,' zei ze met een gespannen klinkende stem.

'Wie heeft dit gedaan? Waaraan zijn ze overleden?' vroeg Cal.

'Styx,' antwoordde ze.

Toen hij de naam hoorde, werd hij zich weer bewust van de ernst van de situatie waarin ze zich bevonden en hij raakte in paniek.

'Hier hebben we geen tijd voor!' schreeuwde hij. Hij probeerde haar naar de deur te duwen.

'Nee, wacht,' zei ze. Ze keek hem fronsend aan, maar sloeg zijn handen niet weg.

'We kunnen hier niet blijven! Ze zitten vlak achter ons...' hijgde hij. Het drong tot hem door dat de rollen waren omgedraaid en dat zij nu degene was die de boel ophield.

'Nee, dit is belangrijk. Deze cellen zijn verzegeld!' zei Elliott, die de randen van de deur inspecteerde. Net als bij alle andere deuren waren ook hier rondom dikke nieuwe lasnaden zicht baar en er was geen handvat of iets anders te bekennen om hem mee te openen. 'Begrijp je dan niet wat dit is, Cal? Dit is het testgebied van de Styx waarover we hebben gehoord – ze hebben hier proeven gedaan met een of ander nieuw wapen!' Cal liep vlak achter Elliott aan naar de volgende cel en merkte op dat er geen teken op de deur stond geschilderd. Toen ze naar binnen tuurde, dook er opeens een gezicht aan de andere kant van het raampje op. De ogen waren bloeddoorlopen en opgezwollen. Het was een man – die zo te zien een hysterische paniekaanval had. Elke vierkante centimeter huid zat vol felrode puisten en zijn wangen waren ingevallen. Hij schreeuwde iets, maar ze hoorden helemaal niets door het glas.

Hij sloeg zwakjes met zijn beide vuisten tegen het raam, maar nog steeds vingen ze geen geluid op. Hij liet zijn handen zakken en staarde hen met verwilderde, heen en weer schietende ogen aan.

'Ik ken hem,' zei Elliott schor. 'Hij is een van ons.'

Zijn gezicht was mager als dat van een lijk, alsof hij uitgehongerd was. Zijn mond vormde woorden in een poging haar iets duidelijk te maken.

Ze kon er geen wijs uit worden.

'Elliott!' smeekte Cal. 'Laat nou zitten! We moeten gaan!'

Ze liet haar vingers over een van de naden glijden die als een dikke naaktslak ononderbroken om de rand van de deur was gelast en vroeg zich af of ze hem open kon blazen. Ze besefte echter dat ze geen tijd hadden om het te proberen. Ze haalde met een hulpeloos gebaar haar schouders op naar de man.

'Kom mee,' riep Cal. 'Nu!'

'Oké,' zei ze instemmend. Ze draaide zich op haar hakken om en rende terug naar de deur waardoor ze binnen waren gekomen.

Ze holden erdoorheen en werden meteen weer opgeslokt

door de verduisterde wereld van de Burcht en de met stof gevulde lucht die om hen heen wervelde. Toen hun ogen na het
heldere licht in de vreemde kamer weer aan het donker gewend waren, trokken ze verder door de gang in de richting
waarin ze aanvankelijk hadden gelopen.

'Blijf dicht bij me,' fluisterde Elliott. Ze slopen langzaam
verder.

Al snel bleef ze staan.

'Vooruit, toe nou! Welke kant moeten we op?' hoorde Cal haar
gejaagd in zichzelf mompelen. 'Het moet haast wel hierheen
zijn,' besloot ze.

Via verschillende andere gangen bereikten ze een kleine hal
waarop twee deuren uitkwamen. Ze liep van de een naar de
ander, bleef heel even tussen beide in staan en deed haar ogen
dicht.

Inmiddels durfde Cal er allang niet meer op te vertrouwen dat
ze hen in veiligheid kon brengen. Hij had echter geen tijd om
zijn twijfels te uiten, want dicht bij hen ratelde iets. Er werd
een deur ingeslagen – de Ruimers naderden snel.

Elliotts ogen vlogen open.

'Ik weet het weer!' riep ze. Ze koos een deur uit. 'We zijn nu
op bekend terrein!'

Na een aantal keren links en rechts af te zijn geslagen liepen
ze half glijdend de trap af naar de gang in de kelder die onder
water stond. Deze keer had Cal er absoluut niets op tegen om
zich in het stilstaande water te laten zakken en voordat hij het
goed en wel besefte, klauterde hij aan de andere kant alweer
over de trap naar boven. Hij merkte dat Elliott was achtergebleven. Ze was bezig op de trap aan de overkant net boven
de watergrens een flinke lading springstof aan te brengen.
Toen ze daarmee klaar was, voegde ze zich snel bij hem. De
lading ging af toen ze onder de ingestorte betonbrokken door
kropen.

439

De ruimte trilde en er daalde een stevige regen van slik op hen neer. Er klonk een zwaar gerommel dat in een onheilspellend knarsend geluid overging. Het leek wel of alles om hen heen bewoog. De enorme brokken beton zakten met luid geraas omlaag en verspreidden water en stof om zich heen; de weg erachter was compleet versperd.

'Dat ging maar net goed,' hoorde hij Elliott hijgend opmerken toen ze door de kamer met linoleum holden, in de buis klommen en haastig verder trokken.

Aan het einde van de gang tuimelde Cal met een woeste kreet van opluchting op de Grote Vlakte. Elliott trok hem overeind en draaide zich meteen om naar de betonnen muur waarlangs ze waren gekomen.

Er sloegen diverse schoten in in het beton naast hen.

'Sluipschutters!' gilde Elliott. Ze smeet iets over haar schouder, maar deed dit zo snel dat Cal geen tijd had om te zien wat het was. Toen het voorwerp afging, golfde de rook in een laag bij de grond hangende walm om hen heen. Elliott gebruikte de rook als dekmantel tegen de geweerschoten. Hoewel er af en toe nog wel een schot bij hen in buurt insloeg, vormden ze niet echt meer een gevaar.

Ze renden als bezetenen voort totdat ze een lavatunnel bereikten en de Grote Vlakte achter zich lieten. Na een paar meter riep Elliott tegen Cal dat hij moest doorlopen. Zelf bleef ze staan om aan het touw van de zoveelste springlading te trekken. Hij had geen verdere aansporing nodig. Hij rende verder, voortgedreven door de adrenaline die door zijn aderen pompte. Hij was zo opgefokt dat hij de pijn in zijn been bijna niet meer voelde.

Toen Elliott hem inhaalde, leek het net of de kracht van de ontploffing achter hen hun lichamen optilde en meevoerde. Ze hielden hun pas geen moment in.

Will wist niet hoe lang hij had geslapen toen hij door wilde kreten werd gewekt. Zijn hoofd deed ontzettend veel pijn en klopte akelig bij de slapen.

'OPSTAAN!'

'Zeg...!' sputterde Will. 'Wie...?'

Hij knipperde slaperig met zijn ogen en probeerde zich te focussen op de vage gedaanten voor hem. Toen drong het tot hem door dat het Elliott en Cal waren.

'Opstaan!' commandeerde Elliott streng en ze schopte hem.

Will probeerde op te staan, maar viel weer om. Hij beefde over zijn hele lijf, was enorm in de war en zag met geen mogelijkheid kans zijn rondfladderende gedachten te ordenen. Hij keek naar haar gezicht. Hoewel het zwart zag van het vuil, had hij wel door dat ze helemaal niet blij was om hem weer te zien. Hij had nog wel gedacht dat Drake en zij hem zouden complimenteren omdat hij niet had opgegeven en het tegen alle verwachtingen had gered!

Misschien had hij hun reactie gewoon totaal verkeerd ingeschat en waren ze juist razend op hem omdat hij zich van de groep had afgezonderd, ook al hield hij zichzelf voor dat dát niet echt zijn schuld was. Misschien had hij wel weer een van hun onbegrijpelijke regeltjes overtreden. Hij wreef de zoutkorrels uit zijn roodomrande ogen en keek nogmaals naar Elliott. Er lag een ontzettend verbeten uitdrukking op haar gezicht.

'Ik... ik heb niet lang... hoe lang ben ik...?' stamelde hij. Hij ontdekte dat Cals gezicht al net zo verbeten stond. Ook zag hij nu dat Elliott en hij allebei doorweekt waren en naar chemicaliën stonken.

Achter hen was Chester druk in de weer met het verzamelen van alle etenswaren, die hij in zijn haast onhandig in zijn rugzak propte.

'Ze hebben hem te pakken gekregen,' zei Cal. Hij zwaaide fel

met zijn wandelstok door de lucht en haalde hijgend adem.
'*De Ruimers hebben Drake te pakken gekregen!*'

Chester bleef doodstil staan. Will schudde ongelovig zijn hoofd en keek naar Elliott. Ook zonder de schrammen aan de zijkant van haar gezicht en het bloed dat uit een diepe snede op haar slaap opwelde was het wel duidelijk dat zijn broer de waarheid sprak. De aanblik van haar tot spleetjes geknepen, boze ogen sprak boekdelen.

'Maar... hoe dan...?' bracht Will moeizaam uit.

Ze draaide zich zwijgend om en wandelde in de richting van de ondergrondse zee waar Will zoveel tijd had doorgebracht.

DEEL 4

Het eiland

34

Het kostte de jongens de grootste moeite om Elliott bij te houden, want ze liep echt razendsnel. Het leek haar ook niets uit te maken of ze haar konden bijbenen of niet.

Van hen drieën had Cal het nog het zwaarst te verduren. Hij schuifelde voetje voor voetje vooruit en op de zanderige oever viel hij zelfs een paar keer. Will was echt bang dat zijn broer niet meer zou opstaan. Toch slaagde Cal er elke keer weer in om op te krabbelen en verder te sjokken. Hij mompelde aan één stuk door iets onverstaanbaars – het was heel goed mogelijk dat hij een gebed prevelde, maar zeker weten deed Will dat niet en hij was niet van plan kostbare adem te verspillen door ernaar te informeren. Hij had een barstende koppijn die hij met geen mogelijkheid kwijtraakte en was ernstig verzwakt door het tekort aan slaap en voedsel. Zijn dorst liet zich nog steeds niet lessen – hij nam al lopend telkens grote slokken uit zijn veldfles, maar dat hielp geen zier.

De jongens spraken niet met elkaar. Ze zaten vol brandende vragen. Zou Elliott hen in de steek laten en er in haar eentje vandoor gaan nu Drake er niet meer was? Of zou ze de plannen die Drake met haar had besproken voortzetten en het team bij elkaar houden?

Terwijl Will hierover piekerde, merkte hij opeens dat er een nauwelijks waarneembare verandering plaatsvond in de ondergrond waarop ze liepen. Het lastige, wegglijdende zand voelde steviger aan, waardoor de tocht iets gemakkelijker verliep. Hij vroeg zich af hoe dat kwam.

De zee lag nog altijd aan zijn rechterhand. Hij hoorde het vreemde, naargeestige geklots van de golven, maar wist dat de muur van de grot – die zich links van hem bevond en in het donker niet te zien was – nu ongetwijfeld vrij ver bij hen vandaan was. Ze liepen steeds dieper het gebied in dat Will tijdens zijn urenlange omzwervingen slechts voor een heel klein deel had bestreken.

Tijdens het lopen stootten zijn voeten zo nu en dan tegen iets hards en in het gedempte licht van zijn lantaarn ontdekte hij dat het lichtgekleurde zand in iets donkerders was overgegaan. Hij struikelde bijna over iets wat erg stevig en onbeweeglijk aanvoelde; zijn laars botste er keihard tegenaan en hij moest moeite doen om niet te vallen. Hij bukte zich om te voelen wat het was. Het leek net de kleine stronk van een omgehakte boom. Een paar honderd stappen lang probeerde Will zijn nieuwsgierigheid te bedwingen, maar uiteindelijk kon hij zich niet inhouden. Hij drukte op de hendel achter de lens van zijn lantaarn en richtte de lichtstraal op zijn voeten.

Elliott schoot onmiddellijk op hem af en bleef dreigend voor hem staan.

'Waar ben jij in vredesnaam mee bezig?' snauwde ze. 'Zet dat ding lager!'

'Ik wil gewoon even kijken,' antwoordde hij, maar hij durfde haar niet recht in haar vuurspuwende ogen te kijken en tuurde in plaats daarvan naar de grond rondom zijn voeten. Daar was inderdaad iets veranderd. Hij zag een flink aantal stronken van verschillende hoogten met daartussen bizar uitziende planten – vetplanten, gokte Will – die zo'n dichte laag vormden dat er vrijwel geen zand meer te zien was. Ze waren zwart, of in elk geval donkergrijs, en de bladeren die vanaf de korte, dikke stammen schuin omhoogstaken, waren rond, bol en bedekt met een wasachtig beschermlaagje.

'Zoutwaterplanten,' vermoedde hij en hij porde met de neus van zijn laars in een van de vetplanten.

'Zet dat verrekte licht lager,' zei ze witheet van woede. Zij was totaal niet buiten adem, in tegenstelling tot Will en de anderen, die hijgend naar lucht hapten en blij waren met deze korte pauze.

Will keek haar aan. 'Ik wil weten waar je ons naartoe brengt,' zei hij en hij bleef haar aanstaren. 'Je gaat veel te snel en we zijn allemaal gesloopt.'

Ze gaf geen antwoord.

'Vertel ons dan op zijn minst wat het plan is,' zei hij.

Ze spuugde een klodder speeksel uit die op een haar na Wills knie miste. 'Het licht!' siste ze verbeten en ze hief dreigend de kolf van haar geweer op. Will had absoluut geen zin om ruzie met haar te krijgen vanwege het felle schijnsel van zijn licht, dus zette hij zijn lamp braaf weer in de laagste stand. Ze wendde met een ruk haar hoofd en drong zich ruw langs Cal en Chester terug naar voren. Het deed Will denken aan de manier waarop Rebecca hem thuis in Highfield had bedreigd en de onwelkome herinneringen die dit in hem losmaakte was hij liever kwijt dan rijk. Hij vroeg zich af of alle tienermeisjes misschien zo'n haatdragend karaktertrekje bezaten en bedacht voor de zoveelste keer peinzend dat het best mogelijk was dat hij de andere sekse nooit helemaal zou begrijpen. Ondanks zijn smeekbede om iets rustiger aan te doen leek het in de uren die volgden wel alsof Elliott het tempo juist een tandje had opgevoerd en nog sneller voortbanjerde, alleen maar om hem een hak te zetten.

Hoe dieper ze in dit nieuwe gebied doordrongen, des te hoger de vetplanten werden. Wanneer ze op de bladeren trapten, maakten deze zuigende geluidjes, alsof ze door een dikke laag modder liepen. Af en toe barstte een van de bladeren met een luide plof open, als een ballon die kapotknapte, en dan werd de lucht gevuld met de doordringende geur van sulfer.

Na een tijdje stuitten ze ook op eenvoudig ogende planten die als doorgeschoten braamstruiken in verwarde kluwens over de bodem kropen. Will bedacht dat ze erg veel op heermoes leken, een plant die hij kende van de overwoekerde begraafplaats van Highfield. Deze hadden echter witachtige stelen van soms wel vijf centimeter dik met daaromheen op regelmatige afstand van elkaar kransen van zwarte, naalddunne, prikkende bladeren. Hoe verder de jongens kwamen, des te dichter de begroeiing werd; uiteindelijk reikten de planten zelfs tot aan hun middel en was het vreselijk zwaar om erdoorheen te ploeteren.

Daar kwam nog bij dat ze steeds meer dikke bomen op hun pad vonden. Will zag dat de bast was bedekt met ruwe schubben en nadat hij er een aantal had bekeken, vermoedde hij dat het een of andere reusachtige varensoort betrof. Het waren er zo veel dat het steeds lastiger werd om de persoon voor hem te kunnen zien. De lucht werd ook steeds vochtiger en al snel waren de jongens doornat van het zweet.

Will zwoegde vlak achter Cal voort en probeerde te voorkomen dat deze te ver achteropraakte. Opeens kreeg hij in de gaten dat ze een andere route waren ingeslagen. Ze liepen nu langs een zacht glooiende helling omlaag en hij besefte dat deze hen uiteindelijk naar het strand zou voeren. Ergens ver voor hen klonken de zwiepende, stampende geluiden van de anderen, die zich een weg baanden door de dichte begroeiing en hij kwam bezorgd tot de conclusie dat Cal en hij misschien wel van het pad waren afgedwaald. Hij had absoluut geen zin om hier te verdwalen – hij was de afgelopen twee dagen al meer dan genoeg *verdwaald* geweest. Tot zijn grote opluchting ontdekte hij niet zo heel ver bij hen vandaan een vaag schijnsel en ving hij zelfs even een glimp op van Chester. Cal en hij liepen dus nog steeds goed. *Waar nam Elliott hen toch mee naartoe?*

Nadat ze het laatste deel van de helling struikelend hadden afgelegd en de laatste planten achter zich gelaten, stonden ze op de kust. Cal en Chester zagen de zee nu voor het eerst. Ze staarden er in zwijgende verwondering naar en koelden hun bezwete gezicht in de zachte bries.

Will ving het geluid van stromend water op dat ergens vlak bij hen in de buurt klaterde en klotste, maar zijn aandacht werd voornamelijk in beslag genomen door de aanblik van het reusachtige woud waaruit ze zojuist tevoorschijn waren gekomen. In het schemerlicht van zijn lantaarn zag het er bijzonder donker en ondoordringbaar uit.

Reusachtige varens torenden hoog boven hem uit.

'Palmvarens!' riep Will uit. 'Dit moeten haast wel gymnospermen zijn. Dinosaurussen aten die dingen!'

Helemaal boven aan de licht gebogen stammen, waar op gelijke afstand van elkaar donkere kringen omheen zaten alsof ze uit een reeks steeds kleiner wordende cilinders bestonden die in elkaar waren geschoven, zaten kolossale bladertoppen waardoor ze topzwaar oogden. Sommige bladeren waren al helemaal opengevouwen, maar andere zaten nog vrijwel helemaal opgekruld. In tegenstelling tot de groene bladeren van de palmbladeren op de Aarde boven waren de bladeren van deze planten grijs van kleur.

Tussen deze oerbomen stonden enorme bossen van de vetplanten met bolle bladeren en kronkelende braamstruiken die zo stevig met elkaar waren verweven dat je als toeschouwer de indruk kreeg dat je in het holst van de nacht naar een stuk dichtbegroeid oerwoud stond te turen. Tussen de hoge takken van de bomen zag Will kleine, witte fladderende gedaanten – hoe langer hij ernaar keek, des te meer insecten hij kon onderscheiden. Hij wist niet hoe de grootste heetten, maar de beestjes die het dichtst bij hem waren behoorden duidelijk tot dezelfde soort sneeuwwitte motten die hij voor het eerst in de Kolonie had gezien. Ook ving hij met onregelmatige tussenpozen een vertrouwd geluid op. Het deed hem zo sterk aan het platteland op Bovengrond denken dat Will onwillekeurig glimlachte. Het getsjirp van krekels!

Hij was zo gefascineerd door het tafereel voor hem dat hij een stap achteruitzette in de richting van het water en het duurde een hele tijd voordat hij zijn blik kon losrukken. Hij zag dat Cal en Chester, die allebei nog steeds op adem probeerden te komen, bezorgde blikken op de uitgestrekte watervlakte voor hen wierpen.

Hij draaide zich snel om op het natte zand en keek langs de twee jongens naar Elliott, die geknield door de verkijker op haar geweer de kuststrook inspecteerde.

Will liep naar haar toe, benieuwd waardoor het water zo woest kolkte. Hij ontdekte dat hij nu precies op de plek op het strand stond waar een vloeiende witte streep door het oppervlak stak. Hij draaide in een boog weg in de sombere schemering en Will zag dat aan één kant van de strook een enorme hoeveelheid voortdurend veranderende, witte stroken bruisend schuim kolkten.

'Dat is het pad,' merkte Elliott nonchalant op voordat hij het kon vragen.

Ze stond op en de jongens kwamen om haar heen staan.

'We steken hier over. Als je uitglijdt, word je meegesleurd. Niet doen dus.' Haar stem klonk vlak en ze konden er niet uit opmaken wat ze precies dacht.

'Er zit zeker een uitstekende rots onder of zoiets?' zei Will peinzend. Hij deed een paar stappen naar voren om zijn hand in het opborrelende schuim te steken en te voelen wat er onder het water zat. 'Ja... ik voel iets.'

'Dat zou ik niet doen als ik jou was,' waarschuwde Elliott hem. Will trok schielijk zijn hand terug.

'Er zwemmen daar dingen die in een oogwenk je vingers kunnen afbijten,' ging ze verder. Tijdens het praten zette ze het licht van haar lantaarn hoger en liet ze de straal op het water vallen, zodat de jongens het grote, uitgestrekte niets konden zien, een gigantische zwarte deken die zich aan beide zijden van het pad uitstrekte en hen ondanks de vochtige warmte die hen omhulde deed rillen.

'Vertel ons nou waar je ons mee naartoe neemt,' vroeg Will haar smekend. 'Is er soms een bepaalde reden waarom je niks zegt?'

Zijn woorden bleven even in de lucht hangen, maar ten slotte gaf ze antwoord.

'Oké,' zei ze. Ze ademde diep uit. 'We hebben niet veel tijd, dus ik wil dat jullie goed luisteren. Begrepen?'

'Ja,' mompelden de jongens om beurten.

'Ik heb echt nog nooit eerder zoveel Ruimers in het Onderdiep gezien en het zit me niet lekker. Het is overduidelijk dat er iets heel belangrijks gaat gebeuren en misschien is dat ook wel de reden waarom ze alle losse eindjes uit de weg willen hebben.'

'Wat bedoel je met "losse eindjes"?' vroeg Chester.

'Rebellen... wij dus,' antwoordde Elliott. Ze richtte haar lichtstraal op Will. 'En hij.' Ze staarde naar het schuimende water. 'We gaan naar een veilige plek, zodat ik kan bedenken wat we nu moeten doen. Goed, volg mij maar,' zei ze.

De oversteek was behoorlijk eng. Elliott had hun toestemming gegeven om hun lampen een stukje hoger te draaien, maar de stroming was ontzettend sterk; het water rukte aan hun laarzen en hulde hen in een wolk mist. Wat ook niet echt hielp was het feit dat de richel waar ze overheen moesten lopen ontzettend ongelijk was en werd bedekt door een laag glibberig wier. Af en toe dook de richel diep weg onder het wateroppervlak – dat waren de verraderlijkste stukken. Will hoorde Chester kreunend en steunend over een van deze onzichtbare plekken zwoegen en dankbaar iets mompelen toen hij weer een deel had bereikt waar de richel beter te zien was. De oversteek was daar iets gemakkelijker, omdat de witte plukken schuim duidelijk aangaven waar het pad liep en de stroming er iets minder heftig was.

Voor hen prevelde Cal iets en zijn stem klonk vrij hoog, alsof hij bad dat de beproeving snel voorbij zou zijn. Will kon niets doen om hem te helpen – iedereen was aan zichzelf overgeleverd en elke stap vergde hun uiterste concentratie, want ze wilden geen van allen van de rand glijden en in de griezelige vlakte links van hen verdwijnen.

Ze hadden pas een heel klein stukje afgelegd toen er een enorme plons klonk, alsof er iets heel groots in het water was gevallen.

'Allemachtig! Wat was dat?' stamelde Chester. Hij bleef zo plotseling staan dat hij wankelde op de richel.

Will had durven zweren dat hij op nog geen vijf meter bij hen vandaan een glimp had opgevangen van een brede, bleke staartvin, maar kon het vanwege het ziedende water niet met honderd procent zekerheid zeggen. Ze tuurden allemaal ongerust naar de plek, maar het water was alweer tot rust gekomen en het bleef onduidelijk wat het tumult had veroorzaakt.

'Doorlopen!' drong Elliott aan.

'Maar...' zei Chester met een bevende hand op het water gericht.

'DOORLOPEN!' herhaalde ze bits en ze wierp gespannen een blik over haar schouder naar het strand achter hen. 'Hier zijn we net een schietschijf op de kermis.'

Het duurde een halfuur voordat ze weer vaste grond onder hun voeten hadden. Ze lieten zich op het zandstrand vallen en namen de dichtbegroeide jungle die voor hen lag in zich op. Elliott gunde hun echter geen rust en dreef hen meteen verder door brede stroken vetplanten en met elkaar verstrengelde bossen over de grond kruipende stengels met zwarte doorns, die net zo dicht waren als de begroeiing aan de andere kant van het water.

Na een tijdje bereikten ze een kleine open plek van een meter of tien breed. Elliott droeg hun op daar te blijven wachten en verdween uit het zicht, waarschijnlijk om het gebied te verkennen. Omdat het oerwoud hen aan alle kanten omringde konden ze met geen mogelijkheid zeggen waar ze nu waren en op dat moment stonden ze er ook geen van allen bij stil. Ze waren allemaal bekaf en hun kleren waren kletsnat van het zweet, iets waaraan de zware, vochtige lucht en het ontbreken van zelfs maar het kleinste zuchtje wind zeker bijdroegen. Will en Chester dronken om de beurt water uit een veldfles. Af en toe vloog er een insect voorbij.

Cal had een plaatsje uitgekozen dat zo ver mogelijk bij Will en Chester vandaan lag. Daar zat hij in kleermakerszit heen en weer wiegend voor zich uit te staren, op vlakke toon aan één stuk door iets onverstaanbaars murmelend.

'Wat mankeert hem?' zei Chester heel zacht, terwijl hij het zweet van zijn voorhoofd veegde.

'Geen idee,' antwoordde Will en hij nam een flinke teug uit de veldfles.

Precies op dat moment verhief Cal zijn stem en vingen ze flarden op van zijn getier: '... en de verborgenen zullen niet langer verborgen zijn in de ogen van de...'

'Denk je dat het wel goed gaat met hem?' vroeg Chester aan Will, die zich tegen de rugzak had gevlijd en met een diepe zucht zijn ogen had dichtgedaan.

'... en wij zullen degenen zijn die worden gered... gered... gered...' brabbelde Cal.

Will, die werkelijk afgepeigerd was, deed één oog open en riep gepikeerd naar zijn broer: 'Wat zeg je, Cal? Ik kan je niet verstaan.'

'Ik heb helemaal niets gezegd,' reageerde Cal afwerend en hij schoot met een nogal verbaasde uitdrukking op zijn gezicht overeind.

'Cal, wat is er eigenlijk precies gebeurd?' vroeg Chester aarzelend aan de jongen. 'Met Drake?'

Cal kroop naar hen toe en stak een onsamenhangend verhaal af over de eerdere gebeurtenissen, waarbij hij telkens wanneer hem een nieuw detail te binnen schoot terugging naar een vorig gedeelte, en af en toe soms zelfs midden in een zin opeens zweeg om gejaagd adem te halen voordat hij verderging. Hij vertelde hun over de witte kamer met de verzegelde cellen waarop Elliott en hij bij toeval in de Burcht waren gestuit.

'Die rebel – die man die nog leefde – wat had hij dan?' vroeg Will.

'Zijn ogen waren helemaal dik en zijn gezicht zag er echt verschrikkelijk uit, vol puisten en zweren,' zei Cal. 'Ik weet zeker dat hij een of andere ziekte had.'

Will keek hem nadenkend aan. 'Zou dat het soms zijn?' zei hij.

'Wat bedoel je?' kwam Chester tussenbeide.

'Drake wist dat de Styx daarbeneden iets aan het testen waren. Hij wilde erachter komen waar ze dat deden... en waarom. Misschien is het dus wel een ziekte.'

Cal haalde heel even zijn schouders op en beschreef toen hoe Elliott en hij na hun ontsnapping de lavatunnels hadden bereikt, maar opeens brak zijn stem.

'Drake had kunnen vluchten, maar deed dat niet om Elliott en mij een kans te geven... het was net... het was als die keer toen oom Tam op zijn post bleef...'

'Misschien leeft hij nog.' Elliotts stem snoerde Cal de mond. Ze klonk zowel kwaad als bedroefd.

Haar opmerking overviel hen en ze keken allemaal sprakeloos naar de plaats aan de rand van de open plek waar ze was opgedoken.

'We hebben niet goed genoeg opgelet, waardoor de Ruimers ons konden omsingelen, maar hun schoten waren slechts bedoeld om ons te verwonden, niet om ons te doden. Als ze ons hadden willen vermoorden, zouden we het echt niet kunnen navertellen.' Ze draaide zich met een ruk om naar Will en haar beschuldigende blik boorde door hem heen. 'Maar waarom zouden ze ons levend in handen willen krijgen? Vertel me dat eens, Will.'

Alle ogen waren nu op hem gericht. Hij schudde zijn hoofd.

'Vooruit, waarom zou dat zijn?' hield ze zacht met dreigende stem vol.

'Rebecca,' antwoordde Will stilletjes.

'Lieve help!' riep Chester uit. 'Toch niet weer, hè?'

Hierdoor kreeg Cal het weer op zijn heupen. Hij wauwelde handenwringend iets wat iedereen verstond: 'En de Heer zal de verlosser zijn voor hen die...'

'Hou op!' viel Elliott tegen hem uit. 'Wat doe je nou? Ben je aan het bidden of zo?' Ze hief een hand op en sloeg hem hard in zijn gezicht.

'Ik... ehm... nee...' stamelde hij met zijn armen beschermend om zijn gebogen hoofd geslagen, bang dat ze hem nog een keer zou slaan.

'Als je dat doet, maak ik je namelijk meteen af. Het is gezwets. Ik kan het weten, want het *Boek der Catastrofen* is me in de Kolonie jarenlang door de strot geramd.' Ze greep hem vast bij zijn haren en schudde zijn hoofd meedogenloos heen en weer. 'Verman je, want meer dan dit is er niet.'

'Ik...' begon Cal half snikkend.

'Nee, luister naar me: je moet wakker worden! Je bent gehersenspoeld,' zei ze met een beheerste, wrede stem. Ze rukte aan zijn haren, waardoor zijn hoofd heen en weer schokte. 'Er is helemaal geen hemel. Kun jij je nog een tijd herinneren van vóór je geboorte?'

'Wat?' snikte Cal.

'Nou?'

'Nee,' stotterde hij verward.

'Precies! En hoe komt dat? Omdat we geen haar verschillen van wat voor dier, insect of microbe ook.'

'Elliott, als hij nou wil geloven...' merkte Chester op, die bij het horen van haar woorden niet langer zijn mond kon houden.

'Bemoei je er niet mee, Chester!' snauwde ze zonder hem aan te kijken. 'We zijn helemaal niet bijzonder, Cal. Jij, ik, we zijn allemaal uit het niets ontstaan en dat is ook precies waar we op een goede dag, misschien wel binnenkort al, weer naar zullen terugkeren, of we dat nu leuk vinden of niet.' Ze snoof verachtelijk en duwde hem opzij. 'De hemel? Ha! Laat me niet lachen. Dat *Boek der Catastrofen* van jou stelt geen ruk voor!'

In een oogwenk stond ze voor Will. Hij zette zich alvast schrap in de verwachting dat hij nu de volle laag zou krijgen. Ze bleef echter zwijgend voor hem staan met haar armen strijdlustig over het lange geweer gebogen. Haar houding deed hem ongewild denken aan zijn vroegere zus en hij probeerde de herinnering te verjagen. Rebecca had in Highfield ook talloze keren zo voor hem gestaan om hem een standje te geven omdat hij met zijn moddervoeten over het tapijt had gelopen of een vergelijkbare onbeduidende overtreding had begaan. Deze keer was er echter iets anders aan de hand, deze keer draaide het om leven of dood, en hij was zo hondsmoe dat hij elk moment kon instorten en dit er gewoon niet bij kon hebben.

'Jij gaat met mij mee,' blafte ze.

'Hoe bedoel je? Waarheen?'

'Het is jouw schuld dat we in de penarie zitten, dus kun je verdorie best een handje helpen,' snauwde ze.

'Waarmee dan?'

'We gaan terug naar het basiskamp.'

Will keek haar fronsend aan, maar begreep gewoon niet wat ze zei.

'Jij en ik gaan samen terug naar het basiskamp,' herhaalde ze en ze sprak elk woord heel nadrukkelijk uit. 'Begrijp je me nu? Om onze spullen en voorraden te halen.'

'Ik kan het echt niet opbrengen om helemaal terug te lopen. Dat gaat gewoon niet,' zei hij smekend. 'Ik ben kapot... ik moet echt uitrusten... en wat eten...'

'Jammer dan.'

'Waarom lopen we niet gewoon door naar het volgende kamp? Drake heeft me verteld...'

Ze schudde haar hoofd. 'Dat is veel te ver.'

'Ik...'

'Sta op.' Ze stak met een ongeduldig gebaar de extra verkijker naar hem uit en hij kwam traag overeind, omdat hij wel door-had dat ze niet van wijken wist.

Met een hulpeloze blik op Chester verliet Will de open plek en volgde hij haar door het dichte struikgewas terug naar het pad door het water.

Het was net of hij midden in een vreselijke nachtmerrie zat. Hij kon elk moment omvallen van vermoeidheid en dit was wel het laatste wat hij wilde. Hij had in geen miljoen jaar ver-wacht dat hij de oversteek nog eens zou maken, zeker niet zo snel. Deze keer wist hij echter wat hem te wachten stond.

Het voortjagende water gutste om hun enkels en spetterde tegen hun benen. In het matte licht van hun gedempte lan-taarns maakten de twee kleine gedaanten in de enorme water-vlakte een erg eenzame indruk.

Tegen de tijd dat ze bijna bij de overkant waren, dacht Will helemaal nergens meer aan. Hij was zo versuft van vermoeidheid dat hij automatisch achter Elliott aan liep en voetje voor voetje over de strook zand zwoegde tot ze bij de rand van het oerwoud aankwamen.

'Blijf staan,' droeg ze hem op. In het schijnsel van haar lamp schopte ze tegen de wortels van de planten om haar heen. Blijkbaar zocht ze iets in het verkleurde zand rond de houtachtige, knoestige wortels van de vetplanten.

'Waar is het nou?' zei ze half in zichzelf en ze liep een stukje verder tussen de bodembedekkers door. 'Aha!' riep ze toen. Ze bukte zich om een kleine, rozetvormige plant te plukken die aan de voet van een van de hoge bomen in de kruising van twee flinke wortels zat. Ze trok haar mes uit de schede en hakte alle grijze bladeren weg, die op de grond rondom haar voeten dwarrelden, totdat alleen het vezelige hart van de plant overbleef. Ze sneed hele stukken weg en binnen een mum van tijd hield ze een soort noot met een houten buitenkant in haar handen, die ze nauwgezet schilde. Toen zette ze haar mes in de vrucht, die ongeveer zo groot was als een amandel, en sneed deze in repen. Ze rook er even aan en gaf er toen een paar aan Will.

'Je moet erop kauwen,' zei ze. Er was een stukje aan het lemmet blijven hangen en dat stopte ze nu in haar mond. 'Niet slikken. Alleen langzaam kauwen.'

Hij knikte weifelend en maalde de vezelachtige reepjes fijn tussen zijn kiezen. Ze scheidden een zure, bittere smaak af en hij trok een vies gezicht.

Terwijl ze hem gadesloeg, nam ze zelf nog een stukje, dat ze met een groezelige vinger in haar mond propte.

'Walgelijk,' zei hij.

'Wacht nou even – het helpt echt.'

Ze had gelijk. Tijdens het kauwen verspreidde een koud gevoel zich door zijn ledematen. In de warme, klamme lucht was het een bijzonder aangenaam gevoel en het bracht een golf nieuwe energie met zich mee die de loodzware vermoeidheid uit zijn armen en benen verdreef. Hij voelde zich herboren, sterk... alsof hij de hele wereld aankon.

'Wat is dit verdorie voor spul, joh?' vroeg hij. Hij rechtte zijn schouders en voelde dat zijn onderzoekende geest weer op volle kracht functioneerde. 'Cafeïne?' Het enige waarmee hij het kon vergelijken was de echte koffie die zijn zus thuis altijd zette, waarvan hij weleens een kopje had geproefd. Hij werd een beetje zenuwachtig van het tijdelijke heerlijke gevoel en had de nasmaak die in zijn mond achterbleef niet prettig gevonden.

'Cafeïne?' vroeg hij nogmaals.

'Zoiets, ja,' antwoordde Elliott met een nonchalant lachje. 'Kom, we gaan.'

Hij kwam tot de ontdekking dat hij Elliott, die met flinke passen voor hem uit beende, nu gemakkelijk kon bijhouden. Snel en lichtvoetig als een kat staken ze het zandstrand over en beklommen ze de met kiezels bedekte helling die hen bij de wand van de grot en de lavatunnels zou brengen.

Will had geen flauw benul meer van de tijd en had de indruk dat ze het basiskamp al na een paar minuten bereikten, ook al wist hij best dat ze veel langer onderweg moesten zijn geweest. Het was net alsof het hem geen enkele moeite had gekost, alsof hij buiten zijn eigen lichaam was getreden, een toeschouwer die toekeek hoe iemand anders zich zwetend en hijgend inspande om zich zo wonderbaarlijk snel te verplaatsen.

Elliott klom langs het touw omhoog en hij volgde haar voorbeeld. Zodra ze beiden binnen waren, rende Elliott als een wervelwind rond en zocht ze de dingen bij elkaar die ze zouden meenemen. In een waanzinnig tempo holde ze van de ene kamer naar de andere, alsof ze er van tevoren goed over had nagedacht en precies wist wat ze moest doen.

In de grootste ruimte, die Will pas één keer eerder had gezien, plukte ze allerlei benodigdheden van de haken aan de muren en veegde ze een grote hoeveelheid spullen van de planken in de oude, metalen kastjes. Binnen de kortste keren was de vloer bezaaid met een ongelooflijke stapel afgedankte zaken die ze ongeduldig wegschopte wanneer ze haar in de weg stonden. De spullen die ze zouden meenemen, legde ze vlak bij de ingang neer. Zonder dat het hem was gevraagd stopte Will alles in een paar flinke rugzakken en twee grote tassen die met een koord werden dichtgetrokken.

Opeens viel er een diepe stilte. Will keek op van de plek bij de deur waar hij geknield zat. Elliott werd aan het zicht ontrokken door een van de twee stapelbedden, waarachter ze de inhoud van Drakes kastje had staan sorteren. Ze dook langzaam lopend om de hoek van het bed op en Will stond op. Ze werd zo te zien volledig in beslag genomen door wat ze in haar handen hield. Ze had het zo voorzichtig vast dat haar eerbied voor het voorwerp haast tastbaar was.

'Drakes reservehoofdband,' merkte ze op. Ze bleef voor hem staan en strekte haar armen naar hem uit alsof ze verwachtte dat hij het van haar zou aannemen.

Will tuurde naar de leren kap met de matglazen lens en de draadjes die naar een klein, plat, rechthoekig doosje liepen dat zonder enige steun in de lucht bungelde.

'Hè?' zei hij met een diepe rimpel op zijn voorhoofd.

Ze zei niets, maar hield het ding nog iets dichter bij hem.

'Voor mij?' vroeg hij. Hij nam het aan. 'Meen je dat echt?'

Ze knikte.

'Hoe kwam Drake eigenlijk aan die dingen?' vroeg hij, terwijl hij de hoofdband aandachtig van alle kanten bekeek.

'Hij maakte ze zelf. Dat was zijn taak in de Kolonie... de wetenschappers hadden hem opgenomen.'

'Wat bedoel je met "opgenomen"?' vroeg Will meteen.

'Hij was een Bovengronder, net als jij.'

'Dat weet ik – dat heeft hij me verteld,' zei Will.

'De Styx hebben hem meegenomen. Zo nu en dan gaan ze naar boven om mensen te ontvoeren die de vaardigheden bezitten waaraan ze beneden behoefte hebben.'

'Nee,' zei Will ademloos van ongeloof. 'Wat voor vaardigheden had Drake dan? Zat hij in het leger of zo? Was hij een commando?'

'Hij was een optometrisch onderzoeker,' zei Elliott. Ze sprak de woorden zorgvuldig uit, alsof haar tong moest wennen aan een nieuwe, onbekende taal. 'Hij heeft deze ook gemaakt.' Ze legde een hand op de verkijker op het geweer aan haar schouder.

'Echt waar?' zei Will. Hij woog de band in zijn hand. Hij herinnerde zich dat Elliott al eens eerder had verteld dat de Styx iemand hadden ontvoerd die in staat was apparaten te produceren waarmee ze in het donker konden zien. Maar *Drake?* Er schoten verschillende beelden door Wills hoofd: de magere man vol littekens voor wie hij een diep respect had gekregen zij aan zij met stereotiepe onderzoekers in witte jassen die in hun laboratorium over elektronische apparaten stonden gebogen. Die twee pasten wat hem betreft totaal niet bij elkaar en hij was verbijsterd.

'Ik dacht echt dat hij een soldaat of zoiets was geweest,' prevelde Will. Hij schudde ongelovig zijn hoofd. 'En dat hij uit de Kolonie was verbannen, net als jij.'

'Ik ben helemaal niet verbannen!'

Elliott reageerde zo heftig dat Will slechts een verontschuldigende kreun wist uit te brengen.

'Wat Drake betreft... de Styx dwóngen hem hieraan te werken. Snap je wat ik bedoel?'

Will aarzelde even. 'Hebben ze hem gemarteld?'

Ze knikte. 'Net zolang tot hij deed wat ze wilden. Ze namen

hem regelmatig mee hiernaartoe, naar het Onderdiep, om zijn uitvindingen in de praktijk te testen, tot hij op een goede dag zijn kans schoon zag en ervandoor ging. Ze dachten vast en zeker dat hij hun verder niets meer te bieden had, want ze zijn niet naar hem komen zoeken.'

'Wat gaaf,' zei Will. 'Hij was dus een wetenschapper, een on- derzoeker... net als mijn vader eigenlijk.'

Elliott trok een gezicht alsof ze totaal geen idee had waar Will het over had en ging er niet verder op door. Ze liep terug naar het kastje achter het stapelbed en haalde de inhoud eruit; af en toe wierp ze het een of ander op het bed.

Met ingehouden adem bond Will voorzichtig de hoofdband om zijn hoofd. Hij stelde de band bij totdat deze strak om zijn voorhoofd zat en controleerde of de lens goed voor zijn oog zat door hem een aantal keren naar boven en beneden te klap- pen. Toen hij het rechthoekige doosje in zijn broekzak stopte, besefte hij hoe ongemakkelijk hij zich voelde. Hij kon het niet echt uitleggen, maar hij vond op een of andere manier dat hij niet goed genoeg was.

Misschien zou hij helemaal in het begin, toen hij Drake net had ontmoet en nog niet wist wat dat bizarre apparaat was, opgetogen zijn geweest en het reuzespannend hebben ge- vonden om het op te hebben, maar nu niet meer. Voor Will was het een symbool geworden van Drakes heerschappij over deze ondergrondse wereld en zijn status, vergelijkbaar met een kroon. Het symboliseerde Drakes bereidheid om het op te nemen tegen de Styx en zijn gezag over de bonte verza- meling rebellen die het Onderdiep onveilig maakten – en naar Wills idee stak Drake met kop en schouders boven ie- dereen uit. Hij was de belichaming van alles wat Will wilde zijn: stoer, praktisch en aan niemand verantwoording ver- schuldigd.

Elliott pakte nog wat spullen op en bracht ze naar de rugzakken. Ze liet alles pardoes vallen en verdween zonder Will aan te kijken in de gang. Even later keerde ze terug met een doos staafpistolen.

'Pak deze in, dan kunnen we gaan.'

Will borg de wapens op in de rugzakken en sleepte deze samen met de andere tassen naar de ingang van het kamp. Hij bond het uiteinde van het touw om alles heen en hoewel het een flink pakket was, lukte het hem het op de bodem van de tunnel onder hem te laten zakken. Hij zag ertegenop om alles naar het eiland te moeten zeulen waar Cal en Chester op hen wachtten – de tassen waren loodzwaar en hij vermoedde dat hij degene was die het grootste deel ervan zou mogen sjouwen.

Terwijl hij boven bij het touw stond te wachten tot Elliott klaar was, merkte hij op dat ze langzaam van de ene kamer naar de andere liep. Hij kon niet zeggen of ze controleerde of ze niets was vergeten, of dat ze gewoon nog een laatste keer wilde rondkijken, omdat ze vermoedde dat ze de plek misschien nooit meer zou terugzien.

'Goed, laten we maar gaan,' zei ze toen ze naast hem bij de ingang was aanbeland.

Ze liet zich langs het touw naar beneden glijden en zodra ze allebei beneden waren, maakte hij de rugzakken en tassen los. Hij rechtte zijn rug en zag toen dat er iets aan haar houding was veranderd. Het leek wel of ze iets stond te lezen, een lapje of zoiets.

'Wat is dat?' vroeg hij.

Ze beet hem toe dat hij stil moest zijn. Toen ze klaar was, keek ze hem aan.

Will staarde zwijgend terug.

'Het is een bericht over Drake... het zat aan het touw vast,' antwoordde ze. 'Het is daar door een andere rebel achtergelaten.'

'Maar... maar ik heb net de... ik heb helemaal niemand gezien,' stamelde Will. Hij tuurde naar de schaduwen, doods-benauwd dat ze zouden worden overvallen door types als Tom Cox.

'Nee, dat verbaast me helemaal niet en dit komt trouwens van iemand die we kennen – een vriend. We moeten ervandoor,' zei ze. Ze haalde uit een van de tassen de allergrootste spring-lading tevoorschijn die Will tot dan toe had gezien. Ze maakte de metaalgrijze buis, die de omvang had van een grote pot verf, vast aan de muur onder het touw en liep achterwaarts naar de andere kant van de tunnel terwijl ze een stuk vrijwel onzichtbaar struikeldraad uitrolde. Will hoefde niet te vragen wat ze aan het doen was. Ze bracht een zeer krachtig explo-sief aan voor het geval iemand een kijkje kwam nemen bij het kamp – zo krachtig dat de plek helemaal zou worden bedol-ven onder vele tonnen puin.

Ze controleerde haar werk en plukte even aan de strakge-spannen draad, die een dreigend *pling* liet horen. Nadat ze de pin eruit had getrokken en het explosief op scherp had gezet, draaide ze zich naar Will om.

'Wat nu? Moeten die allemaal mee?' vroeg hij wijzend op de tassen.

'Laat maar.'

'Gaan we dan niet terug naar het eiland?'

'De plannen zijn veranderd,' zei ze. In haar ogen lag een vast-beraden blik waaruit Will onmiddellijk opmaakte dat het alle-maal minder eenvoudig zou worden dan hij had gehoopt. Hij begreep dat ze iets in gedachten had en dat ze niet naar de an-deren zouden terugkeren.

'O,' zei Will toen de betekenis ervan tot hem doordrong.

'We moeten aan de overkant van de vlakte zien te komen en snel ook.' Om een of andere reden liet ze haar blik steels van links naar rechts door de tunnel glijden en snoof ze een paar keer nadrukkelijk.

'Waarom?' vroeg Will, maar ze stak haar hand op om hem het zwijgen op te leggen.

Nu hoorde hij het ook. Een zacht, jammerend geluid. Terwijl hij aandachtig luisterde, werd het geluid harder, steeds harder, totdat het gierend jankte. Hij voelde een zachte bries in zijn gezicht die aan het uiteinde van de losjes rond Elliotts nek gedrapeerde shemagh rukte.

'De Levant,' zei ze. Opeens riep ze: 'De wind komt eraan. Da's nog eens mazzel hebben!'

Het werd Will allemaal te veel. Hij wankelde op zijn benen alsof hij elk moment kon vallen. Dit ontging Elliott niet en ze staarde hem bezorgd aan. Ze zocht in haar zak en stak hem nog wat stukken wortel toe. Hij nam ze aan en kauwde grimmig op de reepjes tot hij de zure smaak op zijn tong voelde.

'Beter?' vroeg ze.

Hij knikte en ontdekte dat de bezorgde blik in haar ogen niet die van een vriend was, maar iets kils en afstandelijks had, een zakelijk professionalisme. Ze had iemand nodig om haar te helpen bij wat er ging komen; ze gaf geen moer om hém. Terwijl hij aan het kauwen was, commandeerde ze: 'Probeer de hoofdband eens uit.'

Hij knikte en klapte de lens naar beneden. Hij moest even zoeken naar de hendel op het doosje in zijn broekzak en zette hem toen aan. Er klonk een zacht gezoem – het geluid klonk steeds harder en hoger, maar zwakte al snel weer af tot het bijna niet meer hoorbaar was en hij niet wist of hij het alleen nog door zijn schedel voelde of echt nog hoorde.

'Doe je linkeroog dicht – gebruik alleen het oog achter de lens,' luidden Elliotts instructies.

Hij deed wat ze had gezegd en kneep zijn linkeroog dicht, maar zag helemaal niets met zijn rechteroog; de lens zat er stevig tegenaan gedrukt en de rubberen rand hield al het licht uit Elliotts lantaarn tegen, die ze nu op zijn laagst zette. Hij begon al te denken dat het ding het misschien niet meer deed toen hij opeens kleine, vage puntjes zag rondtollen, als oceaanwater dat in beroering werd gebracht en een griezelige fosforescentie uit de diepte prijsgaf. Hoewel deze aanvankelijk amberkleurig was, net als de aanblik door een verkijker, veranderde ze pijlsnel in een veel feller geel totdat alle puntjes bij elkaar kwamen en zo helder straalden dat het bijna pijn deed. Hij zag alles nu haarscherp, alsof het in schitterend zonlicht baadde. Hij keek om zich heen, naar zijn vieze handen, naar Elliott, die de shemagh nu voor haar gezicht bond en naar de vage slierten schemering die zich op de naderende Levant door de tunnels naar hen uitstrekten.

Elliott zag dat Will de snel dichterbij komende donkere wolken had opgemerkt. 'Heb je al eens eerder een Zwarte Wind gevoeld?' vroeg ze.

'Nee, niet gevóéld,' zei hij. Hij dacht terug aan de keer dat Cal en hij in de Kolonie de wolken door de straat hadden zien trekken, maar toen hadden ze achter gesloten ramen gezeten. Will herinnerde zich wat Cal toen met een nagebootste nasale Styxstem had gezegd: '... *verderfelijk voor degenen die ze binnenkrijgen...*'

Will wierp snel een blik op Elliott. 'Zijn die niet giftig?'

'Welnee,' zei ze verachtelijk. 'Ze bestaan uit stof, heel gewoon, alledaags stof dat vanuit het Binnenste hierheen wordt geblazen. Je moet niet alles geloven wat de Witnekken je vertellen.'

'Dat doe ik ook niet,' reageerde Will verontwaardigd.

Ze tilde haar geweer op en staarde naar de Grote Vlakte. 'Kom, laten we gaan.'

Hij liep achter haar aan. Zijn hart bonkte wild tegen zijn ribben, zowel door de werking van de vreemde wortel als door het vooruitzicht van wat ze misschien gingen doen. Hij voelde zich erg opgewekt vanwege het loepzuivere zicht dat de hoofdband hem schonk en dat als een onzichtbaar zoeklicht door het donker sneed.

Ze kwamen aan bij de goudkleurige ruimte aan het eind van de tunnel en al snel stonden ze voor de watertunnel. Toen Will aan de andere kant uit het water opdook, zag hij dat het landschap al was gesluierd in dunne stroken duisternis. De schuimige wolken kropen aan beide zijden langzaam over de rand van zijn gezichtsveld, als twee in zwarte handschoenen gehulde handen die in elkaar grepen, en zouden binnen afzienbare tijd alles aan het gezicht onttrekken. Hij besefte dat zelfs Drakes nachtzichtapparaat onder die omstandigheden niet zou helpen.

'Dergelijke stormen zijn heel dicht – verdwalen we niet?' vroeg hij aan Elliott. De wind joeg jankend in steeds heviger vlagen om hen heen en het zwart kroop steeds dichter naar hen toe.

'Natuurlijk niet,' zei ze minachtend. Ze bond een stuk touw om haar pols en gaf hem het andere uiteinde om rond zijn middel vast te maken. 'Waar dit touw gaat, ga jij,' zei ze. 'Als je voelt dat ik er twee keer aan trek, blijf je echter doodstil staan. Begrepen?'

'Ja, hoor,' antwoordde hij, maar het voelde een beetje aan alsof de hele situatie niet echt was.

Ze liepen heel snel en werden binnen de kortste keren opgeslokt door de inktzwarte omgeving, zodat hij Elliott niet meer kon zien, ook al liep ze maar een paar meter voor hem. Hij voelde de rokerige mist in zijn neusgaten en op zijn gezicht, dat al snel werd bedekt met een dun laagje fijn, droog stof. Hij moest een paar keer stevig in zijn neus knijpen om niet te niezen en zijn linkeroog, dat niet werd afgeschermd door het nachtzichtapparaat, zat al snel dicht en begon te tranen.

Hij kauwde vastberaden in het tempo waarop hij liep op de

wortel, alsof hij er nog meer energie uit hoopte te persen. Al snel waren er nog maar een paar vezels over en ten slotte plakte er alleen nog een dunne brij onder zijn tong – hij wist niet zeker in hoeverre die werd gevormd door de ingeademde stofdeeltjes van de Zwarte Wind.

Hij voelde twee rukjes en bleef onmiddellijk staan. Hij dook waakzaam in elkaar en tuurde om zich heen. Elliott dook uit de mist naast hem op, knielde neer en gaf met een vinger tegen haar lippen gedrukt aan dat hij stil moest zijn.

Ze boog zich naar hem toe tot de shemagh voor haar mond langs zijn oor streek. 'Luister,' fluisterde ze door de doek.

Hij deed wat ze zei en hoorde heel in de verte het gejank van een hond. Na een paar seconden klonk er een afgrijselijke gil.

De gil van een mannenstem.

Een gil die door intense, ondraaglijke pijn werd veroorzaakt.

Elliott hield haar hoofd scheef en haar ogen – het enige deel van haar lichaam dat hij kon zien – vertelden hem niets.

'We moeten opschieten.'

Het gegil – afschuwelijke, langgerekte, gekwelde kreten – dreef naar hen toe alsof het werd voortgestuwd door de nevel-sluiers die zo nu en dan optrokken en hun een korte blik op de grond gunden of bizarre, bewegende gangen vormden waar ze doorheen liepen.

Het geschreeuw klonk steeds harder en werd vergezeld door het zachte gegrom van honden, alsof er een vreselijke, in de hel geschreven opera werd opgevoerd.

Toen de grond onder Wills voeten begon te stijgen en zijn laars knarsend op een roze kristal trapte – een woestijnroos – begreep hij direct dat ze zich op de helling bevonden die naar de grote, amfitheatervormige open plek voerde waar Drake en

Elliott Chester en hem hadden beslopen. Dezelfde plek waar hij ook getuige was geweest van de verschrikkelijke slachtpartij onder rebellen en Coprolieten door de Ruimers.

Er klonk een hoog, klaaglijk gejammer. Het viel niet mee precies te zeggen wat het geluid had voortgebracht – het had eerder iets dierlijks dan iets menselijks. Het werd onmiddellijk gevolgd door een door merg en been snijdend gekrijs. Will kon niet goed zeggen van welke kant het kwam – het leek alsof het helemaal tot het stenen dak boven hen was opgestegen, in een regen van lawaai weer omlaagviel en om hen heen neerkletterde. Het lawaai, dat zijn maag ineen deed krimpen van angst, en de herinnering aan de bloeddorstige daden van de Styx waren zo gruwelijk dat hij zich het liefst op de rulle ondergrond van de helling had laten vallen en zijn armen om zijn hoofd had geslagen. Dat kon echter niet, want het touw tussen Elliott en hem was onverzettelijk: het dreef hem verder en sleurde hem door de zwarte nevel naar iets toe waarvan hij instinctief wist dat hij het niet wilde zien.

Ze gaf twee rukjes en hij bleef staan.

Voordat hij besefte wat er gebeurde, dook ze naast hem op. Ze gebaarde dat hij moest doorlopen en bewoog haar vlakke hand op en neer. Hij begreep dat ze wilde dat hij haar heel voorzichtig volgde en zich daarbij zo diep mogelijk bukte, en knikte.

Ze kropen langzaam verder, maar af en toe hield ze zonder waarschuwing opeens stil. Hij stootte een paar keer met zijn hoofd tegen haar laarzen en schoof dan telkens een stukje achteruit om haar meer ruimte te geven. Ze bleef nooit lang stilzitten en Will nam aan dat ze luisterde om te horen of er iemand in de buurt was.

De Zwarte Wind nam zo te voelen iets af. Voor hen werden kleine delen van de helling zichtbaar, die een wazige aanblik op het maanlandschap boden. Wills nachtzichtapparaat weigerde regelmatig dienst en toonde dan een statische sneeuw-storm totdat hij weer aan schoot – deze storinkjes duurden maar een fractie van een seconde, maar om een of andere reden deden ze hem denken aan de keer toen zijn moeder – of eigenlijk stiefmoeder, hield hij zichzelf voor – een enorme woede-uitbarsting had gekregen, omdat haar geliefde televisie het liet afweten. Will schudde zijn hoofd – wat een luchtige, zorgeloze tijd was dat geweest en wat belachelijk onbelangrijk. Het ijselijke gekrijs dat hij al eerder had gehoord klonk weer ergens voor hen, alsof het Will eraan wilde herinneren waar het was. Hoewel het vrij ver weg klonk hoorden ze het toch al veel duidelijker en het effect dat dit op Elliott had, was schok-kend. Ze verstarde en keek hem met schichtige ogen over haar schouder aan. Haar angst was besmettelijk – Will had het gevoel alsof er een koude golf over hem heen spoelde en dat werd nog verergerd omdat hij niet wist waarom ze hier-naartoe waren gekomen.

Wat was het? Wat was er aan de hand?

Hij begreep er niets van. Als het alleen maar een herhaling was van het bloedbad dat hij hier eerder met Chester had zien plaatsvinden, zou ze nooit zo hebben gereageerd. Toen had ze zich heel beheerst gedragen, hoe schokkend de gebeurtenis ook was geweest.

Ze trokken zich op hun buik met hun armen voort en hun knieën sleepten door het gruis. Ze kropen centimeter voor centimeter langs de helling omhoog, totdat de wind pijnlijk hard in hun gezicht blies en kleine, wervelende stofwolken om hen heen opwierp.

Het gitzwarte lijkkleed van de Zwarte Wind trok zich stukje bij beetje terug.

Ze bereikten de rand van de krater.

Elliott had haar geweer al in de aanslag.

Ze zei iets, maar haar woorden werden gesmoord door de

doek voor haar mond. Ze trok de stof weg en vlijde haar wang meteen weer stevig tegen de kolf van het geweer. Ze beefde en de loop van het geweer trilde onophoudelijk. Dat was niets voor haar. *Hoezo? Wat was er dan mis?*

Het ging allemaal veel te snel voor hem.

Hij probeerde te zien wat er voor hen lag en wilde maar dat hij eraan had gedacht om de extra verkijker mee te nemen.

De lens voor zijn oog kraakte statisch, als een machine die even uitviel, en toen focuste hij zijn blik op het tafereel voor hen. Lampen op driepoten stonden her en der over de bodem verspreid en er liepen heel veel gedaanten rond, maar ze waren te ver weg en hij kon ze niet echt van elkaar onderscheiden. In het tussenliggende gedeelte zweefden dunne stofwolken als willekeurig bewegende gordijnen die zijn gezichtsveld belemmerden en nu eens opzij waaiden om het tafereel te onthullen, maar dan weer dichtvielen en alles aan het gezicht onttrokken.

Hij kon zijn mond niet langer houden. Hij schoof naar Elliott toe en rolde tegelijkertijd het touw dat hen nog altijd met elkaar verbond op.

'Wat is het?' vroeg hij op fluistertoon.

'Ik denk... ik denk dat het Drake is,' antwoordde ze.

'Hij leeft dus nog?' vroeg hij ademloos.

Ze gaf geen antwoord en dat was een gevoelige klap voor zijn aanvankelijke optimisme.

'Houden ze hem hier gevangen?' vroeg hij.

'Erger,' zei ze met een stem die bol stond van spanning. Ze huiverde even. 'Tom Cox... hij is er ook bij. Hij is overgelopen... hij werkt nu voor de Styx...' Haar stem klonk hees en het geluid werd overstemd door de gierende wind.

'Wat doen ze met Drake?'

Elliott staarde door de verkijker op haar geweer en kreeg bijna geen geluid over haar lippen. 'Als hij het echt is, dan is hij...

dan zijn de Ruimers...' Ze keek op van het geweer en schudde vertwijfeld haar hoofd. 'Dan hangt hij aan een houten paal en zijn ze hem aan het martelen. Tom Cox staat te... te lachen... dat ellendige onderkruipsel...'

Een nieuwe jammerkreet, nog verschrikkelijker dan de vorige, onderbrak haar.

'Ik kan dit niet langer aanzien... ik mág dit gewoon niet nog langer laten voortduren,' zei ze. Ze klemde vastberaden haar kaken op elkaar en staarde Will recht aan met pupillen die in zijn nachtzichtapparaat een intense, donkere amberkleur kregen.

'Het moet... hij zou het ook voor mij doen...' zei ze. Ze stelde de verkijker iets scherper in, duwde haar ellebogen stevig in het zand en zette haar armen schrap om de terugslag van het geweer op te vangen. Toen ademde ze een paar keer heel diep in en uit, en de laatste keer hield ze haar adem in.

Will sloeg haar met stomheid geslagen gade en kon zijn oren niet geloven.

'Elliott?' vroeg hij met trillende stem. 'Je gaat hem toch niet...?'

'Ik krijg hem niet in het vizier... die wolken... kan het niet goed zien...' zei ze happend naar adem.

Er verstreken een paar seconden, maar het voelde aan als jaren.

'O, Drake,' zei ze zo zacht dat het bijna niet te verstaan was.

Ze haalde nogmaals diep adem en legde aan.

Ze schoot.

Will schrok zich wezenloos van de knal van het geweer. De echo van het geluid rolde een tijdlang over de vlakte van hem weg en weer terug, totdat uiteindelijk alleen het gejank van de wind nog maar in zijn oren klonk.

Will kon niet geloven wat ze had gedaan. Hij tuurde wazig in de verte en toen naar haar.

Ze beefde als een rietje.

'Ik weet niet of het me is gelukt... die vreselijke, vréselijke wolken... Ik...'

Ze trok de grendel van het geweer naar achteren om een nieuwe kogel in het magazijn te schuiven en stak Will opeens het wapen toe.

'Kijk jij eens.'

Hij deinsde achteruit.

'Pak aan,' droeg ze hem op.

Hij had helemaal geen zin om te zien wat er was gebeurd, maar besefte dat hij niet kon weigeren en deed onwillig wat ze zei. Hij hield het geweer precies zo vast als Elliott had gedaan, klapte de lens voor zijn oog naar boven en tuurde door de verkijker. Die voelde kil en nat aan, maar daar wilde hij nu niet te lang bij stilstaan. Hij bekeek de groep aanwezigen op de bodem van de krater. De verkijker stond op de grootste stand en bewoog veel te wild in zijn onervaren handen.

Daar! Hij had een glimp opgevangen van een Ruimer!

Hij bewoog de kijker terug naar de plek waar hij hem had gezien. *Nog een Ruimer!* Nee, het was dezelfde en hij was helemaal alleen. Will hield het geweer roerloos op hem gericht en het angstaanjagende gezicht van de Styx kwam akelig helder in beeld. Will zag dat de Ruimer omhoogtuurde en naar de richel keek waar Elliott en hij lagen, en zijn maag keerde zich om. Toen ontdekte Will dat er achter hem andere gedaanten rondrenden, nog meer Styx. Hij bewoog de verkijker weg van de man.

Waar is Drake?

Hij zoemde weer in en zag toen de verschrompelde gedaante van Tom Cox, die iets in zijn hand had. Het glansde in het licht – het was een soort lemmet. Naast hem ontdekte Will de houten paal. Er hing een lichaam aan. Hij meende de jas te herkennen. *Drake!*

Will probeerde niet al te veel details op te nemen. Hij werd hierbij geholpen door de grote afstand die hem van het tafereel scheidde en de laatste stofwolken van de Zwarte Wind. Net toen hij zichzelf weer een beetje in bedwang begon te krijgen, viel zijn blik op de donkere vlekken op de grond rondom Drake. Door de verkijker zagen ze er niet rood uit, maar veel donkerder en ze weerkaatsten in het schijnsel van de lampen als gesmolten brons. Will begon hevig te zweten en voelde zich licht in zijn hoofd.

Dit is niet echt, ik ben hier niet.

'Heb ik hem geraakt?' vroeg Elliott dringend aan Will.

Will hief het geweer schuin omhoog om naar Drakes hoofd te kijken.

'Dat kan ik niet zien...'

Will zag Drakes gezicht niet, want het hoofd hing voorover.

De echo's van in de verte afgevuurde schoten echoden om Will en Elliott heen. De Ruimers verspilden geen seconde en beantwoordde hun geweervuur onmiddellijk.

'Will, concentreer je – ze schieten gericht op ons,' siste Elliott tegen hem. 'Ik moet weten of het me is gelukt.'

Will probeerde het geweer op Drakes hoofd gericht te houden. Stofwolken wervelden voor zijn ogen.

'Ik zie niets...'

'Kijk nog eens goed!' snauwde Elliott met een stem die misvormd klonk van wanhoop.

Drakes hoofd bewoog.

'Allemachtig!' riep Will vol afschuw uit. 'Zo te zien leeft hij nog.' *Niet nadenken,* hield hij zichzelf voor.

'Schiet nog een keer op hem... en snel,' smeekte ze.

'Echt niet!' beet Will haar toe.

'Doe het! Verlos hem uit zijn lijden.'

Will schudde zijn hoofd. *Ik ben hier niet. Dit ben ik niet. Dit gebeurt niet echt.*

'Echt niet,' herhaalde hij ademloos. Hij was bang dat hij elk moment in huilen kon uitbarsten. 'Dat kan ik niet!'

'Het moet. We hebben geen tijd te verliezen. Ze kunnen elk moment hier zijn.'

Will hief het geweer op en haalde trillend tussen zijn op elkaar geklemde kiezen adem.

'Niet aan de trekker rukken... gewoon overhalen... heel rustig...' zei Elliott.

Hij liet het dradenkruis van Drakes voorhoofd, dat af en toe een klein stukje omhoogkwam, maar ook weer omlaagzakte, alsof hij niet genoeg kracht had om het rechtop te houden, naar zijn borst zakken. Will maakte zichzelf wijs dat het risico dat hij zou missen daar kleiner was. Het was echter totaal gestoord, de wereld op zijn kop. Will had het helemaal niet in zich om iemand dood te schieten.

'Ik kan dit niet.'

'Je moet,' smeekte ze. 'Hij zou het voor ons ook doen. Je kunt het beste...'

Will probeerde zijn hoofd helemaal leeg te maken. *Dit is niet echt. Ik zit naar een scherm te kijken. Wat hier gebeurt, daar sta ik helemaal buiten.*

'Help hem,' zei ze. 'Nu!'

Wills hele lichaam verstijfde en verzette zich tegen wat het zou gaan doen. Het punt op het dradenkruis waar de twee lijnen elkaar kruisten bewoog onrustig op en neer, maar bleef min of meer op de juiste plek gericht, op de borstkas van de man die hij zo enorm bewonderde en die nu zo vreselijk verminkt was. *Doe het, doe het, doe het!* Hij vergrootte de druk op de trekker en kneep zijn ogen dicht. Het geweer ging af. Het bokte in zijn handen en de telescopische kijker beukte door de terugslag in zijn gezicht. Hij gilde het uit van de pijn. Hij had nog nooit eerder met een geweer geschoten en had zijn oog er te dicht tegenaan gehouden. Hij trok een pijnlijk gezicht en liet het wapen hijgend zakken. De bittere stank van cordiet vulde Wills neusgaten, een geur die hem ontzettend deed denken aan afgestoken vuurwerk, maar die van nu af aan een heel andere betekenis voor hem zou hebben. Erger nog, het was net of Will voorgoed gebrandmerkt was, alsof niets ooit nog hetzelfde zou zijn. *Dit zal ik met me moeten meedragen tot de dag van mijn dood. Ik heb misschien een man vermoord!*

Elliott leunde tegen Will aan om haar armen door die van hem te steken en terwijl ze druk in de weer was met de grendel van het geweer raakten hun gezichten elkaar bijna. Ergens drong het vertrouwelijke van de houding wel tot hem door, maar op dat moment was het totaal niet belangrijk. De lege huls verdween tollend in het donker en een nieuwe kogel schoof met een klik in het magazijn. Will wilde het wapen aan haar teruggeven, maar ze weerde het af en duwde de loop van het geweer omhoog. 'Nee! Kijk of het goed is gegaan!' commandeerde ze sissend.

Will hield zijn oog met grote tegenzin weer tegen de verkijker en zocht naar de paal met Drakes lichaam. Het lukte hem niet. Het tafereel voor hem trilde wazig voor zijn ogen. Na een tijdje vond hij wat hij zocht, maar toen gleed zijn ondersteunende arm weg. Hij probeerde het nog een keer.

Toen zag hij...

Rebecca.

Ze stond tussen twee lange Ruimers een stukje links van Drake.

Ze keek zijn kant op. Recht naar Will.

Hij had het gevoel alsof hij viel.

'Heb je hem te pakken gekregen?' vroeg Elliott schor.

Will kon zijn blik niet van Rebecca losweken. Haar haren zaten strak naar achteren getrokken en ze droeg een lange Ruimersjas met rechthoekige camouflageblokken.

Ze was het echt.

Hij zag haar gezicht.

Ze glimlachte.

Ze wuifde.

Er klonken nieuwe geweerschoten en een regen van lood boorde gaten in de restanten van de nevelige wolken. De Ruimers kwamen steeds dichterbij en de schoten sloegen om Elliott en hem heen in, een zelfs zo dichtbij dat scherven steen op hen neerkletterden.

'Nou?'

'Volgens mij wel,' zei hij tegen Elliott.

'Je moet het zéker weten,' zei ze.

Hij liet zijn blik razendsnel over Drakes lichaam en de paal glijden, maar opnieuw dook Rebecca nadrukkelijk in zijn gezichtsveld op. In het korte moment sinds hij haar zo-even had gezien had ze blijkbaar haar jas uitgetrokken en was ze bizar genoeg naar de andere kant van de paal gelopen. Hij begreep er niets van, maar bedacht opeens hoe gemakkelijk het nu moest zijn om haar neer te schieten. Hij mocht dan zojuist misschien Drake hebben gedood, maar hij wist best dat hij het lef niet had om Rebecca ook te doden. Ondanks de diepe haat die hij voor haar voelde.

'Nou?' vroeg Elliott en haar stem sneed door zijn gepeins.

'Ja, ik denk het wel,' loog hij. Hij gaf haar het geweer terug. Hij had geen flauw idee of hij Drake had geraakt en wilde het niet weten ook – het was een vraag die voor hem onbeantwoord mocht blijven. Hij had zijn best gedaan om hem te raken, om Elliott, en Drake natuurlijk ook, niet in de steek te laten, maar hij wilde het gewoon niet weten. Het was te veel, het was een te grote stap voor hem.

En dan Rebecca. Ze was erbij aanwezig geweest toen de afschuwelijke marteling plaatsvond.

Zijn kleine zusje!

Haar glimlachende gezicht, haar triomfantelijke, zelfvoldane gezicht – hetzelfde gezicht dat hem had aangekeken wanneer hij te laat was voor het eten of moddervlekken op het tapijt in de gang had achtergelaten of het licht in de wc had laten branden... een afkeurende, superieure glimlach die autoriteit en zelfs overheersing uitstraalde... hij kon de gedachte niet verdragen. Hij moest vluchten, hij moest hier weg zien te komen. Hij stond op en sleurde Elliott aan het touw mee.

Ze renden zo snel ze konden langs de helling omlaag en Will trok Elliott in zijn haast bijna omver.

Toen ze de voet van de helling bereikten, zagen ze een lichtflits. Deze werd nog eens extra uitvergroot door de lens van Drakes apparaat en de pijnlijk heldere gloed brandde in zijn oog. Hij gilde omdat hij dacht dat het de Ruimers waren, maar nee, het was de statische storm die altijd op de Zwarte Wind volgde. De haren op zijn hoofd en onderarmen stonden recht overeind.

Enorme, door elektrische ontlading veroorzaakte, glinsterende ballen dansten en rolden om hen heen. Er volgde nog een verblindende flits en er klonk een oorverdovende, krakende knal. Een blauwe bliksemschicht schoot als een gigantische slangentong horizontaal over de grond voor hen langs. Hij splitste zich in tweeën en elke tong deelde zich nog verder op in steeds kleinere kronkels totdat ze in het niets oplosten. De lucht was doordrongen van de geur van ozon, alsof het een echte onweersbui betrof.

'Zet dat ding uit!' hoorde hij Elliott roepen, maar hij tastte al onhandig naar de koperen hendel op het doosje in zijn zak. Hij begreep zelf ook wel dat het licht het nachtzichtapparaat kon beschadigen. Er schoten nu talloze fel schitterende lichtballen uit de resterende stofwolken; ze vlogen over de vlakte en het hele terrein lichtte op alsof het oudejaarsavond was.

Will en Elliott holden weg en weken niet van hun route af, zelfs niet toen de knisperende ballen, die soms zo groot waren als opblaasbare strandballen, boven hen bleven hangen.

Will hoorde schoten. De Ruimers naderden snel, maar in alle rumoer en verwarring kon hij met geen mogelijkheid zeggen hoe dichtbij ze waren. Toen ving hij het agressieve geblaf van honden op.

'Speurhonden!' schreeuwde hij tegen Elliott.

Ze graaide iets uit de binnenzak van haar jas wat eruitzag als een leren portemonnee en scheurde de bovenkant open. Tijdens het rennen strooide ze een soort poeder op de grond.

Hij wierp haar een vragende blik toe. Zijn borstkas zwoegde hijgend op en neer van het harde lopen. Ze werd echter zo door haar taak in beslag genomen dat ze het niet opmerkte. Ze smeet de lege portemonnee weg en rende verder.

Hij was kapot van vermoeidheid en opgefokt van de adrenaline. Hij proefde de zurige smaak van de wortel nog steeds in zijn mond en zijn hoofd bonsde alsof het elk moment kon ontploffen.

Op maar een paar centimeter van Elliotts hoofd spuwde een kleine elektrische bal een vonkenregen uit, als een vertoornde Tinkelbel, maar ze hield de pas niet in en liep er rakelings langs.

Ze kwamen bij de rand van de Grote Vlakte aan.

Ze doken weg in een van de lavatunnels en werden bijna direct door duisternis omhuld; achter hen gloeide de statische storm zwakjes na. Will zette de hoofdband aan en zag dat Elliott tijdens het rennen weer iets uit de binnenzak van haar jas haalde – nog zo'n leren pakketje.

'Wat doe je? Wat zijn dat?' vroeg hij hijgend.

'Verzengers.'

'Wat?'

'Een perfect middel om speurhonden tegen te houden. Het

479

spul brandt echt verschrikkelijk,' vertelde ze en ze wees met een kwaadaardige grijns naar haar neus.

Hij keek achterom en zag een schitterende, felgele glans ontstaan toen een beetje van het poeder in een waterplas terechtkwam. Hij wist meteen waar hij dat eerder had gezien... het gaf dezelfde lichtgloed af als de bacterie waarop Chester, Cal en hij eerder waren gestuit. *Slim.* Als een hond dat opsnoof, zou het hem uitdrogen en misschien zelfs wel de slijmvliezen in zijn neus verschroeien. Hij lachte. Daardoor zouden ze als speurhond totaal nutteloos zijn.

Ze renden verder en verder, tot hij languit vooroverviel en met zijn gezicht en kin op de ruwe ondergrond knalde. Elliott hielp hem overeind. Terwijl hij leunend tegen de muur op adem probeerde te komen, bracht zij een springlading aan in de tunnel.

Toen riep ze dat ze verder moesten.

35

'Wat is dat voor herrie?' fluisterde Chester.

Knipperend met hun ogen luisterden Cal en hij ingespannen in het donker.

'Het klinkt steeds harder,' zei Chester. 'Het lijkt wel een motor.'

'Ssst, hou nou eens even je kop,' zei Cal zenuwachtig.

Ze luisterden allebei naar het aanhoudende geluid.

'Ik kan niet zeggen of het dichtbij of juist heel ver weg is,' zei Chester verward.

'Ik denk dat het om ons heen trekt,' zei Cal zacht.

Het geluid klonk opeens heel hard en verdween toen.

Chester slaakte een angstige gil.

'Snel, Cal!' riep hij gejaagd. 'Doe je lamp aan!'

'Nee. Doe zelf je lamp maar aan,' antwoordde Cal. 'Elliott heeft gezegd dat we niet...'

'Schiet op!' snauwde Chester. 'HET ZIT OP MIJN ARM! IK VOEL HET!'

Cal wist genoeg. Hij graaide zijn lamp naar zich toe en richtte de straal op Chester.

'Getver! Wat is dat?' schreeuwde Chester en hij hield zijn arm zo ver mogelijk van zijn lichaam vandaan. Op zijn gezicht lag een blik van pure afschuw.

Het insect klemde zich met zijn poten om zijn onderarm vast. Het had wel iets weg van een libelle: het had twee paar vleugels die over hun hele tere lengte regenboogkleurige lichtjes weerkaatsten, maar dat was dan ook het enige onderdeel van het insect dat met een beetje goede wil mooi was te noemen. Het lijf was van kop tot staart ongeveer vijftien centimeter lang en was bedekt met een stoffige vacht die de kleur had van gebrande omber.

Onder de twee bolle facetogen die zo groot waren als halve knikkers zaten twee akelig uitziende zuigorganen, en het langgerekte achterlijf was opgerold en had op de punt een gemeen uitziende stekel, alsof de angel van een schorpioen op een of andere manier op zijn lijf was geplaatst. Een duivelser, angstaanjagender wezen kon je je bijna niet voorstellen.

'Trek het los!' zei Chester verbeten. Hij probeerde geen onverwachte bewegingen te maken om het insect niet te irriteren.

Hoewel hij zijn arm zo ver mogelijk had uitgestrekt, kromde het wezen nu zijn staart alsof het hem in zijn gezicht wilde steken.

'Hoe dan? Wat moet ik doen?' zei Cal. Hij deed een paar stappen naar achteren en de lantaarn trilde in zijn hand.

'Schiet op! Sla het weg!'

'Ik... ik...' stotterde Cal.

Inmiddels hing de staart strakgespannen als een veer voor de borst van het dier, dat met trillende vleugels probeerde zijn evenwicht te bewaren op Chesters bevende arm.

'SLA HET VERDORIE WEG!' gilde Chester.

Cal zocht al naar iets om als wapen te gebruiken, maar Chester besloot dat hij niet langer op hem kon blijven wachten en zwaaide wild met zijn arm heen en weer in de hoop dat het insect er vanzelf zou afvallen. Het wezen weigerde echter los te laten en klemde zich stevig met drie paar poten vast, terwijl Chester in zijn paniekerige wanhoop om het af te schudden hysterisch met zijn arm maaide. Het dier hield zich nog altijd stevig vast en de stekel zwiepte heen en weer boven zijn rug. Toen vloog het opeens met klapperende vleugels op en nadat het even griezelig dicht bij Chesters gezicht was blijven zweven, schoot het weg door de duisternis.

'Dat was echt afschuwelijk,' hijgde Chester geschrokken. Hij beefde over zijn hele lichaam, klapwiekte met zijn ellebogen en stootte onsamenhangende, kreunende geluiden uit. 'Afschuwelijk... afschuwelijk... afschuwelijk... het zit hier echt vol met monsters en gedrochten. Afschuwelijk!' Toen voer hij onverwacht razend van kwaadheid tegen Cal uit: 'En wat jou betreft, waarom heb je dat gruwelijke ding niet van me afgeslagen, zoals je ik vroeg?'

'Wat had ik dan moeten doen? Ik kon toch zo gauw niets vinden?' antwoordde Cal beledigd, maar toen kreeg zijn boosheid de overhand. 'Sorry hoor, maar ik heb nou eenmaal geen reusachtige vliegenmepper in mijn broekzak zitten.'

'Ach, kom nou toch... alles was goed geweest,' mopperde Chester woedend tegen hem. 'Nou, je wordt bedankt, vriend... ik zal dit niet vergeten wanneer jij weer eens in de nesten zit.' Ze gingen allebei zitten en zwegen nukkig, totdat ze iets om hen heen hoorden zoemen, deze keer zachter en hoger.

'Jakkes, wat is dat nu weer?' zei Chester. 'Toch niet wéér zo'n rotding, hè?'

Deze keer deed Cal zijn licht al aan voordat het hem was gevraagd.

'Muggen?' opperde Chester, hopend dat de duivelse libelle niet van plan was hem opnieuw met een bezoek te vereren.

'Nee, daar zijn ze te groot voor,' zei Cal, want de lichtstraal onthulde dat de lucht vol zat met insecten, complete zwermen zelfs, ter grootte van ondervoede steekvliegen.

'Wat zijn het dan, verdorie? Een hele familie reuzeninsecten? Ik neem aan dat ze nu allemáál een hap uit me willen nemen?' riep Chester geërgerd.

Cal bromde iets en wreef in zijn nek, want hij was gebeten.

'Hier heb ik zo gruwelijk de pest aan, aan al die afschuwelijke insecten,' zei Chester. Hij wapperde de beesten voor zijn gezicht weg met zijn hand. 'Vroeger sloeg ik in onze tuin altijd wespen en vliegen dood, gewoon voor de lol. Blijkbaar zijn ze nu uit op wraak.'

Wat het ook precies voor insecten waren, ze hadden in elk geval snel in de gaten dat er vers vlees was gearriveerd. Uiteindelijk moesten Chester en Cal zich in allerlei kledingstukken uit de rugzakken wikkelen om ze af te weren. Cal mompelde iets over een vuurtje stoken, maar verder zaten ze zwijgend naast elkaar als twee chagrijnige mummies die aan één stuk door insecten bij hun ogen verjoegen, het enige deel van hun lijf dat onbedekt was.

Will bereikte de plek als eerste; hij draafde de open plek op en kwam glijdend tot stilstand. Hij boog zich voorover, leunde met zijn handen op zijn knieën en zoog met lange raspende teugen lucht in zijn longen.

Bij zijn aanblik waren Chester en Cal allebei verrast opgesprongen. Will zag eruit om bang van te worden. Zijn gezicht was smerig van het stof en zat onder het zweet. Drakes lens hing voor een van zijn ogen en de huid rond het andere was bedekt met vers bloed uit de snee op zijn voorhoofd, het resultaat van zijn val.

'Wat is er gebeurd?' stamelde Chester.

'Dat is Drake toch niet?' vroeg Cal op hetzelfde moment en hij wees naar de hoofdband die Will op had.

'Ik... moest... wel...' bracht Will haperend tussen twee happen adem uit.

Hij schudde hijgend zijn hoofd en ademde diep in en uit.

'Ik...' waagde hij een nieuwe poging.

'We hebben Drake gedood,' zei Elliott vlak. Ze dook achter Will op en stapte in het zwakke schijnsel van Cals lantaarn. 'Tenminste, dat denk ik. Will heeft hem afgemaakt.' Ze wuifde met haar hand voor haar gezicht om de vliegende insecten weg te jagen. Toen staarde ze naar de grond rondom haar voeten en plukte het blad van een varen, dat ze in haar hand fijnkneep. Ze streek met haar handpalm over haar voorhoofd en wangen. Het resultaat was verbluffend: de insecten meden haar onmiddellijk alsof ze werd beschermd door een onzichtbaar krachtveld.

'Wat zei je? Wát heeft Will gedaan?' vroeg Cal, terwijl Chester een blad van dezelfde varen trok en Elliott nadeed. Will was zich zo te zien niet eens bewust van de vele insecten die over zijn gezicht krioelden; zijn onbedekte oog staarde wazig in de verte.

'We konden niet anders. Ze waren hem aan het martelen. Die schoft van een Tom Cox was er ook bij en hielp hen,' zei Elliott hees. Ze spuugde op de grond.

'Dat meen je niet,' zei Chester ontzet.

'En Rebecca ook,' voegde Will eraan toe en hij staarde in de verte. Elliotts hoofd schoot met een ruk zijn kant op, maar hij ging zacht hijgend verder: 'Zij was daar met de Ruimers.' Hij zweeg even om wat nieuwe lucht op te zuigen. 'Op een of andere manier wist ze dat ik er was. Ik durf te zweren dat ze me recht aankeek... ze glimlachte zelfs naar me.'

'Dat vertel je me nu pas!' gromde Elliott. 'Nadat Cox was overgelopen was het al gevaarlijk genoeg om terug te gaan naar het basiskamp om onze spullen op te halen. Dat risico ga ik nu echt niet meer nemen. Zeker niet nu de Styx het op jou hebben voorzien.'

Will boog zijn hoofd. Het kostte hem nog steeds moeite om gewoon adem te halen. 'Misschien is het maar beter als ik... als ik mezelf aangeef. Misschien houdt dit dan allemaal wel op. Misschien houdt zij dan wel op.'

Een paar pijnlijke seconden lang staarden alle ogen naar Will en hij liet zijn blik van het ene gezicht naar het andere glijden in de hoop dat niemand op zijn voorstel zou ingaan. Toen nam Elliott het woord.

'Nee, volgens mij maakt dat geen enkel verschil,' zei ze met een sombere uitdrukking op haar gezicht. Ze peuterde een stukje varenblad van haar bovenlip en spuugde nogmaals op de grond. 'Volgens mij schieten we daar helemaal niets mee op. Die Rebecca lijkt me het type dat graag alles opruimt.'

'O, dat is ze zeker,' beaamde Will triest. 'Ze heeft de boel graag aan kant.'

36

'Ho nou, jongen!'
Sarah vloog door een bocht in de lavatunnel. Haar voeten wierpen een regen van grind op, omdat Bartleby als een waanzinnige verder rende en haar bijna omvertrok.
'Rustig! Rustig nou!' schreeuwde ze. Ze zette haar hakken in het zand en trok uit alle macht om hem te beteugelen. Binnen een paar meter was het haar gelukt hem tot stilstand te brengen. Zwaar ademend vanwege de inspanning greep ze hem vast bij zijn halsband en hield ze hem stevig vast. Ze was zeer blij met de korte rustpauze; de spieren in haar armen brandden pijnlijk en ze betwijfelde ten zeerste of ze hem nog veel langer in bedwang zou kunnen houden als hij niet een beetje kalmer werd.
Toen hij zijn kop stijfjes naar haar omkeerde, zag ze een dikke, kloppende ader onder de schilferige grijze huid op zijn brede slaap en de verwilderde onrust in zijn ogen.
Zijn neusgaten waren wijd opengesperd: de geur werd steeds sterker en hij was hen echt op het spoor.
Ze wikkelde de dikke, leren riem opnieuw om haar geschaafde, pijnlijke hand. Ze haalde een paar keek diep adem, zette zich schrap en liet Bartleby's halsband los. Met een ongeduldig gesis schoot hij vooruit en de riem kraakte luid toen hij strak werd getrokken.
'Koest, Bartleby!' hijgde ze. Het bevel kwam het opgewonden

dier blijkbaar bekend voor, want hij nam een beetje gas terug. Terwijl ze kalmerend tegen de kat bleef praten en hem smeekte om alsjeblieft rustig aan te doen, voelde ze de afkeurende blikken van de vier schaduwen die alles vanaf een afstandje gadesloegen in haar rug prikken. In tegenstelling tot haar en de hysterische kat bewoog het viertal Ruimers zich zo stil als spoken. Ze waren er zo bedreven in helemaal op te gaan in hun omgeving dat Sarah hen meestal niet eens zag, maar op dat moment toonden ze zichzelf aan haar, bijna alsof ze haar wilden intimideren. Als dat inderdaad hun bedoeling was, dan was het goed gelukt.

Ze voelde zich bijzonder ongemakkelijk.

Rebecca had haar beloofd dat ze de vrije hand zou krijgen bij het opsporen van Will. Waarom had ze haar dan met deze begeleiders opgezadeld? En waarom had Rebecca al die moeite gedaan om haar bij deze klopjacht te betrekken in een gebied dat Sarah totaal niet kende terwijl er ook getrainde soldaten werden ingezet? Er klopte iets niet.

Terwijl deze gedachte in haar achterhoofd knaagde, schoot Bartleby weer vooruit en hij sleurde haar mee, of ze nu wilde of niet.

Elliott voerde hen door een dichtbegroeid gedeelte weg van de open plek. Will sloot struikelend en om zich heen meppend de rij. Chester en Cal maakten zich ernstig zorgen over hem, maar vonden allebei dat het niet aan hen was om erover te beginnen. Toen ze de lage begroeiing achter zich hadden gelaten, bevonden ze zich weer op een smal zandstrand. Ze liep voor hen uit langs de waterkant en overbrugde een korte afstand naar wat zo te zien het begin van een kleine inham was, maar in het pikkedonker konden ze niet genoeg zien om daar zeker van te zijn.

Will was er slecht aan toe en bewoog zich als een robot nu de wortel die Elliott hem had gegeven was uitgewerkt en hij zijn vermoeidheid weer begon te voelen. Hij liep op stramme benen verder als een soort monster van Frankenstein, een beeld dat nog eens extra werd versterkt door de hoofdband. Toen hij hen eindelijk had ingehaald, staarde Elliott hem onderzoekend aan.

'Hij is kapot, hij moet rusten,' merkte ze op tegen Chester en Cal, alsof Will er niet was. Hij reageerde ook helemaal niet op haar opmerking en stond zwaaiend op zijn benen. 'Zo is hij totaal nutteloos.'

Chester en Cal hadden geen flauw idee wat ze bedoelde en keken elkaar even vragend aan.

'Nutteloos?' herhaalde Chester nieuwsgierig.

'Inderdaad, en dat kunnen we niet hebben.' Ze keek naar Cal en nam hem van top tot teen op. 'Hoe staat het met jou? Hoe gaat het met je been?'

Chester had meteen door dat ze hen taxeerde – waarom precies wist hij niet, maar het stond hem helemaal niet aan. Hij werd er zenuwachtig van; hij snapte ook best dat ze allemaal fit moesten zijn als ze aan de Styx wilden ontsnappen. Haar vraag had echter naar zijn idee iets te onheilspellend geklonken.

'Met zijn been gaat het al veel beter. Hij heeft rust gehad,' antwoordde hij snel met een doordringende blik op Cal, die een tikje verbaasd reageerde op Chesters inmenging.

'Mag hij misschien zelf antwoorden?' zei Elliott nijdig.

'O, ja, natuurlijk,' prevelde Chester verontschuldigend.

'Nou, hoe gaat het?'

'Precies zoals Chester al zei... veel beter,' antwoordde Cal, die zijn been nu boog en strekte om Elliott gerust te stellen. In werkelijkheid voelde het ontzettend stijf aan en telkens wanneer hij er met zijn volle gewicht op moest leunen, wist hij niet of het dat kon dragen.

Elliott staarde een tijdje nadenkend naar Cals gezicht en toen ze haar aandacht vervolgens weer op Chester richtte, vroeg de jonge knul zich af wat ze van hem dacht en of hij aan de verwachting voldeed. Precies op dat moment werden ze allemaal afgeleid door Will, die het woord 'moe' mompelde – één keer maar – zich op de grond liet zakken en op zijn rug rolde. Hij viel onmiddellijk in een diepe slaap en snurkte luid.

'Die is onder zeil. Over een paar uur is hij weer het heertje,' merkte Elliott op. Ze ging verder tegen Cal: 'Jij blijft bij je broer.' Ze overhandigde hem de extra verkijker. 'Hou de kustlijn goed in de gaten... met name het pad door het water.' Ze wees naar de zee en het ondoordringbare duister, waarin zich ergens het onzichtbare zandstrand moest bevinden waarover ze naar het eveneens onzichtbare pad waren gelopen. 'Als je iets ziet – wat dan ook, hoe klein ook – laat het me dan weten. Het is belangrijk dat je wakker en waakzaam blijft... begrepen?'

'Hoezo, waar gaan jullie dan naartoe?' vroeg Cal, die probeerde niet bezorgd te klinken. Hij was al eerder bang geweest dat Drake en zij hem zouden achterlaten, en nu ze Drake was kwijtgeraakt keerde die angst op volle kracht terug. *Was ze van plan er met Chester tussenuit te knijpen, en Will en hem alleen achter te laten?*

'Niet zo heel ver weg... we gaan even iets te eten zoeken,' vertelde ze hem. 'Let hier ook op,' zei ze. Ze liet haar rugzak van haar schouders glijden en naast Wills roerloze lijf vallen. Die ene handeling stelde Cals angstige gedachten gerust – zonder haar uitrusting zou ze niet ver komen. Hij zag dat ze een paar zakken uit het zijvak van de rugzak haalde en toen samen met Chester in de duisternis verdween.

'Hoe gaat het eigenlijk met jou?' vroeg Chester aan Elliott toen ze naast elkaar wegliepen. Hij had zijn lantaarn op de laagste stand gezet en schermde het licht op haar aanwijzingen zo af met zijn hand dat er slechts een heel dunne straal

490

voor hen uit scheen. Zoals gewoonlijk had Elliott, die blijkbaar een bovennatuurlijk bewustzijn jegens haar omgeving bezat, helemaal geen licht nodig om haar weg te vinden. Met de dichte, lage begroeiing aan hun linkerhand en de zee aan de rechterkant trokken ze steeds dieper de inham in.

Elliott beantwoordde zijn vraag niet en deed er somber het zwijgen toe. Chester vermoedde dat ze aan Drake liep te denken. Hij wist dat ze erg overstuur moest zijn over zijn dood en voelde zich gedwongen om iets te zeggen, maar vond het ongelooflijk moeilijk om zich ertoe te zetten. Hoewel hij tijdens de vele gezamenlijke patrouilles vrij veel tijd met haar had doorgebracht, hadden ze tijdens deze tochten niet veel met elkaar gesproken. Het drong tot hem door dat hij haar eigenlijk nog steeds niet veel beter kende dan op de dag dat Drake en zij Will en hem hadden meegenomen. Ze was erg gereserveerd, ongrijpbaar als een nachtelijke bries die je wel voelde, maar niet kon aanraken.

Hij deed nog een poging.

'Elliott, gaat het... gaat het wel goed met je?'

'Maak je over mij maar geen zorgen,' was het stugge antwoord.

'Ik wilde je alleen maar zeggen dat we het allemaal vreselijk vinden van Drake... we zijn hem veel verschuldigd... heel veel.' Chester zweeg even. 'Was het heel erg, toen Will hem moest... ehm... moest...'

Ze bleef abrupt staan en porde zo agressief tegen zijn borst dat Chester ervan schrok. 'Je hoeft me echt niet te vertroetelen. Ik heb geen medelijden nodig, van jou niet, van niemand!'

'Ik vertroetel je helemaal niet...'

'Hou er alsjeblieft over op, oké?'

'Moet je horen, ik maak me gewoon zorgen over je,' zei hij verontwaardigd. 'We maken ons allemaal zorgen over je.'

Ze stond zwijgend voor hem en ontspande zich zichtbaar.

Toen ze eindelijk iets zei, klonk haar stem omfloerst. 'Ik kan gewoon niet geloven dat hij dood is.' Ze snikte even. 'Hij had het er heel vaak over dat die dag voor een van ons of voor ons allebei zou aanbreken en dat het er gewoon bij hoorde. Hij zei dat je je erop moest voorbereiden, maar dat je niet in de put moest gaan zitten. Hij zei dat je nooit achterom moest kijken en het beste moest maken van elk moment dat je leefde...' Ze verschoof het geweer op haar rug een stukje en peuterde aan de riem. 'Dat probeer ik nu dus, maar het valt niet mee.'

Chester staarde naar haar gezicht, dat vaag in het gedempte licht van zijn lantaarn schemerde, en opeens viel het stoere uiterlijk weg en zag hij een bang, eenzaam tienermeisje voor zich staan. Misschien zag hij nu voor het eerst wel de échte Elliott.

'We hebben elkaar nog,' zei hij vriendelijk en meelevend.

'Dank je,' antwoordde ze rustig, maar ze keek hem niet aan. 'Laten we nu maar verdergaan.'

Na een tijdje bereikten ze een smalle strook kust in de inham die eruitzag alsof er een schaduw overheen lag. Toen Chester wat beter keek, ontdekte hij dat dit niets te maken had met de lichtval, maar werd veroorzaakt door een donkerder gekleurde, zwaardere neerslag die zich in het ondiepe water had opgehoopt.

'Daar moet heel wat te halen zijn,' kondigde ze aan en ze gaf de zakken aan Chester. Ze liep het water in, bukte zich en liet haar handen erdoorheen glijden alsof ze naar iets specifieks zocht.

Ze bewoog zich al zoekend zijwaarts langs de waterrand en rechtte toen opeens met een opgetogen kreet haar rug. In haar handen spartelde een of ander groot dier. Het mat van kop tot staart een halve meter en het zilverkleurige lijf had wel iets weg van een geplette kegel met aan beide zijden golvende vinnen die wild kronkelden alsof het probeerde door de lucht weg te zwemmen. Boven op de kop zaten twee enorme, zwarte facetogen en aan de onderkant hingen twee om zich heen graaiende aanhangsels waar uitsteeksels aan bungelden; deze probeerden zich nu om Elliotts handen te slingeren en ze moest haar uiterste best doen om het dier niet te laten vallen. Ze draaide zich met een ruk om en rende terug naar het strand. Chester sprong zo haastig opzij dat hij omviel.

'Allemachtig!' riep hij verbijsterd. 'Wat is dat in vredesnaam?'

Elliott zwaaide het dier met een grote boog naar beneden en sloeg ermee tegen een rots. Chester wist niet zeker of ze het dier had willen doden of alleen maar verdoven, maar meende dat hij het nog steeds heel traag zag bewegen.

Ze rolde het op zijn rug en Chester zag dat de twee aanhangsels zich strekten en weer ineenkrompen; ook had het een ronde bek met daaromheen tientallen glinsterende, witte stekels.

'Dit is een nachtkreeft. Erg lekker.'

Chester slikte iets weg alsof hij het zo walgelijk vond dat hij elk moment kon gaan overgeven. 'Het is anders net een verrekt grote zilvervis,' kreunde hij. Hij lag nog altijd op de plek waar hij was omgevallen. Elliott keek om zich heen om te zien waar hij de zakken had gelaten, liep ernaartoe en stopte het dier in een ervan.

'Dat is het hoofdgerecht,' zei ze. 'Dan zullen we nu maar eens...'

'Je gaat me toch niet vertellen dat je nog zo'n ding gaat vangen, hè?' smeekte Chester en zijn stem klonk een beetje aan de hoge kant, alsof hij op het randje van een hysterische toeval balanceerde.

'Nee, die kans is niet zo groot,' antwoordde ze. 'Nachtkreeften zijn vrij zeldzaam. Alleen de jongere komen dicht bij de kust om eten te zoeken. We hebben echt geluk gehad.'

'Ja, nou,' mompelde Chester, die zichzelf nu pas overeind duwde en afklopte.

Elliott stond alweer in het water, maar deze keer stak ze haar armen diep in de modder. 'En dit is waarnaar de kreeft op zoek was,' vertelde ze Chester. Haar armen, die tot aan de ellebogen in de modder hadden gezeten, haalden iets uit het water. Ze stak haar hand uit naar Chester zodat hij de twee gebogen schelpen van elk zo'n drie centimeter lang in haar palmen kon zien liggen.

'Wat een buitenkansje... mollusken. Ik zal even kijken of ik er nog meer kan vinden.'

Chester huiverde onwillekeurig bij de gedachte dat ze van hem verwachtte dat hij deze dingen nog echt zou opeten ook. 'Ga vooral je gang, leef je uit,' zei hij.

Tijdens de terugtocht over het strand kreeg Chester het gevoel dat er iets niet klopte. Er bewoog helemaal niets; Cal zwaaide niet naar hen en riep evenmin iets om te laten merken dat hij hen zag aankomen. Elliott beende meteen witheet van woede op de jongen af. Hoewel hij nog steeds rechtop zat, hing zijn hoofd ongemakkelijk voorover en was hij ingedommeld naast zijn broer, die ook al helemaal niets hoorde.

'Luistert er dan werkelijk niemand naar me?' zei ze tegen Chester. Ze liep vuurrood aan en Chester hoorde haar adem sissend tussen haar tanden door wegsijpelen. 'Ik heb hem toch duidelijk gezegd dat hij alert moest zijn?'

'Ja, dat klopt,' antwoordde Chester op luide toon.

'Ssst!' beet ze hem toe. Ze liep een stukje verder over het strand en hief haar geweer omhoog om de horizon te verkennen. Chester bleef bij de twee slapende jongens achter tot ze terugkwam.

'Drake zou dit niet door de vingers hebben gezien,' zei ze gespannen. Ze liep achter Cal heen en weer als een leeuwin die op het punt stond om aan te vallen. Cal was zich van geen kwaad bewust en sliep met een zachtjes wiegend hoofd verder. 'Wat wil je daarmee zeggen?' vroeg Chester. Hij probeerde de blik in haar ogen te lezen.

'Hij zou hem hier hebben achtergelaten. Hij had het kamp opgebroken en het hem lekker zelf laten uitzoeken,' zei ze.

'Dat is wel erg drastisch – hoe lang denk je dat Cal het in zijn eentje volhoudt?' wierp Chester tegen. 'Dat is hetzelfde als hem de doodstraf geven!'

'Eigen domme schuld.'

'Dat kun je hem niet aandoen,' sputterde Chester. 'Je moet hem een beetje ontzien. Dat arme joch is totaal afgepeigerd. Wij allemaal, trouwens.'

Ze meende het echter serieus.

'Snap je het dan niet? Door in slaap te vallen had hij ons allemaal kunnen meeslepen in zijn val,' zei ze met een blik op het water. 'We weten niet wat ze nog meer voor ons in petto hebben... als het Ruimers zijn, zal ík ze waarschijnlijk niet eens zien aankomen. Het kunnen echter ook burgers zijn – die worden vaak als voorhoede eropuit gestuurd, omdat er daarvan dertien in een dozijn gaan – puur kanonnenvoer. Zo pakken de Styx het soms aan... de soldaten volgen dan later om alles af te ronden.'

'Ja, maar...' zei Chester.

'Nee, luister naar me. Het kleinste foutje kan al genoeg zijn om dáárin te eindigen,' zei ze ijzig en ze gebaarde met haar duim naar de zee. Ze dacht even na en hing toen het geweer weer om haar schouder. Ze ging achter Cal staan en sloeg hem keihard op zijn achterhoofd.

'AAAUUUWWW!' gilde hij, onmiddellijk klaarwakker. Hij sprong op en maaide wild met zijn armen in het rond. Toen drong het tot hem door dat Elliott de boosdoener was en hij staarde haar razend van woede aan.

'Vind je dat grappig of zo?' zei hij. Hij snoof verontwaardigd.
'Nou, ik kan er anders helemaal niet om lachen...'
Haar onbeweeglijke gezicht sprak boekdelen en zijn protest
stierf weg op zijn lippen.
'Tijdens de wacht val je nooit in slaap!' snauwde ze dreigend.
'Nee,' zei hij. Hij trok zijn shirt recht en keek oprecht berouw-
vol.
'Ik dacht al dat ik stemmen hoorde,' zei Will. Hij ging over-
eind zitten en wreef slaperig met zijn knokkels in zijn ogen.
'Wat is er aan de hand?'
'Niets. We gaan het eten klaarmaken,' zei Elliott tegen hem.
Buiten Wills gezichtsveld wierp ze Cal nog een laatste verzen-
gende blik toe en ze haalde haar hand in een snijdend gebaar
over haar hals. Hij knikte sip.

Elliott groef een kuil in het zand en stuurde Chester en Cal
eropuit om wat kreupelhout te verzamelen, dat ze rond de
rand ervan legde. Pas toen ze helemaal tevreden was, ontstak
ze een klein vuurtje op de bodem van de kuil. Het vuur laaide
op en ze verschikte een paar stukken hout, die duidelijk waren bedoeld als extra maatregel om te voorkomen dat de gloed
van het vuur erbovenuit kwam.
Terwijl ze hier druk mee in de weer was, sloegen Chester en
Cal Will gade, die met stijve benen naar een paar waterplassen aan de rand van de zee strompelde. Hij klapte de lens omhoog en begon zijn gezicht met water te betten. Vervolgens
waste hij heel lang zijn handen. Hij boende ze met nat zand,
spoelde ze schoon en herhaalde dit langzaam en zorgvuldig
telkens opnieuw.
'Zal ik even naar hem toe gaan? Hij gedraagt zich wel een
beetje vreemd,' vroeg Chester aan Elliott, terwijl hij naar het
bijzondere gedrag van zijn vriend bleef staren. 'Wat is er met
zijn handen?'

'Vertraagde nawerking,' zei ze, maar daar werden Chester en Cal geen steek wijzer van. Nadat ze te horen hadden gekregen dat Will Drake misschien had doodgeschoten had zich nog geen gelegenheid voorgedaan om even met hem te praten en daar waren beide jongens eigenlijk heel blij om. Het feit dat hij iemand kon hebben doodgeschoten schiep een zekere afstand tussen hen en maakte hem tot iets wat ze eigenlijk niet konden bevatten.

Hoe moesten ze nu met hem omgaan? Hoewel ze er nooit van hun leven openlijk met elkaar over zouden praten, nam deze vraag een prominente plek in hun gedachten in. Ze konden hem moeilijk feliciteren met zijn daad en hem een schouderklopje geven. Moesten ze met hem meeleven omdat Drake dood was en hem troosten, *ook al was hij daar zelf de oorzaak van?* Als ze eerlijk waren, voelden ze nu een beetje ontzag voor Will. Hoe voelde hij zich na wat hij had gedaan? Niet alleen had hij bloed aan zijn handen, omdat hij een ander mens had neergeschoten, maar het was ook nog eens het bloed van Drake... een van hun eigen mensen... hun beschermer en vriend... *zijn* vriend.

Chester staarde Elliott nadenkend aan en vroeg zich af hoe zij hier eigenlijk mee omging. Ze had hem heel even haar kwetsbare kant laten zien, maar gedroeg zich nu weer als vanouds en stortte zich met hart en ziel op de verantwoordelijkheid jegens hen. Chesters gedachtegang werd onderbroken toen Elliott de nachtkreeft uit de zak trok en op het zand liet neerploffen. Het dier was net zo beweeglijk als toen ze het pas had gevangen en ze moest haar voet erop zetten om te voorkomen dat het ontsnapte.

Chester zag dat Will naar hen toe kwam. Hij bewoog zich traag, alsof hij nog niet helemaal wakker was. Water droop van hem af en hij zag er werkelijk vreselijk uit. Hij had zijn gezicht niet echt grondig gewassen: onder zijn ogen, op zijn voorhoofd en in zijn hals zat nog roet, en ook zijn haar zat vol donkere vegen. Onder andere omstandigheden zou Chester misschien hebben gegrapt dat Will sprekend op een panda leek. Dit was echter niet de juiste plek of het geschikte tijdstip om dat soort grappen te maken.

Op een paar meter van hen vandaan bleef Will staan en hij vermeed hun blikken. In plaats daarvan boog hij zijn hoofd en staarde hij naar zijn voeten. Hij krabde met zijn wijsvinger over de palm van zijn hand, alsof hij probeerde iets met zijn nagel te verwijderen.

'Wat heb ik gedaan?' zei hij. Hij was moeilijk te verstaan, want hij sprak onduidelijk, alsof zijn mond was verdoofd en hij peuterde onophoudelijk aan zijn hand.

'Hou daarmee op!' zei Elliott scherp. Hij hield op met krabben en zijn handen hingen slap langs zijn lichaam. Hij liet zijn schouders hangen en boog zijn hoofd.

Terwijl Chester hem gadesloeg, liet een druppeltje op Wills gezicht los en het glinsterde even in het licht, maar hij kon niet zeggen of het een traan was of slechts zeewater van zijn wasbeurt.

'Kijk me aan,' zei Elliott streng.

Will bleef roerloos staan.

'Ik zei: kijk me aan!'

Will hief zijn hoofd op en staarde Elliott verdwaasd aan.

'Dat is beter. Laat dit duidelijk zijn... we deden wat we moesten doen,' zei ze ferm tegen hem. Toen ging ze iets zachter verder: 'Ik denk er niet over na... en dat zou jij ook niet moeten doen. Daar is later nog meer dan genoeg tijd voor.'

'Ik...' stamelde hij hoofdschuddend.

'Nee, niet doen... luister naar me. Jij hebt dat laatste schot afgevuurd, omdat ik het niet kon. Ik heb Drake laten barsten, maar jij niet. Je hebt gedaan wat het beste was... voor hem.'

'Oké,' antwoordde hij uiteindelijk en het woord eindigde in

een diepe zucht. 'Zei je net iets over eten?' vroeg hij na een lange stilte. Het was duidelijk dat hij zijn uiterste best deed om zich te vermannen, ook al was de vertwijfelde blik nog niet uit zijn zwartomrande ogen verdwenen.

'Hoe voel je je?' vroeg ze, en opeens bedacht ze dat ze iets moest doen met de nachtkreeft onder haar voet. Nog net op tijd, trouwens, want het dier klauwde wild met zijn vinnen in het zand om zichzelf uit te graven en naar het water terug te gaan.

'Beroerd,' zei hij. 'Mijn hoofd suist niet meer, maar mijn maag voelt aan alsof ik in een achtbaan heb gezeten.'

'Je moet wat warms eten,' zei ze. Ze tilde haar voet van de rug van het dier en trok haar mes. De aanhangsels onder de kop spanden zich als het snoer van een hengel die beethad.

Er viel een korte stilte waarin Will naar het tafereel voor hem staarde en toen riep hij:

'*Anomalocaris canadensis!*'

Tot ieders stomme verwondering sloeg zijn houding om als een blad aan de boom. Hij keek heel opgewonden, sprong op en neer en zwaaide met zijn armen.

Elliott draaide de nachtkreeft om en zette haar mes in de holte tussen de twee delen van het platte onderlijf.

'Hé!' krijste hij. 'Niet doen!' Hij stak een hand uit alsof hij wilde voorkomen dat Elliott het dier doodde, maar ze was hem te snel af. Ze duwde het mes naar binnen; de aanhangsels aan de kop verslapten direct en het eindeloze gewapper verstomde.

'Nee!' riep hij. 'Hoe kun je dat nu doen? Het is een Anomalocaris!' Hij zette met een uitgestrekte hand een stap in haar richting.

'Blijf uit mijn buurt,' waarschuwde ze hem en ze hield het mes omhoog, 'anders rijg ik jóu hier ook aan.'

'Maar...... het is een fossiel... ik bedoel... het is een uitgestorven diersoort... ik heb er een fossiel van gezien... het is een uitgestorven soort!' riep hij. Hij werd nog bozer toen bleek dat geen van de anderen begreep wat hij hun probeerde duidelijk te maken en er blijkbaar ook niet in was geïnteresseerd. 'Echt? Ik vind het er anders helemaal niet uitgestorven uitzien,' zei Elliott, die het dode dier uitdagend ophield.

'Besef je dan niet hoe belangrijk dit is? Je mag ze niet doden! Je moet de rest met rust laten!' Zijn blik was op de tweede zak gevallen en nu schreeuwde hij niet meer, maar wauwelde hij onsamenhangend verder, alsof hij besefte dat hij bij Elliott geen steek verder zou komen.

'Will, doe nou eens niet zo stom. In die andere zak zitten alleen maar schelpen. Trouwens, volgens Elliott zitten er daarginds hartstikke veel van die kreeften,' vertelde Chester hem. Hij gebaarde naar de zee.

'Maar... maar...!'

Bij het zien van de geïrriteerde uitdrukking op Elliotts gezicht besloot Will dat hij maar beter zijn mond kon houden. Hij beet op zijn lip en staarde in stilte vol afschuw naar de levenloze Anomalocaris.

'In zijn tijd was het een van de grootste roofdieren die er in de zeeën rondzwommen... de T-Rex van het cambriaanse tijdperk,' mompelde Will troosteloos. 'Het dier is al bijna vijfhonderdvijftig miljoen jaar uitgestorven.'

Will reageerde al net zo ontzet toen Elliott de mollusken, zoals zij ze noemde, uit de tweede zak tevoorschijn haalde.

'Duivelsteennagels!' riep Will ademloos. '*Gryphaea arcuata.* Ik heb thuis een doos vol met die dingen. Ik heb ze met mijn vader gevonden bij Lyme Regis... maar dan natuurlijk wel als fossielen!'

Terwijl Elliott, Cal en Chester rond de prehistorische barbecue met de aan het spit geregen Anomalocaris zaten, maakte Will schetsen van de levende duivelsteennagel die hij Elliott met veel pijn en moeite had ontfutseld. Diens broers of zusjes (of misschien wel allebei – Will kon zich zo gauw niet herinneren of het hermafrodieten waren geweest) hadden minder geluk gehad en lagen zacht sissend in de gloeiende as aan de rand van het vuurtje.

Hij ging volledig op in zijn eigen wereldje als een klein kind dat een kruipend beestje bekijkt dat het in de tuin heeft gevangen, en praatte giechelend in zichzelf. 'Ja, een heel dikke schelp... moet je die groeiringen eens zien... en daar gaat hij natuurlijk open,' zei Will. Hij tikte met het uiteinde van zijn potlood op het platte, ronde gedeelte aan de breedste kant van de schelp. Toen hij opkeek, zag hij dat ze hem allemaal zaten aan te staren. 'Dit is zo ontzettend gaaf! Wisten jullie dat dit de voorganger van de oester was?'

'Drake heeft weleens zoiets gezegd, ja. Hij at ze het liefst rauw,' zei Elliott nuchter en ze verschoof de Anomalocaris een stukje in de vlammen.

'Jullie hebben werkelijk absoluut geen idee hoe belangrijk deze vondst is,' zei Will, die zich opnieuw opwond over hun totale gebrek aan belangstelling. 'Hoe halen jullie het in vredesnaam in je hoofd om ze op te eten?'

'Als je jouw portie niet hoeft, wil ik die wel, hoor, Will,' riep Cal. Hij keek naar Chester. 'Wat is een oester trouwens?'

Terwijl het eten langzaam gaar werd, bracht Elliott het gesprek op de bizarre gang met verzegelde cellen die ze met Cal in de Burcht had gezien. Ze kon het onderwerp blijkbaar niet van zich afzetten en moest er met iemand over praten.

'We wisten dat er ergens een soort quarantaineafdeling moest zijn, maar niet waar of waarvoor.'

'Dat zei Drake ook al, maar hoe hadden jullie er dan over gehoord?' vroeg Will.

'Van een contactpersoon,' zei Elliott en ze wendde haastig

haar blik af. Will had durven zweren dat ze een tikje ongerust had gekeken, maar hield zichzelf voor dat dit ongetwijfeld had te maken met de ontdekking van de cellen.

'Alle mensen waren dus dood,' zei Chester.

'Op één man na,' zei Elliott. 'Een rebel.'

'De anderen waren allemaal Kolonisten,' vertelde Cal. 'Dat kon je aan hun kleren zien.'

'Waarom zouden de Styx zoveel moeite doen om Kolonisten naar beneden te halen als ze hen toch alleen maar willen vermoorden?' vroeg Chester.

'Dat weet ik niet.' Elliott haalde haar schouders op. 'Ze hebben het Onderdiep altijd als testgebied gebruikt – dat is niets nieuws – maar alle tekenen wijzen erop dat er iets ingrijpends staat te gebeuren. Drake dacht dat jullie drie ons misschien konden helpen om daar een stokje voor te steken en de plannen van de Zwartkoppen te verijdelen. Vooral hij daar.' Ze keek met een grimas naar Will, die vol ontzetting naar de dampende Anomalocaris zat te staren. 'Ik ben er niet zo zeker van of Drake daar wel goed over had nagedacht.'

Elliott haalde de Anomalocaris uit de vlammen en legde hem op de grond. Ze verwijderde met de punt van haar mes een deel van het omhulsel van de onderbuik en sneed het karkas in stukken. 'Het eten is klaar,' kondigde ze aan.

'O, fijn,' zei Will mat.

Toen het eten werd uitgedeeld, ging Will toch overstag. Hij legde zijn dagboek weg en at net als de anderen zijn portie op, in het begin onwillig, maar al snel werkte hij hongerig grote happen naar binnen. Hij was het zelfs met Chester eens toen deze opmerkte dat de Anomalocaris best veel op zeekreeft leek. De duivelsteennagels waren een heel ander verhaal en de jongens kauwden er met lange tanden op.

'Hmmm. Interessant,' merkte Will op nadat hij een hap had doorgeslikt. Hij bedacht peinzend dat hij een van de weinige levende mensen was die uitgestorven dieren had gegeten. Hij zag opeens voor zich hoe hij een dodoburger oppeuzelde en glimlachte ongemakkelijk.

'Ja, supergave barbecue,' zei Chester lachend en hij strekte zijn benen. 'Het voelt toch een beetje aan als thuis.'

Will knikte instemmend.

Door de verkwikkende windvlagen, het geluid van het smeulende vuur in combinatie met de klotsende golven en de smaak van schaaldieren in hun mond werden Chester en Will opeens allebei overvallen door heimwee. Ze werden door dit alles herinnerd aan hun vroegere, zorgeloze leventje in de wereld boven – het leek wel een dagje uit tijdens de vakantie of een strandfeestje laat op een zomerse avond (en hoewel Wills familie zelden dergelijke uitstapjes maakte, in elk geval niet samen, ontroerde de gedachte hem toch).

Hoe harder ze echter probeerden zichzelf ervan te overtuigen dat het net thuis was, des te meer ze beseften dat dit onmogelijk was en dat ze zich op een vreemde, gevaarlijke plek bevonden waar ze nog maar moesten afwachten of ze de volgende dag zouden halen. Om deze gevoelens te onderdrukken kletsten ze over koetjes en kalfjes, en vermeden ze alles wat met Drakes dood te maken had, maar het gesprek liep al snel dood en ieder van hen at in gedachten verzonken zijn eten op.

Elliott had haar portie meegenomen naar de rand van het water en hield met grote regelmaat haar geweer voor haar oog om de stranden in de verte te verkennen.

'Oh-oh,' zei Cal. Will en Chester keken om, en zagen dat ze opstond en het eten van haar schoot liet glijden. Ze bleef roerloos staan en richtte het geweer op iets in de verte.

'Tijd om te gaan!' riep ze naar hen.

'Heb je iets gezien?' vroeg Will.

'Ja, een glimp... ik had verwacht dat we meer tijd zouden hebben voordat ze het strand bereikten... waarschijnlijk is het een verkenningspatrouille.'

Chester slikte duidelijk hoorbaar de hap in zijn mond door.

37

'Wat ben je toch ook een achterlijk beest!' riep Sarah uit, terwijl ze door de vetplanten achter Bartleby aan slalomde, die harder dan ooit aan de riem rukte. Het was overduidelijk dat hij het geurspoor van de jongens had gevonden – dat was het goede nieuws. Het slechte nieuws was dat hij steeds wilder en onhandelbaarder werd, en Sarah was al een paar keer bang geweest dat hij haar zou aanvallen.

'Rustig nou!' schreeuwde ze.

Na een harde knal hing de riem opeens slap in haar hand, en ze verloor haar evenwicht en viel plat op haar rug. De lantaarn glipte uit haar hand, rolde stuiterend over de planten weg en schoot naar de hoogste stand. Schelle lichtstralen beschenen de hoge bomen achter haar, knipperende lichtflitsen die mijlenver in de omtrek zichtbaar waren, wist ze. Als ze haar aanwezigheid aan Jan en alleman bekend had willen maken, dan was ze daar nu uitstekend in geslaagd.

Ze was buiten adem en kon zich een paar seconden lang niet bewegen. Toen kroop ze pijlsnel naar de plek waar de lantaarn lag en gooide zich erbovenop om het licht te bedekken. Ze bleef hijgend en scheldend even zo liggen. *Over amateuristisch gedrag gesproken!* Ze had de enorme frustratie het liefst van zich afgeschreeuwd, maar daar zou de situatie bepaald niet beter op zijn geworden.

Met haar lichaam nog altijd over de lantaarn gebogen zette ze de lichtstraal lager en daarna richtte ze haar aandacht op het stuk van de leren riem dat nog altijd om haar hand zat gewonden. Het afgebroken uiteinde was rafelig en toen ze het van dichtbij bekeek, zag ze tandafdrukken – Bartleby had hem snel doorgeknaagd toen ze even niet oplette. *Die sluwe opdonder!* Als ze niet zo kwaad op zichzelf was geweest, had ze vast en zeker bewondering gehad voor zijn slinkse gedrag.

Het laatste wat ze van hem had gezien, was zijn achterlijf met de wild malende achterpoten die gebladerte opwierpen toen hij er als een speer vandoor ging in het duister.

'Die verrekte rotkat!' bromde ze bij zichzelf en ze maakte hem in gedachten uit voor alles wat mooi en lelijk was. In het tempo waarin hij liep, had hij ongetwijfeld al een aardige afstand afgelegd en als ze dacht dat ze hem op een of andere manier nog wel terug zou krijgen, hield ze zichzelf alleen maar voor de gek. Ze was het enige middel dat ze had om Will en Cal te vinden kwijtgeraakt. 'Verrekte rotkat,' zei ze nogmaals, deze keer iets mistroostiger, en ze luisterde naar het geluid van de golven. Het enige wat ze nu nog kon doen, was de kustlijn volgen in de hoop dat deze haar naar haar doel zou leiden.

Ze stond moeizaam op en ging op een holletje op pad in de hoop dat Will nog steeds dezelfde route aanhield die Bartleby al die tijd had gevolgd. Als hij een nieuwe route had gekozen dwars door de dichte begroeiing links van haar, had ze geen schijn van kans om hem op te sporen.

Na een halfuur maakte het geraas van de golven plaats voor een ander geluid: dat van stromend water. Ze dacht terug aan de plattegrond en herinnerde zich dat er ergens een oversteekplaats naar een eiland moest zijn. Ze liep naar de zee en het geluid van stromend water werd sterker.

Ze had bijna het pad door het water bereikt toen er vanuit het niets vlak voor haar een gedaante opdook. Ze maakte een sprongetje van schrik. Het was een man. Ze stond op het vlakke strand en er was nergens in de buurt iets te bekennen om zich achter te verschuilen – ze begreep dus niet waar hij opeens vandaan kwam. In paniek zwaaide ze het geweer van haar schouder naar voren, maar dat deed ze zo onhandig dat ze het bijna liet vallen.

Ze hoorde een harde, nasale lach en bleef roerloos met het geweer beschermend voor haar lichaam staan. Hij was toch al veel te dichtbij om het nu nog op hem te richten.

'Ben je misschien iets kwijt?' zei hij minachtend tegen haar. Hij deed een stap in haar richting en ze tilde de lantaarn iets hoger op. In de vage gloed zag ze een verweerd gezicht met holle oogkassen.

Het was een Ruimer.

'Slordig, heel slordig,' zei hij en hij propte ruw een stuk touw in haar hand. Er zat een lus aan.

Ze nam het angstig aan, niet wetend wat ze ervan moest denken. In de trein was het heel anders geweest, maar toen was Rebecca er natuurlijk bij. Hier was ze alleen met deze monsters en dat vond ze maar niets – wie weet wat ze zouden doen als zij iets deed wat hun niet beviel. In dit donkere, verwilderde gebied maakten zij de dienst uit. Er schoot haar een nieuwe gedachte te binnen: stel dat het overhandigen van het touw een teken was dat ze haar gingen ophangen? Speelden ze soms een spelletje met haar? Misschien wilden ze haar wel executeren, omdat ze haar incompetent en een blok aan hun been vonden. Ze kon het hun niet eens kwalijk nemen – tot dusver had ze alles verkeerd gedaan.

Haar angst bleek echter ongegrond. Achter de benen van de Ruimer kroop Bartleby tevoorschijn met het andere uiteinde van het touw stevig met een slipsteek rond zijn nek geknoopt. Hij zag er bang uit en had zijn staart tussen zijn poten gestopt. Sarah kon niet zien of de Ruimer hem had afgeranseld, maar de kat was duidelijk doodsbang. Bartleby leek wel een andere kat en toen Sarah hem naar zich toe trok, kwam hij zonder enige vorm van verzet.

'Wij nemen het hier over,' zei een stem vlak achter haar. Ze draaide zich vliegensvlug om en zag dat er een rij schimmige gedaanten achter haar stond: de andere drie leden van de Ruimerspatrouille. Hoewel ze minstens een halve dag taal noch teken van hen had vernomen, moesten ze haar voortdurend op de voet zijn gevolgd. Nu begreep ze hoe ze aan de reputatie kwamen dat ze alles en iedereen ongemerkt konden besluipen; ze bewogen zich echt als geesten. En zij had nog wel gedacht dat *zijzelf* goed was.

Sarah schraapte ongemakkelijk haar keel. 'Dat hoeft niet,' zei ze onderdanig. Ze tuurde in de richting van het klotsende water en het begin van het pad. Ze wilde koste wat het kost hun doodse ogen vermijden. 'Ik zal met de Jager het spoor wel volgen... naar het eiland... om...'

'Dat is nergens voor nodig,' zei de eerste Ruimer die haar de weg versperde op een akelig zachte toon. Dat hij zo zacht sprak in plaats van haar een bevel toe te blaffen was bijzonder verontrustend. Ze besefte dat hij razend was omdat ze hem had durven tegenspreken. Hij bewoog zijn hoofd met een ruk opzij en weer terug – het gebaar straalde iets gewelddadigs uit, een voorproefje van wat haar te wachten stond als ze zich tegen hem bleef verzetten. 'Jij hebt al genoeg gedaan,' mompelde hij. Door de manier waarop hij het zei, twijfelde ze er geen seconde aan dat het geringschattend was bedoeld.

'Maar Rebecca zei...' begon Sarah, die zich er heel goed van bewust was dat dit misschien wel het allerlaatste was wat ze ooit zou zeggen.

'Laat het maar aan ons over,' gromde een van de Ruimers achter haar en hij greep haar zo stevig vast bij haar bovenarm dat ze zich het liefst had losgerukt. Dat deed ze echter niet en ze weigerde zich om te draaien en hem aan te kijken. Ze ston-

508

den alle drie nu heel dicht achter haar. Ze voelde dat een van hen nu met zijn jas langs haar andere arm wreef en wist vrij zeker dat ze hun adem in haar nek kon voelen. Ze vond het vreselijk om het te moeten toegeven, maar ze stond doodsangsten uit. Ze zag al levendig voor zich hoe ze haar de keel zouden afsnijden en haar hier zouden laten liggen.

'Goed dan,' zei ze nauwelijks hoorbaar en de druk van de knellende hand om haar arm werd iets minder, ook al liet hij haar niet los. Ze liet haar hoofd hangen en verachtte zichzelf omdat ze niet tegen hen inging. Het was echter verstandiger om met hen mee te werken dan geëxecuteerd te worden, hield ze zichzelf in gedachten voor. Als zij succes hadden en Will levend in handen kregen, bestond er nog altijd een kansje dat ze de waarheid omtrent Tams dood te horen kreeg. Rebecca had Sarah beloofd dat ze zelf met Will mocht afrekenen – dat hield in elk geval in dat ze de gelegenheid zou krijgen om met hem te praten. Dit was echter niet het juiste moment om Rebecca's voorwaarden met deze keiharde mannen te bespreken.

'Volg de kustlijn. Misschien hebben de rebellen nog een andere manier om van het eiland af te komen,' fluisterde een Ruimer van achteren in haar oor. De hand op haar arm gaf haar opeens een duw en ze deed struikelend een paar stappen naar voren. Toen ze weer rechtop stond, waren ze spoorloos verdwenen. Ze was alleen met de bries op haar gezicht en een ondraaglijk gevoel van mislukking en schaamte. Ze was heel ver gekomen, maar nu werd de taak haar uit handen genomen. Wanneer ze aan de vier soldaten dacht die nu zonder haar verdergingen, kreeg ze een verschrikkelijk leeg gevoel in haar maag. Ze kon er echter niets aan veranderen. Ze zou gek zijn geweest als ze nog langer had tegengesputterd. Een dode gek.

Ze zocht traag haar weg over het strand en dwong zichzelf het pad in het water te negeren en verder te lopen. Als ze dat niet deed, zou ze het lot tarten. Ze draaide wel haar hoofd een stukje opzij om er heel even een blik op te werpen. Hoewel er geen spoor van de Ruimers te zien was, durfde ze te wedden dat een van hen was achtergebleven om te zien of ze zich aan hun opdracht hield. Ze had geen keus en moest verder trekken in de richting die zij haar hadden opgedragen, ook al wist ze dat het tijdverspilling was. Will zat op dat eiland – hij had zich verstopt op een doodlopende plek waar hij nooit weg kon komen – en ze was heel dichtbij geweest.

'Kom mee!' snauwde ze onnodig tegen Bartleby. 'Dit is allemaal jouw schuld!'

Ze trok hard aan het touw. Hij volgde gehoorzaam, maar zijn kop was naar het pad door het water gekeerd en hij jankte zacht. Hij wist net zo goed als zij dat ze helemaal de verkeerde kant uit gingen.

38

Een heel smal pad in een grotachtig gebied. Een smalle strook, amper zichtbaar tussen de rotspartijen. Het zou heel goed kunnen dat het door de natuur was gevormd... Dr. Burrows durfde het niet met zekerheid te zeggen.

Hij keek nog eens goed... dáár... jawel! Daar zag hij brede tegels die tegen elkaar aan waren gelegd. Met de punt van zijn laars schoof hij het losse grind weg en legde hij de op gelijke afstand van elkaar gelegen richels ertussen bloot. Het stond dus wel vast dat dit geen natuurlijk element was... en toen hij verder liep, verscheen er een kleine stenen trap in zijn blikveld. Hij klom naar boven en bleef staan. Hij zag dat het pad in de verte verdween en nam het gebied in zich op, eerst de ene kant en toen de andere. Hij ontdekte dat er aan weerszijden vierkante stenen stonden opgesteld.

'Ja! Die zijn daar beslist door mensenhanden neergezet!' prevelde hij in zichzelf. Toen zag hij dat ze in rijen stonden opgesteld. Hij boog zich voorover om ze beter te kunnen bestuderen. Nee, ze stonden niet in *rijen*, maar in *vierkanten*.

'Rechthoekige constructies!' riep dr. Burrows met groeiende opwinding. 'Het zijn ruïnes!' Hij trok zijn geologenhamertje met het blauwe handvat uit zijn riem en verliet het pad. Tijdens het lopen tuurde hij wild om zich heen naar de grond rond zijn voeten.

'De fundering?' Hij bukte zich om de rechthoekige brokstuk-

511

ken te betasten, veegde kiezels weg en gebruikte de spitse punt van zijn hamer om stukken los puin opzij te schuiven. Hij knikte bij wijze van antwoord op zijn eigen vraag en er kroop een glimlach over zijn met vuil besmeurde gezicht.

'Geen twijfel mogelijk: het zijn funderingen.' Hij ging rechtop staan en ontdekte nog meer rechthoeken die door het duister half aan het oog werden onttrokken. 'Is dit misschien ooit een nederzetting geweest?' Toen hij iets verder weg keek, drong het pas tot hem door hoe omvangrijk zijn vondst eigenlijk was. 'Nee, het moet veel groter zijn geweest! Eerder een complete stád!'

Hij hing de hamer weer aan zijn riem en bette zijn voorhoofd. De warmte was drukkend en van heel dichtbij klonk het geluid van druppelend water. Lange slierten stoom kronkelden door de lucht en zweefden traag als serpentines in slow motion langs elkaar. Een paar kleine vleermuizen klapwiekten voorbij en verstoorden de linten met het gejaagde geklapper van hun vleugels.

De gigantische stofmijt maakte zacht klakkende geluidjes en zat als een goed afgerichte hond netjes op het pad op hem te wachten. Het dier had hem een paar kilometer lang trouw gevolgd. Hoewel dr. Burrows het gezelschap heel prettig vond, begreep hij best wat de beweegredenen van het dier waren. Het was duidelijk op zijn eten uit.

Door de ontdekking dat hij de oeroude taal kon lezen van de mensen die hier in vroeger tijden hadden gewoond was zijn enthousiasme opgelaaid en wilde hij meer over hen te weten komen. Kon hij nu maar een paar voorwerpen ontdekken die hem iets konden vertellen over hoe ze hier hadden geleefd. Terwijl hij tussen de funderingen zocht naar iets wat hem daarbij misschien kon helpen, echode er een kreet door de warme stilte in de grot. Een snerpende, zachte kreet die tegen de wanden weerkaatste.

De kreet werd gevolgd door een suizend geluid, een soort *woemf.* Het klonk ergens boven hem.

De stofmijt bleef onmiddellijk doodstil staan.

'Wat zou dat zijn?' zei dr. Burrows. Hij keek omhoog, maar kon de bron van de geluiden niet ontdekken. Toen pas drong het tot hem door dat hij het dak van de grot helemaal niet kon zien. Het leek wel of hij op de bodem van een reusachtige kloof stond. Hij was zo in beslag genomen door de vondst van de ruïnes dat hij zich geen tijd had gegund om zijn omgeving in zich op te nemen.

Hij hield zijn lichtbol langzaam boven zijn hoofd. In de schemering kon hij nog net de hoge wanden van de kloof zien, zacht golvende, verticale steenplooien die zich hoog boven hem in het duister uitstrekten. Ze hadden de kleur van melkchocolade. Hij moest het nu al zo lang zonder zijn geliefde chocolade stellen, waarvan hij in Highfield dagelijks een portie had gegeten, dat zijn gedachten afdwaalden en het water hem in de mond liep. Hierdoor merkte hij dat hij bijzonder hongerig was – het voedsel dat de Coprolieten voor hem hadden achtergelaten was niet echt smakelijk en al evenmin echt vullend.

Hij ving opnieuw het suizende geluid op en alle gedachten aan eten verdwenen naar de achtergrond. Deze keer klonk het veel dichterbij en veel harder. Hij voelde in zijn gezicht dat er heel veel lucht werd verplaatst – het was beslist iets heel groots. Hij trok zijn hand met daarin de lantaarn terug, vouwde zijn hand eromheen en dook in elkaar.

Hij had pijn in zijn buik van angst, maar verzette zich tegen de aandrang om weg te rennen en bleef roerloos tegen de rotswand zitten. Hij bevond zich op open terrein en er was niets in de buurt wat als schuilplaats kon dienen. Hij zat daar helemaal onbeschermd. Hij wierp een blik op de stofmijt. Die zat zo onbeweeglijk dat het even duurde voordat hij hem had teruggevonden op het pad. Hij bedacht dat dit natuurlijk uit zelfbescherming was – het wezen probeerde zichzelf onzichtbaar te maken. Het lag dus voor de hand, zo redeneerde hij, dat datgene wat nu boven hen rondcirkelde iets was waarvoor je moest oppassen. Als een monsterlijk grote stofmijt met de omvang van een volwassen olifant en een pantser als buitenkant reden had om bang te zijn, dan vormde hijzelf zeker een fraaie prooi. Een heerlijk, zacht, vlezig mensenhapje, zo voor het grijpen.

Woemf!

Een kolossale schaduw zwierde boven hem heen en weer. Hij kwam steeds dichterbij – rondcirkelend als een havik in steeds kleinere cirkels.

Hij begreep dat hij daar niet kon blijven zitten. Precies op dat moment kwam de stofmijt weer in beweging en schoot vliegensvlug weg in de richting waar volgens dr. Burrows het pad moest zijn. Hij aarzelde even, maar rende toen strompelend over de funderingen en de ruwe grond achter het dier aan. Hij knalde met zijn schenen tegen rotsblokken, gleed regelmatig bijna uit en struikelde over allerlei obstakels, maar slaagde er desondanks in op de been te blijven.

Woemf!

Het zat nu vlak boven hem. Hij onderdrukte een gil en wapperde tijdens het lopen beschermend met zijn armen boven zijn hoofd. *Wat was het in vredesnaam? Een gevleugeld roofdier? Een dat nu als een roofvogel op zijn prooi afdook?*

Hij had het pad weer bereikt, maar zag tot zijn stomme verbazing dat de stofmijt er als een speer vandoor was gegaan en zich razendsnel op zijn zes poten vooruitbewoog. Hij zag hem nog net heel in de verte lopen en als het pad er niet was geweest, zou hij ongetwijfeld zijn verdwaald. Waar leidde het pad, en dus ook de stofmijt, hem eigenlijk naartoe?

Woemf, woemf!

'Lieve help!' schreeuwde hij. Hij liet zich op de grond vallen. Een vleug warme lucht was door het geklapper van de donkere vleugels in zijn gezicht gewaaid. *Het was nu echt heel dichtbij!* Hij zat nu op zijn handen en knieën, en draaide gejaagd zijn hoofd om in de hoop een glimp van het wezen boven zijn hoofd op te vangen. Hij was ervan overtuigd dat het ergens niet al te hoog boven hem rondcirkelde en elk moment omlaag kon duiken om toe te slaan.

Was dit het einde? Werd hij nu door een of ander onderaards vliegend beest van de grond gegrist?

Zijn fantasie ging met hem op de loop en in gedachten zag hij de meest buitenissige wezens boven zijn hoofd rondvliegen. Intussen kroop hij pijlsnel weg. Hij moest een schuilplaats zien te vinden en snel ook.

Met gebogen hoofd botste hij keihard tegen iets aan. Hij zakte versuft op zijn buik en probeerde te zien wat er voor hem lag. Hij bevond zich nog altijd op het pad, dus vermoedde hij dat de stofmijt hier ook langs was gekomen. Hij had de wand van de grot bereikt – zoveel kon hij nog net zien. Er was echter meer. Voor hem zat een uitgehakte ingang in de rots met een meter of twintig boven hem een duidelijk zichtbare, uit de steen gekerfde draagbalk.

Hij slaakte een gil van opwinding, ervan overtuigd dat hij een plek had gevonden waar hij veilig was. Hij kroop verder en zorgde ervoor dat hij dicht bij de grond bleef. Zijn knieën en scheenbenen schraapten over allerlei brokstukken en zijn knokkels waren kapot van al het puin waar hij overheen moest kruipen. Hij hield pas stil toen het tot hem doordrong dat hij het geluid al een tijdje niet meer had gehoord. *Was hij veilig?*

Hij ging plat op de grond liggen en rolde zich helemaal op, niet in staat de heftige rillingen die zijn lijf teisterden te onderdrukken. Het was een verlate reactie op de doodsangsten die hij had uitgestaan en hij merkte dat hij het getril niet onder controle kreeg, hoewel alles nu stil en rustig was. Alsof dat nog niet erg genoeg was, kreeg hij ook nog eens de hik en bij elke aanval trok zijn lichaam pijnlijk samen. Na een tijdje rekte hij zich uit en liet zich al hikkend op zijn zij rollen. In die houding haalde hij een paar keer hortend en stotend diep adem, en ondertussen ontspande hij heel langzaam zijn verstijfde vingers rond de lichtbol in zijn hand.

Hij schraapte zijn keel en murmelde: 'Ja, ja, ja, *hik!*' alsof hij zich schaamde voor zijn reactie. Toen ging hij rechtop zitten en keek om zich heen. Hij bevond zich in een grote, afgesloten ruimte waarin aan allebei de kanten twee rijen hoge zuilen stonden van hetzelfde bruine materiaal als in de grot buiten. Hij sperde verbaasd zijn ogen open.

'Wat zullen we *hik* nou krijgen?'

Elliott voerde de jongens mee landinwaarts. Op sommige plekken was de lage begroeiing zo dicht dat ze zich er met haar kapmes een weg doorheen moest banen. De jongens, die in een soort optocht achter elkaar liepen, hielpen elkaar door ervoor te zorgen dat de rubberachtige takken van de hoge vetplanten en de laagste takken van de bomen niet in het gezicht van degene achter hem zwiepten. Er was geen frisse lucht en de jongens, die binnen de kortste keren dropen van het zweet, verlangden terug naar de open ruimte en de zachte wind van het strand.

Desondanks was Will heel opgewekt. Hij was blij dat ze weer als een team samenwerkten en op elkaar pasten. Hij hoopte dat zijn ruzie met Chester nu tot het verleden behoorde en dat hun vriendschap weer net zo zou worden als vroeger. Hij was vooral ook dankbaar dat Elliott direct Drakes plaats had overgenomen en zich als hun nieuwe leider had opgeworpen. Hij twijfelde er geen seconde aan dat ze heel geschikt was voor de taak.

Will ving onderweg allerlei geluiden op, het raspende geroep van dieren en een soort hol geratel. Hij keek gretig om zich heen om te zien wat deze geluiden veroorzaakte en tuurde naar de takken van de reusachtige bomen boven hem, maar kon niets ontdekken. Hij was maar wat graag blijven staan om een grondige zoektocht op touw te zetten. Hij bevond zich in een oeroude jungle die best eens barstensvol met de meest fantastische diersoorten zou kunnen zitten.

Het pad leidde naar een open plek en ook daar gluurde Will steels om zich heen naar de weelderige vegetatie in de hoop een glimp van een van de dieren op te vangen. Hij fantaseerde voluit over de wonderen die zich op slechts een steenworp afstand zouden kunnen bevinden.

Toen hij omkeek, doken er een paar dieren op tussen de vetplanten aan de rand van de open plek. Will keek nog eens goed – hij wist niet zeker of het vogels of reptielen waren, maar ze hadden in elk geval veel weg van een paar kleine, geplukte kippen met korte, dikke nekjes en gemeen uitziende snavels. Als twee oude vrouwtjes die klagend tegen elkaar liepen te kakelen communiceerden ze met elkaar in de raspende, ratelende geluiden die Will onderweg had gehoord. Ze draaiden zich om en tippelden fladderend met hun stompe vleugels, waar hier en daar warrige stukjes vacht of veren uitstaken, het kreupelhout weer in. Wills teleurstelling was bijna tastbaar. Niet bepaald de exotische wezens waarop hij had gehoopt.

Elliott leidde hen naar een pad en dit bleven ze volgen tot Will ergens voor hem Chesters stem hoorde.

'De zee,' zei hij.

Ze verdrongen zich gehurkt in het struikgewas rond Elliott. Voor hen lag een strook zandstrand en ze hoorden het geraas van de zee weer. Ze wachtten tot zij hun zou vertellen wat ze nu gingen doen, maar toen nam Cal het woord.

'Dat lijkt ons strand wel. Je gaat me toch niet vertellen dat we een rondje hebben gelopen, hè?' vroeg hij verontwaardigd aan Elliott en hij veegde het zweet van zijn gezicht.

'Dit is niet hetzelfde strand,' antwoordde ze koeltjes.

'Waar gaan we nu dan naartoe?' vroeg hij fronsend en hij rekte zijn hals om in beide richtingen langs de kust te turen.

Ze wees met een vinger naar de zee en de aanstormende golven.

'We zitten dus op een eiland...' begon Will.

'... en de enige manier om eraf te komen is het pad waarover we ook zijn aangekomen,' maakte Elliott zijn zin voor hem af.

'Ik durf te wedden dat de Zwartkoppen op dit moment allang bij de overblijfselen van ons kamp aan het rondsnuffelen zijn,' vervolgde ze.

Er viel een ongemakkelijke stilte, die werd verbroken toen Chester met een heel dun stemmetje zei: 'Dat wordt dus zwemmen?'

39

Hij kwam wankel overeind en knipperde verbijsterd met zijn ogen. Hij staarde gefascineerd naar de ruimte om hem heen en zijn niet te stillen honger naar kennis verdrong al zijn andere zorgen. Het gehik hield opeens op en dr. Burrows, de onverschrokken onderzoeker, was weer helemaal terug. Zijn angst voor het onbekende beest en de herinnering aan zijn hysterische haast om eraan te ontkomen werden opzijgeschoven.

'In de roos!' riep hij.

Hij was op een soort bouwwerk gestuit dat zo te zien uit de rotsen in de grot was gehakt. Als hij op zoek was geweest naar bewijzen van het oeroude volk, dan had hij die nu wis en waarachtig gevonden. Hij liep langzaam verder en zijn lichtstraal viel op talloze rijen stenen zitplaatsen, waarvan de meeste waren verwoest of bedolven onder neergestort puin. Hij liep naar voren, in de richting waarin de zitplaatsen stonden opgesteld, en keek puur bij toeval omhoog.

Het dak boven hem was glad en vrijwel intact, op een paar stukken na waar een gedeelte was ingestort. Toen hij zijn licht erover liet glijden, ving hij een glimp op van iets wat de lichtstraal leek te weerkaatsen.

'Buitengewoon!' riep hij uit. Hij hield de lichtbol iets hoger in de lucht en het schijnsel reikte net ver genoeg om de afstand tot een dof glinsterende cirkel met een doorsnede van minstens twintig meter te overbruggen.

'Hoger... ik moet hoger zien te komen,' zei hij in zichzelf. Hij klom op de dichtstbijzijnde stenen bank. Dat was niet hoog genoeg, dus klauterde hij verder, tot hij op de rugleuning van de bank stond.

Vervaarlijk balancerend op de smalle richel onder zijn voeten draaide hij zijn lantaarn langzaam rond zodat hij het ontwerp beter kon zien. De cirkel had een doffe goud- of koperkleur die door middel van een soort verguldsel kon zijn aangebracht of erop geschilderd. Hij bestuurde de cirkel aandachtig en praatte hardop tegen zichzelf.

'Het is dus een holle cirkel met... met... wat is dat daar in het midden? Het ziet eruit als...' zei hij. Hij kneep zijn ogen tot spleetjes en hield de lichtbol zo dicht mogelijk bij het plafond, totdat het ding alleen nog maar aan zijn vingertoppen bungelde.

Precies in het midden van de cirkel zat een dikke schijf die eveneens met het goud- of koperachtige goedje was aangebracht. Vanaf de rand van deze schijf staken kronkelende lijnen als gestileerde, hoekige stralen alle kanten uit.

'Aha! Het is wel duidelijk wat jij moet voorstellen... jij bent uiteraard de zon!' verklaarde dr. Burrows. Hij fronste zijn voorhoofd. 'Wat wil dit dus zeggen? Een onderaards volk dat *de wereld boven aanbidt*? Verwijzen deze mensen terug naar een tijd toen ze nog boven leefden?'

Zijn aandacht werd door iets anders getrokken. Toen hij zijn blik er de eerste keer over liet glijden, had hij aangenomen dat het een beschadiging aan de buitenste rand was, maar dat bleek niet het geval. Toen hij de plek beter bekeek, zag hij heel duidelijk dat er eenvoudige afbeeldingen van menselijke gedaanten aan de binnenkant van de buitenste cirkel stonden – daarover bestond geen enkele twijfel – het waren mannen die op gelijke afstand van elkaar aan de binnenkant waren aangebracht, alsof ze in een reusachtige tredmolen liepen.

'Hé, wat doen jullie daar? De zon en jullie staan helemaal op de verkeerde plek!' merkte hij peinzend op. Met een nog diepere frons op zijn voorhoofd richtte hij zijn lantaarn weer op de dikke schijf in het midden. 'Ik weet niet wie jullie heeft gemaakt, maar jullie staan wel mooi allemaal verkeerd om!'

Ondanks het feit dat alles omgedraaid leek, was hij zich er terdege van bewust dat de gewoonte om de Aarde als een bol af te beelden uit de tijd der Feniciërs stamde en dat hield in dat degene die haar daar had aangebracht op zijn minst ongelooflijk verlicht moest zijn geweest en zijn tijd ver vooruit.

De arm die de lantaarn omhooghield begon pijn te doen, dus liet hij hem zakken en klom hij stomverwonderd over wat hij had gezien terug naar de bodem.

'Dat kun je echt geen symbolisme meer noemen!' zei hij. Met een laatdunkend gesnuif zette hij zijn tocht voort. Hij liep langs de voorste rij zitplaatsen en het schijnsel van zijn lantaarn viel nu op wat zich daarvóór bevond. Hij hield zijn adem in bij het zien van de verhoging waarop een flink stenen blok lag. Toen hij er iets dichterbij was, schatte hij dat het blok zo'n vijftien meter breed moest zijn en ongeveer anderhalve meter hoog.

'Wat doe jíj hier?' vroeg hij zich hardop af in de sombere schemering die om hem heen hing. Hij wierp een blik over zijn schouder naar de rijen zitplaatsen en het dak met de cirkels, en staarde toen weer naar het stenen blok. 'Banken, een muurschildering op het plafond en een altaar,' opperde hij hardop, 'dus eigenlijk staat het wel vast... het is beslist een soort plek ter verering... een kerk of wellicht een tempel?'

De indeling kwam inderdaad overeen met die van een tempel – de oervorm van een plek voor officiële verering met een pad door het midden – en nu had hij het altaar gevonden dat het beeld completeerde.

Hij liep langzaam verder en hoe dichterbij hij kwam, des te

meer zijn lantaarn van het altaar onthulde. Hij bleef staan en bewonderde het vakmanschap waarmee het was gemaakt; het was versierd met werkelijk schitterend, ingewikkeld geometrisch beeldhouwwerk dat niet onderdeed voor welke Byzantijnse beeldhouwer dan ook.

Hij hief de lichtbol op; een deel van de muur direct achter het altaar ving het schijnsel op en glansde verleidelijk.

'Lieve hemel... moet je dat nou toch eens zien!'

Vol verwachting boog hij zich hijgend naar voren. Het was een triptiek: drie enorme panelen – bas-reliëfs – waarin afbeeldingen waren uitgesneden. Uit de manier waarop de panelen zijn licht terugkaatsten en het een zekere warmte verleenden maakte hij op dat ze van iets anders moesten zijn gemaakt dan de chocoladebruine steen die overal om hem heen lag.

Aan de voet van het altaar ontdekte hij een trede, en nog een, en hij klom als gehypnotiseerd naar de bovenkant, die bijna twee meter breed was. De drie panelen bestreken de hele breedte van het altaar en waren elk ongeveer twee keer zo lang als dr. Burrows. Terwijl zijn hart racete van spanning liep hij naar het middelste paneel toe. Hij veegde het stof en de spinnenwebben voorzichtig opzij en bestudeerde het met schokkerige beweginkjes van zijn hoofd.

'Wonderbaarlijk... gepolijst bergkristal,' merkte hij op en hij streek met zijn vingers over de buitenkant. 'Je bent echt een schoonheid... maar waarom ben je hier?' vroeg hij aan de triptiek en hij boog zich ernaartoe om het paneel te bestuderen totdat zijn hoofd er slechts een paar centimeter van verwijderd was. 'Bij Jupiter, volgens mij zit er goud in!' hijgde hij ongelovig toen hij de glanzende schittering achter de doorzichtige laag ontdekte. 'Drie reusachtige gouden panelen, bedekt met uitgesneden bergkristal. Wat een adembenemend kunstwerk! Dit moet ik vastleggen.'

Hoewel hij watertandde bij de gedachte te ontdekken wat de

panelen uitbeeldden, besloot hij alles eerst goed voor te bereiden en hij verzamelde genoeg aanmaakhoutjes om een vuurtje te kunnen stoken. Eigenlijk was dat wel het allerlaatste waaraan hij zijn kostbare tijd wilde besteden, maar de lichtbol was niet echt geschikt als enige lichtbron – bovendien, zo hield hij zichzelf voor, kon hij in het licht van het vuur de panelen in hun volle glorie aanschouwen. Binnen een paar minuten had hij voldoende droog hout bij elkaar gezocht om een klein vuurtje aan te leggen op het altaar en de vlammen laaiden gretig op.

Terwijl achter hem het vuurtje vrolijk knetterde, veegde hij met zijn onderarm het stof van de drie panelen. Om bij de bovenkant van de panelen te kunnen, haalde hij zijn rafelige blauwe overall tevoorschijn, waarmee hij naar boven zwaaide, een enkele keer opspringend om de bovenste rand te halen.

Zijn noeste arbeid veroorzaakte een flinke stofwolk, maar de inspanning werd zijn verzwakte lijf al snel te veel. Hij hield zwaar hijgend op om zijn werk te bewonderen. Opgelucht zag hij dat hij niet al het stof hoefde te verwijderen; in het schijnsel van het vuurtje waren de uitsnijdingen in de panelen onder het laatste dunne laagje stof juist beter zichtbaar.

'Zo, laat me jullie dan nu maar eens goed bekijken,' merkte hij op en met zijn oude, vertrouwde potloodstompje boven een lege bladzijde van zijn dagboek wachtte hij ongeduldig fluitend tot het stof was gaan liggen. Met de punt van zijn laars schoof hij nog wat hout op het vuurtje om de vlammen te voeden en toen richtte hij zijn aandacht volledig op de panelen. 'Wat gaan jullie me vertellen, vraag ik me af?' zei hij bijna flirtend tegen het paneel aan de linkerkant en hij ging er recht voor zitten.

In het heldere licht van de oplaaiende vlammen zag dr. Burrows meteen dat er een gedaante op stond afgebeeld met een hoofdtooi die vaag aan een stompe mijter deed denken. De gedaante had een vierkante kaak en een breed voorhoofd, en zijn houding suggereerde dat hij een bijzonder gewichtig, machtig persoon was – deze indruk werd versterkt door de lange staf die hij in een gebalde vuist voor zich uit hield.

De gedaante nam het grootste deel van het paneel in beslag en nadat dr. Burrows er een tijdje naar had staan kijken, ontdekte hij ook dat de man aan het hoofd stond van een lange, slingerende rij mensen. De rij strekte zich eindeloos ver uit over een grote vlakte tot voorbij de horizon. Dr. Burrows hield zijn gezicht heel dicht bij het paneel en bewoog het langzaam van links naar rechts. Achter hem kraakte en siste het vuurtje. Hij wreef een beetje stof van de gedaante en blies op het glad gepolijste oppervlak. Het snijwerk was bijzonder gestileerd.

'Egyptische invloed?' prevelde dr. Burrows in zichzelf toen hij overeenkomsten ontdekte met de voorwerpen uit die tijd, die hij tijdens zijn studie aan de universiteit had bestudeerd.

Hij deed een stap naar achteren. 'Wat wil je me allemaal vertellen? Je probeert ongetwijfeld duidelijk te maken dat deze man hier een bobo is... een of andere leider, een Mozestype dat zijn volk misschien wel hiernaartoe heeft geleid, of... misschien is juist wel het tegenovergestelde gebeurd en is dit een uittocht. Maar waaróm... wat was er zo belangrijk dat iemand jou met zoveel vakmanschap heeft uitgesneden en je hier bij het altaar achtergelaten?'

Hij neuriede, mompelde af en toe een woord en klakte met zijn tong tegen zijn tanden. 'Nee, je weigert me nog iets meer te vertellen, hè? Ik zal met je vrienden moeten gaan praten, maar misschien kom ik zo wel terug,' zei hij tegen het zwijgende paneel. Dr. Burrows draaide zich op zijn hakken om en liep regelrecht naar het paneel helemaal rechts van de triptiek. In tegenstelling tot het eerste paneel snapte hij niet meteen wat er op het rechterpaneel stond. Het bevatte geen dominante afbeelding waaraan dr. Burrows zich kon vastklampen –

het was veel ingewikkelder en verwarrender. Maar in het licht van het vuur kreeg hij toch langzaam maar zeker in de gaten wat het voorstelde.

'Juist ja... jij bent dus een gestileerd landschap... golvende velden... een beekje met een smalle brug erover en... wat is dit?' murmelde hij en hij veegde met zijn hand over een stuk van het paneel. 'Iets agrarisch... bomen... een boomgaard wellicht? Ja, dat moet het haast wel zijn.' Hij deed een stap naar achteren en tuurde nu naar de bovenste helft van het paneel. 'Maar wat zijn dat dan? Merkwaardig, heel merkwaardig.'

In de rechterbovenhoek zag hij boven het gedetailleerd gebeeldhouwde landschap bizarre pilaren omlaagwijzen. Hij boog zich voorzichtig naar het paneel toe en trok zich toen langzaam weer terug in een poging te doorgronden wat de afbeelding voorstelde. Opeens besefte hij waar hij naar stond te kijken en hij bleef roerloos staan. Op de plek waar de pilaren begonnen, stond een cirkel.

'De zon! O, het is mijn oude vriend de zon weer!' riep dr. Burrows uit. 'Wat dom van me! Jij bent precies hetzelfde als die op het plafond!' De cirkel zat in een van de hoeken weggestopt en de hoekige stralen spreidden zich over de rest van de afbeelding uit. 'Wat kun jíj me dan vertellen... wijs je soms de plek aan waar de Mozesgedaante het volk naartoe bracht? Was het misschien een belangrijke pelgrimstocht naar de wereld boven? Is dat het soms?'

Hij staarde weer naar het paneel dat hij als eerste had bekeken. 'Een heerser die zijn volk naar een geïdealiseerd paradijs voert, de Elysische velden, de Hof van Eden?' Hij keek weer naar het paneel voor hem. 'Maar jíj toont de buitenkant van de Aarde en de zon... wat doet zo'n mooie afbeelding als jij eigenlijk hierbeneden? Dien je soms als herinnering aan wat er boven allemaal is, een opfrisser voor het collectieve geheugen misschien? Een onderaards memostickertje? En wie zijn die mensen – is het echt een verloren gegane cultuur, of zijn het de voorvaderen van de Egyptenaren of, nog waarschijnlijker, de Feniciërs, of... of misschien iets veel aparters?' Hij schudde zijn hoofd. 'Zouden het vluchtelingen zijn uit de verloren stad van Atlantis? Is dat mogelijk?'

Hij besefte dat hij veel te voorbarige conclusies trok zonder grondig onderzoek te hebben verricht en hield zichzelf in. 'Nog even afgezien van de boodschap die jullie bevatten – waarom zou iemand het nodig hebben gevonden om jou hier neer te zetten? Jij bent wel heel mysterieus, hè? Ik snap jou werkelijk niet.' Na die opmerking verviel hij bijtend op zijn droge, schilferende lippen in stilzwijgen en dacht diep na.

'Misschien bevat jíj alle antwoorden wel,' mompelde hij in zichzelf en hij deed een stap opzij zodat hij voor het middelste paneel stond. Hij was totaal niet voorbereid op wat hij daarop aantrof. Vanwege de positie zou dit het belangrijkste van de drie panelen moeten zijn en hij had dan ook iets heel indrukwekkends verwacht – een religieus symbool bijvoorbeeld of een kroningsceremonie. Het bleek echter de minst opmerkelijke van de panelen te zijn.

'Tut, tut, tut,' zei dr. Burrows. Het was een afbeelding van een rond gat in de grond met daaromheen ruwe rotsblokken. Door het perspectief kon dr. Burrows er een klein stukje in kijken, maar hij zag alleen maar een voortzetting van de rotswanden.

'Aha!' riep hij uit. Hij bukte zich en ontdekte toen een paar piepkleine menselijke gedaanten aan de rand van het gat. 'Wat jullie me verder ook proberen duidelijk te maken, ik weet nu in elk geval dat jij werkelijk kolossaal bent,' zei hij en hij boog zich voorover om met zijn duim het stof van de miniatuurfiguurtjes te vegen. Toen hij dit een tijdje deed, kwam hij steeds meer lilliputachtige mensjes tegen en opeens verstijfde zijn hand en trok hij hem terug.

Het was hem opgevallen dat aan het linkeruiteinde van de rij een aantal van deze kleine mensengedaanten hun armen en benen hadden gespreid alsof ze zich in vrije val bevonden. Zo te zien tuimelden ze door een enorme opening naar beneden. Tijdens hun val zweefden er vreemde, gevleugelde wezens boven hen. Dr. Burrows ging op zijn tenen staan en blies heel hard om nog wat vuil van de kleine, zwevende gedaanten te blazen.

'Zeg, dat is nog eens een verrassing!' zei hij hardop. Zo te zien hadden ze een menselijk lichaam, maar dan met wijde gewaden aan en staken er zwaanachtige vleugels uit hun rug. 'Engelen... of duivels?' peinsde hij hardop. Hij deed een paar stappen naar achteren, voorzichtig om niet in het vuur te trappen, dat nog steeds vrolijk brandde. Met over elkaar geslagen armen en zijn kin op één hand geleund staarde hij nadenkend naar het paneel. Hij floot er nonchalant en toonloos bij, zoals zijn gewoonte was.

Plotseling hield hij op met fluiten. 'Aha!' schreeuwde hij, want er was hem iets te binnen geschoten. Hij haalde snel de plattegrond van de Coprolieten uit zijn broekzak, vouwde hem open en hield hem voor zijn gezicht. 'Ik wist wel dat ik jou al eens eerder had gezien!'

Op de plattegrond zag hij aan het eind van een lange streep die waarschijnlijk een tunnel of pad moest voorstellen, met daarlangs verschillende symbolen, iets wat veel op de afbeelding op het paneel leek, ook al was de tekening op de plattegrond veel eenvoudiger en bestond deze slechts uit een paar pennenstreken. Het zag er echter ook uit als een soort opening in de grond. 'Zou dit hetzelfde zijn?' vroeg hij zich hardop af.

Hij liep naar het middenpaneel toe om het opnieuw te bekijken. Helemaal onderaan zat iets wat hem nog niet eerder was opgevallen, omdat het onder een dikke laag schimmel bedekt zat die nu droog en verpulverd was. Hij wreef er hard over en zag toen dat er een regel spijkerschrifttekens verscheen.

'Ja!' brulde hij opgetogen en hij sloeg zijn dagboek open op de bladzijde over de 'Steen van dr. Burrows'. Het kwam overeen met het schrift op het onderste vlak van het tablet... hij kon het vertalen!

Hij knielde neer en ging ogenblikkelijk aan de slag met de inscriptie, die uit vijf duidelijk te onderscheiden woorden bestond. Hij keek voortdurend van het paneel naar zijn dagboek en terug, en al snel verscheen er een brede, tevreden grijns op zijn gezicht. Hij had het eerste woord ontcijferd: 'TUIN...'

Hij klakte ongeduldig met zijn tong en zijn ogen vlogen alweer druk heen en weer tussen het dagboek en de inscriptie. 'Vooruit, vooruit,' spoorde hij zichzelf aan. 'Wat is het volgende woord?'

Toen las hij: 'NAAR... nee, niet NAAR, maar VAN!' En vervolgens: 'Die is gemakkelijk... DE.'

Hij haalde diep adem en vatte samen wat hij tot nu toe had ontdekt. 'We hebben nu dus TUIN VAN DE...' zei hij.

Het volgende woord stelde hem voor een raadsel. 'Denk na, denk na, denk na!' riep hij en hij sloeg tegen zijn voorhoofd. 'Concentreer je nu eens, Burrows, ezel die je bent,' bromde hij, geërgerd omdat zijn hersens niet op volle toeren draaiden. 'Wat betekent de rest?'

De overige woorden lieten zich niet gemakkelijk raden en het irriteerde hem dat het zo lang duurde om ze te vertalen. Hij liet zijn blik nogmaals over het laatste deel van de inscriptie glijden in de hoop dat hij geluk had en een vroege doorbraak kon forceren.

Op dat moment laaide het vuur hoog op, omdat een dik stuk hout luid sissend vlam vatte. Dr. Burrows zag iets vanuit een ooghoek en wendde zijn hoofd langzaam van het paneel af.

In het felle schijnsel van het vuur zag hij dat de zijmuren van de tempel vol vrij grote kuilen of misschien wel gaten zaten. Het waren er heel veel.

'Dat is gek,' murmelde hij met gefronst voorhoofd. 'Die heb ik zo-even niet gezien.'

Hij bekeek ze iets aandachtiger en opeens sloeg zijn hart een paar slagen over.

Nee, het waren geen *gaten*... ze *bewogen*.

Hij draaide zich razendsnel om.

Hij slaakte een verraste kreet.

Voor hem stonden zo veel gigantische stofmijten dat hij niet eens wist waar hij moest beginnen met tellen. Het was net alsof de eerste, die hij vriendelijk had bejegend, zijn makkers erbij had geroepen en nu hadden honderden van die wezens zich als een kudde bizarre, nachtmerrieachtige kerkgangers in de tempel verzameld. Er bevonden zich kolossale exemplaren tussen die minstens drie tot vier keer zo groot waren als de stofmijt die hem hierheen had gebracht. Het leken wel Shermantanks en ze waren net zo stevig gepantserd.

Bij het horen van zijn kreet kwamen ze in beweging en hun grijpers klepperden alsof ze heel zacht voor hem applaudisseerden. Diverse stofmijten sjokten traag naar hem toe met de geleidelijke, onmenselijke doelbewustheid die alleen insecten bezitten. Zijn bloed bevroor in zijn aderen.

Voor de eerste stofmijt was hij niet echt bang geweest – hoewel hij in het begin voor alle zekerheid op flinke afstand was gebleven, had hij zich niet bedreigd gevoeld – maar dit was een totaal andere situatie. Het waren er ook zo veel, en ze zagen er zo groot en verrekte hongerig uit. Hij voelde zich opeens als een extra grote, eetbare stengel die uitnodigend op het altaar voor hen lag.

Lieve help lieve help lieve help dreunde het aan één stuk door in zijn hoofd.

Een paar van de grootste, zeer gevaarlijk uitziende monsters met een gedeukt pantser vol gaten kwamen sneller dichterbij dan de andere en ramden de kleinere stofmijten gewoon uit de weg. Het was net alsof hij bij toeval op een open plek in het oerwoud was beland en daar tussen een familie boze neushoorns was terechtgekomen. Dat was een hachelijke situatie waarin je niet graag zou willen zitten en dat gold ook voor deze.

Hij greep zijn rugzak, propte zijn dagboek erin en hing hem met een zwaai op zijn rug; intussen dacht hij razendsnel na. Hij moest een uitweg zien te vinden en rap ook.

Ze schuifelden traag naar voren en hun gelede poten tikten hard op de tegels. Toen ze over de banken kropen, hief een enkeling zich op zijn achterpoten op om met zijn dikke voorpoten door de lucht te zwaaien, waardoor dr. Burrows een glimp van hun glimmende, zwarte onderbuik opving.

Hij was omsingeld. Ze waren werkelijk overal; ze kwamen van voren en van opzij op hem af als een gewapende legerdivisie, maar dan wel een van de vleesetende variant.

Lieve help lieve help lieve help.

Hij vroeg zich verwilderd af of hij misschien moest proberen over de stofmijten weg te rennen, van rug naar rug springend alsof hij in een file over de daken van auto's holde. Nee, leuk bedacht, maar hij wist zeker dat ze niet rustig zouden blijven toekijken terwijl hij dat deed. Hij besefte dat het geen serieuze optie was – zo gemakkelijk zou het niet gaan. Hij voelde er trouwens ook weinig voor om terug te keren naar de grot waar het suizende wezen misschien wel op hem wachtte.

Hij griste een tak uit het vuur en zwaaide daarmee naar ze in de hoop dat de vlammen ze zouden afschrikken. De mijten die het dichtst bij hem waren, hadden de voet van het altaar al bereikt en de andere kropen gestaag vanuit alle richtingen op hem af. De vlammen haalden niets uit – het leek zelfs wel alsof het tegenovergestelde het geval was: het vuur trok ze blijkbaar aan en ze versnelden hun tempo aanzienlijk.

Wanhopig slingerde hij de tak met alle kracht die hij in zich had naar een flink uit de kluiten gewassen stofmijt. De tak stuiterde zonder schade aan te richten van het pantser af en het dier hield geen moment de pas in.

Lieve help lieve help lieve help, nee!

Hij draaide zich in paniek om en terwijl hij langs het middenpaneel van de triptiek omhoog probeerde te klimmen, vroeg hij zich wanhopig af of hij de bovenste rand zou halen en misschien de muur erboven. Zou dat hem wat meer tijd geven? Hij dacht niet verder vooruit dan de eerste paar seconden.

Hij gleed weg op het stoffige oppervlak van de triptiek; hij had gewoon niet genoeg houvast. 'SCHIET NOU EENS OP, STOMME OEN!' riep hij tegen zichzelf, maar zijn stem kwam bijna niet boven het rumoerige geklak van de stofmijten uit – het klonk nu harder en ook sneller, alsof de aanblik van de menselijke eetbare stengel die probeerde te ontsnappen ze wakker had geschud.

Toen vonden zijn vingers houvast aan de rand aan weerszijden van het paneel en hees hij zich met een geweldige krachtsinspanning naar boven. Kreunend en steunend bungelde hij met tot het uiterste gespannen armspieren aan de rand, terwijl zijn voeten doelloos onder hem rond maaiden.

'Alsjeblieft, alsjeblieft, alsjeblieft,' zei hij toen zijn armen het dreigden te begeven. Als door een wonder vonden zijn voeten opeens steun in de uitgesneden afbeeldingen op het paneel. Het was voldoende. Hij voelde snel met zijn handen boven zijn hoofd en zocht hangend aan zijn armen een nieuwe voetsteun. Door deze rupsachtige manier van bewegen toe te passen – handen, tenen, handen, tenen – klom hij steeds hoger. Hij putte uit zijn laatste voorraadje hysterische kracht om de bovenkant van het paneel te bereiken. Eenmaal daar aangekomen zette hij zijn voet klem in de afbeelding van het grote gat in de grond. Met zijn vingers om de bovenste rand van het paneel geklemd nam hij de situatie snel in zich op.

Hij bevond zich in een bijzonder hachelijke positie, die hij niet veel langer zou volhouden; hij was volkomen uitgeput door de inspannende klim. Het had ook geen enkele zin om zichzelf wijs te maken dat de stofmijten niet langs de muur onder hem naar boven konden klimmen – hij had hen immers al over de wanden van de tempel zien kruipen. Hij verwachtte dat ze hem binnen de kortste keren hadden ingehaald. *Wat kon hij doen om zichzelf te verdedigen?* Het enige wat hem te binnen schoot was dat hij door met zijn hak van zich af te trappen de aanval in elk geval tijdelijk kon afslaan.

Hij tuurde omhoog en probeerde verwoed te bedenken wat zijn volgende stap zou zijn. Hij trok één bevende hand los van de rand om langs de rotsmuur boven hem te tasten. *Nee, zo plat als een dubbeltje. Zinloos.* De wand was spiegelglad – er was helemaal niets waaraan hij zich kon optrekken. Terwijl het zweet over zijn voorhoofd droop en langs zijn rug omlaaggutste trok hij zijn hand terug en klemde hij zich diep ademend om rustig te blijven met grimmige vastberadenheid vast.

Hij draaide stijfjes als een man met hoogtevrees zijn hoofd om en staarde naar de insecten onder hem. Toen hij zich bewoog, glipte de lichtbol die om zijn nek hing onder zijn jas vandaan, zodat het licht op de verzamelde troepen viel. Dit veroorzaakte enige opwinding in de gelederen en ze huppelden met luid klapperende grijpers op en neer, alsof ze hun toch al hooggespannen verwachtingen nog verder opschroefden.

Om een of andere reden moest dr. Burrows opeens aan eetstokjes denken, talloze reusachtige eetstokjes die zijn lichaam verscheurden en hem in stukken uiteenreten.

'Vort! Scheer je weg! Vort! Ophoepelen!' krijste hij over zijn schouder in dezelfde bewoordingen die hij ook zo vaak had gebruikt om de kat van de buren uit de achtertuin in Highfield te verjagen, ook al was dit een totaal andere situatie. Hier stond hij op het punt door duizend gigantische insecten te worden opgepeuzeld.

Zijn handen zweetten overvloedig en verkrampten afgrijselijk. *Wat moest hij doen?* Hij had zijn rugzak nog steeds om en het extra gewicht zat hem aardig in de weg. Hij overwoog of hij hem moest afschudden, schouder voor schouder, maar was bang dat hij dan zijn zwakke greep op de bovenkant van het paneel zou kwijtraken. Verder kon hij niets bedenken en hij kon geen kant op.

Hij keek omhoog om zich ervan te vergewissen dat daar echt niets was waar hij zich aan vast kon klampen om zich op te trekken. Toen ontdekte hij op het plafond van de tempel een pulserende verzameling getande lichaamsdelen van spinachtige dieren, ontelbaar veel overlappende silhouetten die in het flakkerende schijnsel van het vuurtje op het altaar oplichtten. Ze waren heel dichtbij. Het was een ware nachtmerrie.

'Allemachtig!' gooide hij er uit pure wanhoop uit.

Hij voelde dat zijn linkerhand langzaam van de rand afgleed, omdat het stof erbovenop zijn zweet had opgenomen en in een glibberige massa was veranderd. Hij tastte met zijn vingers over de rand naar een nieuwe plek en probeerde zichzelf tegelijkertijd iets hoger op te hijsen.

Er gebeurde iets.

Een zacht gerommel trilde door zijn lijf.

Lieve hemel lieve hemel lieve hemel!

Hij keek haastig om zich heen, eerst naar links, toen naar rechts, maar door het licht dat losjes om zijn nek heen en weer zwaaide, raakte hij in de war.

'Nee, hè! Wat nu weer?' krijste hij. Een nieuwe, nog sterkere golf van afschuw spoelde over hem heen.

Hij had het bizarre gevoel dat hij bewoog... *maar hoe kon dat nou?* Zijn handen, die inmiddels bijna gevoelloos waren geworden door het dragen van zijn gewicht, hadden nog net voldoende grip op de rand en zijn voet zat nog steeds stevig vastgeklemd. Nee, hij gleed niet langs het paneel omlaag naar de gretige, hongerige wezens onder hem.

Dat was het dus niet.

De bevingen hielden op en hoewel zijn positie nog altijd even hachelijk was, prees hij zichzelf toch gelukkig. Hij trok zich nog iets hoger op aan het paneel.

Het gerommel klonk meteen opnieuw, deze keer heftiger.

Zijn eerste gedachte was dat het een ondergrondse verschuiving moest zijn, een soort onderaardse aardbeving. Die gedachte werd vrijwel onmiddellijk verdreven toen het tot hem doordrong dat híj degene was die bewoog, niet zijn omgeving. Het stenen paneel, in het midden van de triptiek, waaraan hij zich wanhopig vastklampte, helde langzaam naar voren. Door zijn gewicht kantelde het langzaam naar de muur van de tempel.

'Help!' jammerde hij.

Het ging allemaal zo snel dat hij het niet kon bevatten. Alles om hem heen gebeurde nu in een waas en hij ging er direct van uit dat het paneel van de andere twee panelen was losgeraakt en omviel. Wat hij niet kon zien was dat het paneel halverwege, precies onder de plek waar zijn voeten stonden, omklapte.

Of hij het nu leuk vond of niet: hij kantelde mee. De beweging nam in snelheid toe en binnen een fractie van een seconde viel hij tamelijk snel voorover. De beweging hield aan en hij klemde zich nog steeds goed vast, totdat hij helemaal horizontaal lag, in feite boven op het paneel zelf. Dat draaide zo ver mogelijk door tot het abrupt met het schurende geluid van steen op steen tot stilstand kwam.

Dr. Burrows schoot naar voren en buitelde een aantal keer om en om door het donker. Zijn vlucht was aangenaam en van korte duur. Hij kwam plat op zijn rug terecht en alle lucht werd uit hem geperst. Kuchend en proestend zoog hij nieuwe lucht naar binnen. Zijn handen klauwden door het zachte zand onder hem. Hij had geluk gehad – het zand had zijn val gebroken.

Achter hem klonk een harde bons en er sproeide sissend iets vochtigs over zijn gezicht.

'Wat...?' Dr. Burrows duwde zichzelf overeind tot hij rechtop zat en keek om zich heen in de verwachting dat een horde stofmijten op hem af kwam stormen. Tijdens de val was zijn bril gevallen en zonder dat ding zag hij bijna niets in het schemerdonker. Hij voelde in het zand tot hij hem had teruggevonden en zette hem snel op zijn neus.

Precies op dat moment hoorde hij naast zich iets krabbelen en hij draaide zijn hoofd met een ruk in de richting van het geluid. Het was de gelede poot van een van de stofmijten, zo groot als de vetlok van een paard en afgerukt bij wat voor de schouder moest doorgaan. Terwijl hij toekeek vouwde de poot zich krakend open en dicht, en dat deed hij zo fel dat hij een halve slag draaide in het zand. Hij bewoog alsof hij een heel eigen wil bezat en voor zover dr. Burrows wist, was dat misschien ook wel zo.

Hij schoof achterwaarts weg van het ding en stond op. Kuchend en proestend bleef hij even duizelig op zijn benen staan zwaaien tot zijn ademhaling weer rustig was geworden. Hij tuurde ongerust om zich heen, bang dat de stofmijten elk moment om hem heen konden zwermen.

Ze waren echter nergens te bekennen en hetzelfde gold voor de tempel; in de diepe stilte zag hij alleen maar de duisternis en de gladde stenen muren.

Zijn hoofd was een tikje beneveld door de val en hij probeerde moeizaam te achterhalen wat er was gebeurd. Het leek wel alsof hij op een heel andere plek was aanbeland.

'Waar ben ik in vredesnaam?' mompelde hij. Hij boog zich voorover en leunde met zijn handen op zijn bovenbenen. Na een tijdje voelde hij zich al wat beter en hij rechtte zijn rug om zijn nieuwe omgeving te inspecteren. Hij herinnerde zich dat het paneel onder zijn gewicht was gekanteld en binnen een paar seconden begreep hij hoe het zat. Hij besefte dat hij ongelooflijk veel geluk had gehad en prevelde zachtjes in zichzelf.

'O, dank u wel, dank u wel.' Hij vouwde zijn handen voor een kort gebed en huilde van dankbaarheid.

Een nieuwe regen van warme druppels spoot door de lucht. Het stonk enorm, de bittere stank van iets heel onaangenaams en onmenselijks die zijn keel dichtkneep. Hij keek om zich heen om te zien waar het vandaan kwam.

Een meter of twee boven de grond staken de glimmende, vermorzelde overblijfselen van een stofmijt uit de muur. Blijkbaar was hij klem komen te zitten toen het draaiende paneel weer was dichtgeklapt. Een transparante blauwe vloeistof stroomde uit verschillende doorgesneden buizen, waarvan sommige de doorsnede van een regenpijp hadden, in het midden van het verpulverde karkas. Terwijl hij ernaar stond te kijken, golfde er een nieuwe zwerm druppels uit en hij sprong verschrikt achteruit. Het leek haast alsof de kleppen van een of andere bizarre machine werden opengezet om de druk te verlichten en alles schoon te spoelen.

Hij bedacht opeens dat de kop van de stofmijt misschien wel ergens in de buurt moest liggen en de grijpscharen waarschijnlijk nog steeds om zich heen grepen, net als die afgerukte poot die voortdurend open- en dichtklapte.

Hij was niet van plan lang genoeg te blijven om erachter te komen of het echt zo was.

'Domme, oude dwaas, daar had je toch bijna het loodje gelegd,' zei hij bij zichzelf en hij strompelde snel weg van de plek. Hij veegde zijn gezicht af met zijn mouw en hoewel hij nog altijd een beetje versuft was, zag hij voor zich een lange bochtige gang met daarin brede treden... heel veel treden, die hij nu volgde, terwijl hij dankbaar aan één stuk door onsamenhangende gebeden prevelde.

40

Sarah zat mistroostig met haar kin op haar knieën geleund en haar armen om haar benen geslagen op het strand. Ze had alle pogingen om niet gezien te worden gestaakt. De lantaarn scheen op volle kracht en ze tuurde samen met Bartleby, die naast haar zat, naar de rollende golven die op de kust kapotsloegen.

Ze had gedaan wat de Ruimers haar hadden opgedragen en was de kustlijn gevolgd, maar ze zou zichzelf voor de gek hebben gehouden als ze geloofde dat het meer was dan alleen een tactiek om haar uit de weg te krijgen. Er was werkelijk geen enkele reden te bedenken waarom zij hier moest zijn.

Tijdens het lopen was het haar opgevallen dat alle veerkracht uit Bartleby's stap was verdwenen nu er geen geurspoor meer te volgen viel. Ze kon niet langer boos op hem blijven om wat hij had gedaan; de volhardendheid waarmee hij zijn baasje had gevolgd had iets vertederends. Ze mocht niet vergeten dat deze Jager Cals metgezel was geweest – als ze eerlijk was, moest ze toegeven dat het dier waarschijnlijk meer tijd met haar zoon had doorgebracht dan zijzelf *en zij was nog wel zijn moeder!*

Vol genegenheid staarde ze naar Bartleby's enorme schouderbladen, die op het ritme van zijn ademhaling hypnotiserend een voor een op- en neerrezen. Ze staken altijd al uit onder zijn loshangende, onbehaarde huid, maar nu zijn kop omlaag hing waren ze nog prominenter. Zijn neus hing maar een paar centimeter boven de grond en hoewel ze zijn ogen niet kon zien, leek hij totaal geen aandacht aan hun omgeving te schenken. Zijn mistroostige houding sprak boekdelen – hij zag er precies zo uit als zij zich voelde.

Zittend op het strand kon ze haar frustratie niet langer onderdrukken.

'Wat ben ik toch ook een domme gans,' mopperde ze tegen de kat. Hij krabde met een poot aan een oor alsof het jeukte. 'Heb je weleens gans gegeten?' zei ze tegen hem. Hij staakte het gekrab en staarde haar met zijn achterpoot nog altijd in de lucht geheven met zijn grote, glanzende ogen aan. 'Lieve hemel, wat zeg ik nou toch allemaal?' riep ze vertwijfeld. Ze liet zich achterover op het witte zand vallen en Bartleby krabde rustig verder aan zijn oor. 'Ik heb geen flauw idee waarmee ik bezig ben,' bekende ze tegen het onzichtbare stenen dak ver boven haar in het donker.

Wat zou Tam hebben gedacht? Belangrijker nog: wat zou hij ervan hebben gevonden als hij erbij was geweest en had gezien hoe ze zich had gedragen? Ze had zich gedwee door een patrouille lijkenvretende Ruimers laten wegsturen. Het was de bedoeling dat ze erachter kwam of Will echt verantwoordelijk was voor de dood van haar broer en verder wilde ze Cal veilig en wel mee terugnemen naar zijn huis in de Kolonie. Ze had beide doelstellingen bij lange na niet gehaald. Ze vond dat ze enorm had gefaald. 'Waarom heb ik me niet tegen hen verzet?' vroeg ze zichzelf. 'Omdat ik te zwak ben,' zei ze hardop. 'Daarom!'

Ze vroeg zich af hoe het zou aflopen als de Ruimers Will levend in handen kregen. Stel dat het hun lukte en zij hem na zijn gevangenneming te zien kreeg, wat zou ze dan doen? De Ruimers verwachtten waarschijnlijk dat ze hem in koelen bloede zou doden. Dat kon ze niet, ze moest eerst weten of hij echt schuldig was of niet.

Als ze het niet deed, was het alternatief voor hem vele malen erger... ondraaglijk zelfs. De martelingen waaraan Rebecca en de Styx hem dan zouden onderwerpen waren iets waaraan ze liever niet wilde denken. Terwijl ze zo zat te piekeren, besefte ze opeens hoe sterk haar gevoelens voor haar zoon waren, ondanks alles wat hij volgens zeggen op zijn geweten had. Ze was zijn moeder! Daar stond echter tegenover dat ze hem nauwelijks kende. Was hij echt in staat om zijn eigen familie te verraden? *Ze moest ervoor zorgen dat zij hem als eerste vond. Ze werd gek van de onzekerheid.*

Haar gedachten keerden terug naar Tam en ze was opeens razend omdat hij er niet meer was. Kokend van woede kromde ze haar rug en drukte ze haar hoofd in het zand.

'TAM!' riep ze.

Geschrokken krabbelde Bartleby overeind. Hij staarde haar niet-begrijpend aan. Ze ontspande zich en lag in een chagrijnig, hulpeloos stilzwijgen roerloos op het strand. Ze kon haar wraakzuchtige gevoelens nergens op botvieren, ze had geen uitlaatklep. Ze was als een stuk speelgoed dat Rebecca en haar volgelingen met een sleuteltje hadden opgewonden, en vervolgens maar een heel klein stukje hadden laten lopen voordat ze haar weer hadden tegengehouden.

Bartleby was klaar met zijn poetsbeurt en het klonk alsof hij nu de zandkorrels uit zijn bek spuugde. Toen gaapte hij tevreden. Hij ging op zijn achterpoten zitten en liet op het geluidsniveau van een trompetter die dwingend de terugtrekking blies een wind.

Het verbaasde Sarah niet; ze had gemerkt dat hij zijn maaltijden aanvulde met halfvergane, onherkenbare resten die hij onderweg tegenkwam. Blijkbaar was dat niet zo goed gevallen.

'Dat had ik zelf niet beter kunnen zeggen,' murmelde Sarah tussen op elkaar geklemde kiezen en ze deed gefrustreerd haar ogen dicht.

41

Omdat hij geen keus had en hij de stenen traptreden wel moest volgen, bereikte dr. Burrows uiteindelijk een grote ruimte. Daar kwam hij tot de ontdekking dat het keurig aangelegde tegelpad daar verder liep en hij volgde het langzaam omlaaglopende spoor. Zover zijn oog reikte zag hij dat de bodem bezaaid was met megalieten, stevige, traanvormige rotsblokken van drie of vier meter hoog met een ronde top. Het was een vreemde aanblik, alsof een of andere halfgod achteloos grote klompen deeg over de ruimte had verspreid. Gezien de gelijkvormigheid van de megalieten vroeg dr. Burrows zich af of het wellicht geen natuurverschijnsel was, maar dat ze daar misschien opzettelijk waren neergezet. Tijdens het lopen prevelde hij verschillende theorieën over hun oorsprong in zichzelf en hij maakte regelmatig een sprongetje van schrik wanneer zijn lichtstraal op de dichtstbijzijnde rotsblokken viel en schaduwen op de blokken erachter wierpen, waardoor de indruk werd gewekt dat zich daar iets schuilhield. Na zijn ontmoeting met het gevleugelde wezen en het hongerige insectenleger nam hij geen enkel risico meer met de plaatselijke fauna.

Een ander deel van zijn hersenen werd in beslag genomen door de beelden die hij in de triptiek had gezien en probeerde daar enige logica in te ontdekken. Hij baalde er met name van dat hij niet in staat was geweest de inscriptie op het middelste paneel helemaal te ontcijferen. Hij had graag wat meer tijd gehad om het te vertalen, maar niets kon hem ertoe brengen om terug te keren en het werk af te maken. Hoewel hij er hooguit een glimp van had opgevangen, had hij de letters waaruit de resterende woorden bestonden wel gezien en hij deed nu zijn best ze zich weer voor de geest te halen.

Hij dwong zichzelf aan iets heel anders te denken, een techniek die hij vaak toepaste als hij herinneringen uit zijn geheugen los moest zien te krijgen. Hij richtte al zijn aandacht op de plattegrond van de Coprolieten, waarvan een groot deel nog steeds een raadsel voor hem was.

Alles wat hij tot dusver had gezien, de chocoladekleurige grot en ook de tempel, stond duidelijk herkenbaar op die kaart, zag hij toen hij bleef staan om hem nogmaals te bekijken. Het probleem was dat de gekke tekens die ze vertegenwoordigden zo piepklein waren dat ze met het blote oog bijna niet te zien waren en hij was zijn vergrootglas ergens onderweg verloren. Waarschijnlijk had het niet veel uitgemaakt, zelfs als hij het ding nog had gehad, want er stond nergens op de plattegrond een legenda die hem vertelde wat de tekens voorstelden. Het interpreteren van de tekens kwam dus neer op puur giswerk of ze in levenden lijve aanschouwen.

Toch kreeg hij door de plattegrond van de Coprolieten in elk geval een indruk van de immense omvang van het Onderdiep. Er waren twee belangrijke plekken: links bevonden zich de Grote Vlakte en omgeving, en rechts was zo te zien iets wat best weleens een enorm gat in de bodem zou kunnen voorstellen (maar om dat goed te kunnen zien had hij toch dat vergrootglas nodig). Hetzelfde gat dat ook op de triptiek stond afgebeeld, nam hij aan.

Van de Grote Vlakte liepen talloze paadjes in alle richtingen, waarvan de meeste uiteindelijk bij het gat uitkwamen, en zodoende leek het net een plattegrond van een uitgestrekt verstedelijkt gebied ergens in de wereld boven. Op een van die paadjes liep hij nu dus.

Verder waren er ook heel veel routes die van het gat naar iets helemaal rechts op de kaart voerden, maar die liepen zo te zien allemaal dood. Of dit kwam doordat de Coprolieten ze nooit gebruikten of gewoon nooit hadden onderzocht, kon hij niet zeggen. Dat laatste leek hem echter niet erg aannemelijk – dit volk leefde vermoedelijk al vele generaties lang in deze regionen en aangezien het bijzonder bedreven mijnwerkers waren, zou het hem hogelijk hebben verbaasd als er ook maar één steen was die ze niet hadden omgekeerd of één gebied dat ze niet hadden verkend. Voor zover hij had kunnen zien waren de Coprolieten niet alleen bijzonder bedreven mijnwerkers, maar ook bijzonder bedreven goudzoekers – die twee dingen gingen nu eenmaal hand in hand – dus hadden ze ongetwijfeld alle omringende gebieden onderzocht voor het geval daar waardevolle stenen of andere goederen konden worden gevonden.

Hij vroeg zich af of zijn expeditie, zijn 'grote verkenningstocht' door het ondergrondse land, er uiteindelijk op zou uitdraaien dat hij een lange reeks doodlopende terreinen betrad en telkens op zijn voetschreden moest terugkeren. Als hij wat voedsel kon vinden en – veel belangrijker – vers water (met de nadruk op 'als'), zou zijn tijd opgaan aan het verkennen van alle gebieden die op de Coprolietenkaart stonden aangegeven om te zien of zich daar oeroude nederzettingen en waardevolle voorwerpen bevonden.

Als dat het geval was, zou zijn reis daarna ophouden en zou het hem niet lukken om de dieper onder de aardkorst gelegen lagen te bereiken waar mogelijk onmetelijke archeologische schatten lagen of onvoorstelbaar oude beschavingen hadden bestaan. En misschien nog steeds bestonden.

Hij wist dat het nergens voor nodig was om teleurgesteld te

zijn. Ondanks alle gevaren die hij had getrotseerd had hij nu al een paar van de meest opzienbare vondsten van de eeuw gedaan, waarschijnlijk van élke eeuw. Als hij ooit de weg terug naar huis vond, werd hij ongetwijfeld als een van de grootste onderzoekers van de archeologische wereld onthaald.

Toen hij op die dag die alweer heel lang achter hem lag uit Highfield was vertrokken en de planken in zijn kelder had verwijderd om aan de tocht door te tunnel te beginnen die hij zelf had gegraven, had hij absoluut niet geweten waaraan hij begon. Hij was heel ver gekomen en tijdens de reis had hij alles doorstaan wat op hem afkwam, wat hem bijzonder verbaasde.

Nu hij erover nadacht, besefte hij dat het beleven van avonturen en het nemen van risico's hem eigenlijk heel goed was bevallen. Hij liep nu trots met rechte rug verder over het pad.

'Aan de kant, Howard Carter,' verklaarde hij met een luide stem. 'De graftombe van Toetanchamon valt in het niet bij mijn ontdekking!'

Dr. Burrows hoorde in gedachten het donderende applaus en de loftuitingen al, hij zag de vele televisieoptredens al voor zich en de...

Opeens liet hij zijn schouders hangen en sjokte hij somber verder.

Op een of andere manier was het niet genoeg.

Toegegeven, er lag een heel omvangrijke klus voor hem in het verschiet. Alleen al het vastleggen van de gebieden op de plattegrond zou jaren gaan duren en een uitgebreid onderzoeksteam vergen – en toch was hij diep teleurgesteld.

Hij verlangde meer!

Zijn gedachten sloegen plotseling een heel andere richting in. Het gat dat op de kaart stond aangegeven... de vraag wat het precies was liet hem maar niet los. *Wat kon het zijn?* Het moest iets belangrijks zijn, anders hadden de Coprolieten er niet zoveel aandacht aan besteed... en zouden alle routes daar niet op uitkomen.

NEE! Het was beslist niet zomaar een geologisch verschijnsel; er moest meer achter zitten! Het was in elk geval wel duidelijk hoe de mensen van de oude tempel erover hadden gedacht.

Hij bleef staan, praatte geanimeerd half onverstaanbaar in zichzelf en gebaarde in de lucht naar een denkbeeldig schoolbord.

'De Grote Vlakte,' kondigde hij aan en hij wees met een zwierig handgebaar naar de linkerkant van het bord, alsof hij tegen een lokaal vol studenten sprak. Met zijn andere arm gebaarde hij cirkelend naar rechts. 'Het grote gat... hier,' zei hij en hij tikte een paar keer met zijn vinger precies in het midden ervan. 'Wat stel jij in vredesnaam voor?'

Hij liet zijn armen langs zijn lichaam vallen en blies zijn adem door zijn gevlekte tanden uit. Het móést iets belangrijks zijn, dat kon gewoon niet anders.

De triptiek dook voor zijn geestesoog op. Die probeerde hem iets duidelijk te maken, maar hij begreep niet wat. De drie panelen bevatten een boodschap. Hij moest zich de laatste letters van de inscriptie zien te herinneren die nog steeds ergens diep in zijn geheugen lagen begraven, zodat hij de vertaling kon afmaken en het hele ding ontcijferen. Ze bleven echter buiten bereik; soms meende hij dat hij er heel dichtbij was, maar dan vervaagden ze weer alsof zijn brillenglazen besloegen.

Hij zuchtte.

Er zat niets anders op. Hij moest het gat zien te vinden en zelf gaan kijken wat het was.

Misschien was dát wel waarnaar hij zo verlangde... *een manier om verder naar beneden te gaan.*

Misschien was er nog hoop.

Hij vervolgde vol goede moed zijn weg, maar merkte na twintig minuten dat hij ongelooflijk hongerig en moe was, en hij dwong zichzelf in een rustiger tempo verder te lopen.

Al lopend hoorde hij ergens voor zich een schrapend geluid en hij hief onmiddellijk zijn hoofd op.

Het geluid klonk nogmaals, deze keer iets harder.

Binnen enkele seconden zag hij in het schijnsel van zijn lantaarn twee gedaanten zijn kant op komen.

Hij kon zijn ogen niet geloven – het waren twee mensen.

Hij liep rustig verder en zij ook – zijn licht scheen helder en ze hadden hem ongetwijfeld toch allang gezien.

Toen ze dichterbij kwamen, zag hij aan hun lange jassen, geweren en rugzakken dat het Styx waren – de soldaten die de naam Ruimers droegen; dat wist hij omdat hij er op het mijnstation een paar had gezien toen hij daar net met de trein was aangekomen. Het schrapende geluid was afkomstig van hun stemmen en ze waren druk met elkaar in gesprek.

Hij kon zijn geluk niet op. Hij had al in geen dagen een levend mens gezien en vond het bizar dat hij uitgerekend hier, in dit netwerk met duizenden kilometers aan doorgangen en met elkaar verbonden grotten, een ander menselijk wezen tegen het lijf liep. Hoe groot was die kans nu helemaal?

Toen ze nog maar vijf meter bij elkaar vandaan waren, begroette hij hen hoopvol met een vriendelijk: 'Hallo.'

Een van hen keek hem even met kille ogen en een uitdrukkingsloos gezicht aan, maar nam niet de moeite om terug te groeten. De andere soldaat keek hem zelfs niet eens aan en bleef voor zich uit naar het pad staren. De eerste soldaat wendde zijn blik weer van dr. Burrows af, alsof hij niet bestond. De twee soldaten beenden doelbewust verder en zetten hun gesprek voort zonder verder ook maar enige aandacht aan hem te besteden.

Dr. Burrows was compleet uit het veld geslagen, maar hield evenmin de pas in. Door het totale gebrek aan belangstelling van hun kant voelde hij zich een beetje als een bedelaar op straat die het brutale lef had gehad om een paar zakenmannen om geld te vragen. *Het was toch niet te geloven!*

'Nou ja, wat jullie willen, hoor,' zei hij schouderophalend en hij concentreerde zich weer op belangrijkere dingen.

'Waar ben je en wat ben je, gat in de grond?' vroeg hij aan de zwijgende megalieten om hem heen. Talloze theorieën maalden door zijn hoofd.

42

'Haal op! Haal op! Haal op!' riep Chester. Will en hij trokken aan de riemen. Chester had gezegd dat hij weleens had geroeid met zijn vader en Elliott was bereid geweest de leiding aan hem over te dragen vanaf het moment dat ze in de gammel uitziende boot stapten. Eigenlijk was 'boot' een veel te grootse benaming voor de geïmproviseerd ogende kano die onheilspellend kraakte toen ze allemaal aan boord stapten. Hij was een meter of vier lang en bestond uit een houten frame waar een huidachtig materiaal overheen was gespannen en aan elkaar gestikt.

Hij was overduidelijk niet op vier passagiers berekend en al helemaal niet op alle bagage die ze meezeulden. Cal zat in elkaar gedoken helemaal voor in de boeg. Hij mopperde zacht in zichzelf en wreef over zijn in een onhandige houding verwrongen, pijnlijke been. Hij probeerde te gaan verzitten zodat hij het kon strekken, maar dat was vrijwel onmogelijk omdat Will zo dicht op hem zat.

'Hé! Kijk uit! Ik kan niet roeien als je dat steeds doet!' sputterde Will toen Cal hem tijdens het schuiven voor de tigste keer in zijn rug porde. Ten slotte ontdekte Cal dat hij het beste plat op de bodem van de boot kon gaan liggen met zijn hoofd in de 'V' van de boeg gepropt – daardoor kon hij zijn been over de rand hangen en helemaal uitstrekken.

'Sommigen van ons hebben een luizenleventje,' grapte Will

tussen het gehijg door. Hij had vanuit een ooghoek de merk-waardige aanblik van een voet die in de lucht stak opgemerkt en toen hij omkeek zag hij zijn broer achter zich lui achter-overhangen. 'Dit is geen pleziertochtje, hoor!'

'Haal op... Haal... – concentreer je, Will!' beval Chester, die zijn vriend zover probeerde te krijgen dat hij in hetzelfde tem-po meeroeide. Het werd al snel duidelijk dat Chester ondanks zijn eerdere bewering ook geen flauw idee had wat hij aan het doen was. Zijn riemen maaiden regelmatig doelloos in een regen van waterspetters over het wateroppervlak.

'Waar heb je dit ook alweer geleerd, zei je?' vroeg Will. 'Lego-land?'

'Nee, Center Parcs,' bekende Chester.

'Dat meen je toch niet, hè?' riep Will uit. 'Nummer negen-tien, naar de kant, graag!' zei hij, en hij deed net of hij een megafoon voor zijn mond hield.

'Hou toch je waffel, man,' antwoordde Chester breed grijnzend. Hun samenwerking liet duidelijk te wensen over, maar Will was van mening dat de tocht per boot toch de beste manier was om verder te komen. De lichamelijke inspanning van het roeien verdreef de spinnenwebben in zijn hoofd; hij kon veel helderder nadenken dan hij in dagen had gekund. De lichte bries die over het water joeg was net voldoende om tijdens het roeien het zweet van zijn voorhoofd te vegen. Hij voelde zich heel energiek.

Het leek erop dat ze aardig opschoten, ook al kon Will de oever niet zien – eigenlijk kon hij helemaal niets zien – om aan af te meten hoe snel ze gingen. De eindeloze duisternis en het onzichtbare water om hen heen werkten een beetje ontmoedigend; het enige licht was afkomstig van Chesters lantaarn, die op de laagste stand was gezet en op de bodem van de boot stond.

Elliott zat aan het roer van de boot en staarde als altijd waakzaam achter zich, hoewel het eiland allang aan het zicht was onttrokken. Will en Chester, die tijdens het roeien met hun gezicht naar haar toe zaten gekeerd, konden haar vage gedaante nog net onderscheiden – ze verwachtten dat ze elk moment orders zou uitdelen, maar er verstreek een oneindig lange tijd voordat ze iets zei.

Opeens zei ze dat ze moesten ophouden met roeien. Will en Chester lieten de riemen roerloos hangen, maar de boot koerste verbazingwekkend snel vanzelf verder, alsof hij door een krachtige stroom werd meegesleurd. Will schonk hier niet echt veel aandacht aan en boog zijn hoofd over de rand – hij meende heel diep in het water vage, schimmige gedaanten te zien, of hij moest zich al heel erg vergissen. Soms waren ze opeens duidelijk zichtbaar, maar dan vervaagden ze weer en hij kon ze niet echt duidelijk onderscheiden. Sommige waren klein en schoten pijlsnel heen en weer, andere die wat groter waren bewogen zich moeizaam vooruit en gaven een veel krachtiger licht af.

Terwijl hij gefascineerd in het water tuurde, dook de brede, platte kop van een vis – die bijna een halve meter van kieuw tot kieuw mat – vlak onder het wateroppervlak op. Tussen de enorme ogen zat een lange steel met op de punt een groenig pulserend licht. De bek klapte open, stootte een stroom luchtbellen uit en ging weer dicht, en de vis dook omlaag. Opgetogen constateerde Will dat het dier wel wat weg had van de zeeduivel die heel diep in de Bovengronderse oceanen voorkwam. Hij begreep dat er onder de golven een heel ecosysteem verscholen lag: levende wezens die hun eigen licht produceerden.

Net als de vis deed hij zijn mond open om iets tegen Elliott en de anderen te zeggen over zijn ontdekking, maar een kleine plons op een meter of twintig van de bakboordkant vandaan, als van een steen die op het water ketste, snoerde hem de mond.

'Het gaat beginnen,' fluisterde Elliott cryptisch.

Wills eerste gedachte was dat het een andere zelfverlichtende vis moest zijn geweest die door het water omhoogkwam, maar deze gedachte werd al snel verjaagd toen nog geen seconde later in de verte een knal klonk. Er volgden nog meer plonsgeluiden en knallen, maar het gespetter was telkens te ver weg om te kunnen zien waardoor het werd veroorzaakt.

'Misschien is het een goed idee om die lamp uit te doen,' opperde Elliott.

'Waarom?' vroeg Chester onschuldig. Hij tuurde in het donker om te zien of hij kon achterhalen wat het geplons te betekenen had.

'Omdat er Ruimers op het strand staan.'

'Ze beschieten ons, sufferd,' zei Cal nu. Aan stuurboord zag Will op nog geen vijf meter bij hem vandaan water opspatten.

'Worden we beschoten?' vroeg Chester, die niet meteen kon bevatten wat hem werd verteld. 'O, lieve help!' riep hij uit toen het kwartje eindelijk viel. Hij bukte zich onmiddellijk onhandig om de lantaarn te doven en pufte onophoudelijk: 'Lievehelplievehelplievehelplievehelp!' Toen het licht uit was ging hij rechtop zitten en draaide hij zijn hoofd naar Elliott om. Tot zijn stomme verbijstering nam zij alles heel rustig op. Het salvo hield aan en om hen heen spatte continu water op – de kogels leken nu iets dichterbij te komen en Chester vertrok elke keer angstig zijn gezicht.

'Als dat echt geweerschoten zijn...' begon Will.

'Dat zijn het inderdaad,' bevestigde Elliott.

'... zouden we dan niet juist als een gek moeten roeien?' vroeg Will en hij verstrakte alvast zijn greep om de riemen.

'Nergens voor nodig, we zijn allang buiten schootsafstand... ze doen maar wat.' Elliott lachte kort. 'Ze zijn natuurlijk hartstikke kwaad op ons. De kans dat ze ons raken is één op een miljoen.'

In het pikkedonker hoorde Will Chester iets mompelen in de trant van: 'Gezien de gigantisch vette pech die ik de laatste tijd heb gehad...' waarna hij zijn hoofd beschermend tussen zijn schouders trok, maar ondertussen toch probeerde langs Elliotts roerloze lichaam een glimp van het eiland op te vangen.

'Ik heb hen precies waar ik hen wil hebben,' zei ze zacht.

'Jíj hebt hén precies waar jíj hen hebben wilt?' Chesters stem piepte van ongeloof. 'Je wilt toch zeker niet beweren...'

'Vertragingslonten,' onderbrak Elliott hem. 'Mijn specialiteit.' Uit de klank van haar stem was niets op te maken en ze wachtten allemaal gespannen af, maar het enige geluid dat ze opvingen was het gekraak van de boot, het klotsende water om hen heen en zo nu en dan een plons van het aanhoudende geweervuur.

'Het kan nu echt elk moment gebeuren,' zei Elliott.

Er verstreken een paar seconden.

Opeens was er op het eiland een enorme lichtflits zichtbaar die een helse gloed wierp op het stuk strand waarvandaan zij waren vertrokken. De jongens vonden het er vanaf een afstand niet groot uitzien. Toen bereikte het geluid van de ontploffing hen en ze schrokken zich een ongeluk.

'Wauw!' riep Cal uit. Hij trok zijn benen met een ruk naar zich toe en ging rechtop zitten.

'Nee, wacht...' zei Elliott en ze hief een hand op. Haar lichaam stak scherp af tegen de vlammen in de verte. 'Als iemand van hen dát heeft overleefd, rennen ze nu natuurlijk als verschroeide ratten zo snel mogelijk weg van het strand en het eiland op.' Ze begon af te tellen en boog bij elk getal haar hoofd een heel klein stukje.

De jongens wisten niet wat ze konden verwachten en hielden hun adem in.

Er klonk een tweede ontploffing, veel sterker dan de eerste. Reusachtige rode en gele sterren schoten hoog in de lucht en hun staarten bogen zich over de toppen van de hoge boom-varens. Will had de indruk dat het hele eiland aan diggelen was geblazen. Deze keer voelden ze allemaal de kracht van de explosie in hun gezicht en stukjes door de lucht zeilend puin kwamen in het water om hen heen terecht.

'Allemachtig!' hijgde Cal.

'Gaaf!' zei Chester. 'Je hebt het hele eiland de lucht in geblazen!'

'Wat was dát, verdorie?' vroeg Will, die zich afvroeg of er nog iets van het dieren- en plantenleven was overgebleven, of dat alles door het vuur was opgeslokt. Hij moest echter stiekem toegeven dat hij zich er niet bepaald druk om kon maken als een paar schamele oerkippen nu met verschroeide staartveren rondliepen.

'Die laatste knal deed het hem,' zei Elliott. 'Een volmaakte hinderlaag... de eerste ontploffing heeft hen er recht op af ge-jaagd.'

Terwijl ze toekeken leek het net of de vlammen op het water van de zee zelf dreven en lange stroken licht op het inktzwar-te water toverden. Will zag daardoor voor het eerst hoe uitge-strekt de ruimte was waarin ze zich bevonden: de kustlijn in de verte rechts van hem werd vaag verlicht, maar in de rich-ting waarin zij voeren was werkelijk totaal niets te zien, en links van hem was geen spoortje land te ontdekken.

Het geluid van de explosie weergalmde nog altijd door de enorme grot en er viel een flinke hoeveelheid puin omlaag in de directe omgeving van de boot, waarvan een groot deel nog brandde tot het in het water belandde en daar sissend doofde.

'Heb jij dat allemaal geregeld?' vroeg Chester aan Elliott.

'Drake en ik samen. Hij noemde het zijn "feestvuurwerk", maar ik heb nooit begrepen wat hij daarmee bedoelde,' gaf Elliott toe. Ze wendde haar hoofd van het spectaculaire tafe-reel voor hen af, waardoor haar gezicht in ondoordringbare duisternis werd gehuld. Haar lichaam stak scherp af tegen een wolk van felle vlammen. 'Hij was goed... een goed mens,' zei ze half fluisterend.

Will, Chester en Cal staarden bewonderend naar de enorme vlammenzee op het eiland en deelden zwijgend in haar verdriet om het verlies van Drake. Het vlammende eiland leek net een brandstapel en vormde een passend afscheid – niet alleen was er een schitterende, spectaculaire lichtshow op deze weinig voor de hand liggende plek om zijn dood te herdenken, maar ook was een aantal van zijn vijanden hier ter verantwoording geroepen voor hun daden.

Na een moment van somber gepeins nam Elliott het woord weer.

'Goed, hoe hebben jullie de Ruimers het liefst?'

Ze begon triomfantelijk te lachen.

'Ik lust ze rauw,' antwoordde Chester gevat. De jongens lachten met haar mee, in het begin aarzelend, maar al snel brulden ze het uit, waardoor de boot wild heen en weer schommelde.

Door de eerste ontploffing schrok Sarah ruw wakker uit haar verdoving en tegen de tijd dat de tweede explosie plaatsvond, was ze al overeind gesprongen en rende ze met Bartleby op haar hielen naar de waterkant.

Ze floot bewonderend bij het zien van de enorme omvang van de knal, hief haar geweer op en wikkelde de riem om haar arm om het wapen stil te houden. Door de verkijker tuurde ze aandachtig naar de fel oplichtende brandhaard die vanaf de andere kant van de golven heel klein leek. Toen bewoog ze het geweer langzaam weg van het eiland en ging ze de waterige horizon af. Door de gloed van het vuur op het eiland functioneerde de lichtkijker op haar geweer uitstekend, maar toch duurde het een paar minuten voordat ze iets zag. Ze stelde het vergrootglas op de kijker bij in de hoop het beeld zo scherper te stellen.

554

'Een boot?' zei ze verwonderd en ze keek nog eens goed, ervan overtuigd dat ze heel in de verte een klein vaartuig had gezien. Ze kon met geen mogelijkheid zeggen wie erin zaten, maar wist intuïtief dat het geen Styx waren. Nee, ze voelde aan haar water dat degene die zij zocht zich in de op de golvende deinende boot bevond.

'Zo te zien zijn we weer in de race, ouwe jongen,' zei ze tegen Bartleby, die met zijn magere staart kwispelde alsof hij allang wist wat ze gingen doen. Sarah wierp een laatste blik op het brandende eiland en haar lippen krulden om in een kwaadaardige grijns. 'Rebecca zal een paar nieuwe Ruimers moeten ronselen.'

43

'Doe het nou eens goed,' zei Elliott dringend vanaf het roer tegen Will en Chester, die nog altijd niet tegelijkertijd aan de riemen trokken.

'Waar gaan we eigenlijk precies naartoe?' riep Cal naar haar. 'Je zei dat je ons naar een veilige plek zou brengen.'

Er klonk een plons, omdat Will zijn slag verkeerd had ingeschat en zijn riem nu ketsend over het water haalde. Elliott reageerde niet, dus waagde Cal een nieuwe poging. 'We willen weten waar je ons naartoe brengt. We hebben het recht om dat te weten,' hield hij vol. Hij klonk geërgerd; Will vermoedde dat zijn been pijn deed.

Elliott legde het geweer weg. 'We duiken onder in het Drasland. Als we tenminste zo ver komen.' Ze zweeg even, maar ging na een paar ongelijke slagen van de jongens verder: 'Daar kunnen de Witnekken ons niet vinden.'

'Waarom niet?' vroeg Will hijgend van de inspanning.

'Omdat het... omdat het net één gigantisch, oneindig moeras is...' Ze klonk een beetje ongerust, alsof ze zelf niet geloofde wat ze zei en dit boezemde de jongens, die elk woord in zich opnamen, weinig vertrouwen in. 'Iemand met ook maar een beetje gezond verstand gaat daar nooit van zijn leven vrijwillig naartoe,' ging ze verder. 'We zullen ons daar schuilhouden tot de Styx de hoop hebben opgegeven dat ze ons zullen vinden.'

'Dat Drasland, ligt dat dieper dan dit? Ligt dat op een lager niveau dan dat waar we nu zijn?' vroeg Cal voordat Will kans zag zijn mond open te doen.

Elliott schudde haar hoofd. 'Nee, het ligt in een buitengebied van de Grote Vlakte dat we Woestegrond noemen. Sommige van de grensregio's zijn echte risicogebieden en veel te gevaarlijk... Drake wilde er nooit langer dan een paar dagen blijven. Voor ons is het heel geschikt en na een tijdje trekken we verder naar andere delen van Woestegrond. Daar is het gemakkelijker om te overleven.'

De jongens deden er het zwijgen toe en gingen allemaal op in hun eigen gedachten. De woorden 'gemakkelijker te overleven' echoden door hun hoofd – dat klonk niet echt veelbelovend, zeker niet wanneer Elliott dit zei, maar op dat moment voelden ze zich geen van drieën geroepen om te vragen wat ze daar precies mee bedoelde.

Er klonk een vreemd geluid in het water vlak bij de boot – het was iets heel anders dan het zachte geplons van de kogels.

'Niet nog meer Ruimers, hè?' zei Chester, en Will en hij hielden meteen op met roeien.

'Nee... blijf stil zitten... heel stil,' fluisterde Elliott.

Er volgde een tweede, grotere plons, en toen begon het water wild te kolken alsof iets heel groots naar het oppervlak kwam. Er klonk een schurend geluid onder de kiel van de boot en hij wiegde ruw heen en weer, waardoor ze van links naar rechts werden geslingerd. Na een paar seconden was alles weer rustig en deinde de boot zachtjes op het water.

'Poeh!' zei Elliott en ze ademde sissend uit.

'W-wat w-was...?' stamelde Chester.

'Leviathan,' zei Elliott bedaard.

Will kon nog net een ongelovig 'hè?' uitbrengen voordat ze hem de mond snoerde.

'Er is nu geen tijd om het uit te leggen... mond dicht en roeien,' commandeerde ze. 'We zitten midden in de stroming van een groep draaikolken een paar kilometer ten oosten van hier.' Ze wees met een vinger over hun hoofden naar stuurboord, precies in de tegenovergestelde richting van waar volgens Will de kust moest liggen. 'Als je die niet van dichtbij wilt zien, wat overigens een heel slecht idee zou zijn, dan lijkt het me verstandig dat jullie aan de slag gaan en ervoor zorgen dat we op de juiste koers blijven varen.'

'Aye aye, kapitein,' mopperde Will in zichzelf; al zijn eerdere enthousiasme voor de boottocht was vrijwel verdwenen.

Na een marathonroeitocht van enkele uren zei ze dat ze konden ophouden met roeien. Will en Chester, die inmiddels compleet waren gesloopt, juichten de rustpauze van harte toe. Hun armen waren zo moe dat ze trilden toen ze hun veldfles naar hun mond brachten om iets te drinken. Elliott legde Cal uit hoe hij de extra verkijker moest gebruiken en beval hem op de uitkijk te gaan staan. Ook zei ze tegen Will dat hij zijn hoofdband moest gebruiken.

Will klapte de lens voor zijn oog en zette hem aan. Er dwarrelde oranje sneeuw door het beeld, dat langzaam maar zeker een samenhangend geheel vormde en toen zag hij dat ze niet zo heel ver meer van de kust vandaan waren. De boot dreef in de richting van wat volgens Will een landtong moest zijn, hoewel hij het niet heel goed kon zien, zelfs niet via de lens van de hoofdband.

Ze dreven langzaam verder en zijdezachte vingers strekten zich over het water naar hen uit. Een ijle nevel kroop naar hen toe en de heiige laag werd geleidelijk aan zo dik dat hij over de rand van de boot hing. De lantaarn bij Chesters voeten scheen vaag door de mist en het zwakke, nevelige licht liet hun gezichten griezelig opgloeien. Al snel konden ze hun eigen lichaam vanaf het middel niet meer zien. Het was een vreemde gewaarwording om daar zo te zitten met die mistdeken om hen heen waar ze zich met de inmiddels onzichtbare boot een weg doorheen baanden. De nevel dempte al het geluid, zelfs het geklots van de golven konden ze bijna niet meer horen.

Hoe verder ze kwamen des te warmer het werd, en hoewel niemand iets zei hadden de jongens allemaal het gevoel alsof er een fysieke aanwezigheid was die hen neerdrukte. Of het nu door het sombere mistlandschap kwam of door iets anders, ze ervoeren allemaal dezelfde melancholie en pure wanhoop.

Ze dreven twintig minuten lang verder. Toen gleden ze een soort inham of baai binnen. De troosteloze stilte werd doorbroken toen de kiel van de boot over rotsen schuurde en vastliep. Dat was raar. Het was net of er een duistere betovering werd doorbroken en ze allemaal uit een akelige droom ontwaakten.

Elliott verspilde geen seconde en sprong meteen uit de boot. Ze hoorden het geplons toen ze neerkwam, maar uit niets bleek hoe diep het water was, want de mist hing tot halverwege haar bovenbenen. Ze waadde naar de voorkant van de boot en trok hem achter zich aan.

Will richtte zijn aandacht op de kust voor hen en zag dat ze inderdaad in een soort baai waren aangekomen waar aan beide zijden hoge kliffen in zee staken. De traag bewegende mist was afkomstig uit een kreek die hier en daar werd onderbroken door talloze puntige, ruwe rotsen. De jongens bleven zitten en Elliott trok de boot een klein stukje mee. Toen droeg ze hun op om uit te stappen en klauterden ze schoorvoetend een voor een met hun spullen uit de boot.

De jongens waren op hun hoede geweest omdat ze niet konden zien waar ze in sprongen, maar al snel bleek dat het water hooguit een meter diep was, ook al rukte een onzichtbare stroming hard aan hun benen. Voorzichtig om niet uit te glijden over de ongelijke ondergrond ploeterden ze naar de rotsachtige kust, terwijl Elliott de boot naar een kleine inham bracht, waarschijnlijk om hem daar te verstoppen. Toen Will en Chester door het laatste stukje water plasten, trok Elliott de boot met een hol schrapend geluid op het droge.

'Moeten we haar niet even gaan helpen?' stelde Chester voor aan Will, maar toen merkten ze opeens een abrupte verandering op in het stuk kust dat zich aan weerszijden van hen uitstrekte. Door het lawaai van de boot veranderde er onmiddellijk iets wat werd vergezeld door een dof gerommel, maar door de dikke mistlaag konden ze niet zien waardoor het werd veroorzaakt. Will en Chester waren al bijna uit het water en Cal, die een meter of twintig voor hen over de rotsen klom, had nu ook in de gaten dat er iets aan de hand was.

Ze bleven alle drie als aan de grond genageld staan luisteren naar het onophoudelijke gerommel. Ze voelden een trilling en er bewoog iets, alsof de rotsen zelf tot leven kwamen en plotseling werden er vlak boven de flarden mist tientallen kleine lichtjes zichtbaar die voorzichtig knipperden als de vlammen van kaarsen die op de tocht stonden.

'Ogen!' stamelde Chester. 'Het zijn ogen!'

Hij had gelijk. Ze vingen het licht van de lantaarns van Chester en Cal op, en weerkaatsten dat, net de ogen van een kat midden op de weg. Will, die door de lens van zijn hoofdband keek, zag veel meer dan de anderen. Hij ontdekte dat wat hij aanvankelijk had aangezien voor een ruwe rotsformatie in werkelijkheid iets heel anders was: het was een levend tapijt en in een fractie van een seconde kwam het hele gebied in beweging. Werkelijk alles bewoog en er klonken van alle kanten krabbelende geluidjes... vergezeld van een heel vreemd, rubberachtig geklop.

Toen een strook mist opklaarde, zag Will een soort vogels – ooievaars met lange poten – die hun vleugels uitspreidden. Het waren echter geen vogels, maar hagedissen – maar dan van een soort die Will nog nooit eerder had gezien.

'Wat doen we nu?' zei Chester, die angstig naast Will kwam staan.

'Will!' brulde Cal, die even aarzelde, maar toen achteruit begon te lopen, terug het water in.

'Waar is Elliott?' vroeg Chester dringend. Hun ogen zochten haar onmiddellijk en zagen haar langs het water benen. Zonder ook maar het minste spoortje van bezorgdheid baande ze zich een weg tussen de wezens door. Ze gingen met opengeklapte vleugels voor haar opzij en stootten bijzonder verontrustende klanken uit, net de kreten van jonge kinderen die pijn hadden en klaaglijk jengelden.

'Griezelig,' zei Chester, die zich iets meer op zijn gemak voelde nu hij besefte dat de wezens geen enkele bedreiging vormden.

Het geklapwiek van de vleugels verdreef de mist en Will zag nu dat de vleugels hoekig waren, met aan de voorkant één grijpklauw. De wezens hadden een bolrond lijf met een taps toelopende borst en een korte, ronde buik waarop net als op de vleugels een groene glans lag als van gepolijste leisteen. De kop op de spichtige nek had de vorm van een geplette cilinder met ronde uiteinden, en de kaken, die voortdurend open- en dichtklapten, waren glad en tandeloos.

Elliotts wandeling tussen de zwerm door stoorde de wezens zo erg dat ze een voor een wegvlogen. Om dit te kunnen doen, hadden ze een aanloop nodig van een paar bijzonder stijve, mechanische stappen voordat ze van de grond opstegen.

Binnen enkele seconden was de lucht gevuld met honderden van deze vliegende wezens. Hun vleugels klapten trillend door de lucht, zodat er een ononderbroken gesuis klonk. De vreemde, verontrustende kreten hielden aan en verspreidden zich als een lopend vuurtje over de kolonie, alsof ze hun angst zo aan elkaar doorgaven. Zodra de wezens eenmaal waren opgestegen, verzamelden ze zich in één grote zwerm boven het water. Will staarde er als betoverd naar door zijn lens, een enorme massa wezens die als een continu bewegende, oranje vlek langzaam klapwiekend in de verte verdween.

'Vooruit,' riep Elliott. 'We hebben geen tijd om de toerist uit te hangen.' Ze wuifde ongeduldig naar hen en gebaarde dat ze haar langs de kustlijn moesten volgen. Aan de klank in haar stem hoorde Will wel dat hij er flink van langs zou krijgen als hij nu naar de wezens vroeg.

'Wat een prachtige beesten, hè? Wat had ik daar graag een foto van gemaakt,' babbelde hij opgewonden tegen Chester, terwijl ze snel achter Elliott aan liepen, die regelrecht naar de wand van de grot beende.

Chester vond het blijkbaar minder leuk. 'Ja, hoor, als jij het zegt. Laten we er anders meteen een ansichtkaart van maken om naar de familie thuis te sturen,' snauwde hij op luide toon. 'Jammer dat jullie hier niet zijn... vermaken ons uitstekend... in het land van de enge, pratende draken.'

'Je hebt te veel fantasyboeken gelezen. Het zijn helemaal geen enge, pratende draken,' antwoordde Will fel. Hij werd zo in beslag genomen door de vogels dat hij niet in de gaten had in welke gemoedstoestand zijn vriend zich bevond. Chester kookte van woede en kon elk moment losbarsten. 'Het zijn juist wonderbaarlijke wezens... een soort prehistorische vliegende hagedis, vergelijkbaar met een pterosaurus,' ging Will verder. 'Je weet wel... de pterodactyl...'

'Nou moet je eens goed luisteren, jongen, het kan me werkelijk geen moer schelen wat het voor beesten zijn,' onderbrak Chester Will strijdlustig. Hij tuurde naar de grond om te zien waar hij zijn voeten op de ongelijke rotsen zette. 'Telkens wanneer er zoiets gebeurt, hou ik mezelf voor dat het toch echt niet erger kan worden, maar we zijn de hoek nog niet om of jawel hoor...' Hij schudde zijn hoofd en spuugde vol afkeer op de grond. 'Als jij die boeken nou eens had gelezen en wat

562

meer gewone dingen had gedaan in plaats van als een krank-
zinnige mafkees in tunnels te wroeten, zouden we niet in
deze ellende zitten. Je bent niet normaal, weet je dat? Je bent
niet goed bij je hoofd!'

'Wind je toch niet zo op, joh,' zei Will in een poging de ge-
moederen te bedaren.

'Ga me nou niet vertellen wat ik moet doen. Jij hebt het hier
niet voor het zeggen,' raasde Chester.

'Ik wilde alleen maar... die hagedissen... ik...' antwoordde Will
haperend van verontwaardiging.

'Ach, hou toch je kop! Dringt het dan werkelijk niet tot die
botte harses van je door dat niemand iets geeft om die rottige
fossielen en stomme dieren van je? Ze zijn allemaal te goor
voor woorden en moeten gewoon als insecten worden ver-
morzeld,' tierde hij. Hij stampte met zijn voet en wreef ermee
in het zand om zijn woorden te benadrukken, en draaide zich
toen om naar Will.

'Het was niet mijn bedoeling je overstuur te maken, Chester,'
zei Will verontschuldigend.

'Overstuur?' gilde Chester hysterisch. 'Je hebt iets veel ergers
gedaan. Ik ben dit hele gedoe spuug- en spuugzat! En ik ben
jou ook helemaal spuugzat!'

'Ik zei toch al dat het me speet,' antwoordde Will zwakjes.

Chester stak zijn handen agressief voor zich uit. 'Denk je nou
echt dat het zo eenvoudig is? Denk je nou echt dat je je hier
met een simpel "het spijt me" uit kunt kletsen en dat alles
dan weer goed is... dat ik je dan alles wel weer vergeef?' Hij
wierp Will zo'n minachtende blik toe dat Will helemaal sprakeloos was. 'Woorden zijn zogoed als niks waard en die van
jou zijn al helemaal niks waard,' zei Chester nu met een zachte, trillende stem en hij beende kwaad weg.

Will was helemaal van zijn stuk gebracht door de opmerkingen van zijn vriend. De kameraadschap die hij eerder had ge-

meend te voelen stelde dus niets voor. Hij had zo gehoopt dat hun vriendschap weer net als vroeger was, maar begreep nu ook wel dat hun vrolijke woordenwisseling eerder op het strand en in de boot helemaal niets zei. Het was een illusie geweest. Hoe hard hij ook probeerde het van zich af te zetten, hij was diep gekwetst door de uitbarsting van zijn vriend. Hij hoefde er heus niet aan te worden herinnerd dat alles zijn schuld was. Hij had Chester van zijn ouders en zijn leven in Highfield weggesleurd en hem in deze nachtmerrieachtige situatie doen belanden, die met de minuut erger werd.

Hij liep langzaam verder, maar zijn schuldgevoel had de kop weer opgestoken en drukte nu heel zwaar op hem. Hij probeerde zichzelf wijs te maken dat Chesters vermoeidheid de oorzaak van zijn woedende uitval moest zijn – ze hadden allemaal zo weinig geslapen dat het voor de hand lag dat hun humeur daaronder te lijden had – maar hij vond het niet echt een overtuigende reden voor Chesters gedrag. Zijn vroegere vriend had gewoon eerlijk gezegd wat hij van hem dacht; dat was zo duidelijk als wat.

Will voelde zich aardig beroerd en Chesters uitbarsting had het alleen maar erger gemaakt. Hij had wel een moord willen doen voor een warm bad en een schoon bed met gestreken witte lakens – hij had het gevoel dat hij wel een maand kon slapen. Hij zocht met zijn ogen zijn broer, die een stukje voor hem liep en zag dat hij bij elke stap die hij zette zwaar op de wandelstok leunde. Hij liep vreemd, alsof zijn been het elk moment kon begeven.

Nee, ze waren er geen van allen best aan toe. Hij hoopte maar dat ze binnen niet al te lange tijd de kans kregen om goed uit te rusten. Hij hield zichzelf echter niet voor de gek en besefte best dat dat er niet in zat zolang de Ruimers hen op de hielen zaten.

Bij de wand van de grot gingen ze in een halve kring om Elliott heen staan. Ze stond dicht bij een brede spleet, een kiervormige opening aan de voet van de wand die een paar meter hoog was. De bron van de mist leek zich hier te bevinden, want de nevel golfde in een onophoudelijke stroom naar buiten. Will bleef op gepaste afstand van Chester staan en deed net alsof hij al zijn aandacht bij de opening had, ook al kon hij door de mist niet echt veel zien, zelfs niet hoe breed deze eigenlijk was.

'We hebben een lange tocht voor de boeg,' waarschuwde ze hen. Ze wikkelde een stuk touw af dat ze allemaal om hun middel bonden. Elliott liep vooraan, gevolgd door Cal, Chester en als laatste Will. 'Ik wil niet dat iemand van jullie verdwijnt,' merkte ze op. Ze zweeg even en liet haar blik onderzoekend van Will naar Chester glijden.

'Alles goed tussen jullie tweeën?'

Ze had alles gehoord... ze had natuurlijk alles wat Chester zei gehoord, dacht Will ongemakkelijk bij zichzelf.

'Dit wordt namelijk erg zwaar en we zullen elkaar erdoorheen moeten slepen,' ging ze verder.

Will bromde iets wat met een beetje fantasie voor 'ja' kon doorgaan, maar Chester antwoordde helemaal niet en vermeed Wills blik.

'En jij,' zei Elliott tegen Cal. 'Ik moet weten of je dit aankunt.'

'Ik red het wel,' antwoordde hij en hij knikte optimistisch.

'Dat hoop ik dan maar,' zei ze. Na een laatste blik op de jongens draaide ze zich om en verdween in de spleet. 'Ik zie jullie aan de andere kant.'

DEEL 5

De Porie

44

'Wonderbaarlijk!' riep dr. Burrows uit, en zijn stem echode een tijdlang om hem heen, maar vervaagde toen, zodat hij alleen het gekletter van het water nog maar kon horen. Hij stond voor twee grote stenen pilaren die blijkbaar het eind van het pad aangaven en af en toe viel er een regen van druppels omlaag.

Hij draaide zijn hoofd van links naar rechts en probeerde alles in één keer in zich op te nemen.

Om te beginnen stond er in de hoeksteen helemaal boven aan de boog een gevorkt symbool met drie tanden gebeiteld. Hij was het tijdens zijn tocht door het Onderdiep al verschillende keren eerder tegengekomen op stukken metselwerk en het was ook opgedoken op de stenen tabletten die hij in zijn dagboek had vastgelegd. Het symbool kwam zo te zien niet overeen met een van de tekens op de Steen van Burrows, dus zat de vraag wat het kon betekenen hem danig dwars.

Dit gevoel verdween echter naar de achtergrond zodra hij een stukje onder het bouwwerk door liep en het pad zich verbreedde tot een met grote tegels bedekt gebied.

Hij lachte ongelovig, hield even op, maar begon opnieuw te lachen toen hij de gitzwarte leegte voor hem ontdekte. Het was een kolossaal gat in de grond. En hij stond op een soort pier die erboven hing.

Terwijl hij met kleine stapjes over de versleten tegels naar de rand van de afgrond liep, joeg er een felle windvlaag om zijn hoofd.

Hij vond het allemaal bijzonder verontrustend en zijn hart bonkte opgewonden in zijn borstkas toen hij de enorme omvang van de opening in zich opnam. Hij kon de overkant helemaal niet zien – alles was volledig in het duister gehuld. Hij wilde maar dat hij een sterkere lichtbron had gehad, zodat hij een goede schatting van de grootte kon maken, maar hij vermoedde zo ook wel dat je er een aardige berg in kon laten vallen en dan nóg ruimte over zou hebben.

Hij hief langzaam zijn hoofd op en ontdekte ook dat er een al even grote opening in het dak boven hem zat – wat deze plek ook moest voorstellen, hij reikte in elk geval heel hoog en vormde de bron van de wind en de waterstromen die zo nu en dan op hem heen neerstortten. Met geluidloos bewegende lippen speculeerde hij naar hartenlust over de vraag waar dit ongelooflijke natuurverschijnsel zou ophouden – misschien had het ooit wel in verbinding gestaan met de wereld boven maar was het op een bepaald moment afgedekt doordat er een verschuiving tussen tektonische platen had plaatsgevonden of wellicht door een actieve vulkaan.

Hij staarde gefascineerd in de diepte voor hem en stond niet al te lang stil bij het ontstaan ervan. Het leek wel alsof het zwarte vacuüm hem hypnotiseerde en naar zich toe trok. Terwijl hij zo stond te staren, zag hij vanuit een ooghoek dat er links van hem een paar treden van de rand van het platform naar beneden liepen.

'Is dat het?' vroeg hij zich met ingehouden adem af. 'Kom ik zo in het Binnenste?'

Hij wierp onmiddellijk zijn rugzak af en begon via de gebarsten stenen trap aan de afdaling.

'Verdikkeme!' zei hij met hangende schouders toen hij erachter kwam dat de trap maar heel kort was en nergens naartoe leidde. Hij tuurde geknield in het donker neer om te zien of er soms een stuk was ingestort.

'Dat is nog eens pech hebben,' zuchtte hij teleurgesteld.

Hij zag helemaal niets wat erop wees dat de trap inderdaad verder naar beneden doorliep – alleen de korte, uit zeven treden bestaande trap waarop hij nu gehurkt zat. Dit was totaal niet waarop hij had gehoopt. Misschien was zijn ontdekkingsreis inderdáád ten einde gekomen, maar hij gaf nog niet alle hoop op en bedacht dat er misschien ergens anders aan de rand van het gat nóg een trap was die wel intact was. *Een andere weg naar beneden.*

Hij keerde terug naar boven om zijn rugzak op te halen en probeerde intussen een logische verklaring te vinden. Dit was dus het gat op de Coprolietenkaart en het moest hetzelfde gat zijn dat ook op het middenpaneel van de triptiek in de tempel van de lelijke insecten stond afgebeeld.

Hij begreep nu waarom het oude volk het zo belangrijk had gevonden. Er moest echter meer zijn; zij – de mensen die de tempel had gebouwd en gebruikt – geloofden duidelijk dat het iets heiligs moest zijn, iets wat geëerbiedigd diende te worden. Hij masseerde zijn nek en dacht diep na.

Die piepkleine mensjes op het middelste paneel van de triptiek, gooiden die zichzelf als onderdeel van een of ander ritueel in het gat? Offerden ze zichzelf op? Of zat er nog iets anders achter?

Dergelijke en andere vragen hoopten zich op in zijn hoofd. Ze wervelden rond in zijn schedelpan alsof ze door een windhoos werden meegesleurd en eisten stuk voor stuk zijn aandacht omdat ze wilden worden opgelost. Opeens trok er een schok door zijn lichaam alsof hij door de bliksem was getroffen.

'Ja! Ik heb het!' zei hij. Hij riep nog net geen eureka!

Hij rukte zijn rugzak open en haalde gejaagd zijn dagboek eruit. Hij liet zich op de grond vallen, stortte zich er letterlijk bovenop en schreef razendsnel op wat hij allemaal nog wist.

De resterende woorden op het middelste paneel in de tempel waren hem weer te binnen geschoten – hij zag ze heel gedetailleerd voor zich, bijna net zo scherp als op een foto en beslist duidelijk genoeg om zich met behulp van de Steen van Burrows aan een vertaling te wagen zodra hij de letters eenmaal had genoteerd.

Nadat hij een minuut of tien driftig had liggen pennen, kroop er een brede glimlach over zijn gezicht.

'Tuin van de... Tweede Zon,' riep hij. Toen verdween de glimlach weer en verscheen er een diepe rimpel op zijn voorhoofd.

'Tuin van de Tweede Zon? Wat betekent dat in 's hemelsnaam? Welke tuin? Welke tweede zon?'

Hij liet zich op zijn zij rollen om het geheel te bestuderen.

'Feiten, feiten, feiten, niets dan de feiten,' zei hij hardop. Het was een regel waaraan hij zichzelf vaak herinnerde wanneer hij het idee kreeg dat hij op het punt stond zich over te geven aan wilde speculaties. Hij probeerde logisch na te denken, hoe moeilijk dat in zijn opgewonden stemming ook was, want hij wist dat hij heel gedisciplineerd alle dingen die hij tot nu toe had ontdekt tot een hecht geheel moest zien samen te smeden. Dan en alléén dan kon hij aan de hand daarvan theorieën ontwikkelen die hij vervolgens op hun waarheidsgehalte moest toetsen.

Er was één ding dat op zich al absoluut een openbaring was: alle geologen en geofysici thuis zaten er faliekant naast. Hij bevond zich vele kilometers onder de aardoppervlakte en volgens hun berekeningen zou hij nu allang krokant doorbakken moeten zijn. Hoewel hij inderdaad door gebieden was gereisd waar een immense hitte hing, en waar de aanwezigheid van gesmolten rotsen beslist tot de mogelijkheden behoorde, was de samenstelling van de Aarde totaal anders dan men had gedacht, en ook de mate waarin de temperatuur steeg, kwam niet overeen met de theorieën.

Dat was allemaal mooi en prachtig, maar het bracht hem geen stap dichter bij de antwoorden die hij zocht.

Terwijl hij zachtjes tussen zijn tanden floot, dacht hij ingespannen na...

Wie waren de mensen van de tempel?

Het was duidelijk dat het een volk was dat vele millennia geleden zijn toevlucht had gezocht onder de aardkorst.

Volgens de afbeelding op de Hof van Eden-triptiek hadden ze echter ook weer een pelgrimstocht gemaakt naar de wereld boven; wat was er daar met hen gebeurd?

Met een verbijsterde uitdrukking op zijn gezicht floot hij nog één laatste keer hoog en schel, en toen stond hij op. Hij wandelde weer onder de boog door en liep terug naar beneden.

Misschien had hij het verkeerd gezien. Misschien liep de trap wel degelijk ergens anders verder en had hij het gewoon niet opgemerkt. Hij trok zijn geologenhamertje met het blauwe handvat uit zijn riem, hurkte neer op de onderste trede van de trap en boorde de punt ervan in een scheur in de muur naast hem. Hij sloeg erop met de palm van zijn hand om er zeker van te zijn dat hij stevig zat verankerd. Het voelde goed aan. Hij greep de hamer met één hand vast, nam het koord met de lichtbol in zijn andere hand en leunde zo ver mogelijk naar voren in een poging te zien wat er onder hem lag.

De lichtbol wiegde zacht heen en weer, zijn hersens waren nog altijd druk aan het nadenken over de triptiek en terwijl hij in het donker tuurde, kreeg hij opeens een idee.

Geloofden de mensen van die tempel misschien dat ze door in dit gat te springen een of ander beloofd land zouden bereiken? Was dit soms de weg naar hun Hof van Eden, hun paradijs of hoe je dat ook wilde noemen?

Hij draaide deze mogelijkheid om en om in zijn hoofd en plotseling kreeg hij als door de bliksem getroffen een schokkende ingeving.

Misschien had hij wel de hele tijd de verkéérde kant op gekeken. Hij was zo gefocust geweest op naar bóven kijken dat het
nooit bij hem was opgekomen om naar benéden te kijken!
Misschien had het oude volk wel een heel goede reden gehad
om zich duizenden jaren lang niet in te laten met de beschavingen van de wereld boven. Misschien waren ze inderdaad
met medeneming van hun schrijfkunst en verlichte opvattin-
gen de wereld boven ontvlucht en misschien waren ze er wel
nóóit teruggekeerd. Dat zou de reden kunnen zijn dat hij er
maar niet achter kwam wat er met hen was gebeurd – en dat
hij in de hele geschreven geschiedenis van alle beschavingen
op aarde helemaal niets kon terugvinden dat hun verhaal beschreef.

Goed...

Hij dook even op uit zijn gepeins om snel adem te halen en
dook er toen pardoes weer in terug.

*... kenden zij dan het geheim van wat hierbeneden ligt, in het hart
van de Aarde? Bestond er in het Binnenste echt een Tuin van de
Tweede Zon? En geloofden ze heus dat ze die konden bereiken
door zichzelf in een reusachtig gat te werpen? Waarom zouden ze
dat geloven? Waarom? Waarom? Waarom?*

Misschien hadden ze wel gelijk!

Het hele idee kwam hem zeer ongeloofwaardig voor, maar
evengoed geloofden deze primitieve mensen overduidelijk
dat deze daad hen rechtstreeks naar hun idyllische paradijs
zou voeren.

Dat geloofden ze oprecht.

Het was heel goed mogelijk dat dr. Burrows gewoon overver-
moeid was en aan ondervoeding leed, want er schoot hem opeens een absurde gedachte te binnen.

Zou hij de gok wagen en in het gat springen?

'Je maakt toch zeker een geintje, hè?' zei hij meteen hardop
tegen zichzelf.

Nee, dat was krankzinnig! Hoe haalde hij het in zijn hoofd?

Hoe kon hij, een goed opgeleid man, zich in de luren laten leggen door een heidense religie en geloven dat hij op wonderbaarlijke wijze de val zou overleven en dat hem dan een stralende zon en adembenemende bossen vol fruitbomen te wachten stonden?

Een zon in het hart van de Aarde?

Nee, dit was te dwaas voor woorden. Hier kwam geen wetenschappelijke redenatie aan te pas!

Hij verwees het hele idee naar de prullenbak, hees zichzelf terug op de traptrede en draaide zich om.

Hij slaakte een ijselijke gil van angst.

Het gigantische insect – zijn uit de kluiten gewassen stofmijt – stond vlak achter hem en hapte suizend met zijn grijpers naar hem.

Dr. Burrows deinsde geschrokken achteruit en wilde in zijn paniek zo ver mogelijk bij het dier vandaan zien te komen. Hij verloor zijn evenwicht en tuimelde met wild rondmaaiende armen van de trede.

Er klonk geen heldhaftige kreet tijdens zijn val, alleen een korte kreun van onwillige verbazing, en toen was hij verdwenen, een piepkleine gedaante die door de lucht tolde en in de schemerige vergetelheid van de Porie verdween.

45

Ergens vóór Will gaf Chester zo'n krachtige ruk aan het touw dat het tegen Wills pols sloeg en zijn arm onder hem vandaan trok. Hij viel voorover in de warme, kleverige modder. Hij hoorde Chesters stem onderdrukt en onverstaanbaar iets prevelen wat volgens Will chagrijnig gemopper was en voornamelijk tegen hem gericht. Chester trok nogmaals aan het touw, deze keer zelfs nog feller. Gezien hun eerdere woordenwisseling was Will ervan overtuigd dat Chester hém de schuld gaf van dit bijzonder onaangename deel van hun tocht, zoals hij dat eigenlijk bij alles deed. Wills wrevel nam toe – hij had het immers net zo zwaar te verduren als de anderen?

'Ik kom al! Ik kom al, verdorie!' schreeuwde hij kwaad. Hij trok zichzelf scheldend en tierend omhoog in een poging de anderen in te halen.

Hij had het idee dat het gat tussen Chester en hem vrij snel kleiner werd, maar kon hem door de mist nog altijd niet zien. Toen Will aan het touw trok, merkte hij dat het ergens achter was blijven haken. Het zat muurvast.

Chester riep weer iets naar hem over het oponthoud. Wat hij ook precies zei, het klonk in elk geval erg nors.

'Wees eens even stil, ja? Het touw zit vast!' schreeuwde Will terug. Hij lag nu op zijn zij en hield zijn lantaarn bij om te zien wat het probleem was. Het was hopeloos, hij zag werkelijk niets. Hij vermoedde dat het touw om een stuk rots zat gedraaid en zwiepte het een paar keer op en neer tot het uiteindelijk losliet. Hij kroop nu pijlsnel langs de helling omhoog tot hij Chester had ingehaald, die opnieuw stil was blijven staan – waarschijnlijk omdat Cal, die voor hem liep, ook was gestopt.

Al meteen vanaf het begin was de spleet in een contante hoek van dertig graden omhooggelopen. Het gebrek aan bewegingsruimte hield in dat er niets anders op zat dan op handen en knieën naar boven te klimmen. De ondergrond was glad en er stroomden grote hoeveelheden water langs omlaag naar de zee onder hen. Toen ze iets hoger kwamen maakte het water plaats voor warme modder. Deze had de dikte van ruwe olie en was vreselijk glibberig, waardoor het klimmen nog meer werd bemoeilijkt.

Na een tijdje bereikten ze een gedeelte waar het gesteente heel warm aanvoelde en Will zag overal kleine, bubbelende modderpoeltjes. Ze kwamen door een stuk waar kleine slierten stoom als miniatuurgeisers om hen heen oprezen – dat was natuurlijk de bron van de altijd aanwezige mist die om de jongens heen hing.

Het leek er wel een sauna – het was er ondraaglijk warm en vochtig. Will ademde heel snel in en uit, en trok aan de kraag van zijn hemd in de tevergeefse hoop dat het voor wat verkoeling zou zorgen. Zo nu en dan zweefde er een zweem zuivere sulfer door de lucht die zo doordringend was dat Will er duizelig van werd en zich afvroeg of de anderen daar ook last van hadden.

Elliott had hun toestemming gegeven op hun lantaarns op de hoogste stand te zetten omdat, zo zei ze, het zeer onwaarschijnlijk was dat het licht in de afgesloten omgeving van de spleet werd opgemerkt, zeker zolang de mist alles aan het zicht onttrok. Will was hier heel dankbaar voor, want zonder lichtstraal om hun de weg te wijzen zou het wel heel benauwend zijn geweest.

Een paar keer hoorde Will de stem van zijn broer voor hem. Hij mopperde dat het een lieve lust was en klonk bepaald niet gelukkig. Alle drie de jongens luchtten hun frustratie trouwens luidkeels, en het gemopper en gekreun waren doorspekt met pittige krachttermen. Chester was het luidruchtigst en vloekte als een ketter. Alleen Elliott was zwijgzaam als altijd en liet zich niet horen tijdens de tocht.

Een felle ruk aan het touw van Chester deed Will beseffen dat hij bijna in slaap was gesukkeld en hij klauterde snel verder. Al na een heel kort stukje moest hij weer stoppen en nadat hij de modder uit zijn ogen had gewreven ontdekte hij vlak naast zich een modderpoel waarin zich luchtbellen vormden die vergezeld van een geluid dat zich het beste liet omschrijven als een onophoudelijk *glop glop* openbarstten.

Hij voelde weer een onnodig woeste ruk aan het touw.

'Jee, je wordt bedankt, joh!' riep hij langs de helling naar Chester.

Het regelmatige geruk herinnerde Will er voortdurend aan wie er vóór hem aan het touw zat. Omdat er tijdens de afmattende klim niets was wat hem afleidde, dacht hij na over wat Chester hem had toegebeten.

'Woorden zijn zogoed als niks waard en die van jou zijn al helemaal niks waard!'

'Ik ben jou ook helemaal spuugzat!'

De zinnen weergalmden luid en duidelijk door Wills hoofd.

Hoe durfde hij dat tegen hem te zeggen?

Het was helemaal niet Wills bedoeling geweest dat al die dingen gebeurden. Toen Chester en hij op pad gingen om uit te zoeken wat er met Wills vader was gebeurd, had hij in geen miljoen jaar kunnen denken dat ze zoveel gevaar zouden lopen. Toen ze een paar maanden geleden over het spoor in de richting van het mijnstation liepen, had Will nog zijn welgemeende excuses aangeboden. Chesters reactie leek indertijd aan te geven dat hij Wills spijtbetuiging had aanvaard. *'Woorden zijn zogoed als niks waard en die van jou zijn al helemaal niks waard!'*

Chester had hem al die dingen nu voor de voeten gegooid en wat kon Will doen om het goed te maken?

Niets.

Het was een onmogelijke situatie. Will dacht aan wat er zou gebeuren wanneer hij werd verenigd met zijn stiefvader. Het was duidelijk dat Chester een heel sterke band had met Elliott – misschien deels wel om Will een hak te zetten. Wat zijn beweegreden ook was, die twee trokken erg naar elkaar toe en Will werd volledig buitengesloten.

Hoe zou Elliott reageren wanneer zijn stiefvader ten tonele verscheen en zich bij hen wilde aansluiten? En hoe zou zijn stiefvader op háár reageren? Zouden ze allemaal bij elkaar blijven: zijn stiefvader, Chester, Cal, Elliott en hij? Op een of andere manier dacht Will niet dat ze allemaal met elkaar overweg zouden kunnen – dr. Burrows was veel te zweverig en onpraktisch voor Elliott. Het was onmogelijk je twee mensen voor te stellen die meer van elkaar verschilden dan zij – wat hun aard betreft behoorden ze tot twee tegenovergestelde uiteinden van het spectrum. Alsof ze van twee verschillende planeten kwamen.

Stel dus dat ze zich opsplitsten; hoe zat het dan met Chester? De stellingen waren ingenomen en Chester stond niet langer aan Wills kant. Will gaf toe dat de sfeer tussen hen nu zo was verslechterd dat hij het niet eens erg zou vinden als Chester met Elliott meeging. Zo gemakkelijk ging dat echter niet; Will en zijn stiefvader hadden Elliott ook nodig, zeker nu de Styx het op Will hadden gemunt.

Zijn gedachtegang werd ruw onderbroken toen het touw weer werd aangespannen en Chesters schorre stem hem aanspoorde om op te schieten.

Ze klommen verder en opeens viel het Will op dat de mist en stoom afnamen. De lucht klaarde op en er waaide zwakjes een zachte, koele bries om hen heen. Dat maakte alles er echter niet veel beter op, want ze waren allemaal bedekt met een dikke laag modder die nu opdroogde, waardoor hun kleding langs hun lichaam schuurde.

De bries zwol aan tot een krachtige wind en na een laatste ruk aan het touw ontdekte Will dat ze de top hadden bereikt. Tot zijn grote opluchting kon hij opstaan en zijn pijnlijke rug strekken. Hij wreef de modder rond zijn ogen weg en zag toen dat de anderen al rechtop stonden en hetzelfde deden als hij om de vermoeidheid uit hun verkrampte ledematen te verdrijven. Iedereen, behalve Cal, want die had een rotsblok gevonden om op te zitten en masseerde nu met een heel pijnlijk gezicht zijn been. Will tuurde omlaag langs zijn lijf en vervolgens naar de anderen. Ze waren allemaal totaal onherkenbaar door de dikke korst van opgedroogde modder op hun lichaam.

Toen hij naar het midden van de ruimte liep, joeg de wind zo krachtig en onophoudelijk om hem heen dat de lucht uit zijn mond werd gezogen. Zijn eerste indruk was dat ze voor een woud van stalagmieten of stalactieten stonden, of misschien wel allebei. Pas toen hij de lens van alle modder had ontdaan en zijn hoofdband aanzette, ontdekte hij dat dat toch niet het geval was. Ze bevonden zich in een lange tunnel met een dak dat waarschijnlijk zo'n twintig tot dertig meter hoog was, waar talloze kleinere tunnels op uitkwamen – zo veel zelfs dat de donkere openingen hem een ongemakkelijk gevoel bezorgden, omdat hij zich inbeeldde dat de Styx zich daarin schuilhielden.

'Je hebt het touw niet meer nodig,' schreeuwde Elliott tegen Will. Hij probeerde uit alle macht het los te maken, maar de knoop was stijf van de modder en ze moest hem te hulp schieten. Zodra ze het touw van zijn middel had gehaald, wond Elliott het op; toen gebaarde ze dat ze allemaal om haar heen moesten komen staan. Toen hij zich bij de groep voegde, merkte Will dat Chester nog steeds weigerde hem aan te kijken.

'Jullie gaan die kant op,' zei ze en ze wees door de grote tunnel. Haar stem werd overstemd door de wind, waardoor de jongens haar amper konden verstaan.

'Wat zei je?' vroeg Will met een hand achter zijn oor.

'Ik zei: jullie gaan die kant op,' riep ze. Zelf liep ze achterwaarts naar een zijtunnel. Blijkbaar ging ze niet met hen mee. De jongens keken haar allemaal vragend met een bezorgd gezicht aan.

Sarah was heel dichtbij. Zo dichtbij dat ze hen bijna zelf kon ruiken, ondanks de flarden met sulfer doorspekte stoom.

De Jager was helemaal in zijn element – dit was waarvoor hij was opgeleid. Het geurspoor was hier zo vers dat hij helemaal door het dolle heen in de richting van zijn prooi holde. Om zijn bek bungelden slierten melkwit speeksel en zijn oren bewogen onrustig. Zijn lijf was een waas van dravende poten die tijdens zijn race door de spleet grote klodders modder opwierpen. Hij sleurde Sarah letterlijk mee en zij moest alle zeilen bijzetten om hem vast te houden. Toen hij heel even bleef staan om zijn neusgaten met korte, varkensachtige knorgeluiden schoon te blazen, riep ze tegen hem: 'Waar is je baasje?'

Hoewel hij echt geen aansporing nodig had, riep ze nogmaals kirrend tegen hem om hem tot lopen aan te zetten: 'Waar is Cal dan? Waar is Cal?'

Hij schoot vliegensvlug uit de startblokken en ze was zo verrast dat ze voorovertuimelde. Minstens twintig meter lang gleed ze schreeuwend dat hij langzamer moest gaan lopen achter hem aan en toen pas hield hij net lang genoeg in voor haar om overeind te krabbelen.

'Wanneer leer ik nou eens dat ik mijn grote mond moet dicht-houden?' mompelde ze in zichzelf en ze knipperde met haar ogen het masker van modder weg.

Ze had de vliegende hagedissen zien wegvliegen en begrepen wat hen had doen opstuiven, dus was ze als een speer met Bartleby over het strand naar de rotsen gerend. Daar had hij al snel het geurspoor opgepikt dat naar de spleet leidde en had hij met opgeheven kop een triomfantelijk, zwaar gemi-auw uitgestoten.

Inmiddels waren ze al een heel eind opgeschoten door de spleet en zag ze overal voetsporen die het groepje had achter-gelaten – een enkele handafdruk vertelde haar dat er nog ie-mand anders bij Will en Cal was, een kleiner iemand. Een kind? vroeg ze zich af.

46

De wind waaide onophoudelijk door de brede tunnel en zwol in de smallere stukken soms zelfs tot een heuse storm aan die zo fel in de rug van de jongens blies dat ze sneller vooruitkwamen. Na de warmte en stoom die ze in de spleet hadden moeten verduren vormde dit een welkome afwisseling, ook al voelde de wind nog steeds erg warm aan in hun gezicht.

Het dak was hoog boven hen en alle wanden waren heel glad, alsof ze waren gladgeschuurd door het op de wind meegevoerde zand dat de jongens dwong hun hoofden diep gebogen te houden om te voorkomen dat er iets in hun ogen zou vliegen.

Nadat Elliott hen alleen had gelaten, waren ze in een stevig tempo verdergegaan. Toen ze zich na een lange tijd nog altijd niet bij hen had gevoegd, lieten ze hun schouders echter steeds meer hangen en slenterden ze uiteindelijk een beetje lusteloos voort.

Voor haar vertrek had ze hun opgedragen de brede tunnel te blijven volgen en gemeld dat zij de route zou verkennen om te zien of daar 'Luisterposten', zoals zij ze noemde, aanwezig waren. Chester en Cal namen blijkbaar genoegen met deze verklaring, maar Will vertrouwde het niet en probeerde erachter te komen wat ze echt van plan was.

'Ik begrijp het niet... waarom moet je nu weg?' had hij gevraagd, terwijl hij haar strak aankeek. 'Ik dacht dat je zei dat de Ruimers áchter ons zaten?'

Elliott had niet meteen antwoord gegeven, maar haar hoofd snel afgewend en scheef gehouden, alsof ze boven de jammerende wind nog een ander geluid had opgepikt. Ze luisterde even en keek hem toen weer aan. 'Die soldaten zijn bijna net zo bekend met het gebied als Drake en ik. Nu ja, als ík,' verbeterde ze zichzelf met een pijnlijk gezicht. 'Ze kunnen werkelijk overal zitten. Hier is niets vanzelfsprekend.'

'Bedoel je dat ze ergens op de loer kunnen liggen?' zei Chester en hij tuurde ongerust om zich heen door de tunnel. 'Dat we elk moment in een hinderlaag kunnen lopen?'

'Ja. Laat mij dus mijn werk doen,' had Elliott geantwoord.

Nu zij hen niet langer leidde, liep Chester voorop en volgden Will en Cal vlak achter hem. Ze voelden zich erg kwetsbaar nu hun katachtige beschermster niet meer over hen waakte.

De onstuimige storm zorgde weliswaar voor verkoeling, maar ze droogden er ook door uit en niemand had er bezwaar tegen toen Will voorstelde om even te pauzeren. Ze leunden tegen de tunnelwand en dronken gretig met kleine slokjes uit hun veldflessen.

Aangezien de onenigheid tussen Will en Chester niet was uitgesproken, deden ze geen van beiden moeite om een gesprek te beginnen. Cal had met zijn manke been meer dan genoeg aan zijn hoofd en zweeg eveneens.

Will wierp steels een blik op de twee andere jongens. Uit hun gedrag maakte hij op dat hij niet de enige was die vreesde dat Elliott hen misschien wel voorgoed had verlaten. Hij was er al op voorbereid, want hij achtte haar er zeker toe in staat hen aan hun lot over te laten. Zonder het blok aan haar been dat zij met hun drieën ongetwijfeld vormden zou ze het Drasland of waar ze ook naartoe wilde veel sneller bereiken.

Will vroeg zich af hoe Chester het zou opnemen als bleek dat ze hen inderdaad had laten zitten. Hij vertrouwde haar blindelings en het zou een gigantische klap voor hem zijn. Terwijl Will hem gadesloeg merkte hij dat Chester ingespannen in de schemering tuurde om te zien of hij haar ergens kon ontdekken.

Plotseling klonk er boven de gierende wind uit een gruwelijk geluid, een laag gejank.

Will hoorde het en was er onmiddellijk rotsvast van overtuigd dat het hun kant op kwam. Hij had nog zó gehoopt dat hij dat geluid nooit meer hoefde te horen. Verstijfd van angst schreeuwde hij waarschuwend: 'Een hond! Een speurhond!'

Hij liet zijn veldfles vallen en dook op Cal en Chester af, die hem verwilderd aanstaarden. Hij trok aan hun kleren om hen in beweging te krijgen.

'Wegwezen!' krijste hij in blinde paniek.

Binnen één tel gebeurden er verschillende dingen tegelijk.

Er klonk een zacht gejammer en toen vloog er een donkere schim vanuit het duister op hen af. Hij kwam gehurkt op de grond neer en sprong recht op Cal af. Als de jongen niet bij de tunnelwand had gestaan, zou hij vast en zeker omver zijn gekegeld. Will werd opzij geduwd, maar hervond zijn evenwicht al snel. Hij ving een glimp op van het pezige dier en wist nu helemaal zeker dat het een aanvalshond van de Styx was. Hij was ervan overtuigd dat alles voorbij was, maar toen hoorde hij wat zijn broer riep.

'Bartleby!' schreeuwde Cal verrukt. 'Bart! Ben je het echt?'

Precies op dat moment klonken er in de verte twee knallen. Vanuit een ooghoek zag Will verderop in de tunnel heel even iets oplichten.

'Daar is ze!' riep Chester uit. 'Elliott!'

Will en Chester zagen het meisje uit de schaduwen tevoorschijn komen en naar het midden van de tunnel lopen.

'Blijf daar!' schreeuwde ze en ze liep zelf een stukje terug door de tunnel.

Cal was opgetogen. Hij zat naast zijn kat en was zich totaal niet bewust van wat er verder allemaal gebeurde. 'Wie heeft jou dat malle ding omgedaan?' vroeg hij aan het dier. Hij maakte de leren halsband meteen los en smeet hem weg. Toen omhelsde hij de reusachtige kat, die hem bij wijze van antwoord in zijn gezicht likte.

'Ik kan bijna niet geloven dat ik je terug heb, Bartleby,' zei hij telkens opnieuw.

'Ik kan het ook niet geloven. Waar kan hij in 's hemelsnaam vandaan zijn gekomen?' zei Will tegen Chester en hij vergat daarbij even hun onenigheid.

Ze negeerden Elliotts instructies en liepen allebei langzaam naar haar toe. Will zette zijn hoofdband aan, zodat hij kon zien wat ze aan het doen was. Ze had haar geweer omlaaggericht op iets wat op de grond lag. Will trilde nog van Bartleby's onverwachte verschijning en begreep pas wat er aan de hand was toen Chester iets zei.

'Elliott heeft op iemand geschoten,' merkte hij met een vlakke stem op.

'Lieve help,' zei Will, want het drong opeens tot hem door dat de lichtflitsen die hij had gezien natuurlijk afkomstig waren van Elliotts geweer. Hij voelde geen enkele behoefte om er nog dichterbij te komen en bleef onmiddellijk staan.

Verderop in de tunnel had Elliott het wapen bij het lichaam weggeschopt en nu zat ze er gehurkt naar te kijken. Het had geen zin om te voelen of ze een hartslag kon ontdekken – ze zag de plas bloed die zich door het stof verspreidde – want als de Styx nog niet dood was, was dat slechts een kwestie van tijd.

Haar eerste schot was op het onderlijf gericht om de aanvaller tot stilstand te brengen, gevolgd door een tweede schot op het hoofd en dat was langs zijn slaap geschampt. *Uitschakelen... en dan doden*. Haar schoten waren niet helemaal zuiver geweest en minder goed gericht dan ze graag had gewild, maar het resultaat was uiteindelijk hetzelfde. Ze grijnsde tevreden.

De Styx zat onder de opgedroogde modder – hij moest hen dus door de spleet zijn gevolgd. Met haar vingertoppen voelde Elliott aan de lange leren jas met bruine camouflagerechthoeken, een patroon dat ze maar al te goed kende. Zo, dat was één Ruimer minder – hij zou hen het leven niet langer zuur maken.

'Voor jou, Drake,' fluisterde ze. Toen verscheen er een diepe rimpel op haar voorhoofd.

Er klopte iets niet. De zogenaamde schutter was met zijn wapen in de aanslag op de jongens afgestormd. Elliott had durven zweren dat hij op het punt had gestaan om al lopend te vuren, maar hij had geen schot gelost. Ook was het hem niet gelukt hen onopgemerkt te besluipen, iets wat zij toch wel had verwacht van een soldaat van de Ruimersdivisie. Hun gevechtstraining was legendarisch, maar om een of andere reden was deze man als een onbezonnen gek op hen af komen rennen. Ze dacht met gefronste wenkbrauwen over de situatie na, maar het deed er nu niet echt meer toe – hij was onschadelijk gemaakt – en ze wilde niet langer dan strikt noodzakelijk was op deze plek blijven rondhangen. Grote kans dat er nog veel meer in aantocht waren en ze had echt geen zin om op dit open terrein te worden overvallen.

Ze keek of hij bruikbare spullen bij zich had. Geen rugzak – dat was jammer. Die had de Ruimer zeker een eind terug gedumpt om sneller vooruit te komen. Hij had wel zijn gereedschapsriem om en ze maakte deze los en hing hem om het geweer.

Toen ze zijn jaszakken doorzocht, stuitte ze op een stuk opgevouwen papier. In de veronderstelling dat het een plattegrond was vouwde ze het open, waardoor het ding onder de felrode vlekken kwam te zitten van het bloed van de Ruimer dat aan haar hand zat. Het was een pamflet ter ere van een of andere gebeurtenis – ze kende die dingen wel uit de Kolonie. Op de grote afbeelding stond een vrouw met daaromheen vier kleinere tekeningen. Elliott bekeek de verschillende taferelen vluchtig tot iets haar aandacht trok.

Helemaal onderaan stond een vijfde tekening, die er zo te zien pas later aan was toegevoegd, want deze was in potlood uitgevoerd. Vreemd. Ze bekeek de schets met een schuin hoofd en kon haar ogen haast niet geloven.

Het leek wel een portret van Will, hoewel hij er op de tekening een stuk verzorgder uitzag met keurig kortgeknipt haar.

Ze keek nog eens goed en hield haar lantaarn bij het papier. Het wás Will ook, maar toen ontdekte ze iets wat haar naar adem deed happen. Om zijn nek zat een stevig aangetrokken strop. Het andere uiteinde van het touw stak kronkelend in de vorm van een vraagteken boven zijn hoofd uit.

Achter hem stond een schimmige, minder gedetailleerde gedaante die een heel klein beetje aan Cal deed denken. Will keek bedrukt, wat iedereen volgens haar zou zijn als hij op het punt stond te worden opgehangen, maar de tweede figuur glimlachte engelachtig. De uitdrukking op de twee gezichten vormde een enorme tegenstelling en het was verontrustend om hen daar naast elkaar te zien staan.

Ze bekeek de rest van het papier, liet haar blik even op de tekening van de vrouw in het midden rusten en las toen de naam op het wapperende vaandel helemaal bovenaan.

Sarah Jerome.

Elliott boog zich meteen over het lichaam en draaide het hoofd om zodat ze het gezicht kon bekijken. Ondanks het vele bloed dat uit de hoofdwond was gestroomd zag ze direct dat het geen Ruimer was.

Het was een vrouw!

Met lang bruin haar dat naar achteren was gebonden.

Er waren geen vrouwelijke Ruimers. Dat was ongekend – Elliott kon het weten.

Ze besefte onmiddellijk wie ze voor zich had. Wie degene was die ze had gedood.

De moeder van Will en Cal... *het was Sarah Jerome*.

Ze draaide het hoofd weer terug zodat het gezicht niet meer te zien was voor het geval een van de jongens naar haar toe kwam.

'Hulp nodig?' riep Will.

'Ehm...' antwoordde Elliott, 'nee hoor, blijf waar je bent.'

'Het is zeker zo'n rottige Styx, hè?' schreeuwde Will met een licht trillende stem.

'Volgens mij wel,' riep Elliott na een korte stilte terug.

Ze aarzelde even, keek naar het bebloede hoofd en overwoog of ze het Will moest vertellen. Ze moest opeens aan haar familie in de Kolonie denken en de herinnering sneed pijnlijk door haar heen. Ze dacht terug aan het hartverscheurende moment waarop ze afscheid had moeten nemen van haar eigen moeder in de wetenschap dat ze haar vermoedelijk nooit meer terug zou zien.

Besluiteloos bekeek Elliott nogmaals het vel papier. Ze mocht dit niet geheimhouden. Dat wilde ze niet op haar geweten hebben.

'Will, Cal, kom eens hierheen!'

'Tuurlijk,' riep Will. Hij kwam op een drafje naar haar toe. 'Je hebt die schoft aardig te grazen genomen,' zei hij. Hij staarde huiverend naar het lichaam.

'Ik denk dat je dit even moeten zien,' zei Elliott haastig en ze drukte het pamflet in zijn hand.

Hij las het papier, dat in zijn hand klapperde in de wind, vluchtig door. Toen hij helemaal onderaan de schets van hemzelf ontdekte, schudde hij ongelovig zijn hoofd. 'Wat moet dít voorstellen?' Toen viel zijn blik op de naam bovenaan. 'Sarah... Sarah Jerome,' las hij hardop. Hij keek om naar Chester. 'Sarah Jerome?' zei hij nog een keer.

'Toch niet jouw moeder?' vroeg Chester, die nu over zijn schouder naar het pamflet keek.

Elliott knielde naast het lichaam neer. Zonder iets te zeggen draaide ze heel voorzichtig het hoofd om en schoof het vochtige haar opzij, zodat het gezicht te zien was. Toen stond ze op. 'Ik dacht dat het een Ruimer was, Will.'

'Lieve hemel! Ze is het! Ze is het écht!' riep Will uit. Hij keek van de tekening naar de vrouw op de grond en weer terug. Eigenlijk had hij de schets niet nodig; de overeenkomsten tussen zijn gezicht en het hare waren opmerkelijk. Het was alsof hij in een stoffige spiegel zijn eigen spiegelbeeld zag.

'Wat doet ze hier? vroeg Chester. 'En waarom had ze dat bij zich?' ging hij wijzend op het geweer verder.

Will schudde zijn hoofd. Het was hem allemaal te veel. 'Ga Cal halen,' snauwde hij tegen Chester. Hij liep naar Sarah toe, hurkte bij haar schouder neer en stak een hand uit om het gezicht aan te raken dat zo ontzettend veel op het zijne leek.

Hij trok hem schielijk terug toen ze zacht kreunde.

'Elliott, ze leeft nog,' zei hij geschrokken.

Haar oogleden trilden, maar haar ogen bleven dicht.

Voordat Elliott iets kon doen, ging Sarahs mond open en haalde ze diep adem.

'Will?' vroeg ze. Haar lippen bewogen zwakjes en haar stem klonk zo zacht dat hij amper boven het vreselijke gejank van de wind in de tunnel uitkwam.

'Bent u Sarah Jerome? Bent u echt mijn moeder?' vroeg hij schor. Zijn emoties buitelden als een gek over elkaar. Hij zag zijn moeder nu voor het eerst en zij was nota bene gekleed in het uniform van de soldaten die op hem joegen. Bovendien had hij op de tekening die ze bij zich had een strop om zijn nek. *Wat had dat allemaal te betekenen?* Was ze van plan geweest om hém neer te schieten?

'Ja, ik ben je moeder,' kreunde ze. 'Vertel me...' vervolgde ze, maar haar stem stierf weg.

'Wat? Wat moet ik vertellen?'

'Heb jij Tam vermoord?' krijste Sarah, die nu wild hijgend met wijd opengesperde ogen naar Will staarde. Hij was zo geschokt dat hij bijna achteroverviel.

'Nee, dat heeft hij niet gedaan,' antwoordde Cal, die achter Will stond. Will had niet eens gemerkt dat hij daar was. 'Bent u het echt, moeder?'

'Cal,' zei Sarah. Er drupten tranen uit haar ogen. Ze kneep ze dicht en begon te hoesten. Het duurde even voordat ze weer iets kon zeggen. 'Vertel me alsjeblieft wat er in de Eeuwige Stad is gebeurd... vertel me wat er met Tam is gebeurd. Ik moet het weten.'

Het kostte Cal, wiens lippen trilden, de grootste moeite om iets te zeggen. 'Oom Tam is gestorven toen hij probeerde ons te redden... ons allebei,' zei hij ten slotte.

'O nee,' huilde Sarah. 'Ze hebben tegen me gelogen. Ik wist het. De Styx hebben al die tijd tegen me gelogen.' Ze probeerde rechtop te gaan zitten, maar dat ging niet.

'U moet stil blijven liggen,' zei Elliott tegen haar. 'U bloedt verschrikkelijk. Ik dacht dat u een Ruimer was. Ik heb u neergeschoten...'

'Dat doet er nu niet meer toe,' zei Sarah. Ze kronkelde van de pijn.

'Ik kan uw wonden verbinden,' bood Elliott aan. Will keek haar aan en ze schuifelde ongemakkelijk van haar ene voet op haar andere.

Sarah wilde het aanbod afslaan, maar werd overvallen door

een nieuwe hoestbui. Toen die voorbij was, ging ze verder: 'Will, het spijt me dat ik aan je heb getwijfeld. Het spijt me echt verschrikkelijk.'

'Ehm... dat geeft niet, hoor,' stamelde Will, die eigenlijk niet begreep wat ze bedoelde.

'Kom eens dichterbij, jullie allebei,' spoorde ze hen aan. 'Luister naar me.'

Terwijl ze zich over hun moeder heen bogen om te horen wat ze hun wilde vertellen, bracht Elliott wat gaasverband aan op Sarahs heup, dat ze met lange stukken verband op zijn plaats bond.

'De Styx hebben een dodelijk virus dat ze Bovengronds willen verspreiden.' Ze hield even op met praten, klemde haar kiezen kreunend op elkaar en vervolgde toen: 'Ze hebben een variant ervan hier beneden uitgeprobeerd, maar... maar dat was slechts een generale repetitie... het echte virus heet Dominatie... het zal een afschuwelijke ziekte veroorzaken.'

'Dat is dus wat we in de Burcht hebben gezien,' fluisterde Cal met een blik op Elliott.

'Will... Will...' zei Sarah. Ze staarde hem met een wanhopige blik aan. 'Rebecca heeft het virus bij zich... en ze is vastbesloten jou uit de weg te ruimen. De Ruimers...' Sarahs lichaam verstrakte, maar ontspande zich ook weer, '... zullen pas ophouden wanneer jij dood bent.'

'Waarom ik?' Wills hoofd tolde – nu had hij de bevestiging waar hij zo tegen op had gezien. De Styx hadden het inderdáád op hem voorzien.

Sarah gaf geen antwoord, maar staarde moeizaam naar Elliott, die bijna klaar was met het verbinden van haar hoofdwond. 'Ze zitten achter jullie allemaal aan. Jullie moeten hier weg. Zijn er anderen aan wie jullie om hulp kunnen vragen?'

'Nee, wij zijn de enigen,' antwoordde Elliott. 'De meeste rebellen zijn inmiddels opgepakt.'

Sarah zweeg en probeerde rustig adem te halen. 'Dan zullen jullie je ergens moeten verstoppen, Will, Cal... ergens waar ze jullie niet kunnen vinden.'

'Dat zijn we ook van plan,' zei Elliott. 'We zijn op weg naar Woestegrond.'

'Heel goed,' zei Sarah hees. 'En daarna moeten jullie naar Bovengrond gaan om hen te waarschuwen.'

'Hoe...?' begon Will.

'Ooh, wat doet dat pijn,' kreunde Sarah. Haar gezicht verslapte alsof ze het bewustzijn was verloren. Alleen aan de zacht trillende oogleden konden ze zien dat ze haar uiterste best deed om niet flauw te vallen.

'Mama,' zei Will aarzelend. Het voelde ongelooflijk vreemd aan om iemand die hij totaal niet kende zo aan te spreken. Hij wilde haar wel duizend dingen vragen, maar begreep dat dit daar geen geschikt moment voor was. 'Mama, u moet met ons meekomen.'

'Wij dragen u wel,' zei Cal.

Sarah antwoordde resoluut: 'Nee, ik zou jullie alleen maar tot last zijn. Als jullie nú gaan, hebben jullie tenminste nog een klein kansje.'

'Ze heeft gelijk,' zei Elliott. Ze pakte Sarahs geweer en gereedschapsriem, en gaf deze aan Chester. 'We moeten verder.'

'Nee, ik ga niet weg zonder mijn moeder,' zei Cal ferm en hij pakte Sarahs slaphangende hand vast.

Cal praatte zachtjes tegen zijn moeder en er rolden dikke tranen over zijn wangen. Will nam Elliott even apart.

'Er moet toch iets zijn wat we kunnen doen,' zei hij dringend tegen haar. 'Kunnen we haar niet een stukje meenemen en haar dan ergens verstoppen?'

'Nee,' antwoordde Elliott nadrukkelijk. 'Bovendien zal ze er niets aan hebben als we haar meenemen. Waarschijnlijk overleeft ze het toch niet, Will.'

Sarah riep Wills naam en hij knielde onmiddellijk weer naast Cal bij haar neer.

'Niet vergeten,' zei Sarah tegen de jongens. Het vergde nu echt veel van haar krachten en haar gezicht was verwrongen van pijn. 'Ik ben zo trots op jullie allebei...' Ze maakte haar zin niet af. Terwijl Will en Cal toekeken, zakten haar ogen dicht en lag ze roerloos voor hen. Ze was bewusteloos.

'We moeten nu echt gaan,' zei Elliott. 'De Ruimers kunnen elk moment hier zijn.'

'Nee,' krijste Cal. 'Jíj hebt haar dit aangedaan. We kunnen haar niet...'

'Ik kan wat ik heb gedaan niet ongedaan maken,' antwoordde Elliott rustig, 'maar jullie kan ik nog wél helpen. Aan jullie de keus of jullie me daar de kans voor geven.'

Cal wilde opnieuw tegensputteren, maar Elliott liep al weg met Chester op haar hielen.

'Kijk nou eens goed naar haar, Cal. We doen haar echt geen plezier als we haar verplaatsen,' zei Elliott over haar schouder. Ondanks Cals aanhoudende protesten wisten Will en hij diep in hun hart dat Elliott gelijk had. Ze konden Sarah onmogelijk meenemen. Terwijl ze zich langzaam verwijderden, vertelde Elliott hun nog dat hun moeder waarschijnlijk meer kans had om te overleven als een andere rebel haar vond en haar verwondingen verzorgde. Will en Cal beseften echter allebei dat de kans dat dit zou gebeuren wel erg klein was en begrepen dat Elliott hen zo goed en zo kwaad als dat ging probeerde te troosten.

Toen ze bij een bocht in de tunnel kwamen, bleef Will staan om naar Sarah te kijken, die nog altijd op dezelfde plek lag. Met het klaaglijke, onophoudende gejammer van de wind om hem heen was het een trieste, ijzingwekkende gedachte – dat ze daar helemaal alleen in het donker zou sterven. Misschien stond hem wel hetzelfde lot te wachten en zou hij ook he-

594

lemaal alleen in een verre uithoek van de Aarde zijn laatste adem uitblazen.

Hoewel hij vreselijk overstuur was door de gebeurtenissen, wist hij ook dat hij zich veel beroerder zou moeten voelen dan het geval was.

Hij zou intens bedroefd moeten zijn omdat zijn echte moeder daar in die tunnel lag dood te bloeden. In plaats van droefenis voelde hij echter een verwarde kluwen van emoties. Het zou hem harder moeten raken, maar voor Will was ze weinig meer dan een vreemdeling die dankzij een verschrikkelijke vergissing was neergeschoten.

'Will,' zei Elliott dringend en ze trok hem mee aan zijn arm.

'Ik snap het niet. Wat doet ze in vredesnaam hier beneden?' zei hij. 'En waarom hebben ze Bartleby aan haar gegeven?'

'Is dat Cals Jager?' vroeg Elliott.

Will knikte.

'Dan is het vrij simpel,' zei Elliott. 'De Witnekken wisten dat Cal en jij bij elkaar waren. Wat zou er dan logischer zijn geweest dan het dier aan Sarah te geven, zodat het zijn baasje kon opsporen en haar regelrecht naar jou voeren?'

'Je zult wel gelijk hebben,' zei Will fronsend. 'Maar waarom was ze hier? Wat dachten de Styx...'

'Begrijp je het dan niet? Ze wilden dat zij jou te pakken zou krijgen en zou doden,' merkte Chester nu op. Zijn stem klonk afgemeten en gevoelloos. Tot op dat moment had hij er het zwijgen toegedaan en hij dacht duidelijk beter na dan Will. 'Het is wel duidelijk dat ze haar hebben laten geloven dat jij verantwoordelijk was voor Tams dood. Typisch een van hun smerige plannetjes. Net als dat Dominatievirus waarover ze het had.'

'Kunnen we nu alsjeblieft een beetje opschieten?' zei Elliott tegen hen, terwijl ze wat Verzengers achter zich over het pad uitstrooide.

Ze liepen verder door de brede tunnel. Cal liep een stukje bij hen vandaan met zijn blij huppelende kat naast zich.

Na een tijdje bereikten ze een dunne richel waar de wind gierend overheen waaide. Ze bleven staan. Voor hen zagen ze helemaal niets en er was geen weg naar beneden te bekennen.

47

'Wat nu?' vroeg Will. Hij probeerde Sarah uit zijn hoofd te zetten en zich op hun huidige situatie te concentreren.

Omdat ze hun lantaarns allemaal op de laagste stand hadden staan en hij het zonder zijn hoofdband moest stellen, had hij heel sterk de indruk dat er in het gebied voor hen allemaal schimmige vlekken zaten, alsof er op dezelfde hoogte nog meer richels of verhogingen waren. Het leed geen enkele twijfel dat Elliott hen naar de rand van een soort bergkloof had gebracht, maar wat daarachter lag, of onder hen, kon hij niet zeggen.

Will voelde Chesters kille blik op zich gericht en werd woedend. Hij had nog steeds het gevoel dat zijn vroegere vriend hem van alles de schuld gaf. Na wat Will zojuist had meegemaakt had hij eigenlijk verwacht dat Chester het hem iets minder moeilijk zou maken. Blijkbaar waren zijn verwachtingen te hoog gegrepen.

'Is het de bedoeling dat we gewoon springen?' vroeg hij, terwijl hij voor zich uit staarde naar wat volgens hem een diep ravijn was.

'Ga vooral je gang. Het is hooguit een metertje of honderd naar beneden,' antwoordde Elliott. 'En anders kun je het altijd daar nog proberen.'

Ze staarden allemaal naar de plek die ze aanwees, helemaal aan het uiteinde van de richel, en zagen daar twee uitstekende stangen. Ze kropen er zo dicht naartoe als ze durfden, voorzichtig vanwege de felle wind en de onpeilbare diepte, en ontdekten toen dat het de bovenkant van een oude ijzeren ladder was, roestig, maar heel degelijk.

'Een Coprolietenladder. Niet zo snel als springen, maar heel wat minder pijnlijk,' zei ze. 'Deze plek staat bekend als de Pieken – jullie zullen beneden wel zien waarom.'

'Hoe moet het dan met Bartleby?' zei Cal opeens met een hoog piepstemmetje. 'Hij kan niet langs die ladder naar beneden klimmen en ik laat hem hier echt niet alleen achter! Ik heb hem net terug!'

Hij zat geknield met zijn arm om zijn kat geslagen. Het dier wreef met zijn grote wang tegen de zijkant van Cals hoofd en spinde zo luidruchtig dat het als een overbevolkte bijenkorf klonk.

'Stuur hem maar langs de richel. Hij vind zelf wel een manier om beneden te komen,' zei Elliott.

'Ik wil hem niet nóg een keer kwijtraken,' zei Cal ferm.

'Ja, dat weet ik nu wel,' beet Elliott hem toe. 'Als hij een beetje een goede Jager is, vindt hij ons onderaan heus wel terug.'

Cal snoof verontwaardigd. 'Wat wil je daarmee zeggen? Hij is verdorie de allerbeste Jager in de hele Kolonie! Nietwaar, Bart?' Hij streelde liefkozend met zijn hand over het gerimpelde, haarloze vel op de kop van de kat en nu klonk het alsof er in de bijenkorf uitbundig feest werd gevierd.

Elliott klom als eerste naar beneden, op de voet gevolgd door Chester, die zich langs Will naar voren drong. 'Pardon,' zei hij kortaf.

Will koos ervoor zijn mond te houden en zodra Chester uit het zicht was verdwenen, begon hij aan de klim omlaag. Met een hol gevoel in zijn maag greep hij de twee stangen vast en liet hij zijn benen langzaam over de rand zakken tot hij met zijn voet een sport voelde. Toen hij eenmaal onderweg was, ging het gelukkig wel weer. Cal had Bartleby via de langere route over de richel naar beneden gestuurd en sloot de rij, maar hij vertrouwde het blijkbaar allemaal niet en bewoog zich stijfjes en behoedzaam.

Het was een lange klim en de ladder schudde en kraakte onheilspellend onder hun gezamenlijke bewegingen, alsof hij hier en daar had losgelaten. Al snel zaten hun handen onder het roest en waren ze zo droog dat ze goed moesten opletten dat ze hun greep niet verloren. Hoe lager ze kwamen, hoe zwakker de wind werd. Na een tijdje viel het Will op dat hij Cal niet meer boven zich zag of hoorde.

'Alles goed met je?' riep hij naar boven.

Er kwam geen antwoord.

Hij herhaalde de vraag, deze keer iets luider.

'Prima,' klonk Chesters onwillige antwoord onder hem.

'Ik heb het niet tegen jou, oen. Ik maak me zorgen over Cal.' Terwijl Chester iets onverstaanbaars prevelde, suisde Cals wandelstok opeens wild tollend langs Wills hoofd.

'Nee, hè?' riep Will uit, die heel even bang was dat zijn broer was uitgegleden en het voorbeeld van de wandelstok zou volgen. Hij bleef met ingehouden adem staan wachten. Zijn angst bleek ongegrond, maar er was nog steeds geen spoor van Cal te bekennen. Will besloot te gaan kijken waar hij uithing, schakelde in zijn vooruit en klom omhoog. Al snel stuitte hij op Cal, die roerloos met beide armen stevig om de ladder geslagen was blijven staan.

'Je hebt je wandelstok laten vallen. Wat is er?'

'Ik kan dit niet...' hijgde Cal, '... misselijk... laat me maar even.'

'Is het je been?' vroeg Will, die zich zorgen maakte over de gespannen klank in zijn broers stem. 'Of ben je nog steeds overstuur vanwege Sarah? Is dat het?'

'Nee. Ik ben gewoon... misselijk.'

599

'Ach, natuurlijk,' zei Will, die opeens begreep wat er vermoedelijk met Cal aan de hand was. Hij had zijn hele leven in de Kolonie doorgebracht en was helemaal niet aan dergelijke hoogten gewend. Toen ze Bovengronds waren had hij ook al signalen opgevangen die daarop duidden. 'Heb je last van de hoogte?'

Cal knikte bevestigend.

'Oké, vertrouw maar op mij, Cal. Je moet niet omkijken, maar we zijn bijna beneden... ik zie Elliott al staan.'

'Weet je dat zeker?' vroeg Cal een tikje wantrouwend.

'Heel zeker. Kom maar.'

Het bedrog werkte een meter of dertig, maar toen stopte Cal weer.

'Je liegt. We hadden er allang moeten zijn.'

'Nee, echt, het is nu niet ver meer,' verzekerde Will hem. 'Niet naar beneden kijken!'

Dit herhaalde zich een paar keer. Cal werd steeds wantrouwender en benauwder, totdat Will écht de bodem bereikte.

'Ik ben er!' kondigde hij aan.

'Je hebt tegen me gelogen!' zei Cal beschuldigend tegen hem toen hij van de ladder afstapte.

'Klopt, maar het heeft mooi wel gewerkt, of niet dan? Je bent nu veilig,' antwoordde Will schouderophalend, blij dat hij zijn broer naar beneden had gekregen, ook al had hij daarvoor zijn toevlucht tot list en bedrog moeten nemen.

'Ik luister nooit meer naar jou,' beet Cal hem knorrig toe. Hij liep weg om zijn wandelstok te zoeken. 'Wat ben jij een ongelooflijke leugenaar.'

'Toe maar, hoor, reageer je maar op mij af... dat vindt iedereen hier blijkbaar de normaalste zaak van de wereld,' antwoordde Will, maar zijn opmerking was eerder aan Chester gericht dan aan Cal.

Will werd zo in beslag genomen door zijn broer dat hij hun

nieuwe omgeving nog niet eens had bekeken. Hij wendde zich van de ladder af en onder zijn voeten klonk een glasachtig geluid, alsof hij op de scherven van een kapotte fles of zoiets liep. Toen iedereen in beweging kwam, bracht de grond inderdaad een knarsend, glazig gerinkel voort.

Langzaam drong het tot Will door wat er voor hen lag. Uit het kleine beetje dat hij kon zien leek het wel alsof er in het duister een zuilenrij van dicht op elkaar staande pilaren van elk zo'n zeventig meter omtrek omhoogpriemden.

'Ik doe dit alleen maar omdat de Ruimers waarschijnlijk zo ver achter ons zitten dat het er niet echt toe doet en omdat ik wil dat jullie weten waar we aan beginnen,' zei Elliott. Ze deed haar lantaarn aan en richtte de lichtstraal op het gebied voor hen.

'Wauw!' zei Will.

Het was net alsof ze in een zee van donkere spiegels staarden. De straal van Elliotts lantaarn viel op de pilaar die het dichtst bij hen stond en het licht weerkaatste naar de volgende, en zo ging het steeds verder waardoor de lichtstraal kriskras om hen heen schoot en de illusie wekte dat er tientallen lantaarns brandden. Het resultaat was adembenemend. Ook ving hij vanuit alle hoeken het spiegelbeeld van de anderen en hemzelf op.

'De Pieken,' zei Elliott. 'Ze zijn van obsidiaan.'

Will hield verbaasd zijn adem in en bekeek de pilaar die het dichtst bij hen stond aandachtig. De buitenkant was niet glad, zoals hij in eerste instantie had gedacht, maar bestond uit een reeks heel vlakke stukken die verticaal naar boven liepen, alsof hij door talloze in de lengte lopende breuken was gevormd. Will staarde omhoog, maar kon niet zien of de pilaar taps toeliep.

Toen hij om zich heen keek, ontdekte hij een pilaar die er anders uit leek te zien. Hij zag dat de vlakke delen waaruit deze bestond licht gebogen waren, waardoor de pilaar net een kolossale gedraaide zuurstok leek. Hij liet zijn blik verder dwalen en toen bleek dat er tussen de rechte pilaren nog meer van deze gedraaide stonden, en dat bij een aantal hiervan de kromming veel nadrukkelijker was.

Het schoot hem te binnen dat hij nog altijd zijn vrij eenvoudige camera in zijn rugzak had zitten en hij probeerde in te schatten of hij een goede foto van het tafereel zou kunnen maken. Hij kwam al snel tot de slotsom dat dit door de weerkaatsing van het licht bijna onmogelijk was. Hij pijnigde zijn hersenen met de vraag wat zo'n uniek, natuurlijk fenomeen kon hebben veroorzaakt.

Hoewel hij ontzettend graag iets over de pilaren had gezegd, hield hij zich in. De reactie van Chester op zijn lyrische opmerkingen over de vliegende hagedissen lag nog vers in zijn geheugen. Als er echter één plek was die supergeschikt was voor een van Chesters geliefde fantasyverhalen, dan waren het deze kristallen monolieten wel. *Het geheime hol van de donkere elfen*, dacht Will spottend bij zichzelf. Of beter nog: *Het geheime hol van de donkere en bijzonder ijdele elfen*. Hij onderdrukte een proestbui en hield de gedachte voor zich. Het was niet verstandig om Chester nog verder tegen zich in het harnas te jagen; de sfeer tussen hen beiden was toch al om te snijden.

Chester koos juist dat moment uit om iets te zeggen en het klonk alsof hij totaal niet onder de indruk was van zijn omgeving, waarschijnlijk om Will op stang te jagen.

'Oké. Wat doen we dus nu?' vroeg hij aan Elliott. Ze zette haar lantaarn weer lager. De verwarrende bundeling lichtstralen verdween. Will was zelfs een beetje opgelucht, omdat het zo verschrikkelijk desoriënterend was geweest.

'Het is een echte doolhof, dus doe alsjeblieft precies wat ik zeg,' antwoordde Elliott. 'Drake en ik hebben halverwege een bergplaats aangelegd waar we onze voedsel- en watervoorraad kunnen aanvullen, en nieuwe munitie uit het arsenaal halen. Dat zal niet al te lang in beslag nemen en daarna gaan we verder naar de Porie. Vanaf daar is het nog een tocht van een paar dagen naar het Drasland.'

'De Porie?' vroeg Will, wiens nieuwsgierigheid was gewekt.

'En Bartleby dan?' kwam Cal tussenbeide. 'Hij is er nog niet.'

'Maak je nou niet zo druk. Je weet best dat hij ons wel zal vinden,' zei Elliott op een begrijpende toon in een poging de jongen, die zich enorm stond op te winden, te kalmeren.

'Dat hoop ik wel, ja,' zei Cal.

'Kom, hoe sneller we dit achter de rug hebben, des te beter,' zei Elliott, wier geduld begon op te raken.

Het lukte de jongens niet om stilletjes te lopen met het knarsende gerinkel van de glasscherven onder hun voeten, ook al bracht Elliott het er wel moeiteloos van af en leek het net alsof ze over de bodem gleed.

'Die herrie die jullie maken is mijlenver in de omtrek te horen, holbewoners die jullie zijn. Kan het misschien ietsje zachter?' smeekte ze, maar het was zinloos; hoe voorzichtig ze ook liepen, ze klonken nog steeds als een kudde olifanten die door een porseleinkast banjerde. 'De bergplaats is hier niet ver meer vandaan. Ik neem eerst even een kijkje en dan komen jullie achter me aan. Begrepen?' zei Elliott. Ze sloop weg.

Terwijl ze op haar stonden te wachten, zei Cal opeens: 'Volgens mij hoor ik Bart. Hij komt eraan.'

Hij liet Will en Chester staan en schoof langs een pilaar naar voren.

Totaal onverwacht dook er een gedaante op in het gedempte licht van zijn lantaarn.

Het was niet Bartleby.

Zijn eerste gedachte was dat hij zeker zijn eigen spiegelbeeld zag. Vrijwel tegelijkertijd besefte hij dat dát niet zo was.

Voor hem stond een Ruimer in al zijn donkere glorie.

Hij was vanaf de andere kant om de pilaar gelopen. Hij droeg een lange jas en hield zijn geweer ter hoogte van zijn middel vast.

Een fractie van een seconde keek hij net zo verbaasd als Cal, die angstig een onverstaanbare waarschuwing piepte om Will en Chester te alarmeren.

Cal en de Ruimer keken elkaar recht aan. De bovenlip van de Ruimer krulde zich om in een wrede grimas die alle tanden in zijn holwangige, gruwelijke gezicht ontblootte. Het was dierlijk en krankzinnig. Het gezicht van een moordenaar.

Cal handelde instinctief en gebruikte het enige wat hij voorhanden had. Hij hief zijn wandelstok op, wist met meer geluk dan wijsheid het handvat om het geweer van de Ruimer te haken voordat hij dat op hem kon richten en rukte het uit zijn handen.

Het rolde kletterend weg over de obsidiaanscherven.

De Ruimer en Cal stonden weer even roerloos tegenover elkaar, misschien nog wel verbaasder over wat er was gebeurd dan toen ze elkaar voor het eerst zagen. Het duurde niet lang. De hand van de Ruimer schoot razendsnel naar voren met een glanzende, zeisachtige dolk erin. Het wapen behoorde tot de standaarduitrusting van het Styxleger en had een licht gekromd, levensgevaarlijk uitziend lemmet van ongeveer vijftien centimeter lang. Hij zwaaide er woest mee en dook op Cal af.

Will had de plek echter ook bereikt en rende van opzij op hen af. Hij greep de arm van de Ruimer vast en botste zo hard tegen hem aan dat de man viel. Will dook mee naar beneden en toen ze op de bodem terechtkwamen, kwam hij dwars op de Ruimer terecht. Will had de arm van de soldaat nog steeds stevig vast en gooide al zijn gewicht in de strijd om te voorkomen dat deze zijn mes gebruikte.

Toen Cal in de gaten kreeg waarmee zijn broer bezig was

volgde hij zijn voorbeeld; hij liet zich op de benen van de soldaat vallen en klemde zijn armen zo hard mogelijk om diens enkels. De Ruimer sloeg met zijn vrije arm op Wills rug en nek, en probeerde bij zijn gezicht te komen. Wills rugzak was over zijn schouder omhooggeschoven, waardoor de Ruimer hem maar moeilijk met zijn harde klappen kon raken. Will boog zijn hoofd zo diep mogelijk en schreeuwde Chesters naam.

'Gebruik het geweer!' brulde Will. Zijn stem klonk gedempt, omdat zijn mond tegen de bovenarm van de Ruimer zat gedrukt.

'Chester, het geweer!' krijste Cal hees. 'Schiet hem neer!'

Uit de weggesmeten lantaarns van de jongens scheen in een verwarde chaos van lichtpuntjes een flinke bundeling willekeurige stralen op de pilaren. In dat licht stond Chester op een paar meter bij hen vandaan met het geweer in zijn handen en hij probeerde te mikken.

'Schiet!' schreeuwden Cal en Will in koor.

'Ik zie niets!' schreeuwde Chester wild.

'Nu!'

'Schiet nou!'

'Ik krijg hem niet voor de loop!' gilde Chester wanhopig.

De man schopte en sloeg als een bezetene onder Will en Cal, en Will stond op het punt weer iets te roepen toen er iets groots tegen zijn lichaam ramde. De Ruimer hield op met slaan, maar toch hoorde Will nog steeds het geluid van snelle slagen.

Hij moest weten wat het was.

Hij draaide zijn hoofd om en hief het net hoog genoeg op om te zien dat Chester zich in het gewoel had gestort. Blijkbaar had hij zijn pogingen om een schot te lossen met het geweer gestaakt en besloten dat er maar één ding op zat en dat was meevechten. Hij had zich op zijn knieën laten zakken en leunde nu met zijn volle gewicht op de maag van de Ruimer, terwijl hij met zijn vuisten een regen van klappen op diens gezicht liet neerkomen. Tussen de slagen door probeerde Chester uit alle macht de andere arm van de soldaat tegen te grond te werken, zodat hij totaal hulpeloos was. Toen hij opnieuw naar voren leunde om hem vast te grijpen, zag de Ruimer zijn kans schoon. Hij spande zijn nek en beukte Chester opeens met een misselijkmakende dreun in zijn gezicht.

'VUILE HUFTER!' krijste Chester. Hij mepte meteen wild van zich af en deze keer zorgde hij er wel voor dat hij op een afstandje bleef; telkens wanneer de vrije arm van de Ruimer naar hem uithaalde, dook hij weg.

'JE BENT ER GEWEEST! IK MAAK JE AF, SCHOFT! HELEMAAL AF!' raasde Chester. Hij ging steeds harder slaan en zijn vuisten beukten op het gezicht van de Ruimer.

Als Chester zijn eigen spiegelbeeld in de pilaar naast hem had kunnen zien, zou hij zichzelf niet hebben herkend. Zijn gezicht was helemaal verwrongen in een krankzinnig, vastberaden masker. Hij zou zich in geen duizend jaar kunnen voorstellen dat hij tot zulk wreed, gewelddadig gedrag in staat was. Al zijn wrok en woede over de manier waarop hij in de Kolonie was behandeld vonden nu een uitweg en gutsten er onhoudbaar uit. Hij beukte aan één stuk door op de soldaat in en hield alleen even op om de vuist van de Ruimer te ontwijken wanneer deze terug probeerde te slaan.

De vier leverden een strijd op leven en dood, scheldend en tierend, vol gespannen, ademloze wanhoop toen de man ronkend als een wild zwijn gromde en uit alle macht probeerde zich los te rukken. Chester sloeg nog steeds op de soldaat in, maar dit leek vrijwel geen effect op hem te hebben. Het gezamenlijke gewicht van de jongens beperkte hem in zijn bewegingen, maar met de elleboog van zijn vrije arm wist hij af en toe zelf ook een mep uit te delen, hoewel er bijna geen kracht achter zat. Aangezien dit niet werkte, haalde hij krabbend met de nagels van zijn gekromde vingers naar hun gezichten uit, maar ook daarin was hij niet echt succesvol; Chester weerde elke aanval af en Will hield zijn hoofd gebukt buiten bereik.

'MAAK HEM AF!' krijste Cal vanaf het onderlichaam van de Ruimer.

De jongens vochten als leeuwen en gaven niet op, omdat ze wisten dat ze de soldaat koste wat het kost moesten zien tegen te houden. Het was alsof ze met een tijger worstelden, een aftandse, maar desondanks levensgevaarlijke tijger. Ze hadden geen keus en moesten blijven vechten. Ze konden hem niet loslaten. De inzet was te hoog. Het was hij of zij.

Ze verdrongen elkaar bijna in de wilde worsteling van gespannen lijven. Chester kon het zurige zweet van de man en zijn azijnachtige adem in zijn gezicht ruiken. Will voelde dat de spieren van de man zich onder hem spanden en aanzetten toen hij probeerde zijn arm los te wringen.

'O NEE, DAAR KOMT NIETS VAN IN!' riep Will en hij verdubbelde zijn inspanningen om de arm van de man vast te pinnen.

De Ruimer veranderde zijn aanpak, waarschijnlijk als laatste toevluchtsmiddel, omdat hij Chester en Will gewoon niet goed kon raken. Hij hief zijn hoofd zo hoog mogelijk op om naar hen te spugen en zijn tanden in hen te zetten, waarbij hij geluiden produceerde die wel iets weg hadden van de speurhond die Will zo vreselijk had toegetakeld in de Eeuwige Stad. Deze primitieve aanval was slechts bedoeld om hun aandacht af te leiden van zijn eigenlijke plan. Hij had de zwakke plek in hun gezamenlijke aanval ontdekt. Hij stootte een triomfantelijke gil uit toen hij met opgetrokken knieën Cal net lang genoeg had weten weg te trappen om een been los te rukken. Hij haalde ermee uit en trapte keihard met zijn hak in Cals maag. Door de klap tuimelde Cal achterover op de met glasscherven bezaaide bodem en werd alle lucht uit hem gedreven. Hij rolde zich hijgend op tot een bal en probeerde weer lucht in zijn longen te persen.

De Ruimer had nu meer bewegingsvrijheid. Hij maaide met zijn benen, en schokte en rolde zo fel heen en weer dat Chester hem met geen mogelijkheid meer kon houden. Chester bleef knokken, maar de Ruimer raakte hem met een echoënde klap op zijn hoofd. Hij zakte verdoofd op de grond.

Will was zich totaal niet bewust van de benarde situatie waarin de anderen zich bevonden. Hij durfde niet op te kijken uit angst dat hij een beuk zou krijgen, dus klemde hij zich koppig vast aan de arm van de Ruimer en verspreidde hij zijn gewicht zo goed mogelijk om de man naar beneden te drukken. Will zou er alles aan doen om te voorkomen dat de Ruimer zijn dolk gebruikte, al was dat het laatste wat hij deed. Misschien wás het dat ook wel.

Nu de Ruimer Cal en Chester had afgeschud, beukte hij herhaaldelijk met zijn vuist tegen Wills hoofd en hals. Will schreeuwde het uit van de pijn. Heel lang zou hij dit niet volhouden.

Gelukkig had de Ruimer hem maar een paar keer geraakt toen Chester zich opnieuw in het gevecht stortte. Hij was vrijwel meteen weer bij zijn positieven gekomen, had een flinke scherf obsidiaan gegrepen en begon daar krijsend en schreeuwend mee op het hoofd van de Ruimer in te hakken.

De Ruimer vervloekte Chester in zijn nasale Styxtaal. Hij stak een hand uit en greep Chesters kaak vast. Toen haakte hij een duim om Chesters mondhoek en trok hij de onfortuinlijke knaap met deze pijnlijke greep opzij.

Chester trapte wild van zich af, maar had gewoon geen keus en moest wel meebewegen in de richting waarin de Ruimer hem trok. Zodra Chester op de grond lag gaf de Ruimer hem met zijn vuist een ongelooflijke dreun tegen zijn schedel. Deze keer zat een snel herstel er niet in. Chester lag versuft en gedesoriënteerd op de grond en zag een melkweg van zwevende sterren om hem heen draaien.

Nu zowel Cal als Chester was gevloerd, bleef alleen Will over. De Ruimer kreeg hem bij zijn nek te pakken en drukte zijn luchtpijp dicht. De soldaat babbelde opgetogen in de Styxtaal. Hij dacht dat hij al had gewonnen en verstrakte zijn greep nog eens. Hijgend van de pijn en half verstikt door het gebrek aan lucht begreep Will dat het eind nabij was. Op een of andere manier verbaasde dit hem niet. Ze hadden het tenslotte opgenomen tegen een *ervaren soldaat*. Zij waren alle drie nog kinderen.

De Ruimer was iets wat hun vreemd was en ver van hen af stond. Ze hadden vanaf het begin geen kans gemaakt. Will had zich al verzoend met een ellendige, pijnlijke nederlaag toen de greep van de Ruimer rond zijn hals plotseling verslapte. Will haalde hoestend adem en begon heel voorzichtig te geloven dat er iets was veranderd, mogelijk zelfs ten goede. Hij had er niet verder naast kunnen zitten.

Er klonk een klik, alsof de Ruimer met zijn vingers had geknipt en toen verscheen er opeens vanuit het niets een tweede zeisachtige dolk in zijn vrije hand. Het lemmet glinsterde in het licht van een lantaarn en de Ruimer veranderde in een vloeiende beweging zijn greep op het wapen.

Will draaide zijn hoofd een paar centimeter opzij om te zien wat er aan de hand was en of Chester of Cal in de buurt was om in te grijpen. Ze waren nergens te bekennen.

'Nee!' schreeuwde hij geschrokken. Zijn maag draaide zich om toen hij een glimp van de dolk opving. Hij was totaal machteloos. Er was geen tijd meer om weg te duiken. De Ruimer had hem te pakken. De Ruimer zoog langs zijn beurse lippen lucht naar binnen en toen hij de dolk bewoog, lichtte het lemmet op. Wills hals lag nu onbeschermd voor hem. Will klemde zijn kiezen op elkaar en wachtte zonder nog enige hoop te koesteren tot het mes zijn doel bereikte.

Er klonk een oorverdovende knal.

De kogel scheerde zo rakelings langs zijn hoofd dat Will de hitte op zijn huid voelde. De opgeheven hand van de Ruimer bleef voor Wills gevoel wel een eeuwigheid boven hem hangen, hoewel het in werkelijkheid hooguit een fractie van een seconde was, maar vouwde zich toen open en het mes gleed eruit.

Will bleef liggen waar hij lag, verlamd van schrik en compleet overdonderd, en het geluid van het schot galmde nog na in zijn oren. Hij keek bewust niet naar de soldaat, maar wist op een of andere manier toch dat hij een weerzinwekkende aanblik vormde. Terwijl Will daar zo lag, hoorde hij de longen van de man met een lange zucht leeglopen. Er trok een vernietigende stuiptrekking door het lichaam van de man, dat onder Will verstijfde en met een vochtige rochel spoot er een roze nevel door de lucht. Will voelde kleine druppels op zijn gezicht. Dat was meer dan genoeg om hem in beweging te krijgen en hij maakte dat hij wegkwam. Hij krabbelde wild weg van de Ruimer en onder het slaken van een lange stroom onbegrijpelijke woorden, doorspekt met uitroepen van afschuw en walging, sprong hij overeind.

Gejaagd hijgend veegde hij steeds opnieuw met zijn mouwen over zijn gezicht. Toen hield hij op en keerde hij zich om. Cal stond met Chesters geweer in zijn handen naar de dode man te staren.

'Ik heb hem geraakt,' zei hij zacht zonder het geweer te laten zakken of zijn blik af te wenden.

Will liep naar hem toe, net als Chester.

'Ik heb hem in zijn gezicht geraakt,' zei hij zelfs nog zachter. Zijn blik was leeg en er lag een verdwaasde uitdrukking op zijn gezicht.

'Het geeft niet, Cal,' zei Will. Hij pakte het geweer voorzichtig uit zijn verkrampte handen en gaf het aan Chester. Toen sloeg hij een arm om de schouders van zijn broer en leidde hem langzaam bij de dode Ruimer weg. Will was zelf ook geschokt en een beetje rillerig, maar hij dacht nu voornamelijk aan Cal. De jonge knul gehoorzaamde braaf toen Will zei dat ze allebei moesten gaan zitten.

Pas toen Will over zijn schouder naar het roerloze lichaam van de Ruimer keek, werd hij overvallen door een grimmige fascinatie voor wat ze hadden gedaan. Hij keek niet naar het verminkte gezicht van de Ruimer, maar staarde gefixeerd naar diens hand die in de straal van een lantaarn gevangenzat. De vingers waren slap en gebogen, alsof hij uitrustte. Om een of andere onverklaarbare reden wilde Will dat de hand zich zou bewegen, alsof dit allemaal niet echt was, alsof het toneel was. De hand bewoog echter niet en zou dat ook nooit meer doen.

Hij voelde Cal naast zich beven en rukte zijn blik van de Ruimer los. Hij moest zien te voorkomen dat zijn broer in shock zou raken.

'Je hebt hem geraakt! Je hebt hem te grazen genomen! Je hebt een Ruimer te pakken!' brabbelde Chester opgewonden en hij lachte. De woorden klonken onduidelijk en vervormd vanwege zijn opgezwollen gezicht. 'Hartstikke midden in dat smoelwerk van hem! In de roos! Zijn verdiende loon! Hahahaha!'

'Man, hou toch je kop,' snauwde Will tegen hem. Zijn broer kokhalsde en gaf toen heftig over. Hij huilde en mompelde iets over de Ruimer.

'Het geeft niet, het geeft echt niet,' zei Will, die hem nog steeds vasthield. 'Het is voorbij.'

Elliott kwam naar hen toe rennen.

'Wat is dat verdorie voor herrie?'

Toen ontdekte ze de dode Ruimer en ze knikte goedkeurend. Ze keek naar de jongens. Chester draaide nog steeds op adrenaline en hupte ongedurig van zijn ene voet op de andere, maar Will en Cal zagen er helemaal gesloopt uit.

Ze liet haar blik langs de glazen pilaren glijden.

'De Witnekken zijn dichterbij dan ik dacht.'

'Dat kun je wel zeggen, ja,' prevelde Will.

Ze draaide zich om naar Chester, die nu zijn neus dichtkneep om het bloed dat eruit stroomde tegen te houden. Ze glimlachte. 'Je hebt hem neergeschoten. Goed gedaan,' zei ze tegen hem.

'Ehm... ik... nee...' stamelde Chester. 'Ik kreeg hem niet goed...'

'Cal heeft het gedaan,' zei Will.

'Jij had het geweer toch?' zei ze verbaasd en een tikje teleurgesteld tegen Chester. Chester gaf geen antwoord en staarde zwijgend met een nijdige blik naar Will. Toen keerde Elliott zich om naar Will en Cal. 'Opstaan. We moeten gaan... nu meteen. Is er iemand gewond?'

'Mijn kaak... mijn neus...' begon Chester.

'Cal moet even zitten. Moet je hem zien,' onderbrak Will hem ernstig en hij leunde een stukje naar achteren, zodat Elliott de doffe, niets ziende ogen van zijn broer kon zien.

'Geen sprake van. Niet na die teringherrie,' zei ze.

'Mag hij niet even...?' smeekte Will.

'Nee,' gromde ze. 'Luister dan!'

Dat deden ze. In de verte hoorden ze geblaf, maar ze konden niet zeggen hoe ver het precies bij hen vandaan was.

'Speurhonden!' riep Will uit en de haren in zijn bont en blauw geslagen nek stonden recht overeind.

'Inderdaad, een hele meute,' knikte Elliott. Ze keek de jongens glimlachend aan. 'En er is nóg een reden waarom het volgens mij verstandig zou zijn om er nú vandoor te gaan,' ging ze verder.

'En dat is?' vroeg Will snel.

'Ik heb in de bergplaats een lont aangestoken. Het hele arsenaal vliegt over een minuut de lucht in.'

Gelukkig spoorde dit nieuwtje Cal tot actie aan. Toen ze langs het lichaam van de Ruimer sprintten, graaide Elliott het geweer mee en toen renden ze verder alsof ze door de duivel op de hielen werden gezeten. Will bleef in de buurt van Cal, die zo hard holde als zijn manke been hem toestond, maar toen Bartleby zich bij hen voegde, was het net of de jongen opeens net zo hard liep als de anderen.

Er klonk een salvo van geweerschoten, net voetzoekers die werden aangestoken. Een regen van lood sloeg luid tikkend in de pilaren om hen heen en door de klap vlogen er soms scherven ter grootte van schoteltjes door de lucht. Will boog instinctief zijn hoofd en ging langzamer lopen.

'Nee! Niet blijven staan!' gilde Elliott tegen hem.

Ze vluchtten verder, terwijl om hen heen kogels jankend tegen de spiegelende pilaren afketsten. Will voelde bij zijn kuit iets aan zijn broekspijp rukken, maar hij kon onmogelijk blijven staan om te kijken waardoor dat werd veroorzaakt.

'Let op!' schreeuwde Elliott boven het spervuur uit.

Het was zover.

De ontploffing was oorverdovend. Een verblindend licht gloeide verschroeiend om hen heen op en werd door de spiegelende glazen pilaren duizend kanten op gestuurd. Toen de echoënde trillingen van de explosie zelf afnamen, klonk er een oorverdovend geraas.

Gebroken pilaren kletterden omver en klapten als dominostenen in een kettingreactie tegen elkaar. Een reusachtig brokstuk van een kapotte pilaar sloeg met een luide dreun vlak achter hen tegen de grond en veroorzaakte een stofwolk van verpulverd glas die als zwarte diamant in hun lichtstralen glinsterde. Het stof verstopte hun keel en prikte in hun ogen. De bodem zelf trilde bij elk klap. Door de omvallende pilaren werd de lucht om hen heen verplaatst en onverwachte rukwinden duwden hen nu eens hierheen, dan weer daarheen.

De chaos en het kletterende geraas gingen onophoudelijk door, en voordat ze goed en wel beseften wat er gebeurde, renden ze achter Elliott aan een tunnel in. Will draaide met een ruk zijn hoofd om en zag nog net dat een pilaar voor de ingang omviel en deze compleet afsloot. Een paar honderd meter lang renden ze door een regen van glazen flinters, maar toen werd de lucht schoner en hield Elliott abrupt stil.

'Verder, we moeten verder,' drong Chester aan.

'Nee, we hebben wel een paar minuten. Ze kunnen ons hier niet volgen,' zei ze, terwijl ze een paar glazen scherfjes van haar gezicht plukte. 'Drink wat water en kom even op adem.' Nadat ze eerst een flinke teug uit haar veldfles had genomen om haar mond te spoelen, dronk ze een paar slokken en gaf de veldfles door. 'Is er iemand gewond geraakt?' vroeg ze en ze bekeek hen een voor een van top tot teen.

Chester kon niet door zijn neus ademhalen, maar Elliott dacht niet dat hij gebroken was. Zijn mond was flink opgezwollen en in de hoek waar de Ruimer hem had vastgegrepen ingescheurd, en zijn hoofd was beurs van de vele klappen die hij had gekregen. Toen Elliott hem in het licht van haar lantaarn bekeek, ontdekte hij dat zijn knokkels rood en gekneusd waren, en dat zijn mouwen en armen onder het bloed zaten. Ze onderwierp hem aan een zorgvuldige inspectie.

'Het is in orde. Het is niet van jou,' zei ze al snel.

'De Ruimer?' vroeg Chester haar met wijd opengesperde ogen en hij huiverde toen hij eraan dacht hoe hij de soldaat met een scherf obsidiaan had bewerkt. 'Wat verschrikkelijk... hoe kón ik dat nou doen... hoe kon ik dat iemand in vredesnaam aandoen?' fluisterde hij.

'Omdat hij jou anders nog veel erger had toegetakeld,' antwoordde ze kort en ze liep naar Cal.

Zo te zien was hij op een paar gevoelige ribben na verder niet gewond. Hij had nog lang niet verwerkt dat hij de Ruimer had neergeschoten en reageerde dan ook traag toen Elliott hem aansprak.

Ze greep hem bij beide schouders vast en er klonk medeleven in haar stem.

'Cal, luister naar me. Drake heeft me eens iets verteld toen mij iets afschuwelijks was overkomen.'

De jongen staarde haar wazig aan.

'Hij zei dat er een dode laag op onze huid ligt.'

Ze had hem nieuwsgierig gemaakt – hij keek haar vragend aan.

'Het is zo waanzinnig slim. De huid sterft af en de bovenste lagen schilferen af om ons tegen infectie te beschermen.' Ze rechtte haar rug, tilde haar handen van zijn schouders en veegde met een ervan over de rug van de ander om te laten zien wat ze bedoelde. 'De bacteriën – of bacillen, zoals jullie ze noemen – dalen op je huid neer, maar vinden geen houvast.'

'Dus?' vroeg Cal geïntrigeerd.

'Dus op dit moment sterft een deel van jou af, net als je huid. Het kan wel even duren – dat was bij mij in elk geval wel zo – maar het sterft om jou te redden. Daardoor ben je de volgende keer harder en sterker.'

Cal knikte.

'Je moet het dus loslaten en verdergaan.'

Cal knikte weer. 'Ik geloof dat ik het begrijp,' zei hij. Zijn gezicht ontspande zich een beetje en de starre blik in zijn ogen werd iets levendiger. 'Ja, ik begrijp het.'

Will had meegeluisterd en was onder de indruk van de manier waarop ze de jongen had weten te troosten. Cal was vrijwel meteen zijn oude, vertrouwde zelf weer en kletste tegen zijn geliefde kat.

Elliott controleerde Will ook. Na wat hij allemaal had moeten doorstaan was hij er redelijk ongeschonden uit gekomen, afgezien van de felrode kneuzingen en schrammen in zijn hals en nek, een aantal schaafwonden in zijn gezicht en een hele heuvelrug aan bulten op zijn achterhoofd. Hij betastte ze voorzichtig en toen schoten de rukjes aan zijn broekspijp hem te binnen die hij tijdens het lopen had gevoeld; toen hij met zijn vingers aan zijn kuit voelde, ontdekte hij een paar kleine scheuren in de stof van zijn broekspijp.

'Wat zijn dit?' vroeg hij aan Elliott. Hij wist zeker dat die er eerder niet hadden gezeten.

Elliott bekeek ze.

'Dat zijn kogelgaten. Je hebt echt geluk gehad.'

De schoten waren door de stof gegaan en hij stak een vinger door de gaten om te laten zien waar ze terecht waren gekomen. Om een of andere reden, waarschijnlijk van pure opluchting omdat hij niet was geraakt, begon hij onbedaarlijk te lachen en hij kon niet meer ophouden. Cal wierp hem een nieuwsgierige blik toe en Chester klakte smalend met zijn tong. Elliott staarde hem afkeurend aan.

'Laat je niet zo gaan, Will,' zei ze bestraffend.

'O, maar ik ben er nog, hoor,' reageerde hij meteen en hij kreeg een nieuwe lachbui. 'Tegen alle verwachtingen in.'

'Goed, op naar de Porie,' kondigde ze aan. 'En dan door naar het Drasland.'

'Waar we ongetwijfeld hoog en droog zullen zitten,' zei Will grinnikend.

48

'Ben jij dat, Will?' kreunde Sarah toen ze voelde dat iemand haar pols vastpakte. Toen herinnerde ze zich weer dat hij al een hele tijd geleden met Cal en de anderen was vertrokken, zoals zij hun had gevraagd.

Ze deed haar ogen open, staarde in het donker en voelde opeens een afgrijselijke pijn.

Het voelde aan alsof alle pijn die ze ooit in haar leven had meegemaakt, elke keer dat ze kiespijn en hoofdpijn had gehad en zich ziek had gevoeld, zich nu had opgehoopt in één enkel moment van onverdraaglijke pijn. Het was zelfs duizend keer erger dan het baren van een kind.

Ze schreeuwde het uit en probeerde uit alle macht bij kennis te blijven. Ze hield haar ogen open, ook al kon ze niet zien wie er bij haar was. Ze wist niet hoe lang ze bewusteloos was geweest – het leek haast wel alsof ze zich door een set dikke gordijnen een weg had gebaand en iets haar onverbiddelijk terugsleurde zodat ze weer konden worden dichtgedaan. Het was een zware worsteling, want de pijn dwong haar terug te keren naar de andere kant van de gordijnen, naar een plek waar het heel rustig, warm en verwelkomend was. Ze had maar wat graag toegegeven aan de verleiding om daarnaartoe te gaan. Ze was echter niet van plan al afscheid te nemen en verzette zich er zwaar ademend tegen.

De greep om haar pols verstrakte en toen ze het schrapende

geluid van de Styxtaal opving, zakte de moed haar in de schoenen. Ergens aan de rand van haar blikveld dook een lichtpuntje op, ze zag schimmige gedaanten om haar heen bewegen en hoorde nog meer Styxstemmen.

'Ruimer,' zei ze toen ze de camouflagekleding zag waarin de arm gehuld zat die haar lichaam inspecteerde.

Toen een ruwe stem iets tegen haar riep, werd haar vermoeden bevestigd.

'Sta op!'

'Dat kan ik niet,' zei ze. Ze dwong zichzelf naar het gedempte licht te kijken.

Er stonden vier Ruimers om haar heen. Ze was door een patrouille gevonden. Twee van hen hesen haar overeind. Ze voelde een stekende pijnscheut in haar heup en gilde – het geluid echode door de tunnel, maar het leek wel alsof het iemand anders was geweest die had geschreeuwd. Ze stond op het punt het bewustzijn weer te verliezen en de gordijnen weken al uiteen om haar doorgang te verlenen.

Ze hing nu tussen de Ruimers, die haar dwongen te lopen. De pijn was ondraaglijk. Ze voelde dat haar heup knarste, gebroken bot wreef langs gebroken bot, en ze viel bijna flauw. Zweet druppelde over haar voorhoofd en in haar ogen, waardoor ze wel moest knipperen, dus deed ze haar ogen dicht.

Ze wist dat ze stervende was.

Alleen was ze niet van plan nu al dood te gaan.

Zolang zij nog ademhaalde, bestond er een kleine kans dat ze Will en Cal kon helpen.

Drake rende vlug als de windvlagen die om hem heen joegen door de tunnel. Af en toe bleef hij even staan om het pad af te speuren op zoek naar signalen dat er kortgeleden iemand langs was gekomen. De altijd aanwezige storm zorgde er wel voor dat het zand en grind er niet lang ongestoord bleven liggen, dus was de kans groot dat hij niet door oude sporen in verwarring werd gebracht.

Zonder stil te blijven staan voelde hij aan de punt van zijn schouder, waar een kogel langs was geschampt. Het was maar een vleeswond – hij had wel eens ergere schotwonden gehad. Hij liet zijn hand naar het mes op zijn heup glijden en toen naar de houder met staafpistolen tegen zijn bovenbeen. Hij voelde zich erg kwetsbaar zonder zijn geweer en rugzak vol munitie, die hij bij de ingang van de Burcht was kwijtgeraakt. Zijn gehoor was een beetje beschadigd door de klap van de staafmortier en er klonk aan één stuk door een suizende fluittoon in zijn oren.

Ach, dat was een kleine prijs die hij had moeten betalen om het er levend van af te brengen. Het was op het nippertje geweest – zo nipt had hij het nog niet eerder meegemaakt – en hij snapte er helemaal niets van. De Ruimers hadden hem helemaal in hun macht en toch hadden ze om een of andere reden ingehouden. Het leek wel alsof ze juist wilden dat hij het zou overleven, maar dat was helemaal niets voor hen. Nadat de mortier twijfel en paniek had gezaaid onder de hordes naderende Styx had hij gebruikgemaakt van de chaos en wervelende stofwolken om in de Burcht weg te duiken.

De rest was kinderspel geweest. Hij kon zelfs met zijn ogen dicht de weg door het complex vinden, ook al hadden Elliotts explosieven verschillende van de kortste routes versperd. Bovendien kreeg hij te maken met flinke groepen patrouillerende Ruimers, de meesten van hen met speurhonden. Hij had zich een tijdje schuilgehouden in een hol dat hij speciaal voor een situatie als deze had gegraven. Het kwam hem goed uit dat de honden in hun werk door Elliotts explosieven werden belemmerd; door de dampen en het stof in de lucht konden ze met geen mogelijkheid zijn geurspoor oppikken.

Hij verliet de Burcht via een afvoerkanaal, maar terug op de

Grote Vlakte kwam hij tot de ontdekking dat hij ook daar niet veilig was. Hij had geen keus en moest een aantal valse sporen uitzetten om de troep Styx te paard en de meutes speurhonden die hem op de hielen zaten af te schudden. Over ontsnappen aan de helhonden gesproken – hij had elke denkbare truc moeten aanwenden om uit hun klauwen te blijven.

Met het geloei van de wind als ondersteuning voor het fluitende gepiep in zijn oren hurkte hij neer om de grond te inspecteren. Hij had nog helemaal niets gevonden en dat baarde hem zorgen. Elliott had uit verschillende routes kunnen kiezen, maar deze lag het meest voor de hand, ook al hing een en ander natuurlijk wel af van de Ruimers die ze onderweg tegenkwam.

Hij stond op en liep verder, totdat hij na een meter of dertig vond wat hij zocht.

'Hebbes,' zei hij hardop, starend naar de afdrukken in het gruis. Het waren verse voetafdrukken en hij kon zo zien van wie ze waren.

'Chester en... en dat moet Will zijn! Hij heeft het dus gered!' zei hij hoofdschuddend en hij glimlachte kort, opgelucht omdat de knul blijkbaar weer was opgedoken en zich bij het groepje had gevoegd. Hij stak een hand uit naar links, waar hij een nieuwe afdruk had ontdekt en hij liet zich op zijn borst zakken om de afdruk beter te kunnen bekijken. 'Cal – je hebt veel last van dat been van je, hè?' murmelde hij in zichzelf toen hij zag hoe ongelijk de voetsporen van de jongen waren.

Zijn blik viel op iets naast Cals afdrukken in het stof.

'Een speurhond?' opperde hij en hij vroeg zich af of er ergens in de omgeving sporen waren die op een gevecht wezen of zelfs bloedvlekken. Hij kroop iets dichter naar de sporen toe en volgde ze naar de muur aan de andere kant van de tunnel. Zo te zien kwamen alle afdrukken daarvandaan, maar op dat moment was hij alleen maar geïnteresseerd in de niet-menselijke afdrukken.

Toen ontdekte hij een duidelijke afdruk van de poot van het dier. 'Dat is geen hond, dat is een katachtige. Het moest haast wel een Jager zijn.'

Terwijl hij peinzend nadacht over wat dit kon betekenen, stond hij op. Hij onderzocht het gebied nauwkeurig en liep terug in de richting waaruit hij was gekomen. 'Elliott, waar ben je?' zei hij in zichzelf, terwijl hij haar voetafdrukken zocht. Hij wist dat het moeilijker zou zijn deze te vinden door de manier waarop ze zich voortbewoog.

Een korte zoektocht leverde niets op en hij besloot dat hij geen tijd meer had om langer op die plek te blijven. Tijdens elke seconde die verstreek raakten Elliott en de jongens verder bij hem vandaan. Hij liep dus verder door de tunnel.

Na een paar honderd meter knielde hij opnieuw neer om de bodem te bekijken en hij schreeuwde het uit.

'Au! Verdorie!'

De Verzengers schroeiden zijn hand en hij zag de zachte gloed die ze nu afscheidden. Hij veegde zijn hand meteen af aan zijn broek om de bacteriën te verwijderen. Hij moest snel zijn om te voorkomen dat ze al het vocht uit zijn hand zogen en volledig tot leven kwamen. Eén seconde te laat en de reactie was niet meer tegen te houden; dan zou het heel ernstig en pijnlijk zijn geweest, alsof zijn hand in zuur was ondergedompeld. Hij had vaak genoeg gezien hoe speurhonden jankend ineenkrompen van de helse pijn terwijl hun neuzen fel oplichtten als het achterlicht op een Bovengronderse fiets.

Hij had de bacterie echter op tijd verwijderd en omdat hij besefte dat Elliott ze niet zou hebben achtergelaten als ze niet had gedacht dat het echt noodzakelijk was, zette hij het op een lopen.

Precies op dat moment hoorde hij ergens voor zich een gigantische explosie.

'Dat klinkt toch echt alsof mijn munitiebergplaats is ontploft,' zei hij in zichzelf.

De ontploffing werd gevolgd door een laag rommelend geluid dat wel wat op naderend onweer leek, ook al hield het aanmerkelijk langer aan dan het gedonder van een Bovengronderse onweersbui, en ook de wind haperde even en veranderde toen van richting.

Hij liep al heel hard, maar nu vloog hij werkelijk door de tunnel, doodsbang dat hij te laat zou komen.

49

'Zie jij iets?' vroeg Chester aan Elliott, terwijl ze naast elkaar door de verkijkers op hun geweer de horizon aftuurden.
'Ja... er beweegt daar links wat,' bevestigde ze. 'Zie je hen?'
'Nee,' gaf Chester toe. 'Ik zie helemaal niets.'
'Het zijn twee Ruimers, misschien zelfs drie,' zei Elliott.
Ze hadden onderweg al verschillende keren Styx gezien en waren elke keer gedwongen geweest een andere richting in te slaan. Zo ging dat al sinds ze een reusachtige ruimte vol vreemd uitziende rotsformaties hadden bereikt. Het waren de grote 'deegklompen' die dr. Burrows ook was tegengekomen. In tegenstelling tot dr. Burrows hadden zij het pad echter links laten liggen – Elliott had gezegd dat het veel te gevaarlijk was om dat te blijven volgen.
'We moeten ervoor zorgen dat we niet in het zicht lopen,' zei Elliott. Hoewel de Ruimers een flink stuk op hen achterliepen, slopen Chester en zij gebukt achter de megalieten langs naar de plek waar Will en Cal zaten te wachten.
'Wat is er?' vroeg Will.
'Nog meer van die lui,' antwoordde Chester kortaf zonder hem aan te kijken.
'Het ziet er niet best uit,' zei Elliott hoofdschuddend. 'We kunnen niet via de route die ik in gedachten had, dus moeten we nog lager langs de helling voorbij de Porie zien te komen en dan... dan verder naar...'

Ze aarzelde even toen het geluid van gejank in de verte op de droge lucht hun kant op waaide, gevolgd door geblaf.

Bartleby mauwde heel kort en draaide zich met gespitste oren om in de richting van het geluid.

'Ze hebben de speurhonden hier binnengekregen,' zei Elliott. 'Kom mee.'

Ze vluchtten haastig verder, een andere keuze was er niet, maar Will en de anderen waren lang niet zo paniekerig als ze hadden verwacht. Daar waren twee redenen voor: ten eerste waren de soldaten zo ver weg dat ze voor hun gevoel niet direct een bedreiging vormden. Ten tweede had het gevecht met de Ruimer een ingrijpend effect op hen gehad. Elliotts geruststellende woorden tegen Cal bij de Pieken waren alle drie de jongens bijgebleven; het leek wel alsof ze gedeeltelijk verdoofd waren door de voortdurende angst en ontzetting waarmee ze al zo lang rondliepen. Elliott had gelijk – hoe afschuwelijk de ervaring ook was geweest, ze waren er wel harder door geworden.

Ze waren er ook achter gekomen dat hun tegenstanders niet de onoverwinnelijke strijders waren die zij in hen hadden gezien. Ze waren niet onverslaanbaar. Bovendien hadden zíj Elliott bij zich. Tijdens de trage afdaling langs de helling beeldde Will zich dromerig in dat Elliott een soort nieuwe superheldin was. *Het ongelooflijke explosievenmeisje*, bedacht hij peinzend, *met vingers van dynamiet en met nitroglycerine in plaats van bloed.* Hij grinnikte in zichzelf. Ze kwam telkens weer met een verrassing op de proppen om hen uit een lastige situatie te redden. *Ik hoop dat ze daar nog maar lang mee door mag gaan*, dacht hij bij zichzelf.

Het kwam dan ook als een enorme schok toen ze na een nieuwe pauze om de horizon te verkennen onrustig leek te worden. Ze was normaal gesproken altijd zo rustig en beheerst dat haar gedrag op de jongens oversprong en hen zenuwachtig maakte. Ze zag overal Ruimers.

'Dit is niet goed. We moeten nog verder naar beneden,' zei ze tegen hen. Ze draaide zich een kwartslag om en nadat ze het geweer tegen haar schouder had gezet voor een laatste controle sloeg ze de nieuwe route in.

Pas toen ze bij de Porie zelf aankwamen, drong de betekenis van deze verandering van richting pas goed tot Will door.

Terwijl water in sporadische, door de wind aangewakkerde hoosbuien op hen neer druppelde, zag Will precies hetzelfde wat dr. Burrows ook had gezien.

Hij floot verbaasd.

'Wat een waanzinnig groot gat!' riep hij uit. Hij liep onmiddellijk naar de rand om erin te turen.

Cal kreeg weer last van hoogtevrees en deed geen enkele moeite om te verbergen dat hij zich niet op zijn gemak voelde. Hij zorgde ervoor dat er een flinke strook grond tussen de rand van het diepe ravijn en hemzelf lag.

Will bestudeerde de welving van de Porie door de lens van zijn hoofdband. 'Man, wat is die groot, zeg.'

'Ja,' zei Elliott. 'Zo kun je dat inderdaad wel stellen.'

'Ik kan de overkant niet eens zien,' mompelde Chester tegen niemand in het bijzonder.

'Hij is op het breedste punt ongeveer anderhalve kilometer lang,' zei Elliott en ze nam een slok water. 'Niemand weet hoe diep hij is, want er is nog nooit iemand na een buiteling teruggekomen om het na te vertellen – op één keer na dan, heel lang geleden, toen volgens de overlevering een man zich naar boven heeft weten te hijsen.'

'Ik heb weleens over hem gehoord. Abraham huppeldepup,' zei Will, die zich herinnerde dat Tam hem ooit over hem had verteld.

'De meeste mensen dachten dat hij een bedrieger was,' ging Elliott verder. 'Of anders dat zijn hersens door koorts waren aangetast.' Ze staarde in de diepte van de Porie. 'Er bestaan echter een heleboel oude legenden over een soort...' ze aarzelde even, alsof wat ze nu ging zeggen volkomen belachelijk was, '... een soort plek daarbeneden.'

'Wat bedoel je daar precies mee?' vroeg Will. Hij draaide zich pijlsnel naar haar om. Hij móést meer weten, ongeacht hoe Chester daarop zou reageren. 'Wat voor plek?'

'O, daar heb je hem weer met zijn vragen,' prevelde Chester zoals verwacht. Will schonk geen aandacht aan hem.

'Er wordt wel gezegd dat daar nóg een wereld is, maar volgens Drake is dat allemaal grote onzin,' zei ze. Ze draaide de dop op haar fles.

Tijdens de tocht langs de rand van de Porie zagen ze taal noch teken van de Ruimers. Nadat ze een tijdje in een flink tempo hadden gelopen ontdekte Will door de lens het silhouet van een regelmatig gevormd bouwwerk. Binnen enkele minuten werd het hem duidelijk dat het geen gebouw was, maar een kolossale boog.

Toen ze dichterbij kwamen, vielen hem twee dingen op. Hoewel de boog afbrokkelde en in verval was, stond er een symbool in de hoeksteen dat hij herkende. Er stonden drie inkepingen op, hetzelfde symbool dat ook op de smaragdgroene hanger stond die oom Tam hem had gegeven vlak voor zijn laatste krachtmeting met de Styxdivisie in de Eeuwige Stad.

Het tweede dat hij zag was dat de bodem aan de andere kant van de boog zo te zien helemaal bezaaid was met vellen papier. Chester en Elliott hadden al een paar bladzijden opgeraapt en bekeken ze nu aandachtig.

'Wat zijn dat?' vroeg Will en hij kwam naast hem staan.

Chester stopte hem zonder iets te zeggen een paar bladzijden toe.

Eén blik was voldoende.

'Papa!' riep Will uit. 'Mijn vader!'

Hij zag dat een aantal bladzijden tekeningen van stenen be-

626

vatten waarop zeer nauwkeurig rijen ingewikkelde, vreemde tekens waren aangebracht. Het onmiskenbare handschrift van zijn stiefvader vulde de marges. Op andere bladzijden stonden in een kriebelig schrift allerlei aantekeningen.

Will liet zijn blik over de grond glijden en porde met zijn laars tussen de losse vellen papier. Hij vond een paar versleten bruine wollen sokken met flinke gaten op de tenen die in elkaar zaten gepropt en, heel bizar, een Mickey Mousetandenborstel die zo te zien regelmatig was gebruikt.

'Ik vroeg me al af waar die was gebleven!' zei Will glimlachend en hij wreef met zijn duim over de groezelige, versleten haren. 'Gekke pa... hij heeft mijn tandenborstel meegenomen!'

Zijn vrolijkheid verdween echter op slag toen zijn blik op de blauwpaars gemarmerde kaft van een opschrijfboekje viel. Het was wel duidelijk waar alle bladzijden vandaan kwamen. Hij pakte het op en keek naar het etiket dat op de voorkant zat geplakt. Er stond iets op geschreven.

'Dagboek drie... Dr. Roger Burrows,' las Will hardop voor.

Hij rende onmiddellijk terug naar de boog, vloog eronderdoor en liep het platform op waar hij direct een versleten stenen trap ontdekte die naar beneden liep. Hij liep naar beneden en toen hij de laatste trede bereikte, bukte hij zich om naar beneden te kijken. Hij zag helemaal niets. Toen hij zijn hoofd ophief, knipperend tegen de regen die op zijn gezicht viel, zag hij iets. Vlak voor hem zat het geologenhamertje van zijn stiefvader met het blauwe handvat stevig met de punt in de rots gedrukt. Hij boog zich naar voren om het los te trekken. Na een paar rukken schoot het ding los. Hij keek er een paar seconden peinzend naar, maar staarde toen opnieuw langs de wand van de Porie omlaag in de hoop daar iets te zien. Door de lens van de hoofdband zag hij echter dat er helemaal niets was.

Diep in gedachten verzonken liep hij deze keer bijzonder rustig terug naar de anderen.

'Wat is hier gebeurd?' vroeg hij met een stem die breekbaar was van ongerustheid.

Elliott en Chester zwegen – geen van beiden was in staat de vraag te beantwoorden.

'Mijn vader...?' zei Will tegen Chester.

Chester staarde met een nietszeggende uitdrukking op zijn gezicht in de ruimte die tussen hen in lag en klemde zijn lippen op elkaar alsof hij geen zin had om iets te zeggen.

'Ik neem aan dat alles goed met hem is,' zei Elliott. 'Als we verdergaan is het best mogelijk dat we...'

'... dat we hem tegenkomen,' maakte Will haar zin af. Hij klampte zich vast aan het idee en putte er hoop uit. 'Ik vermoed dat hij zijn spullen per ongeluk heeft laten liggen... of laten vallen... hij is een beetje vergeetachtig...' Er vlogen allerlei verschillende verklaringen voor zijn vaders afwezigheid door zijn hoofd en hij keek nogmaals naar de boog. 'Maar... niet... slordig,' voegde hij er langzaam aan toe. 'Ik bedoel... zijn rugzak ligt hier niet en...'

Hij werd onderbroken door een angstige gil van Cal. Hij had een stukje bij de rand van de Porie vandaan tegen een flinke rots staan uitrusten en sprong nu op alsof hij door een wesp was gestoken.

'Hij bewoog! Ik durf te zweren dat die verrekte rots bewoog!' schreeuwde hij.

De rots had inderdaad bewogen en bewoog nog steeds. Als door een wonder had hij zich op gelede poten opgeheven en draaide hij zich nu om. Toen hij uiteindelijk stilhield zagen ze allemaal de enorme, tastende voelsprieten. De machineachtige grijpers klakten.

'Help!' krijste Cal.

'Ach, hou toch je klep!' beet Elliott hem streng toe. 'Het is maar een grotkoe.'

De jongens staarden naar het insect, dr. Burrows' gigantische 'stofmijt' en voormalige reisgenoot, dat nogmaals klakte en toen voorzichtig naar voren waggelde. Bartleby draafde erom-heen, waagde zich zo nu en dan iets dichterbij om te snuffe-len en trok zich dan weer schielijk terug, alsof hij niet goed wist wat hij ervan moest denken.

'Schiet hem neer!' spoorde Chester Elliott aan en hij kroop bang achter haar weg. 'Maak hem dood! Hij is weerzinwek-kend!'

'Het is nog maar een jonkie,' zei Elliott zorgeloos. Ze liep er-naartoe en sloeg met een doffe klap op het dikke uitwendige skelet. 'Ze doen geen vlieg kwaad. Ze voeden zich met algen, niet met vlees. Jullie hoeven echt nergens b...'

Ze zweeg abrupt toen ze zag dat er iets op de grijpers van de grotkoe zat gespietst. Ze gaf het insect nogmaals een klopje zoals je een prijswinnend kalf een klopje zou geven en boog zich voorover om het voorwerp te pakken.

Het was de rugzak van dr. Burrows, die flink gescheurd was en binnenstebuiten was gekeerd.

Will kwam langzaam naar haar toe en pakte de rugzak aan. Zijn blik sprak boekdelen.

'Dit ding... deze grotkoe... die volgens jou geen vlieg kwaad doet, zou hij mijn vader iets kunnen hebben aangedaan?'

'Onmogelijk. Zelfs de volwassen exemplaren zullen je niets aandoen, tenzij een van hen per ongeluk op je gaat zitten, na-tuurlijk. Ik zei toch al dat ze geen vlees eten?' Ze legde een hand op die van Will die rond de rugzak zat geklemd en trok de tas naar zich toe om aan het gescheurde canvas te ruiken. 'Dat dacht ik al... hier heeft eten in gezeten. Daar was het de koe om te doen.'

Will staarde met een zorgelijk gefronst voorhoofd herhaalde-lijk van de stilstaande grotkoe naar de boog en terug, en was er niet gerust op.

Ze wisten allemaal dat het er niet best uitzag.

'Het spijt me, Will, maar we kunnen hier niet blijven rondhangen,' zei Elliott. 'Hoe eerder we hier weg zijn, des te beter.'
'Ja, je hebt gelijk,' beaamde hij.
Terwijl Elliott, Chester en Cal op pad gingen, rende Will nog als een bezetene in het rond om zoveel mogelijk bladzijden te verzamelen, die hij in zijn jaszak propte. Toen rende hij met de Mickey Mousetandenborstel stevig in zijn hand geklemd achter de anderen aan, bang dat ze hem anders zouden achterlaten.

'These... boots... are...'
Flarden van het lied schoten door Sarahs benevelde hoofd. Ze zong de losse regels half kreunend, half hijgend tussen de Ruimers die haar dwongen om door te lopen; elke stap veroorzaakte een gruwelijke pijn in haar heup, alsof prikkeldraad heel langzaam diep in haar vlees werd gedraaid.
Sarah wist dat ze stukje bij beetje stierf en de Ruimers wisten het ook. Medische verzorging hoefde ze niet te verwachten. Ze gaven geen zier om haar. Zelfs als ze een dood lichaam afleverden, kregen ze waarschijnlijk nog een complimentje van Rebecca.
Sarah wist dat ze bij kennis moest blijven en verzette zich uit alle macht tegen het duister dat haar dreigde te overspoelen.
'... made for walking... one of these days...'
Een van de Ruimers siste haar rochelend iets toe, maar ze negeerde hem en zong verder.
'... these boots are gonna walk all over you...'
Sarahs bloed liet een ononderbroken spoor van spetters achter. Puur bij toeval kwam het zo nu en dan op een deel van de Verzengers terecht die Elliott achter zich had uitgestrooid toen de jongens en zij langs diezelfde route vluchtten. Eenmaal tot leven gekomen door Sarahs bloed gloeide de bacterie zo fel schitterend op dat het net leek of er uit de grond een lamp omhoogscheen, als een zaklamp uit de hel zelf.

Sarah was zich hier niet van bewust. Haar aandacht fixeerde zich vastberaden op één enkel doel. Voor zover zij kon zien voerden de Ruimers haar mee in dezelfde richting waarin ook Will en Cal waren vertrokken. Dat was goed en slecht. Het hield waarschijnlijk in dat de Styx hen op het spoor waren en dat haar zonen dus gevaar liepen. Het betekende echter ook dat ze hen misschien nog kon helpen, al was het misschien het laatste wat ze deed. Wat vermoedelijk ook letterlijk zo was. Wat ze niet wist was dat de gebeurtenissen een totaal onverwachte wending zouden nemen.

50

Drake had zijn tempo noodgedwongen moeten aanpassen toen hij op een patrouille van Ruimers voor hem stuitte. Hij vloekte zachtjes in zichzelf, omdat ze hem in de weg liepen en hij geen kans zag om hen te passeren, tenzij hij een bijzonder lange omweg via een andere route nam.

Hij waagde zich nog iets dichterbij om beter te kunnen inschatten met hoeveel ze waren. Hij zag dat ze iemand meezeulden, maar hij weigerde meteen aan te nemen dat het Elliott of een van de jongens was. Misschien was het een onfortuinlijke rebel die in handen van de soldaten was gevallen, hield hij zichzelf voor, terwijl hij ongeduldig lag te wachten tot ze eindelijk verdergingen. Hij voelde aan de houder met staafpistolen tegen zijn bovenbeen – het zou pure waaghalzerij zijn om ze tegen maar liefst vier soldaten tegelijk in te zetten en bovendien wilde hij niet het risico lopen dat hij hun gevangene zou raken.

Zodoende was hij gedwongen rustig af te wachten tot de patrouille de gevangene eindelijk naar de richel aan het begin van de Pieken had gesleept. Ze kozen ervoor om via het langere pad langs de wand naar beneden te gaan. Zodra ze uit het zicht waren verdwenen, klom Drake razendsnel langs de Coprolietenladder omlaag. Eenmaal op de bodem aangekomen zocht hij snel dekking achter een van de pilaren. In de lucht glinsterden miljoenen minuscule, langzaam zwevende glasdeeltjes die zijn ogen verstopten en zich in zijn keel ophoopten. Hij slalomde behoedzaam tussen glazen stompen en afgebroken brokstukken van pilaren door die het gevolg waren van de verwoestende explosie en moest voortdurend stilhouden om zich te verstoppen. Hij zag her en der een aantal dode Ruimers liggen, maar er zwermden ook een flink aantal levende soldaten rond die het terrein blijkbaar doorzochten.

Ten slotte bereikte hij de doorgang die Elliott volgens hem had genomen en nu werd versperd door een glazen pilaar. Er zat niets anders op dan langs de rand van het terrein verder te trekken en de eerstvolgende beschikbare route te nemen.

Onderweg zag hij de patrouille met de gevangene weer die het laatste deel van het pad op een holletje aflegden. Twee van de vier Ruimers verlieten het groepje meteen, vermoedelijk om zich te melden bij hun collega's dieper in de grot. De overige twee lieten hun gevangene op de grond zakken. Toen de gedaante de bodem raakte, hoorde hij een vrouwenstem gillen. Drake had geen flauw idee wie ze was en hoe graag hij Elliott ook wilde inhalen, hij kon deze vrouw gewoon niet aan haar lot overlaten.

Hij raapte een scherf obsidiaan op en smeet hem naar een plek op een meter of twintig links van de Ruimers. De twee soldaten reageerden onmiddellijk op het geluid; ze hieven hun geweer op en beenden naar de plek waar de scherf was neergekomen. Op dat moment wierp Drake een tweede scherf nog verder weg om hen een tijdje uit de buurt te houden en sloop hij naar de plek waar de vrouw lag. Hij legde een hand op haar mond om te voorkomen dat ze het op een schreeuwen zou zetten, tilde haar op en rende naar de tunnelingang. Nadat hij een flink stuk door de tunnel had gelopen, legde hij haar neer.

Hij vond het intrigerend dat ze een Ruimersuniform aanhad, maar wat nog gekker was, was dat het gezicht van de vrouw hem op een of andere manier bekend voorkwam. Ze probeerde iets te zeggen, maar hij zei haar dat ze stil moest zijn en onderzocht haar verwondingen. Tot zijn verwondering zag hij dat het verband op haar wonden precies hetzelfde was als dat wat Elliott en hij altijd bij zich hadden.

'Dat verband... wie heeft dat aangelegd?' vroeg hij aan de vrouw.

'Jij bent zeker een rebel?' beet Sarah hem toe.

'Zeg op – heeft Elliott dit gedaan?' herhaalde hij ongeduldig snauwend.

'Een klein meisje met een gigantisch geweer?' zei Sarah.

Drake knikte en probeerde intussen te bedenken waar hij haar gezicht van kende.

'Ik neem aan dat ze een vriend van jou is?' zei Sarah. Ze zag dat Drake zijn wenkbrauwen optrok. Griezelig: heel even leek het net of Tam voor haar zat, een heel magere versie dan, want de vragende uitdrukking op het gezicht was identiek aan de zijne. Ze kreeg onmiddellijk het gevoel dat ze de onbekende, deze grijsharige man met zijn hardvochtige blauwe ogen en het vreemde apparaat om zijn hoofd, kon vertrouwen.

'Nou, schieten kan ze in elk geval niet,' grinnikte Sarah grimmig.

Drake was van zijn stuk gebracht door deze vrouw, die ondanks haar zware verwondingen een ongelooflijke moed toonde. Hij had hier echter geen tijd voor, hij verspilde zo kostbare seconden.

'Ik moet gaan,' zei hij verontschuldigend en hij stond op. 'Mijn vriendin Elliott heeft mijn hulp nodig.'

'Ik moet mijn zonen helpen. Will en Cal,' zei Sarah.

'Aha, nu weet ik wie je bent,' merkte Drake verrast op. 'De legendarische Sarah Jerome. Ik dacht al dat ik je ergens van...'

'Als je wilt weten wat de Styx van plan zijn,' onderbrak Sarah hem, 'dan kunnen we ons gesprek beter onderweg voortzetten.'

Elliott nam de jongens mee naar een andere boog, die de tand des tijds iets minder goed had doorstaan dan de eerste die ze hadden gezien. Er stond nog maar één zuil overeind; de rest lag in stukken op het betegelde platform waarop de boog was gebouwd.

Will en de anderen waren net van de enorme tegels afgestapt toen het geblaf van speurhonden hen bereikte. Deze keer klonken ze schrikbarend dichtbij. Elliott had in een straf tempo gelopen, maar bleef nu abrupt staan en draaide zich naar de jongens om.

'Hoe kan ik zo ongelooflijk stom zijn geweest?' gooide ze er kwaad fluisterend uit.

'Hoe bedoel je?' vroeg Chester.

'Begrijp je het dan niet?' zei ze en haar stem klonk hees van ergernis.

Will, Chester en Cal kwamen om haar heen staan en wisselden niet-begrijpende blikken met elkaar uit.

'Ze jagen ons al kilometerslang op... en ik heb niets gemerkt.' Elliott greep haar geweer zo agressief beet dat een van haar knokkels kraakte. 'Stomme sukkel!'

'Wat heb je niet gemerkt?' vroeg Chester. 'Waar heb je het over?'

'Het patroon... we zijn steeds weer op Ruimers gestuit en zijn precies zo gelopen als zij wilden dat we zouden lopen, als kippen die bijeen worden gedreven. Ze hebben ons steeds gestuurd.'

Will dacht dat ze elk moment in tranen kon uitbarsten van kwaadheid.

'Ik heb precies gedaan wat zij wilden...' Ze liet de kolf van het geweer op de grond zakken tot hij in het gruis stond en leunde er met gebogen hoofd op. Ze was zichtbaar uit het veld geslagen, alsof al haar doelgerichtheid in één klap was verdwenen. 'En dat na alles wat Drake me heeft geleerd. Hij zou nooit...'

'Ach, schiet toch op, het gaat prima met ons,' onderbrak Cal haar. Hij deed zijn best om rustig te blijven, maar slaagde daar niet echt in. Hij wilde gewoon niet horen wat ze zei. Hij was bekaf en stond op het punt om in te storten. Hij wilde alleen maar naar de plek toe waar ze naar onderweg waren en daar van een welverdiende rust genieten. 'Kunnen we niet gewoon hierlangs lopen?' vroeg hij haar smekend en hij gebaarde naar de rand van de Porie.

'Onmogelijk,' antwoordde Elliott mat.

'Waarom?' hield hij vol.

Ze antwoordde niet meteen en staarde even naar Bartleby. Hij had zijn kop hoog opgeheven en spitste waakzaam zijn oren; terwijl ze toekeken, hief hij zijn kop nog hoger op en hij snoof even. Elliott knikte berustend en beantwoordde toen Cals vraag.

'Daar zit ergens een groep Ruimers met hun geweren in de aanslag te wachten.' Toen de jongens nog steeds weigerden te accepteren wat ze zei, vermande ze zich en keek ze hen om beurten met nijdig flitsende ogen aan. 'En dáár,' gebaarde ze met haar duim naar het terrein links van hen, 'zitten genoeg Witnekken om een hele kerk mee te kunnen vullen. Vraag maar aan die Jager van je – hij weet het ook.'

Cal wierp een blik op zijn kat en staarde toen weer weifelend naar Elliott. Will en Chester zetten een paar stappen in de richting die ze had aangewezen om het kale landschap te bestuderen.

Toen Will de lens omlaagklapte, kon hij een flink stuk van de helling zien, helemaal tot aan de plek waar de megalieten wanordelijk stonden opgesteld. 'Maar... maar er is daar werkelijk helemaal niemand te bekennen,' merkte hij op.

'En dáár ook niet,' zei Chester. 'Je bent gewoon een beetje nerveus. Het gaat uitstekend met ons, Elliott,' zei hij smekend. Will en hij gingen weer naast haar staan. Net als Cal hoopte

Chester dat ze zou zeggen dat alles weer bij het oude was. 'Als je het feit dat we elk moment aan flarden kunnen worden geschoten uitstekend wilt noemen, dan ben ik het helemaal met je eens,' zei ze gespannen. Ze zwaaide in een vloeiende beweging haar geweer omhoog om het tegen haar schouder te zetten.

'Luister nou, er zijn daar echt geen Styx,' hield Will vol met een stem die droop van ongeloof. 'Dit is gewoon dwaas.'

Niets had hem kunnen voorbereiden op wat er toen gebeurde.

51

Drake had Sarah tijdens de tocht met de ene vraag na de andere bestookt totdat ze hem alles had verteld wat ze wist. Ze vond het steeds moeilijker om zich te concentreren, antwoordde vaak onsamenhangend en haalde de volgorde van de gebeurtenissen door elkaar toen ze hem over Rebecca en het Dominatieplan vertelde.

Na een tijdje zwegen ze allebei, Drake omdat hij al zijn energie nodig had om Sarah te dragen, en Sarah omdat ze zich steeds vaker licht in het hoofd voelde. Als een lekkende emmer voelde ze haar bloed uit haar lichaam wegsijpelen en als ze zo bleef bloeden, kon die duizeligheid maar één ding betekenen. Ze hield zichzelf niet voor de gek; ze wist dat de kans dat ze haar zonen zou inhalen voor ze stierf heel erg klein was.

'These boots are gonna...' zong ze piepend in Drakes armen. De pijn in haar verbrijzelde heup was zo fel en overweldigend dat ze zichzelf af en toe als een kurk zag drijven in een glimmende, vuurrode oceaan die elk moment over haar heen kon spoelen om haar mee de diepte in te sleuren. Ze vocht zo hard ze kon om te blijven drijven, maar dat werd nog eens extra bemoeilijkt doordat haar geest zo verward was – haar hele hoofd bonkte met een snijdende pijn van de schotwond op haar slaap, alsof haar hersenen in tweeën waren gehakt.

'You keep lying when...'

Ten slotte bereikte Drake hijgend van de inspanning de helling die naar de Porie beneden hen voerde. Hij begon opeens te hollen, alsof hij aanvoelde wat er zou gaan gebeuren, ondanks het effect dat dit ongetwijfeld op zijn passagier zou hebben.

Er zweefde een kreet over de vlakte naar hen toe.
'Wi-hill!'
Hij verstijfde.
'Ik weet dat je daar bent, *sunshine* van me!' riep de stem opgewekt.
Will wist zonder enige aarzeling wie het was. Hij keek Elliott aan.
'Rebecca,' zei hij verbijsterd.
Heel even bleven ze allemaal roerloos en zwijgend staan.
'Volgens mij zitten we in de nesten,' zei Will hulpeloos.
Elliott knikte. 'Je hebt helemaal gelijk,' beaamde ze toonloos.
Will voelde zich net een konijn dat gevangenzat in het licht van de koplampen van een gigantische vrachtwagen die op hem afstormde.
Het was net alsof hij diep vanbinnen altijd had geweten dat dit moment zou aanbreken, dat het vanaf het begin af aan onvermijdelijk was geweest, en desondanks had hij iedereen regelrecht naar dit moment toe geleid. Hij staarde verward naar Chester, maar die wierp hem zo'n woedende blik vol wrok en verachting toe dat Will zich afwendde.
'Nou, blijf daar niet zo staan! Zoek dekking!' beet Elliott hun toe. Gelukkig stonden er op slechts een paar meter bij hen vandaan twee stompe megalieten. Ze vlogen uit elkaar; Elliott en Chester doken achter de ene weg, en Will en Cal verstopten zich achter de andere.
'O, Wiiiiiill!' riep de lievige meisjesstem weer. 'Kom maar tevoorschijn, hoor!'

'Niet doen,' gebaarde Elliott hoofdschuddend.

'Zeg, grote broer van me, hou me nou niet zo voor de gek,' riep Rebecca. 'Een praatje kan er toch wel van af?'

Will volgde Elliotts instructies op en reageerde niet. Hij gluurde met één oog om het rotsblok heen, maar alles was donker.

Rebecca ging chagrijnig verder: 'Ook goed, als je zo dom bent om een spelletje met me te willen spelen zal ik je eerst even de regels uitleggen.'

Er viel een korte stilte – blijkbaar wachtte Rebecca even om te zien of Will zou antwoorden. Toen dat niet het geval bleek, ging ze verder: 'Oké... de regels. Eén... aangezien je een beetje verlegen bent, kom ik wel naar jou toe. Twee... als iemand het in zijn hoofd haalt om op mij te schieten, zijn de poppen aan het dansen en dan gaat het als volgt. Eerst stuur ik de speurhonden op je af; mijn lieve schatjes hebben al een paar dagen niets te eten gehad, dus neem maar van mij aan dat je dat écht niet leuk zult vinden. Mochten de honden om onverklaarbare reden niet achter je aan gaan, dan doet mijn team eersteklas schutters dat wel. Ten slotte is ook de Divisie hier aanwezig en die jongens hebben zware artillerie bij zich... hun wapens vermorzelen alles wat ze op hun pad vinden, ook jou. Als je een geintje met me uithaalt, zullen de gevolgen hard aankomen. Begrepen?'

Er viel opnieuw een stilte. Toen klonk haar stem weer, deze keer schriller en gebiedender. 'Will, ik wil dat je me jouw woord geeft dat ik veilig naar je toe kan komen.'

Will staakte zijn pogingen om iets van de helling te zien en liet zich achter de grote megaliet zakken. Hij had het gevoel dat Rebecca ook daar dwars doorheen kon kijken, alsof er hooguit een glazen ruit tussen hen zat.

Er kroop een koude zweetdruppel langs zijn onderrug omlaag en hij merkte dat zijn handen beefden. Hij deed zijn ogen dicht, sloeg met zijn hoofd tegen de rots achter hem en kreunde: 'Nee, nee, nee, nee.'

Hoe had het in vredesnaam zo verkeerd kunnen gaan? Ze waren al een heel eind op weg naar het Drasland, er lagen talloze ruime, open gebieden voor hen en ze hadden de route om daar te komen voor het uitkiezen gehad. En nu bevonden ze zich in deze afschuwelijke situatie, aan alle kanten ingesloten met achter hen alleen dat verrekte grote gat. *Hoe had het toch zover kunnen komen?*

Rebecca was een ontzettend meedogenloze, wrede tegenstander, iemand die hem vanbinnen en vanbuiten kende.

Hij had werkelijk geen flauw idee wat ze nog konden doen om hieruit te komen. Hij wierp een blik op Elliott, maar die was in een heftig gesprek verwikkeld met Chester. Will verstond geen woord van wat ze zeiden. Terwijl hij toekeek, bereikten ze blijkbaar overeenstemming en hun felle gesprek kwam ten einde. Elliott liet snel haar rugzak van haar schouders glijden en begon erin te graaien.

'Zeg, molletje,' riep Rebecca naar beneden. 'Ik wacht nog steeds op antwoord.'

'Elliott!' siste Will indringend. 'Wat moet ik doen?'

'Probeer tijd te rekken. Praat met haar,' snauwde Elliott, die zonder op te kijken een stuk touw afwikkelde.

Gesterkt in de wetenschap dat Elliott blijkbaar eindelijk een plan had bedacht haalde Will een paar keer diep adem en stak hij zijn hoofd om de hoek van de megaliet. 'Ja! Oké!' riep hij tegen Rebecca.

'Brave jongen!' antwoordde Rebecca vrolijk. 'Ik wist wel dat ik op je kon rekenen.'

In de seconden die volgden hoorden ze niets meer van Rebecca. Elliott en Chester bonden het touw om zich heen, en vervolgens gooide Chester het andere uiteinde naar Will toe en kroop Elliott achter haar geweer.

Will ving het touw op en staarde schouderophalend naar Chester, die eveneens schouderophalend terugstaarde. Het enige wat Will kon bedenken was dat Elliott als laatste uitweg had besloten dat ze zouden proberen in de Porie naar beneden te klimmen. Hij zag zelf in elk geval geen andere oplossing. Hij draaide zich om naar Cal. Zijn broer jammerde zachtjes in zichzelf, hield Bartleby tegen zijn borst gekneld en verborg zijn gezicht in de hals van het onrustige dier. Cal was compleet ingestort en Will kon het hem niet kwalijk nemen. Hij bond het touw om zichzelf vast, vouwde het in een lus om Cals middel en maakte er een stevige knoop in. Zijn broer stond gelaten toe dat hij dit deed zonder te vragen waarom.

Will wierp een blik op de Porie. Het was echt de enige ontsnappingsroute. Maar hij twijfelde eraan of ze op die manier uit de problemen zouden komen, tenzij Elliott iets wist wat hij niet wist. *Wat was ze in vredesnaam van plan?* Will had zelf gezien dat er alleen maar een gladde, steile rotswand was zonder iets waar ze zich aan konden vastklampen. Het zag er erg somber voor hen allemaal uit.

Will hoorde Rebecca tijdens de wandeling naar beneden fluiten.

'You are my sunshine,' mompelde hij, want hij had het deuntje onmiddellijk herkend. 'Ik heb zo de pest aan dat nummer.'

Toen Rebecca weer iets zei, was ze veel dichter bij hem, hooguit dertig meter bij hem vandaan.

'Goed, verder dan dit ga ik niet.'

Verderop op de helling werden opeens enorme zoeklichten aangezet.

'Shit! Het witte licht!' riep Elliott uit en ze trok met een ruk haar hoofd bij het geweer weg toen het schelle licht de verkijker bereikte. Ze kneep haar ogen een paar keer dicht alsof ze moest herstellen van de felle gloed. 'Daar zijn we mooi klaar mee!' raasde ze. 'Nu kan ik nergens op mikken!'

De oogverblindende lichtstralen gleden heen en weer over het gebied waar Will en de anderen zich schuilhielden en wierpen inktzwarte schaduwen op de grond achter hen.

Will stak zijn hoofd nog iets verder om de hoek van het rotsblok. Hij had zijn hoofdband moeten uitschakelen om het lichtelement te beschermen en door de felle intensiteit van de lampen was het lastig om echt veel te kunnen zien, maar hij kon wel een gedaante ontdekken – zo te zien was het inderdaad Rebecca. Ze stond tussen twee megalieten in. Hij trok zich terug en keek naar Elliott, die nog altijd plat op haar buik lag met een verzameling explosieven en staafpistolen onder handbereik op de grond. Ze verplaatste haar armen een stukje en wekte de indruk dat ze elk moment op de gedaante kon schieten, ook zonder gebruik te maken van de verkijker.

'Niet doen, niet schieten,' smeekte Will fluisterend. 'Denk aan de speurhonden!'

Elliott gaf geen antwoord en haar hoofd bleef achter het geweer verborgen.

'Will! Ik heb een verrassing voor je!' riep Rebecca. Voordat ze was uitgesproken, klonk haar stem nogmaals, als van een buikspreker. 'En wat voor een!'

Will fronste zijn voorhoofd en kon het niet laten om nogmaals een kijkje te nemen.

'Dit is mijn tweelingzus,' meldde Rebecca. Of nee: meldden twéé stemmen in koor.

'Voorzichtig!' waarschuwde Elliott toen Will opstond en zijn hoofd nog verder om de megaliet heen stak.

Terwijl hij stond te kijken, leek het net of de gedaante zich in tweeën splitste en hij begreep dat er een tweede figuur direct achter de eerste had gestaan. De twee figuurtjes keken elkaar aan en Will zag twee identieke profielen; hun gezichten vormden elkaars spiegelbeeld.

'Nee!' bracht hij ongelovig uit. Hij trok zich een stukje terug en keek toen opnieuw om de hoek.

'Is dat een verrassing of niet, broertje?' riep de Rebecca aan de linkerkant.

'Al die tijd zijn we met ons tweeën geweest, niet van elkaar te onderscheiden,' kakelde de Rebecca aan de rechterkant als een jonge heks.

Zijn ogen hielden hem echt niet voor de gek.

Het waren er twee... twee Rebecca's naast elkaar!

Hoe was dat in 's hemelsnaam mogelijk?

Na de eerste schok probeerde hij zichzelf wijs te maken dat het een truc moest zijn – een illusie of zoiets, of misschien droeg een van hen tweeën wel een masker. Toen hij echter nog eens goed keek, bleek dat er geen vergissing mogelijk was. Toen de tweeling zich bewoog en hij hun stemmen hoorde was het hem wel duidelijk dat ze echt identiek waren.

Ze ratelden zo snel dat hij niet kon horen wie nu wat zei.

'Je allerergste nachtmerrie – niet één, maar twéé irritante zussen. Leuk, hè?'

'Hoe dacht je anders dat we het hadden gered? Een van ons moest immers de hele tijd Bovengronds zijn?'

'We hebben om beurten op je gepast.'

'Om en om, in een jarenlange ploegendienst.'

'We kennen je allebei door en door...'

'We hebben allebei je prakkie voor je gekookt...'

'... je vuile was opgeraapt...'

'... je smerige, stinkende onderbroeken gewassen...'

'Viespeuk!' spotte een van hen vol walging.

'... en gehoord hoe je in je slaap om je mámmie jengelde...'

'... maar mammie kwam niet...'

Ondanks de afschuwelijke situatie waarin hij zich nu bevond, kromp Will beschaamd in elkaar. Het zou al erg genoeg zijn geweest als één Rebecca dit allemaal zei, maar twéé Rebecca's die allerlei kleine persoonlijke dingen van hem wisten – en die ook nog met elkaar bespraken – was meer dan hij kon verdragen.

'Hou je kop, akelige trut!' krijste hij.

'Och, hij is een beetje overgevoelig,' kirde een van de tweeling spottend.

Opeens was Will in gedachten weer thuis in Highfield en herinnerde hij zich hoe het al die jaren was geweest voordat zijn stiefvader spoorloos verdween. Zijn zus en hij hadden voortdurend over de onbenulligste dingen ruziegemaakt. En nu, hier op deze plek, deed ze precies hetzelfde: ze treiterde hem en haalde met haar hatelijke opmerkingen het bloed onder zijn nagels vandaan. De afloop was altijd hetzelfde – uiteindelijk ontplofte hij en dan stond zij zich er met een zelfvoldane grijns op haar gezicht bij te verkneukelen.

'Volgens mij bedoel je trouwens akelige trutten,' opperde de Rebecca aan de rechterkant, terwijl de ander hem bleef tarten.

'Maar mammie had nooit tijd voor kleine Will... hij stond niet in het televisieprogramma...'

'... hem hoefde ze niet altijd te zien.'

Twee daverende lachbuien.

'Wat een sneu jochie toch,' kraaide de een.

'Hij had niet één vriendje en moest altijd helemaal in zijn uppie die stomme gaten graven.'

'Om pappies aandacht te trekken,' hoonde de ander en ze giechelden allebei luidruchtig.

Will deed zijn ogen dicht – het was net alsof ze binnen in zijn hoofd zaten, daar zijn diepste angsten en geheimen opgroeven en die wreed blootlegden. Niets was veilig – de tweeling onthulde alles genadeloos.

De zus aan de linkerkant nam met een heel ernstige stem het woord.

'Wat we jou en die logge, slome Chester willen vertellen is dat er binnenkort niet eens meer een thuis bestaat om naar terug te keren.'

'En geen Bovengronders meer,' juichte de andere zus opgetogen.

'Nou ja, in elk geval niet zoveel,' verbeterde de eerste haar zangerig.

'Wat bedoelen ze daarmee?' vroeg Chester. Hij zweette overvloedig en zijn gezicht zag asgrauw onder het vuil.

Will was het zat.

'Gezeik! Het zijn allemaal leugens!' riep hij. Hij trilde over zijn hele lichaam van woede en angst.

'Je hebt het zelf gezien: we hebben het heel druk gehad in de Eeuwige Stad,' zei een zus. 'De Divisie is daar jarenlang op zoek geweest.'

'Totdat ze eindelijk het virus hadden gevonden dat we zochten. Onze wetenschappers hebben er nog even mee gespeeld en dit is het resultaat van al hun harde werk.'

Will zag dat de linkerzus iets pakte wat om haar hals hing en het omhooghield. Het glinsterde in het schijnsel van een zoeklamp. Zo te zien was het een klein, glazen flesje, maar Will kon het vanaf die afstand niet met zekerheid zeggen.

'Het beste van het beste... volkerenmoord in een flesje... de vorouder van alle pandemieën van eeuwen geleden. We noemen het Dominatie.'

'Dominatie,' herhaalde de ander.

'We laten het Bovengronds vrij en...'

'... daarna kan de Kolonie haar ware thuis weer opeisen.'

De zus met het flesje hield het naar haar tweelingzus op alsof ze wilde proosten.

'Op een nieuw Londen.'

'Op een nieuwe wereld,' voegde de ander eraan toe.

'Precies, wereld.'

'Ik geloof er niets van, akelige liegbeesten! Het is allemaal flauwekul!' siste Will. 'Jullie liegen.'

'Waarom zouden we?' wierp de rechterzus tegen en ze zwaaide met een tweede flesje. 'Kijk dan... we hebben het vaccin ook, jochie. De Bovengronders kunnen dat nooit op tijd produceren. Het hele land ligt straks plat en kan zo worden ingenomen.'

'En denk maar niet dat we hier alleen vanwege jou zijn, hoor.'

'We hebben een grote voorjaarsschoonmaak gehouden in het Onderdiep en een heleboel vuile rebellen en verraders opgeruimd.'

'We hebben ook een paar generale repetities gehouden met Dominatie, maar daar weten die nieuwe vriendjes van je alles van.'

'Vraag maar aan dat kreng van een Elliott.'

Bij het horen van haar naam hief Elliott met een ruk haar hoofd op van het geweer. 'De Burcht,' fluisterde ze zacht tegen Will. Ze dacht terug aan de verzegelde cellen waar ze met Cal bij toeval op was gestuit.

Will pijnigde zijn hersenen. Diep vanbinnen wist hij dat Rebecca – allebei de Rebecca's, hield hij zichzelf voor – in staat was tot de gruwelijkste wreedheden. *Zou het dan toch waar zijn? Hadden ze echt een plaag in hun bezit?* Zijn gedachtegang werd abrupt onderbroken toen ze weer verdergingen.

'Goed, ter zake, broertje,' zei de Rebecca aan de linkerkant. 'We willen je een eenmalig aanbod doen.'

'Maar we gaan wel eerst terug,' vulde de ander aan.

Will zag dat de dubbelgangers zich nuffig op hun tenen omdraaiden en huppelend de helling beklommen.

'Ik zou er misschien één kunnen doden...' fluisterde Elliott. Ze lag weer achter het geweer.

'Nee, wacht!' smeekte Will haar.

'... maar niet allebei,' ging Elliott verder.

'Nee. Je maakt het er alleen maar erger op. Laten we eerst horen wat ze te zeggen hebben,' smeekte Will. Het bloed stolde in zijn aderen toen hij zich voorstelde hoe de meute speurhonden zich op hen vieren zou storten en hen in stukken rijten als vossen die door jachthonden worden gegrepen. Hij keek de twee gedaanten na die tussen de megalieten uit het zicht verdwenen en weigerde alle hoop op te geven. Hij kon gewoon niet accepteren dat dit hun einde betekende.

Wat waren de zussen echter van plan? Wat zou hun aanbod inhouden?

Hij wist dat hij niet lang zou hoeven wachten om daarachter te komen en ja hoor, al snel riepen de zussen heel snel achter elkaar naar hem: 'De mensen in jouw omgeving gaan nogal vaak dood, hè?'

'Die leuke oom Tam bijvoorbeeld, die door onze mensen aan mootjes is gehakt.'

'En die dikke, dwaze Imago. Een vogeltje heeft me verteld dat hij slordig werd...'

'... en dat hij nu morsdood is,' ging de andere zus verder.

'Ben je je echte moeder trouwens al tegengekomen? Sarah is ook hierbeneden en ze is naar je op zoek.'

'Op een of andere manier denkt ze dat jij verantwoordelijk bent voor Tams dood en...'

'Nee! Ze weet dat dát niet waar is!' riep Will met overslaande stem.

De zussen zwegen even, alsof ze op het verkeerde been waren gezet.

'Nou ja, ze zal ons heus geen tweede keer ontglippen,' beloofde een van de zussen, maar ze klonk iets minder zelfverzekerd.

'Nee, dat zal ze zeker niet. En nu we toch een kleine familiereünie houden, zus, moet je hem ook maar even over oma

Macaulay vertellen,' opperde de ander met een scherpe klank in haar stem. Deze zus was blijkbaar totaal niet onder de indruk van Wills onderbreking.

'O, ja. Dat was ik alweer helemaal vergeten. Die is dood,' zei de ander kil. 'Onnatuurlijke doodsoorzaak.'

'We hebben haar over de stuiverzwamvelden gestrooid.' Ze lachten allebei kakelend. Will hoorde Cal, die nog altijd met zijn gezicht tegen Bartleby zat weggedoken, iets mompelen.

'Nee,' zei Will schor. Hij durfde niet eens te kijken welk effect dit op Cal had. 'Niet waar,' zei hij zwakjes. 'Ze liegen.' Toen schreeuwde hij gekweld: 'Waarom doen jullie dit? Waarom laten jullie me niet gewoon met rust?'

'Sorry, dat zal niet gaan,' antwoordde de een.

'Oog om oog,' voegde de ander eraan toe.

'Waar ik eigenlijk heel nieuwsgierig naar ben is waarom je een kogel in die trapper hebt gejaagd die we op de Grote Vlakte aan het ondervragen waren,' ging een van de zussen verder. 'Dat was jíj toch, Elliott?'

'Dacht je soms dat het Drake was?' zei de ander en ze lachte keihard. 'Heb je een beetje last van een los vingertje?'

Will en Elliott wisselden een blik met elkaar uit, en ze fluisterde: 'O, nee.'

'En die maffe oude dr. Burrows – die hebben we lekker in zijn eentje laten ronddwalen...'

Will verstarde toen hij de naam van zijn stiefvader opving en zijn hart stond even stil.

'... als aas in een val...'

'... en we hebben hem niet eens uit de weg hoeven ruimen.'

'Zo te zien heeft hij dat zelf al gedaan.'

Het hoge gegiechel van de tweeling echode tussen de donkere stenen door.

'Nee, niet mijn vader,' fluisterde Will en hij trok zich hoofdschuddend terug achter de megaliet. Hij liet zich langs de ruwe steen omlaagzakken en bleef verslagen met gebogen hoofd zitten.

'Goed, wat we nu dus met je willen bespreken...' riep een van de zussen en haar stem klonk nu heel serieus.

'Als je wilt dat die vriendjes van je het overleven...'

'... dan geef je je over.'

'In dat geval zullen we hen heel vriendelijk behandelen,' kondigde haar zus aan.

Ze speelden met hem! Ze deden net alsof ze een of ander kinderachtig spelletje speelden, maar het was in feite een kwelling.

Ze gingen nog even op overredende toon verder en vertelden hem dat zijn overgave zijn vrienden zou helpen. Will hoorde wel wat de Rebecca's zeiden, maar het was als een soort achtergrondruis, alsof hij de betekenis van hun woorden niet langer begreep.

Het was alsof er een dichte mist om hem was neergedaald. Hij voelde zich gedesoriënteerd en kon alleen nog maar mat tegen de megaliet geleund blijven zitten. Hij staarde naar de grond om zijn voeten, pakte lusteloos een vuist vol aarde en kneep deze fijn. Toen hij zijn hoofd ophief, viel zijn blik op Cals gezicht. Er stroomden tranen over de wangen van de jongen.

Will wist totaal niet wat hij tegen hem moest zeggen – hij kon niet eens onder woorden brengen wat hij zelf voelde over de dood van oma Macaulay – dus draaide hij zijn hoofd de andere kant op. Terwijl hij dit deed, zag hij dat Elliott haar plek achter de megaliet had verlaten. Ze kroop als een slang onder de boog bij de rand van de Porie door, bijna helemaal tot aan de eerste van de stenen traptreden die naar beneden leidden. Chester, die met het touw aan haar vastzat, volgde vlak achter haar en was ook al bezig de korte afstand te overbruggen.

Will probeerde zich te vermannen en gooide het zand uit zijn hand weg. Hij wierp nogmaals een blik op Chester. Hij wist dat hij eigenlijk achter hem aan moest kruipen, maar kon zich er niet toe zetten – hij kwam tot de ontdekking dat hij zich niet kon verroeren. Hij bleef vertwijfeld en besluiteloos zitten. *Moest hij het spel als verloren opgeven en zichzelf gewoon overgeven? Zichzelf opofferen in een poging de levens van zijn broer, Chester en Elliott te redden? Dat was wel het minste wat hij kon doen... ze waren tenslotte door hém in deze situatie verzeild geraakt. En als hij zich niet overgaf, waren ze waarschijnlijk allemaal ten dode opgeschreven.*

'Nou, wat gaat het worden, grote broer van me?' spoorde een van de Rebecca's hem aan. 'Heb je al een keuze gemaakt?'

Elliott was nu de treden afgedaald en helemaal uit het zicht verdwenen, maar hoorde blijkbaar wel alles wat de tweeling zei.

'Niet doen, Will. Het haalt toch niets uit,' riep ze tegen hem.

'We wachten nog steeds!' schreeuwde de andere Rebecca nu zonder ook maar een spoortje humor in haar stem. 'Tien seconden, of je nu klaar bent of niet!' De zussen telden om beurten langzaam elke seconde af.

'Tien!'

'Negen!'

'Wat moet ik nou doen?' prevelde Will met een blik op Cal.

'Acht!'

Cal snikte nu zo heftig dat zijn hele lichaam trilde en hij brabbelde iets onverstaanbaars tegen Will, die alleen maar wanhopig zijn hoofd schudde.

'Zeven!'

Aan de rand van de Porie spoorde Elliott Cal en hem aan om in beweging te komen.

'Zes!'

Op de bovenste trede van de trap schreeuwde Chester iets tegen hem.

'Vijf!'

651

'Schiet nou op, Will!' snauwde Elliott, die haar hoofd net boven de rand van de Porie uitstak.

'Vier!'

Er brak een enorme verwarring uit toen ze allemaal tegelijkertijd tegen hem begonnen te praten, maar boven dit alles uit hoorde Will alleen de seconden die koeltjes door de tweeling werden afgeteld.

'Drie!'

'Will!' gilde Chester en hij gaf een ruk aan het touw om hem naar zich toe te trekken.

'Will!' krijste Cal.

'Twee!'

Will kwam wankel overeind.

'Een!'

'Nul!' zeiden de zussen in koor.

'De tijd zit erop.'

'De deal gaat niet door.'

'Nog meer doden op je geweten, Will!'

Toen gebeurden er in een fractie van een seconde een heleboel dingen tegelijk.

Will hoorde Cal roepen en draaide zich naar hem om.

'NEE! WACHT!' hoorde hij zijn broer gillen. 'IK WIL NAAR HUIS!'

Hij was achter de megaliet vandaan gesprongen en stond badend in het schijnsel van de zoeklichten in het zicht van de Ruimers met zijn armen te zwaaien. Precies in de vuurlinie.

Op dat moment klonken er talloze geweerschoten die over de hele breedte van de helling hoog boven hen leken te komen. Het waren er zoveel in zo'n korte tijd dat het wel het aanzwellende geroffel van een trommel leek.

Het salvo trof Cal met een akelig dodelijke precisie over zijn hele lijf. Hij maakte geen schijn van kans. Door de klap werd hij omvergegooid alsof een onzichtbare hand hem opzij had geveegd en er bleef heel even een rood spoor in de lucht achter.

Will moest hulpeloos toezien hoe zijn broer in een verwrongen hoopje vlak bij de rand van de Porie neerviel als een marionet waarvan alle touwtjes zijn doorgeknipt. Het leek wel alsof alles in een gruwelijke slow motion plaatsvond – Will nam zelfs de kleinste details in zich op, zoals het gestuiter van zijn broers arm toen deze als een levenloos, rubberachtig iets de vochtige vloer raakte en het feit dat hij maar één sok aanhad. Ergens in een afgelegen gedeelte van Wills hersenen bedacht hij dat Cal zich waarschijnlijk zo gejaagd had aangekleed dat hij vergeten was de andere aan te trekken.

Toen tuimelde het lichaam over de rand. Het touw rond Wills middel werd strakgetrokken en daardoor werd hij gedwongen een paar stappen naar voren te zetten.

Bartleby, die gehoorzaam had zitten wachten op de plek waar Cal hem had achtergelaten, krabbelde nu in een wirwar van lange poten overeind, vloog achter zijn baasje aan en verdween eveneens over de rand van de Porie. De druk van het touw op Will nam toe en hij begreep dat de kat aan Cals lichaam was blijven hangen.

Will was nu gedeeltelijk zichtbaar voor de schutters van de Ruimersdivisie en schoten doorboorden suizend de lichtstralen, die zo snel heen en weer gleden dat het een stroboscopisch effect had. De kogels sloegen om hem heen in als een regen van metaal of ketsten jankend af op de megalieten en wierpen wolken stof op rond zijn voeten.

Will deed echter geen enkele moeite om zich te verstoppen. Met zijn handen tegen zijn slapen gedrukt zette hij het op een krijsen tot de laatste druppel lucht uit zijn longen was geperst en er alleen nog een schor gekraak hoorbaar was. Hij zoog nieuwe lucht naar binnen en krijste opnieuw, alleen was deze keer nog net het woord 'Genoeg!' te horen. Toen het ophield, viel er een doodse stilte over het terrein.

De Ruimers waren opgehouden met schieten en heel even

staakten Chester en Elliott hun pogingen om schreeuwend zijn aandacht te trekken.

Will zwaaide licht heen en weer. Hij was versuft, zich niet langer bewust van het touw dat in zijn middel sneed en hem deed wankelen omdat het aan hem trok.

Hij voelde helemaal niets.

Cal was dood.

Deze keer leed het volgens Will geen enkele twijfel. Hij had zijn broers leven misschien kunnen redden als hij zich aan de tweeling had overgegeven.

Dat had hij echter niet gedaan.

Hij had al eens eerder gedacht dat Cal voorgoed was verdwenen, maar toen had Drake een wonder verricht en hem weer tot leven gebracht. Deze keer was er echter geen nieuwe kans, geen gelukkige afloop meer mogelijk.

Will ging gebukt onder de ondraaglijk last van alle verantwoordelijkheid die op hem rustte. Hij, en alleen hij, was verantwoordelijk voor het verlies van zoveel levens – hij zag hun gezichten voor zich. Oom Tam. Oma Macauley. Mensen die alles voor hem hadden overgehad, mensen van wie hij hield.

Hij was ervan overtuigd dat hij zijn stiefvader, dr. Burrows, ook voorgoed kwijt was. Hij zou hem niet meer terugzien, nooit meer. Wills droom was voorbij.

De stilte werd abrupt onderbroken toen de Ruimers het vuur weer openden en het salvo was nog heftiger dan de eerste keer. Chester en Elliott hervatten hun angstige gekrijs in de hoop dat ze tot hem zouden doordringen.

Het leek echter wel alsof iemand het geluid om hem heen zachter had gezet, want Will hoorde helemaal niets van wat zich rond hem afspeelde. Zijn glazige blik gleed over Chesters bedroefde, wanhopige gezicht dat op slechts een paar meter bij hem vandaan uit alle macht schreeuwde. Het had geen invloed op Will – zelfs zijn vriendschap met Chester was hem ontnomen.

Alle dingen waarop hij had vertrouwd – de zekerheden waarop zijn onzekere leven was gebouwd – waren een voor een onder hem weggeslagen.

Het afgrijselijke beeld van zijn broers dood stond levendig in zijn geheugen gegrift. Dat laatste moment verdrong al het andere.

'Genoeg,' zei hij, deze keer heel rustig.

Cal was omgekomen vanwege hém.

Hij kon er niet omheen, er was geen ruimte voor uitvluchten, geen genade.

Will wist dat hij daar eigenlijk zélf hoorde te liggen, doorboord door kogels, en niet zijn broer. Het was net alsof er in zijn hoofd iets van de ene kant tot de andere werd uitgerekt totdat het bijna het breekpunt bereikte en elk moment in piepkleine, vlijmscherpe stukjes uiteen kon spatten die misschien nooit meer konden worden samengevoegd.

Vanwege de druk van Cals dode lichaam moest hij moeite doen rechtop te blijven staan. De Ruimers beschoten hem nog steeds, maar hij was ergens anders en het deed er allemaal niet meer toe.

Boven aan de stenen trap zat Chester in elkaar gedoken. Hij gebaarde en krijste nog steeds, maar niets drong nog tot Will door.

Het gleed allemaal van hem af.

Hij zette met stramme benen één stap in de richting van de Porie en liet zich door het gewicht van Cal verder vooruit trekken.

Chester kwam met uitgestoken hand recht op hem af en brulde schor zijn naam.

Will keek op en het leek wel alsof hij hem voor het eerst zag. 'HET SPIJT ME, WILL!' riep Chester. Hij merkte dat Will naar hem luisterde en zijn stem klonk opeens heel kalm. 'Kom hier. Het zit wel goed.'

'Echt?' vroeg Will.

Ondanks de hachelijke omstandigheden waarin ze zich bevonden was het heel even alsof ze afgeschermd werden van de gruwelen en angst om hen heen. Chester knikte en glimlachte even tegen hem. 'Ja, en met ons zit het ook goed,' antwoordde hij. 'Het spijt me.' Blijkbaar bood hij zijn verontschuldigingen aan voor de wrede manier waarop hij Will had behandeld en begreep hij dat de diepe wanhoop van de jongen gedeeltelijk aan hem te wijten was.

Will kreeg heel voorzichtig nieuwe hoop.

Hij had zijn vriend weer terug – nog niet alles was verloren en ze zouden op een of andere manier een uitweg weten te vinden.

Will zette nog een stap en stak zijn hand naar Chester uit.

Hij zette nog een paar stappen, steeds sneller, om de afstand tussen hen te overbruggen en op een gegeven moment gebruikte hij zijn benen niet eens meer, maar liet hij het touw het werk voor hem doen. Vlak bij de rand van de Porie had hij Chesters hand bijna te pakken.

Boven aan de helling riep de Rebeccatweeling tegelijk: 'Hij kan barsten!'

'Vuur!'

Het zware geschut waarop ze hadden gedoeld kwam schuddend en bokkend tot leven. De rij houwitsers van de Ruimers spuugde gigantische granaten uit die als zwenkende vuurbollen met achterlating van een vuurrode staart naar de plek schoten waar Will op het randje van de Porie stond. De helling lichtte op in de heldere gloed ervan en het geluid was oorverdovend.

De granaten sloegen in. Ze spleten de megalieten die in hun baan stonden in tweeën en wierpen een enorme regen van zand op. Een granaat reet het betegelde deel aan stukken, smeet de enige staande pilaar omver en tilde de tegels op als een pak speelkaarten dat in een windvlaag wordt meegezogen. Will werd naar voren gedrukt en verloor door de enorme klap het bewustzijn. Hij vloog over het hoofd van zijn vriend heen de gitzwarte duisternis in.

Als hij bij kennis was geweest, had Will Chesters maaiende armen en benen gezien waarmee hij wild om zich heen greep in een allerlaatste poging te voorkomen dat hij door het touw waarmee hij aan Will vastzat over de rand werd gesleurd.

Dan had hij ook Elliotts geschreeuw gehoord, die achter Chester aan eveneens de Porie werd in getrokken.

Dan had hij de donkere lucht langs zijn lichaam voelen jagen terwijl hij steeds dieper viel, met zijn dode broer ergens onder hem en de andere twee nog altijd krijsend en jammerend boven hem. Dan zou hij doodsangsten hebben uitgestaan bij het zien van de brokstukken metselwerk en het puin van de verpletterde megalieten die om hen heen omlaagdenderden.

Hij kon echter niets zien, horen of voelen, er was alleen een inktzwart niets dat identiek was aan datgene waar hij doorheen tuimelde.

Hij bevond zich in een vrije val. Zijn oren knalden meedogenloos en zijn adem werd hem regelmatig benomen door de razende luchtstroom waar hij doorheen vloog tot hij zijn eindsnelheid bereikte.

Af en toe botste hij tegen Elliott of Chester en zelfs tegen Cals slappe lichaam, en het touw slingerde zich volstrekt willekeurig om hun ledematen en lichaam en verbond hen even met elkaar, maar liet hen ook weer los en dan dreven ze als in een macaber luchtballet weer uit elkaar. Het grootste deel legde hij zo af, vallend door het zwarte vacuüm, maar heel af en toe

voerde zijn baan hem langs de wand van de oneindig lijken-
de Porie en werd hij tegen de keiharde rots gesmakt of raakte
hij op onverklaarbare wijze iets veel zachters wat hem, als hij
bij kennis was geweest, enorm zou hebben verrast.

In zijn bewusteloze staat merkte hij echter helemaal niets van
dit alles. Hij was ergens waar het hem niet langer kon schelen.
Als zijn geest niet van dit alles, van deze fysieke beleving, was
afgesneden geweest, zou hij hebben gemerkt dat hij weliswaar nog steeds door het donker omlaagtuimelde, maar dat
zijn val steeds langzamer verliep.

Aanvankelijk nauwelijks waarneembaar, maar echt steeds
langzamer... en langzamer... en langzamer.

52

Zodra ze binnen het bereik van de zoeklampen van de Styx waren, had Drake geen enkel risico meer genomen en had hij de resterende afstand niet rechtop lopend afgelegd. In plaats daarvan had hij Sarah achter zich aan gesleept naar een uitkijkpunt ongeveer halverwege de plek waar de meeste Ruimers leken te zitten en de plek helemaal aan de voet van de helling waar Elliott en de jongens blijkbaar waren vastgelopen.

Drake zat geknield achter een megaliet, maar Sarah lag daar alleen maar. Ze was te uitgeput om iets anders te doen dan luisteren. Haar kleren waren doorweekt met bloed en plakten aan haar lichaam vast. Met haar hoofd tegen een rots geleund ving ze een deel van het geschreeuwde gesprek tussen de tweeling en Will op. Het feit dat er twee Rebecca's bleken te zijn, kwam niet echt als een verrassing. In de Kolonie deden al langer geruchten de ronde over de experimenten van de Styx met eugenese – genetische manipulatie ter bevordering van hun ras – en er werd beweerd dat tweelingen, drielingen en zelfs vierlingen heel gewoon waren geworden, omdat ze daarmee hun aantallen konden opvoeren. Weer zo'n mythe die nu bewaarheid was geworden. Ze had moeten weten dat er twee Rebecca's waren toen die ene in de trein beweerde dat ze die ochtend Bovengronds was geweest – het Styxkind had de waarheid verteld.

Terwijl ze daar zo lag te luisteren, hoorde ze de tweeling Will treiteren en ving ze ook hun dreigement op om Bovengronders te vermoorden met Dominatie.

'Heb je dat ook gehoord?' vroeg Drake fluisterend aan haar.

'Ja,' zei ze. Ze knikte grimmig in het donker.

Het op luide toon gevoerde gesprek klonk alsof Sarah zich op de bodem van een diepe put bevond, en de woorden weergalmden tollend om haar heen en waren vaak te vaag om in hun geheel te begrijpen. Ondanks haar verslechterende toestand kon een deel van haar hersenen toch de informatie verwerken die ze opving, zij het in een heel traag tempo.

Ze hoorde haar eigen naam vallen en ze hoorde wat de tweeling over de dood van Tam en oma Macaulay zei. Sarahs lichaam verstijfde van kwaadheid. De Styx werkten een voor een al haar familieleden uit de weg. Toen hoorde ze hen dreigen dat ze Will en Cal en iedereen die bij hen was zouden doden.

'Je moet hen helpen!' zei ze tegen Drake.

Hij keek haar hulpeloos aan. 'Wat moet ik dan doen? Ik ben hopeloos in de minderheid en ik heb alleen maar staafpistolen bij me. Daarginds staat een heel Styxleger.'

'Toch moet je iets doen!' spoorde ze hem aan.

'Wat had je in gedachten? Moet ik ze soms met stenen bekogelen?' zei hij. Zijn stem sloeg over van pure wanhoop.

Sarah was echter vastbesloten om haar zonen te hulp te schieten. Terwijl Drake vanachter de megaliet de gebeurtenissen gadesloeg, sleepte ze zich over de grond vooruit. Ze moest en zou naar Will en Cal, ook al moest ze om de paar meter even uitrusten.

Er was iets met haar ogen, waardoor alles er wazig en onscherp uitzag, maar ze liet zich niet uit het veld slaan, hief haar trillende hoofd op en tuurde met één oog naar de zoeklichten die over de helling flitsten. Ze hoorde de Rebeccatweeling aftellen en ook het wanhopige geschreeuw helemaal onder aan de helling.

Ze zag een kleine gedaante in het schijnsel stappen. Ze wist met de intuïtie van een moeder dat het Cal was. Met een zwak kloppend hart strekte ze een hand uit naar de plek waar hij stond, zo heel ver bij haar vandaan. Ze zag hem opgewonden met zijn armen zwaaien en hoorde zijn hulpeloze geschreeuw. Toen klonken er schoten.

Ze zag hem sterven. Ze liet haar hand op de grond vallen.

Er klonk een verschrikkelijk gekrijs, gevolgd door een kakofonie van geluiden en opeens was de lucht gevuld met iets wat zij in haar verwarde hoofd voor vlammende kometen aanzag. De bodem trilde verschrikkelijk – erger dan ze ooit eerder had meegemaakt – alsof de hele grot onder haar zou instorten. Toen verdwenen de herrie en het licht, en hing er in plaats daarvan een afschuwelijke stilte.

Ze was te laat, waarschijnlijk was ze voor hen allemaal te laat. Ze had Cal iets willen toeschreeuwen, maar had het niet gedaan.

Ze huilde tranen vol stof.

Ze besefte nu pas hoe dwaas ze was geweest. *Ze had nooit aan Will mogen twijfelen.* De Styx hadden haar met list en bedrog zover willen krijgen dat ze de allergrootste vergissing in haar waardeloze, ellendige leventje zou begaan. Ze hadden zelfs oma Macaulay ervan overtuigd dat het Wills schuld was. Die arme, bedrogen vrouw had hun leugens geloofd.

Sarah was er nu wel van doordrongen dat de Styx alles achter zich opruimden – dat was typisch iets voor hen – en zodra ze haar niet meer nodig hadden, zou zij natuurlijk de volgende zijn geweest die een kopje kleiner werd gemaakt.

Waarom was ze niet op haar intuïtie afgegaan? Ze had zichzelf in die uitgraving in Highfield van het leven moeten beroven. Het had zo ontzettend verkeerd aangevoeld toen ze het lem-

661

met van haar hals weghaalde en zich door dat kleine loeder liet overhalen om met de Styx samen te werken. Sinds dat moment van zwakte had Sarah onbewust een route gevolgd die haar had aangezet tot een ondoordachte klopjacht op haar eigen zonen. Een onnadenkend radertje in het grote plan van de Styx. Dat zou ze zichzelf of de Styx nooit vergeven.

Ze deed haar ogen dicht en voelde haar hartslag fladderen, alsof er een kolibrie onder haar ribbenkast gevangenzat.

Misschien was het maar beter om het hier en nu te laten eindigen.

Ze deed haar doffe ogen open.

Nee!

Ze kon het zich niet permitteren om te sterven, nog niet. Niet zolang er nog een kansje bestond, hoe klein ook, dat ze een deel van deze ellende kon goedmaken.

Ze had nog altijd een sprankje hoop dat Will leefde en dat ze hem misschien kon bereiken – ze had niet gezien dat hij werd neergeknald, zoals zijn broer, maar door de explosies was het erg onwaarschijnlijk dat hij het had overleefd. Maar wat zou ze kunnen doen, zelfs als hij op een of andere manier nog bleek te leven en ze bij hem kon komen? Deze gedachten en twijfels, die haar hersenen als vleespennen doorboorden, waren vele malen pijnlijker dan haar lichamelijke verwondingen en zetten haar tot actie aan.

Met haar armen sleepte ze zichzelf naar de plek waar Will in het nauw was gedreven, maar elke beweging kostte meer moeite, alsof ze zich een weg baande door dikke stroop. Ze gaf niet op. Na een paar honderd meter viel ze flauw.

Toen ze weer bijkwam, wist ze niet hoe lang ze bewusteloos was geweest. Drake was nergens te bekennen, maar ze hoorde ergens dicht in de buurt stemmen. Ze hief haar hoofd op en ving een glimp op van de Rebeccatweeling. Ze deelden aan de rand van de Porie bevelen uit aan een troep Ruimers.

Toen drong het tot haar door dat ze te laat was om Will te redden. Kon ze in haar verzwakte toestand nog iets uitrichten? Kon ze wraak nemen op de Styx vanwege Tam, haar moeder en haar zonen?

Dominatie!

Jawel, er was inderdaad nog iets wat ze kon doen. Ze durfde te wedden dat een van de Rebecca's, of anders allebei, nog steeds de flesjes Dominatie bij zich had. En ze wist hoe belangrijk het virus was voor de uitvoering van hun plan.

Ja!

Ze wist opeens wat ze moest doen. Als ze de plannen van de Styx kon dwarsbomen en daarmee misschien ook nog wat Bovengronderse levens kon redden, zou ze in elk geval nog iets hebben gedaan om haar gedrag goed te maken. Ze had aan haar eigen zoon getwijfeld. Ze had zoveel fouten gemaakt. Het werd hoog tijd om eens iets goeds te doen.

Steunend op de zijkant van een omvergegooide megaliet wist ze overeind te komen. Haar onregelmatige hartslag hamerde als een harde trom door haar hoofd. Het landschap om haar heen golfde en ze stond voorovergebogen in de grimmige schaduwen; een ander soort duisternis verzamelde zich en maakte zich van haar meester, een duisternis waarop licht geen invloed meer had.

De tweeling stond bij de rand van een flink gat in de grond op de plek waar, als ze zich niet vergiste, eerder de eenzame pilaar had gestaan. De Styxmeisjes gebaarden naar iets en tuurden allebei in de Porie.

Met een haast bovenmenselijke krachtsinspanning perste Sarah elke laatste druppel energie uit haar verwoeste lijf. Met uitgestrekte armen dook ze op de tweeling af en overbrugde ze de afstand zo snel als haar gesloopte lichaam haar toestond.

Ze zag de identieke verbaasde uitdrukking op hun gezichten

toen ze zich omdraaiden en hoorde de identieke gil die ze uit-
stootten toen ze hen allebei meesleepte over de rand. Er was
niet veel voor nodig geweest om hen van hun plek te krijgen,
maar het was het laatste beetje geweest wat Sarah bezat.

Tijdens die laatste seconden van haar leven glimlachte Sarah.

53

Mevrouw Burrows zat helemaal in haar eentje in het dagverblijf van Humphrey House. Het was al ver na middernacht en nu haar ogen waren genezen van het geheimzinnige virus kon ze weer probleemloos televisiekijken. Ze werd op dat moment echter niet in beslag genomen door een van haar vele soaps; op het scherm voor haar stond een korrelige zwart-witfoto. Ze zette de band voor de zoveelste keer stil, spoelde hem terug en speelde hem opnieuw af.

Op de video-opname was de deur van de receptie zichtbaar die werd opengegooid. Er rende een gedaante doorheen. Voordat ze uit het zicht verdween, toonde ze haar gezicht; ze keek op en boog haar hoofd ook snel weer, alsof ze besefte dat ze door een bewakingscamera werd gefilmd.

Mevrouw Burrows zette de band met een gedecideerde druk op de afstandsbediening stop, liep naar de televisie toe en boog zich voorover om het gezicht met de zenuwachtige ogen en het verwarde haar goed te kunnen bekijken. Ze raakte het scherm aan en volgde met haar vingers de gelaatstrekken van de vrouw, die wazig en vaag waren alsof er per ongeluk een spook op film was vastgelegd.

'Ter uwer vermaak, de enige, echte Kate O'Leary, intrigante,' mompelde mevrouw Burrows. Ze kneep haar ogen tot spleetjes, klakte een paar keer met haar tong tegen haar gehemelte en staarde nadenkend naar Sarahs gezicht. 'Nou, mevrouw

Kate, wie je ook bent, waar ter wereld je je ook verstopt, vinden zal ik je.' Ze zat even toonloos en nonchalant fluitend in gedachten verzonken, een gewoonte van dr. Burrows en gek genoeg een waarvoor ze hem vaak de mantel had uitgeveegd. 'En ik ga ervoor zorgen dat je me mijn gezin teruggeeft, al is dat het laatste wat ik doe.'

Er kraste een uil en mevrouw Burrows draaide zich om naar het raam om een blik op de donkere tuin buiten te werpen.

Terwijl ze dit deed, stapte een man met een platte pet op en een lange overjas aan snel weg van het raam, zodat ze hem niet zou zien. Het was niet erg waarschijnlijk dat de Bovengronderse vrouw met haar slechte ogen hem in de schemering zou opmerken, maar hij nam geen enkele risico.

De uil vloog tussen de bomen door weg, maar de stevig gebouwde gedaante wachtte geduldig en ging toen weer bij het raam op wacht staan.

Terwijl hij wachtte, zette een andere man op een kleine heuvel ongeveer driehonderd meter verderop een driepoot neer met daarop een op een lichtbol werkende verkijker.

'Ik zie je wel,' zei Drake. Hij trok de kraag van zijn jas strakker rond zijn nek toen er een kille wind opstak. Hij stelde een ringetje aan de verkijker iets bij zodat hij een haarscherp beeld had van de man in de schaduwen en mompelde binnensmonds: 'Wie waakt over de wachters?'

De lichtstraal van een stel koplampen van een auto die een halve kilometer verderop reed, viel heel kort op de achtergevel van Humphrey House. Vanaf die afstand was het maar een zachte glinstering, maar door de werking van de lichtversterkende elektronica van de verkijker was het zo fel dat Drake met zijn ogen knipperde. Deze onverwachte storing overviel hem en hij hield even zijn adem in. De lichtflits deed hem denken aan de oogverblindende lichtstaarten tijdens die laatste minuten bij de Porie, toen Elliott en de jongens door de

Ruimers werden bestookt en hij alleen maar hulpeloos kon toezien hoe de afgrijselijke gebeurtenissen zich voor zijn ogen voltrokken.

Drake stond op. Hij strekte zijn rug om de stijfheid te verdrijven en staarde in de nachtelijke lucht hoog boven hem.

Nee, hij had Elliott en de jongens niet kunnen redden, maar hij zou alles doen wat in zijn vermogen lag om de Styx tegen te houden. Als zij dachten dat ze hun plan met Dominatie nieuw leven konden inblazen, zou hij hen ruw uit de droom helpen. Hij haalde een mobieltje uit zijn zak, toetste een nummer in en terwijl hij wachtte tot er werd opgenomen, slenterde hij terug naar de Range Rover die hij verderop had geparkeerd.

Verwacht in 2010:

Deel 3 van de spannende serie Tunnels

Lees alvast een fragment!

'Chester,' zei Will, die steeds meer de oude werd, 'er is iets wat je moet weten.'

'Wat dan?'

'Is je niets raars opgevallen aan deze plek?' vroeg Will met een vragende blik op zijn vriend.

Chester, die niet wist waar hij moest beginnen, schudde zijn hoofd en zijn krullende, vettige haren zwiepten om zijn gezicht. Eén pluk bleef aan zijn mond hangen; hij veegde hem meteen weg en spuugde een paar keer. 'Nee, behalve dan dat dit goedje waarin we zijn geland afgrijselijk smerig ruikt en smaakt.'

'Volgens mij zitten we op een of andere zwam,' ging Will verder. 'We zijn terechtgekomen op een soort richel die in de Porie uitsteekt. Ik heb zoiets ooit op televisie gezien – in Amerika was er een reusachtige zwam die zich kilometers ver onder de grond uitstrekte.'

'Is dat wat je me wilde vert...?'

'Nee,' onderbrak Will hem. 'Nu wordt het pas interessant. Let goed op.' Hij had een lichtbol in zijn hand en wierp deze nu rustig een meter of vijf de lucht in. Tot zijn stomme verbazing zag Chester dat het ding langzaam omlaagzweefde en weer in Wills hand landde. Het leek wel alsof hij het tafereel in slow motion zag.

'Hé, hoe doe je dat?'

'Probeer het zelf maar,' zei Will en hij gaf de bol aan Chester. 'Niet te hard gooien, want dan ben je hem kwijt.'

Chester deed wat Will zei en wierp de bol omhoog. Blijkbaar

had hij toch te veel kracht gebruikt, want het ding schoot een meter of twintig de lucht in, waar het schijnsel op iets viel wat eruit zag als een tweede uitstekende zwamrand boven hen; toen zweefde de bol op spookachtig wijze weer naar beneden en het licht gleed over hun omhoogstarende gezichten.

'Hoe...?' vroeg Chester ademloos met wijd opengesperde ogen van verbazing.

'Voel je die, ehm, gewichtloosheid dan niet?' zei Will, die even naar het juiste woord moest zoeken. 'Er is hier heel weinig zwaartekracht. Ik vermoed dat het maar een derde is van wat wij boven gewend zijn,' ging Will verder en hij wees omhoog. 'In combinatie met de zachte landing verklaart dat misschien wel waarom we niet zo plat als een dubbeltje zijn. Pas wel op hoe je je beweegt, want anders donder je van deze plank af en val je alsnog in de Porie.'

'Weinig zwaartekracht,' herhaalde Chester, die probeerde te verwerken wat zijn vriend allemaal zei. 'Wat houdt dat eigenlijk precies in?'

'Dat houdt in dat we héél diep zijn gevallen.'

Chester staarde hem niet-begrijpend aan.

'Heb je je weleens afgevraagd wat er eigenlijk in het hart van de Aarde zit?' vroeg Will.

DANKWOORD

We willen graag de volgende mensen bedanken: Barry Cunningham, Rachel Hickman, Imogen Cooper, Mary Byrne, Elinor Bagenal, Ian Butterworth en Gemma Fletcher van The Chicken House, omdat ze al onze humeurige buien hebben gepikt, en Catherine Pellegrino van Rogers, Coleridge & White, omdat ze alles heeft willen aanhoren.

Een speciaal bedankje voor Stuart Webb, een collega-auteur, vanwege zijn onschatbare inbreng, en voor Mark Carnall van het Grant Museum of Zoology and Comparative Anatomy, die ons op het gebied van insecten en allerlei uitgestorven wezens heeft bijgestaan, en Katie Morrison en Cathrin Preece van Colman Getty, die onze trillende handjes hebben vastgehouden.

Ten slotte willen we graag onze respectievelijke gezinnen bedanken, die nog steeds zitten te wachten tot we weer in het licht opduiken. Binnenkort...

Opmerking voor entomologen, om verwarring te voorkomen: dr. Burrows' stofmijt behoort tot de familie der arachniden (spinachtigen) en is dus geen insect. Het is echter wel duidelijk dat de evolutionaire druk in het Onderdiep verantwoordelijk is voor een aantal specifieke aanpassingen: de zogenoemde grotkoeien bezitten drie paar poten (niet geheel ongebruikelijk bij mijten) en een vierde paar poten heeft zich mogelijk ontwikkeld tot wat dr. Burrows als 'voelsprieten' en 'grijpers' omschrijft. De schrijvers zullen proberen een exemplaar te vangen voor nadere bestudering en de resultaten van deze studie zullen te zijner tijd worden gepubliceerd op www.deeperthebook.com. Dank u wel.